Fantasy

Herausgegeben von Wolfgang Jeschke

Von Henry Rider Haggard erschienen in gleicher Ausstattung in der Reihe
HEYNE SCIENCE FICTION & FANTASY:

Sie · 06/4130
Allan Quatermain · 06/4131
Ayesha — Sie kehrt zurück · 06/4132
Sie und Allan · 06/4133
König Salomons Diamanten · 06/4134
Die heilige Blume · 06/4135
Das Halsband des Wanderers · 06/4136
Tochter der Weisheit · 06/4137
Das Sehnen der Welt · 06/4138
Morgenstern · 06/4146
Als die Welt erbebte · 06/4147
Das Nebelvolk · 06/4148
Das Herz der Welt · 06/4149
Kleopatra · 06/4310
Der Geist von Bambatse · 06/4311
Allan Quatermain der Jäger · 06/4367
Allan Quatermain und die Eisgötter · 06/4368
Das Elfenbeinkind · 06/4369
Der Gelbe Gott · 06/4370
Heu-Heu oder das Monster · 06/4466
Nada die Lilie · 06/4467
Der Schatz im See · 06/4545
Marie · 06/4601
Kind des Sturms · 06/4656
Zikalis Rache · 06/4707
Der Allan der Antike · 06/4874
Der Ring der Königin von Saba (in Vorb.)
Die Jungfrau der Sonne (in Vorb.)

Sonderband:
Die Rückkehr der Göttin · 06/4950
(mit den Romanen *Sie*, *Ayesha — Sie kehrt zurück* und *Sie und Allan*)

HENRY RIDER HAGGARD

Zikalis Rache

Roman

25. Band der Haggard-Ausgabe

Deutsche Erstveröffentlichung

WILHELM HEYNE VERLAG
MÜNCHEN

HEYNE SCIENCE FICTION & FANTASY
Band 06/4707

Titel der englischen Originalausgabe
FINISHED
Deutsche Übersetzung von Irene Holicki
Die Illustrationen im Text sind von Hookway Cowles
und wurden der illustrierten Ausgabe
von Mac Donald von 1962 entnommen

Redaktion: Wolfgang Jeschke
Die englische Originalausgabe erschien im Dezember 1916
unter dem Titel THE MARBEL TEMPLE als Vorabdruck im
»Storyteller« in London; die englische Hardcoverausgabe
am 10. August 1917 im Verlag Ward Lock in London.
Die amerikanische Ausgabe erschien von Januar bis Mai als
Vorabdruck in der Zeitschrift »Adventure« in New York;
die Hardcoverausgabe am 28. August 1917 im
Verlag Longman, Green in New York

Printed in Germany 1992
Umschlaggestaltung nach einem Entwurf von
Vicente Segrelles/Norma:
Atelier Ingrid Schütz, München
Technische Betreuung: Manfred Spinola
Satz: Rudolf Schaber, Satz- und Datentechnik, Wels
Druck und Bindung: Elsnerdruck, Berlin

ISBN 3-453-04291-3

Ich befreite das arme Tier von seinen Zweifeln,
indem ich ihm einen Schuß ins Herz verpaßte. (Siehe S. 36)

WIDMUNG

Ditchingham House, Norfolk,
Mai 1917

Mein lieber Roosevelt,
mir ist bekannt, daß Sie ein Freund des alten Allan Quatermain sind, Sie können sich in die Anschauungen und die Ziele hineinversetzen, von denen seine vielfältigen Abenteuer getragen und beseelt sind, und wissen sie zu schätzen.

Aus diesem Grunde möchte ich Ihrem freundlichen Wunsch entsprechen und Ihnen diese Erzählung widmen, die sich mit den Erlebnissen und Erfahrungen meiner Jugend befaßt. Sie möge Sie an gewisse Stunden erinnern, in denen wir beide wahre Erquickung und Kameradschaft fanden in einer Zeit der Angst, als die Welt jenen blutigen Weg einschlug, der allein, so will es das Schicksal, zu den reinen Höhen der Freiheit zu führen vermag.

In aufrichtiger Freundschaft,
H. Rider Haggard.

An Colonel Theodore Roosevelt;
Sagamore Hill,
U.S.A.

EINFÜHRUNG

Dieses Buch kann auch für sich allein stehen, doch eigentlich ist es der dritte Band einer Trilogie, deren ersten und zweiten Teil *Marie* und *Kind des Sturms* bilden.* Der Erzähler Allan Quatermain berichtet darin, wie die Rache des Zauberers Zikali alias ›Eröffner der Wege‹ oder ›Das-Ding-das-nicht-hätte-geboren-werden-sollen‹ am Königsgeschlecht der Zulu vollendet wurde, dessen Gründer Senzangakona und dessen letzter König Cetewayo war, unser Gegner im Krieg von 1879. Natürlich wurde aus gestalterischen Gründen vieles hinzugefügt, doch die wichtigsten historischen Zusammenhänge sind hinlänglich genau dargestellt.

Diese Fakten lernte der Autor vor einer vollen Generation aus eigener Anschauung kennen, da ihm das Schicksal eine Rolle bei den Ereignissen zuteilte, die dem Zulukrieg vorangingen. Er hält sich sogar, mit Ausnahme von Colonel Phillips, der damals als Lieutenant jene berühmt gewordene Eskorte aus fünfundzwanzig Polizisten befehligte, heute für den letzten Überlebenden des Trupps, der unter Führung von Sir Theophilus Shepstone oder Sompseu, wie ihn die Eingeborenen vom Zambesi bis zum Kap nannten, an der Annexion des Transvaal im Jahre 1877 beteiligt war. In jüngerer Zeit erhielt er zudem von der Regierung den Auftrag, Südafrika erneut zu bereisen, und er nützte die Gelegenheit und begab sich auch nach Zululand, um seine Bekanntschaft mit den Menschen, ihren Sitten und Gebräuchen und ihren Geheimnissen zu erneuern und sich so auf die Abfassung dieses Buches vorzubereiten. Dort stand er vor dem verhängnisvollen Berg Isandhlwana, der auf diesen Seiten in Zusammenhang mit der dort geführten Schlacht beschrieben wird, und sah die Gräber der vielen Männer,

---

* HEYNE-BÜCHER Nr. 06/4601 und 06/4656

die er einst gekannt hatte, der Colonels Durford, Pulleine und anderer. Auch die Ebene von Ulundi besuchte er, die immer noch übersät ist mit den Spuren des Krieges, und er sprach mit einem alten Zulu, der mit den angreifenden *Impi* gekämpft hatte, bis die Offensive unter dem Feuer der Martini-Gewehre und den Granaten aus den schweren Geschützen zusammenbrach. Die Schlacht an der Eisernen Mauer, so nannte er sie, der Zaun aus blitzenden Bajonetten mag ihn dazu angeregt haben.

Zuletzt suchte er in einem Maisfeld jene spärlich bewachsene Stelle, wo einst König Cetewayo seinen letzten Atemzug tat. Der König war zweifellos vergiftet worden, und das war seit vielen Jahren bekannt. Die Stelle befindet sich in einem Kral, der den bedrohlichen Namen Jazi, in der Übersetzung ›das Ende‹ trägt. Die Tragödie ereignete sich vor langer Zeit, doch der Zulu mit dem sanften Gesicht, der sich beim Sprechen ständig umblickte, war noch immer nicht bereit, die ganze Geschichte zu erzählen. »Ja, als junger Mann war ich damals dabei, aber ich kann mich nicht erinnern, ich weiß nicht — Der Inkosi Lundanda (so wurde der Chronist von den Zulu in früheren Jahren genannt) steht genau an dem Ort, an dem der König starb — sein Bett befand sich links neben dem Türloch der Hütte«, und so weiter, aber kein eindeutiges Wort über die genaue Ursache dieses plötzlichen, gewaltsamen Todes, kein Wort über den, der ihn herbeigeführt hatte. Der Name des Mannes, der einen König vernichtete, wird wohl für immer verborgen bleiben.

In diesem Buch wird das Erscheinen einer weißen Göttin oder eines Schutzgeistes der Zulu, Nomkubulwana oder Inkosazana-y-Zulu, d.h. Himmelsprinzessin genannt, als der unmittelbarer Anlaß für die Kriegserklärung gegen die britische Obrigkeit dargestellt. Unter welchen Umständen diese Entscheidung tatsächlich zustandekam, ist heute nicht mehr feststellbar, allerdings weiß man, daß unter den *Induna* oder Hauptleuten der Zulu große Uneinigkeit herrschte, und viele, darunter auch der

Autor, sind davon überzeugt, daß König Cetewayo persönlich einem Krieg gegen seine alten Verbündeten, die Engländer, durchaus abgeneigt war.

Mr. J. Y. Gibson, ein Freund des Autors und gegenwärtig Vertreter der Union in Zululand, schreibt in seinem großartigen Geschichtswerk: ›Unter den Zulu-Würdenträgern, die sich in Ulundi versammelt hatten, wurde heftig diskutiert, doch was die Stimmung letztlich umschlagen ließ, darüber sind heute keine zuverlässigen Aussagen mehr zu erhalten.‹

Der verstorbene Mr. F. B. Fynney, F.R.G.S.*, ebenfalls ein Freund des Autors in vergangenen Tagen und, mit Ausnahme von Sir Theophilus Shepstone, mit den Zulu und ihrer Sprache vielleicht besser vertraut als jeder andere Vertreter der Krone in jener Zeit, schrieb über diese legendäre Gottheit: ›Ich kann mich erinnern, daß kurz vor dem Zulukrieg Nomkubulwana erschien und irgend etwas enthüllte, das großen Eindruck auf das ganze Land machte.‹

Die Verwendung des traditionellen Schutzengelmotivs in dieser exotischen Form in der nun folgenden Geschichte ist deshalb kein Hirngespinst, das von keinerlei Fakten gestützt würde. Dasselbe gilt für viele andere Episoden, die eingeführt wurden, um den Roman lebendiger zu gestalten, etwa für die Verlesung der Proklamation zur Annexion des Transvaal im Jahre 1877.

Mameena, die auf diesen Seiten immer wieder auftaucht, ist in wörtlichem wie in bildlichem Sinne die Heldin von *Kind des Sturms,* dessen Titel ihr eigener, ausdrucksvoller Beiname ist.

1916 — Der Autor

---

* Fellow of the Royal Geographical Society: Mitglied der Königlichen Akademie der Geographie

I

Allan Quatermain lernt Anscombe kennen

Sie, mein Freund, in dessen Hand meine Aufzeichnungen hoffentlich eines Tages gelangen, so Sie dann noch am Leben sind, werden sich jenes 12. April des Jahres 1877 in Pretoria gewiß noch gut erinnern. Sir Theophilus Shepstone, oder Sompseu, denn ich nenne ihn lieber bei seinem Eingeborenennamen, hatte sich vielleicht zwei Monate lang eingehend mit den Verhältnissen im Transvaal beschäftigt und sich schließlich entschlossen, dieses Gebiet der britischen Krone einzuverleiben. Es ergab sich, daß ich, Allan Quatermain, zu dieser Zeit eine Jagd- und Handelsexpedition in den Lydenburg-Distrikt unternommen hatte, wo es damals noch Wild in Hülle und Fülle gab. Als ich hörte, daß große Ereignisse bevorstanden, bewog mich die Neugier, eine meiner Schwächen, nicht direkt nach Natal zurückzukehren, sondern einen Abstecher nach Pretoria zu machen, was schließlich kein großer Umweg war. Wie es der Zufall so wollte, erreichte ich die Stadt genau an jenem 12. April gegen elf Uhr morgens, treckte zum Kirchplatz und wollte, wie in den siebziger Jahren üblich, dort mit dem Ausspannen beginnen. Auf dem Platz herrschte reger Betrieb, Engländer wie Holländer hatten sich hier versammelt, und ich stellte fest, daß erstere sich offenbar in Hochstimmung befanden und sich aufgeregt unterhielten, während letztere zumeist mürrisch und bedrückt wirkten.

Endlich entdeckte ich einen Bekannten, einen hochgewachsenen, dunkelhaarigen Mann namens Robinson, nebenbei bemerkt ein prächtiger Bursche und ein ausgezeichneter Schütze. Sie kannten ihn übrigens auch, denn später, zur Zeit des Zulukrieges, diente er als Offizier in der Kavallerie von Pretoria, in jenem Corps also, dem auch Sie angehörten. Ich rief ihn an und fragte, was denn hier los sei.

»Eine ganze Menge, Allan«, sagte er und schüttelte mir die Hand. »Wir können sogar von Glück reden, wenn nicht die Hölle losbricht, ehe der Tag zu Ende ist. Demnächst soll Shepstones Proklamation zur Annexion des Transvaal verlesen werden.«

Ich pfiff durch die Zähne und fragte:

»Wie werden unsere burischen Freunde das aufnehmen? Besonders begeistert sehen sie nicht aus.«

»Genau das kann eben niemand einschätzen, Allan. Mit Burgers, dem Präsidenten, ist man sich angeblich einig geworden. Man hat ihm eine Pension zugesichert, und außerdem hält er diese Lösung für die einzig mögliche. Die meisten Holländer aus der Gegend sind freilich nicht sehr davon angetan, aber ich bezweifle, ob sie sich so weit vorwagen werden, daß sie nicht mehr zurück können. Die Frage ist — welche Haltung werden die Buren einnehmen? Es sind nämlich eine ganze Menge hier in der Stadt, sie haben alle Waffen bei sich, und außerhalb treiben sich noch mehr herum.«

»Was meinen Sie?«

»Ich weiß es nicht. Alles ist möglich. Könnte sein, daß sie Shepstone samt seinem Stab und den fünfundzwanzig Polizisten niederschießen, könnte aber auch sein, daß sie nur ein wenig murren und dann wieder nach Hause gehen. Wahrscheinlich haben sie keinen festen Plan.«

»Und was ist mit den Engländern?«

»Ach, wir sind alle ganz außer uns vor Freude, aber natürlich sind wir nicht organisiert und großenteils unbewaffnet. Außerdem sind wir ohnehin nur eine Handvoll Leute.«

»Na schön«, antwortete ich, »ich bin hierher gekommen, um etwas Aufregendes zu erleben, weil mein Dasein in letzter Zeit recht eintönig war, und offenbar habe ich gefunden, was ich suchte. Trotzdem möchte ich wetten, daß die Holländer gar nichts tun werden, außer zu protestieren. Sie sind nicht dumm und wissen schließlich, daß sie ganz England am Hals haben, wenn sie auf eine unbewaffnete Delegation schießen.«

»Ich habe wirklich keine Ahnung. Sie mögen Shepstone, denn der versteht sie, und das Ganze ist ein so kühner Schachzug, daß ihnen die Luft wegbleibt. Aber wie die Kaffern sagen, wenn ein starker Wind weht, genügt ein kleiner Funke, um das ganze Veld in Brand zu setzen. Es kommt nur darauf an, ob dieser Funke entsteht. Wenn zum Beispiel ein Engländer und ein Bure in Streit gerieten, könnte das unabsehbare Folgen haben. Leben Sie wohl, ich habe eine Botschaft abzuliefern. Wenn alles glatt geht, könnten wir heute abend im *European* zusammen dinieren, wenn nicht, dann weiß der Himmel, ob wir überhaupt etwas zu essen bekommen.«

Ich nickte verständnisinnig, er zog ab, und ich kehrte zu meinem Wagen zurück und sagte den Dienern, sie sollten die Ochsen im Moment noch nicht zum Grasen freilassen, sondern sie am Treckseil festbinden, denn ich fürchtete, sie könnten mir gestohlen werden, falls es zu Unruhen kam. Danach suchte ich mein bestes Jackett und meinen besten Hut heraus, denn ich fühlte mich als Engländer verpflichtet, bei einem solchen Anlaß ordentlich auszusehen, wusch mich, bürstete mein Haar — bei mir eine sinnlose Übung, es steht unweigerlich nach allen Seiten ab — und schob einen geladenen Smith & Wesson-Revolver in meine Innentasche. So gerüstet machte ich mich auf den Weg, um den Spaß nicht zu versäumen, und mischte mich, einer Gruppe mürrisch dreinschauender Buren ausweichend, unter die Menge, die sich vor einem langgestreckten, niedrigen Haus mit einer breiten Stoep versammelte, einem Regierungsgebäude, wie ich richtig vermutete.

Endlich stand ich neben einem hochgewachsenen, ziemlich schlaksigen Mann, dessen Gesicht mich anzog. Es war glattrasiert und von der Sonne tief gebräunt, aber keineswegs gutaussehend; dazu waren die Züge zu unregelmäßig und die Nase ein klein wenig zu lang. Trotzdem machte es einen sympathischen Eindruck auf mich, außerdem stand in den ruhigen, blauen Augen ein gewisses Funkeln, das auf Humor schließen ließ. Der Fremde mochte vielleicht dreißig oder fünfunddreißig Jahre alt sein, und trotz seiner keineswegs eleganten Kleidung, die im wesentlichen nur aus einer Hose mit Gürtel, an dem eine Pistole hing, und einem gewöhnlichen Flanellhemd bestand — ein Jackett trug er nicht — erriet ich sofort, daß er englischer Abstammung sein mußte.

Eine Weile sprach keiner von uns ein Wort, wie es selbst auf dem Veld die Art unseres schweigsamen Volkes ist, obendrein war ich vollauf damit beschäftigt, dem aufsässigen Gerede einer kleinen Gruppe berittener Buren hinter uns zuzuhören. Ich steckte meine Pfeife in den Mund und begann, nach meinem Tabak zu suchen, wobei ich die Gelegenheit wahrnahm, den Griff meines Revolvers sehen zu lassen, um diesen Männern zu zeigen, daß ich bewaffnet war. Der Tabak war nicht zu finden, ich hatte ihn im Wagen vergessen.

»Wenn Sie Burentabak rauchen«, sagte der Fremde, »dann kann ich ihnen aushelfen.« Ich stellte fest, daß die Stimme ebenso sympathisch war wie das Gesicht, und erkannte sofort, daß sie einem Gentleman gehörte.

»Vielen Dank, Sir. Ich rauche nie etwas anderes«, antwortete ich, worauf er einen Beutel aus ungewöhnlich dunkler Löwenhaut aus seiner Hosentasche zog.

»Einen so schwarzen Löwen habe ich bisher nur einmal gesehen, jenseits von Buluwayo nämlich, an der Grenze zu Lobengulas Land«, bemerkte ich gesprächsweise.

»Seltsam«, antwortete der Fremde, »genau dort habe ich die Bestie vor ein paar Monaten geschossen. Eigentlich wollte ich die Haut ganz mitnehmen, aber dann sind mir die weißen Ameisen darübergekommen.«

»Waren Sie als Händler unterwegs?« wollte ich wissen.

»Mit so nützlichen Beschäftigungen gebe ich mich

nicht ab«, meinte er lachend. »Ich habe nur gefaulenzt und gejagt. Bin in dieses Land gekommen, weil es eines der wenigen war, die ich noch nie gesehen hatte, und halte mich erst seit einem Jahr hier auf. Aber ich glaube, das reicht mir auch schon. Können Sie mir vielleicht sagen, ob in nächster Zeit ein Schiff von Durban nach Indien geht? Ich würde mir gerne die wilden Schafe in Kaschmir ansehen.«

Ich sagte ihm, ich wisse es nicht genau, da ich afrikanischer Elefantenjäger und Händler sei und mich nie für Indien interessiert hätte, aber ich glaubte, gelegentlich führen solche Schiffe. In diesem Augenblick kam Robinson vorbei und rief mir zu:

»Sie werden demnächst hier sein, Quatermain, aber Sompseu kommt nicht selbst.«

»Heißen Sie zufällig Allan Quatermain?« fragte der Fremde. »Wenn ja, dann habe ich in Lobengulas Land eine Menge von Ihnen und Ihrer großartigen Schießkunst gehört.«

»Ja, so heiße ich«, antwortete ich, »aber was das Schießen angeht, so neigen die Eingeborenen stets zur Übertreibung.«

»Bei mir übertreiben sie nie«, gab er mit einem Funkeln in den Augen zurück. »Jedenfalls freue ich mich sehr, Sie in Fleisch und Blut vor mir zu sehen, auch wenn Sie mich im Geiste ziemlich angeödet haben, weil ich zu viel von Ihnen hörte. Jedesmal, wenn ich besonders weit danebenschoß, pflegte mein Gewehrträger, der offenbar einmal der Ihre war, zu stöhnen: ›Ah! Wenn der Inkosi Macumazahn hier gewesen wäre, dann wäre es ganz anders ausgegangen!‹ Ich heiße Anscombe, Maurice Anscombe«, fügte er ziemlich schüchtern hinzu. (Hinterher erfuhr ich aus einem Nachschlagewerk, daß er ein jüngerer Sohn Lord Mountfords war, eines der reichsten Adeligen Englands.)

Wir mußten beide lachen, und er bat:

»Könnten Sie mir vielleicht übersetzen, Mr. Quatermain, was diese Buren da hinter uns reden? Ich bin sicher, daß es keine Freundlichkeiten sind, aber ›Guten Tag‹ und ›Vootsack‹ [Guten Tag und hau ab] sind die einzigen holländischen Worte, die ich kenne, und die bringen mich nicht viel weiter.«

»Dabei müßten sie eigentlich genügen«, antwortete ich, »denn in der Hauptsache dreht sich die Unterhaltung darum, daß sie etwas dagegen haben, von der britischen Regierung in Gestalt von Sir Theophilus Shepstone ge›vootsackt‹ zu werden. Sie erklären, sie hätten das Land ›mit ihrem Blut‹ erkämpft und wollten auch weiterhin ihre eigene Fahne darüber wehen lassen.«

»Eine durchaus begreifliche Einstellung«, unterbrach mich Anscombe.

»Außerdem sagen sie, sie würden am liebsten alle verdammten Engländer erschießen, besonders Shepstone und seine Leute, und sie würden gleich jetzt damit anfangen, wenn sie nicht fürchteten, daß die verdammte englische Regierung darüber verärgert sein und Tausende von verdammten englischen ›Rooibatjes‹, das sind Rotröcke, herschicken und aus purer Rachsucht *sie* erschießen würde.«

»Eine durchaus logische Schlußfolgerung«, erwiderte Anscombe lachend, »und ich würde ihnen nicht unbedingt raten, die Probe aufs Exempel zu machen. Scht! Die Vorstellung beginnt!«

Ich schaute mich um und sah eine Gruppe schwarzbefrackter Gentlemen mit einem Offizier in der Uniform eines Colonel der Pioniere langsam näherkommen. Ich weiß noch, daß ich mich an einen Trauerzug erinnert fühlte, der dem bereits den Blicken entschwundenen Leichnam der Republik folgte. Die Prozession erreichte die Stoep, vor der wir uns versammelt hatten, und nahm Aufstellung, worauf die anwesenden Engländer in Jubel ausbrachen und die Buren hinter uns vernehmlich fluchten. In der Mitte postierte sich ein älterer Herr mit Schnurrbart und rundem Rücken, in dem ich Mr. Osborn, den Stabschef, erkannte, von den Kaffern Mali-mati genannt. An seiner Seite stand ein hochgewachsener, junger Bursche mit einem Stapel Papiere in der Hand, das waren Sie, mein Freund, und Sie waren damals fast noch ein Kind. Alle übrigen hatten sich rechts und links in Reih und Glied formiert. *Sie* reichten Mr. Osborn ein gedrucktes Dokument, der setzte seine Brille auf und begann es so leise zu verlesen, daß nur wenige die Worte hören konnten. Mir fiel auf, daß seine Hand dabei zitterte. Nach einer Weile geriet er aus dem Konzept, verlor mehrmals die richtige Zeile und blieb schließlich endgültig stecken.

»Ein nervöser Mensch«, bemerkte Mr. Anscombe. »Vielleicht fürchtet er, die Gentleman könnten schießen.«

»Das würde ihn nicht weiter stören«, sagte ich, denn ich kannte ihn gut. »Seine Ängste sind rein geistiger Natur.«

Das stimmte, denn ich weiß, daß genau dieser Sir Melmoth Osborn, so heißt er nämlich heute, allein den Tugela durchschwamm, um sich anzusehen, wie rings um ihn die große Schlacht von Indondakasuka tobte — ich erzählte die Geschichte in dem Buch *Kind des Sturms* —, und daß er bei anderer Gelegenheit zwei auf ihn einstürmende Kaffern mit je einem Schuß nach rechts und nach links tötete, ohne auch nur mit der Wimper zu zucken. Was ihn in dieser Situation lähmte, war ganz allein das Vorlesen dieses Dokuments, nicht die Angst vor dem, was vielleicht daraus entstehen mochte.

Nun trat eine peinliche Pause ein, wie es eben so ist, wenn jemand bei einer Ansprache ins Stocken gerät. Die Mitglieder seines Stabes sahen Osborn an, wechselten verlegene Blicke, und siehe da! Sie, mein Freund, nahmen ihm das Blatt aus der Hand und lasen mit lauter, klarer Stimme weiter.

»Der junge Mann hat Mut«, sagte Mr. Anscombe.

»Ja«, antwortete ich flüsternd. »Aber er hat ganz richtig gehandelt. Die Sache durfte nicht zum Stillstand kommen, das wäre ein schlechtes Omen gewesen.«

Nun, weitere Pannen gab es nicht, und endlich war der lange Text zu Ende und das Transvaal annektiert. Die Briten begannen Hurra zu schreien, verstummten aber wieder, um sich den formellen Protest der Burenregierung anzuhören, falls man diese jetzt, da alles zusammengebrochen war und die Beamten in Briefmarken bezahlt wurden, noch als Regierung bezeichnen konnte. Ich weiß nicht mehr, ob dieser Protest von Präsident Burgers selbst vorgetragen wurde oder von dem Beamten, den man als Außenminister bezeichnete. Jedenfalls wurde er verlesen, und danach folgte wieder eine peinliche Pause, als warteten die Menschen nur darauf, daß etwas geschehe. Ich sah mich nach den Buren um, sie murrten und spielten unruhig mit ihren Gewehren herum. Hätte sich ein Anführer gefunden, ich glaube, einige der rebellischeren Seelen hätten zu schießen begonnen, aber es tauchte keiner auf, und so ging die Krise vorüber.

Allmählich zerstreute sich die Menge, wobei die Engländer jubelten und ihre Hüte in die Luft warfen, die Holländer dagegen verdrossene Gesichter machten. Der Regierungskommissar und sein Stab traten ab, wie sie angetreten waren, und alle verschwanden in einem Gebäude, vor dem blaue Gummibäume wuchsen und das später zum Regierungspalast werden sollte, alle, heißt das, außer Ihnen. Sie überquerten den Platz allein, mit einem Bündel gedruckter Proklamationen in der Hand, die Sie offensichtlich in den verschiedenen Dienststellen verteilen sollten.

»Kommen Sie, wir gehen ihm nach«, forderte ich Mr. Anscombe auf. »Er könnte in Schwierigkeiten geraten und einen Freund brauchen.«

Er nickte, und wir schlenderten unauffällig hinter Ihnen her. Es fehlte nicht viel, und sie wären tatsächlich in Schwierigkeiten geraten. Vor der ersten Tür, an die Sie kamen, stand eine Gruppe von Buren, und zwei davon, kräftige Burschen übrigens, rückten dichter zusammen und wollten Ihnen ganz offensichtlich den Weg versperren.

»Mynheeren«, sagten Sie, »ich stehe im Dienst der Königin und bitte Sie, mich passieren zu lassen.«

Die beiden schenkten Ihnen keine Beachtung, wenn man davon absah, daß sie noch näher zusammenrückten und unverschämt lachten. Sie wiederholten Ihre Bitte, und wieder wurde sie mit Gelächter beantwortet. Dann sah ich, wie Sie Ihr Bein hoben und einem der Buren mit voller Kraft auf den Fuß traten. Er wich mit einem Aufschrei zurück, und einen Augenblick lang fürchtete ich, er oder sein Kamerad würden gewalttätig werden. Vielleicht überlegten sie es sich anders, vielleicht hatten sie auch uns zwei Engländer im Hintergrund entdeckt und Anscombes Pistole bemerkt. Jedenfalls konnten Sie als Sieger in die Behörde marschieren und Ihr Dokument abliefern.

»Gut gemacht«, lobte Mr. Anscombe.

»Unbesonnen«, widersprach ich kopfschüttelnd, »sehr unbesonnen. Nun, er ist noch jung, da muß man wohl Nachsicht üben.«

Doch von diesem Augenblick an hatten Sie mein Herz gewonnen, mein Freund, vielleicht, weil ich nicht sicher war, ob ich an Ihrer Stelle verwegen genug gewesen wäre, mich ebenso zu verhalten. Ich bin nämlich Engländer, müssen Sie wissen, und ich sehe es gern, wenn ein Engländer sich gegen Widerstände zu behaupten weiß und seinem Lande Ehre macht. Gleichzeitig hatte ich natürlich auch Verständnis für die Buren, die soeben durch eigene Schuld ihr Land verloren hatten, ohne daß ein Schuß gefallen wäre. Wie Sie, der Sie damals in der Nähe von Majuba lebten, ja wissen, fielen hinterher noch genügend Schüsse, aber ich bringe es nicht über mich, darüber zu schreiben. Manchmal frage ich mich, wie sich nach meinem Tod alles lösen wird, und ob ich jemals erfahren werde, wie die Sache ausgegangen ist.

Ich habe diesen Tag der Annexion und die Rolle, die

Sie dabei spielten, übrigens nur erwähnt, weil ich bei dieser Gelegenheit Anscombes Bekanntschaft machte. Sie selbst haben nämlich gar nichts mit dieser Geschichte zu tun, die von der Vernichtung der Zulu handelt, von der Vollendung der Rache des Magiers Zikali in einem Kral namens ›das Ende‹ und ganz nebenbei auch von der Liebe zweier Menschen, bei der dieser alte Zauberer und zu meinem Leidwesen auch ich die Hand im Spiel hatten.

Es stellte sich heraus, daß Mr. Anscombe seinen Wagen vorausgeritten war, die erst in einem oder zwei Tagen in Pretoria eintreffen würden, und da er weder im European noch sonstwo Unterkunft fand, machte ich ihm das Angebot, er könne in meinem Wagen oder vielmehr daneben in einem Zelt schlafen, das ich mitführte. Er nahm an, und bald waren wir die besten Freunde. Noch ehe der Tag um war, hatte ich erfahren, daß er einem erstklassigen Kavallerieregiment angehört, den Dienst jedoch vor einigen Jahren quittiert hatte. Ich fragte ihn, warum.

»Nun«, antwortete er, »ich habe nach dem Tod meiner Mutter ein hübsches Vermögen geerbt, und für einen aktiven Einsatz bestand keine Aussicht. Solange das Regiment auswärts war, gefiel mir das Soldatenleben recht gut, aber zu Hause langweilte es mich. Zu viele gesellschaftliche Verpflichtungen und dergleichen für meinen Geschmack. Überdies wollte ich reisen, das ist das einzige, was mir wirklich Spaß macht.«

»Sie werden es bald leid sein«, antwortete ich, »und da Sie wohlhabend sind, werden Sie eine Dame aus gutem Hause heiraten und sich zu Hause niederlassen.«

»Glauben Sie das ja nicht. Ich bezweifle, daß ich jemals ein glücklicher Ehemann sein werde. Ich stelle einfach zu hohe Ansprüche. Man findet nicht so leicht einen Engel auf Erden mit eiserner Konstitution, der einen auch noch anbetet, und das wären in jedem Fall die Grundvoraussetzungen für eine Ehe.« Hier lachte er. »Außerdem«, fügte er hinzu, und das Lachen in seinen Augen erlosch,

»habe ich von Damen aus gutem Hause und ihren Launen die Nase voll.«

»Lieber Ehstand als Wehstand«, erklärte ich etwas pathetisch.

»Ganz richtig, aber das eine schließt das andere nicht aus. Nein, ich werde niemals heiraten, obwohl ich eigentlich sollte, weil meine Brüder keine Kinder haben.«

Von wegen, mein Freund, dachte ich bei mir. Warte nur, bis deine verbrannten Finger wieder verheilt sind.

Ich war nämlich sicher, daß er sich die Finger verbrannt hatte, vielleicht sogar mehr als einmal. Wie das zugegangen war, sollte ich nie erfahren, was ich bis heute bedauere, denn das Studium verbrannter Finger hat mich immer fasziniert, solange es nicht um meine eigenen ging. Wir ließen das Thema schließlich fallen.

Anscombes Wagen wurden durch einen Achsenbruch oder ein Schlammloch, ich weiß es nicht mehr, ein oder zwei Tage aufgehalten. Da ich bis zur Abfahrt der Postkutsche nach Natal nichts weiter zu tun hatte, vertrieben wir uns also die Zeit damit, in Pretoria herumzuschlendern, was ohnehin nicht lange dauerte, da es in jenen Tagen nur ein kleines Dorf war, und mit allen möglichen Leuten zu plaudern. Wir begaben uns auch in den Regierungspalast, wie er jetzt genannt wurde, und hinterließen unsere Karten oder schrieben vielmehr, da wir keine solchen hatten, unsere Namen in ein Buch, wozu uns ein Stabsangehöriger riet, den wir dort trafen. Eine Stunde später erreichte uns ein Briefchen, das uns beide für diesen Abend zum Dinner einlud und uns in sehr netter Form bat, uns weiter keine Sorgen zu machen, falls wir keine Abendkleidung dabei hätten. Natürlich mußten wir hingehen. Anscombe staffierte sich mit meiner zweitbesten Garderobe aus, die ihm nicht im mindesten paßte, da er viel größer war als ich, und mit einer schwarzen Seidenschleife, die er zusammen mit einem Paar Lacklederpumps in Becket's Store gekauft hatte.

Sie, mein Freund, lernte ich eigentlich erst an diesem

Abend kennen, und zwar gerade, als Sie Ärger bekamen, auch wenn Sie den Vorfall vielleicht vergessen haben. Wir hatten uns in der Zeit vertan und kamen eine halbe Stunde zu früh. Man führte uns in einen langgestreckten Raum, der auf die Veranda hinausging. Sie arbeiteten dort, ich glaube, Sie waren damals Privatsekretär, und kopierten irgendeine Depesche, wenn ich mich recht erinnere, ging es um einen Bericht über die Annexion. Hinter ihnen stand eine brennende Paraffinlampe, denn es war bereits ziemlich dunkel, und das Fenster stand offen, jedenfalls waren die Läden nicht vorgelegt. Als der Gentleman, der uns empfangen hatte, sah, daß Sie sehr beschäftigt waren, führte er uns ans andere Ende des Zimmers, wo wir im Schatten stehenblieben und uns unterhielten. In diesem Moment öffnete sich eine zweite Tür auf der anderen Seite des Raumes, und herein kam Seine Exzellenz der Statthalter, Sir Theophilus Shepstone, ein untersetzter Mann mittlerer Größe mit einem sehr klugen, nachdenklichen Gesicht, meiner Ansicht nach übrigens einer der größten Staatsmänner Afrikas. Uns bemerkte er nicht, aber als er Ihrer ansichtig wurde, rief er unwirsch: »Sind Sie verrückt?«

Worauf Sie lachend erwiderten: »Hoffentlich nicht mehr als gewöhnlich, Sir, aber wieso?«

»Habe ich Ihnen nicht gesagt, Sie sollten nach Einbruch der Dunkelheit immer die Gardinen zuziehen? Da sitzen Sie nun mit dem Kopf im Licht und bieten das beste Ziel für eine Kugel, das man sich nur denken kann.«

»Ich glaube nicht, daß die Buren sich die Mühe machen würden, mich zu erschießen, Sir. Wären Sie hier gewesen, dann hätte ich selbstverständlich die Gardinen vorgezogen und auch die Läden geschlossen«, antworteten Sie und lachten wieder.

»Sie müssen sich umkleiden, sonst kommen Sie zu spät zum Dinner«, mahnte er noch immer ziemlich streng, und Sie verließen den Raum. Aber als Sie fort waren und man uns ihm vorgestellt hatte, lächelte er und fügte etwas hinzu, das ich Ihnen nicht einmal jetzt wiederholen werde. Ich glaube, es ging darum, was Sie am Tag der Annexion getan hatten, denn die Geschichte war inzwischen bis zu ihm gedrungen.

Ich erwähne diesen Vorfall nur, weil er mir jedesmal wieder in den Sinn kommt, wenn ich an Shepstone denke, mit dem mich seit Jahren eine lose Bekanntschaft verband, wie sie eben zwischen einem Jäger und einem prominenten Regierungsbeamten entstehen kann. Die kleine Episode veranschaulicht nämlich seine Vorsicht und seinen sechsten Sinn für Gefahren, den er in seiner langen Erfahrung mit dem Land entwickelt hatte, gleichzeitig aber auch die Strenge, deren er sich manchmal befleißigte, ohne daß sie je die Liebe zu seinen Freunden überdekken konnte. O ja, er war ein großer Mann, auch wenn man ihn einen ›afrikanischen Talleyrand‹ nannte. Hätte denn anderenfalls jeder Eingeborene vom Kap bis zum Zambesi seinen Namen gekannt und verehrt, wie vielleicht kein anderer Weißer jemals verehrt wurde? Aber ich sollte mit meiner Geschichte fortfahren und historische Erörterungen lieber jenen überlassen, die besser dafür geeignet sind.

Das Dinner an diesem Abend verlief in angenehmer Atmosphäre, obwohl ich mich inmitten der schneidigen Uniformen und der weißen Krawatten meiner Kleidung sehr schämte, und obwohl Anscombe ständig mit den Füßen scharrte, weil er in seinen neuen Pumps, die eine Nummer zu klein waren, Höllenqualen litt. Die Stimmung war ausgezeichnet, denn von allen Seiten wurde gemeldet, daß die Annexion gut aufgenommen würde und die Gefahr irgendwelcher Unruhen vorüber sei. Ach, hätten wir nur damals schon gewußt, wie diese Sache noch enden würde!

Auf dem Weg zurück zu meinem Wagen erwähnte ich Anscombe gegenüber, daß ein paar Trecktage von Lydenburg entfernt noch immer eine Büffelherde stehe, aus der ich vor nicht einem Monat zwei Tiere geschossen habe.

»Donnerwetter, tatsächlich?« rief er. »Wie es der Zufall will, habe ich noch nie einen Büffel erwischt. Sie sind mir auf die eine oder andere Weise immer durch die Lappen gegangen, und ich kann Afrika doch nicht mit einem gekauften Gehörn verlassen. Lassen Sie uns hinfahren und ein paar Tiere erlegen.«

Ich schüttelte den Kopf und entgegnete, ich habe lange genug auf der faulen Haut gelegen und müsse nun versuchen, etwas Geld zu verdienen. Meine Ablehnung schien ihn sehr zu enttäuschen.

»Hören Sie«, sagte er, »Sie müssen mir verzeihen, aber Geschäft ist Geschäft. Wenn Sie mitkommen, soll es Ihr Schaden nicht sein.«

Wieder schüttelte ich den Kopf, worauf er mich noch enttäuschter ansah.

»Nun gut«, rief er, »dann muß ich eben alleine gehen. Denn einen Büffel werde ich töten, es sei denn, der Büffel tötet mich. In diesem Fall klebt mein Blut freilich an Ihren Händen.«

Ich weiß nicht, warum, aber in diesem Augenblick entstand in mir die feste Überzeugung, daß er, falls er ohne mich auszog, tatsächlich durch einen Büffel oder auf andere Weise umkommen und daß ich dies mein ganzes Leben lang bereuen würde.

»Es sind gefährliche Bestien, viel schlimmer als Löwen«, warnte ich.

»Und doch würden Sie, der Sie angeblich ein Gewissen haben, mich schutzlos und allein ihrem Zorn aussetzen?« gab er mit einem Funkeln in den Augen zurück, das ich sogar im Mondlicht sehen konnte. »Ach, Quatermain, wie sehr habe ich mich doch in Ihnen getäuscht.«

»Hören Sie, Mr. Anscombe«, redete ich ihm zu, »es hat keinen Sinn. Ich kann gerade jetzt unmöglich einen Jagdausflug mit Ihnen unternehmen. Erst heute habe ich aus Natal erfahren, daß es meinem Jungen nicht gut geht, daß er sich einer Operation unterziehen muß, die ihn bis zu sechs Wochen ans Bett fesseln wird und gefährlich sein könnte. Ich muß also nach Durban, ehe sie durchgeführt wird. Danach habe ich mich verpflichtet, in Matabeleland, woher Sie eben kommen, für ein Jahr einen Handelsposten zu übernehmen, außerdem möchte ich vielleicht selbst ein wenig Elfenbein schießen. Ich bin also bis, sagen wir, Oktober 1878 vollkommen ausgebucht, das sind etwa achtzehn Monate, und bis dahin bin ich wahrscheinlich ohnehin tot.«

»Achtzehn Monate«, antwortete der junge Mann ganz ungerührt. »Das paßt mir ausgezeichnet. Ich werde zuerst nach Indien fahren, wie ich es ursprünglich vorhatte, dann für eine Weile nach Hause, und am 1. Oktober 1878 treffen wir uns hier wieder. Danach trecken wir in den Lydenburg-Distrikt und schießen diese Büffel, oder andere, falls sie bis dahin fortgezogen sein sollten. Ist das ein Angebot?«

Ich starrte ihn fassunglos an, dann dachte ich mir, der Champagner des Statthalters müsse ihm wohl zu Kopfe gestiegen sein.

»Unsinn«, rief ich aus. »Wer weiß, wo Sie in achtzehn Monaten sein werden? Bis dahin haben Sie mich gewiß schon längst vergessen.«

»Wenn ich am 1. Oktober 1878 heil und gesund bin, werde ich genau da sein, wo ich jetzt bin, auf diesem Platz in Pretoria, mit einem oder mehreren Wagen, bereit für einen Jagdausflug. Aber da Sie daran gewisse Zweifel hegen, wofür ich durchaus Verständnis habe, bin ich bereit, für den Fall, daß ich mein Versprechen nicht einhalte, ja sogar für den Fall, daß die Umstände Sie daran hindern, Ihr Versprechen einzuhalten, ein Pfand zu hinterlegen.«

Damit zog er ein Scheckbuch aus seiner Brieftasche, legte es auf den kleinen Tisch im Zelt, auf dem auch Tinte und Feder bereitstanden, und fügte hinzu:

»Nun, Mr. Quatermain, entspricht es Ihren Vorstellungen, wenn ich diesen Scheck auf £ 250 ausstelle?«

»Nein«, antwortete ich. »Wenn man bedenkt, was alles

geschehen kann, ist die Summe überhöht. Doch wenn Sie das Risiko eingehen wollen, daß ich nicht auftauche, von Ihnen selbst ganz zu schweigen, können Sie £ 50 eintragen.«

»Sie sind sehr maßvoll in Ihren Forderungen«, sagte er und reichte mir den Scheck. Als ich ihn einsteckte, überlegte ich mir, daß der Betrag gerade ausreichen würde, um die Kosten für die Operation meines Sohnes zu dekken.

»Und Sie machen sehr leichtfertige Angebote«, gab ich zurück. »Sagen Sie, warum treffen Sie so verrückte Verabredungen?«

»Ich weiß nicht so recht. Irgendwie spüre ich, daß wir diese Expedition unternehmen werden und daß sie einen großen Einfluß auf mein weiteres Leben haben wird. Wohlgemerkt, es muß der Lydenburg-Distrikt sein und nichts sonst. Und jetzt bin ich müde, also legen wir uns aufs Ohr.«

Am nächsten Morgen trennten wir uns, und jeder ging seiner Wege.

II

Mr. Marnham

Soviel zur Einleitung, jetzt zur eigentlichen Geschichte.

Die achtzehn Monate waren vorüber und hatten für mich ein gerüttelt Maß an Abenteuern und an Wohl und Wehe gebracht, doch davon soll hier nicht die Rede sein. Nun saß ich verschwitzt und müde in der Postkutsche aus Kimberley, wo ich meine Ersparnisse aus meinem Kontrakt in Matabeleland in einer sehr vielversprechenden Spekulation angelegt hatte, die freilich bis auf den heutigen Tag nur ein Versprechen geblieben ist. Wegen des erwähnten, törichten Geschäfts hatte ich Kimberley noch dazu in höchster Eile und früher als geplant verlassen müssen. Ich war natürlich überzeugt davon, daß ich Mr. Anscombe niemals wiedersehen würde, besonders, da ich die ganze Zeit über nichts von ihm gehört und keinen Grund zu der Annahme hatte, daß er sich überhaupt in Afrika aufhielt, aber ich hatte seine £ 50 genommen, und es war immerhin *möglich,* daß er kam. Außerdem war es für mich Ehrensache, eine einmal getroffene Verabredung auch einzuhalten.

Die Postkutsche hielt mit einem Ruck vor dem *European Hotel,* und ich kroch, staubbedeckt und müde, aus dem Inneren, um mich im nächsten Moment Anscombe gegenüberzusehen, der auf der Stoep saß und seine Pfeife rauchte!

»Hallo, Quatermain«, sagte er mit seiner angenehmen, schleppenden Stimme, »da sind Sie ja, und ganz pünktlich noch dazu. Ich habe mit diesen fünf Gentlemen gewettet«, damit nickte er zu einer Gruppe von Nichtstuern auf der Stoep hin, »ob Sie auftauchen würden oder nicht, wobei ich zehn zu eins in Getränken auf Sie gesetzt habe. Jetzt müssen Sie fünf Whisky-Soda trinken, um die Herren davor zu bewahren, deren fünfzig in sich hineinzuschütten und anschließend auf der Polizeiwache vorgeführt zu werden.«

Ich erklärte mich lachend bereit, ihnen einen Drink abzunehmen, der auch bald darauf serviert wurde.

Nachdem ich mein Glas geleert hatte, plauderte ich mit Anscombe. Er erzählte, er sei zuerst in Indien gewesen und habe alles Wild geschossen oder zu schießen versucht, auf das er es abgesehen hatte, dann habe er seine Verwandten in England besucht und sei von dort aufgebrochen, um sich wie vereinbart mit mir in Afrika zu treffen. In Durban habe er sich mit zwei Wagen, zwei vollzähligen Gespannen und ein paar Ersatzochsen fürstlich ausgerüstet, von dort sei er nach Pretoria getreckt und vor ein paar Tagen hier eingetroffen. Nun stehe er bereit, in den Lydenburg-Distrikt aufzubrechen und nach den bewußten Büffeln zu suchen.

»Aber«, gab ich zu bedenken, »die Büffel sind wahrscheinlich längst abgezogen. Außerdem herrscht Krieg mit Sekukuni, dem Häuptling der Basuto, und die Sache ist noch nicht entschieden, auch wenn man wohl eine Art Friedensvertrag zusammengeschustert hat. Es könnte also gefährlich sein, in dieser Gegend auf die Jagd zu gehen. Warum versuchen wir es nicht in einem anderen Gebiet, zum Beispiel weiter im Norden des Transvaal?«

»Quatermain«, erklärte er, »ich bin von England hierher gereist, ich will nicht behaupten, um Büffel zu schießen, aber doch wenigstens, um es zu versuchen, und zwar im Lydenburg-Distrikt und wenn möglich mit Ihnen. Wenn nicht, dann ohne Sie, aber jedenfalls dort und nirgendwo sonst. Wenn es Ihnen zu riskant ist, mich zu begleiten, dann lassen Sie es sein, ich werde sehen, daß ich so gut wie möglich alleine zurechtkomme, vielleicht findet sich auch eine andere fähige Person.«

»Wenn Sie es so darstellen, komme ich natürlich mit«, antwortete ich, »mit dem Vorbehalt, daß wir, sollten sich die Büffel als nicht vorhanden oder ihre Verfolgung als unmöglich erweisen, den Ausflug entweder abbrechen oder uns ein anderes Ziel suchen, vielleicht das Gebiet im hinteren Teil der Delagoa-Bucht.«

»Einverstanden«, sagte er. Danach besprachen wir die Bedingungen, und er zahlte mir im voraus meinen Lohn.

Des weiteren beschlossen wir, da für ein Unternehmen dieser Art keineswegs zwei Wagen erforderlich waren, einen davon sowie die Hälfte der Ochsen in die Obhut eines sehr ehrenwerten Mannes zu geben, eines Farmers, der etwa fünf Meilen von Pretoria entfernt gleich jenseits des Passes in der Nähe des berühmten Wonderboom — des Wunderbaums — lebte, einer der Sehenswürdigkeiten dieser Stadt. Sollten wir diesen Wagen benötigen, so konnte man ihn jederzeit nachbringen lassen. Und falls sich die Jagd in Lydenburg, auf die Anscombe so versessen war, als unergiebig oder unmöglich erwies, dann konnten wir über die Hochebene nach Pretoria zurückkehren und ihn abholen, ehe wir in eine andere Gegend zogen.

Diese Vorbereitungen nahmen uns etwa zwei Tage in Anspruch. Am dritten Tag brachen wir auf, ohne Sie, mein Freund, oder sonst einen Bekannten getroffen zu haben, da zu dieser Zeit offenbar jedermann Pretoria verlassen hatte. Sie waren, soweit ich mich erinnere, inzwischen Vorsitzender des Obersten Gerichtshofs geworden und befanden sich, wie man mir in Ihrer Behörde mitteilte, auf Inspektionsreise.

Am Morgen unserer Abreise herrschte besonders schönes Wetter, und wir begannen den Treck in glänzender Stimmung, wie es so oft der Fall ist, wenn man sich geradewegs in Schwierigkeiten begibt. Über unsere Reise gibt es wenig zu berichten, da alles glatt vonstatten ging und wir so glücklich am Rand der Hochebene eintrafen, wie es sonst angeblich nur in einem Land ohne Geschichte sein kann. Unser Weg führte an der kleinen Bergwerkssiedlung Pilgrim's Rest vorbei, wo eine Reihe von Abenteurern, zumeist Engländer, mit Goldwaschen beschäftigt war, eine Tätigkeit, der übrigens auch ich mich ganz in der Nähe dieses Ortes einmal hingegeben hatte, freilich nicht mit überragendem Erfolg. Über die Gegend brauche ich nur zu sagen, daß die bergige Landschaft zu den schönsten ihrer Art gehört, die Hänge sind sehr steil, und die Straßen sind oder waren die schlechtesten, die ich jemals mit einem Wagen befahren habe.

Da wir jedoch ›sanft auftraten‹, wie die Eingeborenen sagen, bewältigten wir sie ohne Pannen. Nachdem wir Pilgrim's Rest verlassen hatten, fuhren wir ins Tiefland hinab, wo sich, wie ich erfuhr, immer noch eine Büffelherde aufhielt, da wegen des Krieges mit Sekukuni in letzter Zeit niemand auf die Tiere geschossen hatte. Dieser Krieg ruhte nun schon seit einer ganzen Weile, und der Landdrost in Pilgrim's Rest sagte mir, seiner Ansicht nach könne man ungefährdet an der Grenze zum Gebiet dieses Häuptlings jagen, auch wenn er selbst das Wagnis nicht unbedingt eingehen wollte.

Hier stießen wir auf kleineres Wild in Hülle und Fülle, und so spannten wir nicht mehr als zwölf Meilen von Pilgrim's Rest entfernt am frühen Nachmittag die Tiere aus, um vielleicht ein paar blaue Weißschwanzgnus zu schießen, deren Fährten ich im weichen Boden gefunden hatte, oder, falls uns das nicht glückte, eine andere Antilope. Wir ließen den Wagen an einem idyllischen Bach zurück, der sich plätschernd über ein Granitbett schlängelte, bestiegen unsere gut zugerittenen Pferde, die ebenfalls zu Anscombes Ausrüstung gehörten, und machten uns vergnügt auf den Weg. Nachdem wir, so weit wie möglich der Fährte folgend, durch den lichten Akazienwald geritten waren, erreichten wir nach einer halben Stunde eine kleine Lichtung. Auf der anderen Seite, keine fünfzig Yard entfernt, entdeckte ich im Schatten der Bäume einen einzelnen blauen Weißschwanzgnubullen und wies Anscombe auf das häßliche Tier hin. Diese Gnus sind nämlich von allen Antilopen die bizarrsten.

»Nur zu«, flüsterte ich. »Er steht großartig, Sie können ihn nicht verfehlen.«

»Glauben Sie?« entgegnete Anscombe. »Schießen doch lieber Sie.«

Ich weigerte mich, also saß er ab, gab mir sein Pferd zum Halten, kniete feierlich nieder und legte langsam auf den Bullen an. Bumm, machte sein Gewehr, und ich sah, wie etwa einen Yard über dem Gnu ein Ast abbrach und ihm auf den Rücken fiel. Das Tier schoß davon wie der Blitz, worauf Anscombe, fast ohne zu zielen, wie mir schien, den linken Lauf seines Express abfeuerte, den Bock durch Zufall oberhalb des vorderen Knies traf und ihm das Bein brach.

»Das war ein guter Schuß«, rief er und sprang wieder in den Sattel.

»Ausgezeichnet«, antwortete ich. »Aber was haben Sie jetzt vor?«

»Ich will ihn fangen. Es wäre doch grausam, ein verwundetes Tier zurückzulassen.« Damit sprengte er davon.

Natürlich mußte ich hinterher, doch der nun folgende Ritt zählt zu den schmerzhaftesten meiner Jagderinnerungen. Wir rasten zwischen Akazien hindurch, die mir das Gesicht zerkratzten und die Kleider zerrissen; wir trafen auf eine Reihe von Ameisenbärbauen, mein Pferd trat in einen davon, und ich prallte mit dem Bauch gegen seinen Kopf; wir schlitterten Granit-Kopjes hinab, und was das Schlimmste war, sozusagen am Ende jedes Kapitels kam dieser verwünschte Bulle in Sicht, obwohl ich inständig hoffte, er hätte sich endlich in Luft aufgelöst. Nach etwa einer halben Stunde dieser wilden Jagd erreichten wir offenes, welliges Gelände, und da, keine fünfzig Yard vor uns, flitzte das Gnu immer noch dahin wie ein Hase, obwohl mir unbegreiflich war, wie es das auf drei Beinen zuwege brachte. Wir hetzten es wie die Windhunde, bis Anscombe, der das schnellere Pferd hatte, schließlich auf gleiche Höhe mit dem erschöpften Tier kam, worauf es sich plötzlich umdrehte und zum Angriff überging.

Anscombe nahm sein Gewehr in die rechte Hand und riß den Abzug durch, was freilich keinerlei Wirkung zeigte, da er das Nachladen vergessen hatte. Einen Augenblick später herrschte ein solches Durcheinander, daß ich eine Weile nicht unterscheiden konnte, wo Anscombe war, wo das Gnu und wo das Pferd. Sie schienen alle in einer Staubwolke herumgewirbelt zu werden. Als sich das Bild etwas beruhigte, sah ich, daß sich das Pferd am Boden wälzte, während Anscombe, der immer noch auf seinem Rücken saß, die Hände wie zum Gebet erhoben hatte. Das Gnu konnte sich offenbar nicht so recht entscheiden, wen von den beiden es zuerst erledigen sollte. Ich befreite das arme Tier von seinen Zweifeln, indem ich ihm einen Schuß ins Herz verpaßte, unter diesen Umständen eine ganz ordentliche Leistung, wie ich mir schmeichle. Dann saß ich ab, um mich um Anscombe zu kümmern, den ich für tot hielt. Weit gefehlt. Er saß auf dem Boden, keuchte wie ein Blasebalg und stieß hervor:

»Was für ein prachtvoller Galopp. Ich habe gut getroffen, nicht wahr? Selbst Sie hätten keinen besseren Schuß anbringen können.«

»Ja«, antwortete ich, »Sie haben sehr gut getroffen, wie Sie feststellen werden, wenn Sie sich die Mühe machen, Ihr Gewehr zu öffnen und die Patronen zu zählen. Ich möchte hinzufügen, daß Sie mich hoffentlich nie wieder auf eine solche Narrenhatz führen, falls wir weiter zusammen auf die Jagd gehen sollten.«

Er erhob sich, klappte die Flinte auf und sah, daß sie leer war, denn er hatte zwar nicht nachgeladen, aber nach den beiden auf der Lichtung abgegebenen Schüssen die leeren Patronenhülsen ausgeworfen.

»Donnerwetter!« rief er. »Sie müssen den Bullen erlegt haben, dabei hätte ich geschworen, daß ich es war. Quatermain, ist Ihnen jemals aufgefallen, was die menschliche Phantasie oft für merkwürdige Spielchen mit uns treibt?«

»Zum Teufel mit der menschlichen Phantasie!« antwortete ich und wischte mir das Blut ab, das mir von einem Kratzer an der Stirn ins Auge lief. »Kommen Sie, wir sehen erst einmal nach Ihrem Pferd. Wenn es lahmt, müssen Sie in Ihrer Phantasie zum Wagen zurückreiten, der an die sechs Meilen entfernt sein dürfte, vorausgesetzt, wir finden ihn überhaupt noch vor Einbruch der Dunkelheit.«

Er seufzte etwas von einer entsetzlich praktischen Denkweise und gehorchte. Als sich herausstellte, daß das Tier nur außer Atem war und ein paar Prellungen abbekommen hatte, bemerkte er noch, wie wenig ratsam es doch sei, sich mit noch nicht eingetretenen Schicksalsschlägen zu befassen, eine Überlegung, die im Neuen Testament bereits treffender formuliert worden war, was ich ihm auch nicht vorenthielt.

Danach überlegten wir, was wir mit dem Kadaver des Weißschwanzgnus anfangen sollten, denn es wäre doch schade gewesen, ihn einfach verwesen zu lassen. In diesem Augenblick rief Anscombe, der ein paar Yard nach rechts aus dem Schatten eines die Sicht versperrenden Baumes getreten war:

»Quatermain, kommen Sie doch einmal her und sagen Sie mir, ob ich den Verstand verloren habe, oder ob hier wirklich ein ganz ungewöhnliches Haus steht. Es ist in altgriechischem Stil erbaut und liegt in einer göttlichen Landschaft.«

»Sicher ein Dianatempel«, spottete ich, als ich den Baum umrundete und zu ihm trat.

Doch dann rieb ich mir die Augen. Etwa eine halbe Meile entfernt, in einer Mulde zwischen den weitläufigen Hügeln, mit Blick über den endlosen Busch, stand ein wenigstens für diese Zeit und für diesen Teil Afrikas bemerkenswertes Haus. Schon seine Lage war überwältigend. Es erhob sich auf einer sanft geschwungenen, grünen Kuppe, vor einem bewaldeten Kloof mit einem Bach, der schließlich in einem Wasserfall von einer hohen Klippe stürzte. Nach vorne bot sich die herrliche Aussicht auf den Busch, die ein Mensch sein ganzes Leben lang betrachten konnte, ohne ihrer jemals überdrüssig zu werden. Das Veld erstreckte sich bis an den Oliphant-Fluß und verschmolz schließlich mit der undeutlichen Linie des Horizonts.

Das Haus selbst war nicht groß, jedoch in einer Weise gestaltet, wie ich es noch nie gesehen hatte. Es war ziemlich tief, dafür war die Front eher schmal, aber mit vier Säulen versehen, die das vorspringende Dach trugen, so daß eine breite Veranda entstand. Außerdem schien es aus Marmor zu bestehen, der in der untergehenden Sonne wie Schnee leuchtete. Kurzum, in dieser einsamen Wildnis wirkte es, zumindest aus dieser Entfernung, wie der verlassene Schrein eines vergessenen Gottes.

»Ich kann es nicht fassen!« sagte ich.

»Ich auch nicht«, antwortete Anscombe. »Ich muß unbedingt den Namen dieses Architekten aus dem Lydenburg-Distrikt erfahren, ich würde ihn sofort anheuern. Allerdings wirkt das Haus wohl vor allem durch die Umgebung so reizvoll. Hallo! Da kommt jemand, aber wie ein Architekt sieht er nicht aus, eher wie ein ruchloser Baron, der sich als Bure verkleidet hat.«

Tatsächlich tauchte hinter einem Gestrüpp eine merkwürdig anmutende Gestalt auf einem ausgezeichneten Pferd auf. Der Mann war groß, dünn und, wenigstens seinem langen, weißen Bart nach zu schließen, ziemlich alt, sein Körper, soweit er unter den derben Kleidern zu erkennen war, schien dagegen noch recht kräftig. Sein Gesicht hatte klare, ansprechende Züge, die Nase war ziemlich krumm und die Augen waren grau und vor allem in den Winkeln von roten Äderchen durchzogen, wie mir auffiel, als er näherkam. Insgesamt wirkte der Mann kultiviert und durchaus umgänglich, und sobald er den Mund auftat, stellte ich fest, daß er eine gute Erziehung genossen haben mußte. Und doch umgab ihn etwas, eine Aura sozusagen, die mir nicht behagte. Als wir uns an diesem Abend trennten, hatte ich das sichere Gefühl, daß er in irgendeiner Hinsicht Schuld auf sich geladen hatte, daß er nicht ganz ehrlich war und daß er außerdem ein aufbrausendes Temperament besaß.

Er ritt auf uns zu und stellte uns, übrigens in schlechtem Holländisch, mit freundlicher Stimme eine Frage, die freilich ganz und gar nicht freundlich war:

»Wer hat Ihnen erlaubt, auf unserem Land zu schießen?«

»Ich wußte nicht, daß dazu eine Erlaubnis erforderlich ist; das ist in dieser Gegend nicht üblich«, antwortete ich höflich auf Englisch. »Außerdem wurde der Bock bereits meilenweit von hier entfernt verwundet.«

»Oh!« rief er aus und wechselte dann in dieselbe Sprache, »das ist etwas anderes, obwohl auch das vermutlich auf unserem Land geschah, uns gehört nämlich ein ziemlich großes Gebiet. Grund und Boden ist hier wohlfeil.« Nachdem er uns eine Weile gemustert hatte, fügte er schließlich hinzu: »Halten Sie mich nicht für verschroben, aber meine Tochter haßt es, wenn in der Nähe des Hauses Lebewesen getötet werden, deshalb gibt es hier auch so viel Wild.«

»Dann richten Sie Ihrer Tochter bitte aus, daß wir uns entschuldigen möchten«, sagte Anscombe, »und versichern Sie ihr, daß es nicht wieder vorkommen wird.«

Der Fremde war inzwischen abgesessen, strich sich seinen langen Bart und sah uns nachdenklich an. Schließlich fragte er:

»Dürfte ich die Namen der Herren erfahren?«

»Gewiß«, antwortete ich. »Ich bin Allan Quatermain, und mein Freund ist der Ehrenwerte Maurice Anscombe.«

Er zuckte überrascht zusammen und sagte:

»Von Allan Quatermain habe ich natürlich schon gehört. Die Eingeborenen berichteten mir, daß Sie mit einem Treck hierher unterwegs seien, und sollten Sie, Sir, einer der Söhne von Lord Mountford sein, dann habe ich wohl, so seltsam es auch klingen mag, Ihren Vater in meiner Jugend gekannt. Ja, wir waren sogar zusammen in der Garde.«

»Was für ein Zufall!« rief Anscombe. »Mein Vater lebt nicht mehr, mein Bruder ist jetzt Lord Mountford. Gefällt Ihnen das Leben hier besser als bei der Garde? Mir ginge es gewiß so.«

»Beides hat seine Vorzüge«, entgegnete der andere ausweichend, »und da ich Sie ebenfalls für einen Soldaten halte, können Sie das gewiß selbst beurteilen. Aber wollen Sie nicht mit ins Haus kommen? Meine Tochter Heda ist nicht da, und mein Partner, Mr. Rodd,« (als er diesen Namen erwähnte, bemerkte ich oberhalb seines Backenknochens eine blaue Ader, die wie unter dem Druck einer verborgenen Gefühlsregung anschwoll), »ist ein sehr in sich gekehrter Mensch. Auf jemanden, der ihn nicht näher kennt, wirkt er vielleicht sogar griesgrämig. Trotzdem ist es ganz gemütlich bei uns, und wir können sogar mit einer anständigen Flasche Wein aufwarten.«

»Nein, vielen Dank«, lehnte ich ab, »wir müssen zu unserem Wagen zurück, sonst denken unsere Diener noch, uns sei etwas zugestoßen. Dürfen wir Ihnen vielleicht das Gnu überlassen, falls Sie etwas damit anfangen können?«

»Wie Sie meinen«, sagte er, und es klang bedauernd, aber gleichzeitig auch erleichtert. Auf mein Angebot, ihm den Bock zu schenken, ging er mit keinem Wort ein, vielleicht betrachtete er ihn ohnehin bereits als sein Eigentum. »Aber werden Sie sich auch zurechtfinden? Ich glaube, Ihr Wagen steht östlich von hier an dem Wasserlauf, den wir den Granitbach nennen. Am besten folgen Sie diesem Kaffernpfad«, er deutete auf einen kleinen Weg in geringer Entfernung, »dann kommen Sie ganz in die Nähe.«

»Wohin führt der Pfad?« wollte ich wissen. »Hier in der Gegend gibt es doch keinen Kral?«

»Oh! Zum Tempel, wie meine Tochter unser Haus nennt. Mein Partner und ich betreiben eine Arbeitsvermittlung, wir werben Eingeborene für die Minen von Kimberley an«, erklärte er und fügte hinzu: »Wo beabsichtigen Sie denn zu jagen?«

Ich beschrieb ihm unser Ziel.

»Ist das nicht eine recht unruhige Gegend?« fragte er. »Ich fürchte, Sekukuni wird erneut Schwierigkeiten machen, auch wenn er mit den Engländern einen Waffenstillstand abgeschlossen hat. Trotzdem könnte es sein, daß er ein Regiment zum Plündern in diese Richtung schickt.«

Ich überlegte, woher unser Freund so gut über Sekukunis mögliche Absichten Bescheid wußte, begnügte mich aber damit, zu erwidern, ich sei mit den Eingeborenen durchaus vertraut und habe keine Angst vor ihnen.

»Aha!« sagte er. »Nun, Sie werden schon wissen, was Sie tun. Sollten Sie gleichwohl in Schwierigkeiten geraten, so begeben Sie sich auf schnellstem Wege hierher, denn hier wagen die Basuto sich nicht an Sie heran.«

Wieder überlegte ich, wieso gerade diese Stelle für die Basuto tabu sein sollte, aber ich hielt es für das klügste, keine weiteren Fragen zu stellen, und so antwortete ich nur: »Haben Sie vielen Dank. Wir werden Ihre Einladung nicht vergessen, Mr. ...«

»Marnham.«

»Marnham«, wiederholte ich. »Leben Sie wohl, und nochmals vielen Dank für Ihre Freundlichkeit.«

»Noch eine Frage«, schaltete Anscombe sich ein, »die Sie hoffentlich nicht für taktlos halten. Wie heißt der Architekt, der dieses höchst romantische, anscheinend aus Marmor erbaute Haus entworfen hat?«

»Meine Tochter hat es entworfen, oder zumindest hat sie es, glaube ich, nach einer Ruine auf einer alten Zeichnung kopiert. Übrigens ist es in der Tat aus Marmor; keine hundert Yard von unserer Tür entfernt befindet sich ein ganzer Berg von dem Zeug, deshalb war es das billigste Baumaterial, das wir finden konnten. Ich hoffe, Sie kommen auf dem Rückweg vorbei und sehen es sich an, auch wenn es in Wirklichkeit nicht so prächtig ist, wie es von weitem aussieht. Ich würde mich jedenfalls sehr freuen, nach all den Jahren wieder einmal mit einem englischen Gentleman plaudern zu können.«

Damit trennten wir uns. Ich war ein wenig verstimmt, weil er mich offenbar nicht zu dieser Kategorie zählte. Er rief uns noch nach:

»Bleiben Sie unbedingt auf dem Weg, wenn Sie an diese hohen Bäume kommen, denn der Boden ist dort ziemlich sumpfig, und es wird bereits dunkel.«

Nach einer Weile erreichten wir die erwähnte Stelle. Die Bäume, es handelte sich um Gelbholzbäume, standen zwar weit auseinander, waren aber für südafrikanische Verhältnisse tatsächlich recht hoch. Dazwischen, wo der Boden trocken war, wuchsen riesige Euphorbien, die mit ihren langen, fingerförmigen Ästen und ihren tristen, grauen Stämmen im schwindenden Licht unwirklich und gespenstisch aussahen. Marnhams Rat beherzigend, ritten wir hintereinander den schmalen Pfad entlang, um nicht in ein Sumpfloch zu fallen, bis wir auf höheres Gelände kamen, wo vereinzelt das für diese Region typische Dornengestrüpp wuchs.

»Hat dieser Wald irgendwie besonderen Eindruck auf Sie gemacht?« wollte Anscombe ein paar Minuten später wissen.

»Ja«, antwortete ich, »ich hatte den Eindruck, als könnten wir uns dort leicht ein Fieber holen. Sehen Sie sich nur den Nebel an, der darüberliegt.« Ich drehte mich im Sattel um und deutete mit meinem Gewehr auf einen watteartigen Schleier, über dem der letzte, rote Schein des Sonnenuntergangs hing, ohne ihn durchdringen zu können, wodurch eine seltsame, ja fast unheimliche Stimmung entstand. »Ich vermute, daß sich dort vor Jahrtausenden ein See befand, deshalb werden die Bäume in dem fruchtbaren Boden auch so groß.«

»Sie sind wirklich ein durch und durch profaner Mensch, Quatermain«, hielt er mir vor. »Ich frage Sie nach spirituellen Eindrücken, und Sie halten mir einen Vortrag über geologische Formationen und das Wachstum von Bäumen. In spiritueller Hinsicht haben Sie nichts gespürt?«

»Nur einen kalten Hauch«, gab ich zurück, denn ich war müde und hungrig. »Worauf, zum Teufel, wollen Sie hinaus?«

»Haben Sie die Feldflasche mit Hollands mitgenommen, Quatermain?«

»Ach, das meinen Sie mit spirituell«, bemerkte ich sarkastisch und reichte ihm die Flasche.

Er nahm einen tiefen Zug und erklärte:

»Keineswegs, höchstens in dem Sinn, daß man böse Geister mit guten Geistern austreiben soll, was uns übrigens schon die Bibel lehrt. Aber ganz im Ernst«, fügte er mit veränderter Stimme hinzu, »ich war in meinem ganzen Leben noch nie so deprimiert wie in diesem dreimal verfluchten Wäldchen.«

»Was hat Sie denn so deprimiert?« fragte ich und musterte ihn, soweit dies im schwindenden Licht möglich war. Um ehrlich zu sein, ich fürchtete, er habe sich den Kopf angeschlagen, als dieses Weißschwanzgnu auf ihn losging, und nun träten etwas verspätet die Auswirkungen einer Gehirnerschütterung auf.

»Kann ich Ihnen nicht sagen, Quatermain. Ich sehe nicht aus wie ein Verbrecher, oder? Nun, als ich diesen Wald betrat, fühlte ich mich noch wie ein einigermaßen rechtschaffener Mensch, doch als ich herauskam, kam ich mir vor wie ein Mörder. Es war, als sei mir dort drin etwas Schreckliches zugestoßen, als hätte ich jemanden umgebracht. Pfui Teufel!« Ein Schauder überlief ihn, und er nahm noch einen Schluck Hollands.

»Was für ein Unsinn!« rief ich. »Außerdem, selbst wenn das eintreffen sollte, so muß ich Ihnen leider gestehen, daß ich notgedrungen schon eine ganze Reihe von Menschen getötet habe, ohne daß mich das übermäßig belasten würde.«

»Haben Sie jemals einen Mann getötet, um eine Frau zu erringen?«

»Gewiß nicht. Das wäre ja Mord. Wie können Sie mich so etwas fragen? Aber ich habe mehrere Menschen umgebracht, um an ihr Vieh zu kommen«, überlegte ich laut und dachte dabei an meinen Feldzug mit Saduko gegen den Häuptling Bangu und an einige andere Episoden in meiner Laufbahn.

»Der Unterschied leuchtet mir ein, Quatermain. Für Kühe zu töten, ist gerechtfertigter Totschlag; um einer Frau willen zu töten, ist dagegen Mord.«

»Ja«, stimmte ich zu, »in Afrika ist das wohl die Sicht der Dinge. Frauen stehen auf der Stufenleiter der Schöpfung höher als Kühe, ein um ihretwillen begangenes Verbrechen wiegt folglich unendlich viel schwerer als ein anderes, bei dem es nur um Kühe geht, und darin besteht der Unterschied zwischen gerechtfertigtem Totschlag und Mord.«

»Du lieber Gott, was für eine Argumentation!« rief er und versank in Schweigen. Wäre er mit den Eingeborenen und ihrer Denkweise vertraut gewesen, so hätte er diese Art der Beweisführung viel besser verstanden, auch wenn sie zugegebenermaßen nicht leicht zu erklären ist.

Ohne auf weitere Schwierigkeiten zu stoßen, erreichten wir schließlich unseren Wagen, und als wir uns nach einem ausgezeichneten Abendessen die Pfeifen ansteckten, fragte ich Anscombe, welchen Eindruck er von Mr. Marnham gewonnen habe.

»Komischer Vogel, glaube ich«, antwortete er. »War wohl einmal ein Gentleman und hat sich die guten Manieren bewahrt, was nicht verwunderlich ist, wenn er einer von den Marnhams ist, die sind nämlich eine vornehme Familie. Warum er wohl erwähnte, daß er mit meinem Vater gedient hat?«

»Das ist ihm unversehens herausgerutscht. Menschen, die viel allein sind, lassen sich oft überrumpeln und sagen Dinge, die sie hinterher bereuen. Ich habe bemerkt, daß das bei ihm der Fall war. Aber warum hat Sie das überrascht?«

»Weil mir eben etwas eingefallen ist. Zufällig hat mein Vater einmal eine Geschichte über einen Mann namens Marnham erzählt, der in seinem Regiment war. Ich kann mich an die Einzelheiten nicht mehr erinnern, aber es ging um Karten und hohe Einsätze und um einen daraus entstandenen Streit, bei dem ein Vorgesetzter geschlagen und der Schläger infolgedessen aufgefordert wurde, seinen Abschied einzureichen.«

»Das muß nicht derselbe Mann gewesen sein.«

»Nicht unbedingt, denn soweit ich mich erinnere, diente in diesem Regiment mehr als ein Marnham. Aber ich weiß noch, daß mein Vater den Betroffenen damit entschuldigte, er sei eben ein sehr jähzorniger Mensch gewesen. Ich glaube, er fügte noch hinzu, der Mann habe das Land verlassen und sei irgendwo auf dem Kontinent in eine Armee eingetreten. Ich würde die Sache wirklich gern aufklären.«

»Da würde ich mir an Ihrer Stelle keine Hoffnungen machen, denn selbst wenn Sie diesen Marnham jemals wiedersehen sollten, würden Sie vermutlich feststellen, daß er über die Bekanntschaft mit ihrem Vater kein einziges Wort mehr verlauten läßt.«

»Wie wohl Miss Heda aussieht?« fuhr Anscombe nach einer Pause fort. »Ein Mädchen, das ein Haus nach dem Vorbild einer alten Ruine entwirft, das macht mich neugierig.«

»Nun, Sie werden sie nicht kennenlernen, weil sie irgendwohin verreist ist. Außerdem haben wir es nicht auf Mädchen abgesehen, sondern auf Büffel, und das ist auch ganz gut so. Büffel sind nicht so gefährlich.«

Ich sprach mit großem Nachdruck, weil ich gegen Mr. Marnham und alles, was mit ihm zusammenhing, eine tiefe Abneigung gefaßt hatte und Anscombe nicht zu weiteren Begegnungen ermuntern wollte.

»Nein, ich werde sie vermutlich nicht kennenlernen.

Und doch habe ich das Gefühl, als sei es mir vom Schicksal bestimmt, diesen verwünschten Gelbholzsumpf wiederzusehen.«

»Unsinn!« wehrte ich ab und stand auf, um mich zu Bett zu begeben. Ach, hätte ich nur gewußt, was uns noch alles bevorstand!

III

Die Jäger werden gejagt

Die schnatternden Laute einer Eingeborenensprache, die ich für Sisutu hielt, drangen an mein Ohr, während ich meine Stiefel auszog, und da ich mir nicht die Mühe machen und wieder hineinschlüpfen wollte, rief ich dem Fahrer unseres Wagens zu, er solle nachsehen, was los sei. Der Mann war ein Kaffer aus der Kapkolonie, ein Fingo, soweit ich mich erinnere, mit einem Schuß Hottentottenblut. Er war ein ausgezeichneter Gespannführer, ich glaube, ich habe nie einen besseren kennengelernt, und keineswegs ein schlechter Schütze. Bei den Europäern erfreute er sich des Namens Footsack, ein burenholländischer Ausdruck, mit dem man im allgemeinen lästige Hunde bedenkt und der ›Hau ab‹ bedeutet. Um ehrlich zu sein, wäre ich sein Herr gewesen, ich hätte ihn auch verscheucht, da ich ihn im Verdacht hatte, heimlich zu trinken, und ihm auch sonst nicht so recht über den Weg traute. Anscombe war ihm jedoch sehr zugetan, weil er bei einem Jagdabenteuer in Matabeleland angeblich großen Mut bewiesen hatte, ich glaube, es war bei der Jagd auf jenen Löwen mit der dunklen Haut gewesen, der uns vor fast zwei Jahren miteinander bekannt gemacht hatte. Anscombe behauptete sogar, Footsack habe ihm bei dieser Gelegenheit das Leben gerettet, doch nach allem, was ich seinen Worten entnahm, halte ich das nicht für ganz zutreffend. Außerdem konnte sich der Mann, der schon mit vielen Sportsleuten Jagdausflüge unternommen hatte, ausreichend auf Holländisch und Englisch verständigen und war insofern ganz brauchbar.

Er tat, wie ich ihn geheißen, und als er nach einer Weile zurückkam, berichtete er, ein Trupp Basuto, etwa dreißig Mann stark, sei auf dem Weg von Kimberley, wo sie in den Minen gearbeitet hätten, unter Führung eines Bastards namens Karl hier eingetroffen, und sie bäten um Erlaubnis, die Nacht bei unserem Wagen verbringen zu dürfen, da sie sich im Dunkeln nicht zum ›Tampel‹ weiterzugehen getrauten.

Zuerst konnte ich mir nicht vorstellen, was wohl mit ›Tampel‹ gemeint sein mochte, es hörte sich nicht nach einem Eingeborenennamen an, doch dann erinnerte ich mich, daß Mr. Marnham erwähnt hatte, sein Haus werde der Tempel genannt, und ›Tampel‹ war natürlich eine Verballhornung davon. Außerdem hatte er auch gesagt, er und sein Partner betrieben eine Arbeitsvermittlung.

»Wovor haben sie denn Angst?« fragte ich.

»Sie sagen, Baas, sie müßten durch einen Wald in einem Sumpf, und sie glauben, dort gehen Gespenster um, und vor Gespenstern fürchten sie sich sehr.«

»Was für Gespenster?« fragte ich.

»Weiß nicht, Baas. Sie sagen, das Gespenst von jemandem, der getötet worden ist.«

»Dummes Zeug«, wehrte ich ab. »Sag ihnen, sie sollen hingehen und die Gespenster fangen, wir wollen schließlich nicht, daß irgendwelche Schreihälse hier die ganze Nacht Seemanslieder grölen.«

Nun ließ sich Anscombes schleppende Stimme belustigt vernehmen.

»Wie kann man nur so hartherzig sein, Quatermain? Ich habe Ihnen doch erzählt, was für ein übernatürliches Entsetzen mich genau an diesem Ort überfallen hat. Ich würde nicht einmal ein tobendes Maultier zwingen, diesen Wald im Dunkeln zu durchqueren. Lassen Sie die armen Teufel bleiben, ich schätze, sie sind müde.«

Ich gab also nach und sah schließlich durch die hintere Plane des Wagens, die wegen der Hitze der Nacht nicht festgezurrt war, ihre Feuer aufflackern. Später, etwa gegen Mitternacht, wurde ich wach und hörte Stimmen, von denen eine, wie ich im Halbschlaf fand, große Ähnlichkeit mit der unseres Footsack hatte.

Wie gewohnt erwachte ich sehr früh, spähte aus dem

Wagen und entdeckte im Morgennebel Footsack im Gespräch mit einem Mann, der mir vorkam wie ein ausgemachter Schurke. Ich zog sofort den Schluß, das müsse Karl sein, offensichtlich ein Mischling, in dessen Adern sich etwa fünfzehn Teile verschiedenen Eingeborenenblutes mit einem Teil weißen Blutes mischten, und der, was seinen Reiz noch erhöhte, tiefe Pockennarben hatte und wahrhaft erschreckend schielte. Ich glaubte zu sehen, wie Footsack diesem Mann etwas übergab, was verdächtig nach einer eckigen, in trockenes Gras gewickelten Ginflasche aussah, und wie der andere unserem Footsack dafür einen kleinen Gegenstand zusteckte, den dieser in den Mund schob.

Nun überlegte ich natürlich, was es wohl an Kostbarkeiten gab, die jemand, der keine Süßigkeiten aß, in seinem Mund verstauen würde. Goldmünzen vielleicht, einen Priem Kautabak oder einen Stein? Gold war ein zu hoher Preis für eine Flasche Gin, Tabak ein zu geringer, aber was war mit dem Stein? Was für ein Stein? Wer brauchte Steine? Dann fiel mir plötzlich wieder ein, daß diese Leute ja angeblich von Kimberley kamen, und ich pfiff vor mich hin. Ich unternahm jedoch vorerst nichts, hauptsächlich deshalb, weil ich zwar die Gesichter der Männer erkennen, aber die Gegenstände, die sie sich zwei Fuß tiefer überreichten, wo der Nebel fast undurchdringlich war, nicht deutlich sehen konnte, und weil man leicht an Autorität verliert, wenn man gegen einen Eingeborenen eine Anschuldigung vorbringt, die dieser zu entkräften vermag. So hielt ich den Mund und wartete ab. Meine Chance kam nicht sofort, denn ehe ich noch angekleidet war, waren die Basuto mit ihrem Anführer Karl bereits abgezogen, jetzt nach Sonnenaufgang fürchteten sie den Geisterwald nicht mehr.

Aber sie kam etwas später, und zwar auf folgende Weise: Wir treckten zwischen Dornengestrüpp auf einem ebenen, bequemen Pfad, der es dem Fahrer Footsack gestattete, auf dem *Voorkisse* oder Kutschbock des Wagens zu sitzen und dem Burschen, den man den *Voorlooper* nennt, das Führen der Ochsen zu überlassen. Anscombe ritt neben dem Wagen her, in der Hoffnung, ein paar Perlhühner für den Kochtopf zu schießen (obwohl er mit dem Gewehr ein jämmerlicher Schütze war, konnte er mit der Schrotflinte recht gut umgehen). Ich, der ich für dieses Kleinwild nicht viel übrig hatte, saß rauchend neben Footsack, der nach Gin roch, wie ich feststellte, und auch sonst den Eindruck machte, als sei er ein wenig angeheitert. Ganz unvermittelt sagte ich zu ihm:

»Zeig mir doch den Diamanten, den dir der Bastard Karl heute morgen für die Flasche Gin aus dem Vorrat deines Herrn gegeben hat.«

Es war ein Schuß ins Blaue, aber die Wirkung war überwältigend. Hätte ich Footsacks lange Bambuspeitsche nicht aufgefangen, sie wäre zu Boden gefallen. Er selbst sackte auf seinem Sitz zusammen wie ein Mann, der eine Kugel in den Bauch bekommen hat.

»Baas!« keuchte er. »Baas, woher weißt du das?«

»Ich habe es«, antwortete ich herablassend, »auf die gleiche Weise erfahren, wie ich alles erfahre. Zeig mir den Diamanten.«

»Baas«, flehte er, »es war nicht der Gin von Baas Anscombe, ich habe ihn in Pilgrim's Rest gekauft.«

»Ich habe die Flaschen in der Kiste gezählt und weiß sehr wohl, wessen Gin es war«, antwortete ich zweideutig, weil ich nämlich nichts dergleichen getan hatte. »Zeig mir den Diamanten.«

Footsack tastete an sich herum, in seinem Haar, in seinen Westentaschen und sogar unter seinem *Moocha,* und zog schließlich von irgendwoher einen Stein hervor, den er mir reichte. Ich sah ihn mir an und schätzte ihn nach der Reinheit seiner Farbe und nach seiner Größe auf einen Diamanten im Wert von £ 200, vielleicht sogar noch mehr. Nach sorgfältiger Prüfung steckte ich ihn in meine Tasche und erklärte:

»Das ist der Preis für den Gin deines Herrn, und deshalb hat er ebenso viel Recht auf diesen Stein wie jeder andere. Wenn du Ärger vermeiden willst, dann gesteh — wie kam er in die Hände dieses Karl?«

»Baas«, antwortete Footsack, an allen Gliedern zitternd, »woher soll ich das wissen? Er und die übrigen arbeiten in den Minen, ich nehme an, sie haben ihn dort gefunden.«

»In der Tat! Hat er noch mehr von der Sorte gefunden?«

»Ich glaube schon, Baas. Wenigstens sagt er, er hat mit solchen Steinen seit Kimberley überall Flaschen mit Gin gekauft. Karl ist ein schlimmer Trunkenbold, Baas, das weiß ich sicher, denn ich kenne ihn seit Jahren.«

»Das ist noch nicht alles«, bemerkte ich, ohne ihn aus den Augen zu lassen. »Was hat er sonst noch gesagt?«

»Er hat gesagt, Baas, er hätte große Angst, zu Baas Marnham zurückzukehren, den die Kaffern Weißbart nennen, weil er nur noch wenige Steine übrig hat.«

»Warum hatte er Angst?«

»Weil der Baas Weißbart, er, der im Tampel wohnt, sehr zornig wird, wenn er sich betrogen glaubt, und Karl fürchtet, er könnte ihn töten, wie ein anderer getötet wurde, der nämlich, dessen Geist in dem Wald spukt, durch den diese törichten Leute letzte Nacht nicht zu gehen wagten.«

»Wer wurde getötet, und wer hat ihn getötet?« fragte ich.

»Baas, das weiß ich nicht«, entgegnete Footsack und verschanzte sich hinter trotzigem Schweigen, wie es die Art der Kaffern ist, wenn sie plötzlich erkennen, daß sie zu viel gesagt haben. Ich bedrängte ihn auch nicht weiter, da ich genug erfahren hatte.

Was hatte ich denn erfahren? Folgendes: Messrs. Marnham & Rodd waren illegale Diamantenaufkäufer, I.D.A.'s, wie man sie nennt, die sich raffinierterweise in großer Entfernung vom Tatort, praktisch außer Reichweite der Zivilisation und ihrer Gesetze angesiedelt hatten.

Wahrscheinlich trieben sie auch noch andere kriminelle Geschäfte mit den Kaffern und versorgten sie etwa mit Waffen, damit sie Krieg gegen die Weißen führen konnten. Sekukuni hatte in letzter Zeit gegen uns gekämpft, die Nachfrage nach Gewehren mußte demnach recht lebhaft sein. Damit wäre auch erklärt, wieso Marnham so gut über die Pläne dieses Häuptlings Bescheid wußte. Möglicherweise wußte er aber auch gar nichts, sondern hatte nur so getan, um uns aus der Gegend fernzuhalten.

Später vertraute ich die ganze Geschichte und auch meinem Argwohn Anscombe an, der sich sehr dafür interessierte.

»Was für romantische Schurken!« rief er. »Wir sollten wirklich zu diesem Tempel zurückkehren. Ich wollte schon immer einen leibhaftigen I.D.A. kennenlernen.«

»Wahrscheinlich ist das bereits geschehen, Sie hatten nur keine Ahnung davon. Sollten Sie im übrigen wirklich den Wunsch haben, diese Räuberhöhle aufzusuchen, so müssen Sie dabei auf meine Begleitung verzichten.«

»Wäre weißes Grabmal nicht ein besserer Ausdruck, besonders, da sich darunter offenbar die Gebeine eines Toten verbergen?« gab er auf seine frivole Art zurück.

Dann wollte ich von ihm wissen, was er wegen Footsack und der Flasche Gin zu unternehmen gedenke, und er revanchierte sich mit der Frage, was ich mit dem Diamanten vorhabe.

»Den übergebe ich Ihnen, denn Sie sind Footsacks Herr«, sagte ich und ließ meinen Worten unverzüglich die Tat folgen. »Ich will in solch dubiose Geschäfte nicht hineingezogen werden.«

Nun entspann sich eine längere Debatte, wer denn nun wirklich der rechtmäßige Besitzer des Diamanten sei, und sie endete damit, daß wir den Stein versteckten, um ihn bei Bedarf vorweisen zu können. Footsack, der eigentlich ein Dutzend Hiebe verdient hätte, wurde von seinem Herrn gründlich ausgescholten, und wir drohten ihm an, ihn einem Friedensrichter zu übergeben — sobald wir einem begegneten —, falls er noch mehr Gin stehle.

Am folgenden Tag erreichten wir das heiße Tiefland, wo sich angeblich die Büffelherde aufhalten sollte. Doch am nächsten Morgen, als wir gerade auf die Jagd gehen wollten, erschien ein Basuto-Kaffer und erklärte auf Befragen, er gehöre zu Sekukunis Leuten und sei in diese Gegend entsandt worden, um nach zwei verlorenen Ochsen zu suchen. Ich nahm ihm die Geschichte nicht ab, sondern hielt ihn eher für einen Spion, fragte ihn aber gleichwohl, ob er bei seiner Suche nach den Ochsen auch auf Büffel gestoßen sei.

Er antwortete, ja, auf eine zweiunddreißigköpfige Herde, die Kälber mitgezählt, aber sie befänden sich jenseits des Oliphant etwa fünfundzwanzig Meilen entfernt in einem Tal zwischen einigen Vorbergen und der schroffen Gebirgskette, hinter der Sekukunis Stadt lag. Zum Beweis für seine Geschichte zeigte er mir noch die Fährte der Tiere, die in diese Richtung führte und eine gute Woche alt war.

Ich für mein Teil hielt es für unklug, sich so dicht an Sekukuni heranzuwagen, und hätte gerne aufgegeben und anderswo gejagt. Anscombe war jedoch nicht dieser Meinung und setzte sich sehr dafür ein, den Büffeln zu folgen. Es sei auf hundert Meilen im Umkreis die einzige Herde, gab er zu bedenken, vielleicht sei diesseits der Lebombo-Berge überhaupt keine mehr zu finden. Als ich immer noch Einwände erhob, schlug er mit dem freundlichsten Lächeln vor, wenn mir die Sache zu riskant sei, solle ich doch irgendwo mit dem Wagen lagern, während er sich mit Footsack auf die Suche nach den Büffeln mache.

Darauf entgegnete ich, ich sei durchaus an Risiken gewöhnt, die ja in gewissem Sinne mein Beruf seien, und da er sich mehr oder weniger meiner Obhut anvertraut habe, habe ich eher an ihn gedacht als an mich selbst, der ich durchaus bereit sei, den Büffeln nicht nur bis zu Sekukunis Bergen, sondern auch noch weiter zu folgen. Nun entschuldigte er sich, da er befürchtete, mich gekränkt zu haben, und bot mir an, eine andere Richtung einzuschlagen, wenn ich das wolle. Schließlich einigten wir uns darauf, zum Oliphant-Fluß zu trecken, dort ein Lager aufzuschlagen und den Busch auf der anderen Seite zu Pferde zu erkunden, uns aber dabei nur so weit vom Wagen zu entfernen, daß wir ihn vor Einbruch der Nacht wieder erreichen konnten.

Das taten wir denn, und am Abend spannten wir bei großer Hitze an jenem schönen Fluß ab, der immer noch von einigen Flußpferden und vielen Krokodilen bevölkert war, von denen wir vor dem Schlafengehen eines schossen. Am nächsten Morgen, nach einem aus kaltem Perlhuhn bestehenden Frühstück, ließen wir Footsack und die beiden anderen Diener beim Wagen zurück, stiegen in den Sattel, durchquerten den Fluß an einer Furt, zu der uns der Kaffernpfad führte und die für meinen Geschmack gerade tief genug war, und machten uns in dem ziemlich sumpfigen Buschgelände, das sich vom jenseitigen Ufer acht bis zehn Meilen weit bis an den Fuß der ersten Hügel erstreckte, auf die Suche nach den Büffeln. Ich hatte nicht viel Hoffnung, daß wir sie finden würden, da der Basuto gesagt hatte, sie hätten diese Hügel überquert, aber entweder hatte er mich belogen, oder sie waren wieder zurückgekehrt.

Keine halbe Meile vom Flußufer entfernt — ich wollte gerade absitzen, um einen schönen Wasserbock zu beschleichen, den ich zwischen hohen Grashalmen und Büschen entdeckt hatte — fiel mein Auge auf eine Büffelspur, die ihrem Aussehen nach höchstens ein paar Stunden alt sein konnte. Offenbar hatten die Tiere in der Nacht hier geweidet und sich im Morgengrauen zum Schlafen in das Trockengestrüpp in der Nähe der Hügel zurückgezogen. Ich winkte Anscombe, der den Wasserbock zum Glück noch nicht gesehen hatte — er hätte mit Sicherheit darauf geschossen und damit vielleicht die

Büffel verschreckt —, zeigte ihm die Spur, und wir machten uns sofort daran, sie zu verfolgen.

Bald führte sie uns zu weiteren Fährten von einer ganzen Herde aus tatsächlich dreißig oder vierzig Tieren, was uns die Aufgabe sehr erleichterte, wenigstens so lange, bis wir auf härteren Boden kamen, denn die Tiere waren wirklich sehr weit gelaufen. Mehr als eine Stunde später, wir waren inzwischen etwa sieben Meilen vom Fluß entfernt und hatten die Hügel fast erreicht, entdeckte ich vor uns ein kühles, dicht bewaldetes Kloof.

»Dort werden sie sein«, sagte ich. »Jetzt müssen wir uns sehr in acht nehmen und dürfen kein Geräusch machen.«

Wir ritten bis zu der breiten Mündung des Kloof, wo die Büffelspuren zahlreich und sehr frisch waren, saßen ab und banden unsere Pferde an eine Akazie, um uns der Herde möglichst lautlos zu Fuß zu nähern. Wir waren noch keine hundert Yard durch den Busch gegangen, als ich plötzlich etwa fünfzig Schritt entfernt im Schatten zwischen zwei Bäumen einen prachtvollen alten Bullen mit zwei gewaltigen Hörnern erblickte, der uns die Breitseite zuwandte.

»Schießen Sie«, zischte ich Anscombe zu, »eine solche Chance bekommen Sie nie wieder. Es ist der Wächter der Herde.«

Ganz blaß vor Erregung kniete er nieder und richtete sein Express auf den Bullen.

»Ganz ruhig bleiben«, flüsterte ich. »Halten Sie auf halber Höhe hinter die Schulter.«

Ich glaube nicht, daß er mich verstand, denn in diesem Augenblick ging das Gewehr los. Er traf das Tier irgendwo, denn ich hörte die Kugel einschlagen, aber der Schuß war nicht tödlich, denn es drehte sich um und tappte, scheinbar unverletzt, schwerfällig das Kloof hinauf, worauf mein Begleiter den zweiten Lauf abfeuerte und diesmal sein Ziel ganz klar verfehlte. Dann waren wir plötzlich auf allen Seiten von Büffeln umgeben, die vermutlich von uns unbemerkt im Gebüsch geschlafen hatten. Nun stürmten sie schnaubend und brüllend auf den Fluß zu, denn da sie ihre fünf Sinne noch beisammen hatten, wollten sie nicht im Kloof eingeschlossen werden. Mir gelang nur ein einziger Schuß auf eine große Kuh mit langen Hörnern, die sofort tot umfiel. Hätte ich noch einmal gefeuert, so hätte ich nur ein Tier verletzen können, und das ist mir zuwider. Die ganze Sache war in Minutenschnelle vorüber. Wir gingen zu meiner toten Kuh, die ich mitten ins Herz getroffen hatte, und sahen sie uns an.

»Eigentlich ist es grausam, diese Wesen zu töten«, bemerkte ich, »denn ich weiß nicht, was wir mit ihnen anfangen wollen, und sie lieben das Leben gewiß nicht weniger als wir.«

»Wir werden ihr die Hörner abschneiden«, sagte Anscombe.

»Das können Sie tun, wenn Sie wollen«, antwortete ich, »aber mit Ihrem Gürtelmesser wird es recht mühselig werden.«

»Ja, ich glaube, damit kann sich morgen unser ehrenwerter Footsack beschäftigen«, gab er zurück. »Folgen wir doch inzwischen meinem Bullen und verpassen wir ihm den Fangschuß, denn Footsack & Co. können genauso gut gleich zwei Gehörne mit nach Hause nehmen.«

Ich betrachtete den dichten Busch, und da ich ein wenig über das Verhalten verwundeter Büffel Bescheid wußte, war mir klar, daß uns eine unangenehme Aufgabe bevorstand. Ich sagte jedoch nichts, denn wenn ich zögerte, wollte er sicher wieder allein gehen. Also machten wir uns auf den Weg. Das Tier war offenbar doch schwerer verletzt, denn die Blutspur ließ sich leicht verfolgen. Allerdings war der Büffel noch in der Lage gewesen, sich bis ans Ende des Kloofs zurückzuziehen, wo sich eine Klippe befand, über die ein kleiner Bach herabtröpfelte. Hier war die Schlucht nicht mehr als hundert Schritt breit, und auch zu beiden Seiten ragten die Felsen schroff in die Höhe. Als wir uns von einer dieser Wände lösten, ertönte ein Kriegshorn, wie es die Basuto verwenden. Merkwürdig war, daß ich das Horn zwar hörte, aber zu diesem Zeitpunkt nicht weiter darauf achtete, da ich vollauf mit unserem Vorhaben beschäftigt war.

Einen verwundeten Büffel durch ein baumbestandenes, steiniges Kloof zu verfolgen, ist kein Kinderspiel, denn diese Tiere haben die Angewohnheit, plötzlich kehrtzumachen, auf den Verfolger loszurennen und ihn auf die Hörner zu nehmen. So strengte ich alle Sinne an, als ich weiterschlich, und achtete darauf, daß Anscombe weit hinter mir blieb. Wie sich herausstellte, war der Bulle entweder nicht ganz bei Sinnen, oder seine Eltern hatten ihm keinerlei Instinkt mitgegeben, denn als er merkte, daß er nicht weiterkam, blieb er stehen, wartete hinter einem Busch, und sobald er uns erblickte, ging er blindlings auf uns los. Ich ließ Anscombe den Vortritt, um ihn nicht der Ehre zu berauben, den Büffel ganz allein getötet zu haben, aber irgendwie schaffte er es, ihn mit beiden Läufen zu verfehlen. Nun wurde es gefährlich, und so drückte ich ab, sobald der Bulle den Kopf senkte, und hatte das Glück, ihm das Rückgrat zu brechen (auf den Kopf eines Büffels zu schießen, ist sinnlos), worauf er uns mausetot vor die Füße rollte.

»Da haben Sie ein prachtvolles Gehörn«, sagte ich, als ich den gefallenen Hünen betrachtete.

»Ja«, antwortete Anscombe mit seinem humorvollen Funkeln in den Augen, »und wenn Sie nicht gewesen wären, hätte ich es jetzt vermutlich zwischen den Rippen.«

»Und nun schleunigst weg von hier«, mahnte ich. »Wir sind von Kaffern umzingelt.«

Und so war es in der Tat, denn als wir durch das Kloof zurückliefen, prasselte von beiden Klippen ein nicht abreißender, aber zum Glück schlecht gezielter Strom von Geschossen auf uns herab. Bleiummantelte Steine, Beine von Kochtöpfen und Gewehrkugeln schwirrten und pfiffen uns um die Ohren, doch bis ganz zum Schluß, bis wir den Baum erreichten, an dem wir unsere Pferde festgebunden hatten, richteten sie keinen Schaden an. Dann sah ich, wie Anscombe plötzlich zu hinken begann. Er rannte trotzdem weiter und stieg auch auf sein Pferd, aber ich bemerkte, daß er seinen rechten Fuß nicht in den Steigbügel steckte.

»Was ist los?« fragte ich, als wir davongaloppierten.

»Wahrscheinlich ein Treffer durch den Spann«, lachte er. »Aber es tut kein bißchen weh.«

»Das wird sicher noch kommen«, gab ich zurück. »Danken Sie immerhin Gott, daß es nicht am oberen Ende des Kloofs passiert ist. Auf den Pferden werden sie uns nicht erwischen, und sie sind nicht auf die Idee gekommen, sie vorher zu töten.«

»Aber sie werden es versuchen. Schauen Sie sich nur um.«

Ich gehorchte und sah zwanzig oder dreißig Mann aus dem Eingang des Kloof hervorbrechen und uns verfolgen.

»Jetzt können wir nicht mehr anhalten, um das Gehörn zu holen«, seufzte er.

»Nein«, antwortete ich, »es sei denn, Sie möchten unbedingt über einem zerdrückten Ameisenhaufen in der Sonne schmorend oder auf eine ähnlich angenehme Art der Welt Adieu sagen.«

Danach ritten wir schweigend weiter, und ich machte mir Vorwürfe, weil ich so töricht gewesen war, mich erstens von Anscombe zur Überquerung des Flusses überreden zu lassen, und zweitens nicht auf das Kriegshorn zu achten. Wegen des schwierigen, sumpfigen Bodens konnten wir nicht sehr schnell reiten, außerdem machte die Hitze des Tages den Pferden zu schaffen. So kam es, daß wir die Furt nicht mehr als zehn Minuten vor unseren behenden Verfolgern erreichten, die alle gute Läufer und obendrein mit dem Gelände vertraut waren. Vermutlich hatten sie Anweisung, uns um jeden Preis zu töten oder gefangenzunehmen, denn anstatt die Jagd aufzugeben, wie ich es gehofft hatte, blieben sie uns überraschend hartnäckig auf den Fersen.

Wir kämpften uns spritzend durch den Fluß, und wurden zum Glück am anderen Ufer bereits von Footsack erwartet, der uns gesehen und erraten hatte, daß etwas schiefgelaufen war.

»Einspannen!« rief ich ihm zu, »und mach schnell, wenn du den morgigen Tag noch erleben willst. Die Basuto sind hinter uns her.«

Er wurde vor Angst ganz grün im Gesicht und flitzte wie aus der Pistole geschossen davon.

»Und jetzt«, sagte ich zu Anscombe, während wir unsere vor Durst halb wahnsinnigen Pferde trinken ließen, »müssen wir diese Furt so lange halten, bis der Wagen fahrbereit ist, sonst kriegen uns diese Teufel doch noch. Sitzen Sie ab, ich binde die Pferde an.«

Er tat es mit einiger Mühe, schnitt, während ich die Tiere festmachte, auf meinen Rat hin die Schnürbänder seines Stiefels auf, der voller Blut war, und kühlte seinen Fuß, den ich aus Zeitmangel nicht untersuchen konnte, im Wasser. Danach half ich ihm, eine Akazie zu erreichen, die dick genug war, um seinen Körper größtenteils zu verdecken, und bezog selbst ein paar Schritte weiter hinter einem ähnlichen Baum Posten.

Nach einer Weile kamen die Basuto angetrabt, sie hielten sich dicht beieinander, und als Anscombe, der hinter seinem Baum saß, dies sah, feuerte er auf eine Entfernung von etwa zweihundert Yard beide Läufe seines Express auf sie ab. Es war eine törichte Reaktion, denn erstens verfehlte er sie glatt, weil er die Entfernung überschätzt hatte und die Kugeln über ihre Köpfe hinweggingen, und zweitens veranlaßte er sie damit, sich zu zerstreuen und vorsichtiger zu werden, während wir ihnen leicht eine Lektion hätten erteilen können, wären sie weiter auf einem Haufen geblieben. Ich sagte jedoch nichts, da ich wußte, daß Vorwürfe ihn nur nervös machen würden. Die Schurken ließen sich am gegenüberliegenden Ufer auf Hände und Knie nieder, nahmen Deckung hinter Felsen und Büschen und begannen auf uns zu feuern, denn sie waren alle mit der einen oder anderen Art von Gewehren versehen, und zwischen uns befanden sich nicht mehr als etwa hundert Yard Wasser. Während sie dieses Manöver ausführten, konnte ich zwei von ihnen erwischen, während Anscombe, glaube ich, einen weiteren verwundete.

Danach wurde es für uns ziemlich ungemütlich, denn wie ich schon sagte, waren die Baumstämme nicht sehr dick, und drei oder vier der Eingeborenen, wahrscheinlich ehemalige Jäger, waren keineswegs schlechte Schützen, auch wenn die übrigen mehr oder weniger ziellos in der Gegend herumballerten. Als Anscombe den Kopf neben dem Stamm hervorstreckte, um zu schießen, riß ihm eine Kugel den Hut vom Kopf, und mir fuhr ein Geschoß durch den Zipfel meiner Jacke. Doch es wurde noch schlimmer. Absichtlich oder durch Zufall bekam Anscombes Pferd eine Kugel in den Hals und stürzte wild um sich schlagend zu Boden, worauf das meine sich erschreckte, den Riemen zerriß und zum Wagen galoppierte. Ich hätte die Tiere besser gleich dort gelassen, aber ich hatte gedacht, wir würden sie vielleicht noch brauchen, um schnell zu fliehen oder um Anscombe fortzubringen, falls er nicht mehr laufen konnte.

Eine ganze Weile verging, bis ich mich umsah und feststellte, daß die ein Stück entfernt weidenden Ochsen endlich zurück waren und in fieberhafter Eile eingespannt wurden. Auch die Basuto sahen das und beschlossen aus Angst, wir könnten doch noch entkommen, der Sache ein Ende zu machen. Jäh sprangen sie aus ihrer Deckung und stürzten sich mit mehr Mut, als ich ihnen zugetraut hätte, in den Fluß, um zu uns vorzustoßen, was ihnen, um der Wahrheit die Ehre zu geben, vermutlich auch gelungen wäre, hätte ich mich nicht wieder einmal als ziemlich schneller Schütze erwiesen.

Deshalb traten sie, als sie feststellten, daß ihre Verluste durch unser Feuer zu schwer wurden, hastig den Rückzug an und ließen ihre Toten und sogar einen Verwundeten im Stich, der sich an einen Felsen klammerte. Der arme Teufel litt Todesängste, weil er glaubte, wir würden noch einmal auf ihn schießen, was ich freilich nicht übers Herz brachte, obwohl es vielleicht barmherziger gewesen wäre, da ihm eine Kugel aus dem Express das Bein oberhalb des Knies zerschmettert hatte. Immer wieder flehte er um Gnade und rief, er habe uns nur angegriffen, weil sein Häuptling, der ›vom Weißen Mann‹ von unserem Kommen erfahren habe, ihm befohlen habe, unsere Gewehre und unser Vieh zu rauben.

»Was für ein weißer Mann?« rief ich. »Sprich, oder ich schieße.«

Ich erhielt keine Antwort, denn in diesem Augenblick verlor er durch den Blutverlust die Besinnung und verschwand unter Wasser. Dann schrie ein anderer Basuto, vermutlich der Hauptmann des Trupps, aber das weiß ich nicht mit Sicherheit, da er in einem Gebüsch versteckt lag:

»Glaubt ja nicht, daß ihr uns entkommen werdet, ihr Weißen Männer. Es sind noch viele von unseren Leuten auf dem Wege, und wir werden euch des Nachts töten, wenn ihr nichts seht und daher nicht auf uns schießen könnt.«

Im gleichen Augenblick rief Footsack, der Wagen sei eingespannt und fahrbereit. Ich zögerte, denn ich wußte nicht, was ich tun sollte. Wenn wir den Wagen erreichen wollten, mußten wir siebzig oder achtzig Yard ansteigendes Gelände fast ohne Deckung überqueren und würden wegen Anscombes verletztem Fuß nur sehr langsam vorankommen. Blieben wir andererseits bis zum Einbruch der Nacht, wo wir waren, so konnte einen von uns doch noch ein Schuß treffen, möglicherweise erhielten die Basuto auch Verstärkung und überrannten uns. Außerdem war eine dritte Möglichkeit nicht ganz auszuschließen, daß nämlich unsere verängstigten Diener, um ihre eigene Haut zu retten, einfach davontrecken könnten, ohne auf uns zu warten, und das hätten sie meiner aufrichtigen

Überzeugung nach auch getan, da sie kein Zulu-Blut in den Adern hatten. Ich fragte Anscombe um seine Meinung, aber er schüttelte nur den Kopf und sah seinen Fuß an. Dann zog er einen Glückspenny aus seiner Tasche und sagte:

»Wir wollen das Schicksal befragen. Kopf, und wir spielen die Helden und laufen los; Zahl, und wir spielen die Helden und bleiben hier.« Damit warf er den Penny in die Luft, während ich ihm mit offenem Mund und nicht ohne Bewunderung zusah.

Noch niemals, dachte ich bei mir, hatte sich jemand unter so merkwürdigen und verzweifelten Umständen dieser primitiven Methode zum Durchtrennen eines gordischen Knotens bedient.

»Kopf!« verkündete er ganz ruhig. »Nun laufen Sie schon, mein Junge, und ich krieche hinter Ihnen her. Wenn ich es nicht schaffe, kennen Sie ja die Adresse meiner Familie, und zum Andenken an diesen äußerst angenehmen Ausflug vermache ich Ihnen alle meine afrikanischen Habseligkeiten.«

»Lassen Sie doch die Scherze«, mahnte ich streng. »Kommen Sie, legen Sie Ihren rechten Arm um meinen Hals und hüpfen Sie auf dem linken Bein, wie Sie noch nie in Ihrem Leben gehüpft sind.«

Damit brachen wir auf, und wir brauchten uns nicht über Mangel an Abwechslung zu beklagen, denn alle Basuto feuerten, was das Zeug hielt. Freilich schienen ihre besten Schützen bereits gefallen zu sein, denn keine einzige Kugel streifte uns, auch wenn ein paar sehr dicht an uns vorüberflogen, ehe wir außer Schußweite waren.

»So«, sagte Anscombe, als er mit einem letzten, gewaltigen Satz das Wagengeländer erreichte, »da sehen Sie, wie klug es ist, der Vorsehung hin und wieder eine Chance zu geben.«

»In Form eines Glückspennys«, murrte ich, während ich ihn hinaufhievte.

»Gewiß, denn warum sollte die Vorsehung nicht ebenso einem Penny innewohnen können wie anderen irdischen Dingen? Mein lieber Quatermain, hat man Ihnen denn niemals beigebracht, auf den Penny zu vertrauen und alles andere sich selbst zu überlassen?«

»Hören Sie auf mit dem Unsinn und achten Sie lieber auf ihren Fuß, der Wagen fährt an«, entgegnete ich.

Dann setzten wir uns in einem flotten Trab in Bewegung, denn nie war ein Ochsengespann fachmännischer geführt worden als bei dieser Gelegenheit von Footsack und seinen Freunden, und nie hatte jemand mehr Schnelligkeit aus den Tieren herausgeholt. Sobald wir einigermaßen ebenes Gelände erreichten, veranlaßte ich Anscombe, sich auf die *Cartel* (eine lederbespannte Matratze) hinten im Wagen zu legen, und dann untersuchte ich seine Wunde, so gut mir das unter diesen Umständen möglich war. Ich stellte fest, daß die Kugel oder was für ein Projektil auch immer seinen rechten Spann knapp unterhalb der großen Sehne durchschlagen hatte, ohne allerdings einen Knochen zu verletzen, soweit ich das zu beurteilen vermochte. Im Moment konnte ich nichts weiter tun, als Karbolsalbe, die sich glücklicherweise in seinem Medizinkoffer fand, auf die häßliche Wunde zu streichen, sie so gut wie möglich mit einem sauberen Taschentuch zu verbinden und danach ein Handtuch, das *nicht* sauber war, um den ganzen Fuß zu wickeln.

Inzwischen war es Abend geworden, also aßen wir, ohne anzuhalten, was wir im Wagen vorfanden, denn wir brauchten dringend Stärkung. Ich weiß noch, daß unser Mahl aus Käse und harten Keksen bestand. Als es dunkel wurde, mußten wir eine Weile an einem Bach stehenbleiben, bis der Mond aufging, was zum Glück bald der Fall war, da wir erst kurz zuvor Vollmond gehabt hatten. Sobald er am Himmel stand, brachen wir abermals auf und treckten die ganze Nacht hindurch. In den paar kurzen Verschnaufpausen, die wir einlegten, saß ich auf dem hinteren Teil des Wagens und hielt scharf nach allen Seiten Ausschau, während Anscombe trotz der Unebenheiten der Straße und trotz seiner Verletzung im Innern auf der *Cartel* schlummerte wie ein Kind.

Ich war sehr müde, so müde, daß mich nur die Angst wachhielt, von unseren Feinden überrascht zu werden, und ich weiß noch, wie ich dem törichten Gedanken nachhing, es sei offenbar meine Bestimmung im Leben, stets im einen oder anderen Sinne Wache halten zu müssen, während andere schliefen.

Irgendwie verging die Nacht, ohne daß etwas geschah, und im Morgengrauen machten wir eine Weile halt, um mit Eimern die Ochsen zu tränken und sie so viel Gras fressen zu lassen, wie sie vom Joch aus erreichen konnten, denn auszuspannen wagten wir nicht. Gerade als wir uns wieder in Bewegung setzen wollten, kam der *Voortrekker,* den ich ein Stück voraus auf Kundschaft geschickt hatte, mit weit aufgerissenen Augen angelaufen und meldete, er habe einen Basuto mit einem Assegai gesehen, der sich im Busch herumgetrieben habe, als wolle er uns nicht aus den Augen verlieren. Nun zögerten wir erst recht nicht länger.

Den ganzen Tag holperten wir dahin, prügelten bei jeder Rast auf die müden Ochsen ein, damit sie sich nicht niederlegten, und erreichten bei Einbruch der Nacht, als es ans Ausspannen ging, jenen Lagerplatz in der Nähe des Hauses namens Tempel, wo wir die von den Diamantenfeldern zurückkehrenden Kaffern getroffen hatten. Wir hatten für den Rückweg nur halb so lange gebraucht wie für den Hinweg, doch nun war unser Gespann völlig erschöpft und mußte Gelegenheit zum Fressen bekommen. Also spannten wir aus und schliefen in dieser Nacht ziemlich ruhig, denn ich hielt es für höchst unwahrscheinlich, daß uns die Basuto bis hierhin gefolgt waren. Immerhin war Pilgrim's Rest, wohin wir uns am nächsten Morgen begeben wollten, nur noch einen kurzen Tagestreck entfernt. Hierin irrte ich jedoch, wie ich bald erfahren mußte.

IV

Doktor Rodd

In dieser Nacht schlief ich ein wenig, freilich immer nur mit einem Auge, und bereits vor dem Morgengrauen war ich wieder auf den Beinen und kümmerte mich unter anderem darum, daß unser einziges verbliebenes Pferd ein paar von den Maiskolben bekam, die wir mitführten. Den Ochsen hatten wir das Joch abnehmen müssen, damit sie sich die Bäuche mit Gras und Wasser vollschlagen konnten, denn ich fürchtete, wir würden sie sonst nie wieder auf die Beine bekommen. Die armen Tiere waren ohnehin so erschöpft, daß einige von ihnen kaum fressen wollten, und alle legten sich bei erster Gelegenheit nieder.

Dann weckte ich Footsack und die anderen Diener, damit beim ersten Licht des Morgens alles zum Aufbruch bereit war, ich hatte es nämlich sehr eilig, von hier wegzukommen. Zum Frühstück trank ich einen Schluck Hollands mit Wasser und aß einen Keks. Das gleiche nötigte ich auch Anscombe auf. Kaffee wäre zwar besser gewesen, aber ich hielt es für klüger, auf ein Feuer zu verzichten, um unseren Standort nicht zu verraten.

Bald verkündete ein schwacher Schein im Osten die nahende Dämmerung. Gleich neben dem Wagen wuchs ein ziemlich großer, grünbelaubter Baum, der sogar im Sternenschein leicht zu erklettern war. Also stieg ich hinauf, um über den Bodennebel zu gelangen und mich vor dem Trecken noch ein wenig umzusehen. Nach einer Weile begann der Himmel perlmuttfarben zu schimmern, das Licht verstärkte sich, und schließlich stieg die Sonne über den Horizont und warf lange, flache Strahlen über die Welt. Überall lag der Nebel so dick wie Watte, außer an einer Stelle etwa eine Meile hinter uns, wo sich ein kleiner Hügel oder vielmehr eine Bodenwelle erhob, über die wir am Abend zuvor gefahren waren. Diese Kuppe, auf der keine Bäume wuchsen, weil das Granitgestein bis an die Oberfläche reichte, ragte aus dem Nebel heraus. Da sich weit und breit nichts regte, rief ich den Dienern zu, sie sollten die Ochsen zusammentreiben, von denen einige zum Grasen aufgestanden waren, und schickte mich an, wieder von meinem Baum herabzuklettern.

Dabei entdeckte ich aus dem Augenwinkel ein Blinken in der Ferne, so weit weg, daß es nur einem erfahrenen Jäger auffallen konnte. Ja, auf dem Hang der eben erwähnten Anhöhe glänzte etwas. Ich schaute angestrengt durch mein Fernglas und fand meine Befürchtungen bestätigt. Ein Trupp Eingeborener überquerte die Kuppe, und das Blinken kam von den ersten Sonnenstrahlen, die auf ihre Speere und Gewehrläufe fielen.

Ich schoß wie eine aufgescheuchte Wildkatze von diesem Baum herunter und überlegte fieberhaft, während ich auf den Wagen zurannte. Die Basuto waren weiter hinter uns her und würden angreifen, sobald es hell genug war. In weniger als zehn Minuten würden sie hier sein. Uns blieb keine Zeit mehr, die Ochsen einzuspannen, und selbst wenn, die Tiere waren so steif und müde, daß wir auf dieser schlechten Straße keine hundert Yards zurücklegen könnten, ehe wir eingeholt würden. Was war also zu tun? Zu Fuß um unser Leben rennen? Unmöglich. Anscombe konnte nicht rennen. Mein Blick fiel auf das Pferd, das gerade den letzten Maiskolben zwischen den Zähnen zermalmte.

»Footsack«, sagte ich so ruhig, wie es mir möglich war, »laß das Einspannen vorerst sein und sattle lieber das Pferd. Mach schnell.«

Er sah mich zweifelnd an, gehorchte aber, da er nichts bemerkt hatte. Andernfalls hätte er sich sicher aus dem Staub gemacht. Ich schlüpfte ans hintere Ende des Wagens und rief den beiden anderen Dienern zu, die Ochsen in Ruhe zu lassen und zu mir zu kommen.

»Anscombe«, sagte ich dann, »reichen Sie mir die Gewehre und die Patronen heraus. Fragen Sie nicht lange, tun Sie, was ich Ihnen sage. Sie liegen auf dem Regal neben Ihnen. Gut. Jetzt schnallen Sie sich Ihren Revolver um und lassen sich von mir herunterhelfen. Vergessen Sie Ihren Hut nicht, Mann.«

Er befolgte meine Anweisungen ohne Zögern und stand schließlich verkrampft und ziemlich wackelig auf einem Bein neben mir.

»Die Basuto sind fast da«, sagte ich leise.

Er stieß einen Pfiff aus und murmelte etwas von Kapitel zwei.

»Footsack«, rief ich, »bring das Pferd hierher, der Baas möchte ein Stück reiten, um sein Bein zu lockern.«

Er kam und nahm sich sogar einen Augenblick Zeit, um den zweiten Sattelgurt strammzuziehen. Dann halfen wir Anscombe in den Sattel.

»Welche Richtung?« fragte er.

Ich betrachtete den langgestreckten Hang vor uns. Er war steil und unwegsam. Anscombe konnte zu Pferd vielleicht hinaufgelangen, ehe die Kaffern uns erreichten, aber ob wir anderen das auch schaffen würden, war äußerst fraglich. Auch mir mochte es gelingen, wenn ich hinter ihm aufsaß und das Pferd uns beide tragen konnte, was nicht sicher war, doch was sollte mit unseren armen Dienern geschehen? Er sah die Zweifel in meinem Gesicht und sagte in seiner ruhigen Art:

»Sie erinnern sich vielleicht, daß unser weißbärtiger Freund uns geraten hat, geradewegs sein Haus anzusteuern, falls wir Schwierigkeiten mit den Basuto hätten. Die Schwierigkeiten scheinen nun eingetreten zu sein.«

»Daß er das sagte, weiß ich«, antwortete ich, »aber ich kann mich nicht entscheiden, was gefährlicher ist, Marnham oder die Basuto. Ich habe ihn nämlich in Verdacht, sie auf uns angesetzt zu haben.«

»Zu so früher Stunde kann man doch unmöglich Probleme lösen, Quatermain, und um eine Münze zu werfen, haben wir keine Zeit. Ich stimme also für den Tempel.«

»Das scheint unsere beste Chance zu sein. Wie auch immer, Sie haben entschieden. Also los!«

Dann rief ich den Kaffern zu: »Die Basuto sind da. Wir suchen Zuflucht im Tempel. Lauft!«

Bei meiner Seele, sie rannten wirklich. Ich habe nie erlebt, daß ein Leichtathlet auf der ersten Viertelmeile eine bessere Zeit gelaufen wäre. Auch wir rannten, zumindest rannte das Pferd, ich hielt mich am Steigbügel fest, und Anscombe trug unsere beiden Gewehre unter dem Arm. Aber das Tier war müde und außerdem aufgebläht von den Maiskolben, die es kurz zuvor gefressen hatte, und so kamen wir nicht allzu schnell voran. Als wir etwa zweihundert Yard vom Wagen entfernt waren, warf ich einen Blick zurück und sah die ersten Basuto auftauchen. Auch sie hatten uns entdeckt, stießen einen schrillen Kriegsschrei aus und nahmen die Verfolgung auf.

Danach wurde es recht interessant. Ich schwang mich hinter Anscombe auf das Pferd, doch sobald das kluge Tier das doppelte Gewicht spürte, verringerte es sein Tempo im gleichen Verhältnis, bis es fast nur noch auf der Stelle trippelte. Es ließ sich auch nicht zu größerer Schnelligkeit antreiben, also rutschte ich über die Kruppe wieder herunter, und wir machten weiter wie zuvor. Inzwischen kamen die flinken Basuto immer näher. Der kleine Gelbholzwald im Sumpf, von dem ich bereits erzählt habe, war mittlerweile ganz nahe, und wer von uns ihn zuerst erreichen würde, war dahingestellt. (Ich darf erwähnen, daß Footsack & Co. sich bereits in seinem Schutz befanden.) Anscombe hieb dem Pferd seine heile Ferse in die Flanken, ich prügelte es mit der Faust, und mit vereinten Kräften gelang es uns, es zu einem Handgalopp zu bewegen.

Als wir an die ersten Ausläufer des Wäldchens gelangten, war auch schon der erste Basuto heran, ein hagerer Bursche mit einem Mund wie eine Rattenfalle, und schleuderte einen Assegai nach uns, der zwischen Anscombes Rücken und meiner Nase hindurchsauste. Dann rückte er noch näher und versuchte, mit einem zweiten Assegai zuzustechen. Ich konnte nichts tun, aber Anscombe verhielt sich geschickter, als ich ihm zugetraut hätte. Er ließ die Zügel fallen, zog seine Pistole und jagte dem Kerl eine Kugel durch den Kopf, so daß es wie ein Stein zu Boden fiel.

»Und Sie behaupten, ich sei ein schlechter Schütze«, bemerkte er gedehnt.

»Das war ein Zufallstreffer«, keuchte ich, denn selbst unter diesen Umständen mußte ich der Wahrheit die Ehre geben.

»Warten Sie nur ab«, versprach er und spannte den Revolver neu.

Er brauchte seine Schießkunst jedoch nicht weiter unter Beweis zu stellen, da die Basuto am Rand des Sumpfs innehielten. Daß der Tod ihres Gefährten sie dazu veranlaßte, glaube ich nicht, denn sie schienen ihn gar nicht zu beachten. Es war eher, als hätten sie eine Grenze erreicht, von der sie wußten, daß sie sie keinesfalls überschreiten durften. Sie blieben einfach stehen, nahmen dem Toten seinen Assegai und seinen Schild ab und kehrten dann in aller Ruhe zum Wagen zurück, ohne ihren Kameraden mitzunehmen. Auch unser Pferd blieb stehen oder fiel jedenfalls in Schritt.

»Da!« rief Anscombe. »Habe ich Ihnen nicht erzählt, daß ich eine Vorahnung hatte, ich würde in diesem verfluchten Wald einen Menschen töten?«

»Ja«, räumte ich ein, sobald ich wieder zu Atem gekommen war, »aber in Ihre Geschichte war auch noch eine Frau verwickelt, und eine solche sehe ich weit und breit nicht.«

»Das stimmt«, gab er zu. »Hoffentlich begegnet sie uns nicht noch.«

So schnell es unsere Kräfte zuließen, setzten wir unseren Weg fort, da ich fürchtete, die Basuto könnten ihre Meinung ändern und uns doch noch folgen. Je geringer diese Gefahr wurde, desto mehr hob sich unsere Stimmung, denn obgleich wir unseren Wagen und die Ochsen verloren hatten, hatten wir doch unser Leben gerettet, und das war in unserer Lage fast mehr, als wir hatten erwarten können. Endlich erreichten wir die Lichtung, wo wir vor noch nicht einer Woche das Weißschwanzgnu getötet hatten. Da lag sein Gerippe, säuberlich abgenagt von den großen, braunen Gabelweihen, die den Busch bevölkern. Einige davon hockten immer noch in den Bäumen.

»Nun müssen wir wohl doch zum Tampel«, sagte Anscombe ziemlich matt, und ich sah, daß seine Wunde ihm große Schmerzen bereitete.

Während er noch sprach, erschien hinter dem Gestrüpp, wo wir ihn auch zum erstenmal gesehen hatten, auf demselben Pferd und in derselben Kleidung wie damals, Mr. Marnham. Der einzige Unterschied zwischen seinen beiden Auftritten bestand darin, daß der erste am späten Abend und der zweite am frühen Morgen stattfand.

»Da sind Sie ja wieder«, sagte er vergnügt.

»Ja«, antwortete ich, »und es ist merkwürdig, daß wir uns an derselben Stelle treffen. Hatten Sie uns erwartet?«

»Nicht mehr, als ich so manches erwarte«, entgegnete er mit einem scharfen Blick auf mich und fügte hinzu: »Ich stehe immer mit der Sonne auf, und da ich glaubte, in der Ferne einen Schuß gehört zu haben, wollte ich nachsehen, was geschehen war. Die Basuto haben Sie bei Tagesanbruch angegriffen, nicht wahr?«

»Das ist richtig, aber woher wußten Sie das, Mr. Marnham?«

»Ihre Diener haben es mir erzählt. Ich bin ihnen begegnet, als sie auf das Haus zuliefen, sie wirkten sehr verängstigt. Sie sind verletzt, Mr. Anscombe?«

»Ja, es passierte vor zwei Tagen an der Grenze zu Sekukunis Gebiet, wo die Eingeborenen versuchten, uns zu ermorden.«

»Aha!« Er wirkte keineswegs überrascht. »Ich habe Sie

ja vor diesem Ausflug gewarnt, nicht wahr? Kommen Sie mit mir nach Hause, Rodd, mein Partner, verfügt zum Glück über medizinische Kenntnisse und wird sich um Sie kümmern. Mr. Quatermain kann mir die Geschichte unterwegs erzählen.«

So stiegen wir den langgezogenen Hang hinauf, ich berichtete über unsere Abenteuer, und Mr. Marnham hörte zu, ohne mich zu unterbrechen.

»Ich nehme an, inzwischen haben die Kaffern den Wagen ausgeplündert und sind mit Ihren Ochsen auf dem Heimweg«, bemerkte er, als ich geendet hatte.

»Fürchten Sie nicht, daß sie uns hierher folgen werden?« fragte ich.

»O nein, Mr. Quatermain. Wir machen mit diesen Leuten Geschäfte, außerdem kommen sie manchmal zu Rodd, wenn sie krank sind, um sich verarzten zu lassen, deshalb ist dies hier heiliger Boden für sie. Wahrscheinlich haben sie die Verfolgung aufgegeben, als sie den Gelbholzsumpf erreichten, wo unser Land anfängt, habe ich recht?«

»Ja, aber nun möchte ich gerne den Spieß umdrehen und sie verfolgen. Würden Sie mir dabei behilflich sein? Die Ochsen sind übermüdet und fußlahm, wir könnten sie also durchaus einholen.«

Er schüttelte den Kopf. »Wir haben hier nur wenige Leute, und bis Sie Unterstützung vom Camp in Barberton erhalten, falls der Kommandant überhaupt dazu in der Lage und willens ist, was ich eher bezweifle, sind die Basuto längst über alle Berge. Außerdem«, er dämpfte seine Stimme, »sollten wir uns auf eines einigen. Sie können gerne jede Hilfe und alle Gastfreundschaft in Anspruch nehmen, die ich Ihnen zu bieten vermag, aber wenn Sie weiterkämpfen wollen, muß ich Sie bitten, meinen Besitz zu verlassen. Wie ich Ihnen bereits sagte, sind wir friedliebende Menschen, die mit diesen Leuten Handel treiben, und möchten nicht in einen Streit mit ihnen verwickelt werden, der uns einem Angriff aussetzen oder uns Ärger mit der britischen Regierung bringen könnte, die ihr Land zwar annektiert, nicht aber erobert hat. Habe ich mich klar genug ausgedrückt?«

»Vollkommen. Solange wir bei Ihnen sind, werden wir nichts unternehmen, doch hinterher fühlen wir uns nicht mehr gebunden und werden handeln, wie wir es für richtig halten.«

»Ganz recht. Ich hoffe, Sie und Mr. Anscombe werden sich in der Zwischenzeit bei uns wohl fühlen. Bleiben Sie, solange Sie wollen.«

Ich beschloß bei mir, diesen Aufenthalt so weit wie möglich abzukürzen, aber laut sagte ich nur:

»Es ist sehr liebenswürdig von Ihnen, völlig Fremde so herzlich bei sich aufzunehmen. Nein, nicht völlig fremd«, verbesserte ich mich dann mit einem Blick auf Anscombe, der ein paar Schritte hinter uns auf dem erschöpften Pferd folgte, »denn Sie kannten immerhin seinen Vater, nicht wahr?«

»Seinen Vater?« Er zog die Augenbrauen hoch. »Nein. Ach so, ich erinnere mich, neulich abends erwähnte ich etwas dergleichen, aber das war ein Irrtum. Ich habe zwei Namen miteinander verwechselt, wie es nach so vielen Jahren schon einmal vorkommen kann.«

»Ich verstehe«, sagte ich, aber ich hatte Anscombes Geschichte nicht vergessen und dachte mir im stillen, daß unser verehrungswürdiger Gastgeber ein ausgezeichneter Lügner sei. Oder, wahrscheinlicher noch, er wollte mir zu verstehen geben, daß er das Thema seiner Jugenderinnerungen als Tabu betrachtete.

In diesem Augenblick erreichten wir das Haus, vor dem sich ein hübscher, gepflegter Blumengarten befand, umgeben von einem Maschendrahtzaun, um die Antilopen draußenzuhalten. Am Tor hockten unsere drei Diener, sie wirkten ausgepumpt und schienen sich zu schämen.

»Euer Herr dankt euch für eure Hilfe in einer schweren Stunde, Footsack, und ich möchte euch alle zu euren flinken Füßen beglückwünschen«, sagte ich auf Holländisch.

»Ach, Baas, die Basuto waren so viele, und ihre Speere sind scharf«, wollte er sich verteidigen.

»Schweig, du feiger Hund«, fuhr ich ihn an, »und hilf deinem Herrn beim Absitzen.«

Dann durchschritten wir das Tor, wobei Anscombe sich auf meine und auf Mr. Marnhams Schulter stützte, und gingen den mit Monatsrosen an Spalieren gesäumten Weg entlang auf das Haus zu, das aus der Nähe kaum weniger reizvoll erschien als aus der Ferne. Natürlich war die Verarbeitung recht primitiv. Man hatte rohe, nur halb behauene Marmorblöcke aus dem benachbarten Steinbruch zu Mauern und Säulen aneinandergefügt. Alles wirkte unfertig, und jedes Teil war einzeln betrachtet derb und häßlich. Dennoch war der Gesamteindruck schön, denn was diesen Eindruck vermittelte, war der Entwurf. Man stand davor wie vor dem Bild eines Künstlers, der sich auf die Techniken der Malerei nicht so recht verstand, oder vor dem Werk eines großen Schriftstellers, der erst noch lernen mußte, die Worte richtig zu setzen. Noch nie hatte mich ein kleines Gebäude so tief berührt. Aber wieviel Erfahrung habe ich schon mit Gebäuden, und immerhin war dies, wie Anscombe mich später erinnerte, nur die Kopie eines Entwurfs, der entstand, als die Welt, oder vielmehr die Zivilisation, noch jung war, als der Mensch, eben den unergründlichen Tiefen der Barbarei entstiegen, in seinen Träumen die Schönheit erblickte und versuchte, sie in Form von Stein zum Ausdruck zu bringen.

Wir erreichten die breite Stoep, zu der eine Treppe aus mehreren unbehauenen Marmorblöcken hinaufführte. Dort saß oder vielmehr lümmelte in einem Liegestuhl aus einheimischem Holz mit einer Sitzfläche aus Rohleder-Rimpis ein Mann in einem Morgenmantel und las in einem Buch. Als wir näher kamen, erhob er sich, und das Licht der Sonne — die Veranda lag nämlich nach Osten — schien ihm voll ins Gesicht, so daß ich ihn genau betrachten konnte. Es war das Antlitz eines noch nicht

Vierzigjährigen, dunkel, mit kräftigen Zügen und gleichzeitig abgestumpft — kein gutes Gesicht, dachte ich. Ja, der Mensch vermittelte mir den Eindruck, als habe er zugelassen oder sogar gefördert, daß das Böse, das in jedem von uns existiert, in seinem Wesen die Oberhand gewann.

In den Psalmen und anderswo lesen wir ständig, ja bis zum Überdruß, von den Gerechten und den Ungerechten. Erst in den letzten Jahren glaube ich herausgefunden zu haben, was damit wirklich gemeint ist. Man kann unser Leben nicht nach unseren Taten beurteilen, man muß es nach unseren Bestrebungen oder vielmehr nach unserer moralischen Haltung bewerten. Nicht so sehr, was wir tun, als worum wir uns bemühen, bestimmt die Bildung des Charakters. Alle sind wir unzulänglich, alle versagen wir, aber letztlich sind jene vergleichsweise gerecht, die sich bemühen, aus dem Abgrund herauszuklettern, die, wie vergeblich auch immer, Scheitern in Erfolg umzuwandeln suchen, während man die anderen, die sich damit begnügen, sich im Sumpf ihrer Begierden zu wälzen und sich mit dem täglichen Brot des Lasters vollzustopfen, als die Ungerechten bezeichnen muß. Dieser Unterscheidung in voller Absicht und grundlos den Rücken zuzuwenden, ist die wirklich unverzeihliche Sünde gegen den Heiligen Geist. Jedenfalls ist dies die beste Beschreibung des Problems, zu der mein schlichtes Gemüt fähig ist.

Solche Überlegungen gehen mir oft durch den Sinn, wenn ich den Charakter des Dr. Rodd und einiger anderer betrachte, die mir in meinem Leben begegnet sind. Der Keim dazu wurde damals in meinem Geist gelegt, in jenem Augenblick, als ich zum ersten Mal in das Gesicht dieses Fremden auf der Stoep blickte. Ich war übermüdet, mein Kopf war ziemlich leer und daher wohl besonders empfänglich für äußere Eindrücke. Außerdem habe ich den Mann, wie ich zu meinem Stolz berichten darf, nicht völlig falsch eingeschätzt. Er war ein gemeiner Schurke, der unter anderen Einflüssen, vielleicht mit ein paar zusätzlichen Körnchen Selbstbeherrschung und mit der Fähigkeit, sich zu bessern, ein guter, sogar ein heiligmäßiger Mensch hätte werden können. Durch die Mißgunst des Schicksals, vielleicht auch durch ein schlimmes Erbe aus unbekannter Vergangenheit waren diese Körnchen jedoch nicht vorhanden, und deshalb schlug er den Weg nach unten ein, anstatt nach oben zu streben.

»Ein Fall für dich, Rodd«, rief Marnham ihm zu.

»Was du nicht sagst«, antwortete er und legte das Buch beiseite. Er hatte eine volltönende Stimme und, wie sein Partner, die Sprechweise eines gebildeten Engländers. »Was ist passiert? Reitunfall?«

Wir machten uns bekannt, und Anscombe erklärte, wie er zu seiner Verletzung gekommen war.

»Hm«, sagte der Doktor und musterte ihn mit seinen dunklen Augen. »Kaffernkugel durch den Fuß, und das schon vor einigen Tagen. Hätte eigentlich sofort behandelt werden müssen. Sie sehen ziemlich angegriffen aus, also bemühen Sie sich nicht, mir die Geschichte zu erzählen, die kann ich auch von Mr. Quatermain erfahren. Kommen Sie, legen Sie sich hin, ich sehe mir Ihr Bein an, bis das Frühstück fertig ist.«

Er führte uns durch eine Doppeltür in ein hinter der Stoep gelegenes Zimmer, einen sehr hübschen Raum, in dem zwei Betten standen. Anscombe mußte sich auf das eine legen, und der Arzt rollte ihm das Hosenbein hoch, nahm meinen primitiven Verband ab und untersuchte die Wunde.

»Schmerzen?« fragte er.

»Starke Schmerzen«, gestand Anscombe. »Bis zum Oberschenkel hinauf.«

Daraufhin zog ihm der Arzt auch die Unterwäsche aus und führte eine zweite Untersuchung durch.

»Hm«, sagte er wieder. »Die Wunde muß ausgespült werden. Halten Sie still, ich hole meine Sachen.«

Ich folgte ihm aus dem Zimmer, und als wir außer

Hörweite auf der Stoep waren, fragte ich ihn nach seiner Meinung. Das Bein gefiel mir ganz und gar nicht.

»Es ist sehr schlimm«, antwortete er, »so schlimm, daß ich überlege, ob es nicht das beste wäre, gleich unterhalb des Knies zu amputieren. Sie sehen ja selbst, daß alles infiziert ist, und die Entzündung breitet sich rasant aus.«

»Du lieber Himmel!« rief ich. »Befürchten Sie etwa, daß es brandig wird?«

Er nickte. »Wer weiß, was auf diesem Geschoß oder Eisenstück war, und seither waren die Bedingungen auch nicht gerade günstig. Gangrän, Tetanus oder beides sind durchaus möglich. Führt er einen mäßigen Lebenswandel?«

»Sehr mäßig, soviel ich weiß«, antwortete ich und ließ ihn nicht aus den Augen, während er nachdachte. Endlich sagte er entschlossen:

»Das gibt den Ausschlag. Einen Fuß zu verlieren ist eine ernste Sache, für manche fast so schlimm wie der Tod. Ich werde ihm eine Chance geben, aber wenn die Symptome sich nicht binnen zwanzig Stunden bessern, muß ich operieren. Sie brauchen keine Angst zu haben, ich war — früher einmal — Chirurg in einem Londoner Krankenhaus und habe mein Handwerk nicht verlernt. Ein Glück, daß Sie geradewegs hierher gekommen sind.«

Nachdem er seine Vorbereitungen getroffen und sich die Hände gewaschen hatte, kehrte er zurück, säuberte die Wunde mit irgendeinem Antiseptikum und bandagierte das Bein bis zum Knie hinauf. Danach gab er Anscombe heiße Milch mit zwei verquirlten Eiern zu trinken und erklärte ihm, er brauche Ruhe und dürfe im Moment keine feste Nahrung zu sich nehmen. Schließlich warf er eine Decke über ihn, gab mir ein Zeichen, mit ihm hinauszukommen, und verhängte das Fenster mit einer Matte.

»Ich habe eine Kleinigkeit in die Milch getan«, sagte er draußen, »nun wird er ein paar Stunden schlafen, und dabei sollten wir ihn nicht stören. Sie wollen sich sicher frischmachen.«

»Wohin bringst du Mr. Quatermain?« fragte Marnham, der auf der Stoep saß.

»In mein Zimmer«, antwortete er.

»Wozu? Hedas Zimmer steht doch leer.«

»Heda kann jeden Augenblick zurückkommen«, entgegnete der Doktor. »Außerdem sollte Mr. Quatermain lieber bei Mr. Anscombe schlafen, wahrscheinlich muß er sich nachts um ihn kümmern.«

Marnham machte Anstalten, etwas zu entgegnen, doch dann überlegte er es sich anders und schwieg wie ein gemaßregelter Diener. Der Vorfall war an sich belanglos, aber er enthüllte mir, in welchem Verhältnis die beiden Männer zueinander standen. Rodd war ohne Zweifel der Überlegene, und er ließ sich nicht einmal dazu herab, mit seinem Partner über die Benützung des Schlafzimmers seiner Tochter zu diskutieren. Die beiden waren ein sonderbares Paar, und wäre ich wegen Anscombes Zustand nicht zutiefst besorgt gewesen, sie hätten mich sehr interessiert. Es war mir freilich bestimmt, mich später noch mit ihnen zu beschäftigen.

Nun, ich begab mich ins Zimmer des Doktors, um mich zurechtzumachen, und da er mich beim Waschen allein ließ, hatte ich Gelegenheit, mich ein wenig umzusehen. Der Raum war, genau wie das übrige Haus, mit einer Wandvertäfelung aus einheimischem Holz versehen, die gleichzeitig als Rückwand für Bücherregale und für Schränke mit Arzneien und medizinischen Instrumenten diente. An Büchern war ein merkwürdiges Sammelsurium vorhanden, medizinische Fachliteratur, philosophische Werke, Geschichtsbücher, Romane, meist auf Französisch, sowie einige Bände von einer Art, wie sie im allgemeinen wohl hinter Schloß und Riegel gehalten werden. Auch einige Schriften über okkulte Themen entdeckte ich, und sogar eine Bibel. Ohne mir etwas dabei zu denken, eigentlich nur aus müßiger Neugier, um zu sehen, ob sie jemals benützt wurde, schlug ich sie auf, um sie sogleich in aller Eile wieder zurückzustellen. Denn genau auf der Seite, auf die mein Auge fiel, ich weiß noch, daß es einer meiner Lieblingsabschnitte aus dem Buch Jesaia war, prangte ein violetter Stempel mit der Signatur *I.M. Gefängnis* — mehr will ich nicht verraten.

Ich kann jedoch soviel sagen, daß es mir mit Hilfe dieses Anhaltspunktes Jahre später gelang, jene Episode im Leben dieses Mannes in Erfahrung zu bringen, die zu seinem Ruin geführt hatte. Es besteht kein Anlaß, an dieser Stelle ausführlich darüber zu berichten, genug damit, daß das Glücksspiel und ein Mißbrauch seiner medizinischen Kenntnisse, um an das Geld zur Bezahlung seiner Schulden zu gelangen, der Grund für seinen Sturz waren. Seltsam ist nur, daß er das Buch, das wahrscheinlich vom Gefängnispfarrer stammte, behalten hatte. Doch jeder Mensch macht gelegentlich Fehler. Vielleicht waren für ihn gewisse Erinnerungen damit verbunden, und natürlich war ihm von diesem Stempel auf der nie gelesenen Seite, der mir zufällig sofort ins Auge sprang, nichts bekannt.

Nun konnte ich mir über seine spätere Laufbahn recht genaue Vorstellungen machen. Er war wegen seiner Schwierigkeiten emigriert und hatte sich in Südafrika eine Arztpraxis aufgebaut. Irgendwie war seine wahre Identität ans Licht gekommen, die Vergangenheit wurde wieder hervorgezerrt und gegen ihn verwendet, möglicherweise von Konkurrenten, die neidisch waren auf sein Können. Die Patienten blieben aus, und er hielt es für ratsam, sich noch vor der Annexion ins Transvaal zurückzuziehen, wo zu dieser Zeit alle möglichen gescheiterten Existenzen Zuflucht suchten. Selbst hier ließ er sich nicht in einer Stadt nieder, sondern versteckte sich am Rand der Wildnis. Er tat sich mit einem anderen Sonderling zusammen, Marnham nämlich, und stürzte sich mit ihm als Partner in zweifelhafte, aber durchaus lukrative Geschäfte, während er gleichzeitig weiterhin seiner Liebe zur Medizin frönte, indem er Eingeborene verarztete und operierte, über die er auf diese Weise großen Einfluß erlangte. Wie ich noch am gleichen Tag entdeckte, hatte er sich hinter dem Haus sogar ein richtiges kleines Spital eingerichtet, mit einem halben Dutzend von Kaffern belegten Betten und zwei eingeborenen Pflegern, die er selbst ausgebildet hatte. Außerdem kamen zahlreiche ambulante Patienten zu ihm, manche legten dazu weite Strecken zurück, und hin und wieder, wenn auch nicht sehr häufig, behandelte er auch Weiße, die sich zufällig in der Gegend aufhielten.

Wir frühstückten zu dritt in einem wirklich geschmackvoll eingerichteten Zimmer mit einem Ausblick, wie ich ihn schöner nie gesehen habe. Die Kaffern, die uns bedienten, waren gut geschult und trugen saubere Leinenuniformen. Das Essen war gut; der Tisch war mit echtem Silber gedeckt, damals eine Seltenheit in diesem Teil Afrikas, und an der Wand hing zwischen Kupferstichen und anderen Bildern ein Ölgemälde, das Porträt einer wunderschönen jungen Frau mit dunklem Haar und dunklen Augen.

»Ist das Ihre Tochter, Mr. Marnham?« fragte ich.

»Nein«, fertigte er mich kurz ab. »Ihre Mutter.«

Gleich darauf wurde er aus dem Zimmer gerufen, weil ihn jemand sprechen wollte, worauf der Doktor erklärte:

»Sie war Ausländerin, müssen Sie wissen, Ungarin. Die ungarischen Frauen sind sehr schön und haben einen besonderen Reiz.«

»Das ist mir bekannt«, antwortete ich. »Aber lebt diese Dame auch hier?«

»O nein. Sie ist tot, jedenfalls glaube ich, daß sie tot ist. Sicher bin ich nicht, weil ich mich aus Prinzip nicht um die Privatangelegenheiten anderer Leute kümmere. Ich weiß nur, daß sie eine Schönheit war, erst achtzehn Jahre alt, als Marnham, selbst schon in reiferen Jahren, sie auf dem Kontinent zur Frau nahm. Wie in solchen Fällen nicht selten, war er sehr eifersüchtig, aber die Ehe dauerte nicht lange, denn soweit mir bekannt ist, starb sie ein Jahr nach der Geburt ihrer Tochter. Der Verlust traf ihn so hart, daß er mit dem Kind nach Südafrika auswanderte und ein neues Leben anfing. Ich glaube nicht, daß die beiden noch in Briefwechsel mit Ungarn stehen, und er spricht auch niemals von ihr, nicht einmal mit seiner Tochter, was darauf schließen läßt, daß sie wirklich tot ist.«

Ich überlegte, daß die Umstände durchaus auch andere Schlußfolgerungen zuließen, sagte aber nichts, da ich es für besser hielt, das Thema nicht weiterzuverfolgen. Nach einer Weile kehrte Marnham zurück und teilte mir mit, er habe eben von einem Eingeborenen erfahren, die Basuto hätten sich mit unseren Ochsen auf den Heimweg gemacht, den Wagen nebst Inhalt jedoch unberührt stehen gelassen. Nicht einmal die Ersatzgewehre und die Munition seien gestohlen worden.

»Was für ein Glück«, rief ich erstaunt. »Aber es ist doch sehr eigenartig. Wie erklären Sie sich das, Mr. Marnham?«

Er zuckte die Achseln.

»Wie jedermann weiß, sind Sie sehr viel mehr Experte in bezug auf die Sitten und Gebräuche der Eingeborenen als ich, Mr. Quatermain.«

»Ich kann mir nur zwei Möglichkeiten vorstellen«, sagte ich. »Die eine ist, daß sie den Wagen aus irgendeinem Grund für *tagati* hielten, also für verhext, und daß sie glaubten, es würde ihnen Unglück bringen, sich daran zu vergreifen. Für die Ochsen galt das dagegen nicht. Die zweite Möglichkeit ist, daß sie annahmen, der Wagen, nicht aber die Ochsen gehörten einem ihrer Freunde, dessen Besitz sie nicht antasten wollten.«

Er warf mir einen scharfen Blick zu, sagte aber nichts, und so begann ich, den Angriff auf uns in allen Einzelheiten zu schildern. Zum Schluß bemerkte ich:

»Ungewöhnlich an der ganzen Sache ist, daß einer dieser Basuto uns zurief, ein verdammter Schurke von einem Weißen habe Sekukuni unser Kommen gemeldet, und der habe ihnen befohlen, unsere Waffen und unser

Vieh zu rauben. Leider ertrank dieser Basuto, der übrigens verletzt war und um Gnade flehte, ehe er mir verraten konnte, wer der weiße Mann war.«

»Vermutlich ein Bure«, sagte Marnham ruhig. »Sie wissen ja, daß sie uns Engländern im Moment nicht gerade gewogen sind. Außerdem ist mir zufällig bekannt, daß einige von ihnen mit Sekukuni gegen die Briten intrigieren, mit Hilfe von Makurupiji, dem ›Mund‹ oder Premierminister des Häuptlings, einem gewitzten, alten Halunken, der gerne auf zwei Stühlen gleichzeitig sitzt.«

»Um dabei irgendwann mit Sicherheit auf die Nase zu fallen. Übrigens erinnere ich mich, daß der verletzte Kaffer nur sagte, man habe ihnen befohlen, unsere Gewehre und Ochsen an sich zu bringen, und uns natürlich zu töten. Der Wagen wurde nicht erwähnt.«

»Ganz richtig, Mr. Quatermain. Ich werde Ihren Dienern einige von unseren Leuten mitgeben, damit sie ihnen helfen, alles hierherzuschaffen, was noch übrig ist.«

»Könnten Sie mir nicht ein Ochsengespann leihen«, fragte ich, »um den Wagen zum Haus zu ziehen?«

»Nein, wir haben nur noch Jungvieh. Blutharn und Rindertuberkulose haben in diesem Jahr so schlimm gewütet, daß es in der ganzen Gegend kaum mehr Hornvieh gibt. Ich bezweifle, ob Sie diesseits von Pretoria ein Ochsengespann erbetteln, borgen oder stehlen könnten, höchstens von einigen Holländern, und die werden sich nicht freiwillig davon trennen.«

»Das bringt mich in einige Verlegenheit. Ich hatte gehofft, in ein bis zwei Tagen weitertrecken zu können.«

»Auch wenn alles gut geht, wird Ihr Freund noch eine ganze Reihe von Tagen nicht in der Lage sein zu trecken«, schaltete sich der Doktor ein, der bisher recht gleichgültig zugehört hatte, »aber Sie können natürlich das Pferd nehmen, sobald es sich wieder erholt hat.«

»Sie sagten doch, Sie hätten in Pretoria ein Ochsengespann zurückgelassen«, sagte Marnham. »Warum reiten Sie nicht hin und holen die Tiere, oder beauftragen Ihren

Fahrer und die Diener damit, wenn Sie Mr. Anscombe nicht allein lassen wollen?«

»Vielen Dank für die Idee. Ich werde es mir überlegen«, antwortete ich.

Ich war an diesem Morgen zu müde, um Footsack und den *Voorlooper* zu begleiten, die mit einigen Dienern vom Tempel den Inhalt des Wagens bergen sollten, und nachdem ich festgestellt hatte, daß Anscombe noch schlief, beschloß ich, seinem Beispiel zu folgen. Also nahm ich mir einen der Liegestühle auf der Stoep, legte mich hinein und schlummerte ein paar Stunden lang süß und selig. Zuerst hatte ich alle möglichen Träume, dann glaubte ich im Schlaf die Stimmen zweier Männer, unserer Gastgeber Marnham und Rodd, zu vernehmen, und zwar nicht von der Stoep, sondern aus einiger Entfernung. Die beiden führten tatsächlich ein Gespräch, aber sie waren so weit weg, daß ich sie niemals hätte hören können, wäre ich wach gewesen. Ich bin übrigens davon überzeugt, daß unsere Sinne und, wie ich hinzufügen möchte, auch unsere seelischen Kräfte sehr viel empfindlicher reagieren, wenn wir im Halbschlaf liegen, als wenn wir hellwach sind, wie man so schön sagt. Zweifellos stoßen sie an die Grenzen ihrer Macht, wenn wir ganz im Schlaf versinken, und manchmal fliegen sie dann wohl bis an die äußersten Grenzen des Seins. Doch leider vergessen wir diese Erlebnisse, sobald wir erwachen. Anders ist es im Halbschlaf, davon bleibt uns immerhin ein Teil im Gedächtnis.

In diesem merkwürdigen Schwebezustand glaubte ich, Rodd zu Marnham sagen zu hören:

»Warum hat du diese Männer hierher gebracht?«

»Ich habe sie nicht hierher gebracht«, verteidigte sich dieser. »Das Glück, das Schicksal, Fortuna, Gott oder der Teufel, nenne es, wie du willst, hat sie geschickt, auch wenn sie sich gewiß niemals zu uns verirrt hätten, wäre es nach dir gegangen. Doch nun sind sie einmal da, und ich bin froh darüber. Für mich ist es in dieser Hölle wie ein Geschenk, wenn ich vor meinem Tod noch einmal mit englischen Gentlemen sprechen kann.«

»Englische Gentlemen«, wiederholte Rodd nachdenklich. »Auf Anscombe trifft das natürlich zu, aber was ist mit diesem Jäger? Inwiefern ist er denn etwas Besseres als die vielen anderen Jäger, Kaffernhändler und Wanderer, denen man in diesem seltsamen Land begegnet?«

Ja, inwiefern? dachte ich im Traum bei mir.

»Wenn du das nicht selbst siehst, kann ich es dir nicht erklären. Aber ich weiß zufällig, daß die Herkunft dieses Mannes nicht schlechter ist als die meine — und sehr viel besser als die deine«, fügte er mit einem Anflug von Trotz hinzu. »Außerdem gilt er bei Weißen wie bei Schwarzen als ehrlicher Mann, und das will in diesem Land eine ganze Menge heißen.«

»Ja«, antwortete der Doktor ebenso nachdenklich wie zuvor. »Du hast recht, ich lasse ihn als Gentleman gelten. Aber ich frage dich noch einmal, warum hast du sie hierher gebracht, wenn doch ein Wort mehr genügt hätte, um sie ganz einfach ...« Hier brach er ab.

»Ich habe dir gesagt, ich war es nicht. Worauf willst du hinaus?«

»Findest du wirklich, wir können gerade jetzt, da wir wieder unter britischer Flagge stehen, zwei Leute hier gebrauchen, noch dazu englische Gentlemen, wie wir eben festgestellt haben, das heißt, saubere Männer mit klaren Augen, die uns und unsere Geschäfte auf unbestimmte Zeit beobachten können? Und das alles nur, weil du nicht auf das Vergnügen ihrer Gesellschaft verzichten willst? Wäre es nicht besser gewesen, diesen Basuto zu sagen, sie sollten sie unbehelligt nach Pretoria weitertrecken lassen?«

»Ich weiß nicht, was besser gewesen wäre, aber noch einmal, worauf willst du hinaus?«

»Heda kommt in den nächsten Tagen nach Hause, sie kann jederzeit eintreffen«, bemerkte Rodd, während er seine Pfeife ausklopfte.

»Ja, weil du mich gezwungen hast, ihr zu schreiben, ich brauche sie. Aber was willst du damit sagen?«

»Nichts weiter, nur, daß ich nicht so recht weiß, ob es mir gefällt, wenn sie mit einem ›englischen Gentleman‹ wie diesem Anscombe verkehrt.«

Marnham lachte verächtlich. »Aha! Ich verstehe«, sagte er dann. »Zu sauber und ehrlich. Das könnte zu Komplikationen führen und so weiter. Nun, ich könnte mir nichts Besseres wünschen, denn ich kenne die Anscombes von früher, und ich kenne auch die Sorte Mensch, die sich Rodd nennt.«

»Hüte dich, mich zu beleidigen, eines Tages gehst du noch zu weit. Was immer ich getan habe, ich habe dafür bezahlt. Aber du hast nicht bezahlt — noch nicht.«

»Der Mann ist sehr krank. Du bist ein guter Arzt. Wenn du solche Angst vor ihm hast, warum tötest du ihn dann nicht?« fragte Marnham mit bitterer Verachtung in der Stimme.

»Da hast du meinen schwachen Punkt getroffen«, entgegnete Rodd. »Ein Mann mag vieles abschütteln, aber von ihrer Berufsehre trennen sich die wenigsten. Ich werde alles tun, was in meinen Kräften steht, um Mr. Anscombe zu heilen, und ich kann dir versichern, daß das keine einfache Aufgabe sein wird.«

Dann wachte ich auf, und da niemand zu sehen war, überlegte ich lange, ob ich geträumt hatte oder nicht. Endlich faßte ich den Entschluß, Footsack nach Pretoria zu schicken, um die Ochsen zu holen, anstatt mich selbst dorthin zu begeben.

V

Ein Kartenspiel

In dieser Nacht schlief ich bei Anscombe im Zimmer und betreute ihn. Er hatte hohes Fieber, und die Schmerzen in seinem Bein hielten ihn die meiste Zeit wach. Als er mir gestand, er könne Dr. Rodd nicht ertragen und wolle dieses Haus auf der Stelle verlassen, erklärte ich ihm, dies sei unmöglich, solange sein zweites Ochsengespann nicht eingetroffen sei, das ich erst aus Pretoria holen lassen müsse. Von allen anderen Dingen einschließlich der Gefahr für seinen Fuß verriet ich ihm jedoch nichts. Ich war froh, als er gegen zwei Uhr morgens in einen tiefen Schlaf fiel und ich es ihm gleichtun konnte.

Noch vor dem Frühstück, gerade als ich saubere Kleider angezogen hatte, die aus dem Wagen gebracht worden waren, kam Rodd und untersuchte seinen Patienten sehr gründlich und fachmännisch, während ich ungeduldig auf der Stoep auf und ab ging und auf das Ergebnis wartete. Endlich erschien er und sagte:

»Nun, ich glaube, wir werden das Bein retten können, ganz sicher kann ich allerdings erst in weiteren vierundzwanzig Stunden sein. Die schlimmsten Symptome sind abgeklungen, und das Fieber ist um zwei Grad gefallen. Er muß auf jeden Fall das Bett hüten und darf nur leichte Kost zu sich nehmen, bis seine Temperatur wieder ganz normal ist, danach kann er in einem Liegestuhl auf der Stoep sitzen. Unter keinen Umständen darf er versuchen zu stehen.«

Ich dankte ihm herzlich für diese Auskunft und fragte ihn, ob er wisse, wo Marnham sei, mit dem ich sprechen müsse, da ich Footsack nach Pretoria schicken wolle, um die Ochsen zu holen.

»Ich glaube, er ist noch nicht auf«, antwortete er. »Er hatte gestern eine seiner ›feuchten‹ Nächte, wohl vor

Aufregung über die Begegnung mit Fremden und so weiter.«

»Feuchte Nächte?« wiederholte ich, um ihn zu veranlassen, sich deutlicher auszudrücken.

»Ja, der alte Bursche ist wirklich fabelhaft, doch wie die meisten Menschen hat er auch seine kleinen Schwächen, und wenn ihn der Durst überfällt, konsumiert er ganz erstaunliche Mengen Alkohol. Ich sage Ihnen das nur, damit Sie sich nicht wundern, falls Ihnen etwas auffällt, und damit Sie ihm nicht widersprechen, wenn er in dieser Verfassung ist, denn dann hat er oft — nun, ein recht lebhaftes Temperament. Ich muß jetzt gehen und ihm ein Glas warme Milch bringen; das ist sein bevorzugtes Gegenmittel, und etwas Besseres gibt es auch tatsächlich nicht.«

Ich dachte bei mir, wir hätten uns wirklich ein hübsches Quartier ausgesucht, um auf unbestimmte Zeit festzusitzen. Besonders flüssig war ich damals nicht, aber ich hätte bereitwillig £ 100 bezahlt, wenn ich dieses Haus hätte verlassen können, und noch ehe unser Aufenthalt zu Ende war, hätte ich mit Freuden alles dafür hergegeben, was ich besaß. Aber das war mir zum Glück noch nicht bekannt.

Rodd und ich frühstückten miteinander und unterhielten uns über die Gebräuche der Kaffern, über die er außerordentlich gut Bescheid wußte. Dann begleitete ich ihn zu seinen eingeborenen Patienten in das kleine Spital, von dem ich bereits erzählte. Da ich den Mann bisher für einen ausgesprochenen Halunken gehalten hatte, erstaunte es mich, wie sanft und geduldig er mit diesen Menschen umging. Von seinen Fähigkeiten brauche ich nicht weiter zu sprechen, das verstand sich von selbst. Er hatte vor, einen stämmigen, alten Wilden zu operieren, ein größerer Eingriff, wie ich glaube, jedenfalls war dafür Chloroform erforderlich, und er fragte mich, ob ich ihm gerne assistieren würde, aber ich lehnte höflich ab, da ich für solche Dinge keine besondere Neigung habe. Also verließ ich ihn, während er seine Instrumente auskochte und so etwas wie ein sauberes Nachthemd über seine Kleidung zog, und kehrte zur Stoep zurück.

Hier traf ich Marnham, seine Augen waren ziemlich blutunterlaufen und seine Hände zitterten, aber sonst schien er ganz in Ordnung zu sein. Er murmelte, er habe wohl verschlafen, und erkundigte sich dann sehr liebenswürdig, wie es seine Art war, nach Anscombe, und ob wir uns auch wohl fühlten und so weiter. Ich fragte ihn um Rat, wie unsere Diener am besten nach Pretoria gelangen könnten, und etwas später schickte ich sie los. Footsack gab ich verschiedene Schriftstücke mit, um sicherzustellen, daß ihm die Ochsen auch ausgehändigt würden, sowie etwas Geld, damit er für ihren Unterhalt bezahlen konnte. Schließlich schärfte ich ihm noch mit den schrecklichsten Drohungen ein, so schnell mit den Tieren zurückzukehren, wie er nur konnte, und damit entließ ich ihn und die beiden anderen Diener. Ganz wohl war mir nicht bei der Sache, auch wenn er auf seine Art ein erfahrener Mann war und mir fest versprach, alle Anordnungen buchstabengetreu zu befolgen. Mir schien er so merkwürdig froh über den Auftrag zu sein, daß ich mich nach dem Grund dafür erkundigte, denn nach den Strapazen, die wir hinter uns hatten, wäre es eher verständlich gewesen, wenn er sich nach Ruhe gesehnt hätte.

»O Baas«, sagte er, »ich glaube, dieser Tampel ist kein guter Ort für Farbige. Ich habe von einigen gehört, die hier gestorben sind. Und dieser Karl, der mir den Diamanten gab, ich glaube, er ist auch tot, wenigstens ist mir letzte Nacht sein Geist erschienen, er hat sich über mich gebeugt und den Kopf geschüttelt, und die anderen Diener haben ihn ebenfalls gesehen.«

»Ach, verschone mich doch mit deinen Gespenstergeschichten«, sagte ich, »und komm schnell mit diesen Ochsen zurück, sonst wirst auch du sterben und kannst selbst als Geist erscheinen, das verspreche ich dir.«

»Ich komme zurück, Baas, ich komme zurück!« stieß er

erschrocken hervor und entfernte sich fast im Laufschritt. Ich blieb mit einem ziemlich unbehaglichen Gefühl zurück.

Für mich war die Geschichte über den spukenden Karl natürlich ein reines Hirngespinst, aber ich sah, daß Footsack fest daran glaubte, und fürchtete, er könnte sich dadurch von der Rückkehr abhalten lassen. Viel lieber wäre ich selbst gegangen, aber ich konnte Anscombe in seinem Zustand unmöglich allein in den Händen unserer merkwürdigen Gastgeber lassen. Und sonst hatte ich niemanden, den ich schicken konnte. Vielleicht hätte ich nach Pilgrim's Rest reiten und dort einen weißen Boten suchen sollen. Später bedauerte ich sehr, das nicht getan zu haben, freilich hätte das mindestens einen Tag Abwesenheit zu einer sehr kritischen Zeit bedeutet. Die Wahrheit ist jedoch, daß mir diese Möglichkeit erst viel zu spät einfiel, und wahrscheinlich hätte ich ohnehin niemanden gefunden, dem ich hätte vertrauen können.

Nachdem ich mich an einem benachbarten Grat, von dem aus ich ihm den Weg zeigen konnte, von Footsack verabschiedet hatte, kehrte ich zum Haus zurück und begegnete Marnham auf seinem Pferd. Er hielt an und sagte, er wolle hinunter zum Granitbach, um jemanden mit der Bewachung unseres Wagens zu beauftragen. Ich erklärte ihm, es sei mir unangenehm, daß er sich um Dinge kümmern müsse, die eigentlich meine Aufgabe seien, nur leider könne ich nicht weg, worauf er antwortete, er sei froh über die Gelegenheit zu einem Ausritt, damit habe er wenigstens etwas zu tun.

»Wie vertreiben Sie sich eigentlich hier die Zeit«, fragte ich beiläufig, »da Sie ja kein Farmer sind?«

»Ach, mit Handel«, erwiderte er, nickte mir kurz zu und galoppierte davon.

Merkwürdiger Handel, dachte ich bei mir, wo es nicht einmal einen Laden gibt. Es würde mich wirklich interessieren, womit er handelt.

Wie es der Zufall wollte, sollte ich das herausfinden,

ehe ich noch eine Stunde älter war. Ich hatte nach Anscombe gesehen und mich vergewissert, daß es ihm so weit gut ging, und nun gedachte ich mir den Steinbruch anzusehen, aus dem man den Marmor für das Haus gebrochen hatte. Mir war nämlich die Idee gekommen, wenn genügend von dem Gestein vorhanden sei, könnte es sich vielleicht irgendwann einmal lohnen, es auszubeuten. Man hatte mir die Stätte gezeigt, sie befand sich inmitten von Akazien in einer Schlucht, die nur ein paar hundert Yard vom Haus entfernt im rechten Winkel vom Haupt-Kloof abzweigte. Ich folgte also dem Pfad, über den man ursprünglich die Steine geschleift hatte, erreichte die Stelle und entdeckte, daß es sich buchstäblich um einen ganzen Berg aus reinweißem Marmor handelte, aus dem nur eine kleine Höhle herausgebrochen worden war. Ich untersuchte alles sehr gründlich und kletterte dazu auch zwischen einigen Sträuchern herum, die sich in der von oben heruntergewaschenen Humusschicht angesiedelt hatten.

Hinter diesen Büschen befand sich ein Loch, groß genug, um einen kriechenden Menschen durchzulassen. Ich schob mich hinein, um zu sehen, ob die Marmoradern noch weiter in die Tiefe führten. Zu meiner Überraschung traf ich fünf Fuß hinter der Mündung des Loches auf eine massive Gelbholztür. Hier bewahrten wohl die Steinbrucharbeiter ihre Werkzeuge und ihren Sprengstoff auf oder hatten dies früher getan, nahm ich an und drückte dagegen. Vermutlich war sie versehentlich offengelassen worden, vielleicht war auch das Schloß kaputt, jedenfalls schwang sie auf. In der Absicht, meine Nachforschungen bezüglich der Dicke der Marmorschicht fortzusetzen, schritt ich kühn voran, und da es in dem Loch sehr dunkel war, riß ich ein Streichholz an. Die Marmorschicht reichte weit in die Tiefe, das sah ich an der glitzernden Decke der Höhle, denn in einer solchen befand ich mich. Aber der Boden fesselte meine Aufmerksamkeit nicht weniger, denn hier standen zahlreiche längliche Kisten, Särgen nicht unähnlich, mit dem Stempel einer bekannten Firma aus Birmingham und der Aufschrift ›Zaundraht‹. Sie waren an Messrs. Marnham & Rodd, Transvaal, *via* Delagoa-Bucht adressiert.

Ich erkannte sofort, was das für Kisten waren, da ich schon ähnliche gesehen hatte, doch selbst wenn ich noch irgendwelche Zweifel hegte, so waren sie leicht auszuräumen, denn es zeigte sich, daß einer der Behälter offen und erst halb geleert war. Ich faßte mit der Hand hinein, und meine Ahnung bestätigte sich. Er enthielt das gewöhnliche, handelsübliche Kafferngewehr, das bei Lieferung nach Afrika etwa 35 Shilling kostete, bei Lieferung an einen Eingeborenenhäuptling und bei Bezahlung in bar oder Vieh dagegen etwa £ 10, was bei lebhafter Nachfrage einen ganz ansehnlichen Gewinn ausmachte. Diese Kisten, wahrscheinlich der letzte Rest eines weit größeren Vorrats, waren die Antwort auf die Frage, wieso Sekukuni es hatte wagen können, gegen die Regierung aufzubegehren. Die Gewehre, die Anscombe eine Kugel in den Fuß gejagt und uns um ein Haar beiden den Garaus gemacht hätten, stammten mit Sicherheit von hier.

Wie ich im Licht weiterer Streichhölzer sah, enthielt die Höhle auch noch andere Vorräte — item, Pulverfässer; item, kleine Fässer mit billigem Fusel; item, Bleibarren, dazu eine Kiste mit der Aufschrift ›Kugelformen‹ und eine andere mit der Aufschrift ›Zündhütchen‹. Ich glaube, es waren auch ein paar Beutel mit harmlosen Glasperlen vorhanden, sowie einige Pakete mit Assegai-Klingen, hergestellt in Birmingham. Vielleicht lagerte in den Tiefen noch mehr, aber ich nahm mir nicht die Zeit, weiter nachzuforschen, sondern sammelte die verbrannten Streichhölzer ein und wischte mit meinem Taschentuch hinter mir den Steinboden auf, für den Fall, daß sich Staub abgesetzt hatte, der verräterische Fußabdrücke erkennen ließ. Dann kroch ich nach draußen, um meine Erkundung des reichen Marmorvorkommens vom Boden des Steinbruchs aus fortzusetzen. Nachdem ich die Büsche wieder so angeordnet hatte, wie sie vorher waren, stieg ich, wie eine Antilope von Stein zu Stein hüpfend, auf einem anderen Weg hinab.

Meine Vorsicht erwies sich als berechtigt, denn ein paar Minuten später erschien Dr. Rodd.

»Alles gut gegangen mit ihrer Operation?« fragte ich munter.

»Ich bin ganz zufrieden, danke«, antwortete er, »obwohl der alte Kaffer versuchte, dem Pfleger den Schädel einzuschlagen, als er aus der Narkose erwachte. Interessieren Sie sich für Geologie?«

»Ein wenig«, antwortete ich, »das heißt, wenn eine Chance besteht, damit Geld zu verdienen, und die müßte hier gegeben sein, denn dieser Marmor sieht fast so hochwertig aus wie der von Carrara. Aber ich befasse mich lieber mit Feuersteinwerkzeugen, freilich auf stümperhafte, dilettantische Weise, und Ihr Steckenpferd geht wohl in die gleiche Richtung, denn ich habe in ihrem Zimmer einige Exemplare gesehen. Sagen Sie, wofür halten Sie das? Könnte es vielleicht so etwas wie ein Schaber sein?« Ich zog aus meiner Tasche einen Stein, den ich eine Woche zuvor im Busch gefunden hatte.

Mir war nicht entgangen, daß er voller Mißtrauen hierher gekommen war, doch nun vergaß er seinen Verdacht sofort. Dieser sonderbare Mann war in der Tat ein begeisterter Sammler von Feuersteinwerkzeugen und wußte eine Menge darüber.

»Haben Sie das hier gefunden?« fragte er.

Ich führte ihn mehrere Yard vom Höhleneingang weg, wies auf eine Stelle und behauptete, das Stück zwischen dem Geröll aus dem Steinbruch aufgelesen zu haben. Nun entspann sich eine hochwissenschaftliche Diskussion, denn offenbar war dies ein Werkzeug von der seltensten und kostbarsten Sorte. Noah hätte es einst benützt haben können, Hiob mochte sich damit den Bart abgekratzt haben, und die Frage war, wie, zum Teufel, es in diesen Steinbruch gekommen war. Das Problem ließ sich nicht lösen, und nachdem ich den Fund Dr. Rodd zum Geschenk gemacht hatte, worüber er sich aufrichtig freute, kehrte ich, erfüllt von jener tiefen Befriedigung, die der Lohn für eine wertvolle Entdeckung ist, ins Haus zurück.

Über die folgenden drei Tage gibt es weiter nichts zu berichten, außer, daß ich in dieser Zeit mehr unter Langeweile litt als in meinem ganzen bisherigen Leben. Das Haus war auf seine Weise wunderschön, das Essen war ausgezeichnet, an Getränken war alles vorhanden, was das Herz begehrte, und Rodd teilte mir mit, er befürchte nicht länger, daß es notwendig sein könnte, Anscombes Bein zu amputieren. Seine Genesung sei nun lediglich eine Frage der Zeit, doch vorerst dürfe er den Fuß nicht belasten und müsse auch darauf achten, daß er sich nicht mehr als unvermeidlich mit Blut fülle. Das bedeutete allerdings, daß er weiterhin liegen mußte. Die Schwierigkeit war, daß ich nichts anderes zu tun hatte, als den Charakter unserer Gastgeber zu studieren, was mich anwiderte und bedrückte. Normalerweise wäre ich auf die Jagd gegangen, aber auf Marnhams Grund und Boden war das Schießen verboten, auf ausdrücklichen Wunsch von Miss Heda, einer geheimnisumwitterten, jungen Frau, die ständig erwartet wurde, ohne je aufzutauchen, und wegen der Basuto wagte ich nicht, die Grenzen des Besitzes zu überschreiten. Ich hätte auch nach Pilgrim's Rest oder Lydenburg reiten können, um die Verbrechen besagter Basuto den Behörden zu melden, aber dazu hätte ich im günstigsten Fall einen oder zwei Tage gebraucht, und möglicherweise hätten mich irgendwelche Beamte noch länger aufgehalten, da für diese Leute die Zeit anderer im allgemeinen keine Rolle spielt.

Ich hätte Anscombe also allein lassen müssen, was ich nicht wollte, und deshalb bezwang ich meine Ungeduld, trieb mich im Haus herum, rauchte mehr, als für meine Gesundheit zuträglich war, und langweilte mich, wie gesagt, entsetzlich.

Als seine Gesundung weitere Fortschritte machte, durfte Anscombe sein Bett verlassen und auf die Stoep umziehen, wo er mit hochgelagertem Bein im Liegestuhl saß und sich ebenfalls langweilte, besonders, nachdem er ohne den geringsten Erfolg versucht hatte, den alten Marnham über seine Vergangenheit bei der Garde auszufragen. In unserer Verzweiflung erklärten wir uns bereit, einen Abend beim Kartenspiel zu verbringen. Dabei machte sich keiner von uns etwas aus Karten, ganz im Gegenteil, ich persönlich habe sie immer verabscheut, denn mit Spielen um verschiedenfarbige Marken als Ersatz für Geld, das ich nie zu sehen bekam, war ich in meiner Jugend zur Genüge gequält worden.

Es war so ärgerlich, wenn man gewann, eine Reihe grüner Marken zugeschoben bekam und erfuhr, daß sie so und so viele hundert oder tausend Pfund darstellten, und genauso war es, wenn man verlor, denn da niemand etwas zu bezahlen hatte, bestand mein lieber Vater darauf, um riesige Einsätze zu spielen. Ich habe Attrappen nie gemocht, ganz gleich, auf welchem Gebiet. Anscombe war ebenfalls kein Freund der Karten, vermutlich hatten auch seine Vorfahren um Marken gespielt, allerdings um solche, wie ich sie aus dem Cocoa Tree Club oder aus anderen Spielsalons einer früheren Generation kenne, um Jetons also, die bis zu tausend Guineen wert waren und am nächsten Morgen gegen harte Münze eingelöst werden mußten, wodurch seine Familie nicht wenig verarmt war.

»Schätze, Sie werden feststellen, daß wir es mit richtigen Hasardeuren zu tun haben«, sagte er, als unsere beiden Gastgeber abgezogen waren, um einen passenden Tisch zu holen, da wir wegen der Hitze der Nacht im Licht der Paraffin-Hängelampe und einiger Kerzen auf der Stoep spielen wollten. Ich antwortete in etwa, ich könne es mir nicht leisten, große Summen zu verlieren, noch dazu an Männer, denen es durchaus zutrauen sei, daß sie die Karten zinkten.

»Verstehe«, antwortete er. »Machen Sie sich deshalb keine Sorgen, alter Junge. Das ist meine Sache, das Spiel wurde nur zu meiner Unterhaltung arrangiert. Ich werde nicht murren, wenn mich der Spaß etwas kostet, und ein Spaß wird es werden, dessen bin ich sicher.«

»Schön.« Ich war einverstanden. »Doch sollten wir zufällig gewinnen, dann gehört das Geld Ihnen, nicht mir.«

Insgeheim überlegte ich jedoch, daß wir bei zwei solchen Gegnern kaum größere Aussichten auf einen Gewinn hatten als eine Schneeflocke, sich in der Atmosphäre des Tieflandes halten zu können.

Endlich kehrten sie mit dem Tisch zurück, auf dem eine grüne, weit herabhängende Decke lag. Außerdem brachte einer der eingeborenen Diener ein Tablett mit Getränken, denen der alte Marnham, wie ich nach verschiedenen Anzeichen vermutete, unterwegs schon kräftig zugesprochen hatte, obwohl er beim Dinner bereits sein Quantum getrunken hatte. Bald hatten wir unsere Plätze eingenommen, Anscombe sollte mein Partner sein und saß mir gegenüber in seinem Liegestuhl. Das Spiel konnte beginnen.

Was für eine Partie eigentlich gespielt wurde, habe ich vergessen, ich weiß nur noch, daß hohe und ständig wachsende Einsätze zugelassen waren. Anfangs waren die Summen jedoch recht bescheiden, und wir gewannen, was wohl auch so geplant war. Nach etwa einer halben Stunde erhob sich Marnham, um sich einen Brandy mit Wasser einzugießen, sehr viel Brandy und sehr wenig Wasser übrigens, während ich einen Schluck Hollands nahm und Anscombe und Rodd sich ihre Pfeifen stopften.

»Etwas mehr Schwung könnte nicht schaden«, sagte Rodd zu Anscombe. »Ich stimme dafür, den Einsatz zu erhöhen.«

»So hoch Sie wollen«, gab Anscombe gedehnt und mit jenem Funkeln in den Augen zurück, das immer verriet, wenn er sich amüsierte. »Quatermain und ich sind die geborenen Spieler. Sehen Sie mich nicht so wütend an, Quatermain, Sie wissen es doch selbst. Nur werden Sie einen Scheck akzeptieren müssen, falls wir verlieren, denn ich habe nur sehr wenig Bargeld bei mir.«

»Das ist wohl kein Problem«, entgegnete der Doktor ungerührt. »Falls Sie verlieren.«

Die Einsätze wurden also in einem Maße erhöht, daß mir die Haare noch mehr als sonst zu Berge standen, und das Spiel ging weiter. Doch siehe da! Ein Wunder geschah. Wie es dazu kam, weiß ich nicht, es sei denn, Marnham hatte aus Versehen die falschen Karten mitgebracht oder war bereits zu benebelt, um die telegraphischen Signale zu verstehen, die ihm sein Partner nicht nur einmal, sondern des öfteren gab, was mir als geschultem Beobachter natürlich nicht entging. Jedenfalls gewannen wir! Mehr noch, mit ein paar Rückschlägen gewannen wir immer weiter, bis schließlich die Summen, die uns gutgeschrieben wurden, da kein Bargeld von Hand zu Hand ging, ganz beträchtlich waren. Und Marnham schenkte sich nach jedem Spiel einen neuen Brandy ein, während der Doktor nach Art eines drohenden, jedoch nicht ausbrechenden Gewitters immer wütender wurde. Ich für mein Teil wurde allmählich unruhig, besonders, als ich bemerkte, daß Anscombe im Begriff stand, seine Freude offen zu zeigen, und ich ihm unter dem Tisch keinen Tritt versetzen konnte, weil er die Beine hochgelagert hatte.

»Mein Partner gehört längst ins Bett. Meinen Sie nicht, wir sollten aufhören?« fragte ich.

»Eigentlich schon«, stimmte Rodd zu und funkelte Marnham wütend an, der sich mit unsicheren Bewegungen verschütteten Brandy aus seinem langen Bart wischte.

»Der Teufel soll mich holen, wenn *ich* aufhöre«, rief dieser ehrenwerte Zeitgenosse. »Wenn ich in meiner Jugend mit anderen Gentlemen spielte, pflegte man dem Verlierer immer Gelegenheit zu einer Revanche zu geben.«

»Dann«, antwortete Anscombe mit blitzenden Augen, »wollen wir versuchen, in die Fußstapfen der Gentlemen zu treten, mit denen Sie in Ihrer Jugend spielten. Ich schlage vor, den Einsatz zu verdoppeln.«

»So ist es richtig! Das sind die alten Sitten!« lobte Marnham.

Der Doktor hatte sich schon halb erhoben, doch nun setzte er sich wieder. Ich beobachtete ihn und kam zu dem Schluß, daß er seinen Partner, einen notorischen Zecher, für weniger betrunken hielt, als der sich gab, und glaubte, daß Marnham im wörtlichen oder im übertragenen Sinne noch ein As im Ärmel hatte. Wenn ja, dann blieb es auch dort, denn wir gewannen abermals. Das Glück hielt uns die Treue.

»Ich werde langsam müde«, erklärte Anscombe gedehnt. »Zitronenlimonade ist nicht das nahrhafteste Getränk. Wollen wir nicht Schluß machen?«

»Beim Himmel! Nein!« schrie Marnham, worauf Anscombe erwiderte, auf Wunsch würde er noch eine Runde mitspielen, aber nicht mehr.

»Nun gut«, stimmte Marnham zu, »dann aber doppelt oder nichts.«

Er sagte es ganz ruhig und schien auf einen Schlag nüchtern geworden sein. Nun war Rodd wohl völlig überzeugt, daß er nur schauspielerte und dieses As wirklich im Ärmel hatte. Jedenfalls erhob er keine Einwände. Ich war jedoch anderer Meinung, da ich oft genug erlebt hatte, wie Betrunkene in einer aufregenden Situation auf einmal wieder nüchtern wurden, aber jedesmal wieder feststellte, daß diese Phase nicht lange anhielt.

»Ist das wirklich Ihr Ernst?« Ich ergriff zum erstenmal an diesem Abend das Wort und wandte mich an den Doktor. »Ich weiß nicht genau, um welche Summe es geht, aber sie muß doch sehr hoch sein.«

»Natürlich«, antwortete er.

Ich machte mir klar, daß Anscombe auch im schlimmsten Fall nichts zu verlieren hatte, zuckte die Achseln und hielt den Mund. Marnham mußte geben, und obwohl er etwas im Schatten der Hängelampe saß und die Kerzen erloschen waren, sah ich ganz deutlich, daß er mit den Karten irgendwelchen Hokuspokus trieb, erhob jedoch unter den gegebenen Umständen keinen Protest. Wie sich herausstellte, hatte er wohl nicht genügend manipuliert, denn obwohl er selbst lauter Trümpfe bekam, hatte Rodd gar nichts in der Hand. Nun folgte ein spannender Kampf, aber letztlich gab ein As von Anscombe, der in Wahrheit ein recht guter Spieler war, den Ausschlag. Wir hatten auch dieses Spiel gewonnen.

Eine schreckliche Stille trat ein, und schließlich bemerkte Anscombe vergnügt in seiner betont lässigen Art:

»Ich weiß nicht, ob ich ganz richtig gerechnet habe, das werden wir morgen früh nachprüfen, aber nach dem, was ich herausbekomme, schulden Sie beide, meine Herren, Quatermain und mir £ 749 und 10 s.«

Da platzte dem Doktor der Kragen.

»Du verfluchter, alter Narr«, zischte er — man kann es nicht anders ausdrücken — Marnham an. »Wie kannst du betrunkenes Vieh einfach eine solche Summe verspielen, und wie willst du sie bezahlen?«

»Ganz einfach, du Betrüger«, rief Marnham. »Damit.« Er griff in die Tasche, holte eine Handvoll Rohdiamanten heraus, warf sie auf den Tisch und fügte hinzu: »Diese Dinger sind doppelt so viel wert, und wo sie herkommen, gibt es noch mehr, wie du auch ganz genau weißt, du medizinischer Galgenvogel.«

»Du wagst es, mich so zu nennen«, keuchte der Doktor mit vor Wut erstickter Stimme. Er schien völlig außer sich zu sein. »Du ... du ... Mörder! Oh, warum bringe ich dich nicht gleich um? Eines Tages werde ich es ja doch tun.« Dann nahm er sein halbvolles Glas und schüttete Marnham den Inhalt ins Gesicht.

»Ein netter, künftiger Schwiegersohn, finden Sie nicht?« rief der alte Halunke, griff nach der Brandykaraffe, schleu-

... griff nach der Brandykaraffe, schleuderte sie nach Rodds Kopf und verfehlte ihn lediglich um einen Zoll.

derte sie nach Rodds Kopf und verfehlte ihn lediglich um einen Zoll.

»Gentlemen, sollten Sie nicht lieber schlafen gehen?« mischte ich mich ein. »Ehe Sie Dinge sagen, die Sie morgen früh vielleicht bereuen werden.«

Offenbar gaben sie mir recht, denn sie erhoben sich ohne ein weiteres Wort, marschierten in verschiedene Richtungen in ihre jeweiligen Zimmer und versperrten deutlich hörbar die Türen. Ich sammelte die Schuldscheine und auch die Diamanten ein, die noch auf dem Tisch lagen, während Anscombe die Karten untersuchte.

»Donnerwetter, sie sind tatsächlich gezinkt!« rief er. »O mein lieber Quatermain, einen so amüsanten Abend habe ich in meinem ganzen Leben noch nicht verbracht.«

»Halten Sie den Mund, Sie Idiot«, fuhr ich ihn an. »Wegen dieser Geschichte wird es noch Mord und Totschlag geben, und ich kann nur hoffen, daß nicht wir die Opfer sind.«

VI

Miss Heda

Nach alledem hätte man am nächsten Morgen peinliche Erklärungen erwarten können, aber nichts dergleichen geschah. Immerhin gilt selbst unter den Wilden die Fähigkeit, gewisse Dinge zu ignorieren, als eine große Kunst, ohne die das Leben kaum weitergehen könnte, und demgemäß taten auch in diesem Fall die beiden Hauptakteure des Streits am vergangenen Abend so, als hätten sie vergessen, was passiert war, und ich glaube, das war nicht einmal unbedingt gelogen. Bei dem einen hatte die wilde Flamme des Alkohols und bei dem anderen das Feuer des Zorns das Gespinst der Erinnerung zu Asche verbrannt. Sie wußten noch, daß es zu Unannehmlichkeiten gekommen war und was sich im wesentlichen abgespielt hatte, aber der Rest war ihnen entfallen, vielleicht auch deshalb, weil ihnen klar war, daß sie für ihre Worte und ihr Verhalten nicht verantwortlich gewesen waren, und folglich der Begebenheit kein Recht auf einen Dauerplatz in ihrem Gedächtnis einräumten. Die Szene befand sich sozusagen außerhalb ihres normalen Ichs. Dies war jedenfalls meine Vermutung, und das Benehmen der beiden schien sie zu bestätigen.

Der Doktor erwähnte die Angelegenheit als erster.

»Ich fürchte, wir sind gestern abend aneinandergeraten«, sagte er. »Das ist beim Kartenspiel schon des öfteren vorgekommen, und solange sich die Dinge nicht irgendwie klären, wird es gewiß auch nicht das letzte Mal gewesen sein. Sie wissen ja, daß Marnham trinkt, und ich bin, wie ich leider gestehen muß, mit einem schrecklichen Jähzorn geschlagen. Urteilen Sie nicht zu hart über uns. Wenn Sie Arzt wären, wüßten Sie, daß uns alle diese Dinge im Blut liegen, und schließlich haben wir den

Lehm, aus dem wir bestehen, nicht selbst gemacht, nicht wahr? Trinken Sie doch eine Tasse Kaffee.«

Etwas später, in Rodds Abwesenheit, sprach mich auch Marnham auf den Vorfall an, so taktvoll und höflich, wie es für ihn typisch war.

»Ich muß Sie von ganzem Herzen um Verzeihung bitten«, sagte er, »Sie und auch Mr. Anscombe. Ich habe nicht viel behalten, aber ich weiß, daß es gestern abend wegen dieser verfluchten Karten eine Szene gab. Ich erliege manchmal einer Schwäche. Mehr will ich nicht sagen, ich kann nur hoffen, daß Sie, der sie ja auch ein Mensch sind, der vielleicht hin und wieder unter der einen oder anderen Schwäche leidet, Nachsicht mit mir haben und mir nicht nachtragen werden, was ich in Anwesenheit von Gästen gesagt oder getan haben mag. Ja, das ist es, was mich schmerzt — es waren Gäste anwesend.«

Irgendwie bewirkte er durch seine vornehme Art, daß mir sämtliche Kavaliersdelikte, die ich mir jemals hatte zuschulden kommen lassen, im schlimmsten Licht erschienen.

»Ganz recht«, antwortete ich, »ganz recht. Ich bitte Sie, die Sache nicht mehr zu erwähnen, obwohl ...« Die Worte schienen sich ohne mein Zutun meiner Kehle zu entreißen, »Sie sich schon sehr gravierende Dinge an den Kopf geworfen haben.«

»Das kann ich mir denken«, entgegnete er mit einem zerstreuten Lächeln. »Aber es hatte weiter nichts zu bedeuten.«

»Ich verstehe, wie ein Zank unter Verliebten. Aber da ist noch etwas, Sie haben gestern ein paar Diamanten auf dem Tisch zurückgelassen, und ich habe sie an mich genommen, damit die Kaffern nicht in Versuchung geraten. Ich werde sie gleich holen.«

»Tatsächlich? Wahrscheinlich habe ich auch ein paar Schuldscheine zurückgelassen, die man noch als Fidibus verwenden kann. Wiegen wir doch am besten beides gegeneinander auf. Ich kenne weder den Wert der Diamanten, noch den der Fidibusse, ganz gleich, was nun höher ist, ich will die verdammten Dinger in Gottes Namen nicht wiedersehen. Ich habe genügend davon.«

»Darüber muß ich erst mit Anscombe sprechen«, erklärte ich. »Sein Geld stand auf dem Spiel, nicht das meine.«

»Sprechen Sie, mit wem Sie wollen«, entgegnete er, und ich bemerkte an seiner pulsierenden Stirnader, daß er im Begriff stand, in Zorn zu geraten. »Aber kommen Sie mir mit diesen Diamanten nie wieder unter die Augen. Werfen Sie sie in die Gosse, wenn Sie wollen, aber ich will sie nicht mehr sehen, sonst gibt es Ärger.«

Damit stürmte er aus dem Zimmer. Er hatte sein Frühstück kaum angerührt.

Vermutlich wünschte dieser komische, alte Vogel kein Verhör darüber, wie er in den Besitz so vieler Rohdiamanten gelangt war, überlegte ich, vielleicht waren sie auch viel weniger wert als die Summe, die er verloren hatte, möglicherweise waren es auch gar keine Diamanten, sondern nur Glas. Ich ging zu Anscombe und berichtete ihm über die Unterredung. Er lachte nur und sagte, da ich die Dinger ohnehin hätte, sollte ich sie auch so lange behalten, bis etwas passierte. Wir hatten uns nämlich beide in den Kopf gesetzt, daß noch etwas passieren würde, bevor wir dieses Haus endgültig hinter uns lassen konnten.

Also verwahrte ich die Steine so sicher ich konnte. Während ich damit beschäftigt war, hörte ich Räder rattern und trat gerade noch rechtzeitig aus dem Haus, um eine Kapkutsche mit vier ausgezeichneten Pferden und einem Hottentotten in flottem Hut und roter Schärpe auf dem Bock vor dem Gartentor vorfahren zu sehen. Dieser Kutsche entstieg eine vornehm gekleidete Dame, von der ich im Moment nicht mehr sah, als daß sie jung, schlank und ziemlich groß gewachsen war. Da sie mir den Rücken zuwandte, bemerkte ich außerdem ihr üppiges, kastanienbraunes Haar.

»Da!« sagte Anscombe. »Ich wußte doch, daß etwas geschehen würde. Heda ist geschehen. Quatermain, da offenbar weder ihr ehrenwerter Erzeuger noch ihr liebender Verlobter, denn das ist er wohl, in der Nähe sind, sollten Sie hingehen und ihr behilflich sein.«

Ich gehorchte stöhnend und wünschte von ganzem Herzen, Heda sei nicht geschehen, denn irgendein sechster Sinn warnte mich, daß sie die ohnehin schwierige Lage nur noch mehr komplizieren würde. Nachdem sie einer sehr kräftigen, jungen Farbigen, ihrer Zofe, wie ich annahm, einige Anweisungen wegen eines in der Kutsche befindlichen Korbs mit Blumenzwiebeln gegeben hatte, drehte sie sich am Tor plötzlich um, so daß wir uns auf beiden Seiten der Pforte gegenüberstanden und uns einen Moment lang verblüfft anstarrten. Ich fand sie wirklich sehr hübsch mit ihrem feingeschnittenen Gesicht, dem frischen, gesunden Teint, den langen, dunklen Wimpern und der geschmeidigen, wohlgeformten Figur. Was sie über mich dachte, weiß ich nicht, doch wahrscheinlich war es nicht halb so schmeichelhaft. Plötzlich trat jedoch ein besorgter Ausdruck in ihre großen, grauen Augen, und ein ängstliches Zucken ging über ihr Gesicht.

»Ist meinem Vater etwas zugestoßen?« fragte sie. »Ich sehe ihn nirgendwo.«

»Wenn Sie Mr. Marnham meinen«, entgegnete ich und zog den Hut, »so glaube ich, daß Dr. Rodd und er ...«

»Dr. Rodd interessiert mich nicht«, unterbrach sie mich mit einer verächtlichen Bewegung ihres Kinns. »Wie geht es meinem Vater?«

»Nicht viel anders als sonst, nehme ich an. Er und Dr. Rodd waren vor kurzem noch hier, wahrscheinlich sind sie ausgegangen.« (Das stimmte sogar, allerdings hatten sie verschiedene Richtungen eingeschlagen.)

»Dann ist es ja gut«, seufzte sie erleichtert. »Wissen Sie, ich hörte, er sei schwer krank, und deshalb bin ich zurückgekommen.«

Aha, dachte ich bei mir, also liebt sie diesen alten Halunken, und den Doktor — den liebt sie nicht. Wir werden noch mehr Ärger bekommen, so sicher wie — fünf und zwei sieben ergibt. Eine Frau, die den Topf zum Überlaufen bringt, hat uns gerade noch gefehlt.

Dann öffnete ich das Tor und nahm ihr mit meiner höflichsten Verbeugung ihre Reisetasche ab.

»Mein Name ist Quatermain, und mein Freund heißt Anscombe. Wir wohnen im Moment hier«, erklärte ich ziemlich unbeholfen.

»Tatsächlich?« antwortete sie mit einem entzückenden Lächeln. »Da haben Sie sich aber einen merkwürdigen Ort ausgesucht.«

»Das Haus ist wunderschön«, bemerkte ich.

»Nicht übel, obwohl ich es mehr oder weniger selbst entworfen habe. Aber ich bezog mich auf seine Bewohner.«

Mir verschlug es die Sprache, und sie hatte gewiß den Eindruck, mir fiele keine freundliche Bemerkung zu den Bewohnern ein, denn ich hörte sie seufzen. Wir gingen Seite an Seite den mit Rosen gesäumten Weg entlang und erreichten schließlich die Stoep, wo Anscombe, dem ich am Tag zuvor einen sehr ansehnlichen Haarschnitt verpaßt hatte, uns von seinem Liegestuhl aus beobachtete. Die beiden sahen sich an und erröteten ein wenig, aber das war vermutlich reine Verlegenheit.

»Anscombe«, sagte ich, »das ist ...« hier zögerte ich, denn ich war nicht ganz sicher, ob sie ebenfalls Marnham hieß.

»Heda Marnham«, kam sie mir zu Hilfe.

»Ja — Miss Heda Marnham, und dies ist der Ehrenwerte Maurice Anscombe.«

»Verzeihen Sie, wenn ich sitzenbleibe, Miss Marnham«, sagte Anscombe mit seiner angenehmen Stimme (übrigens hatte auch sie eine schöne Stimme, klangvoll und ziemlich leise, mit einem ganz leichten, fremdländischen Akzent). »Ich bin im Augenblick durch einen Schuß in den Fuß etwas behindert.«

»Wer hat Sie angeschossen?« fragte sie schnell.

»Ein Kaffer.«

»Das tut mir aber leid, hoffentlich sind Sie bald wieder wohlauf. Bitte entschuldigen Sie mich jetzt, ich muß meinen Vater suchen.«

»Sie ist ungewöhnlich hübsch«, bemerkte Anscombe, »und noch dazu eine Dame. Marnham mag ein alter Sünder sein, aber wir müssen ihm zugute halten, daß er immerhin eine sehr reizende Tochter hervorgebracht hat.«

»Viel zu hübsch und viel zu reizend«, knurrte ich.

»So denkt Dr. Rodd vermutlich auch. Eine Schande, daß man ein solches Mädchen einem medizinischen Schurken wie diesem Dr. Rodd überlassen soll. Was sie wohl für ihn empfindet?«

»Ungefähr das gleiche wie ein Kanarienvogel für einen Kater, so viel habe ich inzwischen schon herausgefunden.«

»Quatermain, Sie sind wirklich bewundernswert. Ich habe noch niemanden kennengelernt, der selbst die kleinste Gelegenheit so voll zu nützen versteht.«

Dann schwiegen wir und warteten, nicht ohne eine gewisse Ungeduld, auf Miss Hedas Rückkehr. Sie kam überraschend schnell wieder, wenn man bedenkt, daß sie Zeit gefunden hatte, nach ihrem Vater zu suchen, ein sauberes, weißes Kleid anzuziehen und sich eine einzelne Hibiskusblüte ans Mieder zu stecken, genau der Farbfleck, der noch gefehlt hatte, um den Eindruck abzurunden.

»Ich kann meinen Vater nicht finden«, sagte sie, »aber die Diener haben mir erzählt, er sei ausgeritten. Ich kann überhaupt niemanden finden. Wenn man dringend nach Hause gerufen wird und deshalb trotz mancher Unannehmlichkeiten Hals über Kopf eine weite Reise antritt, ist das schon recht spaßig, nicht wahr?«

»In Südafrika pflegen Ochsenwagen und Pferdekutschen nicht so pünktlich einzutreffen wie Schnellzüge,

Miss Marnham«, gab Anscombe zu bedenken. »Sie sollten deshalb nicht gekränkt sein.«

»Ich bin nicht im mindesten gekränkt, Mr. Anscombe. Nachdem ich nun weiß, daß mit meinem Vater alles in Ordnung ist, bin ich -- Aber erzählen Sie, wie sind Sie zu Ihrer Verletzung gekommen?«

Das tat er, mit vielen humorvollen Ausschmückungen, wie es seine Art war. Sie lauschte schweigend, mit gerunzelter Stirn, und machte nur eine einzige Bemerkung:

»Es würde mich doch interessieren, welcher weiße Mann Sekukunis Kaffern gesagt hat, daß Sie kommen würden.«

»Ich weiß es nicht«, antwortete er, »aber derjenige hätte eine Kugel irgendwo oberhalb des Knöchels verdient.«

»Gewiß, nur bekommen die Menschen in dieser unvollkommenen Welt nur selten, was sie verdienen.«

»Das habe ich mir auch schon oft gedacht. Sonst wäre ich zum Beispiel …«

»Was wären Sie?« fragte sie und sah ihn neugierig an.

»Nun, ein besserer Schütze als Mr. Allan Quatermain, und ebenso schön wie eine Dame, die ich einmal in meiner Jugend gesehen habe.«

»Sie sollten vor dem Lunch keinen Unsinn reden«, mahnte ich streng, und wir lachten alle, das erste ungezwungene Lachen, das ich im Tempel bisher gehört hatte. Diese junge Dame schien Glück und Fröhlichkeit ins Haus gebracht zu haben. Ich weiß noch, daß ich mich fragte, woran mich ihr Kommen erinnerte, und schließlich darauf kam, daß sie auf mich wirkte wie ein duftender Pfirsichgarten in voller Blüte, auf den man unversehens in der öden Wüste des verbrannten Winterveldes trifft.

Danach unterhielten wir uns wie alte Freunde. Sie erzählte ausführlich, wie sie den Tempel nach einem alten Stich kopiert hatte, den sie holte und uns zeigte, und berichtete voll Stolz, daß die Kosten nicht höher gewesen seien als für ein gewöhnliches Haus.

»Das kommt daher, daß der Marmor zur Verfügung stand«, sagte Anscombe.

»Ganz richtig«, gab sie bescheiden zu. »Ganz allgemein gesprochen, kann man vieles im Leben erreichen — wenn der Marmor zur Verfügung steht. Freilich finden die meisten Menschen nur Sandstein oder Schlamm, wenn sie nach Marmor suchen.«

»Bravo!« rief Anscombe. »Ich bin meistens auf den Sandstein gestoßen.«

»Und ich auf den Schlamm«, bemerkte sie nachdenklich.

»Und ich auf alle drei, denn die Erde enthält Marmor und Schlamm und Sandstein, von Gold und Edelsteinen gar nicht zu reden«, unterbrach ich das eingetretene Schweigen.

Aber keiner der beiden schenkte mir viel Beachtung, obwohl Anscombe, vermutlich, um nicht unhöflich zu wirken, irgendeine Belanglosigkeit des Inhalts von sich gab, man dürfe auch Pech und unterirdisches Feuer nicht vergessen.

Dann begann sie ihm von ihrer Kindheit zu erzählen: von Ungarn, an das sie sich nur sehr verschwommen erinnerte; wie sie in dieses Land gekommen waren und anfangs in zwei großen Kaffernhütten hausten, bis sie plötzlich reich wurden; von ihrer Schulzeit in Maritzburg; von den Freunden, bei denen sie gewesen war, und ich weiß nicht, was noch alles, bis ich schließlich aufstand, um einen Spaziergang zu machen.

Als ich etwa eine Stunde später zurückkam, redeten sie noch immer, und sie hörten nicht auf, bis Dr. Rodd auf der Bildfläche erschien. Zuerst bemerkten sie ihn gar nicht, denn er stand etwas abseits, aber ich sah ihn und beobachtete sein Gesicht mit großem Interesse. Sein Mienenspiel stieß mich ab, ich hatte dergleichen schon bei wilden Tieren gesehen, wenn sie glaubten, ein stärkerer Rivale wolle ihnen ihre Beute rauben, kurzum, in seinen Zügen spiegelte sich eine Mischung aus Haß, Furcht und

Eifersucht — ganz besonders Eifersucht. Letzteres war nicht weiter verwunderlich, denn die beiden auf der Stoep schienen sich außergewöhnlich gut zu verstehen.

Sie waren wie füreinander geschaffen. Natürlich sah sie, eine wirklich hübsche, reizvolle junge Frau, besser aus als er, aber Anscombes aufgewecktes Gesicht mit den fröhlich funkelnden, blauen Augen und den insgesamt aristokratisch wirkenden Zügen konnte trotz einzelner Unregelmäßigkeiten durchaus mithalten. Ich glaube, er hatte ihr eben eine seiner Anekdoten erzählt, denen er mit ein wenig harmloser, liebenswerter Übertreibung so viel Komik zu verleihen verstand, und sie lachten beide ausgelassen. Dann erblickte sie den Doktor, und ihre Fröhlichkeit verflüchtigte sich wie ein Tropfen Wasser auf einem heißen Spaten. Ich sah deutlich, wie sie sich zusammennahm, als müsse sie sich gegen irgend etwas wappnen.

»Wie geht es Ihnen?« sprudelte sie hastig hervor, erhob sich und streckte dem Arzt ihre schmale, sonnengebräunte Hand entgegen. »Aber die Frage ist überflüssig, Sie sehen blendend aus.«

»Wie geht es dir, meine Liebe«, antwortete er langsam mit deutlicher Betonung auf dem letzten Wort. »Aber die Frage ist überflüssig, ich sehe ja, daß du bei bester Gesundheit und glänzender Laune bist.« Damit beugte er sich vor, als wolle er sie küssen.

Irgendwie gelang es ihr, dieser besitzergreifenden Liebkosung zu entgehen. Ich weiß nicht genau, wie sie es anstellte, da ich den Kopf abwandte, um nicht Zeuge dieser Szene zu werden, die mir zuwider war. Doch als ich wieder aufblickte, verrieten mir seine finstere Miene, ihre gesenkten Lider und Anscombes offensichtliche Erheiterung, daß sie ihm wohl ausgewichen sein mußte. Sie erkundigte sich nach ihrem Vater, und er antwortete, auch ihm scheine es recht gut zu gehen.

»Wieso haben Sie mir dann geschrieben, ich müsse sofort nach Hause kommen, weil es mit ihm keineswegs zum Besten stehe?« wollte sie wissen und zog dabei ihre zarten Augenbrauen hoch.

Die Frage wurde nicht beantwortet, denn in diesem Augenblick erschien Marnham selbst.

»O Vater!« rief sie und warf sich in seine Arme. Er küßte sie zärtlich auf beide Wangen.

Ich habe mich also nicht geirrt, dachte ich bei mir, sie liebt dieses moralische Wrack wahrhaftig, und mehr noch, auch er liebt sie, und das zeigt, daß doch noch ein guter Kern in ihm steckt. Kann überhaupt jemand wirklich schlecht oder auch wirklich gut sein? überlegte ich weiter. Ist nicht alles eine Frage der Umstände und des Blutes?

Weder damals noch irgendwann sonst habe ich eine Antwort gefunden. Jedenfalls fand ich die Begegnung dieser beiden sehr ergreifend.

Miss Hedas Einfluß machte sich im Haus sofort bemerkbar. Die Diener wurden sorgfältiger und legten saubere Kleider an. In allen Räumen standen plötzlich Vasen mit Blumen. Unser Zimmer wurde ausgeräumt und gründlich gesäubert, für uns freilich eine eher unerfreuliche Prozedur. Außerdem erschienen Marnham wie auch Rodd zum Dinner in Abendkleidung mit kurzen Jacketts, ein Umstand, der Anscombe und mich in Verlegenheit setzte, weil wir nichts dergleichen mitgebracht hatten. Es war merkwürdig zu beobachten, wie Marnham sich in dieser Kleidung, die zweifellos alte Erinnerungen in ihm weckte, wie ein Chamäleon veränderte. So galant und geschliffen, wie er plauderte, hätte man ihn wirklich für den Colonel eines Kavallerieregiments halten können, der sich erhob, nachdem der Wein serviert war, um auf die Königin zu trinken. Wer hätte in diesem Mann, der jetzt (übrigens ausgezeichneten) Rotwein mit Wasser vermischt trank und mit höflichem Interesse dem ausführlichen Bericht seiner Tochter über ihre Reise lauschte, den betrunkenen, alten Grobian von gestern wiedererkannt? Selbst der Doktor wirkte in Abendkleidung wie der Gentleman, der er früher zweifellos einmal gewesen war. Im übrigen schien man eine Art Waffenstillstand vereinbart zu haben. Er nannte Miss Heda nicht mehr ›meine Liebe‹ und nahm sich auch keinerlei Vertraulichkeiten mehr heraus, während sie ihn mehr als einmal sehr betont mit ›Dr. Rodd‹ ansprach.

Soviel zu diesem Abend und mehreren anderen, die noch folgten. Die Tage verstrichen in heiterer Beschaulichkeit. Heda ging am Arm ihres Vaters umher und plauderte freundlich mit dem Doktor, beobachtete ihn jedoch, wie mir nicht entging, ständig wie eine Katze einen Hund, von dem sie weiß, daß er nur auf eine Gelegenheit wartet, um sie anzuspringen. Ansonsten verbrachte sie so viel Zeit mit uns, wie sie nur konnte. Besonders hinter meiner unbedeutenden Person schien sie Zuflucht zu suchen, da sie vermutlich zu dem Schluß gekommen war, ich sei harmlos, könne aber möglicherweise einmal nützlich werden. Dennoch spürte ich die ganze Zeit, wie sich ein Sturm zusammenbraute. Ja, Marnham selbst spielte häufig die Rolle des wolkenbeherrschenden Jupiter, und mir und zweifellos auch Dr. Rodd konnte es bald nicht mehr verborgen bleiben, daß er die aufkeimende Zuneigung zwischen seiner Tochter und Anscombe mit allen ihm zu Gebote stehenden Mitteln förderte.

Auf die eine oder andere Weise hatte er sich eingehend über Anscombes Aussichten informiert, die durchaus glänzend waren. Zudem empfand er Sympathie für diesen Mann, den er nach den wenigen Wertmaßstäben, die er sich aus seiner Jugend bewahrt hatte, zur besten Sorte von Engländern zählte, und darüberhinaus sah er, daß Heda ihm in gleichem Maße zugetan war, wie sie Rodd verabscheute. Marnham sprach sogar mich indirekt auf die Sache an, indem er die Bemerkung fallen ließ, die junge Frau, die Anscombe dereinst heiraten würde, sei glücklich zu preisen, und der Vater, der ihn zum Schwiegersohn bekäme, könne sich beruhigt ins Grab legen, ohne sich Sorgen um das Schicksal seines Kindes machen zu müssen. Ich antwortete, ich sei ganz seiner Meinung, es sei denn, die Dame habe ihre Zuneigung bereits anderweitig vergeben.«

»Zuneigung!« rief er aus und ließ die Maske fallen. »Davon kann in dieser verfluchten Beziehung nicht die Rede sein, und das haben Sie mit Ihren scharfen Augen auch längst erkannt.«

»Ich war der Ansicht, es handle sich um eine Verlobung«, bemerkte ich.

»Von meiner Seite vielleicht, aber nicht, was sie angeht«, antwortete er. »O Quatermain, begreifen Sie denn nicht, daß Menschen manchmal gegen ihren Willen in seltsame Situationen hineingerissen werden?«

Ich erinnerte mich an die häßliche Bezeichnung, mit der Rodd an jenem Kartenabend seinen Partner Marnham belegt hatte, und dachte mir, ich verstünde ihn nur zu gut, aber ich sagte lediglich:

»Eine Heirat ist schließlich ein Schritt, der eine Frau noch mehr betrifft als ihren Vater, kurzum, etwas, worüber sie selbst bestimmen muß.«

»Ganz richtig, Quatermain, aber es gibt Töchter, die um ihrer Väter willen zu großen Opfern bereit sind. Nun, bald wird sie mündig, wenn ich die Sache nur bis dahin hinausschieben könnte! Aber wie? Wie?« Mit einem gequälten Stöhnen drehte er sich um und ließ mich stehen.

Der alte Herr hat seinen Kopf in irgendeiner Schlinge, dachte ich bei mir, und er muß verhindern, daß der Strick zugezogen wird. Währenddessen stehen die Zukunft und das Glück dieses armen Mädchens auf dem Spiel.

»Allan«, sagte Anscombe etwas später zu mir, denn er nannte mich inzwischen beim Vornamen. »Sie haben vermutlich noch nichts von unseren Ochsen gehört?«

»Nein, das ist auch kaum zu erwarten, aber wieso fragen Sie?«

Er verzog die Lippen zu seinem eigentümlichen Lächeln und antwortete: »Weil dieser Haushalt zwar in vielerlei Hinsicht sehr interessant ist, ich aber glaube, daß es zumindest für mich an der Zeit ist, ihm den Rücken zu kehren.«

»Mit Ihrem Bein sind Sie noch nicht reisefähig, Anscombe, auch wenn Rodd sagt, daß die Heilung sehr zufriedenstellend vonstatten geht.«

»Ja, aber ich leide, offen gestanden, unter anderen Beschwerden, die unserem geliebten Arzt völlig unbekannt und mir selbst so wenig vertraut sind, daß ich sie dem Einfluß dieses Ortes zuschreibe. Die Höhe hat Auswirkungen auf das Herz, nicht wahr, und dieses Haus liegt sehr hoch.«

»Treiben Sie Ihre Scherze nicht mit mir«, wies ich ihn streng zurecht. »Was wollen Sie sagen?«

»Es würde mich interessieren, ob Sie Miss Heda anziehend finden, Allan, oder ob Sie dafür zu alt sind. Ich meine, irgendwann kommt man als Mann doch in ein Alter, in dem man nur noch von den Schönheiten der Architektur, der Landschaft oder einer anständig zubereiteten Mahlzeit ergriffen wird.«

»Zum Henker damit! Ich bin doch nicht Methusalem«, gab ich zurück, »aber wenn Sie mir erklären wollen, daß Sie im Begriff sind, sich in Heda zu verlieben, warum, zum Teufel, sagen Sie es nicht geradeheraus, anstatt meine und Ihre Zeit zu vergeuden?«

»Weil uns die Zeit gegeben wurde, um sie zu vergeuden. Wenn man es genau betrachtet, ist das die beste Verwendung dafür, jedenfalls richtet man auf diese Weise den geringsten Schaden an. Außerdem wollte ich, daß Sie es aussprechen, um meinerseits aus der Wirkung Ihrer Worte auf mich beurteilen zu können, ob es wahr ist oder nicht. Ich darf hinzufügen, daß wohl leider ersteres zutrifft.«

»Nun, wenn Sie das Mädchen wirklich lieben, dann können Sie von einem Greis wie mir, der über solche Torheiten längst hinaus ist, keinen Rat erwarten, wie Sie sich verhalten sollen.«

»Nein, Allan. Unglücklicherweise muß man sich

manchmal allein auf seinen eigenen Verstand verlassen, und der meine, soweit vorhanden, empfiehlt mir, schleunigst das Weite zu suchen. Aber ich kann nicht reiten, selbst wenn ich das Pferd nähme und Sie hinterherliefen, und die Ochsen sind noch nicht eingetroffen.«

»Könnten Sie sich nicht vielleicht Miss Marnhams Kutsche ausleihen, um vor ihr zu fliehen«, schlug ich sarkastisch vor.

»Möglich, allerdings glaube ich, daß es für meinen Fuß nicht gut wäre, wenn ich tagelang aufrecht in einer Kutsche sitzen müßte, zudem hat man offenbar die Pferde weggebracht. Hören Sie, alter Junge«, fuhr er fort und ließ den scherzhaften Ton fallen, »es ist ziemlich peinlich, sich wegen einer Frau zum Narren zu machen, die mit einem anderen verlobt ist, besonders, wenn man den Verdacht hat, daß sie mit ein klein wenig Ermunterung denselben Weg einschlagen würde wie man selbst. Ich muß gestehen, daß mich das Fieber ganz ordentlich erwischt hat, so schlimm wie noch nie, und wenn ich nicht bald etwas dagegen unternehme, könnte es chronisch werden.«

»O nein, Anscombe, es ist schlimmstenfalls ein Wechselfieber, und gegen die afrikanische Malaria ist eine Klimaveränderung immer noch das beste Mittel.«

»Wie kann ich von einem Zyniker und Weiberfeind erwarten, daß er die schlichte Inbrunst einer unerfahrenen Seele begreift — verflucht, Quatermain, hören Sie auf mit Ihren boshaften Witzeleien und sagen Sie mir, was ich machen soll. Ich sitze wirklich in der Klemme.«

»Ja, so sehr, daß ich froh bin, in meinem Alter, das Sie mir ja freundlicherweise vorgehalten haben, gegen dergleichen gefeit zu sein. Ich kann Ihnen keinen Rat geben, ich glaube, dazu wenden Sie sich am besten an die betreffende Dame.«

»Nun, wir hatten bereits ein kleines Gespräch, rein hypothetisch natürlich, über Freunde von uns, die sich in einer ähnlichen Lage befanden, aber ich muß zu meinem Bedauern gestehen, daß wir zu keinem Ergebnis kamen.«

»So, so. Ich wußte gar nicht, daß Sie gemeinsame Bekannte haben. Was hat sie denn gesagt oder getan?«

»Gesagt hat sie gar nichts, nur geseufzt, als würde sie gleich in Tränen ausbrechen, und alles, was sie getan hat, war wegzugehen. Ich wäre ihr ja gerne gefolgt, aber da ich meine Krücke nicht zur Hand hatte, war das nicht möglich. Ich kam mir vor, als sei ich plötzlich gegen eine Mauer gerannt, als liege ihr etwas auf der Seele, was sie nicht herauslassen konnte oder wollte.«

»Ja, und wenn Sie es wirklich wissen wollen, kann ich Ihnen auch verraten, was es ist. Rodd hat Marnham wegen irgend etwas in der Hand, das ihn vermutlich an den Galgen bringen würde. Als Preis für sein Schweigen hat Marnham ihm seine Tochter versprochen. Die Tochter wiederum weiß, daß ihr Vater in der Gewalt dieses Mannes ist, wobei ich übrigens nicht glaube, daß sie auch den Grund dafür kennt, und da sie ein artiges Kind ist ...«

»Ein Engel, meinen Sie wohl — Sie sollten den richtigen Ausdruck wählen, besonders hier, wo man Engel so dringend braucht.«

»Nun, ein Engel, wenn Sie so wollen — hat sie ihrerseits versprochen, einen Mann zu heiraten, den sie verabscheut, um die Haut ihres Vaters zu retten.«

»Genau was ich vermutete, nach allem, was wir bei diesem Streit mitbekommen haben. Ich frage mich nur, wer von den beiden der größere Schurke ist. Nun, Allan, damit ist die Sache entschieden. Sie und ich stehen auf der Seite des Engels. Sie werden sie aus dieser Zwangslage herausholen müssen und ich — werde sie heiraten, wenn sie mich haben will. Will sie nicht, nun, dann kann man es nicht ändern. Das ist doch eine gerechte Arbeitsteilung, nicht wahr? Wie werden Sie vorgehen? Ich habe keine Ahnung, und selbst wenn, würde ich mich nicht erdreisten, jemandem Vorschriften zu machen, der so viel älter und klüger ist als ich.«

»Als Sie auf die Welt kamen, war das Spiel von Kopf gewinnt und Zahl verliert vermutlich bereits ausgestorben«, schnaubte ich empört. »Ich glaube, das beste, was ich tun kann, ist, das Pferd zu nehmen und den Ochsen entgegenzureiten. Inzwischen sollten Sie im Licht Ihres angeborenen Genies ihr Problem hier lösen, und ich kann nur hoffen, daß alles ohne Mord und unerwartete Todesfälle abgeht.«

»Hören Sie, alter Junge.« Anscombe war ernst geworden. »Sie wollen doch nicht wirklich fortgehen und mich in dieser gräßlichen Patsche sitzen lassen? Bisher habe ich mir keine allzu großen Sorgen gemacht, weil ich sicher war, daß es für einem Mann von Ihrem Verstand und Ihrer Erfahrung eine Kleinigkeit sein müßte, einen Ausweg zu finden. Und das meine ich wirklich ehrlich.«

»Tatsächlich? Nun, dazu kann ich nur sagen, daß mein Kopf vollkommen leer ist, aber wenn Sie aufhören, auf mich einzureden, werde ich versuchen, die Sache zu überdenken. Da ist Miss Heda, sie schneidet Blumen im Garten. Ich werde ihr helfen, das ist sicher eine angenehme Abwechslung.«

Damit verließ ich ihn, und er starrte mir eifersüchtig nach.

VII

Die Stoep

Als ich Miss Heda erreichte, schnitt sie gerade halberblühte Monatsrosen von der Hecke, und da ich nicht so recht wußte, was ich sagen sollte, brachte ich ein passendes Zitat an. Wenigstens fand ich es passend, und wie ich ihrer Antwort entnahm, ging es ihr ebenso.

»Ja«, sagte sie, »ich pflücke sie, solange ich kann, denn morgen …« Sie seufzte und warf einen Blick zur Veranda, jedenfalls schien es mir so, auch wenn ich wegen ihres breitkrempigen Hutes nicht ganz sicher sein konnte.

Dann unterhielten wir uns eine Weile über belanglose Dinge, während ich ihr half, die Rosen zu pflücken, und mir dabei die Finger zerstach. Sie fragte mich, ob ich glaube, daß es Anscombe besser gehe, und wie lange es wohl noch dauern würde, bis er reisen könne. Ich antwortete, das könne ihr Dr. Rodd eher sagen als ich, ich hoffe jedoch, in einer Woche.

»In einer Woche!« wiederholte sie, und obwohl sie sich um einen unbefangenen Tonfall bemühte, hörte ich die Bestürzung in ihrer Stimme.

»Hoffentlich ist Ihnen das nicht zu lang«, sagte ich, »doch selbst wenn er schon ganz gesund wäre, die Ochsen sind noch nicht hier, und ich weiß nicht genau, wann sie eintreffen werden.«

»Zu lang!« rief sie aus. »Zu lang! Ach, Sie wissen ja gar nicht, was es für mich bedeutet, in diesem Haus Gäste wie Sie zu haben!« Ihre dunklen Augen füllten sich mit Tränen.

Inzwischen waren wir auf der Suche nach irgendeiner anderen Blume, die im Schatten wuchs, ich glaube, es war Reseda, um die Hausecke gebogen, wo wir ganz allein und von der Veranda aus nicht mehr zu sehen waren.

»Mr. Quatermain«, sagte sie hastig, »ich überlege, ob ich Sie in einer ganz bestimmten Sache um Rat fragen soll und ob Sie mir überhaupt raten würden. Ich habe hier sonst niemanden, an den ich mich wenden könnte«, fügte sie recht kläglich hinzu.

»Das müssen Sie selbst entscheiden. Wenn Sie wollen, ich bin alt genug, um Ihr Vater zu sein, und werde mein Bestes tun, um Ihnen zu helfen.«

Wir gingen weiter zu einem etwa vierzig Yard entfernten Orangenhain, scheinbar, um ein paar Früchte zu pflücken, in Wirklichkeit aber, weil wir wußten, daß wir dort außer Hörweite sein würden und jeden sehen konnten, der sich näherte.

»Mr. Quatermain«, begann sie endlich leise, »ich habe ein Problem, das größte, das es für eine Frau überhaupt gibt. Ich bin mit einem Mann verlobt, für den ich nichts empfinde.«

»Warum lösen Sie dann die Verlobung nicht auf? Das mag unerfreulich sein, aber im allgemeinen empfiehlt es sich, unerfreulichen Dingen ins Auge zu sehen, und nichts kann so schlimm sein, wie einen Mann zu heiraten, für den Sie nichts empfinden.«

»Das kann ich nicht — ich wage es nicht. Ich muß gehorchen.«

»Wie alt sind Sie, Miss Marnham?«

»Ich werde in drei Monaten mündig. Sie haben vielleicht erraten, daß ich die Absicht hatte, vor Ablauf dieser Frist nicht zurückzukehren, aber man hat mir — nun, eine Falle gestellt. Er schrieb mir, mein Vater sei krank, und da bin ich gekommen.«

»Wenn diese drei Monate vorüber sind, brauchen Sie auf jeden Fall nicht länger zu gehorchen. Die Wartezeit ist nicht sehr lang.«

»Es ist eine Ewigkeit. Außerdem geht es nicht so sehr um Gehorsam, als um Pflicht und Liebe. Ich liebe meinen Vater, der, welche Schwächen er auch immer haben mag, stets sehr gut zu mir war.«

»Und ich bin sicher, er liebt auch Sie. Warum gehen Sie nicht zu ihm und vertrauen ihm Ihr Problem an?«

»Er kennt es bereits, Mr. Quatermain, und ihm ist diese Heirat ebenso zuwider wie mir, falls das überhaupt möglich ist. Aber er wird dazu getrieben, genau wie ich. Oh, ich muß aufrichtig zu Ihnen sein. Der Doktor hat irgend etwas gegen ihn in der Hand. Mein Vater hat etwas Schreckliches getan, ich weiß nicht, was es ist, und will es auch gar nicht wissen, aber wenn es herauskäme, wäre mein Vater ruiniert oder Schlimmeres, viel Schlimmeres. Ich bin der Preis für sein Schweigen. Am Tag unserer Hochzeit wird er die Beweise vernichten. Weigere ich mich, ihn zu heiraten, so wird er sie vorlegen, und dann ...«

»Das ist schwierig«, sagte ich.

»Es ist mehr als schwierig, es ist entsetzlich. Wenn Sie mir ins Herz sehen könnten, wüßten Sie, wie entsetzlich es ist.«

»Ich glaube, das kann ich, Miss Heda. Sagen Sie jetzt nichts mehr. Lassen Sie mir Zeit zum Nachdenken. Falls es nötig ist, kommen Sie wieder zu mir, und seien Sie versichert, ich werde Sie beschützen.«

»Aber Sie verlassen uns in einer Woche.«

»In einer Woche kann viel geschehen. Für heute haben wir genug über Unglück gesprochen. Am Ende der Woche werden wir eine Entscheidung treffen, falls bis dahin nicht bereits alles entschieden ist.«

Über diese vertrackte Situation zerbrach ich mir in den nächsten vierundzwanzig Stunden den Kopf so gründlich wie noch nie zuvor in meinem Leben. Da war eine junge Frau, die irgendwie vor einem Schurken gerettet werden mußte, die aber nicht gerettet werden konnte, weil sie ihrerseits einen anderen Schurken — nämlich ihren eigenen Vater — retten wollte. Konnte man die Sache einfach aussitzen? Unmöglich, denn ich war sicher, daß Marnham einen oder mehrere Morde begangen hatte, und daß Rodd dafür Beweise besaß, die seinen Partner an den Galgen bringen würden. Konnte man Heda sofort mit Anscombe vermählen? Ja, wenn beide dazu bereit waren, aber dann würde Marnham trotzdem hängen. Konnten sie durchbrennen? Möglicherweise, aber das Ergebnis wäre das gleiche. Konnte ich Heda mitnehmen und sie unter den Schutz des Gerichts in Pretoria stellen? Gewiß, aber auch das würde nichts ändern. Ich fragte mich, was mir mein alter Hottentottendiener Hans geraten hätte, er, den man Licht-im-Dunkeln nannte, und der auf seine unzivilisierte Art der klügste und gerissenste Mensch war, den ich kannte. Leider! Ich konnte ihn nicht aus dem Grab holen, und doch wußte ich genau, was er mir geantwortet hätte.

»Baas«, hätte er gesagt, »das ist ein Strick, den nur der bleiche alte Mann (d. h. der Tod) durchschneiden kann. Laß diesen Doktor sterben oder laß den Vater sterben, und das Mädchen ist frei. Gewiß hat der Himmel Sehnsucht nach einem oder nach allen beiden, und wenn es nicht anders geht, Baas, kann ich ihnen wohl auch einen Weg in den Himmel weisen!«

Bei dieser Vorstellung mußte ich lachen, denn ein weißer Mann hätte so etwas nicht einmal zu denken gewagt. Und doch hatte ich das Gefühl, daß der hypothetische Hans recht hatte, nur der Tod konnte diesen Knoten lösen, auch wenn mich der Gedanke frösteln machte.

In dieser Nacht schlief ich unruhig und träumte viel. Ich träumte, ich sei wieder in Zululand im Schwarzen Kloof und säße vor einer der Hütten am Ende der Schlucht. Vor mir hockte, in seinen Karos gehüllt, der alte Zauberer Zikali — Zikali, ›Das-Ding-das-nicht-hätte-geboren-werden-sollen‹, den ich seit Jahren nicht mehr gesehen hatte. Dicht neben ihm befand sich die Asche eines Feuers, mit dessen Hilfe er wieder einmal Wahrsagerei geübt hatte. Er blickte auf und ließ sein schreckliches Lachen erschallen.

»Da bist du ja wieder, Macumazahn«, sagte er, »älter geworden, aber immer noch der gleiche. Zur vereinbarten Stunde bist du gekommen. Was begehrst du vom Eröffner der Wege? Diesmal suchst du wohl nicht nach Mameena. Nein, diesmal ist sie es, die nach dir sucht, Macumazahn. Einmal hat sie dich schon gefunden, nicht wahr? Weit im Norden, unter einem Volk, das ein Elfenbeinkind verehrte, ein Volk, das ich in meiner Jugend kannte und auch hinterher, denn war sein Prophet Harût nicht ein Freund von mir und einer aus unserem Bund? Sie fand dich unter den Stoßzähnen des Elefanten Jana, den Macumazahn, der große Schütze, nicht treffen konnte. Oh, was siehst du mich so erstaunt an?«

»Woher weißt du das?« fragte ich im Traum.

»Ganz einfach, Macumazahn. Ein kleiner gelber Mann namens Hans war vor noch nicht einer Stunde bei mir und erzählte mir die ganze Geschichte, und danach schickte ich nach Mameena, um zu hören, ob er mich auch nicht belogen hatte. Sie wird sich freuen, dich wiederzusehen, Macumazahn, denn sie hat ein hungriges Herz, das nie vergißt. Oh, fürchte dich nicht. Ich spreche von dieser Welt, vom Land unter der Sonne, denn im Lande jenseits davon bedarf es keines Wiedersehens, da sie für immer an deiner Seite weilen wird.«

»Warum belügst du mich, Zikali?« glaubte ich zu fragen. »Wie kann ein Toter mit dir sprechen, und wie kann ich eine Frau wiedersehen, die ebenfalls tot ist?«

»Die Antwort darauf magst du in der Stunde der großen Schlacht suchen, wenn deine Brüder, die weißen Männer, unter den Assegai fallen wie das Gras unter der Sense — vielleicht auch früher. Aber genug jetzt von Mameena, die niemals älter wird und durchaus warten kann. Nicht Mameenas wegen wolltest du mich sprechen, sondern wegen einer schönen weißen Frau namens Heddana und wegen des Mannes, den sie liebt, du, der du dich immer in die Angelegenheiten anderer einmischen und deshalb ihre Lasten tragen mußt, ohne außer der Ehre einen Lohn dafür zu erhalten. Höre, denn die Zeit ist knapp. Bringe die schöne Maid Heddana hierher und auch den weißen Herrn Mauriti, wenn der Sturm losbricht, ich werde ihnen um deinetwillen Unterschlupf gewähren. An keinen anderen Ort sollst du sie bringen, nur hierher, wenn du sie vor Schwierigkeiten bewahren willst. Ich freue mich schon auf dich, Macumazahn, denn endlich ist die Zeit gekommen, da ich das Zulu-Geschlecht des Senzangakona, meine Feinde, mit einer Blase voller Blut erschlagen werde. Sieh nur, wie rot es ihre Türpfosten färbt!«

Ich erwachte und fühlte mich so verängstigt wie nach einem Alptraum. Es tröstete mich zu hören, daß Anscombe auf der anderen Seite des Zimmers süß und selig schlummerte.

Mauriti. Warum hat Zikali ihn Mauriti genannt? fragte ich mich schlaftrunken. Richtig, er hieß ja Maurice, und es war eine ganz normale Zulu-Verballhornung des Namens, ebenso wie Heddana für Heda. Ich nickte wieder ein, und am nächsten Morgen hatte ich meinen Traum völlig vergessen. Erst spätere Ereignisse sollten mich wieder daran erinnern. Und doch war es dieser Traum und nichts sonst, was mich auf die Idee brachte, in einer Notlage, in die ich kurz darauf geraten sollte, nach Zululand zu fliehen.*

An diesem Abend fehlte Rodd beim Dinner, und als ich mich nach ihm erkundigte, wurde mir mitgeteilt, er sei zu einem Kaffernhäuptling geritten, einem seiner Patienten, der in einiger Entfernung lebte, und würde wahrscheinlich in dessen Kral übernachten, um erst am nächsten Morgen zurückzukehren. Beim Dinner unterhielt man sich unter anderem über die Frage, wo genau die Grenzlinie zwischen dem Transvaal und dem Landstrich verlief, den der Basutohäuptling Sekukuni als sein Herrschaftsgebiet beanspruchte. Marnham sagte, die Grenze führe in nur zwei Meilen Entfernung an seinem Haus vorbei, und als wir uns erhoben, schien der Mond so hell, daß er vor-

---

* Die Geschichte von Zikali und Mameena wird in dem Roman *Kind des Sturms* erzählt. (HEYNE-BUCH Nr. 06/4656)

schlug, mir zu zeigen, wo Jahre zuvor eine Burenkommission die Signaltürme gesetzt hatte. Ich ging auf das Angebot ein, denn es war nach der Hitze des Tages eine herrliche Nacht für einen Spaziergang. Außerdem hatte ich halb im Unterbewußtsein noch einen anderen Grund dafür, der sich vielleicht auch Marnham mitgeteilt hatte. Die beiden jungen Leute da auf der Stoep schienen miteinander sehr glücklich zu sein, und da sie sich schon so bald trennen mußten, hielt ich es für eine gute Tat, ihnen Gelegenheit zu einem vertrauten Gespräch zu verschaffen.

So machten wir uns denn auf den Weg zum Rand des Hügels, auf dem der Tempel stand, und von dort zeigte mir der alte Marnham zuerst einen Signalturm, den ich im düsteren, silbrig glänzenden Busch unter uns nicht bemerkt hätte, und dann die Leitung, die von ihm zu einem zweiten, nicht sichtbaren Turm führte.

»Sie kennen ja den Gelbholzsumpf«, sagte er. »Die Leitung führt mitten hindurch. Deshalb machten auch jene Basuto, die Sie verfolgten, am Rand des Sumpfes halt, obwohl sie ihrer Vorstellung nach durchaus das Recht gehabt hätten, Sie auf ihrer Seite der Leitung zu töten.«

Ich bemerkte nur, die Grenze existiere wohl gar nicht mehr, da das Basuto-Territorium praktisch britisch geworden sei, worauf wir zum Haus zurückschlenderten. Als wir auf leisen Sohlen und schweigend, da jeder mit seinen eigenen Gedanken beschäftigt war, zwischen den hohen Rosenhecken auf die Veranda zugingen, bot sich uns plötzlich ein entzückender Anblick.

Wir hatten Anscombe und Heda nebeneinander sitzend auf der Stoep zurückgelassen. Sie saßen immer noch da, aber jetzt waren sie ganz dicht zusammengerückt, er hatte sogar die Arme um sie gelegt, und sie küßten sich und schienen die Welt um sich herum vergessen zu haben. Ein Irrtum war nicht möglich, denn das rimpibespannte Sofa, auf dem sie saßen, stand direkt unter der Hängelampe — eine etwas ungünstige Position für derlei

Liebesbezeugungen. Doch was kümmerten diese beiden Menschen Hängelampen oder andere Lichter außer denen in ihren eigenen Augen, waren sie doch ganz damit beschäftigt, sich zu küssen und sich Liebesworte zuzuflüstern, als wären sie so allein wie einst Adam und Eva im Garten Eden? Was kümmerte sie auch, daß sich um diesen Baum der Erkenntnis, von dem sie doch eben erst die reife, verlockende Frucht gepflückt hatten, eine Schlange ringelte?

Instinktiv reagierten Marnham und ich in gleicher Weise. Wir zogen uns ganz sachte zurück, in der Absicht, entweder um das Haus herumzugehen und es von hinten zu betreten, am Tor einen Hustenanfall zu bekommen oder uns sonstwie aus angemessener Entfernung bemerkbar zu machen. Nach ein paar Schritten hörten wir jedoch ein Knacken im Gebüsch.

»Da plündert schon wieder so ein verfluchter Pavian meinen Garten«, bemerkte Marnham nachdenklich.

»Ich fürchte, er will auch das Haus plündern«, gab ich zurück, drehte mich um und zeigte auf einen dunklen Fleck, der auf die Veranda zuzuspringen schien.

Im nächsten Augenblick hörten wir Heda einen kleinen Schrei ausstoßen, und einen Mann leise mit erboster Stimme sagen:

»Habe ich euch nun endlich ertappt!«

»Der Doktor ist von seinem Krankenbesuch früher zurückgekommen als erwartet, und ich glaube, wir sollten uns der Gesellschaft anschließen«, meinte ich und strebte, gefolgt von Marnham, auf kürzestem Wege der Veranda zu.

Ich kam wohl gerade rechtzeitig, um ein Unheil zu verhüten. Rodd hatte sich mit einem Revolver in der Hand drohend vor den beiden aufgebaut, sein dunkles Gesicht war vor Wut und Eifersucht verzerrt wie eine Teufelsfratze. Vor ihm auf dem Sofa saß Heda und umklammerte mit den Fingern die Sitzkante, ihre Wangen waren bleich wie ein Leintuch, und ihre Augen leuchteten. Anscombe wirkte gelassen und beherrscht wie immer, wie ich feststellte, war aber offenbar völlig verblüfft.

»Wenn schon unbedingt geschossen werden muß«, sagte er gerade, »dann fangen Sie besser bei mir damit an.«

Seine Ruhe schien Rodd erst recht zu reizen, und er hob seinen Revolver. Doch auch ich war nicht unvorbereitet, denn in diesem Haus trug ich stets eine Waffe bei mir. Um mich auf den vielleicht fünfzehn Fuß entfernten Mann zu stürzen, hatte ich keine Zeit mehr, und verletzen wollte ich ihn auch nicht. Also tat ich das einzige, was noch blieb, ich zielte auf die Waffe in seiner Hand, und da das Licht gut war, traf ich sie nahe am Griff und trennte ihn vom Lauf, ehe Rodd, falls er wirklich hätte schießen wollen, den Abzug durchziehen konnte.

»Das war ein guter Schuß«, lobte Anscombe, der mich gesehen hatte, während Rodd den Griff anstarrte, den er immer noch in der Hand hielt.

»Ein Glückstreffer«, wiegelte ich ab und trat vor. »Und nun, Dr. Rodd, erklären Sie mir doch bitte, wie Sie dazu kommen, vor einer Dame und einem unbewaffneten Mann mit einem vermutlich geladenen Revolver herumzufuchteln.«

»Was, zum, Teufel geht Sie das an«, fragte er wütend zurück, »und was fällt Ihnen überhaupt ein, auf mich zu schießen?«

»Es geht mich eine ganze Menge an«, antwortete ich, »wenn man bedenkt, daß eine junge Frau und mein Freund betroffen sind. Und was Ihre zweite Frage betrifft, so könnten Sie sie mir nicht mehr stellen, wenn ich wirklich auf Sie geschossen hätte. Ich habe auf die Pistole in Ihrer Hand gezielt, aber wenn es weiteren Ärger gibt, werde ich beim nächsten Mal auf den anlegen, der sie hält.« Ich warf einen Blick auf meinen Revolver.

Er sah, daß ich es ernst meinte und würdigte mich keiner Antwort, sondern wandte sich an Marnham, der hinter mir stand.

... ich zielte auf die Waffe in seiner Hand,
und da das Licht gut war, traf ich sie nahe am Griff
und trennte ihn vom Lauf.

»Das ist dein Werk, du alter Ganove«, sagte er leise, und seine Stimme triefte vor Haß. »Du hast mir deine Tochter versprochen. Sie ist mit mir verlobt, und nun finde ich sie in den Armen dieses Wandervogels.«

»Was habe ich damit zu tun?« wehrte sich Marnham. »Vielleicht hat sie ihre Meinung geändert. Warum fragst du sie nicht selbst?«

»Er braucht mich nicht zu fragen«, unterbrach Heda, die ihren Mut offenbar wiedergefunden hatte. »Ich *habe* meine Meinung geändert. Ich habe Sie nie geliebt, Dr. Rodd, und ich werde Sie nicht heiraten. Ich liebe Mr. Anscombe, er hat mich gebeten, seine Frau zu werden, und mit ihm werde ich mich vermählen.«

»Ich verstehe«, höhnte er. »Du möchtest also eines Tages dem Hochadel angehören. Nun, dazu wird es nicht kommen, solange ich noch ein Wörtchen mitzureden habe. Vielleicht ist dieser feine Herr hier gar nicht mehr so erpicht darauf, dich zu heiraten, wenn er erfährt, daß du die Tochter eines Mörders bist.«

Das Wort schlug ein wie eine Bombe. Wir blickten uns an wie Menschen auf einem Schlachtfeld, die sich halb betäubt umschauen, nachdem der Knall der Explosion verklungen ist und der Rauch sich verzogen hat, um zu sehen, wer von ihnen noch am Leben ist. Anscombe faßte sich als erster.

»Ich weiß nicht, was Sie meinen oder worauf Sie anspielen«, sagte er ruhig. »Diese Dame, die versprochen hat, meine Frau zu werden, ist jedenfalls unschuldig, und deshalb wird mich nichts davon abbringen, sie zu heiraten, auch wenn alle ihre Vorfahren Mörder wären.«

Sie wandte sich ihm zu, und aus ihren angsterfüllten Augen strahlte alle Dankbarkeit der Welt. Marnham trat oder vielmehr stolperte vor, die blaue Ader an seiner Stirn pulsierte.

»Der Mann lügt«, sagte er heiser und riß erregt an seinem langen, weißen Bart. »Hört mich alle an, ich will euch die Wahrheit sagen. Einmal, vor mehr als einem

Jahr, war ich betrunken und geriet in Wut. In diesem Zustand feuerte ich auf einen Kaffern, um ihn zu erschrekken, und der Teufel wollte es, daß ich ihn tödlich traf. Deshalb bezeichnet er mich als Mörder.«

»Ich kenne noch eine andere Geschichte«, sagte Rodd, »mit der ich die Gesellschaft im Moment nicht belästigen will. Hör zu, Heda, entweder du hältst dein Versprechen und heiratest mich, oder dein Vater baumelt am Galgen.«

Sie keuchte auf und sank in sich zusammen wie von einer Kugel getroffen. Nun hielt ich den Augenblick zum Einschreiten für gekommen.

»Sind Sie wirklich der richtige Mann«, fragte ich, »um andere Menschen eines Verbrechens anzuklagen? Das werden wir gleich sehen. Sie haben mehrere Monate in einem englischen Gefängnis verbracht (ich nannte auch den Namen), für ein Verbrechen, das ich hier nicht näher beschreiben möchte.«

»Woher wissen Sie ...?« begann er.

»Das braucht Sie nicht zu kümmern, ich weiß es, und die Gefängnisunterlagen werden es zeigen. Außerdem verkaufen Sie Gewehre und Munition an die Basuto von Sekukunis Stamm, die immer noch die Feinde der Königin sind, auch wenn der Feldzug gegen sie vorübergehend unterbrochen wurde. Leugnen Sie nicht, ich habe Beweise. Sie waren es auch, der Sekukuni anwies, uns zu töten, als wir neulich auf sein Gebiet vordrangen, um zu jagen, weil Sie fürchteten, wir könnten herausbekommen, woher er seine Gewehre bezog.« (Das war ein Schuß ins Blaue, aber er traf ins Schwarze, denn ich sah, wie ihm die Kinnlade herunterfiel.) »Des weiteren halte ich Sie für einen illegalen Diamantenaufkäufer, und ich glaube, daß Sie abermals mit den Basuto vereinbart haben, sie sollten uns ins Jenseits befördern, obwohl ich für die beiden letzten Anschuldigungen im Moment noch keinen stichhaltigen Beweis habe. Nun, Dr. Rodd, frage ich Sie zum zweiten Mal, ob es Ihnen zusteht, andere eines Verbrechens anzuklagen, und ob man Sie, sollten Sie dies tun, für einen glaubwürdigen Zeugen halten wird, wenn Ihre eigenen Untaten ans Licht gebracht werden?«

»Hätte ich mich dieser Dinge schuldig gemacht, was nicht der Fall ist, so muß mein Partner offensichtlich an allen außer dem ersten Vergehen Anteil gehabt haben. Wenn Sie mich also anzeigen, so zeigen Sie auch ihn an, und man wird den Vater Hedas, die Ihr Freund zu ehelichen wünscht, auf Ihre Aussage hin der Waffenschieberei, des Diebstahls und des versuchten Mordes an seinen Gästen überführen. Ich würde Ihnen raten, die Finger davon zu lassen, Mr. Quatermain.«

Das war eine so kühne und kluge Antwort, daß ich dem Missetäter eine gewisse Bewunderung nicht versagen konnte, als ich antwortete:

»Ich werde Ihren Rat befolgen, freilich nur dann, wenn Sie auch auf mich hören und die Finger von etwas anderem lassen, nämlich von dieser jungen Dame und ihrem Vater.«

»Sparen Sie sich ihren Atem und tun Sie, was Sie nicht lassen können, aber nehmen Sie, der Sie sich für so schlau halten, sich in acht, damit Ihre Einmischung nicht auf Sie selbst zurückschlägt. Hör zu, Heda, entweder entschließt du dich, mich auf der Stelle zu heiraten, und sorgst dafür, daß dieser junge Herr, der, wie ich dir als Arzt versichern kann, ohne Gefahr für seine Gesundheit durchaus reisefähig ist, zusammen mit dem Spion Quatermain morgen dieses Haus verläßt — du könntest ihm dazu die Kutsche leihen —, oder ich fange an, Beweise für eine Mordanklage gegen deinen Vater zusammenzutragen. Du hast bis morgen Zeit, einen Familienrat einzuberufen und darüber nachzudenken. Gute Nacht.«

»Gute Nacht«, wünschte auch ich ihm, als er an mir vorüberging, »und lassen Sie sich bitte vor morgen früh von keinem von uns mehr blicken. Wie Sie vielleicht gehört haben, nennen die Eingeborenen mich ›Wächter der Nacht‹.« Dabei warf ich einen vielsagenden Blick auf den Revolver in meiner Hand.

Als er verschwunden war, erklärte ich so munter, wie ich nur konnte, es sei nun wohl Schlafenszeit, und als niemand Anstalten machte, darauf einzugehen, fügte ich hinzu: »Sie brauchen sich nicht zu fürchten, mein Kind. Sollten Sie sich einsam fühlen, dann lassen Sie Ihre kräftige Zofe in Ihrem Zimmer schlafen. Da die Nacht so heiß ist, werde ich mir außerdem auf der Stoep ein Nachtlager bereiten, gleich dort unter Ihrem Fenster. Nein, wir wollen jetzt nicht weiter über das Vorgefallene sprechen, dafür ist morgen noch Zeit genug.«

Sie erhob sich, sah erst Anscombe an, dann mich und schließlich, recht kläglich, ihren Vater. Darauf begab sie sich mit einem kleinen Aufschrei der Verzweiflung durch die Verandatüren in ihr Zimmer, wo ich hörte, wie sie nach ihrer Eingeborenenzofe rief und sie anwies, die Nacht bei ihr zu verbringen.

Marnham sah ihr nach, dann ging auch er, mit gesenktem Kopf und ein wenig unsicherem Schritt. Als nächster erhob sich Anscombe und hinkte in sein Zimmer. Ich folgte ihm.

»Nun, junger Mann«, sagte ich, »jetzt haben Sie es glücklich erreicht, daß wir alle in der Tinte sitzen.«

»Ja, Allan, ich fürchte, so ist es. Aber alles in allem ist es doch eine recht interessante Tinte — mit so vielen ungewöhnlichen Zutaten!«

»Interessante Tinte! Ungewöhnliche Zutaten!« wiederholte ich. »Warum sagen Sie denn nicht gleich Teufelsbrühe?«

Da wurde er ernst, todernst.

»Hören Sie«, sagte er, »ich liebe Heda, und ganz gleich, wie ihre Familiengeschichte aussieht, ich werde sie heiraten, auch wenn meine Familie tobt.«

»Wie die Dinge jetzt stehen, bleibt Ihnen auch kaum etwas anderes übrig, und was Ihre tobende Familie angeht, so würde sich diese junge Dame überall schnell zurechtfinden, wo Sie sie auch hinstellen. Die Frage ist nur, wie können Sie sie heiraten?«

»Ach, es wird schon irgend etwas geschehen«, erklärte er voll Optimismus.

»Damit haben Sie ganz recht, etwas wird auf jeden Fall geschehen, fragt sich nur — was? Es wäre schon fast etwas passiert, als ich auf dieser Stoep erschien, es war sogar so knapp, daß Sie oder Miss Heda, vielleicht auch alle beide, von Glück sagen konnten, daß ich gelernt habe, mit einem Revolver umzugehen. Nun lassen Sie mich Ihren Fuß ansehen und reden Sie heute abend kein Wort mehr über die ganze Sache. Ich möchte mich lieber morgen früh damit befassen, wenn ich einen klaren Kopf habe.«

Nun, ich untersuchte seinen Spann und das Bein sehr sorgfältig und stellte fest, daß Rodd recht gehabt hatte. Zwar bereitete ihm das Gehen immer noch Schmerzen, aber die Wunde war verheilt und die Entzündung völlig zurückgegangen. Nun war es nur noch eine Frage der Zeit, bis die Sehnen wieder geschmeidig wurden. Während ich mich mit seinem Bein beschäftigte, rühmte er Miss Hedas Tugenden und Reize in den höchsten Tönen. Ich äußerte mich nicht dazu.

»Legen Sie sich hin und schlafen Sie, wenn Sie können«, sagte ich, als er endlich fertig war. »Die Tür ist verschlossen, und ich bleibe auf der Stoep, wegen der Fenster brauchen Sie sich also nicht zu sorgen. Gute Nacht.«

Ich ging hinaus und wählte mir einen Platz in der Nähe der immer noch brennenden Hängelampe, wo ich sicher sein konnte, daß niemand an Hedas oder unser Zimmer herankam, ohne von mir bemerkt zu werden. An Nachtwachen war ich schließlich mein ganzes Leben lang gewöhnt, und der geladene Revolver war mit einem Lederriemen an meinem Handgelenk befestigt. Zudem hatte ich mich nie weniger schläfrig gefühlt. So saß ich Stunde um Stunde da und dachte nach.

Worum sich meine Überlegungen drehten, ist für die Geschichte nicht von Belang, und außerdem wurden sie von den folgenden Ereignissen ohnehin entkräftet. Ich will daher nur berichten, daß mich gegen Morgen ein schreckliches Grauen überfiel. Ich wußte nicht, wovor ich mich fürchtete, aber ich hatte gewaltige Angst. Ich überzeugte mich persönlich, daß sich weder in Hedas, noch in unserem Zimmer etwas regte. Mein Entsetzen schien also unbegründet zu sein, und doch wurde es immer stärker. Ich spürte genau, daß irgendwo irgend etwas geschah, etwas, das ich fürchtete und doch nicht verhindern konnte, ob dieses Ereignis freilich in diesem Haus oder am anderen Ende von Afrika stattfand, wußte ich nicht zu sagen.

Meine seelische Bedrängnis wuchs ins Unermeßliche. Dann war sie plötzlich verflogen, und als ich mir den Schweiß von der Stirn wischte, bemerkte ich, daß es dämmerte. Es war ein zarter, wunderschöner Morgen, und dies nahm ich ganz vage als gutes Omen. Natürlich erlebte ich nichts anderes als die tägliche Wiederauferstehung der Sonne, und doch brachte sie mir Trost und Hoffnung. Die Nacht mit allen ihren Ängsten war vorüber, nun kam das Licht mit allen seinen Freuden. Von diesem Augenblick an war ich sicher, daß wir über unsere Schwierigkeiten triumphieren und am Ende Frieden finden würden.

Dieses Gefühl war so stark, daß ich sogar ein Nickerchen wagte, schließlich wußte ich, daß die leichteste Bewegung, das geringste Geräusch mich wecken würde. Es muß gegen sechs Uhr gewesen sein, als ich aufschreckte, weil ich Schritte hörte. Ich fuhr in die Höhe und sah einen der eingeborenen Diener vor mir. Er zitterte an allen Gliedern, und sein schwarzes Gesicht war aschgrau. Er brachte kein Wort heraus, und so neigte er nur den Kopf auf eine Seite wie ein Toter und zeigte immer wieder nach unten. Dann bedeutete er mir mit offenem Mund und hervorquellenden Augen, mit ihm zu kommen. Ich folgte ihm.

VIII

Rodds letzter Trumpf

Der Mann führte mich zu Marnhams Zimmer, das ich bisher nie betreten hatte. Alle Läden waren geschlossen, und so sah ich anfangs nur, daß es für ein Schlafzimmer in Südafrika sehr geräumig war. Nachdem sich meine Augen an das Halbdunkel gewöhnt hatten, vermochte ich die Gestalt eines Mannes zu erkennen, der auf einem Stuhl saß, den Kopf über den Tisch gebeugt, der am Fußende des Bettes fast in der Mitte des Raumes stand. Ich stieß die Läden auf, und das Licht des Morgens strömte herein. Der Mann war Marnham. Auf dem Tisch befand sich Schreibzeug und daneben eine Flasche mit einem kleinen Rest Brandy. Ich suchte nach dem Glas und fand es nicht einfach zerbrochen, sondern in tausend Scherben, daneben auf dem Fußboden.

»Betrunken«, sagte ich laut, worauf der Diener, der mich verstand, zum ersten Mal sprach und mit verängstigter Stimme auf Holländisch sagte:

»Nein, Baas, tot, fast schon kalt. Ich habe ihn eben so gefunden.«

Ich beugte mich über Marnham, untersuchte ihn und berührte auch sein Gesicht. Kein Zweifel, er war tot, sein Mund stand offen, sein Fleisch fühlte sich klamm an, und er verströmte einen durchdringenden Geruch nach Brandy. Ich überlegte einen Moment, dann schickte ich den Diener nach Dr. Rodd und schärfte ihm ein, sonst niemandem etwas zu sagen. Er verließ den Raum, und nun bemerkte ich zum erstenmal einen großen Umschlag, auf dem in etwas zittriger Handschrift ›Allen Quatermain, Esq.‹ stand. Ich hob ihn auf und schob ihn in meine Tasche.

Rodd erschien, nur halb angekleidet.

»Was ist denn jetzt wieder los?« brummte er.

Ich zeigte auf Marnham und sagte:

»Dafür sind wohl eher Sie zuständig.«

»Ach, vermutlich ist er nur wieder einmal betrunken«, meinte er. Dann folgte er meinem Beispiel, beugte sich über seinen Partner und untersuchte ihn. Ein paar Sekunden später trat oder vielmehr taumelte er zutiefst erschrocken zurück und rief aus:

»Bei Gott, er ist mausetot! Seit drei Stunden oder noch länger.«

»Ganz richtig«, antwortete ich. »Aber woran ist er gestorben?«

»Woher soll ich das wissen?« fuhr er mich an. »Verdächtigen Sie mich etwa, ihn vergiftet zu haben?«

»Ich möchte mich da nicht festlegen«, gab ich zurück, »aber nach Ihrem heftigen Streit gestern abend könnten andere durchaus auf diesen Gedanken kommen.«

Der Pfeil hatte getroffen. Er begriff, in welcher Gefahr er schwebte.

»Wahrscheinlich hatte der alte Säufer einen Anfall, oder er starb an zu viel Brandy. Wie soll man das ohne Obduktion feststellen? Die darf freilich nicht ich durchführen. Ich werde sofort dem Friedensrichter Meldung machen und einen anderen Arzt suchen. Die Leiche soll bleiben, wie sie ist, bis ich zurückkomme.«

Ich überlegte rasch. Sollte ich ihn gehen lassen oder nicht? Wenn er bei Marnhams Tod die Hand im Spiel hatte, wollte er zweifellos fliehen. Nun, angenommen, dem war so, und er entkam tatsächlich, so wäre das für Heda nur ein Glück, und eigentlich war es nicht meine Aufgabe, den Mann der Justiz zu überantworten. Außerdem wies nichts darauf hin, daß er schuldig war, sein Benehmen schien eher in eine ganz andere Richtung zu deuten, aber das mochte natürlich auch Schauspielerei sein.

»Schön«, stimmte ich schließlich zu, »aber kommen Sie so schnell wie möglich wieder.«

Ein paar Sekunden lang stand er da wie vor den Kopf geschlagen. In mir stieg jäh der Verdacht auf, ihm sei vielleicht aufgegangen, daß er durch Marnhams Tod seinen Einfluß auf Heda verloren habe. Er sagte jedoch nichts dergleichen, sondern fragte nur:

»Wollen nicht Sie an meiner Stelle gehen?«

»Nicht unbedingt«, antwortete ich, »und wenn, müßte ich eine Geschichte erzählen, die Sie vielleicht nicht gerade im besten Licht erscheinen lassen würde.«

»Verdammt, da haben Sie recht!« rief er und verließ das Zimmer.

Zehn Minuten später galoppierte er auf Pilgrim's Rest zu. Ehe ich den Raum verließ, durchsuchte ich alles sorgfältig nach Gift oder einer anderen tödlichen Waffe, aber ohne Erfolg. Etwas entdeckte ich dennoch. Als ich ein Löschblatt wegnahm, das neben Marnhams Ellbogen lag, kam ein Stück Papier zum Vorschein, auf dem in seiner Handschrift folgende Worte standen: ›Denn eine größere Liebe hat niemand, als der ...‹ Mehr hatte er nicht geschrieben.

Hatte er das Ende des Zitats vergessen, seine Meinung geändert, oder hatte ihn eine plötzliche Schwäche daran gehindert, den Satz zu vollenden? Ich steckte auch dieses Blatt in meine Tasche. Dann verriegelte ich die Läden, sperrte die Tür ab und kehrte zur Stoep zurück, wo ich ganz allein war, da sonst noch alles schlief. Nun fiel mir der Brief in meiner Tasche wieder ein, und ich öffnete ihn. Er lautete folgendermaßen:

LIEBER MR. QUATERMAIN,
ich habe des öfteren erlebt, daß Leute, die mit Dr. Rodd uneins sind, eines frühen und jähen Todes sterben, und in meinem Alter ist das Leben ohnehin eine ungewisse Sache. Da ich Sie für einen aufrichtigen Menschen halte, füge ich daher mein Testament bei, auf daß es sicher verwahrt werde. Ich beabsichtige, Ihnen diesen Umschlag morgen früh auf Ihr Zimmer schicken zu lassen. Vielleicht können Sie das Testament in der Stan-

dard Bank hinterlegen, wenn Sie nach Pretoria zurückkehren, und mir die Quittung schicken, falls ich bis dahin noch am Leben bin. Sie werden feststellen, daß ich meine innig geliebte Tochter zu meiner alleinigen Erbin eingesetzt habe, und daß auch neben meinem Anteil an diesem Anwesen, sollte der jemals realisiert werden, genug vorhanden ist, um den Wolf von ihrer Tür fernzuhalten.

Nach allem, was heute nacht vorgefallen ist, fühle ich mich nicht in der Lage, einen langen Brief zu schreiben, deshalb verbleibe ich

stets der Ihre

H. A. MARNHAM.

P.S. Ich möchte in aller Klarheit schriftlich meiner Hoffnung und meinem Wunsch Ausdruck verleihen, daß Heda von diesem niederträchtigen Mörder Rodd freikommt und Mr. Anscombe heiratet, den ich schätze und der ihr gewiß ein guter Ehemann sein würde.

Das sieht mir nicht unbedingt nach dem Brief eines Selbstmörders aus, dachte ich bei mir, als ich, dem ausdrücklichen Wunsch des Erblassers folgend, das Testament überflog. Es war kurz, aber korrekt aufgesetzt, unterzeichnet und von Zeugen bestätigt. Marnham hinterließ seiner Tochter Heda zusammen mit seinem übrigen Besitz an Immobilien und Wertgegenständen eine Summe von £ 9000, die in der Standard Bank hinterlegt war, zur alleinigen Verfügung. Sollte sie heiraten, durfte das Erbe nicht mit irgendwelchen Schulden und Verbindlichkeiten ihres Ehemannes belastet werden. Auch war es ihr untersagt, mehr als £ 1000 des Kapitals zu verbrauchen. Kurzum, das Geld war fest angelegt. Bei dem Testament befanden sich noch einige Dokumente, die offenbar auf gewisse Besitzungen in Ungarn Bezug nahmen, auf welche Heda möglicherweise ein Anrecht hatte, aber darum kümmerte ich mich nicht weiter.

Ich verwahrte die Dokumente sicher in einer Innentasche im Futter meiner Weste, begab mich in unser Zimmer und weckte Anscombe, der fest schlief, worüber ich mich ganz unvernünftig ärgerte. Als ich ihn endlich gründlich wachgerüttelt hatte, sagte ich zu ihm:

»Sie sind ein Glückspilz, mein Freund. Marnham ist tot.«

»Ach? Die arme Heda«, rief er. »Sie hat ihn geliebt. Es wird ihr das Herz brechen.«

»Sie wird darüber hinwegkommen«, gab ich zurück. »Immerhin kann sie jetzt niemand mehr zwingen, aus töchterlicher Liebe diesen Rodd zu heiraten, und deshalb sind Sie ein Glückspilz.«

Dann erzählte ich ihm die ganze Geschichte.

»Wurde er ermordet, oder hat er Selbstmord begangen?« fragte er, als ich geendet hatte.

»Das weiß ich nicht, und offen gestanden will ich es auch gar nicht wissen. Wenn Sie klug sind, interessieren Sie sich ebenfalls nicht weiter dafür, es sei denn, das Wissen würde Ihnen aufgedrängt. Es genügt, daß er tot ist, und um seiner Tochter willen ist es besser, wenn die Umstände seines Todes nicht allzu genau untersucht werden.«

»Arme Heda!« sagte er wieder. »Wer wird es ihr beibringen? Ich kann es nicht. *Sie* haben ihn gefunden, Allan.«

»Ich hatte schon damit gerechnet, diese Aufgabe übernehmen zu müssen, Anscombe. Nun, je schneller wir es hinter uns bringen, desto besser. Ziehen Sie sich an und kommen Sie mit mir auf die Stoep.«

Damit verließ ich ihn, und gleich darauf lief mir Hedas fette Halbblutzofe über den Weg, eine dumme, aber herzensgute Person namens Kaatje. Sie kam mit einem Krug aus dem Zimmer ihrer Herrin, vermutlich, um heißes Wasser zu holen.

»Kaatje«, sprach ich sie an, »geh wieder hinein und sage der Missie Heda, daß ich so bald wie möglich mit ihr sprechen möchte. Das heiße Wasser kann warten, bleib bei ihr und hilf ihr, sich anzukleiden.«

Sie maulte ein wenig, aber das war nicht ernst gemeint, und als sie meinen Blick sah, verstummte sie und ging ins Zimmer zurück. Zehn Minuten später stand Heda neben mir.

»Was ist los, Mr. Quatermain?« fragte sie. »Ich habe das sichere Gefühl, daß etwas Schreckliches geschehen ist.«

»So ist es auch, meine Liebe«, antwortete ich, »das heißt, wenn Sie den Tod für etwas Schreckliches halten. Ihr Vater ist letzte Nacht gestorben.«

»Oh!« sagte sie nur! »Oh!« und sank nieder auf einen Stuhl.

»Kopf hoch«, mahnte ich. »Eines Tages müssen wir alle sterben, und ihm war ein volles Menschenalter beschieden.«

»Aber ich habe ihn geliebt«, klagte sie. »Er hatte viele Fehler, ich weiß, aber ich habe ihn trotzdem geliebt.«

»So geht es im Leben, Heda, stets müssen wir verlieren, was wir lieben. Seien Sie froh, daß Ihnen noch jemand bleibt, den Sie lieben können.«

»Ja, Gott sei Dank! Das ist wahr. Wenn er es nun gewesen wäre — nein, so etwas darf man nicht sagen.«

Nun erzählte ich ihr die ganze Geschichte, und währenddessen kam Anscombe auf seinen Stock gestützt heran und schloß sich uns an. Ich zeigte den beiden Marnhams Brief an mich und das Testament, doch von dem anderen Blatt Papier erwähnte ich nichts.

Sie lauschte wortlos und mit bleichem Gesicht, bis ich geendet hatte. Dann sagte sie:

»Ich möchte ihn sehen.«

»Das ist vielleicht ganz gut so«, antwortete ich. »Wenn

Sie es ertragen können, kommen Sie sofort mit, und Sie auch, Anscombe.«

Wir gingen zu Marnhams Zimmer, Anscombe und Heda hielten sich an den Händen. Ich schloß die Tür auf, trat ein und öffnete einen Fensterladen. Der Tote saß noch so da, wie ich ihn verlassen hatte, nur sein Kopf war ein wenig tiefer herabgesunken. Heda betrachtete ihn zitternd, dann näherte sie sich ihm, küßte seine kalte Stirn und murmelte:

»Leb wohl, Vater, oh, leb wohl!«

Mir kam eine Idee, und ich fragte:

»Pflegte Ihr Vater irgendwo in diesem Raum Dinge einzuschließen? Wie bereits gesagt, sind Sie seine alleinige Erbin, und in diesem Hause empfiehlt es sich möglicherweise, daß Sie sich unverzüglich in den Besitz Ihres Erbes setzen.«

»In der Ecke steht ein Tresor«, antwortete sie, »den Schlüssel dazu trug er immer in seiner Hosentasche.«

»Wenn Sie gestatten, werde ich ihn in Ihrer Anwesenheit öffnen.«

Ich trat zu dem Toten, durchsuchte seine Taschen und fand darin einen Schlüsselbund. Ich zog ihn heraus und ging an den Tresor, über den ein Fellteppich gebreitet war. Er ließ sich ganz leicht aufschließen. Darin befanden sich zwei Beutel mit Gold, jeder mit der Aufschrift £ 100, ein dritter, größerer Beutel mit der Aufschrift: ›Der Schmuck meiner Frau. Für Heda‹, außerdem einige Papiere, eine Miniatur der Dame, deren Porträt im Salon hing, und ein paar einzelne Goldkörner.

»Wer soll das alles in seine Obhut nehmen?« fragte ich. »Ich halte es nicht für ratsam, die Sachen hier zu lassen.«

»Sie natürlich«, sagte Anscombe, und Heda nickte.

Also schaufelte ich alle Wertgegenstände stöhnend in meine geräumigen Taschen. Dann versperrte ich den leeren Tresor, steckte die Schlüssel in Marnhams Tasche zurück, wo ich sie gefunden hatte, schloß die Fensterläden und verließ mit Anscombe den Raum. Wir warteten draußen, und nach einer Weile kam Heda leise schluchzend heraus. Danach frühstückten wir und bestanden darauf, daß Heda unserem Beispiel folgte.

Als ich vom Tisch aufstand, bot sich mir ein merkwürdiger Anblick. Die Patienten, die Rodd in dem oben erwähnten, kleinen Spital betreute, zogen in Richtung auf den Busch ab, wobei die gehfähigen und die Pfleger die anderen stützten. Sie waren bereits ein Stück entfernt, zu weit, als daß ich ihnen hätte folgen können, da ich das Haus nicht verlassen wollte. Der Vorfall erfüllte mich mit Argwohn, und ich ging nach hinten, um Erkundigungen einzuziehen, traf aber niemanden an. Als ich an der Tür des Spitals vorüberkam, hörte ich jedoch eine Stimme auf Sisutu rufen:

»Laßt mich nicht zurück, meine Brüder.«

Ich trat ein und sah den Mann, den Rodd am Tag unserer Ankunft operiert hatte, mutterseelenallein in seinem Bett liegen. Ich fragte ihn, wohin die anderen gegangen seien. Zuerst wollte er nicht antworten, aber als ich so tat, als wolle ich gehen, rief er, sie wollten nach Hause zurückkehren. Um es kurz zu machen, ich brachte schließlich aus ihm heraus, sie seien abgezogen, weil sie Nachricht erhalten hätten, Sekukuni wolle den Tempel überfallen, und weil sie nicht dabei sein wollten, wenn ich und Anscombe getötet wurden. Wie ihn diese Nachricht erreicht hatte, wollte oder konnte er mir nicht sagen, auch von Marnhams Tod schien er nichts zu wissen. Als ich ihn wegen ersterem bedrängte, stöhnte er nur und flehte um Wasser, denn er hatte Schmerzen und litt unter Durst. Ich fragte ihn, wer Sekukunis Leuten befohlen habe, uns zu töten, aber auch das wollte er mir nicht verraten.

»Nun gut«, sagte ich. »Dann wirst du alleine hier liegenbleiben und verschmachten«, und wandte mich wieder der Tür zu.

Da schrie er:

»Ich werde es dir sagen. Es war der weiße Medizinmann, der hier wohnt, er, der mich aufgeschnitten hat. Er hat alles vor ein paar Tagen in die Wege geleitet, weil er euch haßt. Letzte Nacht ist er fortgeritten, um dem *Impi* zu sagen, wann es kommen soll.«

»Und wann wird es kommen?« fragte ich und hielt ihm den Wasserkrug entgegen.

»Heute nacht bei Mondaufgang, damit es vor dem Morgengrauen schon wieder weit weg sein kann. Meine Leute dürsten nach deinem Blut und nach dem Blut des anderen weißen Häuptlings, weil ihr am Fluß so viele von ihnen getötet habt. Den anderen werden sie nichts zuleide tun.«

»Wie hast du das alles erfahren?« fragte ich wieder, aber ohne Erfolg, denn nun redete er nur noch wirres Zeug und murmelte, die anderen hätten ihn zurückgelassen, weil sie ihn nicht tragen konnten. Also gab ich ihm ein wenig Wasser, worauf er einschlief oder sich jedenfalls schlafend stellte. Ich verließ ihn, ohne mir klar geworden zu sein, ob er phantasiert oder die Wahrheit gesprochen hatte. Als ich an den Ställen vorüberkam, sah ich mein Pferd darin stehen. In dieser Gegend werden die Pferde nämlich des Nachts immer eingeschlossen, damit sie sich keine Krankheit holen. Die vier Tiere, die Heda mit der Kutsche aus Natal mitgebracht hatte, waren jedoch verschwunden, mußten aber allem Anschein nach vor einer oder zwei Stunden noch hier gestanden haben. Ich legte meinem Pferd ein Bündel Futter vor und kehrte durch den Hintereingang ins Haus zurück.

Die Küche war leer, aber vor der Tür zu Marnhams Zimmer kauerte der Diener, der den Toten gefunden hatte. Er war seinem Herrn sehr zugetan gewesen und schien vor Schmerz halb betäubt. Ich fragte ihn nach den anderen Dienern, worauf er antwortete, sie seien fortgelaufen. Dann wollte ich wissen, wo sich die Pferde befänden. Er antwortete, der Baas Rodd habe ihm befohlen, sie freizulassen, ehe er am Morgen weggeritten sei. Da ich nicht wagte, ihn aus den Augen zu lassen, verlangte ich, daß er mich auf die Stoep begleite, und er gehorchte, wenn auch mit sichtlichem Widerstreben.

Anscombe und Heda saßen nebeneinander auf dem Sofa. Ihr liefen die Tränen über das Gesicht, und er hielt besorgt ihre Hand. Irgendwie hat sich mir dieses Bild von Heda fest ins Gedächtnis eingeprägt. Manchen Frauen steht der Kummer, und sie gehörte dazu. Ihre schönen, dunkelgrauen Augen wurden vom Weinen nicht rot, die Tränen quollen nur daraus hervor wie Tautropfen aus dem Herzen einer Blume. Sie saß, ebenso wie er, ganz aufrecht und völlig reglos da und starrte vor sich hin, während ein Sonnenstrahl auf ihren Kopf fiel und ihr üppiges, kastanienbraunes Haar aufleuchten ließ.

Die beiden auf der Stoep erinnerten mich an einen Kupferstich zweier Statuen in einem alten, ägyptischen Grab, eines Mannes und einer Frau, den ich irgendwo einmal gesehen hatte. Mit genau dem gleichen Ausdruck geduldiger Hoffnung hatte jene Frau vor Jahrtausenden dagesessen und in die im Dunkel liegende Zukunft geblickt. Der Tod hatte sie traurig gemacht, doch nun war er vorüber, und das kleine, wehmütige Lächeln um ihre Lippen schien anzudeuten, daß ihre schmerzumflorten Augen in der Finsternis bereits das Aufkeimen neuen Lebens erblickten. Außerdem, war nicht der Mann, den sie liebte, an ihrer Seite und teilte ihre Hoffnungen, wie er ihren Schmerz geteilt hatte? Wie eine einzelne Blume in einer steinigen Dornenwüste oder wie ein Stern in der Schwärze der Nacht erblühte diese romantische Vorstellung inmitten meiner Sorgen.

Im nächsten Moment war sie auch schon wieder verflogen, und ich erzählte den beiden, was ich in Erfahrung gebracht hatte. Sie hörten mich bis zum Ende an, dann sagte Anscombe langsam:

»Zu zweit können wir dieses Haus nicht gegen ein ganzes *Impi* halten. Wir müssen fort von hier.«

»Beide Schlußfolgerungen klingen durchaus vernünftig«, stimmte ich zu, »vorausgesetzt, der alte Kaffer dort drüben hat die Wahrheit gesagt. Die Frage ist nur — wie? Wir können nicht alle drei auf einem einzigen Klepper reiten, und Sie sind immer noch nicht ganz wiederhergestellt.«

»Da wäre noch die Kutsche«, schlug Heda vor.

»Ja, aber man hat die Pferde freigelassen, und ich weiß nicht, wo ich nach ihnen suchen soll. Ich wage auch nicht, den Diener alleine loszuschicken, denn wahrscheinlich würde er sich wie die anderen aus dem Staub machen. Es ist wohl das beste, wenn Sie beide auf mein Pferd steigen und um Ihr Leben reiten, und wir anderen bleiben zurück und warten ab, was geschieht. Am Ende ist alles nur eine Lüge, und wir sind gar nicht in Gefahr«, fügte ich hinzu, um den Plan nicht ganz so verzweifelt erscheinen zu lassen.

»Das werde ich niemals tun«, lehnte sie ruhig, aber mit so viel Entschiedenheit ab, daß es sinnlos war, noch weiter darüber zu diskutieren.

Ich überlegte einen Augenblick, denn die Lage war wirklich sehr schwierig. Dem Diener war nicht zu trauen, und wenn ich mit ihm ging, mußte ich die beiden allein und, in Anbetracht von Anscombes Gesundheitszustand, so gut wie wehrlos zurücklassen. Dennoch sah es so aus, als bliebe mir nichts anderes übrig. In diesem Augenblick schaute ich auf und erblickte am Gartentor Anscombes Fahrer Footsack, den Mann, den ich nach Pretoria geschickt hatte, um die Ersatzochsen zu holen. Er wirkte verängstigt, die Augen quollen ihm fast aus dem Kopf, und er war ganz außer Atem. Seinen Hut hatte er offenbar verloren, und er blutete im Gesicht.

Als er uns sah, kam er den Gartenweg heraufgerannt und ließ sich erschöpft zu Boden sinken.

»Wo sind die Ochsen?« fragte ich.

»O Baas«, antwortete er, »die haben die Basuto. Wir hörten von einer alten schwarzen Frau, Sekukuni habe ein *Impi* ausgeschickt, also warteten wir auf der Kuppe eines Hügels, eine Fahrtstunde von hier entfernt, um zu sehen, ob es wahr sei. Dann erschien plötzlich der Doktor-Baas auf einem Pferd, und ich lief ihm entgegen und fragte ihn, ob wir es wagen könnten, weiterzutrecken. Er hat mich wiedererkannt und antwortete:

›Ja, es besteht keine Gefahr, bin ich diese Straße doch eben erst geritten, ohne auch nur einem schwarzen Kind zu begegnen. Nur zu, Mann, deine Herren werden froh sein, ihre Ochsen zu sehen, denn sie wollen sofort oder jedenfalls bei Einbruch der Dunkelheit aufbrechen.‹ Dann lachte er und ritt davon.

Also trieben wir die Ochsen weiter. Aber als wir an den Streifen aus Akazien am Fuß des Hügels kamen, mußten wir feststellen, daß der Doktor-Baas uns entweder belogen oder nicht achtgegeben hatte. Dort wuchsen nämlich zu beiden Seiten des Weges Speere aus dem hohen Gras; ja, überall waren Speere. Innerhalb einer Minute waren die beiden *Voorlooper* von Assegais durchbohrt. Ich dagegen lief nach vorne, nicht zurück, denn hinter mir auf dem Weg wimmelte es von Kaffern, Baas, die die Ochsen wegtrieben. Sie wollten sich auch auf mich stürzen, aber ich sprang hierhin und dorthin und konnte ihnen ausweichen. Dann warfen sie mit Assegais auf mich — sieh nur, einer von ihnen hat mir die Wange aufgerissen, aber alle anderen gingen fehl. Die Kaffern hatten auch Gewehre in den Händen, aber keiner hat geschossen. Ich glaube, sie wollten keinen Lärm machen. Nur einer rief mir nach:

›Sag Macumazahn, wir werden ihn heute nacht besuchen, wenn er nichts sehen und nicht auf uns schießen kann. Wir haben eine Botschaft für ihn von unseren Brüdern, die er an der Furt am Oliphant-Fluß getötet hat.‹

Dann rannte ich ohne stehenzubleiben weiter bis hierher, aber ich sah keine Kaffern mehr. Das ist alles, Baas.«

Ich hielt mich nicht damit auf, den Mann ins Kreuzverhör zu nehmen, um Wahrheit und Lüge in seiner Geschichte voneinander zu trennen, denn mir war klar, daß er tatsächlich einem Trupp Basuto begegnet oder ihnen vielmehr von Rodd in die Arme getrieben worden war, und daß er unsere Ochsen sowie seine Gefährten verloren hatte, die entweder tot waren, wie er behauptete, oder in eine andere Richtung hatten fliehen können.

»Hör zu, Mann«, sagte ich. »Ich werde jetzt ein paar Pferde besorgen. Du bleibst hier und hilfst der Missie, die Kutsche zu beladen und das Geschirr bereitzumachen. Wenn du mir nicht gehorchst oder fortläufst, werde ich dich zu finden wissen, und dann wirst du nie wieder laufen. Hast du mich verstanden?«

Er schwor, er habe verstanden und ging ins Haus, um Wasser zu holen, während ich Anscombe und Heda die Lage erklärte und besonders betonte, alle erhaltenen Informationen ließen darauf schließen, daß vor Einbruch der Nacht kein Angriff auf das Haus stattfinden würde, und daß wir folglich noch den ganzen Tag vor uns hätten. Daher wolle ich selbst nach den Pferden suchen, die wir sonst sicher niemals finden würden. Inzwischen müsse Heda mit Footsacks Hilfe ihre Sachen packen und die Kutsche beladen. Anscombe solle alles beaufsichtigen, wozu er durchaus in der Lage war, da er inzwischen mit Hilfe eines Stocks gehen konnte.

Natürlich waren die beiden nicht glücklich darüber, daß ich sie verlassen wollte, aber wie die Dinge standen, erhoben sie keine Einwände. Ich machte mich also auf den Weg und nahm den Diener mit. Anfangs sträubte er sich, er war ja, wie bereits erwähnt, vor Kummer oder Angst halb benommen, doch als ich ihm ernsthaft drohte, ihn ohne viel Federlesens zu erschießen, wenn er mir Schwierigkeiten machte, gab er klein bei. Nachdem ich meine mittlerweile ausgeruhte und satte Stute gesattelt hatte, brachen wir auf. Der Diener wollte mich zu einem Kloof führen, an dessen Fuß sich eine kleine Ebene mit saftigem Gras befand, denn dort pflegten die Pferde nach seinen Worten meist zu weiden.

Tatsächlich fanden wir an dieser Stelle zwei von den Tieren, und da sie noch ihre Halfter trugen, konnten wir sie mit den daran befindlichen Riemen an Bäumen festbinden. Die anderen waren jedoch nicht zu sehen, und da zwei Pferde nicht genügten, um die schwere Kapkutsche zu ziehen, blieb mir nichts anderes übrig, als die Suche fortzusetzen. Oh, die Tiere machten es mir nicht leicht! Rodd hatte gewollt, daß sie sich möglichst weit entfernten, und deshalb dem Stallburschen befohlen, ihnen keine Kniefesseln anzulegen. Als sie nun merkten, daß sie frei waren, hatten sie sich zuerst vollgefressen und waren dann, unterwegs weitergrasend, zu der wohl an die fünfzig Meilen entfernten Farm aufgebrochen, von der sie ursprünglich kamen. Das wußte ich damals natürlich noch nicht, und da außerdem der Boden so hart war, daß ich nicht hoffen konnte, ihre Fährte zu verfolgen, ritt ich mehrere Stunden lang vergeblich die benachbarten Kloofs ab.

Endlich kam ich auf die Idee, den Diener zu fragen, woher die Pferde stammten, und er konnte mir auch tatsächlich Auskunft geben, da er sie im Jahr zuvor nach dem Kauf dort abgeholt hatte. Nachdem ich auch noch erfahren hatte, in welcher Richtung die Farm lag, ritt ich schräg darauf oder vielmehr auf den Weg zu, der zu ihr führte, und ließ den Mann nebenher laufen und sich an meinem Steigbügelriemen festhalten. Gegen drei Uhr nachmittags stieß ich zehn oder zwölf Meilen vom Tempel entfernt auf den gesuchten Trampelpfad, und als ich mein Pferd eine Anhöhe hinauftrieb, kamen mir die beiden Ausreißer seelenruhig entgegengetrabt. Wäre ich nur eine Viertelstunde später gekommen, sie wären vorübergewesen und im weiten Dornen-Veld verschwunden. Wir fingen sie ohne Mühe ein und machten uns, sie an den Riemen führend, auf den Heimweg.

Als wir die Wiese erreichten, wo wir die beiden anderen Pferde angebunden hatten, nahmen wir auch sie mit und trafen gegen fünf Uhr wieder am Haus ein. Alles schien ruhig, also führte ich meine Stute in den Stall, nahm ihr die Trense ab und fütterte sie. Dann ging ich ums Haus herum und erblickte zu meiner großen Freude

Anscombe und Heda, die ungeduldig auf mich warteten, aber nichts weiter zu berichten hatten. Footsack war bei ihnen. Hastig schlang ich einige Bissen hinunter, während Footsack die Pferde einspannte. Eine Viertelstunde später war alles bereit, doch nun wehrte sich Heda, unbeständig, wie Frauen nun einmal sind, auf einmal dagegen, ihren Vater unbestattet zurückzulassen.

»Mein liebes Fräulein«, sagte ich, »ich fürchte, Sie müssen sich entscheiden. Entweder er bleibt allein zurück, oder wir können uns gleich mit ihm begraben lassen.«

Das sah sie ein und begnügte sich damit, ihm einen Abschiedsbesuch abzustatten. Ich bat Anscombe, sie zu begleiten, während ich meine Stute holte, denn offen gestanden hatte ich von dem unseligen Marnham genug gesehen und wäre nicht für £ 50 noch einmal in diesen Raum gegangen. Als ich mit meinem Pferd an der Tür zum Spital vorüberkam, hörte ich drinnen den alten Kaffern schreien und schickte den Diener hinein, der bei mir war, damit er sich um ihn kümmerte. Ich sah die beiden nicht wieder und werde sie wohl auch vor dem Jüngsten Tage nicht wiedersehen, aber ich wüßte doch gerne, was aus ihnen geworden ist.

Als ich wieder zur Vorderseite des Hauses kam, stand die Kutsche fahrbereit am Tor, Footsack befand sich bei den Pferden, und Heda und Anscombe warteten auf mich. Heda hatte im Laufe des Tages so viel von ihren und unseren Habseligkeiten, einschließlich unserer Waffen und der Munition, in den Wagen gepackt, wie nur hineingehen wollte. Alles andere mußten wir natürlich zurücklassen. Sie hatte auch für zwei Körbe mit Proviant, ein paar Flaschen Brandy, und einen reichlichen Vorrat an Mänteln und Decken Sorge getragen. Nun befahl ich Footsack, die Zügel zu nehmen, da ich ihn als guten Fahrer kannte, half Anscombe, sich neben ihn auf den Bock zu setzen, und schickte Heda und ihre Zofe Kaatje nach hinten, um das Gewicht gleichmäßig zu verteilen. Ich selbst beschloß vorerst zu reiten.

»Wohin, Baas?« fragte Footsack.

»Zum Granitbach hinunter, wo unser Wagen steht«, antwortete ich.

»Dazu müssen wir durch den Gelbholzsumpf. Können wir nicht die andere Straße nach Pilgrim's Rest und Lydenburg oder nach Barberton nehmen?« murmelte Anscombe zerstreut und, wie mir schien, ziemlich nervös.

»Nein«, antwortete ich, »es sei denn, Sie wollen den Basuto begegnen, die unsere Ochsen gestohlen haben, oder Dr. Rodd, wenn er zurückkehrt, immer vorausgesetzt, er hat das überhaupt vor.«

»Oh, fahren wir doch durch das Gelbholz«, rief Heda, die wahrscheinlich lieber dem Teufel begegnet wäre als Dr. Rodd.

Hätte ich doch nur gewußt, daß wir direkt auf besagte Person zufuhren, ich hätte mich lieber zweimal den Basuto gestellt. Aber ich handelte eben so, wie ich es für das klügste hielt, und dachte, Rodd würde mit einem anderen Arzt oder einem Friedensrichter gewiß auf dem kürzeren und weniger beschwerlichen Weg zurückkehren, den er am Morgen genommen hatte. Hier zeigte sich wieder einmal die Fruchtlosigkeit aller noch so vorausschauenden Planung, vielleicht auch die Stärke des Schicksals, das mag man sehen, wie man will.

Wir fuhren also den Hang hinab, und da ich hinter der Kutsche herritt, bemerkte ich, wie unverwandt die arme Heda zu dem Marmorhaus zurückschaute, das immer schöner wurde, je weiter es sich entfernte und je weniger man die primitive Bauweise sehen konnte. Besonders den Teil, der den Leichnam ihres Vaters barg, ließ sie nicht aus den Augen, denn sie liebte diesen alten Schurken noch immer. Als wir die Lichtung erreichten, erblickten wir noch einmal das Gerippe des blauen Weißschwanzgnus, das wir — oh, viele Jahre schien es her zu sein! — geschossen hatten. Dann strebten wir dem Granitbach entgegen.

Ehe wir den Gelbholzwald erreichten, wo die Kutsche

wegen der Bäume und des weichen Bodens sehr langsam fahren mußte, ritt ich ein Stück voraus, um das Gelände zu erkunden, da ich fürchtete, die Basuto könnten sich dort irgendwo verbergen. Ich durchquerte in scharfem Galopp das ganze Gehölz und sprengte bis zu unserem verlassenen Wagen, ohne einer Menschenseele zu begegnen. Am Rand, wo die Bäume dichter standen, glaubte ich jedoch, jemanden husten zu hören und sah mich um. Alles lag im Zwielicht, denn die Sonne stand bereits tief am Himmel, und ihre Strahlen drangen nicht mehr bis zum Boden vor. Da ich niemanden bemerkte, kam ich zu dem Schluß, ich habe mich von meiner Phantasie narren lassen. Vielleicht hatte auch nur ein Pavian gehustet, obwohl diese Tiere gewöhnlich nicht so weit ins Tiefland vordringen, wo sie kein Futter finden.

In diesem Wald herrschte eine derart beklemmende Atmosphäre, daß mir unwillkürlich die Gespenstergeschichten der Kaffern wieder in den Sinn kamen. Eigenartigerweise mußte ich auch an Anscombes Vorahnung denken, die sich tatsächlich erfüllt hatte, als er jenen Basuto tötete. Siehe da! Da lag ja sein grinsender Schädel, ein paar Haarbüschel hingen noch daran, eine Hyäne hatte ihn vom Rest des Gerippes fortgeschleppt. Ich galoppierte weiter, den Hang jenseits des Waldes hinab und durch die vereinzelten Akazien bis an den Bach, an dessen Ufern der Wagen stehen sollte. Er war fort, den frischen Spuren nach erst seit einer oder zwei Stunden. Ich überlegte einen Augenblick, dann war mir klar, was geschehen sein mußte. Die Basuto hatten die geraubten Ochsen hierher getrieben, sie eingespannt und sich dann mit ihrer Beute davongemacht. Im großen und ganzen war ich über den Diebstahl sogar ganz froh, denn ich glaubte daraus schließen zu können, daß Sekukunis Leute sich auf dem Rückweg in ihr eigenes Gebiet befanden und somit die Straße für uns frei war.

Ich wendete mein Pferd und ritt wieder zurück, der Kutsche entgegen. Als ich den Hang erklommen hatte und mich abermals dem Waldrand näherte, hörte ich einen schrillen Pfiff aus einer Trillerpfeife, der in der unbewegten Luft ein oder zwei Meilen weit zu hören sein mußte. Außerdem vernahm ich streitende Männerstimmen und fing auch ein paar Worte auf. »Lassen Sie los, oder ich schwöre ...!« hörte ich, gefolgt von einem wütenden Lachen, und dann: »In fünf Minuten sind die Kaffern hier. In zehn Minuten seid ihr tot. Kann ich es ändern, wenn sie euch töten, obwohl ich euch vor der Weiterfahrt gewarnt habe?« Dann drang der Schrei einer Frau zu mir.

Rodds Stimme, Anscombes Stimme und Kaatjes — nicht Hedas, sondern Kaatjes Schrei.

Während ich in wilder Hast um die letzten Bäume herumritt, die mir noch die Sicht versperrten, krachte ein Revolverschuß. Jetzt war ich aus dem Wald heraus. Auf der anderen Seite eines Sumpfloches sah ich die Kutsche. Die Pferde waren stehengeblieben und schnaubten. Nicht weit davon entfernt stand Rodds Pferd, und Rodd selbst hielt eines der Leittiere am Zügel. Er schwankte, und als ich von meiner Stute sprang und auf ihn zurannte, sah ich sein Gesicht. Schmerz und unbändiger Zorn hatten es in einer gräßlichen Grimasse erstarren lassen. Mit seiner freien Hand deutete er auf Anscombe, der auf dem Kutschbock saß und seinen noch rauchenden Revolver umklammert hielt.

»Du hast mich umgebracht«, preßte er hervor, und seine Stimme klang heiser, denn der Schuß war in die Lunge gegangen, »um sie zu bekommen.« Damit zeigte er auf Heda, die ihn zwischen den Köpfen der beiden Männer auf dem Bock hindurch anstarrte. »Du bist ein Mörder, wie ihr Vater und wie einst David. Nun, ich wünsche dir, daß du sie nicht lange behältst. Du sollst sterben wie ich, du verdammter Dieb, und ihr falsches Herz soll daran zerbrechen.«

Das alles brachte er nur noch leise und stockend und mit zunehmend erstickter Stimme heraus, weil ihm das

Blut aus seiner Wunde den Mund füllte. Dann brach es plötzlich in einem Schwall zwischen seinen Lippen hervor, er stürzte, den Zeigefinger immer noch anklagend auf Anscombe gerichtet, rücklings in den schlammigen Tümpel und versank, ohne sich zu wehren.

Der Anblick war so entsetzlich, daß Footsack der Fahrer leise wimmernd vom Kutschbock sprang, auf Rodds Pferd zulief, sich in den Sattel schwang und, mit der Faust auf das Tier einschlagend, in panischem Schrecken davongaloppierte. Anscombe bedeckte mit einer Hand seine Augen, Heda brach auf dem Sitz zusammen, und Kaatje, die Farbige, schlug sich gegen die Brust und plapperte auf Holländisch etwas von Fluch oder Hexerei daher. Zum Glück behielt wenigstens ich die Nerven und trat zu den Pferden, ich fürchtete nämlich, sie könnten durchgehen und den Wagen in den Tümpel ziehen.

»Wachen Sie auf«, sagte ich. »Der Mann hat nur bekommen, was er verdient, Sie hatten ganz recht, ihn zu erschießen.«

»Freut mich, daß Sie so denken«, antwortete Anscombe zerstreut. »Mir sah es doch sehr nach Mord aus. Wissen Sie noch, wie ich Ihnen sagte, ich würde an diesem Ort einen Mann töten, und zwar wegen einer Frau?«

»Ich weiß gar nichts mehr«, leugnete ich dreist, »außer, daß wir die Basuto auf dem Hals haben werden, wenn wir noch länger hier stehen bleiben. Dieses Scheusal hat nach ihnen gepfiffen und wollte die Pferde so lange festhalten, bis sie hier waren und über uns herfallen konnten. Nun reißen Sie sich zusammen, nehmen Sie die Zügel und folgen Sie mir.«

Er gehorchte und erwies sich sogar als recht geschickter Kutscher; wie er mir hinterher erklärte, war er zu Hause oft vierspännig gefahren. Ich bestieg mein Pferd, das geduldig gewartet hatte, und führte die Kutsche aus dem Wald heraus und den Hang hinab, bis wir schließlich unseren alten Abspannplatz erreichten. Von hier aus wollte ich der Wagenspur folgen, die nach Pilgrim's Rest führte. Ich sage wollte, denn als ich den Weg entlangschaute, entdeckte ich in etwa fünfhundert Yard Entfernung einen Trupp bewaffneter Basuto, die uns entgegengelaufen kamen. Das rote Licht der untergehenden Sonne ließ ihre Speere aufblitzen. Offenbar hatte der Kundschafter oder Spion, dem Rodds Pfiff gegolten hatte, sie aus einem Hinterhalt geholt, den sie auf der Straße nach Pilgrim's Rest für uns aufgestellt hatten, falls wir in diese Richtung zu fliehen versuchten.

Nun gab es nur noch eines. An dieser Stelle führte ein Trampelpfad über den kleinen Bach und dahinter einen steilen Hang hinauf. Als wir das erstemal hier ausgespannt hatten, war ich den Hang aus purer Neugier hinaufgestiegen, wobei ich gedacht hatte, er sei zwar sehr uneben, aber mit einem Wagen durchaus zu bewältigen. Oben fand ich eine weite, flache Ebene, fast ein Veld, nur spärlich mit Büschen bewachsen, auf der sich der Pfad fortsetzte. Später erfuhr ich, daß die Swasi und andere Eingeborene diesen Weg benützten, wenn sie die Basuto überfallen wollten oder truppweise zur Arbeit in die Minen zogen.

»Folgen Sie mir«, rief ich, überquerte den Bach, der zwischen den kleinen Tümpeln recht seicht war, und ritt den steinigen Hang hinauf. Die vier Pferde schafften ihn ohne große Mühe, und die Kutsche war stabil gebaut und litt keinen Schaden. Oben angekommen, schaute ich zurück und bemerkte, daß die Basuto uns folgten.

»Peitschen Sie die Pferde!« schrie ich Anscombe zu, und wir rasten im Handgalopp über den Pfad. Mit lautem Gepolter schwankte die Kutsche über das bucklige Veld. Die Sonne war fast hinter dem Horizont verschwunden, in einer halben Stunde würde es dunkel sein.

Konnten wir unseren Vorsprung eine halbe Stunde lang halten?

IX

Flucht

In strahlendem Glanz ging die Sonne unter. Als ich im letzten Licht zurückblickte, zeichnete sich, mehr als eine Meile hinter uns auf einer Kuppe, vor dem roten Himmel die Silhouette eines einzelnen Eingeborenen ab. Er wartete zweifellos auf seine Gefährten, die er überholt hatte. Sie hatten die Verfolgung also nicht aufgegeben. Was war nun zu tun? Sobald einmal die Dunkelheit hereingebrochen war, konnten wir nicht weiterfahren. Wir würden uns verirren, die Pferde würden in die Löcher von Ameisenbären treten und sich die Beine brechen, vielleicht blieben wir auch noch in irgendeiner Senke stecken. Wir mußten also warten, bis der Mond aufging, und das würde erst in zwei Stunden der Fall sein.

Dagegen konnten diese verfluchten Basuto uns auch im Dunkeln nachsetzen. Zwar würden sie langsamer vorankommen, aber sie waren wahrscheinlich mit dem Weg vertraut und würden ihn nicht verlieren, mehr noch, da der Boden nach dem jüngsten Regen weich war, konnten sie die Radspuren sogar mit den Fingern ertasten. Ich warf einen Blick in die Runde. Von dem Weg, den wir eingeschlagen hatten, zweigte hier ein zweiter in nordwestlicher Richtung ab. Vielleicht führte er nach Lydenburg, ich weiß es nicht. Zu unserer Linken, nicht mehr als hundert Yard entfernt, endete die Hochebene und fiel nach Osten hin zu einem tiefergelegenen Buschgelände ab.

Sollte ich die westliche Straße nehmen, die über eine weite Ebene führte? Nein, denn dann konnte man uns meilenweit sehen und uns den Weg abschneiden. War es außerdem wünschenswert, selbst wenn es uns gelingen sollte, den Eingeborenen zu entkommen, gerade jetzt in der Zivilisation aufzutauchen und unsere ganze Geschichte zu erzählen, wozu wir in diesem Fall genötigt wären? Der Schuß auf Rodd war durchaus gerechtfertigt gewesen, aber er war auf Transvaal-Territorium erfolgt, und wir würden eine Menge Fragen beantworten müssen. Zum Glück gab es außer uns selbst keine Zeugen. Oder doch — den Fahrer Footsack, falls er sich hatte retten können, was anzunehmen war, da er ein Pferd zur Verfügung hatte, und das war ein Mann, dem jedenfalls ich nicht über den Weg traute. Es wäre doch höchst unangenehm, wenn man gegen Anscombe und möglicherweise auch mich Anklage wegen Mordes erheben würde und Footsack vor burischen Geschworenen, die mit zwei Engländern vielleicht besonders hart umsprängen, als Zeuge aufträte. Zudem würde die Leiche mit der Kugel in der Lunge gegen uns sprechen.

Plötzlich fiel mir Zikali ein, der mir so deutlich im Traum erschienen war, und ich überlegte, daß wir uns in Zululand wegen Rodds Tod kaum Sorgen zu machen brauchten. Andererseits war es nach Zululand ein weiter Weg, und wenn wir das Transvaal meiden wollten, mußten wir Swasiland durchqueren, um dorthin zu gelangen. Nun, bei den Swasi wären wir wenigstens vor den Basuto sicher, da die beiden Stämme erbitterte Feinde waren. Außerdem kannte ich die Häuptlinge und den König der Swasi sehr gut, da ich schon Handel mit ihnen getrieben hatte, und konnte unsere Anwesenheit damit erklären, daß ich Schulden eintreiben wolle.

Es gab noch eine Schwierigkeit. Ich hatte gehört, daß sich die Differenzen zwischen der englischen Regierung und dem Zulukönig Cetewayo allmählich zuspitzten, und daß Sir Bartle Frere, der Hochkommissar, davon gesprochen hatte, dem König ein Ultimatum zu stellen. Es wäre peinlich, wenn es dazu käme, während wir uns im Lande aufhielten, doch selbst in diesem Fall würden ich oder meine Begleiter wohl nicht in größere Gefahr geraten, da ich doch sehr freundschaftliche Beziehungen zu den Zulu aller Klassen und Schichten unterhielt.

Alle diese Gedanken überschlugen sich in meinem Kopf, während ich erwog, was zu tun sei. Die anderen um ihre Meinung zu fragen, hatte im Moment keinen Sinn, da sie in Eingeborenenfragen die reinsten Kinder waren. Ich, ich ganz allein mußte die Verantwortung übernehmen und handeln, und ich konnte nur darum beten, daß ich auch das Richtige tat. Einen Augenblick später hatte ich mich entschieden.

Ich bedeutete Anscombe, mir nachzufahren, und ritt etwa hundert Yard weit den Nordwestpfad entlang. Dann bog ich, die Kutsche ständig im Schlepptau, an einer steinigen Bodenwelle scharf ab und gelangte wieder auf unseren ursprünglichen Weg. Mit diesem Manöver gedachte ich natürlich die Kaffern zu verwirren, die eventuell unseren Spuren folgten. Nun befanden wir uns an der Kante des sanften Abhangs, unter dem der Busch begann. Ich ritt hinab und auf einen verlassenen, mit Steinmauern eingefaßten Viehkral zu, in dessen fruchtbarem Boden verschiedene Bäume wuchsen. Zweifellos war dieser Kral nebst vielen anderen aufgegeben worden, als Mosilikatze etwa im Jahre 1838 auf seinem Weg nach Norden durch das ganze Land fegte. Der Weg dahin war recht bequem, da man Generationen zuvor sämtliche Steine aufgesammelt hatte, um die Mauern zu errichten. Als sich die Kutsche in der zunehmenden Dunkelheit anschickte, die Kante zu überqueren, rief Heda:

»Seht nur!« und zeigte in die Richtung, aus der wir gekommen waren. Weit in der Ferne schoß eine Flammenwand in die Höhe.

»Das Haus brennt«, rief sie.

»Ja«, bestätigte ich, »es kann nichts anderes sein.« Und in Gedanken fügte ich hinzu: Und das ist gar nicht schlecht, denn nun wird niemand mehr den alten Marnham obduzieren.

Wer den Brand gelegt hatte, sollte ich nie erfahren. Es konnten die Basuto gewesen sein, aber auch Marnhams Kammerdiener, Footsack, oder ein Funke des Küchenfeuers. Jedenfalls breiteten sich die Flammen trotz der Marmormauern recht munter aus, was bei einem holzvertäfelten, mit Schilf gedeckten Gebäude natürlich auch nicht verwunderlich war. Im Grunde genommen hatte ich am meisten den Diener im Verdacht, der durchaus befürchtet haben mochte, man könnte ihn beschuldigen, beim Tod seines Herrn die Hand im Spiel gehabt zu haben. Wie auch immer, das Haus war zerstört, und während ich die fernen Flammen betrachtete, ging mir durch den Sinn, daß mit ihm auch Hedas Vergangenheit verschwand. Vierundzwanzig Stunden zuvor war ihr Vater noch am Leben gewesen, ein Verbrecher, von Rodd erpreßt. Nun war er Asche und Rodd war tot, während sie und der Mann, den sie liebte, frei waren und gehen konnten, wohin sie wollten. Ich wünschte, ich hätte auch noch hinzufügen können, daß sie in Sicherheit waren. Hinterher gestand sie mir übrigens, ihr seien etwa die gleichen Überlegungen durch den Sinn gegangen.

Ich saß ab und führte die Pferde durch eine Öffnung in der Mauer, die einst das Tor gewesen war. Der alte Kral, in vergangenen Zeiten wahrscheinlich ein Gehege für das Vieh irgendeines vergessenen Oberhäuptlings, dessen Stadt wohl oberhalb der Anhöhe gestanden haben mußte, war so groß, daß trotz der erwähnten Bäume in der Mitte noch genügend Platz für die Kutsche und die Pferde blieb. Das Gras wuchs hier so üppig, daß sich die Tiere, nachdem wir ihnen die Trensen abgenommen hatten, vollfressen konnten, ohne ausgeschirrt werden zu müssen. Ein paar Yard daneben floß obendrein ein kleiner Bach vorbei, gespeist von einer Quelle im oberen Teil des Abhangs. Mit Hilfe der kräftigen Kaatje tränkte ich erst die Tiere mit dem Eimer, der unter der Kutsche hing, danach löschten wir selbst unseren Durst und aßen auch ein wenig von dem mitgebrachten Proviant. Inzwischen war es vollkommen dunkel geworden. Ich befahl Kaatje, vorne bei den Pferden stehenzubleiben, um zu verhindern, daß sie sich plötzlich bewegten, und stieg in die Kutsche, wo wir im Flüsterton über unser weiteres Vorgehen beratschlagten.

Es war eine seltsame Diskussion. Die Finsternis war so undurchdringlich, daß wir, obwohl wir die Köpfe dicht zusammensteckten, einander nur ein einziges Mal sehen konnten, als nämlich ein jäh aufzuckender Sommerblitz unsere Gesichter wie weiße Gespensterfratzen aufleuchten ließ. Ich befaßte mich nicht weiter mit den keineswegs unbedeutenden Gefahren, die uns im Augenblick drohten, die schob ich einfach beiseite. Aber ich hielt es für meine Pflicht, die Alternativen aufzuzeigen und meine Gefährten zu fragen, ob wir versuchen sollten, Lydenburg und die Zivilisation zu erreichen, oder ob sie es vorzögen, nach Zululand und in die Wildnis zu fliehen.

»Um es ganz klar auszudrücken«, faßte Anscombe in seiner bedächtigen Art zusammen, als ich geendet hatte, »Sie meinen also, im Transvaal könnte man mich eventuell als Mörder vor Gericht stellen und vielleicht verurteilen, verschwinden wir dagegen nach Zululand, so haben wir dergleichen aller Wahrscheinlichkeit nach nicht zu befürchten.«

»Ich meine«, flüsterte ich zurück, »man würde uns vielleicht sogar beiden den Prozeß machen, und sollte Footsack zufällig auftauchen und gegen uns aussagen, dann wären wir in einer peinlichen Lage. Außerdem gibt es noch eine Zeugin — Kaatje, übrigens auch Heda selbst. Sie würde natürlich zu unseren Gunsten sprechen, aber damit die Geschworenen überhaupt verstünden, worum es geht, müßte sie vieles erklären, worüber sie vielleicht lieber schweigen würde. Des weiteren würde die ganze Geschichte zumindest in die englischen Zeitungen kommen, was Sie und Ihre Verwandten möglicherweise nicht unbedingt begrüßen würden, besonders angesichts der Tatsache, daß Sie und Heda, wenn ich richtig verstanden habe, die Absicht haben, zu heiraten.«

»Ich finde trotzdem, ich sollte die Sache durchstehen«, sagte er freimütig, »selbst auf die Gefahr hin, daß wir nie nach England zurückkehren können. Was habe ich mir schließlich vorzuwerfen? Ich konnte doch gar nicht anders, als diesen Schurken zu erschießen.«

»Gewiß, aber genau davon müssen Sie die Geschworenen erst überzeugen, die möglicherweise ein Motiv in Rodds vergangener und Ihrer gegenwärtigen Beziehung zu ein und derselben Frau finden könnten. Doch was hat eigentlich die betreffende Dame dazu zu sagen?«

»Folgendes«, flüsterte Heda. »Es geht mir nicht um mich, aber ich könnte es nicht ertragen, wenn all die alten Geschichten über meinen armen Vater wieder hervorgezerrt würden. Außerdem sollte man auch an Maurice denken. Es wäre doch entsetzlich, wenn er ins Gefängnis käme — oder noch Schlimmeres. Lassen Sie uns nach Zululand gehen, Mr. Quatermain, und hinterher werden wir Afrika verlassen. Meinst du nicht auch, Maurice?«

»Ich hätte gerne Mr. Quatermains Ansicht gehört«, antwortete der. »Er ist der älteste und bei weitem der klügste von uns, und seinem Rat werde ich folgen.«

Ich überlegte kurz und sagte dann:

»Man kann sich, um momentanen Schwierigkeiten zu entgehen, auch noch größere Probleme aufladen und sozusagen ›vom Regen in die Traufe kommen‹. In Zululand gärt es. Sollte ein Krieg ausbrechen, so könnten wir alle dabei zugrundegehen. Das muß freilich nicht unbedingt geschehen, und es sollte immerhin machbar sein, daß Sie beide sich zur Delagoa-Bucht durchschlagen und dort ein Schiff nach Hause nehmen, das heißt, wenn Sie nicht in die Fänge der britischen Justiz geraten wollen. Ich habe diese Möglichkeit nicht, denn ich muß in Afrika bleiben. Auch kann ich Ihnen die Entscheidung nicht abnehmen, denn wenn der Plan scheiterte, käme Ihr Blut über mein Haupt. Sollten Sie jedoch das Transvaal und Natal wählen, und sollte uns die Flucht dorthin gelingen, so muß ich Ihnen sagen, daß ich zum ersten Friedensrichter gehen werde, den wir finden können, um unter Eid eine vollständige Aussage über die Geschehnisse zu machen.

Für mich ist es unerträglich, ständig unter dem Damoklesschwert einer Anklage wegen Mittäterschaft an der Erschießung eines weißen Mannes leben zu müssen, die dann vielleicht zu einem Zeitpunkt erhoben wird, wenn niemand mehr im Lande ist, um meine Unschuld zu bezeugen, denn in diesem Fall hätte ich meinen guten Ruf für immer verloren, selbst wenn ich freigesprochen werden sollte. In Zululand gibt es dagegen keinen Friedensrichter, vor dem ich eine solche Aussage machen könnte, und wenn die Sache herauskommen sollte, so kann ich immer noch erklären, wir hätten dorthin flüchten müssen, um uns vor den Basuto zu retten. Ich werde nun aussteigen, um nach den Pferden zu sehen. Besprechen Sie sich in aller Ruhe und treffen Sie dann eine Entscheidung. Ich werde sie akzeptieren, wie immer sie ausfällt, und ich werde mein Bestes tun, sie auszuführen.« Damit schlüpfte ich aus der Kutsche, ohne eine Antwort abzuwarten.

Nachdem ich bei den Pferden gewesen war, die ganz damit beschäftigt waren, alles erreichbare Gras abzuweiden, kroch ich zur Umfassungsmauer des Krals, um auch ganz gewiß außer Hörweite zu sein. Inzwischen herrschte stockfinstere Nacht, es war so dunkel, wie es nur in Afrika sein kann. Zudem braute sich ein Gewitter zusammen; der oben erwähnte Blitz war der erste Vorbote gewesen. Die Luft knisterte. Aus dem weiten, buschbestandenen Tal drang ein grausiges Stöhnen herauf, vermutlich pfiff der Wind zwischen den Bäumen hindurch, obwohl ich hier oben nichts davon spürte. Weit in der Ferne raste ein Blitzspeer über den Himmel. Das dumpfe Brüten der Natur erfaßte mein Herz. Ich fürchtete mich, freilich nicht vor den gegenwärtigen Gefahren, die doch ernst genug gewesen wären, so ernst, daß wir binnen weniger Stunden alle tot sein mochten.

An Gefahren war ich gewöhnt, jahrelang waren sie Tag und Nacht mein täglich Brot gewesen, und ich bin, wie bereits an anderer Stelle bemerkt, Fatalist, ein Mensch, der genau weiß, daß Gott ihn zu sich holen wird, wenn Er ihn haben will, falls Er an einem so kläglichen, irrenden Geschöpf überhaupt in irgendeiner Weise interessiert sein sollte. Nichts, was ich tat oder unterließ, konnte Seinen Ruf auch nur einen Moment lang aufschieben oder beschleunigen. Gleichzeitig war mir aber auch bewußt, daß es meine Pflicht war, gegen den Tod zu kämpfen und ihm so lange wie möglich zu entgehen, denn auch dies gehörte zu Seinem Plan. Wir alle sind nämlich Teil eines großen Musters, und ob unser Leben weitergeht oder endet, wirkt sich aus auf das Dasein anderer. Folglich ist das Leben ein Geschenk, das es zu bewahren gilt.

Nein, was ich fürchtete, war gewaltiger, eine schreckliche, unmittelbare Bedrohung, die ich nicht zu fassen und noch viel weniger zu begreifen vermochte. Heute durchschaue ich das ganze Spiel, aber wer hätte damals gedacht, daß vom Ausgang jener geflüsterten Unterredung in der Kutsche hinter mir das Schicksal eines ganzen Volkes und viele Tausende von Menschenleben abhängen könnten? Wie ich in späteren Tagen erfahren sollte, wäre es wohl nicht zum Zulukrieg gekommen, wenn Anscombe und Heda beschlossen hätten, ins Transvaal zu reisen, und das bedeutet wiederum, daß auch der Burenaufstand nicht stattgefunden hätte und der ganze rätselhafte Lauf der Geschichte in eine andere Bahn gelenkt worden wäre.

Ich schüttelte die Angst ab und kehrte zur Kutsche zurück.

»Nun«, flüsterte ich, bekam aber keine Antwort. Einen Augenblick später zuckte ein neuer Blitz auf.

»Da«, sagte Heda, »wieviel hast du gezählt?«

»Achtundneunzig«, antwortete Anscombe.

»Ich kam auf neunundneunzig«, sagte sie, »aber in jedem Fall waren es unter hundert. Mr. Quatermain, wir werden nach Zululand gehen, wenn es Ihnen recht ist und wenn Sie uns den Weg dorthin zeigen.«

»Gut«, antwortete ich, »aber dürfte ich fragen, was das damit zu tun hat, daß Sie beide bis hundert zählen?«

»Eigentlich gar nichts«, sagte sie. »Wir konnten uns nur nicht einig werden. Maurice war für das Transvaal, ich stimmte für Zululand. Und so verabredeten wir, wenn der nächste Blitz käme, ehe wir bis hundert gezählt hätten, würden wir nach Zululand gehen, andernfalls jedoch nach Pretoria. Keine schlechte Methode, um zu einer Entscheidung zu gelangen, finden Sie nicht auch?«

»Ausgezeichnet!« entgegnete ich, »ganz ausgezeichnet, wenn einem so etwas einfällt.«

Ich weiß bis heute nicht, wer von den beiden auf die Idee kam, weil ich mich nie danach erkundigte. Später erinnerte ich mich freilich, wie Anscombe einen Glückspenny geworfen hatte, als es darum ging, ob wir während unserer Schwierigkeiten am Oliphant-Fluß zum Wagen laufen sollten oder nicht, und wie er, als ich ihn nach dem Grund für dieses merkwürdige Vorgehen fragte, geantwortet hatte, die Vorsehung könne ebenso einem Penny innewohnen wie irgend etwas anderem, und er wolle ihr — der Vorsehung meine ich — eine Chance geben. Wieviel mehr also, so mag er argumentiert haben, könne sie sich in einem Blitz äußern, betrachtete man den Blitz doch schon seit den Zeiten des römischen Jupiter und zweifellos lange davor als Manifestation des Göttlichen.

Noch vor vierzig oder fünfzig Generationen, vor gar nicht so langer Zeit also, maßen unsere Vorfahren dem Verhalten von Blitz und Donner große Bedeutung bei, und etwas davon liegt uns zweifellos noch immer im Blut, ähnlich wie aller heute noch bestehende Aberglaube in bezug auf den Mond aus der Zeit stammt, in der unsere Vorväter dieses Gestirn verehrten. Solche Vorstellungen haben Tausende und Abertausende von Jahren überdauert, wie können wir da erwarten, daß ein paar Schichten des Firnisses, den wir höflicherweise Zivilisation nennen, obwohl er in Wirklichkeit nur eine der Konventionen ist, die sofort verschwinden, wenn der Mensch etwa in einem Krieg unter starkem Druck steht, können wir wirklich erwarten, daß diese Zivilisation eine menschliche Regung auslöscht, die sie doch offenbar nur übertüncht? Ich weiß es nicht mit Sicherheit, obwohl ich durchaus meine eigene Meinung zu diesem Thema habe, und die beiden jungen Leute hatten sich wahrscheinlich niemals vernünftig klargemacht, was sie da eigentlich taten. Sie folgten einfach einer Eingebung, die so alt war wie jene andere, die sie zueinander zog, einem Verlangen nämlich, die Mächte des Schicksals mit Hilfe von Naturerscheinungen oder anderen Vorzeichen zu befragen. Vielleicht wollte Anscombe auch nur der Vorsehung eine weitere ›Chance‹ geben, nachdem sein Experiment mit dem Penny so glücklich verlaufen war. Wenn ja, dann nützte das Schicksal diese Chance gründlich. Teufel auch! Ich weiß nicht, was er sich dabei gedacht hat, ich habe mich mit der Sache nur deshalb so ausführlich befaßt, weil jene Befragung der sybillinischen Bücher des Himmels so gewaltige Ergebnisse zeitigte.

Meinen Spekulationen, falls ich mir einen solchen Luxus damals tatsächlich gestattet haben sollte, wurde ein jähes Ende gesetzt, als das Gewitter losbrach. Es war ein ganz normales Unwetter, kurz, aber sehr heftig. Mit einem Mal zuckten die Blitze kreuz und quer über den Himmel, und der Wind heulte über das Land. Ein Blitz schlug in einen Baum ganz in der Nähe des Krals ein, und ich sah, wie der Stamm in seiner feurigen Umarmung zu schmelzen schien, während ringsum aus der Erde eine Staubsäule aufstieg. Die Pferde waren so verängstigt, daß sie zum Glück ganz still standen, was ich bei Tieren unter solchen Umständen übrigens oft beobachten konnte. Dann kam der Regen, ein wahrer Wolkenbruch, wie ich, der ich im Freien war und die Pferde hielt, schmerzlich zu spüren bekam. Nach einer Weile ließ er jedoch nach, und das Gewitter wanderte weiter.

Plötzlich trat zwischen den gewaltigen Echos des vorüberziehenden Donners eine Pause ein, und in der Stille glaubte ich, irgendwo an der Hangkante Stimmen zu vernehmen. Da die Pferde sich einigermaßen beruhigt hatten, schlich ich zwischen den Bäumen hindurch zu jenem Teil der Umfriedung, wo ich mich den Lauten am nächsten wähnte.

Es waren in der Tat Stimmen, die Stimmen der Basuto nämlich, die uns verfolgten. Mehr noch, sie näherten sich und kamen den Hang herab. Der obere Rand der alten Mauer reichte mir fast bis zum Kinn. Ich nahm meinen Hut ab und schob meinen Kopf zwischen zwei losen Steinen nach vorne, um besser lauschen zu können.

Die Männer unterhielten sich auf Sisutu. Einer, den ich für den Hauptmann hielt, sagte zu den anderen:

»Macumazahn, dieser weißköpfige alte Schakal, ist uns wieder einmal entwischt. Er hat in seiner eigenen Spur kehrtgemacht und die Pferde den Berg hinab zu dem unteren Pfad im Tal getrieben. Ich habe die Radspuren gespürt, wo sie über die Kante führen.«

»So ist es, Vater«, antwortete eine zweite Stimme, »aber wir werden ihn und die anderen unten schon einholen, denn in diesem Regen und bei Dunkelheit können sie nicht weit gekommen sein. Wir müssen nur vor Aufgang des Mondes das Tal erreichen. Laß mich vorangehen und euch führen, denn ich habe hier als Kind das Vieh gehütet und kenne jeden Baum und jeden Stein auf diesem Hang.«

»Tu das«, sagte der Hauptmann. »Jetzt, da die Blitze aufgehört haben, kann ich nichts mehr sehen, und hätte ich nicht geschworen, meinen Speer in Macumazahns Blut zu tauchen, der uns wieder einmal genarrt hat, ich würde die Jagd aufgeben.«

»Ich glaube, es wäre in jedem Fall besser, sie aufzugeben«, meldete sich eine dritte Stimme, »denn ist es nicht im ganzen Land bekannt, daß noch jeder, der versucht hat, den Wächter der Nacht in die Falle zu locken, vom Unglück getroffen wurde? Oh, er ist wie ein Leopard, der seine Beute anspringt, zubeißt und wieder verschwindet. In wie viele Kehlen hat er seine Fänge schon geschlagen! Laßt ihn in Ruhe, sage ich, auf daß wir nicht das gleiche

Schicksal erleiden wie der weiße Doktor im Gelbholzsumpf, der uns auf seine Fährte setzte. Wir haben seinen Wagen und sein Vieh, damit sollten wir uns begnügen.«

»Ich werde erst von ihm ablassen, wenn er in seinem letzten Schlaf liegt, und nicht vorher«, antwortete der Hauptmann, »hat er doch jüngst an der Furt meinen Bruder erschossen. Was würde Sekukuni sagen, wenn wir ihn entwischen ließen und er die Swasi auf uns hetzte? Außerdem brauchen wir das weiße Mädchen als Geisel, für den Fall, daß die Engländer uns noch einmal angreifen. Komm, der du den Weg kennst, und führe uns.«

Man hörte ein Rascheln, als der Angesprochene nach vorne ging. Dann vernahm ich, wie die ganze Kolonne sich in Bewegung setzte, und schließlich passierten sie, nur einen oder zwei Fuß von mir entfernt, die Mauer. Wie das Pech es wollte, stolperte der Hauptmann, gerade als er auf gleicher Höhe mit mir war, und prallte gegen die Umfriedung.

»Da ist ein alter Viehkral«, sagte er. »Haben sich die weißen Ratten etwa hier versteckt?«

Ich zitterte, als ich diese Worte vernahm. Wenn nun eines der Pferde zu wiehern begann oder sonst ein Geräusch machte, das lauter war als das Trommeln des Regens! Ich wagte kaum zu atmen, um mich nicht zu verraten, denn ich stand so dicht vor den Kaffern, daß ich sie riechen und die Regentropfen auf ihren Körper prasseln hören konnte. Ganz behutsam zog ich mit der rechten Hand mein Jagdmesser. In diesem Augenblick zuckte ein letzter Blitz auf, obwohl ich geglaubt hatte, das Gewitter sei vorübergezogen, und erhellte das fette Gesicht des Basuto-Hauptmanns. Es starrte mich aus nur einem Fuß Entfernung an, denn er hatte sich der Mauer zugewandt und stützte sich sogar mit einer Hand dagegen. Obendrein erhellte das gespenstisch blaue Licht auch mein Gesicht zwischen den beiden Steinen, und ließ meine Augen wütend funkeln.

»Auf der Mauer steht der Kopf eines Toten!« schrie der Hauptmann entsetzt. »Es ist der Geist von ...«

Weiter kam er nicht, denn als das letzte Wort über seine Lippen glitt, stieß ich ihm das Messer mit aller Kraft tief in die Kehle. Er fiel rücklings in die Arme seiner Gefährten, und im nächsten Augenblick hörte ich viele Füße in panischem Schrecken den Hang hinabrennen. Was weiter mit ihm geschah, weiß ich nicht, aber wenn er noch lebt, ist er sich wahrscheinlich mit seinem Stammesgenossen einig, daß Macumazahn, der Wächter der Nacht, oder sein Geist ›wie ein Leopard ist, der seine Beute anspringt, zubeißt und wieder verschwindet‹; und auch, daß jeden, der versucht, ihn in die Falle zu locken, das Unglück trifft. Ich sage, oder sein Geist, weil ich überzeugt bin, daß er mich für ein Gespenst hielt, und so muß mein weißes, regenüberströmtes Gesicht da zwischen den Steinen im unheimlichen blauen Licht des Blitzes auch ausgesehen haben.

Nun, sie waren fort, der ganze Trupp, nicht weniger als dreißig oder vierzig Mann, und so ging auch ich zur Kutsche zurück, wo die anderen ganz behaglich unter der regendichten Plane saßen. Was geschehen war, behielt ich für mich, sie waren schließlich ahnungslos wie kleine Kinder, ich nahm nur einen tiefen Schluck Brandy, da ich bis auf die Haut durchnäßt war und fror, und vertrieb mir, während ich darauf wartete, daß der Mond aufging, die Zeit damit, den Pferden die Trensen wieder ins Maul zu schieben — im Dunkeln keine leichte Aufgabe. Endlich erschien das Nachtgestirn am klaren Himmel, denn das Gewitter hatte sich endgültig verzogen, und es regnete auch nicht mehr. Sobald es hell genug war, nahm ich das eine Leitpferd am Zügel und führte die Kutsche zur Hügelkante, was unter den herrschenden Bedingungen nicht ganz einfach war. Kaatje ließ ich mit meinem Pferd hinterhergehen.

Als von den Basuto weit und breit nichts zu sehen war, setzten wir unsere Reise fort. Ich ritt etwa hundert Yard voran und hielt scharf nach einem möglichen Hinterhalt Ausschau. Zum Glück hatte man nach allen Seiten freien Blick über das Veld, das aus langgezogenen Bodenwellen bestand. Nur einmal bekam ich einen Schrecken, weil ich glaubte, auf dem Kamm einer solchen Welle Menschenköpfe zu erblicken, aber es stellte sich heraus, daß es nur eine Herde von Springböcken war, die zwischen den Grasbüscheln äste. Ich war sehr froh, sie zu sehen, denn ihre Anwesenheit verriet mir, daß in jüngster Zeit niemand hier vorübergekommen war.

Wir treckten die ganze Nacht hindurch, folgten zuerst dem Kaffernpfad, solange ich ihn sehen konnte, und orientierten uns dann mit meinem Kompaß. Ich wußte in etwa, wo sich die Furt des Krokodilflusses befinden mußte, da ich sie schon zweimal in meinem Leben überquert hatte, und hielt die Augen nach einem bestimmten Kopje offen, das sich eine halbe Meile davon entfernt auf der Swasi-Seite des Flusses erhob. Endlich entdeckte ich zu meiner Freude ganz schwach die Umrisse dieses Hügels vor dem Himmel, und wir hielten darauf zu. Eine halbe Meile später traf ich auf eine Wagenspur, sie stammte von Buren, die nach Swasiland getreckt waren, wohl um dort Handel zu treiben oder auf die Jagd zu gehen. Nun wußte ich, daß die Furt direkt vor uns lag und rief Anscombe zu, die müden Pferde mit der Peitsche anzutreiben.

Wir erreichten den Fluß kurz vor dem Morgengrauen. Zu meinem Entsetzen war er durch den Gewitterregen der letzten Nacht stark angeschwollen, und das Wasser stand sehr hoch, so hoch, daß auch die Furt gefährlich aussah. Am anderen Ufer kamen gerade ein paar umherziehende Swasi vorbei und warnten uns, wir würden ertrinken, falls wir eine Überquerung versuchten.

»Das bedeutet, wir müssen so lange hierbleiben, bis sich das Wasser wieder verlaufen hat«, sagte ich zu Anscombe, denn die beiden Frauen waren vor Erschöpfung eingeschlafen.

»So sieht es aus«, antwortete er, »es sei denn, die Basuto ...«

Ich blickte zurück und suchte den Hang ab, über den wir eben gekommen waren, konnte aber niemanden sehen. Dann stellte ich mich in die Steigbügel und schaute einen zweiten Pfad entlang, der vom Busch herkam und sich hier mit der Straße vereinigte, während unser Weg von der Hochebene zum Fluß führte. Die Sonne ging gerade auf und zerriß den Dunstschleier, der nach dem Regen zwischen den Bäumen hing. Ich ließ meine Augen von einem Baum zum anderen wandern, und endlich sah ich etwas aufblitzen und erkannte sofort, daß es sich um Speerspitzen handeln mußte, die über den Bodennebel hinausragten.

»Diese Teufel setzen uns auf der unteren Straße nach«, sagte ich zu Anscombe und fügte hinzu: »Ich habe sie letzte Nacht gehört, als sie am alten Viehkral vorüberzogen. Sie haben unsere Spur bis über die Hügelkante verfolgt, sie aber dann in der Dunkelheit zwischen den Steinen verloren.«

Er stieß einen Pfiff aus und fragte, was nun zu tun sei.

»Das müssen Sie selbst entscheiden«, antwortete ich. »Ich für meinen Teil würde es lieber mit dem Fluß aufnehmen als mit den Basuto.« Dabei warf ich einen Blick auf die schlummernde Heda.

»Können wir nicht den gleichen Weg zurückfahren, den wir gekommen sind, Allan?«

»Die Pferde sind ziemlich ausgepumpt, und wir könnten weiteren Basuto begegnen.« Wieder betrachtete ich Heda.

»Die Wahl fällt mir schwer, Allan. Es ist doch erstaunlich, wie sehr die Frauen das ganze Leben komplizieren. Wahrscheinlich liegt es daran, daß sie selbst das Leben sind.« Er dachte einen Augenblick lang nach, dann fuhr er fort: »Versuchen wir es mit dem Fluß. Scheitern wir, so ist es bald vorüber, und es ist immer noch besser zu ertrinken, als von Speeren durchbohrt zu werden.«

»Oder unter Wilden leben zu müssen, die einen hassen«, rief ich, den Blick auf Heda gerichtet.

Da die Entscheidung nun gefallen war, ging ich an die Arbeit. An den Zügeln der Leitpferde befanden sich Rohlederriemen. Ich löste sie und knotete die freien Enden fest zusammen. Daran befestigte ich den Riemen vom Zaumzeug meiner Stute, machte eine Schlinge hinein und schob sie mir über die rechte Hand. Dann sagte ich:

»Ich gehe voran und führe die Pferde. Sie fahren hinter mir her, was das Zeug hält, auch wenn die Tiere von den Beinen gerissen werden sollten. Mein Pferd wird schwimmen, darauf kann ich mich verlassen, und da es eine Stute ist, werden ihr die anderen hoffentlich folgen, wie sie es ja auch die ganze Nacht über getan haben. Wecken Sie nun Heda und Kaatje.«

Er war sehr bleich geworden, aber er nickte mir zu und sagte dann:

»Heda, meine Liebe, ich störe dich nur ungern, aber wir müssen einen Fluß mit einem unebenen Bett überqueren, deshalb solltet ihr beide, du und Kaatje, euch aufsetzen und euch gut festhalten. Fürchtet euch nicht, ihr seid so sicher wie in einer Kirche.«

Gott möge ihm diese Lüge verzeihen, dachte ich bei mir, als ich den Sattelgurt nachzog und mich in den Sattel schwang. Dann ergriff ich den Riemen und trieb das Tier in Galopp, Anscombe schlug mit der Peitsche auf das Gespann ein, und wir polterten die Uferböschung hinab bis an den Rand des schäumenden Stroms. Auf der anderen Seite schrien die Swasi und bedeuteten uns mit Gesten, wieder umzukehren.

Das war nun nicht mehr möglich, denn wie ich gehofft hatte, folgten die Pferde der Stute ohne Zögern. Die ersten zwanzig Yard hielt ich mich stromaufwärts, und alles ging gut. Dann spürte ich plötzlich, daß die Stute zu schwimmen begonnen hatte.

»Peitschen sie die Pferde, sie dürfen nicht umdrehen«, schrie ich Anscombe zu.

Nach weiteren zehn Yard warf ich einen Blick über die Schulter. Auch das Gespann schwamm nun, und die Kutsche schaukelte und hüpfte wie ein Boot in schwerer See hinterher. Der Riemen an meinem Handgelenk spannte sich: die Leittiere wollten umdrehen! Ich zog mit aller Kraft an der Verbindungsleine und feuerte sie mit der Stimme an, während Anscombe, der meisterhaft kutschierte, ihre Köpfe so gerade hielt, wie er nur konnte. Das Schicksal war uns gnädig, sie ließen sich herumziehen und strebten nun dem anderen Ufer zu. Die Kutsche war mit Wasser vollgeschlagen und schwankte heftig. Würde sie kentern? Das war die entscheidende Frage. Fünf Sekunden, zehn Sekunden, sie hielt sich immer noch aufrecht. Oh, sie neigte sich zur Seite. Nein, ein heftiger Wirbel erfaßte sie und richtete sie wieder auf. Meine Stute fand Boden unter den Füßen, wir schöpften neue Hoffnung. Ich kämpfte mich voran, wurde aber immer weiter stromabwärts getrieben. Nun hatten auch die Kutschpferde wieder Tritt gefaßt, wir waren gerettet.

Nein, durch die Nässe und die Belastung war einer der Knoten in den Riemen aufgegangen, vielleicht war auch der Riemen gerissen — ich weiß es nicht. Als die Leittiere spürten, daß der Zug nachließ, fuhren sie sofort mit den Köpfen zu den Deichselpferden herum, und alles geriet durcheinander. Die Tiere reckten Köpfe und Hälse aus dem Wasser, die Kutsche war umgekippt und trieb auf der Seite. Kaatje schrie, und Anscombe schwang wie wild die Peitsche. Ich sprang von meiner Stute, watete, bis zum Kinn im Wasser, auf die Leittiere zu und faßte sie an den Trensen. Es gelang mir zu verhindern, daß sie sich noch weiter drehten, aber mehr konnte ich nicht tun, und in diesem Moment waren wir dem Tod sehr nahe. Wären die wackeren Swasi am Ufer nicht gewesen, wir wären alle ertrunken. Aber acht von ihnen faßten sich an den Händen, stürzten sich in den Fluß und erreichten uns, halb schwimmend, halb watend. Sie packten die Pferde an den Köpfen und richteten sie gerade, während Anscombe weiter die Peitsche einsetzte. Die Tiere machten einen Satz nach vorne, und da kamen auch die Räder wieder auf Grund.

Drei Minuten später hatten wir das andere Ufer erreicht und waren in Sicherheit. Meine Stute erwartete mich bereits. Ich warf mich zu Boden, keuchte Dankgebete und spie schlammiges Wasser aus.

X

Nombé

Die Swasi fröstelten, denn sie haßten die Kälte wie alle Eingeborenen, und schüttelten sich wie nasse Hunde. Dann umringten und musterten sie mich.

»Oh!« sagte einer von ihnen, ein älterer Mann, offenbar der Anführer, »das ist ja kein anderer als Macumazahn, der Wächter der Nacht, ein alter Freund aller schwarzen Menschen. Die Geister unserer Väter müssen mit uns gewesen sein, denn sonst hätten wir vielleicht unser Leben aufs Spiel gesetzt, nur um einen Buren oder ein Halbblut zu retten.« (Dazu muß ich erklären, daß die Swasi aus Gründen, die sie selbst für stichhaltig hielten, die Buren nicht leiden konnten.)

»Ja«, sagte ich und setzte mich auf, »ich bin es, Macumazahn.«

»Warum«, fragte der Mann, »zeigst du, den wir alle als weise kennen, dich plötzlich als Narr?« und er deutete auf den schäumenden Fluß.

»Und warum«, fragte ich, »zeigst du dich als Narr, indem du mich für einen Narren hältst, wenn du doch weißt, daß ich keiner bin? Blicke über das Wasser, da hast du die Antwort.«

Er tat, wie ich ihn geheißen, und sah fünfzig oder mehr Basuto herankommen. Sie hatten uns nur knapp verfehlt.

»Wer sind diese Leute?« fragte er.

»Es sind Krieger Sekukunis, den du ja kennen müßtest. Sie haben uns die ganze Nacht gejagt, jawohl, und zuvor wollten sie uns ermorden. Außerdem haben sie unseren Wagen und unsere Ochsen gestohlen, zweiunddreißig schöne Ochsen, die ich deinem König schenke, wenn er sie sich zurückholen kann. Jetzt begreifst du wahrscheinlich, warum wir uns in den tobenden Krokodilfluß stürzten.«

Als der Mann, offenbar der Hauptmann einer Grenzwächtertruppe, den Namen Sekukuni hörte, erstarrte er wie ein Terrier, der eine Ratte wittert.

»Was!« rief er, »diese dreckigen Basuto-Hunde wagen es, unserem Land mit ihren Speeren zu nahe zu kommen? Haben sie ihre Lektion noch nicht gelernt?«

Damit stürzte er sich ins Wasser, schwenkte einen Assegai, den er vom Boden aufgehoben hatte, und schrie:

»Wartet nur, ihr Flöhe aus Sekukunis Karos, bis ich hinüberkomme und euch zwischen Daumen und Zeigefinger zerquetsche. Oder wartet zumindest, bis Macumazahn Zeit hatte, sein Gewehr zu holen. Nein, legt eure Flinten nieder, denn ich schwöre euch, für jeden Schuß, den ihr abfeuert, werde ich zehn Basuto-Kehlen durchschneiden, wenn wir demnächst eure Kopjes stürmen.«

»Schweig«, sagte ich, »und laß mich reden!«

Dann rief auch ich über den Fluß und fragte, wo ihr fetter Hauptmann sei, da ich mit ihm sprechen wolle. Einer der Männer antwortete, der Hauptmann sei zurückgeblieben, denn er habe einen Geist gesehen, worauf er sehr krank geworden sei.

»Aha!« rief ich. »Einen Geist, der ihn in die Kehle gestochen hat, nicht wahr? Nun, dieser Geist war ich, und solche Dinge widerfahren allen, die Macumazahn und seinen Freunden schaden wollen. Sagtest du nicht letzte Nacht, er sei wie ein Leopard, der seine Beute anspringt, zubeißt und wieder verschwindet?«

»Ja«, schrie der Mann zurück, »und es ist wahr, doch hätten wir gewußt, o Macumazahn, daß du dieser Geist warst, der sich in diesen Steinen versteckte, so wärest du nie wieder gesprungen. Oh! Dieser weiße Medizinmann, der nun tot ist, hat uns einen wahnwitzigen Auftrag gegeben.«

»Das wirst du erst noch merken, wenn ich euch bei euren Kopjes besuche. Geh nach Hause und bringe Sekukuni, der glaubt, die Engländer seien vor ihm davongelaufen, eine Botschaft von Macumazahn. Sag ihm, sie werden zurückkehren, und diese Swasi mit ihnen, und dann wird sein Leben zu Ende sein, seine Stadt wird niedergebrannt werden, und sein Stamm wird aufhören, ein Stamm zu sein. Hinweg jetzt mit euch, und schneller, als ihr gekommen seid, denn das Wasser, in das ihr uns treiben wolltet, fällt bereits wieder, und ein Swasi-*Impi* sammelt sich, um euch allen den Garaus zu machen.«

Damit hatte ich den Mann zum Schweigen gebracht, und auch seine Leute feuerten keinen einzigen Schuß auf uns ab, sondern drehten sich um und schlichen davon wie ein Rudel verängstigter Schakale — verfolgt vom Spott der Swasi.

Dennoch konnten in gewisser Weise auch sie über uns lachen, denn sie hatten uns nicht nur einen gewaltigen Schrecken eingejagt, sondern auch unseren Wagen nebst den zweiunddreißig Ochsen gestohlen. Nun, zwei Jahre später half ich mit, ihnen diesen Schrecken heimzuzahlen, und bekam sogar ein paar von den Ochsen zurück.

Als sie fort waren, führten uns die Swasi zu einem vielleicht zwei Meilen vom Fluß entfernten Kral und schickten einen Läufer voraus, damit man Hütten für uns herrichtete und für Essen sorgte. Wir hatten Mühe, den Ort zu erreichen, denn wir waren, ebenso wie die Pferde, am Ende unserer Kräfte. Doch die heiße Sonne wärmte uns, und endlich trafen wir dort ein. Im Kral half ich Heda und Kaatje aus der Kutsche — erstere konnte sich kaum noch auf den Beinen halten, das arme Ding — und in die Gästehütte, die recht reinlich wirkte. Man brachte ihnen zu essen und ein paar Fell-Karosse, die sie sich umlegen konnten, während ihre Kleider trockneten.

Ich ließ sie in der Obhut von zwei alten Frauen, um nach Anscombe zu sehen, der noch nicht besonders gut allein zurechtkam, und um mich um das Ausschirren der Pferde zu kümmern, die man in einen Viehkral brachte, wo sie sich sofort niederlegten, ohne das Grünfutter, das man ihnen vorlegte, auch nur anzurühren. Danach übergab ich unsere Habe dem Kralvorsteher zur Aufbewahrung, einem freundlichen, alten Mann, den ich nie zuvor gesehen hatte, und half Anscombe zu einer zweiten Hütte ganz nahe bei der Unterkunft der Frauen. Hier tranken wir *Maas,* das ist Dickmilch, und aßen ein wenig Hammelfleisch, obwohl wir so müde waren, daß wir kaum Hunger verspürten. Dann streiften wir unsere nassen Kleider ab und warfen sie zum Trocknen hinaus in die Sonne.

»Das war sehr knapp«, sagte Anscombe, während er sich in einen Karos wickelte.

»In der Tat«, bestätigte ich. »So knapp, daß Sie mit einem besonders fähigen Schutzengel geboren sein müssen, der sich auch noch bestens auf die Sitten der Eingeborenen versteht.«

»Sie haben ganz recht, alter Junge«, antwortete er, »ich glaube, auf Erden tritt er unter dem Namen Allan Quatermain auf.«

Danach weiß ich nichts mehr, denn ich schlief ein und wachte erst vierundzwanzig Stunden später wieder auf. Das war weiter nicht verwunderlich, wenn man bedenkt, daß ich zwei Tage und zwei Nächte lang praktisch kein Auge zugetan und während dieser Zeit viele Strapazen und noch mehr Aufregungen durchgemacht hatte.

Als ich endlich doch zu mir kam, sah ich als erstes Anscombe, bereits angekleidet und damit beschäftigt, meine Kleider mit einer Bürste aus seinem Reisenecessaire zu reinigen. Ich weiß noch, wie elegant und fehl am Platze mir diese passenderweise auch noch aus Krokodilleder gefertigte Kulturtasche mit ihren Flaschen mit Silberverschluß und den Rasiermessern mit Elfenbeingriff in dieser Kaffernhütte vorkam.

»Zeit zum Aufstehen, Sir. Das Bad ist bereit, Sir«, scherzte er in seinem gewohnt schleppenden Tonfall und deutete auf eine Kalebasse mit heißem Wasser. »Hoffentlich haben Sie so gut geschlafen wie ich, Sir.«

»Sie scheinen sich wieder ganz erholt zu haben«, bemerkte ich, während ich aufstand und mich zu waschen begann.

»Jawohl, Sir, warum auch nicht? Heda geht es übrigens gut, ich habe sie bereits gesehen. Diese Swasi sind sehr nette Leute, und da Kaatje ihre Sprache versteht, bringen sie uns alles, was wir wollen. Offenbar haben wir unsere Schwierigkeiten jetzt überstanden. Der alte Marnham ist tot und zweifellos zu Asche verbrannt; Rodd ist tot und hoffentlich im Himmel. Die Basuto sind verschwunden, es ist ein schöner, warmer Morgen, und zum Frühstück brät man uns ein ganzes Zicklein.«

»Ich wünschte, es wären zwei, ich bin völlig ausgehungert«, bemerkte ich.

»Die Pferde ruhen sich aus und fressen inzwischen auch wieder, einige haben allerdings geschwollene Fesseln, und auch die Kutsche hat ein wenig Schaden gelitten, ich bin nämlich hingegangen oder vielmehr, gestützt von einem sehr hochnäsigen Swasijungen, hingehumpelt, um nach ihnen zu sehen. Wissen Sie, alter Junge, ich glaube, es hat gar keine Basuto gegeben, und auch der ehrenwerte Marnham und der unheimliche Rodd haben nicht wirklich existiert, sie waren lediglich Illusionen, ein langer Alptraum — mehr nicht. Da ist Ihr Hemd. Leider hatte ich keine Zeit, es zu waschen, aber es hat lange in der Sonne gekocht, und da es aus Flanell ist, ist das fast genauso gut.«

»Heda ist jedenfalls noch da«, unterbrach ich sein Gefasel, »und sie ist doch wohl weder ein Alptraum, noch eine Illusion.«

»Ja, Gott sei's gedankt, sie ist noch da!« stimmte er mir ganz ernst geworden zu. »O Allan, ich hatte schon gedacht, sie würde in diesem Fluß ertrinken, und ich glaube, ich wäre wahnsinnig geworden, wenn ich sie verloren hätte. Während ich an diesen Pferden zerrte und auf sie einpeitschte, hatte ich einen Augenblick lang wirklich das Gefühl, dem Wahnsinn zu verfallen.«

»Nun, Sie haben sie nicht verloren, und wenn sie ertrunken wäre, wären Sie mit ihr untergegangen. Also reden wir nicht weiter davon. Sie ist in Sicherheit, und wir müssen jetzt dafür sorgen, daß das auch so bleibt, denn noch sind Sie nicht verheiratet, mein Junge, und im allgemeinen stehen mehr Bäume in einem Wald, als man auf den ersten Blick sieht. Immerhin sind wir alle am Leben und wohlauf, was mehr ist, als wir mit Fug und Recht erwarten konnten, und dafür sollten wir Gott danken, wie Sie schon sagten.«

Damit zog ich meine Jacke und meine Stiefel an, die Anscombe mangels Schuhwichse mit Fett eingerieben hatte, und kroch aus der Hütte.

Nur ein paar Schritte entfernt fand ich Heda dabei, auf einer gegerbten Lederdecke, die als Tischtuch diente, im Schatten einer zweiten Hütte das Frühstück aufzutragen, während Kaatje ganz in der Nähe das bratende Zicklein beaufsichtigte. Heda wirkte noch ein wenig blaß und bekümmert, ansonsten aber frisch und ausgeruht. Außerdem war sie sehr adrett gekleidet, vermutlich hatte sie sich ein paar Sachen aus der Kutsche geholt, und sah deshalb so bezaubernd aus wie immer. Ich glaube, mit das Anziehendste an ihr waren ihre tadellosen Manieren, die sich auch an diesem Morgen wieder zeigten. Gleich als erstes dankte sie mir ganz reizend für alles, was ich für sie und Anscombe getan habe, und war so freundlich zu behaupten, ich hätte ihnen beiden mehrmals das Leben gerettet.

»Mein liebes Fräulein«, wehrte ich ab, so schroff ich nur konnte, »Sie sollten sich nichts vormachen, ich dachte dabei vor allem an mein eigenes Leben.«

Aber sie lächelte nur, schüttelte auf die ihr eigene, so faszinierende Weise den Kopf und bemerkte, sie sei nicht so leicht zu täuschen wie die Kaffern. Danach brachte uns die dicke Kaatje zu essen, und wir oder zumindest ich griffen herzhaft zu.

Nun gedenke ich mich nicht in allen Einzelheiten über unsere Reise durch Swasiland zu verbreiten, denn obwohl sie in mancher Hinsicht durchaus interessant war und wir zudem überall freundlich aufgenommen wurden und es so bequem hatten, wie es bei einem Aufenthalt unter den Wilden nur möglich ist, würde dies zu lange dauern, und ich muß schließlich mit meiner Geschichte vorankommen. Im Kral des Königs, den wir erst nach einigen Tagen erreichten, da wir dank der fehlenden Straßen, der Hochwasser führenden Flüsse und unserer noch schonungsbedürftigen Pferde nur sehr langsam fahren konnten, traf ich einen Buren, der es wohl auf eine Konzession abgesehen hatte.

Er erzählte mir, die Lage in Zululand sei in der Tat ernst, so ernst, daß er jeden Moment mit dem Ausbruch eines Krieges zwischen Engländern und Zulu rechne. Außerdem sagte er, Cetewayo, der Zulu-König, habe Boten zu den Basuto und anderen Stämmen geschickt, um sie gegen die Weißen aufzuhetzen, mit dem Erfolg, daß Sekukuni bereits einen Raubüberfall in der Gegend von Pilgrim's Rest und Lydenburg durchgeführt habe.

Ich zeigte mich überrascht und fragte ganz unschuldig, ob er dabei irgendwelchen Schaden angerichtet habe. Der Bure antwortete, soweit ihm bekannt sei, hätten die Basuto einiges an Vieh gestohlen, mindestens zwei weiße Männer getötet und ihr Haus niedergebrannt, fügte jedoch hinzu, er sei nicht sicher, ob die Weißen von den Kaffern oder von anderen Weißen getötet worden seien, mit denen sie Streit gehabt hätten. Es gebe ein diesbezügliches Gerücht, und soviel er mitbekommen habe, sei der Friedensrichter von Barberton mit einigen berittenen Polizisten und bewaffneten Eingeborenen ausgezogen, um der Sache nachzugehen.

Nachdem er seine Konzession erhalten hatte, trennten wir uns. König Umbandine hatte sein Zeichen auf das Dokument gesetzt, als er betrunken war von dem Brandy, den ihm der Bure selbst als Geschenk mitgebracht hatte, und nun wollte der Mann schleunigst fort, ehe der König wieder nüchtern wurde und alles rückgängig machte. Er hatte es so eilig, daß er sich nicht einmal die Zeit nahm, mich zu fragen, was ich in Swasiland wolle, ich glaube, er hatte nicht einmal bemerkt, daß ich nicht allein war. Auf jeden Fall hatte er keine Ahnung, daß ich in die Schwierigkeiten mit den Basuto verwickelt gewesen war. Gleichwohl machte mich seine Bemerkung über die Ermittlungen bezüglich Marnhams und Rodds Tod sehr nachdenklich, denn ich hielt es für möglich, daß er unterwegs etwas hören und zwei und zwei zusammenzählen könnte. Ich glaube freilich nicht, daß meine Befürchtungen sich jemals bestätigten.

Was das Gewitter anging, das sich über Zululand zusammenbraute, so erzählten mir die Swasi etwa die gleiche Geschichte. Ein alter *Induna* oder Ratgeber, den ich kannte, verriet mir sogar, Cetewayo habe Boten zu ihnen geschickt und um Unterstützung gebeten, falls es zum Kampf gegen die Weißen kommen sollte, aber der König und seine Berater hätten geantwortet, sie seien immer Kinder der Königin gewesen (was nicht ganz stimmte, da sie niemals unter englischer Herrschaft standen) und wollten sie ›nicht in die Füße beißen, während sie mit den Händen kämpfen mußte‹. Ich antwortete, sie würden sich hoffentlich an diese schönen Worte halten, und wechselte das Thema.

Nun stellte sich abermals die Frage, ob wir uns nach Natal begeben oder weiter nach Zululand reisen sollten. Die Gerüchte über einen bevorstehenden Krieg ließen die erste Möglichkeit als die bessere erscheinen, während die Geschichte des Buren über die Ermittlungen bezüglich Rodds Tod eher für das zweite Ziel sprach. Ich wußte wirklich nicht, was wir tun sollten, und Anscombe und Heda neigten wie gewöhnlich dazu, die Entscheidung mir zu überlassen. Ich glaube, letztlich hätte doch Natal den Sieg davongetragen, wäre nicht ein ungewöhnlicher Umstand eingetreten, und diesmal handelte es sich nicht um einen Blitz. Ich hatte mich schon fast entschlossen, den Ärger und die Ermittlungen wegen Rodds Tod auf mich zu nehmen, weil ich auch daran dachte, daß die beiden jungen Leute in Natal heiraten konnten, was ich, der ich schließlich so etwas wie Vaterstelle an ihnen vertrat und diese Verantwortung gerne wieder abgegeben hätte, für sehr wünschenswert hielt. Auch konnte ich mich von dort aus um Hedas Erbschaft kümmern und endlich das Testament ihres Vaters loswerden, das im Krokodilfluß schon etwas gelitten hatte, obwohl ich es vorsichtshalber in Anscombes Schwammbeutel gesteckt hatte, ehe wir das Haus verließen.

Der Umstand, der den Ausschlag gab, war folgender: Als ich eines Morgens aus der Kutsche stieg, wo ich zu schlafen pflegte, um die Wertsachen im Auge behalten zu können, denn man wird sich erinnern, daß wir eine beträchtliche Summe Goldes sowie Hedas Schmuck bei uns hatten, teilte mir ein Swasi mit, ein Bote wünsche mich zu sprechen. Ich fragte, was für ein Bote das sei und woher er komme, und erhielt zur Antwort, der Bote sei eine Medizinfrau namens Nombé, sie komme aus Zululand und behaupte, ich kenne ihren Vater.

Ich bat den Mann, sie zu mir zu bringen, und zerbrach mir inzwischen den Kopf, wer, in aller Welt, sie wohl sein mochte und von wem sie geschickt worden war. Bei den Zulu ist es nämlich nicht üblich, Frauen als Boten zu einzusetzen. Wie sie aussehen würde, meinte ich dagegen genau zu wissen: eine häßliche, alte Hexe, entsetzlich nach ranzigem Fett und anderen Scheußlichkeiten stinkend und mit einer abgestreiften Schlangenhaut sowie ein paar menschlichen Knochen behängt.

Endlich kam sie, begleitet von dem grinsenden Swasi, der wohl erraten hatte, was ich erwartete. Ich starrte sie an und rieb mir die Augen, weil ich noch zu schlafen glaubte. Anstatt einer fetten, alten *Isanusi* stand eine hochgewachsene, feingliedrige junge Frau vor mir, ziemlich hellhäutig, mit ruhigen, unergründlichen Augen und einem keineswegs unansehnlichen Gesicht, dessen starres und etwas rätselhaftes Lächeln sofort auffiel. Eine

Medizinfrau war sie tatsächlich, denn in ihrem Haar hingen die gängigen Tierblasen, um den Hals trug sie eine Kette aus Pavianzähnen, und um ihre Taille lag ein Gürtel, an dem kleine Medizinbeutel befestigt waren.

Sie betrachtete mich ernst, und ich erwiderte den Blick und wartete, bis sie das Wort ergriff. Nachdem sie mich schließlich von Kopf bis Fuß gemustert hatte, hob sie grüßend ihren wohlgerundeten Arm mit der schmalen Hand und bemerkte mit weicher, volltönender Stimme:

»Alles ist so, wie das Bild es mir zeigte. Vor mir steht der edle Macumazahn.«

Diese Worte setzten mich in Verwunderung, denn ich konnte mich nicht entsinnen, jemandem in Zululand eine Photographie von mir gegeben zu haben.

»Um das zu erfahren, brauchst du keine Magie, Medizinfrau«, entgegnete ich, »aber wo hast du mein Bild gesehen.«

»Fern von hier im Staub«, antwortete sie.

»Und wer hat es dir gezeigt?«

»Einer, der dich kannte, o Macumazahn, in den Jahren, ehe ich aus der Finsternis kam, einer, den man Eröffner der Wege nennt, und mit ihm eine andere, die dich ebenfalls in diesen Jahren kannte und bereits in die Finsternis zurückgekehrt ist.«

Nun schrak ich seltsamerweise davor zurück, mich nach dem Namen der Person zu erkundigen, die ›bereits in die Finsternis zurückgekehrt war‹, obwohl sie diese Frage sicher erwartete, und so stellte ich, ohne mir meine Überraschung anmerken zu lassen, nur fest: »Dann lebt Zikali also noch? Er müßte doch schon längst tot sein.«

»Du weißt sehr wohl, daß er noch lebt, Macumazahn, denn wie könnte er sterben, ehe sein Werk vollendet ist? Außerdem hast du gewiß nicht vergessen, daß er zu dir sprach, als der letzte Vollmond eben vorüber war — in einem Traum, Macumazahn. Ich habe dir diesen Traum gebracht, Macumazahn, auch wenn du mich nicht gesehen hast.«

»Pah!« rief ich aus. »Verschone mich mit diesem Geschwätz von Träumen. Wer glaubt schon an Träume?«

»Du tust es«, gab sie noch gelassener zurück als zuvor, »du, den dieser Traum hierher brachte — zusammen mit anderen.«

»Du lügst«, sagte ich schroff. »Die Basuto haben mich hierher gebracht.«

»Der Wächter der Nacht beliebt, mich der Lüge zu zeihen, demnach muß ich wohl gelogen haben«, antwortete sie, und ihr starres Lächeln vertiefte sich ein wenig. Dann verschränkte sie die Arme über der Brust und schwieg.

»Du, die du Bilder im Staub siehst und den Becher der Träume überbringst, bist ein Bote«, sagte ich schließlich sarkastisch. »Wer sendet mir durch deine Lippen eine Botschaft, und wie lauten ihre Worte?«

»Meine Herren, die Geister, sandten diese Botschaft durch den Mund meines Meisters Zikali. Er gibt sie durch die Lippen deiner Dienerin, der Medizinfrau Nombé an dich weiter.«

»Bist du trotz deiner Jugend tatsächlich schon eine Medizinfrau?« fragte ich, um noch ein wenig Zeit zu gewinnen, denn ich empfand eine eigenartige Scheu davor, mir diese Botschaft anzuhören.

»O Macumazahn, ich habe den Ruf vernommen, ich habe den Schmerz in meinem Rücken gespürt, und ich habe von der schwarzen und von der weißen Medizin getrunken, o ja, ein ganzes Jahr lang. Die Geisterscharen haben mich heimgesucht, ich habe die Schatten derer gesehen, die leben, und derer, die tot sind. Ich bin in den Fluß getaucht und habe meine Schlange aus seinem Schlamm gezogen, sieh, ich trage ihre Haut.« Damit öffnete sie ihren Umhang und zeigte mir eine Schlangenhaut, von einer schwarzen Mamba, wie mir schien, die sie um ihren schlanken Leib gewunden hatte. »Ich habe allein in der Wildnis gelebt und ihren Stimmen gelauscht. Ich habe zu Füßen meines Meisters, des Eröffners der Wege, gesessen, ich habe die Straße entlang geblickt und

Nachdem sie mich schließlich von Kopf bis Fuß gemustert hatte, hob sie grüßend ihren wohlgerundeten Arm.

von seiner Weisheit getrunken. Ja, ich bin wahrhaftig eine Medizinfrau.«

»Nun, nach alledem mußt du ebenso weise sein, wie du hübsch bist.«

»Schon einmal, Macumazahn, sagtest du einer Frau meines Volkes, sie sei hübsch. Mit ihr nahm es kein gutes Ende, und doch war sie groß. Sage mir daher nicht, ich sei hübsch, auch wenn es mich freut, wenn einer mich dafür hält, der so viele kannte, mit denen er mich vergleichen kann.« Sie senkte ein wenig verschämt die Lider.

Das war die erste menschliche Regung, die ich an ihr bemerkt hatte, und ich war froh, eine schwache Stelle in ihrem Panzer entdeckt zu haben. Außerdem war sie mir von diesem Augenblick an stets in Freundschaft zugetan.

»Wie du willst, Nombé. Und nun zu deiner Botschaft.«

»Meine Herren, die Geister, sprechen durch Zikali wie durch ein Schilfrohr, mit dem man Musik macht, und sie lassen dir sagen ...«

»Was die Geister sagen, kümmert mich nicht. Ich will nur wissen, was Zikali sagt«, unterbrach ich sie.

»So sei es denn, Macumazahn. Dies sind Zikalis Worte: ›O Wächter der Nacht, die Zeit naht, da das Ding-das-nicht-hätte-geboren-werden-sollen so sein wird, als sei er nie geboren worden, und das erfüllt ihn mit Jubel. Doch bis dahin gibt es für ihn noch viel zu tun, und wie er dir schon vor fast dreihundert Monden prophezeite, wirst du Anteil haben an dem, was getan werden muß. Davon wird er später zu dir sprechen. Macumazahn, du hattest einen Traum, nicht wahr, als du schlafend in dem Haus lagst, das aus weißem Marmor erbaut war und jetzt schwarz ist vom Feuer? Ich, Zikali, sandte dir diesen Traum durch die Künste einer meiner Töchter, die Nombé genannt wird und der ich einen Geist beigegeben habe, welcher nun ihre Schritte lenkt. Du tatest gut daran, dem Traum zu folgen, Macumazahn, denn hättest du den anderen Weg gewählt, jenen, der in die Städte der Weißen führt, so wärst du samt jenen, die bei dir sind, getötet worden, wie, das ist nicht von Belang. Nun ermahne ich dich durch Nombés Mund, handle nicht nach dem Plan, der in deinem Kopf entsteht, während sie zu dir spricht. Gehe nicht nach Natal, denn wenn du dies tust, so werden wegen des Todes eines gewissen weißen Doktors in einem Sumpf, in dem Gelbholzbäume wachsen, über dich und jene, die bei dir sind, so viel Schande und Ungemach kommen, daß es schlimmer wäre, als müßtet ihr sterben. In Natal wird man euch alle gefangennehmen und ins Transvaal zurückschicken, und dort wird ein Mann über euch zu Gericht sitzen, der weiß gefärbtes Roßhaar auf seinem Haupte trägt. Doch wenn du nach Zululand kommst, wird dieser Schatten von dir weichen, denn es stehen große Dinge bevor, über denen eine solche Kleinigkeit in Vergessenheit geraten wird. Außerdem verspreche ich, Zikali, der ich niemals lüge, dir folgendes: Wie groß und zahlreich auch die Gefahren hier in Zululand für die beiden Halbflüggen sein mögen, die du, der alte Nachtfalke, mit deinen Flügeln deckst, sie werden am Ende keinen Schaden nehmen. Ich meine jene beiden, von denen ich in deinem Traum zu dir sprach, den weißen Herrn Mauriti und die weiße Frau Heddana, die ihre Arme nacheinander ausstrecken. Ich warte darauf, dich hier im Schwarzen Kloof zu begrüßen, wohin meine Tochter Nombé dich führen wird. Auch Cetewayo der König wird dich willkommen heißen, und eine andere, deren Namen ich nicht nennen will. Nun wähle. Ich habe gesprochen.‹«

Nachdem Nombé ihre Botschaft übermittelt hatte, lächelte sie wie zuvor und blieb reglos stehen. Wie ihre Worte auf mich wirkten, schien ihr gleichgültig zu sein.

»Woher weiß ich, daß du wirklich von Zikali kommst?« fragte ich. »Du könntest nur der Köder in einer Falle sein.«

Sie zog unter ihrem Umhang ein Messer hervor, reichte es mir und erklärte:

»Der Meister sagte, du wirst dich an dieses Messer erinnern und daran erkennen, daß die Botschaft von ihm stammt. Er hieß mich hinzufügen, daß damit ein gewisses Abbild gefertigt wurde, das er dir einst, umwickelt mit dem Haar einer Frau, in Pandas Kral gab und daß du dieses Abbild noch heute besitzt.«

Ich sah mir das Messer an und erinnerte mich tatsächlich daran, denn es war eine jener schwedischen Klingen mit Holzgriff, die erste, die ich jemals in Afrika gesehen hatte. Ich hatte es Zikali zum Geschenk gemacht, als ich vor dem Krieg zwischen den beiden Prinzen nach Zululand zurückkehrte. Auch das Abbild besaß ich noch. Es war eine Statue der Frau namens Mameena, die diesen Krieg heraufbeschworen hatte, und die Hülle, die es bedeckte, bestand aus dem Haar, das einst auf ihrem Haupte wuchs.

»Es sind Zikalis Worte«, räumte ich ein und gab ihr das Messer zurück, »aber wie kannst du behaupten, das Kind eines Mannes zu sein, der längst zu alt ist, um noch Vater zu werden?«

»Der Meister sagt, meine Urahne sei seine Tochter gewesen, und daher sei ich sein Kind. Nun, Macumazahn, gehe ich zu meinen Leuten, um zu essen, denn ich habe Diener bei mir. Dann muß ich mit dem Swasi-König sprechen, für den ich ebenfalls eine Botschaft habe, die ich derzeit nicht übermitteln kann, da er noch immer trunken ist vom Branntwein des weißen Mannes. Danach bin ich bereit, mit dir nach Zululand zurückzukehren.«

»Ich habe nie gesagt, daß ich nach Zululand gehen würde, Nombé.«

»Und doch hat dein Herz sich bereits auf den Weg gemacht, Macumazahn, und du mußt deinem Herzen folgen. Hält nicht das Abbild, das mit dem Messer geschnitzt wurde, das du einst schenktest, ein weißes Herz in seiner Hand? Ist es nicht lebendig und verhext, obwohl es nur ein Stück Umzimbiti-Holz zu sein scheint, und liegt es nicht daran, daß du dich niemals entschließen konntest, es zu verbrennen, Macumazahn?«

»Ich wünschte, ich hätte es getan«, gab ich zornig zurück, doch nachdem Nombé diesen letzten Speer geschleudert hatte, wandte sie sich mit einem kurzen Blick aus ihren unergründlichen Augen ab und ließ mich einfach stehen.

Eine kluge Frau, und gründlich gedrillt, dachte ich. Nun, Dummköpfe hat Zikali noch nie um sich geduldet, und sie ist ohne Zweifel eine weitere Figur in seinem politischen Spiel. Oh, sie oder vielmehr er hatte recht; mein Herz war bereits in Zululand, wenn auch nicht so, wie er dachte, und ich sehnte mich danach, das Ende jenes großen Spiels mitzuerleben, in dem ein Zauberer gegen einen Despoten und seine Heerscharen zu Felde zog.

So machten wir uns auf den Weg nach Zululand, denn nachdem wir alles erwogen hatten, kamen wir zu dem Schluß, dies sei die beste Lösung, besonders da wir uns offenbar eines herzlichen Empfangs sicher sein konnten. Später am Tage wiederholte Nombé nämlich gegenüber Anscombe und Heda das Angebot, das sie bereits mir gemacht hatte, und versicherte auch ihnen, daß ihnen in Zululand kein Leid geschehen würde.

Die erste Begegnung von Heda und Nombé war interessant zu beobachten. Die Medizinfrau erschien, als wir gerade vom Frühstück aufstanden, und als Heda sich umwandte, stand sie direkt vor ihr.

»Ist das Ihre Hexe, Mr. Quatermain?« fragte sie in ihrer temperamentvollen Art. »Sie ist ja ganz anders, als ich sie mir vorgestellt hatte, sie sieht gut aus, ja, sie beeindruckt mich. Aber ich weiß nicht, ob sie mir nicht auch ein wenig Angst einflößt.«

»Was sagt die *Inkosikaasi* (d. h. weibl. Häuptling) über mich, Macumazahn?« wollte Nombé wissen.

»Nur das, was auch ich schon sagte, daß du jung bist, obwohl sie dachte, du seist alt, und hübsch, obwohl sie dachte, du seist häßlich.«

»Um alt zu werden, müssen wir erst jung gewesen sein, Macumazahn, und im Laufe der Zeit werden wir alle häßlich, auch die *Inkosikaasi*. Aber sagte sie nicht auch, sie fürchte sich vor mir?«

»Verstehst du Englisch, Nombé?«

»Nein, aber ich kann in den Augen lesen, und die *Inkosikaasi* hat sprechende Augen. Sag ihr, daß sie keinen Grund hat, mich zu fürchten, da ich ihre Freundin sein möchte, obgleich ich glaube, daß sie mir nicht viel Glück bringen wird.«

Obwohl es Hedas wegen kaum erforderlich war, übersetzte ich, verschwieg aber den letzten Teil.

»Sagen Sie ihr, ich sei ihr dankbar, da ich nur wenige Freunde habe, und ich würde mich nicht länger vor ihr fürchten«, bat Heda.

Wieder übersetzte ich, worauf Nombé ihr die Hand entgegenstreckte und erklärte:

»Sie sollte meine Hand nicht verschmähen, denn sie ist rein. Keinem Menschen hat sie den Tod gebracht ...« Dabei sah sie Heda vielsagend an. »Außerdem bin ich, mag ich auch schwarz sein und sie weiß, wie sie von vornehmem Geblüt und entstamme einer Rasse von Kriegern, die sich ihrer Taten nicht zu schämen brauchen. Schließlich sind wir im gleichen Alter, und wenn sie schön ist, so bin ich weise und habe Gaben, die nicht geringer sind als die ihren.«

Wieder dolmetschte ich um Anscombes willen, denn Heda verstand das Zulu recht gut, obwohl sie sich unwissend gestellt hatte, und danach schüttelten sich die beiden zu Anscombes Erheiterung und meinem Erstaunen die Hand. Mir kam die Szene irgendwie gekünstelt vor, sie schien mir etwas zu verbergen oder auf etwas anzuspielen, was ich nicht verstand.

»Ist dies der Häuptling, den sie liebt?« fragte Nombé, nachdem Heda gegangen war, und musterte Anscombe mit ihrem ruhigen Blick. »Nun, er ist kein gewöhnlicher Mensch, und er ist tapfer, trotz seiner Trägheit. Ein bedeutender Mann könnte er werden, wenn er überlebt, und wenn er lernt, seinen Verstand zu gebrauchen. Aber,

Macumazahn, warum hat sie nicht dich gewählt, wenn sie euch doch beide zur gleichen Zeit kennenlernte?«

»Du hast dich eben noch weise genannt, Nombé«, entgegnete ich lachend, »aber jetzt sehe ich, daß deine Worte, wie bei den meisten deines Gewerbes, nur eitle Prahlerei sind. Trage ich einen Hut auf meinem Haupte, daß du die Farbe meines Haares nicht sehen könntest? Und ist es der Lauf der Natur, daß die Jugend sich dem Alter zuwendet?«

»Manchmal, wenn der Verstand alt ist, Macumazahn, weshalb ich nur die Geister liebe, die älter sind als die Berge, und mit ihnen Zikali, ihren Diener, der jung war, ehe die Zulu ein Volk wurden, wie er sagt, und der dennoch Jahr um Jahr mehr Weisheit sammelt wie die Biene den Honig. Spann deine Pferde ein, Macumazahn, denn ich habe meine Aufträge erledigt und bin bereit, mich auf den Weg zu machen.«

XI

Zikali

Zehn Tage waren vergangen, und wieder einmal näherte ich mich der Mündung des Schwarzen Kloof, wo Zikali der Zauberer hauste. Unsere Reise durch Zululand war anstrengend, aber recht ruhig gewesen. Allerdings hatte ich den Eindruck, als begegneten wir auffallend wenigen Menschen, als sei der ganze Landstrich plötzlich entvölkert, wir kamen sogar an großen Kralen vorüber, wo niemand zu sehen war. Ich fragte Nombé, was das zu bedeuten habe, denn sie und die drei schweigsamen Männer, die sie begleiteten, dienten uns als Führer. Einmal antwortete sie, die Menschen seien weitergezogen, weil die Ernte infolge der großen Hitze nur spärlich ausgefallen sei und sie nicht mehr genügend Nahrung gefunden hätten, und ein anderes Mal, man habe sie zu einer Versammlung im Königskral in der Nähe von Ulundi gerufen. Jedenfalls zeigte sich kaum jemand, und die wenigen, die auftauchten, warfen uns nur merkwürdige Blicke zu.

Außerdem fiel mir auf, daß sie nicht mit uns sprechen durften. Heda mußte in der Kutsche bleiben, und Nombé bestand darauf, daß die rückwärtige Segeltuchplane herabgelassen und hinter Anscombe, der die Pferde lenkte, eine Decke befestigt wurde, offenbar um zu verhindern, daß jemand sie sah. Weiterhin behauptete Nombé, sobald wir Zulu-Gebiet erreichten, sie sei müde, und bat darum, mit Kaatje und Heda in der Kutsche fahren zu dürfen, wohingegen ich sicher war, daß sie die beiden nur im Auge behalten wollte. Schließlich schlugen wir wenig begangene Pfade ein und hielten des Nachts an entlegenen Plätzen an, wo wir jedoch stets Proviant vorfanden, der zweifellos für uns deponiert worden war.

Immerhin gelang es mir, mit einem Mann, den ich aus

früheren Tagen kannte und der sich auch an mich erinnerte, ein paar Worte zu wechseln. Er fragte mich, was ich in dieser Zeit in Zululand zu suchen habe, und ich entgegnete, ich sei auf dem Weg zu Zikali, worauf er meinte, bei ihm sei ich sicherer als irgendwo sonst.

Damit war unser Gespräch auch schon zu Ende, denn in diesem Augenblick erschien einer von Nombés Dienern und sagte etwas zu dem Mann, was ich nicht verstand, worauf der sich zu meinem Erstaunen sofort umdrehte und mich stehenließ. Der Vorfall erweckte Unbehagen in mir.

Man wollte uns ganz offensichtlich isolieren, doch als ich Nombé deshalb Vorhaltungen machte, antwortete sie nur mit ihrem unergründlichsten Lächeln:

»O Macumazahn, nach alledem mußt du Zikali fragen. Ich bin niemand und weiß nichts, ich tue nur, was der Meister mir befohlen hat und was zu eurem Besten ist.«

»Ich habe gute Lust, umzukehren und Zululand zu verlassen«, fauchte ich wütend, »denn in diesem Tiefland, in das du uns geführt hast, herrscht das Fieber, und die Pferde werden krank oder von der Tsetse-Fliege gestochen und verenden.«

»Davon weiß ich nichts, Macumazahn, ich folge nur dem Weg, den mein Meister mir wies. Doch wenn du auf mich hörst, Macumazahn, so wirst du nicht versuchen, Zululand zu verlassen.«

»Soll das heißen, daß ich in einer Falle sitze, Nombé?«

»Das soll nur heißen, daß das Land voller Soldaten ist, und daß alle Weißen geflüchtet sind. Deshalb könnte es durchaus sein, Macumazahn, daß man dich vielleicht passieren läßt, weil die Zulu dich lieben, aber daß jene, die bei dir sind, fest schlafend zurückbleiben, was ich nicht weniger bedauern würde als du.«

Danach sagte ich nichts mehr, denn ich begriff, daß das eine Warnung gewesen war. Wir hatten uns auf diese Sache nun einmal eingelassen, und nun mußten wir sie durchstehen, komme, was da wolle.

Anscombe und Heda schienen dagegen vollkommen glücklich zu sein. Für sie war dieses neue Leben von großem Reiz, und an seine Gefahren verschwendeten sie keinen Gedanken, sondern verließen sich blind darauf, daß ich mich um alles kümmern würde. Außerdem faßte Heda, die in ihrem Liebesglück allmählich ihre Trauer über den Tod ihres Vaters und die anderen tragischen Ereignisse vergaß, die sie vor kurzem erlebt hatte, eine große Zuneigung zu der jungen Medizinfrau, die sich mit ihr auf Zulu unterhielt, einer Sprache, die Heda bereits gut beherrschte, da sie lange in Natal gelebt hatte. Ja, als ich andeutete, allzu große Vertrauensseligkeit sei vielleicht nicht angebracht, da fuhr sie auf und entgegnete, sie sei ihr ganzes Leben lang an Eingeborene gewöhnt und wisse sie einzuschätzen, und dann fügte sie noch hinzu, sie hege gegenüber Nombé keinerlei Argwohn.

Von da an hielt ich den Mund und äußerte meine Zweifel nicht mehr. Was hätte es auch gefruchtet, wenn Heda nicht auf mich hören wollte und Anscombe im Moment nicht mehr war als ihr Echo?

So setzte sich diese für mich sehr eintönige Reise fort, bis wir schließlich, nachdem wir zwei Tage lang an einem Hochwasser führenden Fluß aufgehalten worden waren, wo ich nur dasitzen und rauchen konnte — Nombé hatte mich gebeten, nicht auf das im Überfluß vorhandene Großwild zu schießen, um keinen Lärm zu machen —, aus dem Busch herauskamen und das liebliche Hochland in der Gegend von Nongoma erreichten. Wir ließen es zu unserer Rechten liegen und strebten einem Ort namens Ceza zu, einer natürlichen Festung, bestehend aus einer flachen vom Busch eingerahmten Ebene auf der Kuppe eines Berges. Am Fuß dieser Festung befindet sich das Schwarze Kloof, es ist eine der Schluchten, die in den Berg hineinführen.

Endlich erreichten wir unser Ziel. Es war kurz vor Sonnenuntergang, einem imposanten, gewittrigen Sonnenuntergang, als wir uns dem Kloof näherten, und siehe da!

es wirkte genauso auf mich wie vor mehr als zwanzig Jahren, als ich es zum ersten Mal sah, abweisend wie das Tor zur Hölle, gewaltig und einsam. Da standen die phantastisch aufgetürmten Felssäulen, an deren schroffen Flanken kümmerliche Bäume wuchsen, vermischt mit Aloen, die wie Menschen aussahen. Da war der Granitgrund, in grauer Vorzeit glatt ausgewaschen von den Fluten, und der kleine Bach, der sich hindurchschlängelte. Da war auch die Stelle, wo ich einst meine Ochsen ausgespannt hatte, in jener Nacht, als meine Diener schworen, sie sähen die *Imikovu* durch die Luft schweben, von Zauberhand heraufbeschworene Geistererscheinungen in Gestalt der beiden Prinzen und anderer, die bald darauf in der Schlacht am Tugela fallen sollten. Wir betraten die Schlucht. Ich saß auf meinem Pferd, die Kutsche fuhr hinterher, und Nombé war ausgestiegen, ging an meiner Seite und beobachtete mich.

»Du wirkst traurig, Macumazahn«, sagte sie nach einer Weile.

»Ja, Nombé. Du hast recht. Dieser Ort macht mich traurig.«

»Ist es der Ort, Macumazahn, oder ist es die Erinnerung an eine, der du einst an diesem Ort begegnet bist, an eine, die inzwischen tot ist?«

Ich sah sie an, als verstünde ich sie nicht, und sie fuhr fort:

»Ich besitze die Gabe der Vision, Macumazahn, wie sie allen meines Standes bisweilen gegeben ist, und glaube, neben anderen dann und wann den Geist einer gewissen Frau gesehen zu haben, die in diesem Kloof umging, als warte sie auf jemanden.«

»In der Tat, und wie sieht diese Frau aus?« erkundigte ich mich gleichgültig.

»Ich kann sie auch in diesem Augenblick sehen, sie gleitet direkt vor dir rückwärts dahin, und deshalb vermag ich auch deine Frage zu beantworten, Macumazahn. Sie ist groß und schlank, von herrlicher Gestalt, und ihre

Haut ist für eine Angehörige der schwarzen Rasse sehr hell. Sie hat große Augen wie eine Antilope, und in diesen Augen strahlt ein Feuer, das nicht von der Sonne kommt, sondern aus ihrem Innern. Ihre Züge sind weich, aber stolz, oh! so stolz, daß sie mir Angst macht. Sie trägt einen Umhang aus grauem Fell, und um ihren Hals liegt eine Kette aus großen, blauen Perlen, mit denen ihre Finger spielen. Ein Gedanke dringt von ihr zu mir, und dies sind die Worte des Gedankens: ›Schon lange warte ich hier in der Dunkelheit, bei Tag und Nacht habe ich Ausschau gehalten nach dir, Wächter der Nacht. Endlich bist du gekommen, und nun kann sich mein hungriger Geist in dieser Zauberschlucht eine Weile von deinem Geist nähren. Ich danke dir, daß du gekommen bist, denn nun bin ich nicht mehr einsam. Fürchte nichts, Macumazahn, denn bei einem gewissen Kuß schwöre ich dir, bis zur festgesetzten Stunde, da du werden wirst, was ich bereits bin, ein Schild an deinem Arm und ein Speer in deiner Hand zu sein.‹ Dies sind ihre Worte, Macumazahn, doch nun ist sie verschwunden, und ich höre sie nicht mehr. Es war, als sei dein Pferd über sie hinweggeritten und sie durch dich hindurchgegangen.«

Dann wandte sich Nombé ab, wie um allen weiteren Fragen auszuweichen, und ging zur Kutsche zurück, wo sie ein belangloses Geplauder mit Heda anfing. Sobald wir das Kloof betreten hatten, hatten die Diener nämlich die Plane zurückgezogen und die Decke abgenommen. Ich stöhnte innerlich, denn ich wußte natürlich, daß Zikali, der mit Mameenas Aussehen wohl vertraut war, Nombé angewiesen hatte, mir dies alles zu erzählen, um mich aus irgendeinem Grund zu beeindrucken. Aber er war geschickt vorgegangen, denn solche Worte hätte Mameena durchaus sprechen können, falls ihr großer Geist tatsächlich zurückgekehrt und wieder auf Erden gewandelt wäre. War so etwas möglich, fragte ich mich. Nein, es war nicht möglich, und doch schien ihre Aura diesem Ort anzuhaften, und ich, dessen Phantasie durch die Erinnerungen und durch Nombés Andeutungen aufgeheizt war, glaubte fast, ihre Gegenwart zu spüren.

Während ich meinen Gedanken nachhing, umrundete das Pferd die kleine Biegung in den immer weiter zusammenrückenden Kliffs, und vor mir, unter dem gigantischen, überhängenden Felsmassiv, tauchte, von einem Schilfzaun umgeben, Zikalis Kral auf. Das Tor stand offen, und dahinter saß Zikali auf einem Schemel vor der großen Hütte. Selbst aus dieser Entfernung war seine Gestalt nicht zu verwechseln, denn ich hatte ihresgleichen noch nirgendwo auf der Welt gesehen. Da hockte ein breitschultriger Zwerg mit einem mächtigen Schädel, verschlagenen, tief eingesunkenen Augen und schneeweißem Haar, das ihm lang über die Schultern hing. Sein Körper und sein Gesicht vermittelten den Eindruck hohen Alters und wirkten doch gleichzeitig dank des festen Fleisches und der glatten Haut, wie man sie manchmal bei sehr betagten Menschen findet, einigermaßen jugendlich.

Dies war also der große Magier Zikali, im ganzen Land seit undenklichen Zeiten wegen seiner visionären Fähigkeiten bekannt als ›Eröffner der Wege‹, aber auch als das ›Ding-das-nicht-hätte-geboren-werden-sollen‹, ein Name, den ihm Chaka, der erste und größte der Zulu-Könige, wegen seiner Mißgestalt verliehen hatte.

Er saß stumm und abweisend da, starrte mit weit geöffneten Augen in die rote Feuerkugel der untergehenden Sonne und wirkte eher wie eine unförmige Statue denn wie ein Mensch. Mit einem Mal traten seine schweigsamen, finsteren Diener auf mich zu. Mir kam es vor, als seien es noch dieselben Männer, die ich vor dreiundzwanzig Jahren hier gesehen hatte, nur älter geworden, und ich glaube, so war es auch, denn sie sprachen mich mit meinem Namen an und hoben zum Gruß ihre breiten Spieße. Ich saß ab und wartete, während Anscombe, dessen Fuß nun wieder ganz geheilt war, Heda aus der Kutsche half, die sofort von den Dienern weggebracht wurde.

Anscombe wirkte ein wenig bedrückt und bemerkte, dies sei ein unheimlicher Ort.

»Ja«, stimmte Heda zu, »aber grandios. Mir gefällt es hier.«

Dann fiel ihr Blick auf den vor seiner Hütte kauernden Zikali, und sie erbleichte.

»Oh! Was für ein schrecklicher Mensch«, murmelte sie, »wenn er überhaupt ein Mensch ist.«

Auch die Magd Kaatje stieß einen kleinen Schrei aus, als sie ihn erblickte.

»Fürchte dich nicht, meine Liebe«, bat Anscombe, »es ist nur ein greiser Zwerg.«

»Das mag schon sein«, rief sie zweifelnd, »aber für mich sieht er aus wie der leibhaftige Teufel.«

Nombé glitt an uns vorbei. Sie warf ihren Karos ab und zeigte sich zum ersten Mal nackt bis auf das Moocha um ihren Leib und ihren Schmuck. Dann ließ sie sich auf Hände und Knie nieder und kroch in dieser Demutshaltung auf Zikali zu. Als sie nahe genug heran war, berührte sie mit der Stirn den Boden, hob den rechten Arm und begrüßte ihn als *Makosi,* ein Titel, auf den er als großer Zauberer, dem angeblich viele Geister innewohnten, Anspruch hatte. Soweit ich sehen konnte, nahm er keine Notiz von ihr.

Endlich erhob sie sich und hockte sich zu seiner Rechten nieder, worauf hinter der Hütte zwei seiner Diener auftauchten und sich mit erhobenen Speeren zwischen ihm und dem Eingang postierten. Eine Minute später winkte Nombé uns näher, und ich ging den anderen voran über den Hof. Als wir vor ihm standen, öffnete Zikali den Mund und ließ sein lautes, schauerliches Gelächter hören. Wie gut ich mich an dieses Lachen erinnerte, das ich zum ersten Mal in Dingaans Kral vernommen hatte, nach dem Mord an Retief und den Buren.*

---

* Siehe dazu den Roman *Marie* von H. Rider Haggard (HEYNE-BUCH Nr. 06/4601)

»Allmählich glaube ich, du hast recht, und dieser Alte ist wahrhaftig der Teufel«, sagte Anscombe zu Heda, dann versank er in Schweigen.

Ich war fest entschlossen, nicht als erster das Wort zu ergreifen, und so nützte ich die Gelegenheit, um meine Pfeife zu stopfen. Zikali beobachtete mich, obwohl er die ganze Zeit so tat, als starre er in die sinkende Sonne, und gab endlich ein Zeichen. Einer der Diener stürzte davon und kehrte gleich darauf mit einem brennenden Ast zurück, den er mir als Fidibus reichte. Dann verschwand er abermals, brachte drei aus rotem Holz geschnitzte Schemel und stellte sie für uns bereit. Ich betrachtete den meinen und erkannte die Schnitzereien wieder. Es war derselbe Schemel, auf dem ich auch bei meiner ersten Begegnung mit Zikali gesessen hatte. Endlich sprach der Zauberer mit seiner tiefen, grollenden Stimme:

»Viele Jahre sind vergangen, Macumazahn, seit du dich dieses Schemels zum letzten Mal bedient hast. Sie sind als Kerben in das Bein gehauen, das du in der Hand hältst, und wenn du willst, magst du sie zählen.«

Ich untersuchte das Bein des Schemels und fand tatsächlich die Kerben, zwei- oder dreiundzwanzig an der Zahl. Die anderen Beine zeigten ebenfalls Kerben, aber so viele, daß ich sie nicht einmal zu schätzen vermochte.

»Beachte sie nicht, Macumazahn, denn sie haben nichts mit dir zu tun. Sie verraten nur die Jahre, seit der erste aus dem Hause Senzangakona hier saß, seit Chaka hier saß, seit Dingaan und andere hier saßen, darunter auch eine gewisse Mameena. Nun, vieles ist geschehen, seit du dich darauf ausruhtest. Du bist weit herumgekommen, hast seltsame Dinge gesehen und hast überlebt, wo andere umgekommen wären, weil dies dein Schicksal war. Doch von alledem wollen wir später sprechen. Nun, da dein Haar grau geworden ist, kehrst du hierher zurück, wie der Eröffner der Wege es dir einst prophezeite, und bringst neue Gefährten mit, denn du verstehst es, selbst im Alter noch Freunde zu gewinnen, eine Kunst, die nur wenige beherrschen. Wo sind jene, mit denen du früher Umgang pflegtest, Macumazahn? Wo sind Saduko und Mameena und all die anderen? Alle sind sie fort, bis auf das Ding-das-nicht-hätte-geboren-werden-sollen.« Und wieder ertönte sein schallendes Gelächter.

»Und das offenbar nie gelernt hat, wann es zu sterben gilt«, bemerkte ich, und es waren meine ersten Worte.

»So ist es, Macumazahn, denn ich kann erst sterben, wenn mein Werk vollendet ist. Ich danke den Geistern meines Vaters und meinen eigenen, daß ich noch am Leben bin und mich mit Rache mästen kann, doch nun ist das Ende nahe, und wie ich dir in jenen längst vergangenen Tagen verhieß, wirst du deinen Anteil daran haben, Macumazahn.«

Er hielt kurz inne, dann fuhr er fort, immer noch in die sinkende Sonne starrend, was seine Bemerkungen über uns, die er gar nicht zu sehen schien, geradezu unheimlich machte:

»Der weiße Mann bei dir ist tapfer und aus gutem Hause, er liebt den Kampf, glaube ich, und die Maid ist schön und anmutig und hat ein kühnes Herz. Sie denkt bei sich, ich sei nur ein alter Zauberer, und hätte sie nicht Angst vor mir, so würde sie mich bitten, ihr die Zukunft zu offenbaren. Sieh da, sie versteht mich und zuckt zusammen. Nun, vielleicht werde ich es eines Tages tun. Einstweilen nur ein kleiner Vorgeschmack. Sie wird fünf Kinder haben, zwei davon werden früh sterben, und eines wird ihr so viel Leid zufügen, daß sie wünschen wird, es wäre ebenfalls gestorben. Aber wer der Vater dieser Kinder sein wird, das verrate ich nicht. Nombé, meine Tochter, führe diese Weiße Frau und ihre Dienerin in die Hütte, die man für sie bereitet hat, denn sie ist müde und sehnt sich nach Ruhe. Sorge auch dafür, daß es ihr an nichts mangelt, was wir ihr geben können, denn sie ist unser Gast. Der weiße Herr, Mauriti, mag sie begleiten und sich vergewissern, daß sie dort in Sicherheit ist, danach führe ihn in die Hütte nebenan, wo er und Macumazahn schlafen werden. Wenn er will, mag er auch nach den Pferden sehen. Hinter den Hütten gibt es eine Stelle, wo er sie anbinden kann, der Mann, der mit euch gereist ist, wird ihm dabei helfen. Macumazahn mag später zu ihnen stoßen, nachdem ich mit ihm gesprochen habe, um vor dem Schlafengehen mit ihnen zu essen.«

Ich übersetzte Anscombe diese Anweisungen, und er entfernte sich nur zu gern mit Heda. Ich glaube, sie hatten beide Angst vor dem schrecklichen alten Zwerg und wollten in der zunehmenden Dunkelheit nicht gern in seiner Nähe bleiben.

»Wieder einmal sinkt die Sonne, Macumazahn«, sagte Zikali, als sie fort waren, »und die Luft wird kühl. Komm nun mit mir in meine Hütte ans Feuer, denn ich bin alt, und die Kälte dringt mir bis in die Knochen. Auch sind wir dort unter uns.«

Mit diesen Worten drehte er sich um und kroch in die Hütte wie ein riesiger, weißköpfiger Käfer, ein Wesen, mit dem ich ihn vor langer Zeit einmal verglichen hatte. Ich folgte ihm mit dem historischen Schemel, und als er sich auf der anderen Seite des Feuers auf seinen Karos kauerte, setzte ich mich ihm gegenüber. Das Feuer wurde mit einer besonderen Wurzel oder einem Holz genährt, das eine dünne, klare Flamme ergab und fast gar nicht qualmte. Zikali beugte sich so dicht über die Flammen, daß sie seinen mächtigen Schädel zu umzüngeln schienen, und starrte, wie vorher in die Sonne, ohne zu zwinkern hinein. Dies alles verstärkte noch sein furchterregendes Aussehen und erinnerte mich an eine ganz bestimmte Region und ihre Bewohner.

»Warum bist du hierher gekommen, Macumazahn?« fragte er, nachdem er mich durch dieses feurige Fenster eine Weile gemustert hatte.

»Weil du mich hast rufen lassen, Zikali, teils durch Nombé, deine Botin, teils aber auch durch einen Traum, von dem sie sagt, du habest ihn mir geschickt.«

»Habe ich das, Macumazahn? Wenn ja, so ist es mir

entfallen. Der Träume gibt es so viele wie Mücken am Wasser, sie stechen uns, während wir schlafen, doch wenn wir erwachen, haben wir sie vergessen. Auch ist es töricht zu behaupten, ein Mensch könne einem anderen einen Traum senden.«

»Dann hat deine Botin gelogen, Zikali, besonders, da sie sagte, sie selbst habe mir diesen Traum gebracht.«

»Natürlich hat sie gelogen, Macumazahn. Ist sie nicht meine Schülerin, habe ich sie nicht von Kindesbeinen an erzogen? Aber sie scheint gut gelogen zu haben, wenn sie erriet, was für einen Traum du hattest, als du darüber nachdachtest, ob du deine Schritte nach Zululand lenken sollst.«

»Warum spielst du mit Stöcken gegen mich (d. h. fechten, Ausflüchte machen), Zikali, sind wir doch beide keine Kinder mehr?«

»O Macumazahn, hier irrst du dich, sind wir doch beide, so alt wir auch sein mögen und so gerissen wir uns auch wähnen, nichts als Säuglinge in den Armen des Schicksals. Nun gut, ich will dir die Wahrheit sagen, wäre es doch töricht, einem wie dir Staub in die Augen streuen zu wollen. Ich wußte, daß du in Sekukunis Land warst, und ich habe dich beobachtet — durch meine Spitzel. Nirgendwo warst du in all den Jahren, wo ich dich nicht beobachtet hätte — durch meine Spitzel. Jener arabisch aussehende Mann namens Harût, den du in einem großen Kral in einem fernen Land kennenlerntest, war zum Beispiel ein Spitzel von mir. Er hat mich vor kurzem besucht und mir viel von deinen Taten erzählt. Nein, frag nicht nach ihm, denn ich will nun von anderen Dingen mit dir sprechen ...«

»Dann lebt Harût also noch? Hat er anstelle des Elfenbeinkindes* einen neuen Gott gefunden?« unterbrach ich.

---

* Siehe dazu den Roman *Das Elfenbeinkind* von H. Rider Haggard (HEYNE-BUCH Nr. 06/4369)

»Wie könnte er mich besuchen und mit mir sprechen, wenn er nicht mehr lebte, Macumazahn? Nun, ich habe dich auch am Oliphant-Fluß beobachtet, als du mit Sekukunis Kriegern kämpftest, und hinterher in der Marmorhütte, wo du den alten, weißen Mann tot auf seinem Stuhl sitzen fandest und die Schriften an dich nahmst, die du in deiner Tasche trägst und die die Maid Heddana betreffen. Ich weiß, wie es zuging, daß dein Freund, der weiße Mann, den Doktor tötete, der in ein Schlammloch fiel, und daß die Basuto sein Vieh und seinen Wagen stahlen.«

»Wer hat dir alle diese Dinge verraten, Zikali?«

»Das sagte ich dir doch bereits — meine Spitzel. War nicht ein Mischling namens Footsack euer Kutscher, und sind nicht die Basuto ständig unterwegs zwischen dem Schwarzen Kloof und Sekukunis Stadt, um mir alle Neuigkeiten zu berichten?«

»Ja, Zikali, nicht anders als der Wind und als die Vögel.«

»Wie wahr! O Macumazahn, ich sehe, du hast die Natur und ihr Verhalten ebenso scharf beobachtet, wie meine Spitzel dich beobachtet haben. Nun, ich erfuhr von diesen Dingen und wußte, daß du wegen des Todes dieser weißen Männer in Bedrängnis warst und deine Freunde ebenfalls. Und da du mir stets teuer warst, schickte ich dieses Kind Nombé aus, um dich zu mir zu bringen, denn nach allem, was ich von dir wußte, nahm ich an, du würdest eher einer Frau folgen, die gleichzeitig weise und erfreulich anzusehen ist, als einem Mann, der vielleicht beides nicht ist. Ich trug ihr auf, dir zu sagen, du und die anderen wären derzeit hier sicherer als in Natal. Offenbar hast du auf sie gehört und bist gekommen. Das ist alles.«

»Ja, ich habe auf sie gehört und bin gekommen. Aber das ist nicht alles, Zikali, denn du weißt sehr wohl, daß du andere Gründe hattest, nach mir zu schicken, als die Sorge um meine Sicherheit.«

»O Macumazahn, wer kann eine Nadel daran hindern, den Stoff zu durchbohren, wenn sie von einem Finger wie dem deinigen geführt wird? Dein Verstand ist zu scharf für mich, Macumazahn, deine Augen durchdringen die Decke der List, mit der ich meine Gedanken verhüllen wollte. Was du sagst, ist wahr. Ich habe um meinetwillen, aber auch um deiner selbst willen nach dir geschickt. Ich wollte dich bei mir haben, um deinen Rat zu hören, Macumazahn, und weil auch Cetewayo der König deinen Rat hören will, und weil ich dich sehen wollte, ehe du zu Cetewayo gehst. Nun kennst du die ganze Wahrheit.«

»In welcher Angelegenheit willst du meinen Rat, Zikali?«

Er beugte sich vor, bis sich seine weißen Zotteln fast mit den dünnen Flammen zu vermischen schienen, und starrte mich mit Augen an, die heißer brannten als das Feuer.

»Macumazahn, du erinnerst dich an die Geschichte, die ich dir vor langer Zeit erzählte, nicht wahr?«

»Ich erinnere mich sehr gut, Zikali. Sie handelte von deinem Haß auf das Haus Senzangakona, das Zululand alle seine Könige schenkte. Erstens, weil du dem Dwandwe-Stamm angehörst, den die Zulu ausrotteten und verspotteten. Zweitens, weil Chaka der Löwe dich das ›Ding-das-nicht-hätte-geboren-werden-sollen‹ nannte und deine Frauen tötete, ein Verbrechen, für das du Chaka mit dem Tode bestraftest. Drittens, weil du seit vielen Jahren ganz allein deinen Verstand mit der Macht des Königsgeschlechtes mißt und doch noch am Leben bist, was besonders damals erstaunlich war, als Panda dich in meiner Gegenwart bei der Verhandlung gegen eine bedrohte, die ›untergegangen‹ ist, und du ihm sagtest, er solle dich doch töten, wenn er es wage. Nun möchtest du beweisen, daß du recht hattest, indem du deine Gerissenheit über das königliche Haus triumphieren lassen willst.«

»Richtig, ganz richtig, O Macumazahn. Du hat ein gutes Gedächtnis, Macumazahn, besonders für alles, was mit jener Frau zu tun hat, die ›untergegangen‹ ist. Ich habe sie hinabgeschickt, aber wie hieß sie doch noch, Macumazahn? Ich habe ihren Namen vergessen, ich, dessen Geist alt ist und unversehens in schwarze, finstere Löcher zu stürzen pflegt — wie sie, die damals ›unterging‹.«

Er hielt inne, und wir starrten uns durch den Flammenschleier hindurch an. Als ich nichts erwiderte, fuhr er fort:

»Ach ja, ich erinnere mich, hieß sie nicht Mameena, ein Name, der dem Heulen des Windes abgelauscht war? Horch! Er heult auch jetzt.«

Ich lauschte, und tatsächlich, er heulte. Mich überlief ein Frösteln, denn noch eine Minute zuvor war die Nacht völlig windstill gewesen. Ja, der Wind fuhr stöhnend und heulend um die Felsen des Schwarzen Kloof.

»Nun, genug von ihr. Wozu sich mit den Toten befassen, wenn so viele darauf warten, ihnen nachgeschickt zu werden? Macumazahn, die Stunde ist nahe. Cetewayo hat in seiner Torheit einen Streit mit deinem Volk, den Engländern, angefangen, und ich habe ihm dazu geraten. Er hat in Natal Frauen aufgegriffen, über den Fluß gebracht und getötet, oder er hat zugelassen, daß andere dies taten. Seine Boten kamen zu mir und fragten, was er tun solle. Ich antwortete: ›Darf ein König vom Blute Chakas sich weiter König der Zulu nennen, wenn er sich scheut, Missetäter seines eigenen Volkes mit dem Tode bestrafen zu lassen, nur weil sie einen Streifen Wasser überschritten haben?‹ Also wurden die Frauen über das Wasser nach Zululand zurückgeschleppt und erschlagen; und nun stellt der Mann der Königin, der vom Kap kommt, viele Forderungen, er verlangt einen hohen Blutpreis in Vieh, er verlangt die Auslieferung der Mörder, das Zulu-Heer soll aufgelöst werden, die Krieger sollen ihre Speere niederlegen und wie die alten Weiber in den Kralen die Felder bestellen.«

»Und wenn der König sich weigert, was dann, Zikali?«

»Dann, Macumazahn, wird der Mann der Königin den Zulu den Krieg erklären. Er sammelt bereits seine Soldaten.«

»Wird Cetewayo sich weigern, Zikali?«

»Ich weiß es nicht. Er schwankt einmal in diese Richtung und dann wieder in jene, wie eine Stange, die auf einem Stein liegt. Beide Enden der Stange sind mit vielen Ratschlägen beschwert, und sie liegt so genau in der Schwebe, daß ein Heuschreck, der sich auf der einen oder anderen Seite niederließe, den Ausschlag gegen würde.«

»Und dieser Heuschreck soll *ich* sein, Zikali?«

»Wer sonst? Deshalb habe ich dich nach Zululand geholt.«

»Du willst also, daß ich Cetewayo den Rat gebe, sich in das Bett zu legen, das die Engländer für ihn bereitet haben. Wenn er mich danach fragt, werde ich das gerne tun, denn ich bin sicher, er wird gut darin schlafen.«

»Was treibst du deinen Spott mit mir, Macumazahn? Ich möchte, daß du Cetewayo rätst, dem Mann der Königin seine Worte in den Hals zurückzustopfen und gegen die Engländer zu kämpfen.«

»Soll ich Vernichtung über die Zulu bringen, soll ich mich schuldig machen am Tod von Tausenden von ihnen und von meinem eigenen Volk, obwohl ich außer Gewissensqualen dabei nichts zu gewinnen habe? Hältst du mich für so aberwitzig und niederträchtig, daß ich so etwas tun sollte?«

»Nein, Macumazahn, du hättest sehr viel zu gewinnen. Ich könnte dir zeigen, wo das Vieh des Königs verborgen ist. Die Engländer werden es niemals finden, und nach dem Krieg könntest du dir so viel davon nehmen, wie du nur willst. Aber das wäre sinnlos, denn ich kenne dich gut genug, um zu wissen, daß du es nur der englischen Regierung überlassen würdest, wie du einst auch Bangus Vieh anderen überlassen hast. Der Große-Große hat dich eben so und nicht anders geschaffen, Macumazahn.«

»Das könnte sein, aber was hätte ich sonst zu gewinnen, Zikali?«

»Folgendes: du könntest bewirken, daß die Macht der Zulu durch den Krieg gebrochen würde und nie wieder die Weißen Männer bedrohen könnte, was eine sehr große und gute Tat wäre, Macumazahn.«

»Mag sein — ich bin nicht sicher. Eines weiß ich jedoch gewiß, daß ich nämlich mein Gesicht nicht in dieses Wespennest stecken und die Wespen aufscheuchen werde, nur damit die englischen Hornissen den Honig stehlen können. Dergleichen überlasse ich der Königin und jenen, die für sie regieren. Also spare dir deinen Atem, Zikali, und verschone mich mit solchen Reden.«

»Es ist so, wie ich vermutete«, entgegnete er und schüttelte seinen mächtigen Kopf. »Du bist zu ehrlich, um in dieser Welt erfolgreich zu sein, Macumazahn. Nun, dann muß ich andere Mittel finden, um das Haus Cetewayos, der ein böser und ein grausamer König ist, seinem verdienten Ende zuzuführen.«

All dies sagte er, ohne Überraschung oder Verärgerung erkennen zu lassen, was mir einen schon länger gehegten Verdacht bestätigte. Er hatte in Wirklichkeit niemals daran geglaubt, ich könnte auf seine Vorschläge eingehen und die Zulu dahingehend beeinflussen, daß sie den Engländern den Krieg erklärten. Nein, das ganze Gerede war nur ein Vorwand; er schmiedete in seinem durchtriebenen, alten Hirn einen verwickelteren Plan, den er vor mir verbarg. Warum also hatte er mich nach Zululand gelockt? Ich konnte es nicht erraten, und ihn danach zu fragen, wäre mehr als sinnlos gewesen, doch in diesem Augenblick faßte ich den festen Entschluß, möglichst gleich am nächsten Morgen das Schwarze Kloof zu verlassen.

Nun begann er mit leiser, monotoner Stimme wie im Selbstgespräch von anderen Dingen zu reden. Traurig waren sie alle, der qualvolle Tod Sadukos zum Beispiel, der seinen Herrn, den Prinzen Umbelazi, wegen einer

Frau verraten hatte, eine Geschichte, die ihm in allen Einzelheiten bekannt zu sein schien.

Ich äußerte mich nicht dazu, denn ich wartete nur auf eine Gelegenheit, die Hütte zu verlassen, und hatte kein Verlangen danach, länger bei diesen Ereignissen zu verweilen. Endlich verstummte er, grübelte lange vor sich hin und sagte dann plötzlich:

»Du bist hungrig und möchtest essen, Macumazahn, und ich, der ich nur wenig esse, möchte schlafen, denn im Schlaf besuchen mich die Geisterscharen und bringen mir Kunde aus weiter Ferne. Nun, wir haben miteinander gesprochen, und darüber bin ich froh, denn wer weiß, wann sich wieder Gelegenheit dazu ergibt, auch wenn ich glaube, daß wir alle uns bald in Ulundi wiedersehen werden, in Ulundi, wo das Schicksal sein Netz ausgespannt hat. Was wollte ich dir noch sagen? Ach ja, ich erinnere mich. Es gibt eine, die stets in deinen Gedanken weilt, die du zu sehen begehrst und die es ebenfalls nach deinem Anblick verlangt. Du sollst sie sehen, zum Lohn für die Mühen, die du auf dich genommen hast, für die weite Reise zu einem armen, alten Zulu-Medizinmann, der doch, wie du mir vor langer Zeit einmal sagtest, nichts anderes ist als ein Schwindler.«

Er hielt inne, mir wurde ganz schwach vor Angst, ohne daß ich hätte sagen können, warum oder wovor, und ich dachte an Flucht.

»Es ist kalt in dieser Hütte, findest du nicht?« fragte er. »Schlage hoch, Feuer, schlage hoch!« Damit steckte er die Hand in einen Medizinbeutel aus Katzenfell, den er am Leibe trug, holte ein Pulver heraus und streute es auf die Glut. Sofort loderten helle Flammen auf.

»Schau, Macumazahn«, sagte er. »Schau nach rechts.«

Ich tat es, und, oh Himmel! da stand Mameena vor mir, sie hatte die Arme ausgebreitet und blickte mich mit unaussprechlicher Sehnsucht an. Mameena, die ich zum letzten Mal gesehen hatte, als ich ihr den versprochenen Kuß gab, mit dem sie kaschierte, daß sie Gift einnahm.

Vielleicht fünf Sekunden lang stand sie so da, lebendig, schön, aber reglos wie der Tod, und das grelle Licht ließ jede Einzelheit ihres Körpers hervortreten. Dann brannten die Flammen nieder, und sie war verschwunden.

Im nächsten Augenblick drehte ich mich um und verließ, gefolgt von Zikalis schrecklichem Gelächter, die Hütte.

XII

In der Falle

Draußen im Freien erquickte mich die kühle Nachtluft so weit, daß ich wieder klar denken konnte, und nun erkannte ich sofort, daß alles nur eine Illusion gewesen war, auf die Zikali meinen Geist mit Hilfe der jungen Medizinfrau Nombé aufs sorgfältigste vorbereitet hatte. Er wußte natürlich ganz genau, daß Mameena, diese außergewöhnliche Frau, vor fast einem Vierteljahrhundert auf mich — wie übrigens auch auf andere Männer, mit denen sie Umgang pflegte — einen tiefen Eindruck gemacht hatte. Deshalb würde sie wahrscheinlich in meiner Erinnerung stets gegenwärtig sein, denn auch wenn ein Mann alles andere vergißt, der Frauen, die ihm, aufrichtig oder auch nicht, ihre Gunst bezeigt haben, wird er stets gedenken, dafür hat die Natur gesorgt.

Zudem war Mameena eine Frau gewesen, die man auch um ihrer selbst willen im Gedächtnis behielt, denn sie war schön und auf ihre ungezähmte Art äußerst anziehend. Sie hatte einen großen Krieg entfesselt und den Tod von Tausenden von Menschen verschuldet, und schließlich konnte man ihr Ende durchaus als majestätisch bezeichnen. Zikali hatte Nombé den Auftrag gegeben, alle diese Eindrücke mit ihren ständigen Anspielungen auf Mameena wiederzubeleben, zuletzt durch ihre Behauptung, sie sähe sie vor mir dahinwandeln. Als ich dann müde und hungrig war und ich mich in seiner unheimlichen Gesellschaft und an einem Ort befand, der für mich so eng mit dieser Frau verbunden war, hatte er entweder durch Mesmerismus oder durch die Wirkung irgendeiner Droge, die er ins Feuer warf, meinen Blick verzaubert und die Illusion ihrer Anwesenheit heraufbeschworen. Soweit durchschaute ich sein Vorgehen, rätselhaft blieb nur, welches Ziel er damit verfolgte.

Möglicherweise hatte er mir nur aus reiner Bosheit einen tüchtigen Schrecken einjagen wollen, eine Haltung, die den Anhängern der Magie auf der ganzen Welt nicht fremd ist. Nun, das war ihm wenigstens einen Moment lang gelungen, obwohl ich, ehrlich gesagt, nicht ganz sicher war, ob die Erscheinung mich nicht eher fasziniert und entzückt hatte. Mameena war stets ein erfreulicher Anblick gewesen, und ich wußte, daß ich im Leben wie im Tode nichts von ihr zu befürchten hatte, denn sie wäre um meinetwillen durch das Höllenfeuer gegangen und hätte auch sonst alles für mich getan, außer vielleicht, ihren Ehrgeiz zu opfern. Nein, selbst wenn dies wirklich ihr Geist gewesen wäre, ich hätte mich gefreut, sie wiederzusehen.

Aber es war kein Geist gewesen, sondern nur ein Hirngespinst, eine exakte Wiedergabe des Bildes, das mein Gedächtnis mit photographischer Genauigkeit seit jenem Augenblick bewahrt hatte, als meine Augen sie zum letzten Mal sahen und meine Lippen noch warm waren von ihrem Kuß.

Solche Überlegungen gingen mir durch den Kopf, als ich draußen vor jener Hütte stand und mir der kalte Schweiß über das Gesicht lief, denn ich war doch zutiefst aufgewühlt, wenn auch ganz ohne Grund. Meine Nerven waren so überreizt, daß ich in die Höhe sprang, als sei ich auf eine Puffotter getreten, als ein Mann leisen Schrittes aus der Dunkelheit zu mir trat. Erst als ich ihn an der Stimme als einen von Nombés Dienern erkannte, die uns von Swasiland hierher begleitet hatten, beruhigte ich mich wieder. Der Mann war eigentlich nur gekommen, um mir mitzuteilen, daß das Essen fertig sei und die anderen ›erhabenen Weißen‹ auf mich warteten.

Er führte mich außerhalb des Zaunes um Zikalis Wohnstatt herum. Gleich dahinter, dicht an der weit überhängenden Felswand, die ein natürliches Dach bildete, standen zwei Hütten. Mir kam es so vor, als seien sie noch nicht dagewesen, als ich diesen Ort zum letzten Mal besuchte, denn obgleich ich normalerweise ein gutes Auge für derlei Dinge habe, erkannte ich sie nicht wieder. Als ich sie später genauer untersuchte, stellte ich fest, daß sie in der Tat ganz neu waren, denn die Mittelpfosten waren noch grün und das Gras auf dem Dach kaum trocken. Allem Anschein nach waren sie eigens errichtet worden, um uns zu beherbergen.

In der für Anscombe und mich bestimmten Hütte zur Rechten warteten die anderen bereits auf mich, und hier war auch das Essen aufgetragen worden, ein auf seine Art recht wohlschmeckendes Mahl. Wir speisten im Schein einiger mitgebrachter Kerzen, und Kaatje bediente uns. Doch obwohl ich kurz zuvor noch entsetzlich hungrig gewesen war, schien mein Appetit mich nun verlassen zu haben, und ich brachte kaum einen Bissen hinunter. Auch Heda und Anscombe wirkten bedrückt und aßen nur wenig. Wir waren alle recht schweigsam, bis Kaatje die Blechteller abgeräumt hatte und gegangen war, um an dem Feuer vor der Hütte selbst ihr Abendessen einzunehmen. Dann platzte Heda heraus, es schaudere sie vor diesem Ort und besonders vor seinem Herrn, dem greisen Zwerg, und sie sei sicher, daß ihr hier etwas Schreckliches widerfahren werde. Anscombe gab sich alle Mühe, sie zu beruhigen, und auch ich erklärte ihr, sie habe nichts zu befürchten.

»Wenn es nichts zu befürchten gibt, Mr. Quatermain«, antwortete sie und wandte sich mir zu, »warum sehen Sie dann selbst so verängstigt aus? Wenn man Ihr Gesicht betrachtet, könnte man meinen, Sie seien einem Gespenst begegnet.«

Dieser außerordentlich treffende Seitenhieb kam für mich völlig unerwartet, denn schließlich war mir in der Tat etwas begegnet, was große Ähnlichkeit mit einem Gespenst hatte, und ehe ich irgendeine beschwichtigende und dennoch passende Schwindelei erfinden konnte, erschien Nombé, um Heda zu ihrem Schlafplatz zu führen, wie sie sagte. Danach war keine Unterhaltung mehr möglich, da Nombé zwar nur ein paar Worte Englisch verstand, aber eine ausgezeichnete Gedankenleserin war, und ich nicht wagte, in ihrer Gegenwart von irgendwelchen vertraulichen Dingen zu sprechen. So verließen wir alle die Hütte, und Nombé und ich blieben einen Augenblick am Feuer stehen, während sich die beiden Liebenden eine gute Nacht wünschten.

»Nombé«, sagte ich, »die *Inkosikazi* Heddana hat Angst. Die Felsen dieses Kloofs lasten schwer auf ihrem Herzen, das Antlitz des Eröffners der Wege versetzt sie in Schrecken, und sein Lachen gellt schrecklich in ihren Ohren. Kannst du das verstehen?«

»Ich verstehe, Macumazahn, und ich habe nichts anderes erwartet. Wenn selbst du dich fürchtest, ist es nur natürlich, daß sie, eine ahnungslose Maid, sich ängstigt in dieser Wohnstatt der Geister.«

»Was wir wirklich fürchten, sind Menschen, nicht Geister, besonders jetzt, da es in ganz Zululand brodelt wie in einem Topf auf dem Feuer«, antwortete ich zornig.

»Das kannst du halten, wie du willst, Macumazahn«, gab sie zurück, und in diesem Augenblick waren mir ihre ruhigen, forschenden Augen und ihr starres Lächeln zuwider. »Wenigstens bekennst du dich zu deiner Angst. Nun, sorge dich nicht um die edle Heddana. Ich werde vor der Tür zu ihrer Hütte schlafen, und ich verspreche dir, solange ich unter den Lebenden weile, die ich gelernt habe, sie zu lieben, brauchst du nicht um sie zu fürchten, was immer auch geschieht und was immer du sehen oder hören magst.«

»Ich glaube dir, Nombé, aber auch du könntest sterben.«

»Ja, ich könnte sterben, doch ich versichere dir, auch wenn ich sterbe, wird sie in Sicherheit sein, und er, der sie liebt, nicht minder. Schlaf gut, Macumazahn, und träume nicht zu viel von dem, was du in Zikalis Haus gesehen und gehört hast.«

Ehe ich noch etwas sagen konnte, wandte sie sich ab und ließ mich stehen.

Ich schlief *nicht* gut, ich schlief sogar sehr schlecht. Zum einen war Maurice Anscombe, gewöhnlich der heiterste und ausgeglichenste Mensch, den man sich vorstellen kann, jemand, der in jeder Situation einen Scherz auf den Lippen hatte, zutiefst niedergeschlagen und ließ mich das auch mehrmals wissen, während ich mich für die Nacht fertigmachte. Er erklärte, er finde diesen Ort gräßlich und fühle sich ständig beobachtet, obwohl er niemanden sehen könne. (Ich hatte das gleiche Gefühl, was ich ihm aber nicht eingestand.) Als ich ihm vorhielt, er rede Unsinn, entgegnete er nur, er könne nicht anders, und wies darauf hin, daß es im allgemeinen nicht seine Art sei, sich von Gefahren entmutigen zu lassen, womit er recht hatte. In diesem Kloof, so fügte er hinzu, bedrängten ihn ganz ähnliche Empfindungen wie damals, als er zum ersten Mal des Gelbholzsumpfes ansichtig geworden war und sich in den Kopf gesetzt hatte, er würde dort jemanden töten, was ja schließlich auch geschehen sei.

»Wollen Sie damit sagen, sie befürchten, daß Sie noch einen Menschen töten werden?« fragte ich besorgt.

»Nein«, antwortete er. »Ich glaube eher, daß mich jemand töten wird oder etwas Ähnliches, wahrscheinlich dieser verfluchte alte Schurke von einem Medizinmann, der mir im übrigen nicht nur menschliche Eigenschaften zu haben scheint.«

»Den Verdacht hatten auch schon andere, Anscombe, und um ganz offen zu sein, ich kann Ihnen nicht ganz unrecht geben. Er verkehrt zu viel mit den Toten, um ein Mensch wie jeder andere zu sein.«

»Und mit Satan, dem er vermutlich Opfer darbringt. Die Wahrheit ist, ich fürchte, daß er auch mit Heda seine üblen Spielchen treiben könnte. Um sie habe ich Angst, nicht um mich, Allan. Oh, warum in aller Welt haben Sie uns nur hierher gebracht?«

»Weil Sie es so wollten, und weil es die sicherste Lösung schien. Hören Sie, mein Junge, schuld an all Ihren Schwierigkeiten ist wie gewöhnlich eine Frau. Solange ein Mann allein ist — nun, den Rest kennen Sie ja. Früher konnten Sie über alles lachen, aber nun, da Sie sich praktisch verdoppelt haben, ist Ihnen das Lachen völlig vergangen. Nun, das ist das Los der Menschen, und Sie müssen sich eben damit abfinden. Adam hat sich in seinem Garten ganz wohl gefühlt, bis Eva dazukam, aber Sie wissen auch, was danach passierte. Von da an bestand sein Leben aus Versuchungen, Sorgen, Familienproblemen, Reue, schwerer Arbeit mit primitiven Werkzeugen und einem Flammenschwert im Rücken. Hätten Sie sich Ihre Eva vom Leibe gehalten, Sie wären alledem entgangen. Aber das haben Sie ja nicht über sich gebracht, ebensowenig wie jeder Mann, der auch nur einen Schuß Pulver wert ist, denn so hat die Natur es schließlich eingerichtet.«

»Sie scheinen aus Erfahrung zu sprechen, Allan«, gab er hinterhältig zurück. »Übrigens, wenn diese Nombé nicht in die Sterne guckt oder Beschwörungen murmelt, versucht sie ständig, Heda eine Geschichte über Sie und eine Frau namens Mameena zu erzählen. Soviel ich mitbekommen habe, lernten Sie sie in dieser Gegend kennen, und Nombé sagt, Sie hätten sie in aller Öffentlichkeit geküßt, was ich nun doch sehr eigenartig finde. Das alles soll geschehen sein, ehe sie, Nombé, geboren wurde. Laut Kaatjes Übersetzung fügte sie noch hinzu, Sie seien dieser Mameena heute nachmittag abermals begegnet, was mir, da diese junge Frau ja schon lange tot sein soll, so unbegreiflich vorkommt, daß ich Ihnen für eine Erklärung dankbar wäre.«

»Was Heda betrifft«, sagte ich, ohne auf das übrige einzugehen, das in meinen Augen keine weitere Beachtung verdiente, »so können Sie, glaube ich, unbesorgt sein. Zikali weiß, daß sie unter meinem Schutz steht, und ich glaube nicht, daß er sich mit mir anlegen will. Doch wenn Sie sich hier so unwohl fühlen, ist es sicher das beste, wenn wir morgen so früh wie möglich aufbrechen, wohin, das können wir später entscheiden. Und jetzt möchte ich schlafen, also hören Sie bitte auf, mit mir zu diskutieren.«

Wie bereits angedeutet, erwiesen sich meine Versuche in Richtung Schlaf als erfolglos, denn jedesmal, wenn ich einnickte, wurde ich von schlimmen Träumen heimgesucht, die Folge des späten Abendessens. Die Schreie verzweifelter Menschen in Todesqualen gellten mir in den Ohren. Ich sah einen vom Regen angeschwollenen Fluß, dessen Wasser rot waren vom Blut. Vor mir erschien eine Gestalt, deren Gesicht ich nicht sehen konnte, die ich aber an ihrer Kleidung als Zulu-König erkannte. Der Mann war auf der Flucht und stolperte vor Müdigkeit. Ein großer Hund verfolgte ihn, und als er von der Fährte aufblickte, da trug er Zikalis Haupt auf seinem Hundekörper und lachte, anstatt zu bellen. Dann trat eine Frau ein, deren Kupferschmuck beim Gehen klirrte, setzte sich neben mich und flüsterte mir ins Ohr. »Ein Vierteljahrhundert ist vergangen, seit wir in diesem verwunschenen Kloof miteinander sprachen«, schien sie zu raunen, »und ehe wir uns abermals von Angesicht zu Angesicht gegenüberstehen, dauert es noch weitere ...«

Hier hielt sie inne, obwohl ich natürlich die Anzahl der Jahre gerne gehört hätte. Aber genau an solchen Stellen pflegen Träume stets aufzuhören. Sie sagen uns nur, was wir bereits wissen oder aus unserem Wissen ohnehin zu erschließen vermögen. Was wir unmöglich ahnen können, davon verraten sie uns nichts — von ganz wenigen Ausnahmen abgesehen.

Ich schreckte auf, und da ich in der heißen Hütte zu ersticken glaubte und Anscombes friedliche Atemzüge die Enge noch verschlimmerten, warf ich mir eine Jacke über, entfernte das Türbrett und kroch hinaus in die frische Luft. Es war eine klare, ruhige Nacht, am Himmel leuchteten die Sterne, und ein kleines Stück von der Hütte entfernt glühten noch die letzten Reste des Feuers. Daneben saß, in einen Karos gehüllt, eine Gestalt. Das Feuer hatte sich durch ein Stück Holz gefressen, die Enden fielen auf die rotglühende Asche und loderten hell auf. In diesem Licht erkannte ich die Gestalt. Es war Nombé. Immer noch lag auf ihren Zügen jenes ewige Lächeln, die Andeutung eines Wissens um verborgene Dinge, die eine ständige Quelle der Heiterkeit für ihre Seele waren. Ihre Lippen bewegten sich, als spräche sie mit einem unsichtbaren Begleiter, und von Zeit zu Zeit nahm sie, wie einer Anweisung folgend, eine Prise Asche und blies sie entweder in Richtung auf Hedas oder auf unsere Hütte. Ja, das tat sie zu einer Zeit, da anständige, junge Frauen eigentlich schlafen sollten, wie eine Hexe, die sich zu einem verbotenen, mitternächtlichen Stelldichein eingefunden hatte.

Der Teufel soll sie holen! Sie redet mit ihrem Meister, Zikali oder belegt uns mit Zaubersprüchen, dachte ich bei mir und kroch geräuschlos in die Hütte zurück. Hinterher ging mir durch den Sinn, daß sie möglicherweise auch andere Absichten gehabt haben könnte, nämlich uns zu beobachten und dafür zu sorgen, daß niemand die Hütten verließ.

Irgendwie verging der Rest der Nacht. Einmal lauschte ich gespannt, weil ich glaubte, die Schritte vieler Menschen und einen leisen Befehl zu hören, aber da weiter nichts geschah, ging ich davon aus, daß meine Phantasie mir einen Streich gespielt hatte. Da lag ich nun, grübelte über unsere Lage nach, bis mir der Kopf weh tat, und fragte mich immer wieder, wie wir dem Schwarzen Kloof und Zikali entrinnen, wie wir Zululand verlassen könnten, das derzeit wohl nicht gerade der rechte Ort für Weiße war.

Es schien nur eine Lösung zu geben. Wir mußten uns auf den Weg nach Dundee an der Grenze zu Natal machen und alles übrige dem Schicksal überlassen. Sollten wir wegen Rodds Tod Schwierigkeiten bekommen, so wäre das zwar unangenehm, aber es mußte eben durchgestanden werden, das war alles. Denn selbst wenn sich irgendwelche Zeugen meldeten und gegen uns aussagten, der Mann war immerhin in Notwehr getötet worden, während er selbst versucht hatte, uns durch die Basuto umbringen zu lassen. Jetzt sah ich ein, wie töricht ich gewesen war, mich nicht gleich so zu entscheiden, aber wie ich wohl bereits erklärt habe, hatte ich um jeden Preis vermeiden wollen, die beiden jungen Menschen in einen Skandal zu verwickeln, der ihr ganzes künftiges Leben überschatten konnte. Auch hatte irgendeine Macht mich Zoll für Zoll nach Zululand hineingezogen. Zum Glück gibt es im Leben nur wenige Fehler, die nicht wiedergutzumachen sind, wenn man wirklich den festen Willen dazu hat. Wäre es anders, so würde kaum ein Sterblicher der Verdammnis in der einen oder anderen Form entgehen.

Endlich drang das erste schwache Licht durch das Rauchloch der Hütte und verriet mir, daß bald der Tag anbrechen würde. Ich erhob mich leise, um Anscombe nicht zu wecken, kleidete mich an und verließ die Hütte. Ich hatte die Absicht, Nombé aufzusuchen, die ich immer noch am Feuer vermutete, und sie mit der Botschaft zu Zikali zu schicken, ich wolle ihn sofort sprechen. Als ich mich im Morgengrauen umblickte, stellte ich jedoch fest, daß sie verschwunden war, und daß sich sonst offenbar noch niemand regte. In der Nähe hörte ich ein Pferd schnauben, ging auf das Geräusch zu und entdeckte in einer kleinen Nische des überhängenden Kliffs die Kutsche und daneben unsere Tiere, die angebunden waren und reichlich Futter bekommen hatten. Drei von ihnen waren noch nicht aufgestanden, aber soweit ich das im Zwielicht beurteilen konnte, schien ihnen nichts zu fehlen, und so ging ich weiter zum Tor des Zauns, der Zikalis große Hütte umgab. Hier wollte ich warten, bis jemand erschien, den ich mit meiner Botschaft betrauen konnte.

In diesem Licht erkannte ich die Gestalt.
Es war Nombé.

Ich erreichte das Tor, drückte dagegen und fand es von innen verschlossen. Also setzte ich mich und zündete meine Pfeife an. Ein ungewöhnlich starkes Gefühl der Einsamkeit überkam mich an diesem Ort. Hinter der bereits erwähnten Festung Ceza, die in meinem Rücken aufragte, war sicher schon die Sonne aufgegangen, denn über mir färbte sich der Himmel rot. Aber das ganze Schwarze Kloof mit seinen riesigen, phantastischen Felsen lag noch in tiefem Schatten, was mir, der ich müde war von der durchwachten Nacht und meinen vielen Sorgen, offenbar das Herz schwer machte. Außerdem war ich entsetzlich nervös, und das nicht ohne Grund, wie sich bald herausstellte. Irgendwann vernahm ich jenseits des Zauns ein Rascheln wie von vorsichtig herumkriechenden Menschen und flüsternde Stimmen. Dann wurde jäh das Tor aufgerissen, und etwa ein Dutzen Zulu-Krieger, alle mit Halsringen versehen, stürmten heraus und umzingelten mich, der ich da am Boden saß.

Lange Zeit sah ich sie an, und sie sahen mich an, denn ich war meiner alten Gewohnheit gemäß entschlossen, nicht als erster zu sprechen, und wenn sie wirklich die Absicht hatten, mich zu töten, hatten Worte ohnehin keinen Sinn. Endlich salutierte ihr Anführer, ein älterer Mann mit dünnen Beinen, einem dicken Bauch und recht sympathischen Zügen sehr höflich und sagte:

»Guten Morgen, o Macumazahn.«

»Guten Morgen, o Hauptmann, dessen Namen und Anliegen ich nicht kenne«, gab ich zurück.

»Die Winde kennen den Berg, über den sie wehen, aber der Berg kennt die Winde nicht, da er sie nicht sehen kann«, bemerkte er sehr poetisch. Auf diese Art pflegten die Zulu auszudrücken, daß einen Hansdampf in allen Gassen mehr Leute kennen, als diesem bewußt ist.

»Mag sein, Hauptmann, und doch kann der Berg die Winde spüren«, und sie riechen, hätte ich hinzufügen können, denn im Kloof war es schwül, und die Kaffern hatten schon längere Zeit nicht mehr gebadet.

»Ich heiße Goza und komme im Auftrag des Königs, o Macumazahn.«

»Was du nicht sagst, Goza. Besteht dein Auftrag vielleicht darin, mir die Kehle durchzuschneiden?«

»Derzeit nicht, Macumazahn, es sei denn, du weigerst dich, dem Wunsch des Königs zu folgen.«

»Und wie lautet der Wunsch des Königs, Goza?«

»Es ist sein Wunsch, Macumazahn, daß du, sein Freund, ihm einen Besuch abstattest.«

»Ich war bereits auf dem Weg zu ihm, Goza.« (Das entsprach zwar nicht der Wahrheit, aber darauf kam es nicht an, denn wenn auch in den Augen von Schulmädchen jede Lüge eine Beleidigung des Herrn sein mag, so sind kleine Flunkereien in schwieriger Lage doch oft eine große Hilfe). »Nach dem Essen werden ich und meine Freunde dich zum Kral des Königs in Ulundi begleiten.«

»Nein, Macumazahn. Deine Freunde hat der König nicht erwähnt, und ich glaube, er hat ebenso wie wir nie von ihnen gehört. Sollten deine Freunde außerdem Weiße sein, so tust du gut daran, nicht von ihnen zu sprechen, denn wir haben Befehl, alle Weißen in Zululand, die nicht auf Wunsch des Königs hier sind, sofort zu töten, dich ausgenommen, Macumazahn.«

»Tatsächlich, Goza? Nun, du hast dich gewiß davon überzeugt, daß ich ganz allein hier bin und keine Freunde bei mir habe. Ich wollte mich nur nicht so früh auf den Weg machen.«

»Natürlich wissen wir, daß du ganz allein bist und keine Freunde bei dir hast, nicht wahr, meine Brüder?«

»Ja, ja, wir wissen es«, riefen die anderen im Chor, und einer fügte hinzu: »Und wir werden es auch dem König melden.«

»Welche Decken gefallen euch besser, die einfarbig grauen oder die weißen mit den blauen Streifen?« fragte ich in der Absicht, sie in ihrem Entschluß zu bestärken.

»Die grauen wärmen besser, Macumazahn, und man

sieht den Schmutz nicht so leicht«, antwortete Goza nachdenklich.

»Gut, ich werde es berücksichtigen, sobald sich die Gelegenheit ergibt.«

»Man weiß von alters her, daß ein Versprechen von Macumazahn wie ein Baum ist, den die Elefanten nicht niederreißen können und die weißen Ameisen nicht fressen wollen«, erklärte Goza, der offenbar ein Phrasendrescher war, und brachte damit seine Überzeugung zum Ausdruck, daß er und seine Leute besagte Decken irgendwann bekommen würden. Tatsächlich erhielten die Überlebenden dieses Trupps und die Familien anderer sie nach dem Krieg, denn im Umgang mit Eingeborenen war ich stets peinlich darauf bedacht, ein einmal gegebenes Versprechen, für das ich meinen Lohn bereits empfangen hatte, auch einzuhalten.

»Und nun«, fuhr Goza fort, »sollten wir vielleicht aufbrechen, wenn der Inkosi nichts dagegen hat, da wir heute noch einen weiten Weg zurückzulegen haben.«

»Unmöglich«, lehnte ich ab. »Vor einer Reise muß ich erst essen, denn was kann ein Mensch mit der Mahlzeit von gestern im Magen schon leisten? Außerdem muß ich mein Pferd satteln, meine Habseligkeiten einsammeln und mich von meinem Gastgeber Zikali verabschieden.«

»Wir haben genügend Fleisch bei uns, Macumazahn, du brauchst unterwegs nicht zu darben. Dein Pferd und alles, was dein ist, wird man dir nachbringen, denn wie könnten wir dich zu Fuß einholen, solltest du auf jenem schnellen Tier fliehen, und wie könnten wir, die wir nur Speere haben, uns vor dem Tode retten, wenn du mit deinem Gewehr auf uns schießt? Was den Eröffner der Wege angeht, so sagten uns seine Diener, er wolle heute den ganzen Tag schlafen, um in seinen Träumen mit den Geistern sprechen zu können, deshalb brauchst du auch nicht zu warten, um dich von ihm zu verabschieden. Überdies hat uns der König befohlen, dich unverzüglich zu ihm zu bringen.«

Danach herrschte eine Weile Schweigen, während ich reglos dasaß und die Situation überdachte, und die Zulu mich mit wohlwollendem Interesse beobachteten. Goza nahm seine Schnupftabaksdose vom Ohr, bot sie mir an, schüttete sich, als ich ablehnte, eine Prise in die Handfläche und schnupfte sie.

»Der Befehl des Königs lautet (hatschi), dich lebend zu ihm zu bringen, wenn möglich, und wenn nicht (hatschi), dann tot. Du kannst wählen, Macumazahn. Vielleicht möchtest du lieber als Toter nach Ulundi gehen, was dir — ah! der Tabak ist stark, ich muß weinen wie ein Weib — die Mühe des Gehens ersparen würde. Doch wenn du möchtest, daß wir dich tragen, Macumazahn, dann sei so gut und schreibe zuvor noch die Worte nieder, die dafür sorgen, daß uns die grauen Decken ausgehändigt werden, denn wir sind uns wohl bewußt, daß selbst deine toten Gebeine den Wunsch hätten, dein Versprechen zu halten. Weiß das nicht jedes Kind hier im Lande seit der Zeit, als Bangu getötet wurde und du das Vieh, das du dir verdient hattest, Sadukos wilden Männern schenktest?«

Gozas Worte brachten mich auf eine Idee, die ihm vielleicht auch schon selbst gekommen war.

»Ich höre dich, Goza«, sagte ich, »und ich werde auf meinen eigenen zwei Beinen nach Ulundi gehen — um euch die Mühe zu ersparen, mich zu tragen. Aber wir leben in unruhigen Zeiten, und Unfälle kann man nie ausschließen. Da ich sichergehen möchte, daß ihr diese Dekken auch wirklich bekommt, auch wenn es das Schicksal so will, daß ich flach auf dem Rücken liegend im Kral des Königs eintreffe, werde ich vorher einige Worte schreiben, die sich, wenn man sie der Medizinfrau Nombé übergibt, früher oder später in Decken verwandeln werden.«

»Schreibe die Worte schnell, Macumazahn, man wird sie ihr übergeben«, sagte Goza.

Also zog ich mein Notizbuch heraus und schrieb:

Lieber Anscombe,

Verrat ist im Gange, und ich glaube, Zikali steckt dahinter. Ein Trupp bewaffneter Zulu, die mir, wahrscheinlich auf Zikalis Geheiß, nicht gestatten wollen, mit Ihnen Verbindung aufzunehmen, soll mich zu Cetewayo nach Ulundi bringen. Sie und Heda müssen allein zurechtkommen, so gut Sie können. Wenn Sie eine Möglichkeit sehen, fliehen Sie nach Natal. Natürlich werde ich Ihnen helfen, falls ich Gelegenheit dazu habe, sollte jedoch ein Krieg ausbrechen, dann wird Cetewayo mich eventuell töten. Nombé halte ich für vertrauenswürdig, auch Zikali will Ihnen wohl nicht schaden, solange er anders kann, obwohl ich keinen Zweifel habe, daß er uns hier aus irgendwelchen finsteren Motiven festhält. Richten Sie ihm durch Nombé aus, wenn Ihnen etwas zustößt, werde ich ihn töten, falls ich überlebe, und falls nicht, wird er im Jenseits dafür bezahlen. Gott schütze und segne Sie alle beide. Verlieren Sie nicht den Mut und gebrauchen Sie Ihren Verstand.

Ihr Freund

›A. Q.‹

Ich riß die Seite heraus, faltete sie zusammen, schrieb Anscombes Namen darauf und reichte sie Goza mit der Bemerkung, dieses Blatt sehe zwar aus wie Papier, sei in Wirklichkeit aber vierzehn Decken — vorausgesetzt, Nombé erhalte es sofort.

Er nickte und gab es einem seiner Männer, der in Richtung auf unsere Hütten verschwand. Nombé weiß also über alles Bescheid, dachte ich bei mir, und das bedeutet, daß Zikali die Hand im Spiel hat. Deshalb hat sie letzte Nacht so mit mir gesprochen.

»Es ist Zeit zum Aufbruch, Macumazahn, und du sagtest doch, du wolltest lieber auf deinen eigenen zwei Beinen gehen«, mahnte Goza mit einem vielsagenden Blick auf seinen Speer.

»Ich bin bereit«, erklärte ich und stand gezwungenermaßen auf. Einen Augenblick lang betrachtete ich das Tor in der Kral-Umzäunung und überlegte, ob ich es wohl wagen konnte, in die Hütte zu flüchten und mich unter Zikalis Schutz zu begeben. Nein, das war nicht ratsam, denn dort saß Zikali, hielt alle Fäden in der Hand und würde sich wahrscheinlich weigern, mich überhaupt zu empfangen. Außerdem mußte ich damit rechnen, daß einer dieser breiten Spieße mich ins Herz traf, ehe ich den alten Zauberer erreichen konnte. Mir blieb also nichts anderes übrig, als mich zu fügen. Trotzdem rief ich mit lauter Stimme:

»Leb wohl, Zikali, ich verlasse dich ohne Abschiedsgeschenk und gegen meinen Willen, da ich von Soldaten abgeholt werde, um den König in Ulundi zu besuchen. Wenn wir uns wiedersehen, werden wir uns über diese Angelegenheit zu unterhalten haben.«

Ich bekam keine Antwort, und als Goza die Gelegenheit nützte, mir zu erklären, jegliches Geschrei sei ihm äußerst zuwider und veranlasse ihn manchmal zu Taten, die er hinterher bereue, verstummte ich. Dann umringte mich die Zulu-Garde, und wir brachen auf. Mein Herz war schwer vor Sorge um mich selbst und um jene, die ich zurücklassen mußte.

Wir stapften das Schwarze Kloof entlang und gelangten auf die sonnenbeschienene Ebene, ohne jemandem zu begegnen. Ein paar Meilen weiter erreichten wir einen kleinen Bach, und Goza verkündete, hier würden wir Rast machen und essen. Wir verzehrten also kaltes, gebratenes Fleisch, das einer der Männer aus einem mitgebrachten Korb holte, nicht unbedingt ein Leckerbissen, aber besser als nichts. Gerade als wir fertig waren, blickte ich auf und sah den Soldaten herankommen, dem man meine Nachricht anvertraut hatte. Er führte meine Stute am Zügel. Sie war gesattelt worden, und jemand hatte ihr auch meine geräumigen Satteltaschen mit meinen Habseligkeiten, dazu meinen dicken Mantel, die Regenhaut, die Wasserflasche und andere Dinge einschließlich meines Tabaksbeutels, einer Ersatzpfeife und einer Schachtel mit Wachszündhölzern aufgepackt. Außerdem schleppte der Mann meine doppelläufige Express-Büchse und meine Schrotflinte, die auch mit Kugeln geladen werden konnte, sowie zwei Beutel mit Patronen. Von dem, was mir gehörte, war so gut wie nichts im Kloof zurückgeblieben.

Ich fragte ihn, wer all die Dinge zusammengetragen habe, und er antwortete, das habe die Medizinfrau Nombé getan, und sie habe ihm auch das gesattelte Pferd gebracht, auf dem alles befördert werden sollte. Wer das Pferd gesattelt habe, wisse er nicht, da er außer Nombé niemanden gesehen habe. Meine Schrift habe er ihr übergeben, und sie habe sie an sich genommen. Auf weiteres Befragen rückte er damit heraus, Nombé lasse mir ihrerseits eine Botschaft senden, die folgendermaßen laute:

»Ich sage Macumazahn für eine kleine Weile Lebewohl und wünsche ihm Glück, bis wir uns wiedersehen. So er in die Schlacht verwickelt wird, braucht er sich nicht zu fürchten, sollte er verwundet werden, so wird er nicht daran sterben, denn jene, die er nicht sehen kann, werden mit ihm sein und ihre Schilde über ihn halten. Richte Macumazahn aus, daß ich, Nombé, am Morgen nicht vergessen habe, was ich ihm in der Nacht versprach, und daß sich oft wiederfindet, was ganz und gar verloren scheint. Wünsche ihm viel Glück und sage ihm auch, ich hätte leider keine Zeit gehabt, seine Ersatzkleider mit Wasser reinigen zu lassen, aber ich hätte Sorge getragen, daß sein kleines Kästchen mit der Medizin des Weißen Mannes nicht zurückbleibt.«

Mehr konnte ich aus dem Soldaten nicht herausbekommen, denn der Mann war entweder sehr dumm oder stellte sich so. Ich wagte auch nicht, mich direkt nach der Kutsche und ihren Insassen zu erkundigen.

Bald brachen wir wieder auf, zu Fuß, denn Goza wollte mir nicht erlauben, mein Pferd zu besteigen, aus Angst, ich könnte damit fliehen. Ich durfte auch keines der Gewehre tragen, damit ich nicht davon Gebrauch machen konnte. So marschierten wir den ganzen Tag hindurch und erreichten am späten Nachmittag das Nongoma-Massiv. In dieser idyllischen Gegend fanden wir genau an der Stelle, wo später, nachdem wir das Land erobert hatten, ein Verwaltungsgebäude errichtet werden sollte, einen Kral, von dem aus sich einer der schönsten Ausblicke in ganz Zululand bot. In diesem Kral befanden sich nur zwei alte Frauen, die offenbar taub und stumm waren, denn ich konnte ihnen kein einziges Wort entlocken. Immerhin mußten die beiden Alten oder andere, die sich freilich nicht sehen ließen, mit unserem Eintreffen gerechnet haben, denn ein bereits abgezogenes, bratfertiges Kalb lag bereit, und daneben standen große Gurden mit Kaffernbier und *Maas* oder geronnener Milch.

Wir griffen herzhaft zu, und als wir fertig waren, gab ich Goza einen großen Schluck Brandy, denn Nombé oder vielleicht auch Anscombe waren so fürsorglich gewesen, mit meinem Gepäck eine Flasche mitzuschicken. Der Alkohol löste dem alten Knaben die Zunge, und so erfuhr ich eine ganze Menge wissenswerter Dinge. Er verriet mir, daß von der englischen Regierung gewisse Forderungen, die er freilich nur sehr vage umschrieb, an Cetewayo gestellt worden seien, und daß der König nun überlege, ob er darauf eingehen oder lieber kämpfen solle. Der Hohe Rat der Nation sei einberufen worden und würde in wenigen Tagen in Ulundi tagen, um die Frage zu entscheiden. Inzwischen würden alle Regimenter zusammengezogen oder, genauer gesagt, mobilisiert, ein so gewaltiges Heer, behauptete Goza, wie selbst Chaka niemals eines in den Krieg geführt habe.

Darauf wollte ich wissen, was ich mit der ganzen Sache zu tun habe, warum man mich, einen friedlichen Reisenden und alten Freund der Zulu gefangennehme und nach Ulundi verschleppe. Er entgegnete, das könne er mir nicht sagen, da er nicht im Rat der Höchsten sitze, aber er glaube, König Cetewayo wolle gerade deshalb mit mir sprechen, weil ich ein Freund der Zulu sei, vielleicht habe er vor, mich als Boten zu den Weißen zu entsenden. Ich fragte ihn, woher der König wisse, daß ich mich überhaupt im Lande befinde, worauf er erwiderte, Zikali habe ihm auf irgendeine ihm unbekannte Weise von meinem Kommen berichtet, worauf man ihn, Goza sofort ausgeschickt habe, um mich zu holen. Weiter bekam ich nichts aus ihm heraus.

Ich überlegte, ob es wohl der Mühe wert sei, ihn völlig betrunken zu machen, um dann zu versuchen, mit dem Pferd zu fliehen, schlug mir den Gedanken aber schnell wieder aus dem Kopf. Erstens waren seine Männer in der Nähe, und um sie alle zu berauschen, reichte mein Brandy nicht aus. Und selbst wenn es mir gelänge, hier im Herzen von Zululand zu entkommen, würde das Anscombe oder Heda nichts nützen. Wahrscheinlich würde man mich ohnehin wieder einfangen und töten, ehe ich das Land verlassen konnte. So gab ich den Plan auf und legte mich statt dessen schlafen.

Am nächsten Morgen verließen wir Nongoma sehr früh, in der Hoffnung, am Abend Ulundi zu erreichen, vorausgesetzt, der Ivune und der Schwarze Umfolozi wären seicht genug, daß wir sie durchwaten konnten. Wie sich herausstellte, führten zwar beide Flüsse Hochwasser, aber es gelang uns doch, sie zu überqueren. Ich saß dabei auf dem Pferd, und einer der Zulu führte es am Zügel. Dann stapften wir meilenweit durch das heiße, trostlose Bekameezi-Tal, in dem es nach Überzeugung der Zulu angeblich spukt. In diesem Tal hält sich viel Großwild auf, doch ist das Klima so ungesund, daß einst ganze Krale von Menschen, die das fruchtbare Land urbar machen wollten, am Fieber starben oder flohen, ohne ihre Ernte einzubringen. Nun lebt dort niemand mehr. Danach kletterten wir über einen steilen Hang hinauf zum

Hochland von Mahlabatini, wo wir eine kurze Rast einlegten, um zu essen, worauf wir uns sofort wieder auf den Weg machten.

Endlich lag die große, von Bergen eingefaßte Ebene von Ulundi vor uns, die man die Wiege der Zulu-Rasse nennen könnte und die, politisch gesprochen, auch zu ihrem Sarg werden sollte. Auf einem Grat im Westen stand einst der Nobamba-Kral, wo Senzangakona residierte, der Vater Chakas des Löwen. Näher am Weißen Umfolozi befand sich Pandas Königssitz Nodwengu, den ich selbst noch gut gekannt hatte, während sich an den Hängen im Nordosten, vom Licht des Sonnenuntergangs übergossen, Cetewayos Stadt Ulundi erhob.

Tatsächlich wirkten die Stadt und die ganze riesige Ebene wie in Blut getaucht, ein Vorgeschmack auf den Anblick, den sie am Tage der letzten Schlacht der Zulu bieten sollte.

XIII

Cetewayo

Als wir den Kral von Ulundi endlich erreichten, war es dunkel, denn der zunehmende Mond verbarg sich hinter den Wolken. Sehen konnte ich nichts, aber am Stimmengewirr und an den ständigen Wer-da-Rufen merkte ich, daß zahlreiche Menschen um uns waren. Am Osttor ließ man uns schließlich ein, und ich wurde zu einer Hütte geführt, wo ich mich sofort schlafen legte, denn ich war so müde, daß ich an Essen gar nicht denken mochte. Am nächsten Morgen, ich frühstückte gerade in dem kleinen, umfriedeten Hof der Gästehütte, erschien Goza. Er sagte, der König habe ihm befohlen, mich sofort zu ihm zu bringen, und fügte hinzu, ich solle ›sanft‹ mit ihm sprechen, denn er sei ›sehr zornig‹.

Also durchquerten wir den großen Viehkral, wo ein Regiment von etwa zweitausend jungen Männern mit einer Verbissenheit exerzierte, die zeigte, daß reiner Drill nicht alles war, wonach ihnen der Sinn stand. Auch an den Seiten des Krals drängten sich Hunderte von Soldaten, alle redeten aufeinander ein und schienen sehr erregt, sie stampften mit den Füßen auf den Boden und sprangen sogar in die Luft, um ihren Argumenten Nachdruck zu verleihen. Plötzlich entdeckten mich einige von ihnen, worauf ein hochgewachsener, streitsüchtiger Bursche ausrief:

»Was hat ein weißer Mann zu dieser Zeit in Ulundi zu suchen, wagt sich doch nicht einmal John Dunn hierher? Kommt, wir wollen ihn töten und seinen Kopf als Geschenk an den englischen General jenseits des Tugela schicken. Das macht dem langen Hin und Her über Frieden oder Krieg sicher ein Ende.«

Mehrere Gleichgesinnte stimmten dem Vorschlag zu, mit dem Erfolg, daß schließlich an die zwanzig Mann, wild ihre Stöcke schwingend — Waffen waren im königlichen Kral nicht gestattet — auf mich losstürmten. Goza tat sein Bestes, um sie abzuwehren, wurde jedoch wie eine Feder zur Seite gefegt oder vielmehr umgestoßen, denn ich sah ihn auf dem Rücken liegen und seine dünnen Beine in die Luft strecken.

»Aus dieser Grube mußt du selbst herausklettern«, begann er in seiner pompösen, bildhaften Sprache. Dann trat ihm jemand ins Gesicht, er schlug seine Zähne in die Ferse des Angreifers und war damit vorerst zum Schweigen gebracht.

Der streitsüchtige Schurke, sechs Fuß drei Zoll groß und mit einem Mund wie ein Wolfsrachen, trat vor mich hin, beugte sich herab und brüllte:

»Jetzt werden wir dich töten, Weißer Mann.«

Ich hatte eine Pistole in der Tasche und wäre durchaus in der Lage gewesen, *ihn* zu töten, was ich auch sehr verlockend fand. Doch nach kurzem Überlegen sah ich ein, daß mir dies nichts nützen und mich in gewissem Sinne sogar ins Unrecht setzen würde, auch wenn mich das nicht mehr zu kümmern brauchte, wenn die Sache zur Verhandlung käme. Also verschränkte ich lediglich die Arme, blickte zu ihm auf und fragte:

»Warum, Schwarzer Mann?«

»Weil dein Gesicht weiß ist«, brüllte er.

»Nein«, widersprach ich, »weil dein Herz schwarz ist und du nur noch Blut siehst, so daß du Macumazahn nicht mehr erkennst!«

»Hui!« rief einer, »es ist der Wächter der Nacht in eigener Person, er, den bereits unsere Väter kannten. Laß ihn in Ruhe.«

»Nein«, schrie der Hüne. »Ich werde ihn dorthin auf Wache schicken, wo ewige Nacht herscht, habe ich doch stets eine eigene Keule für weiße Ratten bei mir.« Damit schwang er seinen Stock über meinem Kopf.

Nun geriet mein Blut in Wallung. Ich wartete meine Chance ab, streckte den rechten Fuß aus, hakte ihn um seinen Knöchel und riß gleichzeitig mit aller Kraft meine Faust nach oben. Ich traf ihn unter dem Kinn, und er stürzte rücklings zu Boden.

»Hundesohn!« sagte ich. »Wenn auch nur ein einziger Stock mich berührt, wirst zumindest du als erster gehen.« Damit zog ich meinen Revolver heraus und zielte auf ihn.

Er lag ganz still, doch die Gemüter waren sehr erregt, und ich weiß nicht, wie die Sache schließlich ausgegangen wäre, hätte sich Goza nicht mit blutender Nase erhoben und gerufen:

»O ihr Toren, wollt ihr den Gast des Königs töten, dem der König höchstpersönlich freies Geleit versprochen hat? Ihr seid doch alle nur Krüge voll Bier und keine Menschen.«

»Warum nicht?« antwortete einer. »Dies ist der Platz der Soldaten. Das Haus des Königs liegt dort drüben. Gebt dem alten Schakal einen Vorsprung von zehn Assegai Länge. Erreicht er es als erster, so mag er seinem Freund, dem König, die Hand schütteln. Wenn nicht, machen wir Medizin aus ihm.«

»Ja, ja, renn was du kannst, du Schakal«, verlangten die anderen, trommelten mit ihren Stöcken auf ihre Schilde, wie Jäger es zu tun pflegen, um eine Antilope zu erschrecken, und traten auseinander, um eine Gasse für mich zu bilden.

In dem ganzen Getümmel war mir dank einer Art von sechstem Sinn ein großer Mann aufgefallen, der sich eine Decke über den Kopf geworfen hatte, um sein Gesicht zu verbergen. Er war ganz unauffällig zwischen die betrunkenen Randalierer getreten, und ich überlegte flüchtig, wer er wohl sein mochte.

»Ich werde nicht rennen«, sagte ich langsam, »um mich vom König retten zu lassen. Nein, ich werde hier sterben, doch zuvor werden einige von euch ihren letzten Atemzug tun. Geh zum König, Goza, und berichte ihm, was für ein Spiel seine Diener mit seinem Gast treiben.« Damit hob ich meinen Revolver, bereit, dem Raufbold auf dem Boden eine Kugel durch den Leib zu jagen, sobald der erste Stock mich berührte.

»Das ist nicht nötig«, ließ sich eine tiefe Stimme vernehmen«, die dem eben erwähnten, vermummten Mann gehörte. »Der König ist hier und sieht es selbst.«

Dann wurde die Decke zurückgeschlagen, und Cetewayo zeigte sich. Er war seit unserer letzten Begegnung fett geworden und sehr gealtert, aber es war ohne jeden Zweifel Cetewayo.

»Bayeté!« grüßte der Mob lauthals, während ein paar, die zuvor am eifrigsten mitgemischt hatten, sich heimlich verdrücken wollten.

»Kein Mann bewegt sich«, befahl Cetewayo, und alle standen wie angewurzelt, während ich meinen Revolver wieder in die Tasche schob.

»Wer bist du, Weißer Mann?« fragte er und sah mich an, »und was willst du hier?«

»Der König sollte Macumazahn kennen«, antwortete ich und zog den Hut, »denn Dingaan kannte ihn, Panda kannte ihn gut, und auch der König kannte ihn einst, ehe er König wurde.«

»Ja, ich kenne dich«, antwortete er, »obwohl du geschrumpft bist wie eine Ochsenhaut in der Sonne und die Zeit weiße Flecken in deinen Bart gezeichnet hat, seit wir zum letzten Mal miteinander sprachen.«

»Und der König ist fett geworden wie ein Ochse vom Sommergras. Was ich hier zu suchen habe? Hat nicht der König selbst Goza ausgeschickt, um mich zu holen, und wurde ich nicht hierher gebracht wie ein Säugling in einer Decke?«

»Zum letzten Mal«, fuhr er fort, ohne auf meine Worte einzugehen, »begegneten wir uns drüben in Nodwengu, als die Hexe Mameena der Zauberei angeklagt wurde, sie, die meinen Bruder in den Wahnsinn trieb und die große Schlacht heraufbeschwor, in der du mit dem Regiment der Amawombé für ihn kämpftest. Weißt du nicht mehr, wie sie dich küßte, Macumazahn, und zwischen den Küssen Gift nahm, wie sie böse Worte zu mir sprach, ehe sie für immer verstummte, und mir androhte, ich sei dazu verdammt, mein eigenes Haus niederzureißen und so zu sterben, wie sie sterben mußte, Worte, die mich seither verfolgen und jetzt mehr denn je? Darüber möchte ich mit dir sprechen, Macumazahn, denn man erzählt sich im Lande, daß diese schöne Hexe dich allein liebte, und daß nur du wußtest, was sie dachte.«

Ich antwortete nicht, denn ich war die ständigen Anspielungen auf Mameena, die offenbar niemand aus seiner Erinnerung zu tilgen vermochte, von ganzem Herzen leid.

»Wir werden allein darüber sprechen, denn es wäre unnatürlich, wolltest du dich vor aller Welt über deine tote Liebe äußern«, fuhr er fort und ließ das Thema mit einer Handbewegung fallen. Dann ging eine jähe Veränderung mit ihm vor. Seine Züge, bisher nachdenklich und fast weich, verhärteten sich, seine Gestalt schien anzuschwellen, und er verbreitete Angst und Schrecken um sich.

»Was hat dieser Hund getan?« fragte er Goza und deutete auf den Rüpel, den ich niedergeschlagen hatte, und der immer noch flach auf dem Rücken lag und sich nicht zu regen wagte.

»O König«, antwortete Goza, »er wollte Macumazahn töten, weil dieser ein weißer Mann ist, obwohl ich ihm sagte, er sei dein Gast und müsse auf königlichen Befehl zu dir gebracht werden. Er wollte ihm einen Vorsprung von zehn Speerlängen geben und ihn zum *Isigodhlo* (dem Haus des Königs) rennen lassen, auf dem Weg dorthin sollten ihn diese Männer mit ihren Stöcken zu Tode prügeln, falls sie ihn erwischten, was ihnen auch sicher gelungen wäre, ist er doch alt, und sie sind jung. Nur wollte der Wächter der Nacht nicht rennen, nein, obwohl er so klein ist, schlug er diesen hier mit der Faust zu Boden, und da liegt er nun. Das ist alles, o König.«

»Steh auf, du Hund!« befahl Cetewayo, und der Mann

erhob sich zitternd vor Angst und nannte auf Befragen auch seinen Namen, den ich freilich vergessen habe.

»Hör zu, du Hund«, fuhr der König ebenso kalt fort. »Was Goza sagt, ist wahr, denn ich habe es mit eigenen Augen und Ohren gesehen und gehört. Du hast dich gebärdet, als wärst du selbst der König. Du hast dich erdreistet, dem Gast des Königs, dem freies Geleit zugesichert war, ans Leben zu wollen, um des Königs Türpfosten mit Blut zu besudeln, um Schande über sein Haus zu bringen und ihn vor den Weißen anzuprangern als Mörder eines der ihren, den er unter seinen Schutz gestellt hatte. Nun, Macumazahn, bestimme *du,* wie er sterben soll, ich werde dafür sorgen, daß es geschieht.«

»Ich will seinen Tod nicht«, erklärte ich, »ich glaube er und die anderen waren betrunken. Laß ihn laufen, o König.«

»Schön, Macumazahn, ich werde ihn laufen lassen. Gib acht, wir stehen in der Mitte des Viehkrals, und bis zum Osttor ist es ebenso weit wie bis zum *Isigodhlo.* Der Mann erhält einen Vorsprung von zehn Speerlängen und soll zum Osttor laufen, wie er Macumazahn zum Haus des Königs laufen lassen wollte, und seine Gefährten, die Macumazahn jagen wollten, sollen ihn jagen. Erreicht er das Tor, so mag er zur Regierung in Natal gehen und ihr von der Grausamkeit der Zulu berichten. Doch soll man in diesem Fall jene, die ihn jagten, zu mir bringen, damit ich über sie richte, vielleicht werden wir dann sehen, wie gut *sie* laufen können.«

Der arme Teufel faßte nach meiner Hand und flehte mich an, mich für ihn zu verwenden, doch schon schleppten ihn Soldaten, die inzwischen herangekommen waren, mit sich fort, ritzten, nachdem sie den ihm zugestandenen Vorsprung abgemessen hatten, ein Zeichen in den Boden und stellten ihn darauf. Dann wurde das Kommando gegeben, er schoß pfeilschnell davon, und zehn oder mehr von seinen Freunden folgten ihm. Ich glaube, sie erwischten ihn kurz vor dem Tor, wo er einen

Haken schlug wie ein Hase, das entnahm ich jedenfalls dem brüllenden Gelächter des Regiments, denn selbst wollte ich nicht hinsehen.

»Der Hund hat seinen eigenen Magen gefressen«, sagte Cetewayo grimmig, was in der Ausdrucksweise der Eingeborenen bedeutet, der Beißer sei selbst gebissen worden oder der Jäger in die eigene Falle gegangen. »Es ist lange her, seit Krieg im Land herrschte, und einige dieser jungen Soldaten, die mit ihren Assegai nie etwas anderes getan haben, als den Ochsen das Fell abzuziehen oder den Hühnern den Kopf abzuschlagen, schreien zu laut und springen zu hoch. Von nun an werden sie etwas leiser sein, und solange du hier bist, wird man dich nicht mehr behelligen, Macumazahn«, fügte er nachdenklich hinzu.

Damit war die Sache für ihn erledigt, sie hatte nicht mehr Gewicht als für uns Weiße ein belangloser Zwischenfall beim Morgenspaziergang. Der Befehlshaber des auf dem Hof exerzierenden Regiments kam angelaufen, um irgend etwas zu melden, Cetewayo sprach ein paar Minuten mit ihm, winkte dann mir und Goza, ihm zu folgen, und kehrte zum *Isigodhlo* zurück.

Nachdem wir vor dem Tor der Umfriedung ein wenig gewartet hatten, forderte uns ein Diener zum Eintreten auf. Der König saß ganz allein auf der schattigen Seite seiner großen Hütte. Auf ein Zeichen von ihm nahm ich auf einem bereitgestellten Schemel Platz, während sich Goza, dessen Nase immer noch blutete, neben mir auf den Boden hockte.

»Deine Manieren sind nicht mehr so gut wie früher, Macumazahn«, bemerkte Cetewayo nach einer Weile, »vielleicht warst du auch nur so lange nicht mehr im königlichen Kral, daß du die herrschenden Sitten vergessen hast.«

Ich starrte ihn an und fragte mich, was er wohl damit meine, worauf er lachend hinzufügte:

»Was hast du da in deiner Tasche? Ist es nicht ein geladener Revolver, und weißt du nicht mehr, daß jeder, der bewaffnet vor den König tritt, des Todes ist? Nun könnte ich dich ohne Schaden für meine Ehre töten, obwohl du mein Gast bist, denn wer weiß, ob du nicht von der englischen Königin gesandt wurdest, um mich zu erschießen?«

»Ich bitte den König um Verzeihung«, sagte ich demütig. »An den Revolver habe ich nicht mehr gedacht. Deine Diener mögen ihn fortbringen.«

»Vielleicht ist er in deiner Tasche, wohin du ihn — ich habe es beobachtet — im Viehkral gesteckt hast, Macumazahn, sicherer als in den Händen von Leuten, die mit solchen Dingen nicht umzugehen verstehen. Außerdem weiß ich, daß es nicht deine Art ist, hinterrücks zuzustechen, auch wenn unsere beiden Völker einander knurrend umkreisen wie zwei Hunde vor einem Kampf, und selbst wenn es anders wäre, müßtest du an diesem Ort mit deinem Leben für das meine bezahlen. Neben dir steht Bier, trink und fürchte nichts. Hat dich der Eröffner der Wege empfangen, Goza, und wenn ja, wie lautet seine Antwort auf meine Botschaft?«

»O König, er hat mich empfangen«, antwortete Goza. »Der Vater aller Medizinmänner, der Freund und Meister der Geister sagt, er habe das Wort des Königs vernommen, jawohl, er habe es in dem Augenblick gehört, als es über die Lippen des Königs kam, und trotz seines hohen Alters will er nach Ulundi reisen und vor dem Hohen Rat der Nation erscheinen, der heute in sieben Tagen, in der Nacht des Vollmonds einberufen werden soll. Doch er stellt dem König eine Bedingung. Eine Wohnstatt verlangt er für sich, für sein Gefolge und für die Diener, die ihn tragen, abseits der Stadt Ulundi soll sie liegen, damit er ganz allein dort weilen kann, und allen soll bei Todesstrafe verboten werden, sei es an dieser Wohnstatt oder während seiner Reise, seine Einsamkeit zu stören. Dies sind seine Worte, o König:

›Ich, der ich der älteste Mensch in Zululand bin, hause

in Gemeinschaft mit den Geistern meiner Väter, die keine Fremden in ihrer Nähe dulden und die, so man ihr Mißfallen erregt, großes Leid über das Land bringen werden. Zudem habe ich geschworen, nie wieder einen Fuß in einen königlichen Kral zu setzen, solange ein König in Zululand herrscht und ich noch Leben in mir habe, denn als ich dies das letzte Mal tat, anläßlich des Verfahrens gegen die Hexe Mameena, hielt es der damalige König, der jetzt bei den Toten weilt, für angebracht, Drohungen gegen mich auszustoßen, und niemals wieder lasse ich, der Eröffner der Wege, mich von einem Sterblichen bedrohen. Wenn es daher den König und seinen Rat nach dem Brunnen meiner Weisheit dürstet, so will ich bestimmen, wann und wo sie daraus trinken dürfen. Gesteht man mir das nicht zu, so werde ich hier in meinem Hause bleiben, und der König mag andere Medizinmänner um Erleuchtung bitten, denn mein Licht wird einzig und allein in meinem eigenen Herzen brennen.‹«

Ich sah, daß diese Worte Cetewayo sehr beunruhigten, denn wie das ganze Land hatte auch er große Angst vor Zikali.

»Was will der alte Hexenmeister damit bezwecken?« fragte er zornig. »Er lebt allein wie eine Fledermaus in einer Höhle und wurde seit Jahren von niemand mehr gesehen. Doch wie eine Fledermaus des Nachts ausfliegt und auf der Suche nach Beute weit durch die Lande streift, so scheint auch sein Geist durch ganz Zululand zu huschen. Überall höre ich die gleichen Worte. Ich höre: ›Was sagt der Eröffner der Wege?‹ Ich höre: ›Wie kann man etwas unternehmen, wenn nicht der Eröffner der Wege verkündet hat, daß es unternommen werden soll, er, der bereits auf Erden weilte, ehe der Schwarze (Chaka) geboren wurde, er, der angeblich der Freund des *Inkosi* Umkulu war, des Ahnherrn der Zulu, der vor so langer Zeit starb, daß selbst unsere Urgroßväter sich nicht mehr an ihn erinnern können, er, der alles Wissen besitzt und selbst schon beinahe, wenn nicht ganz zu den Geistern gehört?‹ Ich frage dich, Macumazahn, der du sein Freund bist, was will er damit bezwecken, und warum soll ich ihn nicht einfach kurzerhand töten?«

»O König«, antwortete ich, »in den Tagen deines Onkels Dingaan, als Dingaan die Buren erschlug, die doch seine Gäste waren, und damit den Krieg zwischen Weißen und Schwarzen entfesselte, vernahm ich, der ich, fast noch ein Kind, mit Retief ritt und dem Morden entrann, Zikalis Lachen zum ersten Mal drüben im Kral Ungungundhlovu, doch sein Antlitz schaute ich damals nicht. Erst viele Jahre später, in den Tagen deines Vaters Panda, sah ich sein Gesicht, und deshalb nennst du mich seinen Freund. Doch dieser Freund lockte mich zu sich, vielleicht auf deinen Wunsch, o König, und dann ließ er mich hierher nach Ulundi bringen, ganz gewiß auf deinen Wunsch, o König, aber gegen meinen eigenen, denn wen zieht es schon in eine Stadt, wo er von dem erstbesten Rabauken, der ihm in einem Viehkral über den Weg läuft, fast erschlagen wird?«

»Du wurdest aber nicht erschlagen, Macumazahn, und vielleicht kennst du nicht die ganze Geschichte dieses Rabauken«, gab Cetewayo fast unterwürfig zu bedenken, als wolle er mich um Verzeihung bitten; auf das, was ich sonst noch gesagt hatte, ging er jedoch nicht ein. »Trotz allem bist du Zikalis Freund, du bist mit ihm durch ein Seil verbunden, das es ihm möglich machte, dich nach Zululand zu ziehen, und dieses Seil trägt, nach allem, was ich höre, den Namen einer Frau. Nun sage mir beim Geist jener Frau, die dich immer noch wie ein Seil zu ziehen vermag — was führt dieser alte Hexenmeister im Schilde, und warum sollte ich ihn nicht töten und mir damit einen vom Halse schaffen, der auf meinem Herzen lastet wie ein böses Nachtgesicht und der, wie ich manchmal glaube, ein *Umtakati* ist, ein Missetäter, der Unheil brütet gegen mich und mein Haus, ja, gegen mein ganzes Volk?«

»Wie soll ich wissen, was er im Schilde führt, o König?« antwortete ich entrüstet, obwohl ich in Wirklichkeit durchaus meine Vermutungen hatte. »Und was das Töten angeht, kann der König nicht töten, wen er will? Freilich erinnere ich mich, daß ich deinen Vater einmal fast die gleiche Frage an Zikali selbst stellen und ihn sagen hörte, er sei gesonnen zu prüfen, ob dieser sterblich sei wie andere Menschen oder nicht. Ich erinnere mich auch, daß Zikali antwortete, es gebe einen Spruch, wenn der Wegbereiter ans Ende seines Weges komme, werde es keinen König der Zulu mehr geben, wie es auch keinen gegeben habe, als er seinen Weg angetreten habe. So spreche ich, der ich ein weißer Mann bin und eure Redensarten nicht verstehe.«

»Auch ich erinnere mich daran, Macumazahn, da ich zu jener Zeit anwesend war«, entgegnete er langsam. »Mein Vater fürchtete diesen Zikali, auch sein Vater fürchtete ihn, und ich habe gehört, daß sogar der Schwarze, den nichts schrecken konnte, ihn fürchtete. Ich fürchte ihn ebenfalls, so sehr, daß ich nicht wage, in einer wichtigen Sache einen Entschluß zu fassen, ohne seinen Rat einzuholen, aus Angst, er könnte mich und die ganze Nation mit seinen Hexenkünsten vernichten.«

Er schwieg eine Weile, dann wandte er sich an Goza und fragte: »Hat der Eröffner der Wege auch bestimmt, wo er wohnen will, wenn er mich hier in Ulundi besucht?«

»O König«, antwortete Goza, »in jenen Bergen dort drüben, nicht weiter, als ein Greis in der Hälfte einer Stunde zu gehen vermag, befindet sich ein Ort, der das Tal der Knochen genannt wird, weil in den Tagen der Herrscher, die vor unserem König untergingen, und auch noch unter deiner eigenen Regierung viele Missetäter dorthin zum Tode geführt wurden. In diesem Tal der Knochen will Zikali wohnen, und dort und nirgendwo sonst will er mit dem König und dem Hohen Rat zusammentreffen, nicht im Licht des Tages, sondern nach Sonnenuntergang, wenn der Mond am Himmel steht.«

Cetewayo fuhr zusammen. »Das ist ein unheilvoller Ort, man sagt, dort gingen Gespenster um. Kein Mensch wagt sich nach Einbruch der Dunkelheit in die Nähe dieses Tales, aus Angst, die Geister der Toten könnten sich zeternd auf ihn stürzen.«

»Dies waren die Worte des Wegbereiters, o König«, erwiderte Goza. »An diesem und keinem anderen Ort will er mit dem König zusammentreffen, und dort, so fordert er, sollen drei Hütten gebaut und mit allem Nötigen ausgestattet werden, als Obdach für ihn und sein Gefolge. Wird ihm dies nicht gewährt, so will er weder den König aufsuchen, noch der Nation seinen Rat zuteil werden lassen.«

»So sei es denn«, sagte Cetewayo. »Sende Boten zum Eröffner der Wege, Goza, und laß ihm sagen, alles wird so geschehen, wie er es wünscht. Verbreite auch den Befehl, daß es allen bei Todesstrafe verboten ist, ihm auf dem Weg hierher oder auf der Rückreise nachzuspionieren. Sorge dafür, daß die Hütten umgehend errichtet werden, daß man sie reichlich mit Proviant versieht, sobald gemeldet wird, daß er naht, und daß danach jeden Morgen frische Nahrung an den Eingang des Tales gebracht wird. Bitte ihn, sein Kommen sowie die Stunde, die er für unser Treffen wählt, durch Boten anzukündigen. Und jetzt geh.«

Goza sprang auf, entbot den königlichen Gruß, entfernte sich rückwärts aus der Gegenwart des Königs und ließ uns allein zurück. Auch ich erhob mich und wollte mich verabschieden, aber Cetewayo bedeutete mir, meinen Platz wieder einzunehmen.

»Macumazahn«, sagte er, »der Mann der Großen Königin, der nach Natal gekommen ist (Sir Bartle Frere), droht mir mit Krieg, weil ohne mein Wissen zwei sittenlose Weiber auf der Natalseite des Tugela aufgegriffen, nach Zululand zurückgebracht, und von Mehlokazulu getötet wurden, da sie die Frauen seines Vaters Sirayo waren. Außerdem haben einige meiner tapferen Soldaten zwei weiße Männer von einer Insel im Tugela-Fluß vertrieben.«

»Ist das alles, o König?« fragte ich.

»Nein. Der Mann der Königin wirft mir vor, ich ließe meine Leute ohne Gerichtsverhandlung töten, was eine Lüge ist, die ihm die Missionare eingeredet haben, und es seien auch Mädchen getötet worden, weil sie sich geweigert hätten, die Männer zu heiraten, denen sie versprochen waren, und statt dessen mit anderen durchgebrannt seien. Ferner ließe ich Zauberer ausschnüffeln und mit dem Tode bestrafen, was heutzutage doch nur noch selten geschieht. Alle diese Dinge und noch andere Kleinigkeiten verstießen gegen das Versprechen, das ich Sompseu gegeben habe, als er beim Tode meines Vaters hierhergekommen sei, um mich als König anzuerkennen.«

»Was verlangt man von dir, um einen Krieg zu vermeiden, o König?«

»Nicht weniger als dies, Macumazahn: Das Heer der Zulu soll aufgelöst werden, und die Soldaten sollen heiraten dürfen, wann und wen sie wollen, denn, so der Mann der Königin, er befürchte, dieses Heer könne zum Angriff gegen die Engländer eingesetzt werden. Als ob ich, der ich nicht anders als jene, die vor mir untergingen, die Engländer liebe, ihnen auch nur ein Haar krümmen wollte. Auch soll ein zweiter Mann der Königin als Auge und Ohr der englischen Regierung ständig hier in meinem Lande weilen und neben mir die Macht haben. Ja, diese und noch weitere Forderungen stellt er, und sie würden die Zulu als Volk zerstören und mich, ihren König, zu einem unbedeutenden Kralvorsteher herabwürdigen.«

»Und wie wird der König antworten?« fragte ich.

»Ich weiß nicht, wie ich antworten soll. Den Blutpreis von zweitausend Stück Vieh für die getöteten Frauen werde ich bezahlen. Wenn es möglich ist, möchte ich keinen Streit mit den Engländern, dagegen hätte ich nur zu gerne gegen die Buren gekämpft, wenn Sompseu nicht seine Hand über ihr Land gehalten hätte. Doch wie kann ich das Heer abschaffen und die Regimenter nach Hause schicken, die in so vielen Kriegen gesiegt haben? Macumazahn, ich sage dir, wenn ich das täte, wäre ich binnen eines Mondes tot. Oh, ihr Weißen glaubt immer, in Zululand gäbe es nur einen Willen, nämlich den des Königs. Aber dem ist nicht so, denn er ist nur ein einzelner Mann unter Abertausenden, und er lebt nur, um die Wünsche des Volkes zu erfüllen. Wenn er mit einem allzu dicken Stock auf seine Untertanen einschlägt, wenn er Schande über sie bringt oder etwas tut, das die meisten von ihnen nicht wollen, was geschieht dann mit ihm? Glaube mir, dann wird er den Weg gehen, den vor ihm schon Chaka und Dingaan gegangen sind, ja, die rote Straße des Assegai. Deshalb stehe ich heute wie zwischen zwei einstürzenden Felswänden. Laufe ich auf die Engländer zu, so fällt der Zulu-Felsen auf mich herab. Laufe ich zu meinem eigenen Volk, so begräbt mich der englische Felsen unter sich, in jedem Fall werde ich zermalmt und verschwinde auf Nimmerwiedersehen. Sag mir also, Macumazahn, der du ein ehrliches Herz hast, was soll ich tun?«

Während er so sprach, rang er die Hände, und die Tränen standen ihm in den Augen, und bei meiner Ehre, obwohl mir Cetewayo bei weitem nicht so sympathisch war wie sein Vater Panda, vielleicht, weil ich seinen Bruder Umbelazi geliebt hatte, den er tötete, und weil ich wußte, daß er viele Grausamkeiten begangen hatte, blutete mir um seinetwillen das Herz.

»Ich kann dir keinen Rat geben, König«, antwortete ich, weil ich glaubte, irgend etwas sagen zu müssen, »ich kann dich nur bitten, nicht gegen die Königin in den Krieg zu ziehen, denn sie ist die mächtigste Herrscherin auf der ganzen Welt, und obwohl ihr Fuß, von dem ihr hier in Afrika nur die kleine Zehe seht, dir klein erscheinen mag, wird er doch die Zulu zertreten, wenn sie ihren Zorn erregen, und sie werden aufhören zu existieren.«

»Das habe ich von vielen Seiten gehört, Macumazahn. Ja, sogar Uhamu, der Sohn meines Onkels Unzibe oder, wie es auch heißt, seines Geistes, mit dem seine Mutter nach Unzibes Tod vermählt war, und auch andere im ganzen Land reden so, und wenn ich aufrichtig bin, ist das auch meine Ansicht. Aber wer kann ein Heer zurückhalten, das nach Krieg schreit? Oh! Der Hohe Rat muß entscheiden, was vielleicht bedeutet, daß Zikali entscheiden wird, denn nun hängen alle an seinen Lippen.«

»Dann kann ich euch nur bedauern!« rief ich aus.

Er sah mich durchdringend an.

»Wirklich? Mir geht es ebenso. Dennoch muß man seinen Rat hören, und es ist besser, wenn dies hier geschieht, in meiner Anwesenheit, als insgeheim im fernen Schwarzen Kloof. Wenn ich es wagte, würde ich ihn töten, aber ich wage es nicht, da ich sicher bin — ich kann dir nicht sagen, warum —, daß dieselbe Sonne seinen und meinen Tod bescheinen wird.«

Mit einer Handbewegung bedeutete er mir, daß er zu diesem Thema nicht mehr zu sagen gedenke, dann fügte er hinzu:

»Macumazahn, du bist vorerst mein Gefangener, doch wenn du mir dein Wort gibst, daß du nicht zu fliehen versucht, magst du dich im Umkreis von Ulundi frei bewegen, so weit du in einer Stunde reiten kannst. Ich würde dich gut dafür bezahlen, wenn du hier bei mir bliebest, aber ich weiß, daß du das niemals tun würdest, sollte es zu Streitigkeiten zwischen uns und deinem Volk kommen. Deshalb verspreche ich dir, dich als mein Bote nach Natal zu schicken, falls ein Krieg ausbricht, vielleicht auch schon früher, obwohl mir bewußt ist, daß du von dort nur zurückkehren wirst, um gegen mich zu kämpfen. Wisse, daß ich angeordnet habe, jeden anderen Weißen, ob Mann oder Frau, der in Zululand entdeckt wird, als Spion zu töten. Wie ich höre, ist selbst John Dunn geflohen oder befindet sich auf der Flucht, derselbe John Dunn, der mir aus der Hand fraß und von meinen Geschenken reich wurde. Auch dich hätte man gewiß getötet, als du in deiner Kutsche aus Swasiland kamst, hätte ich nicht allen Häuptlingen, deren Gebiete du durchquertest, den Befehl geschickt, weder sie noch ihre Untertanen dürften dich auch nur ansehen.«

Ich dachte einen Moment lang so angestrengt nach wie noch nie in meinem Leben. Ganz offensichtlich — es sei denn, er trieb ein ganz raffiniertes Spiel mit mir, was ich ihm nicht zutraute — wußte Cetewayo nichts von Anscombe und Heda, sondern glaubte, ich sei allein nach Zululand gekommen. Sollte ich ihm nun von den beiden erzählen und ihn bitten, sie zu beschützen? Vielleicht würde er mir die Bitte abschlagen, oder er war gar nicht in der Lage, hier, fernab jeder Zivilisation, inmitten von kriegslüsternen Wilden für ihre Sicherheit zu garantieren. Wie der Vorfall am Morgen zeigte, hatte er schon Mühe, für meinen Schutz zu sorgen, obwohl die Zulu mich als ihren Freund kannten. Andererseits würde niemandem, der unter Zikalis Decke lebte, um eine Kaffernwendung zu gebrauchen, ein Leid geschehen, weil man den Zauberer wie einen Halbgott verehrte und deshalb alles in seiner Umgebung bis zu der Ratte in seinem Strohdach für heilig hielt. Nun hatten mir Zikali stillschweigend und Nombé mit allem Nachdruck versprochen, die beiden zu behüten. Also waren sie im Schwarzen Kloof doch gewiß weniger in Gefahr als hier, falls sie überhaupt je so weit kämen.

Diese Überlegungen schossen mir in Sekundenschnelle durch den Kopf, mit dem Ergebnis, daß ich beschloß, nichts zu sagen. Wie sich später herausstellte, war dies ein schrecklicher Fehler, aber wer kann schon immer richtig entscheiden? Hätte ich gesprochen, so hätte mir Cetewayo meine Bitte vermutlich gewährt und befohlen, die beiden aus Zululand hinauszugeleiten, ehe die Feindseligkeiten ausbrachen, wobei natürlich immer noch die Möglichkeit bestanden hätte, daß sie unterwegs ermordet wurden. Außerdem ist es denkbar, aus einem Grund, der erst später offenbar wurde, daß es in diesem Fall gar nicht erst zu Feindseligkeiten gekommen wäre. Ich kann zu meiner Rechtfertigung nur sagen, daß ich nach bestem Wissen und Gewissen handelte und daß das Schicksal es nicht anders wollte. Einen Augenblick später war die Gelegenheit vorüber.

Das Tor ging auf und ein Diener erschien und verkündete, draußen warte einer der großen Hauptleute mit seinen Offizieren, um den König zu sprechen. Auf ein Zeichen von Cetewayo hin rief der Diener irgend etwas, und dann traten laut grüßend vier Männer ein. Bei meinem Anblick blieben sie erstaunt stehen, worauf Cetewayo ihnen und einem *Induna,* der sie begleitete, knapp aber sehr klar wiederholte, was er mir bereits gesagt hatte, daß ich nämlich sein Gast sei, den er persönlich habe zu sich kommen lassen, um ihn gegebenenfalls als Boten einzusetzen. Er fügte hinzu, jeder Mann, der es wage, ein Wort gegen mich zu sagen oder mich auch nur schief anzusehen, werde dafür ungeachtet seiner Stellung mit dem Leben bezahlen, und dann gab er Anweisung, die Herolde sollten diesen seinen Befehl in ganz Ulundi und den benachbarten Kralen verkünden. Schließlich streckte er mir zum Zeichen der Freundschaft die Hand entgegen, bat mich ›sanft aufzutreten‹ und zu ihm zu kommen, wann immer ich wolle, und übergab mich der Obhut des *Induna,* eines Hauptmanns und einiger Soldaten.

Fünf Minuten, nachdem ich meine Hütte erreicht hatte, hörte ich einen Ausrufer mit lauter Stimme den Befehl des Königs verkünden und wußte, daß ich nichts mehr zu fürchten brauchte.

XIV

Das Tal der Knochen

Nach meinem Gespräch mit Cetewayo verbrachte ich eine wahrhaft trostlose Woche. Um mich selbst brauchte ich, wie bereits gesagt, nicht mehr zu fürchten, denn die Anordnungen des Königs wurden streng befolgt. Außerdem hatte die Geschichte des Raufbolds, der mich im Viehkral hatte zu Tode hetzen wollen, überall die Runde gemacht, und niemand drängte sich danach, sein Schicksal zu teilen. Meine Hütte blieb unangetastet, ich war mit Nahrung ebenso gut versorgt wie meine Stute, und ich konnte gehen, wohin ich wollte, und reden, mit wem ich wollte. Ich durfte sogar reiten, um dem Pferd Bewegung zu verschaffen, aber das tat ich nur selten, und ich blieb dabei stets in der Nähe der Stadt, einerseits, um keinen Argwohn zu erregen, aber auch, um nicht irgendwelchen Zulu über den Weg zu laufen, zu denen die königlichen Befehle noch nicht gedrungen waren. Übrigens wurde ich bei diesen Ausritten immer von einem Trupp schnellfüßiger, bewaffneter Soldaten begleitet, die mich angeblich ›beschützen‹, wahrscheinlich aber eher töten sollten, falls ich mich irgendwie verdächtig machte.

Auf meinen Streifzügen begegnete ich verschiedenen Eingeborenen, die ich von früher kannte, einige hatte ich schon sehr lange nicht mehr gesehen. Sie schienen sich alle zu freuen, wenn sie mich sahen, und waren durchaus bereit, über vergangene Zeiten zu plaudern, zur Gegenwart äußerten sie sich dagegen kaum, sie verrieten mir höchstens, daß sie sicher mit einem Krieg rechneten. Über Anscombe und Heda konnte ich nichts in Erfahrung bringen, und ich wagte auch nicht, mich direkt nach ihnen zu erkundigen, doch mehrere zuverlässige Männer versicherten mir, auch die letzten Missionare und Händler seien nun abgezogen, und außer mir halte sich kein

Weißer, weder Mann, noch Frau, noch Kind, mehr in der Gegend auf. Zululand sei wieder ›ganz schwarz‹, sagten sie, auf die Hautfarbe ihres Volkes anspielend, wie einst vor Chakas Zeiten. Ich mußte also meine Ängste für mich behalten und konnte nur hoffen und beten, daß Zikali ehrlich gespielt und die beiden sicher außer Landes gebracht hatte.

Warum hätte er es auch nicht tun sollen, schließlich war ich es doch, an dessen Anwesenheit ihm gelegen war. Sie dagegen, so glaubte ich jedenfalls damals, waren nur gefangengenommen oder vielmehr in die Falle gelockt worden, weil sie bei mir waren und nicht von mir getrennt werden konnten.

Ein kleiner Hoffnungsschimmer wurde mir immerhin gewährt. Am fünften Tag nach dem Gespräch traf ich Goza, der mir sagte, die Boten des Königs seien vom Schwarzen Kloof zurück und hätten ›ein Wort‹ von Zikali höchstpersönlich an mich mitgebracht. Das Wort lautete so:

»Goza möge Macumazahn sagen, ich hätte es bedauert, mich nicht von ihm verabschieden zu können, aber ich sei an jenem Morgen in tiefem Schlaf gelegen. Er möge ihm sagen, ich freute mich, daß er mit dem König gesprochen hat, denn zu diesem Zweck hätte ich ihn nach Zululand geholt. Weiter möge er ihm sagen, er brauche nichts zu fürchten, und falls ihm die Sorge um andere, die er liebt, das Herz schwer mache, so könne er die Last abwerfen, denn die Geister hielten ihre Hand ebenso über jene wie über ihn selbst, und niemals seien sie oder er sicherer gewesen als heute.«

Ich sah Goza fest an und fragte, ob ich mit diesem Boten sprechen könne. Er lehnte ab, nein, der Mann sei bereits mit einem anderen Auftrag unterwegs. Dann wollte ich wissen, ob der Bote sonst noch etwas gesagt habe, und er antwortete, ja, eines habe er noch vergessen, daß nämlich die Schrift bezüglich der Decken jetzt bereits in Natal sein müßte. Daraufhin wechselte er unvermittelt das Thema und forderte mich auf, ihn in das Tal der Knochen zu begleiten, wo er die Hütten inspizieren müsse, die gerade für Zikali und sein Gefolge aufgestellt würden. Natürlich war ich dazu gerne bereit, denn ich hegte die, übrigens vergebliche, Hoffnung, unterwegs noch mehr aus ihm herauszubekommen.

Nun liegt — oder vielmehr lag, denn sie ist längst abgebrannt — Cetewayos Stadt an einem Hang im Nordosten der Ebene von Ulundi. Dahinter steigen die Berge steil an, und in einem tiefen Kar befindet sich das Tal der Knochen. Auf den ersten Blick ist es nicht weiter beeindruckend, denn anders als im Schwarzen Kloof gibt es hier keine schroffen Felsklippen und keine aufgetürmten Granitsäulen. Es ist einfach eine vom Wasser ausgewaschene Vertiefung mit schroffen Hängen auf beiden Seiten und einer noch schrofferen, mit großen Felsblöcken durchsetzten Wand am Ende. Hier und da an den Hängen wuchsen große, im unteren Teil durch Veldfeuer dürr gewordene und geschwärzte Aloen, die von ferne wie vereinzelt aufgestellte Wachposten aussahen. Auch ein paar Euphorbien hatten sich angesiedelt, graue, nackt wirkende Gebilde, deren Spitzen an die Finger einer Hand erinnern, und dazwischen fristeten ein paar kümmerliche Akazien in dem kargen Boden mühsam ihr Leben.

Eine Besonderheit fällt ins Auge. Von der hinteren Wand ragt ein Grat oder Sporn in das kleine Tal und endet in einer flachen Felsplatte, welche sich etwa vierzig Fuß über den Talgrund erhebt. Auch dieser Grat war damals fast bis zum äußersten Rand, wo der blanke Fels freilag, weil der Humus keinen Halt gefunden hatte oder weggespült worden war, mit mächtigen Aloen bestanden.

Es war — und ist zweifellos auch heute noch — ein trauriger Flecken Erde, jedenfalls untertags, denn das Kloof liegt im Schatten der umliegenden Berge und erhält nur wenig Sonne. Besonders bei Regen, als ich dort war, wirkte alles feucht und trostlos, obwohl der flache Talgrund mit hohem, derbem Gras und mit Sträuchern bewachsen war, die übelriechende Blüten hervorbrachten. Vielleicht hatte ein gewisses Gefühl für Angemessenheit die Zulu-Könige bewogen, gerade dieses abgelegene Jammertal als eine ihrer Hinrichtungsstätten zu wählen. Jedenfalls waren hier schon viele Menschen getötet worden, denn überall im Gras lagen, von Hyänen und Schakalen verschleppt, zum Teil schon altersschwarze Totenschädel und größere Menschenknochen herum. Besonders zahlreich waren sie unter und auf dem oben erwähnten Tafelfelsen zu finden.

Goza erklärte mir, das komme daher, daß die königlichen Scharfrichter ihre Opfer gewöhnlich über diese vorspringende Zunge bis an die Kante gezerrt und sie, tot oder lebendig, hinabgestürzt oder, falls es sich um Hexen handelte, die vorher geblendet wurden, hinabgetrieben hatten.

Hier also wollte Zikali sich während seines Aufenthalts in Ulundi häuslich niederlassen. Wenn es ihm darum ging, nicht gestört zu werden, so hatte er eine gute Wahl getroffen, denn wie Cetewayo bereits gesagt hatte und wie Goza mir nachdrücklich bestätigte, genoß dieses Tal den Ruf, vielleicht mit Ausnahme des Berges gegenüber von Dingaans altem Kral, wo ich einst auf Geier geschossen hatte, um mein Leben und das meiner Gefährten zu retten*, der unheimlichste Ort in ganz Zululand zu sein. Selbst bei Tag machten die Menschen einen weiten Bogen darum, und des Nachts waren sie durch nichts zu bewegen, sich ihm zu nähern, schon gar nicht allein.

Auf einer Seite der oben erwähnten Landzunge, nahe der Stelle, wo sie in die Wand mündete, wurden hier nun dicht an einer Quelle in aller Eile die Hütten errichtet, die Zikali für sich und seine Begleiter gefordert hatte. Ein großer Trupp Männer war so eifrig mit dem Bau beschäf-

* Siehe den Roman *Marie* von H. Rider Haggard (HEYNE-BUCH Nr. 06/4601)

tigt, daß man den Eindruck gewann, sie wollten diese Aufgabe möglichst schnell hinter sich bringen. Außerdem hatte man etwa in der Mitte des Donga [Klamm], denn mehr war es eigentlich nicht, vielleicht fünfundzwanzig Schritt entfernt von der Felsspitze, über die einst die Verurteilten in die Tiefe gestürzt worden waren, eine kreisrunde Fläche gerodet und eingeebnet, groß genug, um fünfzig oder sechzig Mann Platz zu bieten. Hier sollten, wie Goza mir sagte, der König und der Rat sitzen, wenn sie kamen, um bei Zikali Erleuchtung zu suchen.

Ich dachte mir im stillen, daß die Erleuchtung, die sie bei ihm finden könnten, wohl eher dem Schein des Höllenfeuers gliche. Man sollte nicht vergessen, ich wußte, was diese Menschen offenbar nie begreifen wollten, daß nämlich Zikali ihr erbittertster Feind war. Erstens gehörte er dem Stamm der Undwandwe an, einem jener Völker, die der große König Chaka ausgerottet hatte. Dann hatte ihm derselbe Chaka seine Frauen geraubt und seine Kinder hingeschlachtet, und er hatte aus Rache dafür heimtückisch die Ermordung Chakas sowie den Tod seiner Brüder Umhlangana und Dingaan geplant, in Dingaans Fall, indem er diesen in einen Streit mit den Buren verwickelte. Anschließend hetzte er noch die Prinzen Cetewayo und Umbelazi zu einem Krieg gegeneinander auf, bei dem auch ich eine Rolle spielte.

Ich war ganz sicher, daß er nun einen weiteren Krieg zwischen den Engländern und den Zulu zu entfesseln gedachte, wobei er genau wußte, daß dies für letztere und damit auch für das königliche Haus Senzangakona, dem er Vernichtung geschworen hatte, den Untergang bedeutete. Hatte er mir das nicht schon vor Jahren angekündigt, und war er etwa ein Mensch, der sein Wort nicht hielt? Hatte er nicht die schöne, ehrgeizige Mameena als Werkzeug gebraucht und sie dem Tod überantwortet, als sie ihm nicht länger von Nutzen war, genau wie Dutzende von anderen, deren er sich zu gegebener Zeit entledigte? War vielleicht auch ich ein solches Werkzeug, sollte auch ich über die Klinge springen, wenn die Reihe an mir war? Wie er mich für seine Intrigen einspannen wollte, war mir freilich ein Rätsel, denn schließlich mußte er doch wissen, daß ich alles tun würde, um ihm die Stirn zu bieten. Oh, ich hatte gute Lust, zu Cetewayo zu gehen und ihm alles über Zikali zu erzählen, was ich wußte, auch wenn das bedeutete, dessen Vertrauen zu mißbrauchen.

Doch halt! Selbst angenommen, man schenkte mir Glauben, der weitblickende Zauberer hatte zwei Geiseln als Pfand für mein Wohlverhalten in seiner Gewalt, und was würde mit diesen Geiseln geschehen, wenn ich ihn verriete? In seiner Botschaft hatte er mir beteuert, sie befänden sich in Sicherheit, und angedeutet, sie seien nach Natal geflohen, doch woher sollte ich wissen, ob das auch stimmte? Ich war völlig verwirrt, konnte nicht begreifen, warum er mich nach Zululand gelockt hatte, und wagte keinen Schritt zu tun, aus Angst, in eine Grube zu stürzen, die er mit seinen geschickten Händen gegraben hatte, und, was noch schlimmer wäre, andere mit mir in die Tiefe zu reißen.

Damit nicht genug, mußte ich mir die Frage stellen, ob dieser Zikali nun ein Mensch war oder vielleicht ein Abgesandter Satans auf Erden, der über Wissen verfügte, das anderen Menschen versagt blieb, und eine gewisse Macht über die Kräfte des Bösen besaß? Auch darauf hatte ich keine Antwort. Seine Lebensspanne schien unnatürlich lang zu sein, wobei niemand genau sagen konnte, wie alt er wirklich war. Er schien auf wundersame Weise immer zu wissen, was in den Köpfen anderer vorging, und war imstande, wie ich erst vor kurzem selbst erlebt hatte, mit irgendwelchem Hokuspokus Erscheinungen oder Halluzinationen heraufzubeschwören. Weiterhin hatte er Kenntnis von Ereignissen, die sich in weiter Ferne abspielten, und vermochte Träume zu schicken oder wenigstens zu lesen, denn woher hätte Nombé sonst wissen sollen, was ich in Marnhams Haus geträumt hatte?

Endlich konnte er in die Zukunft schauen, und auch das hatte er in meinem Fall einmal bewiesen, als er mir nämlich prophezeite, ich würde von einem Büffel mit einem gespaltenen Horn verletzt werden.

Andererseits war dies alles vielleicht nur das Zusammenspiel einer scharfen Beobachtungsgabe, eines raffinierten Spitzelsystems, einiger Taschenspielerkünste und gewisser mesmerischer Techniken. Ich kam zu keiner Entscheidung und sehe mich dazu bis auf den heutigen Tag nicht in der Lage.

Mit solchen Überlegungen beschäftigte ich mich, während ich mit dem dickbäuchigen Goza vom Tal der Knochen nach Ulundi zurückkehrte. Von Zeit zu Zeit ertappte ich ihn dabei, wie er mich nach Art einer neugierigen Krähe, die sich von einem bestimmten Gegenstand angezogen fühlt, von der Seite ansah.

»Goza«, sagte ich endlich, »wollen die Zulu allen Ernstes gegen die Engländer Krieg führen?«

Er drehte sich um und zeigte auf eine Stelle, wo die Berge in die große Ebene übergingen. Zwei Regimenter hielten dort ein Manöver ab. Das eine verteidigte die Hänge, und das andere führte von der Ebene aus eine heftige Attacke, die aus der Ferne von einem echten Sturmangriff nicht zu unterscheiden war.

»Das sieht aus wie Krieg, nicht wahr, Macumazahn?« entgegnete er.

»Ja, Goza, und doch mag es nur ein Spiel sein.«

»Ganz richtig, Macumazahn. Vielleicht ist es Krieg, vielleicht aber auch nur Spiel. Bin ich ein Prophet, daß ich sagen kann, was von beiden es nun ist? Es gibt nur einen Mann in ganz Zululand, der die Wahrheit kennt, er nämlich, für den da drüben die neuen Hütten errichtet werden.«

»Glaubst du das wirklich, Goza?«

»Nein, Macumazahn, ich glaube es nicht, ich weiß es. Er ist der größte aller Zauberer, und das war er schon, als mein Vater noch am Schürzenband meiner Mutter hing.

Er zieht die Fäden, und die Großen des Landes tanzen. Wenn er den Krieg will, wird es Krieg geben. Will er aber Frieden, so gibt es Frieden.«

»Und was will er, Goza?«

»Ich dachte, das könntest vielleicht du mir sagen, Macumazahn, der du doch seinen eigenen Worten nach ein alter Freund von ihm bist. Ich wüßte auch gerne, warum er darauf besteht, in einem dunklen Loch zwischen den Toten zu hausen anstatt hier in Ulundi, im Sonnenschein, unter den Lebenden.«

»Nun, ich kann es dir nicht sagen, Goza, denn der Wegbereiter hat mir sein Herz nicht aufgetan, sondern behält seine Geheimnisse für sich. Was das andere angeht, nun, wer gerne mit den Toten spricht, zieht es vielleicht auch vor, unter ihnen zu hausen.«

»Du sprichst wie immer die Wahrheit, Macumazahn«, sagte Goza, sah mich aber dabei auf eine Weise an, die mich vermuten ließ, daß er genau das Gegenteil dachte.

Ich bin sogar überzeugt, daß er glaubte, Zikali habe mich ins Vertrauen gezogen und mir seine Pläne enthüllt. Ohne Zweifel war ihm auch bekannt, daß ich nicht allein nach Zululand gekommen war, das bewies die Episode mit den Decken, die ich ihm versprochen hatte, um ihm den Mund zu verschließen, und er hatte wohl den Verdacht, meine Gefährten seien zusammen mit mir in irgendein Komplott verwickelt. Dennoch konnte ich mir dessen zu dieser Zeit nicht völlig sicher sein, und deshalb wagte ich nicht, ihn nach den anderen zu fragen, um nicht ihre Existenz zu verraten und damit ihr Leben aufs Spiel zu setzen.

Dabei waren meine Sorgen in diesem Punkt ganz ungerechtfertigt, denn wenn Goza, der übrigens nicht nur Cetewayos wichtigster Bote, sondern auch eine Art Geheimdienstoffizier war, über Anscombe und Heda Bescheid wußte, was ich auch heute noch für wahrscheinlich halte, so hatte ihm Zikali gewiß unter Androhung eines Fluches befohlen, den Mund zu halten. Das gleiche galt möglicherweise für die Soldaten, die mit ihm gekommen waren, um mich nach Ulundi zu holen. Eine Andeutung Zikalis wäre ebenso wirksam gewesen wie ein Wort des Königs, da sie genau wie Tausende von anderen glaubten, Cetewayo sei zwar imstande, sie zu töten, aber Zikali könne wie Satan nicht nur ihren Körper, sondern auch ihren Geist zerstören. Doch wie hätte ich dies alles damals erraten sollen?

Während der nächsten beiden Tage geschah nichts, obwohl ich hörte, daß im Haus des Königs ein, wenn nicht gar zwei Treffen des Rates stattgefunden hatten, um die Lage zu erörtern. Cetewayo bekam ich nicht zu Gesicht, er schickte mir nur zweimal Boten, die mir zu essen brachten und sich erkundigten, ob ich gesund und zufrieden sei und ob jemand mich gekränkt oder beleidigt habe. Ich antwortete, ich sei gesund, und niemand habe mich belästigt, aber zufrieden sei ich nicht, da ich mich als einziger weißer Mann unter so vielen Tausenden von Zulu einsam fühle.

Am dritten Morgen, dem Tag des Vollmondes, kam Goza und teilte mir mit, Zikali sei vor Sonnenaufgang im Tal der Knochen eingetroffen. Ich verwunderte mich, daß er, der doch alt und schwach sei, so weit habe gehen können. Goza erklärte mir, soviel er gehört habe, sei er nicht zu Fuß gegangen, sondern habe sich in einer beziehungsweise in zwei Sänften tragen lassen, wobei die eine für ihn und die andere für seinen ›Geist‹ bestimmt gewesen sei. Obwohl Zikali alles zuzutrauen war, verblüffte mich diese Auskunft, und so fragte ich den Zulu, was in aller Welt damit gemeint sei.

»Macumazahn, wie kann ich das wissen, ich gebe doch nur wieder, was man mir erzählt hat!« rief er. »So lautete eben der Bericht, den der Wegbereiter persönlich durch Boten dem König übermitteln ließ. Gesehen hat ihn niemand, denn er reist nur bei Nacht. Außerdem erblinden alle Menschen, und sogar die Zungen der Weiber verstummen, wenn Zikali vorüberzieht. Vielleicht meint er mit seinem ›Geist‹ seine Medizin oder die Medizinfrau Nombé, die er nach allem, was die Leute sagen, selbst geschaffen hat, da nie jemand ihren Vater oder ihre Mutter sah oder von ihnen hörte. Vielleicht verbirgt sich auch seine Schlange hinter den Matten der zweiten Sänfte, falls es die denn überhaupt gibt.«

»Das mag sein«, sagte ich, denn ich hielt es für sinnlos, das Thema noch weiter zu verfolgen. »Nun, Goza, ich muß mit Zikali sprechen und zwar sofort.«

»Das ist nicht möglich, Macumazahn, denn er hat bekanntmachen lassen, er wolle niemanden sehen, da er sich nach der langen Reise ausruhen müsse, und der König hat Befehl gegeben, jeden mit dem Tode zu bestrafen, der versucht, das Tal der Knochen zu betreten, wäre der Schuldige auch königlichen Geblüts. Jeder muß sterben, der diesem Ort zu nahe kommt, selbst ein Hund. Die Soldaten, die das Tal umzingelt halten, haben bereits einen solchen getötet, so streng sind die Befehle, und auch einen Jungen, der dort nach einem Kalb suchte, was ich übrigens für ein schlechtes Omen halte.«

»Dann werde ich ihm eine Botschaft schicken«, beharrte ich.

»Tu das«, spottete Goza. »Schau, da oben segelt ein Geier. Bitte ihn, deine Botschaft zu überbringen, denn sonst wird es niemand tun. Sei nicht töricht, Macumazahn, sondern habe Geduld, denn heute abend bei der Ratsversammlung des Königs im Tal der Knochen wirst du den Eröffner der Wege sehen. Folgendes hat der König befohlen — bei Aufgang des Mondes soll ich dich dorthin geleiten, damit du zugegen bist, falls er dir Fragen nach dem Volk der Weißen stellen oder dir eine Botschaft an die Regierung in Natal übergeben will. Deshalb komme ich dich bei Sonnenuntergang abholen. Bis dahin, leb wohl. Ich habe dringende Geschäfte zu erledigen.«

»Kann ich den König sprechen?« rief ich.

»O nein, Macumazahn. Er opfert heute den ganzen Tag

den Geistern seiner Ahnen und darf nicht gestört werden«, rief mir Goza schon im Weggehen zu.

Ich machte Gebrauch von der Erlaubnis des Königs, mich frei zu bewegen, und verließ ein wenig später die Stadt in Richtung auf das Tal der Knochen, um mich selbst zu vergewissern, ob Goza mir die Wahrheit gesagt hatte. Er hatte mich nicht belogen, denn etwa dreihundert Yard vor dem Taleingang, der aus dieser Entfernung wie ein schwarzes Loch in den Bergen aussah, entdeckte ich, daß eine Kette von Soldaten, in zehn Schritt Abstand voneinander postiert, sich den Hang hinaufzog und hinter der Kuppe verschwand. Ich schlenderte an einen Mann heran, dessen Gesicht mir bekannt vorkam, und bat ihn, mich passieren zu lassen, da ich meinen Freund, den Eröffner der Wege aufsuchen wolle.

Der Mann, ein rechter Schelm, entgegnete:

»Gewiß, Macumazahn, wenn du willst. Das heißt, ich werde deinen Geist passieren lassen, aber dazu mußt du noch einen Schritt näherkommen, damit ich mit meinem Speer ein Loch in dich machen und ihn herausfliegen lassen kann.«

Ich dankte ihm für die Auskunft und gab ihm eine Prise Schnupftabak, die er dankbar annahm, da ihn das ewige Wachestehen langweilte. Dann fragte ich ihn, wie groß das Gefolge des mächtigen Medizinmannes sei. Das wisse er nicht, sagte er, aber er habe eine Reihe hochgewachsener Männer aus dem Eingang des Donga kommen sehen, um das dort hinterlegte Essen abzuholen. Ich erkundigte mich noch, ob er auch Frauen gesehen habe, was er mit der Begründung verneinte, Zikali sei seines Wissens zu alt, um sich noch mit dem anderen Geschlecht abzugeben. In diesem Augenblick trat ein Offizier zu uns, der gerade seine Runde machte, und sah mich so finster an, daß ich mich lieber zurückzog. Allem Anschein nach bestand keine Aussicht, durch diese Linie zu gelangen.

Auf dem Rückweg näherte ich mich der Umfriedung des königlichen Hauses so weit, wie ich es wagen konnte, und sah Medizinmänner in ihrer grausigen Amtstracht ein und ausgehen. Daran erkannte ich, daß Goza auch hier die Wahrheit gesprochen hatte — der König zelebrierte magische Rituale, was bedeutete, daß es unmöglich war, an ihn heranzukommen. Was ich auch anfing, nichts wollte mir gelingen. Das Schicksal war gegen mich, ich stand wie unter einem Zauberbann. Allmählich wurde ich richtiggehend abergläubisch und fürchtete schon, Zikali habe mich verhext, wozu er nach allem, was man hörte, durchaus fähig sein sollte. Nun, vielleicht war es wirklich so, denn diese Mauer aus Schwierigkeiten und beharrlichem Schweigen, auf die ich immer wieder stieß, überzeugte mich, daß sich dahinter etwas befand, das zu erfahren sich lohnen würde.

Entmutigt ging ich zu meiner Hütte zurück und sprach mit meiner Stute, die wieherte und ihre Nase an mir rieb, denn obwohl das arme Tier gut gefüttert und versorgt wurde, schien es sich ebenso einsam zu fühlen wie ich. Kein Wunder, war es doch wie ich von allen seinen Artgenossen getrennt und der Untätigkeit müde. Danach aß ich, rauchte und nickte schließlich ein, mehr jedoch nicht, denn jedesmal, wenn mich der Schlaf übermannen wollte, glaubte ich Zikali über mich lachen zu hören, was er da draußen in seiner Hütte vielleicht auch tat.

Schließlich neigte sich dieser aufreibende Tag doch seinem Ende zu. Die Sonne, ein riesiger, roter, hin und wieder von Wolken verschleierter Feuerball, stand tief am gewittrigen Himmel. Wo ihre grellen Strahlen auf andere Wolken trafen, bevölkerten sie den gewaltigen Äther mit phantastischen Lichtgestalten, die sich am dichtesten über der Bergkette drängten, in welcher das Tal der Knochen lag. In meiner überreizten Verfassung erschienen mir diese Wolken wie feindliche Heere, Flammengeschöpfe, die gegen Geschöpfe der Finsternis kämpften. Die Finsternis siegte, nein, das Licht brach wieder durch und überwältigte sie. Und siehe da, über allem hockte ein seltsames, schwarzes Wesen, mit Feuer gekrönt. Es hätte der zehntausendfach vergrößerte Zikali sein können, und horch! es lachte mit der leise widerhallenden Stimme fernen Donners.

Plötzlich hatte ich das Gefühl, nicht länger allein zu sein, und als ich mich umsah, stand Goza neben mir.

»Was siehst du dort oben, Macumazahn, daß du so unverwandt hinaufstarrst?« fragte er und deutete mit seinem Stock gen Himmel.

»Kämpfende *Impi*«, antwortete ich knapp.

»Dann mußt du ein ›Himmelsmann‹ sein, Macumazahn, denn ich sehe nur schwarze und rote Wolken. Nun, es ist Zeit, bald werden wir erfahren, ob die *Impi* in den Kampf ziehen oder nicht, denn Zikali erwartet uns, und die Ratsversammlung hat bereits begonnen. Übrigens läßt der König dir sagen, du tätest gut daran, deinen Revolver in die Tasche zu stecken, für den Fall, daß jemand dir im Dunkeln Schaden zufügen will.«

»Ich trage ihn bei mir. Aber ich bitte dich dennoch, mich zu beschützen, Goza, denn im Dunkeln gehen die Kugeln oft daneben, und wenn ich zu schießen anfinge, könnte eine auch *dich* treffen.«

Er lächelte nur, aber mir entging nicht, daß er die ganze Nacht über sehr darauf bedacht war, sich möglichst hinter mir zu halten.

Unser Weg führte uns durch die Stadt, wo offenbar alle Welt untätig herumlungerte und auch kaum gesprochen wurde. Es herrschte eine Atmosphäre gespannter Erwartung. Die Menschen wußten, daß die Entscheidung unmittelbar bevorstand, daß das Schicksal ihrer Nation auf der Waagschale lag, und sie beobachteten jeden Blick, jede Bewegung von mir, als hofften sie, daraus die Zukunft ablesen zu können. Auch ich beobachtete sie aus den Augenwinkeln und fragte mich, ob ich diesem Haufen von Wilden wohl lebend entrinnen würde. Wenn der Blutrausch die Menge einmal erfaßt hatte, standen meine Chancen wohl kaum besser als die eines Fuchses inmitten einer hungrigen Meute.

Sobald wir die Stadt hinter uns hatten, sahen wir niemanden mehr, bis wir die bereits erwähnte Kette von Wachposten erreichten, die wie eine endlose Kolonne schwarzer Statuen vor uns aufragten. Auf ihren Anruf antwortete Goza mit einer komplizierten Parole, in der auch mein Name vorkam, worauf sie auseinandertraten und uns durchließen. Wir marschierten weiter bis zum Eingang des Kloof. Im Tal war es sehr dunkel, denn im Westen war die Sonne inzwischen untergegangen, und im Osten stand der Mond noch hinter den Bergen und würde von hier aus erst in mehr als einer halben Stunde zu sehen sein. Bald darauf bemerkte ich einen Lichtschein. Er kam von einem kleinen Feuer, das nahe der oben beschriebenen Felszunge brannte.

Auf dem gerodeten Stück Boden hockten zwanzig bis dreißig Männer im Halbkreis in einiger Entfernung vor dem Feuer. Sie waren in Karosse und Decken gehüllt, und in ihrer Mitte thronte eine massige Gestalt auf einem hölzernen Stuhl.

»Der König und der Hohe Rat«, flüsterte Goza.

Einer der Männer sah sich um und entdeckte uns. Auf einen Wink des Königs hin erhob er sich, und ich erkannte im Schein des Feuers den Premierminister Umnyamana. Er trat zu mir, nickte mir zu und führte mich ein paar Schritte nach rechts, wo im üppigen Gras eine Euphorbie wuchs. Hier war ein Schemel bereitgestellt, auf den ich mich setzte. Goza, der natürlich nicht zum Hohen Rat gehörte, hockte sich neben mich ins Gras.

Erst jetzt fiel mir auf, wie geschickt mein Standort gewählt war. Mich konnte man vom Feuer und auch von dem Felsen darüber kaum sehen, während ich nur den Kopf ein wenig zu drehen brauchte, um beides ausgezeichnet im Blick zu haben. Nun erlosch auch der letzte Widerschein der untergegangenen Sonne, und die Dunkelheit vertiefte sich, bis außer dem Feuer und der massigen Felssilhouette dahinter nichts mehr zu erkennen war. Kein Laut war zu hören, niemand vom Rat sprach ein

Wort. Sie hätten tot sein können, so reglos saßen sie da, und die Stille war so vollkommen, daß ein plötzlich vorbeischwirrender Käfer mich zusammenfahren ließ, als sei es eine Gewehrkugel. Eine fast mesmerische Stimmung lag über dem Tal. Ich hatte das Gefühl, als würde ich gleich einschlafen, und doch war mein Verstand fast schmerzhaft wach, so daß ich fähig war, mir ein Urteil zu bilden.

Mir war klar, daß die Männer zu meiner Linken zusammengekommen waren, um über Krieg oder Frieden zu entscheiden; daß es unter ihnen verschiedene Meinungen gab; daß der König bereit war, sich der Partei anzuschließen, die sich als die stärkste erwies; daß aber die letztlich entscheidende Stimme von der anderen Seite dieses Feuers sprechen würde. Was ich vor mir hatte, war wieder einmal die alte Konstellation des delphischen Orakels, diesmal nicht mit einer Priesterin, sondern mit einem Priester, und was für einem Priester!

Ich durchschaute auch, daß Zikali, der die menschliche Natur und besonders die Natur der Wilden kannte, die ganze Szenerie mit dem Ziel aufgebaut hatte, eine dramatische, ja übernatürliche Atmosphäre zu schaffen. Das war ihm sehr gut gelungen, denn selbst mich würden an diesem Ort und zu dieser Stunde Worte und Vorfälle tief beeindrucken, über die ich bei Sonnenschein und auf einer freien Ebene nur gelacht hätte. Die Wirkung auf die Zulu war bereits erkennbar, denn ich hörte einige mit den Zähnen klappern, und neben mir begann Goza zu frösteln. Er murmelte, es sei kalt, aber das war eine Lüge, denn im Donga war es sehr heiß und stickig.

Endlich breitete sich der silberne Schein des Mondes über das dunkle Firmament. Der Rand der leuchtenden Scheibe schob sich über den Berg, und ein Pfeil aus weißem Licht fiel in das kleine Tal. Er traf die Felszunge und beleuchtete eine verwachsene, weißhaarige Gestalt, die zwischen dem Ausläufer und dem Feuer hockte — Zikali.

XV

Der Hohe Rat

Niemand hatte ihn kommen sehen, und obwohl er gewiß nur im Finstern um den Felsen herumgeschlichen war und seinen Platz eingenommen hatte, wirkte sein plötzliches Erscheinen doch sehr mysteriös. Zumindest schienen das die vornehmen Zulu so zu empfinden, denn sie stießen ein gedämpftes *Ow!* aus, das Furcht und Staunen verriet.

Da hockte er nun wie ein riesiger Affe und starrte zum Himmel auf, denn der Feuerschein ließ seine verschlagenen, glühenden Augen funkeln. Das Mondlicht verstärkte sich, doch hin und wieder zogen kleine Wolken über die Silberscheibe und zeichneten seltsame Schatten auf den Felsen. Einige schienen sich wie verschleierte Gestalten dem Zauberer zu nähern, sich über ihn zu beugen und wieder zu verschwinden, nachdem sie ihm ihre Botschaft oder ihren Rat übermittelt hatten.

»Seine Geister besuchen ihn«, flüsterte Goza, aber ich antwortete nicht.

So ging es ziemlich lange, bis das volle Rund des Mondes über dem Berg stand und die Wolken sich vorerst verzogen hatten. Zikali saß immer noch schweigend hinter dem Feuer, und da ich mit den Gebräuchen des Landes vertraut war, durchschaute ich, daß hier eine Machtprobe zwischen zwei Persönlichkeiten stattfand, die im Volk als König der Geister beziehungsweise als irdischer König anerkannt waren. Ich bin überzeugt, daß Zikali die ganze Nacht so sitzen geblieben wäre, ohne den Mund aufzutun, hätte man ihn nicht zuerst angesprochen, und Cetewayo hätte möglicherweise das gleiche getan, wenn die Ungeduld der Öffentlichkeit es zugelassen hätte. So war er es, der schließlich nachgab.

»*Makosi,* Herr über viele Geister, im Namen des Hohen

Rates und des Volkes der Zulu begrüße ich, der König, dich hier an dem von dir erwählten Ort«, sagte Cetewayo.

Zikali antwortete nicht.

Wieder trat Schweigen ein, bis Cetewayo nach einigem Getuschel seine Begrüßung wiederholte und hinzufügte:

»Hat das Alter dich taub gemacht, o Eröffner der Wege, daß du die Stimme des Königs nicht vernimmst?«

Nun endlich antwortete Zikali mit seiner leisen Stimme, die dennoch das ganze Kloof zu erfüllen schien:

»Nein, du Kind des Senzangakona, das Alter hat mich nicht taub gemacht, aber in jüngster Zeit entfernt sich mein Geist oft weit von meinem Körper wie eine mit Luft gefüllte Blase, die ein Kind an einer Schnur hält, und ehe ich sprechen kann, muß ich ihn erst vom Himmel wieder auf die Erde herabziehen. Du sprachst von dem Ort, den ich erwählt habe? Nun, konnte ich einen besseren finden, wenn man bedenkt, daß ich hier, hier im Tal der Knochen, dem ersten König der Zulu begegnete, Chaka dem Wilden Tier, der dein Onkel war? Warum also sollte ich diesen Ort nicht auch wählen, um den letzten König der Zulu zu treffen?«

Ich hatte aufmerksam zugehört und begriff sofort, daß diese Wendung zweierlei bedeuten konnte, einmal, daß Cetewayo der derzeit herrschende König war, aber auch, daß er der letzte König war, der jemals herrschen würde. Freilich legte der Rat sie offenbar nur im letzteren, unheilvolleren Sinne aus, denn ich sah, wie ein ängstliches Zittern die Männer durchlief.

»Warum sollte ich ihn nicht wählen«, fuhr Zikali fort, »wenn man weiter bedenkt, daß dieser Ort mir heilig ist? Hierher, o Sohn des Panda, brachte Chaka meine Kinder, um sie töten zu lassen, und er zwang mich, dort zu sitzen, wo du jetzt sitzt, und zuzusehen, wie sie starben. Da auf dem Felsen über mir wurden sie getötet, alle vier, drei Söhne und eine Tochter, und ihre Mörder — sie nahmen ein schlimmes Ende, diese Mörder, ebenso wie Chaka — sie lachten und warfen sie den Felsen herab und mir vor die Füße. Ja, und Chaka lachte, und auch ich lachte, denn hatte der König nicht das Recht, meine Kinder zu töten und ihre Mütter zu rauben, und war ich nicht froh, daß sie dieser Welt entrückt wurden und in das Reich der Geister eingingen, aus dem sie seither zu mir sprechen, jawohl, auch jetzt? Deshalb habe ich dich nicht gleich gehört, König, weil sie nämlich zu mir sprachen.«

Er hielt inne, wandte ein Ohr nach oben und fuhr dann mit ganz anderer Stimme zärtlich fort:

»Was sagst du, Noma, meine liebe, kleine Noma? Oh! Ich höre dich, ich höre dich.«

Er rutschte auf dem Gesäß ein paar Schritte nach rechts und tastete mit seinen langen Fingern auf dem Boden herum. »Wo? Wo?« murmelte er. »Ach, ich verstehe, tiefer unter der Wurzel, ein Schakal hat ihn vergraben, nicht wahr? Ach, wie ist die Erde hart. Da, ich habe ihn, aber sieh nur, Noma, ein Stein hat mich am Finger verletzt. Ich habe ihn, ich habe ihn.« Unter der Wurzel eines umgestürzten Baumes zog er einen Kinderschädel hervor, nahm ihn in die rechte Hand und säuberte ihn mit der linken behutsam von Erde und Schimmel.

»Ja, Noma, vielleicht ist es der deine, er hat die richtige Größe, aber kann ich sicher sein? Was sagst du? Die Zähne? Ach ja, jetzt erinnere ich mich. Einen Tag, bevor man dich mir wegnahm, zog ich dir den Schneidezahn, weißt du noch, und darunter wuchs ein zweiter, der merkwürdig gespalten war. Wenn dies dein Schädel ist, dann muß er noch da sein. Komm ans Feuer, Noma, und laß uns nachsehen, das Mondlicht ist nicht hell genug.«

Er rutschte ans Feuer zurück, beugte sich über die Flammen und untersuchte den Schädel.

»Es ist wahr, Noma, es ist wahr! Da ist der gespaltene Zahn, so weiß wie damals vor so vielen Jahren. Oh, du liebstes Kind meiner Lenden, liebstes Kind meines Geistes, denn wir zeugen nicht mit den Lenden allein, Noma, wie du heute besser weißt als ich, ich grüße dich.« Damit drückte er den Schädel an die Lippen, küßte ihn und stellte ihn dann zwischen sich und dem Feuer, das Gesicht dem König zugewandt, auf den Boden, um schließlich in sein schauriges, schreckliches Lachen auszubrechen.

Von den Zuhörern erscholl ein leises Wimmern, und ich spürte, wie Goza, der sich gegen mich drückte, der Schweiß aus allen Poren brach. Plötzlich veränderte sich Zikalis Stimme abermals und wurde hart und sachlich, wenn man so sagen kann, wie die Stimme eines gewerbsmäßigen Medizinmannes.

»Du hast nach mir geschickt, König, wie jene, die vor dir gingen, nach mir schickten, wenn große Ereignisse bevorstanden. In welcher Angelegenheit willst du mich sprechen?«

»Das weißt du sehr wohl, Eröffner der Wege«, antwortete Cetewayo recht zittrig, wie ich fand. »Es geht um Frieden oder Krieg. Die Engländer bedrohen mich und mein Volk und stellen hohe Forderungen, unter anderem verlangen sie, daß ich mein Heer auflöse. Ich kann sie dir auch alle aufzählen, wenn du willst. Weigere ich mich, darauf einzugehen, so werden sie binnen weniger Tage in Zululand einfallen. Ihre Soldaten stehen bereits an den Furten der Flüsse.«

»Eine Aufzählung ist nicht nötig, König«, entgegnete Zikali, »da ich weiß, was alle wissen, nicht mehr und nicht weniger. Der Wind raunt mir die Forderungen der weißen Männer zu, die Vögel zwitschern sie, und bei Nacht heulen die Hyänen davon. Sehen wir uns doch einmal an, wie die Sache steht. Als dein Vater starb, wurde Sompseu (Sir T. Shepstone), der große weiße Häuptling, von der englischen Regierung zu uns geschickt, um dich zum König zu ernennen. Dazu war er nach unseren Gesetzen gar nicht in der Lage, denn wie kann ein Fremder den König der Zulu bestimmen? Deshalb versetzten der Rat der Nation und die Medizinmänner — ich gehörte nicht zu ihnen, König — den Geist Chakas des Löwen in den Körper Sompseus, sie machten ihn so, wie Chaka einst war, und verliehen ihm die Macht, dich zum Herrscher über die Zulu einzusetzen. So kam es, daß du Chakas Geist und damit der englischen Königin verschiedene Eide schworst: die Todesstrafe wegen Hexerei sollte abgeschafft werden, niemand sollte mehr ohne ein ordentliches, öffentliches Gerichtsverfahren sterben und manches andere.«

Er schwieg eine Weile, dann fuhr er fort. »Diese Eide hast du gebrochen, o König, denn so liegt es dir nun einmal im Blut, und anders kannst du gar nicht handeln.«

Im Hohen Rat wurde es unruhig, und Cetewayo machte Anstalten, sich von seinem Platz zu erheben, setzte sich aber gleich wieder. Den Blick zum Himmel gerichtet, wartete Zikali, bis sich die Wogen geglättet hatten, dann sprach er weiter.

»Zweifelt jemand an meinen Worten? Wenn ja, dann mag er die Weißen fragen, ob sie wahr sind oder nicht. Er mag auch die Geister derer fragen, die wegen Hexerei sterben mußten, und die Geister der Frauen, die getötet und deren Leichname an den Kreuzwegen zur Schau gestellt wurden, weil sie Männer ihrer Wahl heirateten und nicht die Soldaten, denen der König sie versprochen hatte.«

»Wie kann ich die weißen Männer fragen, die doch weit weg sind?« platzte Cetewayo heraus, ohne auf die Vorwürfe einzugehen.

»Sind die weißen Männer wirklich so weit weg, König? Gewiß, hören und sehen kann ich keinen, doch glaube ich ganz in der Nähe einen zu wittern.« Er hob den Schädel vom Boden auf und redete leise darauf ein. »Ach! Ich danke dir, mein Kind. Es hat den Anschein, König, als habe sich ein Weißer hier in diesem Kloof versteckt, ein Mann, den man Macumazahn nennt, ein rechtschaffener, ehrlicher Mann, vielen von uns aus alter Zeit bekannt, der dir sagen kann, was sein Volk denkt, auch wenn er keiner seiner *Induna* ist. Wenn du an meinen Worten zweifelst, so frage ihn.«

»Wir wissen, was die weißen Männer denken«, sagte

Cetewayo, »was brauchen wir Macumazahn zu bitten, uns ein altes Lied vorzusingen? Die Frage ist — was sollen die Zulu tun? Sollen sie ihre Speere verschlucken, sollen sie aufhören, eine Nation zu sein und zu einem Volk von Sklaven werden, oder sollen sie ihre Assegai ergreifen und die Engländer und nach ihnen auch die Buren ins Meer treiben?«

»Sage mir zuerst, König, da ich fern von hier in Einsamkeit hause und wenig von dem erfahre, was im Land des Lebens vor sich geht, wonach es die Zulu selbst verlangt. Vor mir sitzt der Hohe Rat der Nation. Er mag sprechen.«

Nun trug in der durch Rang und Alter vorgegebenen Reihenfolge ein Ratsmitglied nach dem anderen seine Meinung vor. Ich kann mich nicht an die Namen aller Anwesenden erinnern und weiß auch nicht mehr, was jeder einzelne sagte. Ich entsinne mich jedoch, daß Siganda, ein sehr alter Häuptling — er muß über neunzig gewesen sein — als erster das Wort ergriff. Er erklärte, er sei ein Freund Chakas und einer von dessen Hauptleuten gewesen und habe in den meisten seiner Schlachten mitgekämpft. Danach habe er Dingaan als General gedient, bis dieser König die Buren unter Retief töten ließ, worauf er ihn verlassen und sich im Bürgerkrieg, in dem Dingaan mit Hilfe der Buren getötet wurde, auf Pandas Seite geschlagen habe. Auch bei der Schlacht am Tugela sei er zugegen gewesen, ohne freilich selbst in die Kämpfe einzugreifen, und später habe er dem Hohen Rat Pandas und danach dem seines Sohnes Cetewayo angehört. Es war ein langer und hochinteressanter, die gesamte Geschichte der Zulu-Monarchie umfassender Bericht, der jäh mit folgenden Worten endete:

»Ich habe die Erfahrung gemacht, o König und ihr Mitglieder des Hohen Rates, daß der schwarze Geier der Zulu immer dann siegreich war, wenn er sich damit begnügte, Vögel von der Farbe seines eigenen Gefieders anzugreifen. Stand er aber den grauen Adlern der weißen

Männer gegenüber, die über das Meer kommen, so wurde er stets besiegt, und mein Herz sagt mir, daß es in der Zukunft nicht anders sein wird, als es in der Vergangenheit war. Chaka war ein Freund der Engländer, ebenso Panda und bis zu dieser Stunde auch Cetewayo. Deshalb sage ich, der König möge nicht die Hand beißen, die ihn gefüttert hat, nur weil sie schwach scheint, denn sie könnte plötzlich stark werden, ihn an der Kehle packen und ihn erwürgen.«

Dann kam die Reihe an Undabuko, Dabulamanzi und Magwenga, Brüder des Königs, die sich alle für den Krieg aussprachen, die beiden letzten freilich mit verhaltenen Worten. Danach folgte Uhamu, der Onkel des Königs — er, von dem gemunkelt wurde, er sei der Sohn eines Geistes — er trat nachdrücklich für den Frieden ein und drängte, der König solle im wesentlichen den Forderungen der Engländer zustimmen und die besten Bedingungen aushandeln, die er erreichen könne, er solle ›sich biegen wie ein Schilfhalm vor dem Sturm, damit er und mit ihm alle anderen Schilfhalme des Zulu-Volkes sich wieder aufrichten könnten, wenn der Sturm vorüber sei‹.

Ähnlich äußerte sich auch Seketwayo, der Häuptling der Umdhlalosi, und mehrere andere, die ich vergessen habe, es mögen sechs oder sieben gewesen sein. Aber Usibebu und der *Induna* Untshingwayo, der später bei Isandhlwana das Kommando führte, waren für den Kampf, ebenso Sirayo, der Gatte der beiden Frauen, die man auf englischem Territorium aufgegriffen und getötet hatte, sowie Umbilini, ein Häuptling swasischer Abstammung, dessen Auslieferung Sir Bartle Frere verlangte und der später die Zulu in der Schlacht von Ihlobane befehligte. Als letzter erhob sich der Premierminister Umnyamana und verkündete empört, wenn der Zulu-Büffel sich wie ein verängstigtes Kalb im Sumpf verstecke, während der weiße Bulle ihn auf den Bergen herausfordere, würden die Geister Chakas und aller seiner Ahnen ihm den Kopf in den Schlamm drücken und ihn ersticken.

Als auch er geendet hatte, sagte Cetewayo:

»Ein schlechter Rat, der mit zwei Stimmen spricht, denn auf welche soll der Hauptmann hören, wenn die *Impi* des Feindes sich versammeln? Hier sitze ich nun und zähle, während der Mond über den Himmel wandert, und was bekomme ich heraus? Daß eine Hälfte von euch, weise und berühmte Männer, ja sagen, und die andere Hälfte, ebenfalls weise und berühmte Männer, nein. Was soll nun gelten, ja oder nein? Sollen wir gegen die Engländer kämpfen, oder sollen wir uns still verhalten?«

»Das muß der König entscheiden«, rief eine Stimme.

»Da seht ihr, was es bedeutet, König zu sein«, fuhr Cetewayo leidenschaftlich fort. »Wenn ich mich für den Krieg erkläre, und wir siegen, bin ich dann größer als jetzt? Selbst wenn der Sieg mir mehr Land, mehr Untertanen, mehr Frauen und mehr Vieh einbringt, was nützen mir alle diese Dinge, von denen ich doch schon genug habe? Und wenn eine Niederlage mir alles raubt, vielleicht sogar mein Leben, was habe ich dann gewonnen? Ich will es euch sagen — einen Fluch auf meinen Namen, der vom Vater auf den Sohn übergehen und niemals wieder getilgt werden wird. Die Zulu werden sagen: ›Cetewayo, Pandas Sohn, hat ein Haus niedergerissen, das einst groß war. Wegen einer Belanglosigkeit fing er Streit an mit den Engländern, die stets die Freunde unseres Volkes waren, und trat die Zulu in den Staub.‹ Sintwangu, mein Bote, der mir strenge Worte vom *Induna* der Königin brachte, auf die wir mit anderen Worten oder mit Speeren antworten müssen, meldet mir, daß die englischen Soldaten in Natal nur wenige sind, so wenige, daß wir Zulu sie verschlingen könnten wie Fleischbrocken, ohne davon satt zu werden. Aber sind das alle Soldaten der Engländer? Ich bin nicht sicher. Du gehörst diesem Volk an, Macumazahn«, fuhr er fort und drehte seinen massigen Leib zur Seite, um mich anzusehen, »sag an, wie viele Soldaten hat deine Königin«?

»König«, antwortete ich, »das weiß ich nicht genau.

Doch wenn die Zulu fünfzigtausend Speere aufbieten, so kann ihnen die Königin notfalls zehnmal fünfzigtausend Mann entgegenschicken, und wenn sie zornig wird, noch einmal so viele, und jeder wird mit einem Gewehr bewaffnet sein, das in einer Minute fünf Kugeln abfeuert. Mit den Soldaten wird sie Hunderte von Kanonen senden, von denen jede imstande ist, mit einem einzigen Schuß ganz Ulundi in Brand zu setzen. Ein Schiff um das andere wird über das Meer kommen, beladen mit weißen Männern aus den Ländern, wo die Sonne untergeht, und mit schwarzen Männern aus den Ländern, wo sie aufgeht, und sie werden so zahlreich sein, daß ganz Zululand sie nicht zu fassen vermag.«

Bei diesen Worten, die ich so selbstsicher wie möglich vorbrachte, erhob sich im Hohen Rat ein entsetztes Stöhnen, doch ein Mann schrie:

»Höre nicht auf den weißen Verräter, o König, der uns doch nur geschickt wurde, damit uns von seinen Lügen bang ums Herz werde.«

»Mag sein, daß Macumazahn uns belügt«, gab Cetewayo zurück, »obwohl ihn bisher kein Mensch im ganzen Land je bei einer Lüge ertappt hat, aber er wurde von niemandem geschickt, denn ich habe ihn holen lassen. Ich für mein Teil denke nicht, daß er lügt. Ich glaube ihm, daß die Engländer so zahlreich sind wie die Kiesel in einem Flußbett, und daß für sie Natal, ja, das ganze Kap nur ein einzelner, entlegener Viehkral ist, ein Viehkral unter Hunderten. Hat Sompseu uns nicht einmal erzählt, sie seien ohne Zahl, an jenem Tag vor vielen Jahren, als er nach der Schlacht am Tugela hierher kam, um mich zum Nachfolger meines Vaters Panda einzusetzen, an jenem Tag, als ihn meine Partei, die Usutu, stundenlang wie ein angeschwollener Fluß umtobte, während er reglos wie ein Felsen in der Mitte dieses Flusses saß? Auch Chakas Worte kommen mir in den Sinn, als er sterbend im Kral Duguza lag, nachdem Dingaan und Umbopa ihn niedergestochen hatten. Zwar hätten ihn die Hunde seines Hauses aufgefressen, die er mit eigener Hand gefüttert habe, sagte er, doch höre er das Stampfen vieler Füße, der Füße eines großen, weißen Volkes, das dereinst seine Mörder und die Zulu zertreten werde.«

Cetewayo hielt inne, und es trat eine so tiefe Stille ein, daß selbst das Knistern von Zikalis Feuer — das übrigens hell weiterbrannte, obwohl ich nicht sah, daß Brennmaterial nachgelegt wurde — unerträglich laut klang. Endlich wurde sie zerrissen, zuerst durch einen Hund, der ganz in der Nähe jämmerlich den Mond anheulte, und gleich darauf durch den Schrei einer großen Eule, die über das Donga huschte, wobei der Schatten ihrer großen Schwingen einen Moment lang auf den König fiel.

»Hört!« rief Cetewayo. »Ein heulender Hund! Mich dünkt, er steht auf dem Dach des Hauses Senzangakona. Und eine schreiende Eule. Mich dünkt, sie hat ihr Nest in der Welt der Geister! Sind dies gute Vorzeichen, ihr Männer des Hohen Rates? Ich fürchte, nein. Ich sage euch, nicht ich werde über Krieg oder Frieden entscheiden. Ist einer von meinem Blut hier, der dazu bereit ist, so möge er kommen, meinen Platz einnehmen und mich gehen lassen. Ich werde mich begnügen mit dem Fürstentum Gikasi, das ich schon als Prinz innehatte, ehe die Hexe Mameena, die mit allen Männern spielte und nur einen liebte« — hier drehten sich alle um und starrten mich an, ja, sogar Zikali, der bisher völlig ungerührt geblieben war, und ich wünschte, die Erde würde sich auftun und mich verschlingen —, »den Krieg zwischen mir und meinem Bruder Umbelazi anzettelte, dessen Blut die Erde niemals aufsaugen und die Sonne niemals trocknen wird ...«

»Wie könnte das geschehen, o König?« unterbrach ihn Umnyamana der Premierminister. »Wie könnte ein anderer aus deinem Geschlecht auf deinem Platz sitzen, solange du noch lebst? Das gäbe in der Tat Krieg, Krieg zwischen den Stämmen, Zulu gegen Zulu, bis niemand mehr übrig wäre und die weißen Hyänen aus Natal und mit ihnen die Buren, die ihnen einst das Vaal überließen, kommen und unsere Knochen abnagen würden. Höre mich an. Warum ist dieser *Nyanga** hier?« Er deutete auf Zikali, der hinter seinem Feuer hockte. »Wozu hat man den Wegbereiter aus dem Schwarzen Kloof geholt, das er seit Jahren nicht mehr verlassen hat? Soll er uns nicht vielleicht einen Rat erteilen in unserer Not und uns ein Zeichen geben, daß er uns gut beraten hat, sei es zum Frieden oder zum Krieg? Wenn er seine Prophezeiung abgegeben, seinen Rat erteilt und mit einem Zeichen besiegelt hat, dann, o König, sprich das Wort, das über Krieg oder Frieden entscheidet, und schicke es durch jenen weißen Mann dort an die Königin. An dieses Wort werden wir, das Volk, uns halten.«

Nach diesem Vorschlag, der ganz gewiß heimlich zwischen Umnyamana und Zikali abgesprochen war, schien Cetewayo zu greifen wie nach einem rettenden Strohhalm. Vielleicht, weil er damit den gefürchteten Augenblick der Entscheidung noch ein wenig hinauszögern konnte, vielleicht auch, weil er hoffte, auf diese Weise würde in den Augen der Nation die Verantwortung von seinen Schultern genommen und auf die Geister übergehen, die durch den Mund ihres Propheten sprachen. Jedenfalls nickte er und sagte:

»So soll es sein. Der Wegbereiter mag uns einen Weg durch die Wälder, die Sümpfe und die Felsen des Zweifels, der Gefahr und der Angst zeigen. Mit einem Zeichen soll er uns beweisen, daß es ein guter Weg ist, auf dem wir sicher reisen können, und sagen soll er uns, ob ich diesen Weg noch als Lebender beschreiten und was ich dort vorfinden werde. Dafür verspreche ich ihm den höchsten Lohn, den je ein Medizinmann in Zululand erhalten hat.«

Nun hob Zikali seinen großen Kopf, schüttelte seine grauen Zotteln, öffnete seinen riesigen Mund, als warte

---

* Medizinmann

er darauf, daß Manna vom Himmel hineinfalle, und lachte laut heraus.

»*O-ho-ho*«, lachte er, »*oho-ho-ho-o*, mein langes Leben hat sich wahrlich gelohnt, wenn es mir eine solche Stunde beschert. Was hören meine Ohren? Ich, der Zwerg vom Stamme der Undwandwe, den Chaka ›das Ding‹ nannte, ›das nicht hätte geboren werden sollen‹, ich, der ich einem von den Zulu besiegten und verachteten Geschlecht entstamme, ich soll ein Wort sprechen, das die Zulu nicht zu sprechen wagen, das dem König der Zulu nicht über die Lippen will? *O-ho-ho-ho!* Und was bietet mir der König dafür? Einen Lohn, einen großen Lohn für ein Wort, das Zululand rot färben wird mit Blut oder weiß mit dem Schleim der Schande. Nein, ich nehme keinen Lohn, wenn er der Preis für Blut oder Schande ist. Ehe ich dieses unbekannte Wort spreche — denn bisher hat mein Herz es noch nicht vernommen, und was das Herz nicht vernimmt, kann der Mund nicht formen —, verlange ich nur eines. Was immer aus dem Wort entstehen mag, schwört mir, daß weder mich, die Stimme der Geister, noch die Angehörigen meines Hauses, noch jene, über die ich meine Decke werfe, seien sie schwarz oder seien sie weiß, ein Schaden oder ein Vorwurf treffen soll, solange noch ein Zulu auf Erden wandelt. Das ist mein Lohn, und ohne ihn werde ich schweigen.«

»*Izwa!* Wir hören. Wir hören im Namen des Volkes«, gelobten alle Ratsmitglieder in dem Halbkreis vor ihm. Jawohl, auch der König gelobte es mit erhobener Hand.

»Gut«, sagte Zikali, »dies nehme ich als Eid, geschworen auf die Gebeine der Toten. Missetäter nennt ihr sie, ich aber sage, viele von euch, die ihr hier vor mir sitzt, tragen größere Schuld in ihren Herzen als einst jene Toten. Laß den Schwur verkünden, o König, und gleichzeitig auch dies — übel soll es jedem bekommen, der ihn bricht, ihm, seiner Familie, seinem Kral und allen, mit denen er umgeht.

Nun, was verlangst du von mir? Zum ersten einen Rat,

ob du gegen die englische Königin kämpfen sollst, eine Frage, in der ihr, die Großen des Reiches ebenso wie die Nation, die ihr vertretet, in zwei gleiche Teile gespalten seid. O König, ihr *Induna* und Hauptleute, wer bin ich, daß ich in einer solchen Angelegenheit entscheiden soll, die gar nicht zu meinem Bereich gehört, von der die obere Welt und die Körper der Menschen betroffen sind und nicht die untere Welt und ihre Geister? Und doch gab es einen, der das Volk der Zulu aus dem Nichts erschuf, wie ein Töpfer aus Lehm ein Gefäß modelliert, oder wie ein Schmied aus dem Erz der Berge einen Assegai formt, jawohl, und ihn mit menschlichem Blut härtet.* Chaka der Löwe, das Wilde Tier, der König der Könige, der Sieger. Ich kannte Chaka, wie ich seinen Vater und, jawohl, auch *dessen* Vater kannte. Auch andere, die noch am Leben sind, kannten ihn, du zum Beispiel, Sigananda.« Er deutete auf den alten Häuptling, der als erster gesprochen hatte. »Ja, Sigananda kannte ihn, wie ein kleiner Junge einen großen Mann kennt, oder wie ein Soldat einen General. Aber ich kannte sein Herz, ja, ich formte sein Herz, ich war sein Verstand. Wäre ich nicht gewesen, er wäre niemals zu solcher Größe gelangt. Dann fügte er mir Unrecht zu« — Zikali hob den Schädel auf, der angeblich der seiner Tochter war, und streichelte ihn —, »und ich verließ ihn.

Er war nicht weise, er hätte den töten sollen, dem er Unrecht zugefügt hatte, aber vielleicht wußte er, daß er mich nicht töten konnte, vielleicht hatte er es versucht und dabei feststellen müssen, daß er nur Speere gegen den Mond schleuderte, die auf sein eigenes Haupt zurückfielen. Ich habe es vergessen. Es ist so lange her, und was zählt es? Jedenfalls entzog ich ihm die Stütze meiner Weisheit, und er stürzte — um sich nicht wieder zu erheben. Und wie ihm, so erging es auch anderen. Ja, auch

---

* Die alten Zulu-Schmiede tauchten ihre erlesensten Klingen in Menschenblut. — A. Q.

anderen erging es so. Doch solange er groß war, kannte ich sein Herz, denn ich lebte in seinem Herzen, und deshalb frage ich mich, was hätte Chaka getan, säße er da, wo heute der König sitzt? Ich will es euch sagen. Auch wenn nicht nur die Engländer, sondern auch die Buren und mit ihnen die Pondo, die Basuto und alle Stämme Afrikas ihn bedroht hätten, er hätte gegen sie gekämpft — jawohl, und ihnen den Fuß in den Nacken gesetzt. Wisset deshalb, auch wenn *ich* in solchen Dingen keine Ratschläge erteile, Chakas Rat würde lauten — kämpft — und siegt. Handelt danach oder verschmäht ihn — mich kümmert es nicht.«

Er verstummte, und unter den Zuhörern erhob sich ein lautes *Ow!* des Staunens und der Bewunderung. Ich hätte beinahe eingestimmt, denn einen so geschickten, politischen Schachzug hatte ich selten erlebt. Der alte Zauberer hatte keinerlei Verantwortung übernommen und war auf die Bitte um einen Rat nicht eingegangen. Er hatte vielmehr alles auf die Schultern eines Toten geladen, dessen Name für jeden Zulu einen magischen Klang hatte, eines Königs, dessen Andenken sie vergötterten, eines großen Feldherrn, unter dem sie sich an Macht und Triumph hatten sattessen können. Zikali hatte als Chaka gesprochen und die Zulu in dieser Rolle gedrängt, nach einer langen Friedensperiode noch einmal die Speere zu erheben, die Freuden des Sieges zu kosten und sich zur größten Nation Südafrikas aufzuschwingen. Sobald ich diesen raffinierten Appell hörte, wußte ich, wie die Sache ausgehen würde. Alles übrige war nur zweitrangig und von mehr oder weniger persönlichem Interesse. Zum ersten Mal erkannte ich auch, wie genial Zikali wirklich war, und fragte mich, was wohl aus ihm geworden wäre, hätte ihm das Schicksal einen Platz in anderen Verhältnissen bei einem zivilisierten Volk zugewiesen.

Nun sprach er schnell weiter, ehe der Eindruck verblassen konnte.

»Dies sind Chakas Worte, aus meinem Munde, der ich

sein geheimer Ratgeber war, ein Ratgeber, der selten zu sehen und nie zu hören war. Erkennt Sigananda dort unten nicht die Stimme, die allein in seinem und keinem anderen Ohr widerhallt?«

»Ich erkenne sie«, rief der alte Häuptling. Die Augen quollen ihm fast aus den Höhlen, als er aufsprang, die Hand hob und dem Geist Chakas den königlichen Gruß *Bayéte* entbot, als stünde der tote König leibhaftig vor ihm.

Ich glaube, die meisten Anwesenden glaubten ihn tatsächlich zu sehen, denn auch von ihnen grüßten einige mit dem *Bayéte,* und sogar Cetewayo hob den Arm.

Sigananda setzte sich wieder, und Zikali sprach weiter.

»Ihr habt es gehört. Sigananda war der Hauptmann des Löwen und erkennt seine Stimme. Damit ist euer erstes Anliegen erfüllt. Nun habt ihr noch eine Frage an mich — und ihr meint, ich, der ich ein Medizinmann bin, der älteste aller Medizinmänner und, so sagt man — ich weiß es nicht — der weiseste, sollte darauf wohl eine Antwort geben können. Ihr fragt mich, wie wird dieser Krieg verlaufen, wenn er denn geführt wird — und was wird während und nach dem Krieg mit dem König geschehen. Als letztes verlangt ihr von mir ein Zeichen. So ist es doch, nicht wahr?«

»So ist es!« bestätigte der Hohe Rat.

»Fragen stellen sich leicht«, murrte Zikali, »doch mit den Antworten ist es eine andere Sache. Wie kann ich antworten ohne Vorbereitung und ohne die erforderliche Medizin, die ich nicht bei mir habe, da ich nicht wußte, welches Ansinnen man an mich stellen würde, sondern dachte, man wolle nur meine Meinung hören und nicht mehr? Entfernt euch jetzt und kehrt in sechs Nächten wieder, dann werde ich sehen, was ich tun kann.«

»O nein!« rief da der König. »Wir werden nicht gehen, denn die Sache ist dringend. Sprich auf der Stelle, Eröffner der Wege, auf daß es nicht im Lande heiße, du seist nur ein alter Schwindler, ein Stock, der entzweibricht, wenn man sich darauf stützen will.«

»Alter Schwindler! Ich entsinne mich, daß Macumazahn mich einst so nannte, später freilich … Vielleicht hatte er recht, denn wer weiß schon im Innersten, ob er ein Schwindler ist oder nicht, ein Schwindler, der sich selbst und damit auch andere betrügt. Ein Stock, der entzweibricht, wenn man sich darauf stützen will! Das hat schon mancher von mir gedacht, und manche dachten auch anders. Nun, ihr wollt Antworten haben, die ich euch nicht geben kann, da ich ohne Medizin bin und außerdem vor lauter Unwissenden stehe, die mir ihre Gedanken nicht leihen können, wie es manchmal geschieht, wenn man auf gewöhnliche Art einen Missetäter ausfindig zu machen sucht. In solchen Fällen ist es, wie ihr vielleicht schon vermutet habt, oft der Schuldige selbst, der dem Medizinmann sein Verbrechen verrät, ohne es zu wissen. Doch gibt es noch einen Stein, den ich nur allein werfen, einen Plan, den nur ich allein durchführen kann und auch das nicht immer. Zu diesem Mittel möchte ich freilich lieber nicht greifen, denn es ist schrecklich und könnte euch so in Angst versetzen, daß ihr als tobende Irre in eure Hütten zurückkehrt und eure Weiber, ja, sogar die Hunde vor euch fliehen.«

Er verstummte und machte sich zum ersten Mal an seinem Feuer zu schaffen, denn ich sah, wie sich seine Hände hin und her bewegten, als wolle er sie über den Flammen wärmen.

Endlich fragte jemand, ich glaube, es war Dabulamanzi, mit schüchterner Stimme:

»Was ist das für ein Plan, *Inyanga?* Wir wollen ihn hören, auf daß wir urteilen können.«

»Ich könnte jemanden aus dem Reich der Toten zurückrufen, um zu hören, was dieser Tote zu sagen hat. Ist es euer Wunsch, daß ich Wasser aus diesem Brunnen der Weisheit schöpfe, König und Hoher Rat?«

XVI

Krieg

Nun begannen die Männer miteinander zu tuscheln, und neben mir stöhnte Goza auf.

»Lieber würde ich einem lebendigen Löwen in den Rachen schauen, als den Toten zu begegnen«, murmelte er. Doch ich, der ich neugierig war, wie weit Zikali es mit seinem Hokuspokus treiben würde, herrschte ihn an, er solle schweigen.

Nach einer Weile rief mich der König zu sich und sagte: »Macumazahn, von euch weißen Männern wird behauptet, daß ihr alles wißt. Nun heraus mit der Sprache, ist es möglich, daß die Toten vor uns erscheinen?«

»Ich bin nicht sicher«, antwortete ich zögernd. »Manche halten es für möglich, andere wiederum nicht.«

Der König ließ nicht locker. »Hast du jemals einen Menschen, den du im Leben kanntest, nach seinem Tode wiedergesehen?«

»Nein«, entgegnete ich, »das heißt — doch. Das heißt — ich weiß nicht. Wenn du mir sagst, König, wo das Wachen endet und der Schlaf beginnt, dann kann ich dir deine Frage beantworten.«

»Macumazahn«, rief er aus, »eben noch habe ich verkündet, du seist kein Lügner, und nun muß ich feststellen, daß du doch ein Lügner bist, denn wie kannst du gleichzeitig einen Toten gesehen und nicht gesehen haben? Dabei fällt mir ein, daß du vor langer Zeit schon einmal gelogen hast, als du erst vorgabst, die Hexe Mameena sei nicht deine Geliebte, und hinterher zeigtest, daß sie es doch war, indem du sie vor aller Augen küßtest, denn wer küßt schon eine Frau, die weder seine Geliebte, noch seine Schwester oder seine Mutter ist? Geh wieder an deinen Platz zurück, wenn du mir nicht die Wahrheit sagen willst.«

Also begab ich wieder zu meinem Schemel und kam mir dabei sehr klein vor, aber ich war auch ziemlich ungehalten, denn wie hätte ich mich eindeutig über Geister äußern oder die Fakten des Mameena-Mythos erklären können, der an mir haftete wie eine Klette.

Nach kurzer Beratung mit den anderen verkündete Cetewayo schließlich:

»Wir bitten dich, o Eröffner der Wege, Weisheit aus dem Brunnen des Todes zu schöpfen, falls du das wirklich vermagst. Wer sich davor fürchtet, möge nun gehen und allein und schweigend am Eingang des Kloof auf uns warten, die wir uns nicht fürchten.«

Daraufhin erhoben sich einige der Zuhörer, zögerten ein wenig, und setzten sich wieder. Nur Goza trat tatsächlich einen Schritt nach vorne, aber als ich ihm zu bedenken gab, die Toten würden ihm wahrscheinlich unterwegs entgegenkommen, sank er in sich zusammen und murmelte etwas von meinem Revolver. Der Narr traute mir offenbar zu, sogar einen Geist zu erschießen.

»Falls ich das wirklich vermag«, wiederholte Zikali wie nebenbei. »Das muß sich erst erweisen, nicht wahr? Vielleicht ist es auch für euch alle besser, wenn ich scheitere, als wenn ich Erfolg habe. Vor einem muß ich euch warnen: Sollten die Toten wirklich erscheinen, so regt euch nicht, und vor allem, berührt sie nicht, denn ich fürchte, wer das eine oder das andere tut, wird nie wieder die Sonne schauen. Doch zuerst möchte ich es mit einem einfacheren Mittel versuchen.«

Er hob abermals den Schädel auf, von dem er behauptete, es sei der seiner Tochter, und redete leise mit ihm, legte ihn jedoch bald wieder weg.

»So wird es nicht gehen«, seufzte er und schüttelte seine Zotteln. »Noma sagt mir, sie sei als Kind gestorben, ohne eine Ahnung von Krieg oder politischen Fragen zu haben, und in all diesen weltlichen Dingen sei sie immer noch ein Kind. Sie meint, ich müsse jemanden suchen, der sich viel mit dergleichen beschäftigt habe und zudem immer noch im Herzen eines der hier Anwesenden wohne, falls das möglich sei, denn allein aus einem solchen Herzen könne die Kraft kommen, die es einem Toten ermögliche, zu erscheinen und zu sprechen. Nun schweigt alle still — schweigt alle still und wehe dem, der das Schweigen bricht.«

Tatsächlich trat Stille ein, und Zikali kauerte sich zusammen, bis sein Kopf fast auf den Knien ruhte, und schien einzuschlafen. Nach einer Weile erwachte er wieder und sang vielleicht eine halbe Minute lang in einer Sprache, die ich nicht verstand. Plötzlich schienen ihm von allen Seiten des Kloof, aber auch von oben, vom Himmel oder von den Felsen, Stimmen zu antworten. Ob er dies durch Bauchrednerkünste bewirkte, oder ob er an verschiedenen Stellen seine Helfershelfer postiert hatte, weiß ich nicht.

Auf jeden Fall hatte es den Anschein, als führe dieser Herr der ›Geisterscharen‹ mit einigen der Stimmen ein Gespräch. Das Ganze war übrigens großartig inszeniert, denn keine Stimme klang wie die andere. Einige glaubte ich sogar zu erkennen, Dingaan zum Beispiel und Panda, ja, und auch Umbelazi den Schönen, den Bruder des Königs, bei dessen Tod unten am Tugela ich Zeuge gewesen war.

Man wird mich fragen, was die Stimmen sagten. Ich weiß es nicht. Entweder waren die Worte unverständlich, oder sie wurden durch die späteren Ereignisse aus meinem Gedächtnis verdrängt. Ich kann mich nur noch erinnern, daß jede einzelne auf die Zulu und ihr Schicksal Bezug nahm und darauf drang, jede weitere Erörterung dieser Angelegenheit auf jemand anderen abzuschieben. Kurzum, ich hatte den Eindruck, als äußerten sie sich nur gezwungenermaßen, freilich hatte Goza, der einzige Mensch, mit dem ich hinterher noch über dieses Thema sprach, offenbar eine Stimme herausgehört, die anders war, inwiefern, weiß ich nicht mehr. Die einzigen Worte, die ich deutlich verstand und auch behielt, kamen wohl

Zikali kauerte sich zusammen, bis sein Kopf fast auf den Knien ruhte.

von Chakas Geist oder vielmehr von Zikali oder demjenigen seiner Komplizen, der diese Rolle spielte. Sie wurden in einem dröhnenden Baß gesprochen, in leicht spöttischem Tonfall, und der Magier quittierte sie mit *Sibonga* oder Lobpreisungen, von denen ich, der ich in der Geschichte und in der Sprache der Zulu bewandert bin, wußte, daß sie allein diesem großen König vorbehalten waren und nach dessen Tod sogar verboten wurden und nicht mehr verwendet werden durften. Die Worte waren folgende:

»Was, du Ding-das-nicht-hätte-geboren-werden-sollen, hältst du dich etwa für ein Ding-das-niemals-sterben-sollte, daß du noch immer unter dem Mond sitzt und dich wie in alten Zeiten der Zauberei widmest? Oft habe ich in der Unterwelt nach dir gesucht, da ich noch eine Rechnung mit dir zu begleichen habe, nicht anders als du mit mir. Nun denn, was verschlägt es, einmal müssen wir uns doch begegnen, auch wenn du dich hinter dem fernsten Stern verbirgst. Was rufst du mich an diesen Ort, wo ich einige sehe, die ich lieber vergäße? Ja, Knochen fügt sich an Knochen, die rote Erde verwandelt sich in Fleisch, und schon stehen sie vor mir, genau wie damals als frisch Gestorbene. Oh, du verstehst dich auf die Magie, du alter Hexenmeister, dein Haß sitzt tief und deine Rache ist grausam. Nein, zu sagen habe ich dir heute nichts, denn ich herrsche in einem anderen Reich über ein Volk, das mächtiger ist als die Zulu. Wer sind die kleinen Männer, die da vor dir sitzen? Einer sieht aus wie Dingaan, mein Bruder, der mich erschlug, ja, und er trägt auch seine Armbinde. Ist er der König? Antworte nicht, ich will es gar nicht wissen. Das verschrumpelte Ding dort drüben ist gewiß Sigananda. Ich erkenne ihn an seinen Augen und an dem *Iziqu* auf seiner Brust. Jawohl, ich gab es ihm nach der großen Schlacht gegen Zweede, in der er fünf Männer erschlug. Ob er sich wohl daran erinnert? Sei mir gegrüßt, Sigananda, alt bist du und hast doch noch einundzwanzig Jahre zu leben, bis wir über die Schlacht gegen Zweede plaudern können. Doch nun hinweg mit mir, denn dieser Ort verbrennt meinen Geist und stinkt nach Menschenblut. Leb wohl, o Sieger!«

Dies waren die Worte, die ich Chaka sagen zu hören glaubte, obgleich ich sie wohl eher träumte. Denn wäre es anders gewesen, ich meine, hätte wirklich Zikali sie gesprochen, so hätten sie gewiß einiges enthalten, was seinen Zwecken diente, und wären nicht nur banales Geschwätz mit all den Widersprüchlichkeiten eines Traumes gewesen. Auch schien niemand sonst weiter darauf zu achten, was allerdings daran liegen mochte, daß so viele Stimmen gleichzeitig aus verschiedenen Richtungen erschollen, denn wie bereits bemerkt, hatte Zikali die ganze Darbietung hervorragend aufgezogen, nicht schlechter als irgendein Medium auf einer eigens präparierten Bühne in London.

Gleich darauf, wie auf ein Zeichen, verstummten die Stimmen und wurden von anderen Geschehnissen abgelöst. So fühlte ich mich plötzlich ganz schwach, als würde mir alle Kraft entzogen. Ein merkwürdiger Wahn erfaßte mich, ich weiß nicht genau, was es eigentlich war, aber es hatte etwas mit der Geschichte von Adam in der Bibel zu tun, der einschlief, und dem man eine Rippe entfernte, um daraus ein Weib zu machen, und ich dachte sogar, daß Adam sich wohl ganz ähnlich gefühlt haben müsse wie ich, als er nach dieser unglaublichen Operation aus seiner Trance erwachte, schwach nämlich und leer. Es fügte sich, daß ich auch Eva sah — oder vielmehr eine Frau. Ich schien mich von meinem Körper zu lösen, blickte ins Feuer und bemerkte, daß sich dichter Rauch entwickelte, sich wie ein Fächer ausbreitete und allmählich dünner wurde. Hinter diesem Schleier erspähte ich noch etwas, eine Frau, und sie war einer anderen, die ich einst gekannt hatte, zum Verwechseln ähnlich. Da stand sie, nur leicht bekleidet, und tändelte mit den blauen Perlen ihrer Halskette, auf ihrem Gesicht lag ein unergründliches Lächeln, und ihre großen Augen starrten ins Nichts.

O Himmel, ich kannte sie, jedenfalls glaubte ich das in jenem Augenblick, denn heute bin ich fast sicher, daß es Nombé war, die sich für diese Rolle ge- oder vielmehr entkleidet hatte. Zu dieser Überzeugung kam ich freilich erst nach langem Überlegen, damals ließ ich mich vom trügerischen Mondlicht täuschen und hätte geschworen, die längst verstorbene Mameena stünde in so übernatürlicher Lebendigkeit und Schönheit vor uns, wie ich sie auch in Zikalis Hütte zu sehen geglaubt hatte.

Ein leichter Wind kam auf und ließ die dürren Blätter der Aloen im Kloof rascheln. Ich bildete mir ein, ihn flüstern zu hören: *Heil dir, Mameena!* Auch einige der älteren Männer, darunter ein paar, die sie hatten sterben sehen, murmelten mit zitternder Stimme: »Es ist Mameena!«, worauf Zikali sie finster anblickte, bis sie verstummten.

Die Gestalt selbst stand so geduldig und reglos da, als habe sie alle Zeit der Welt zur Verfügung, und tändelte mit den blauen Perlen. Ich hörte sie klirrend aneinanderstoßen, was beweist, daß die Frau menschlich war, denn wie kann ein Gespenst Perlen zum Klirren bringen, auch wenn in den Weihnachtsgeschichten immer wieder von Gespenstern erzählt wird, die mit ihren Ketten rasseln. Ihr Blick schweifte müßig und ohne besonderes Interesse über den Halbkreis entsetzter Männer. Dann wanderte er langsam auf den Baum zu, hinter dem ich kauerte, worauf Goza wie gelähmt zu Boden sank. Mir kam es vor, als betrachte sie diesen Baum endlos lange, ich fühlte mich an einen Vorstehhund erinnert, der ein Stück Wild zwar wittert, aber nicht sieht, denn ihr ganzer Körper spannte sich wachsam. Sie hörte auf, mit den Perlen zu spielen und streckte ihre schmale Hand nach mir aus. Ihre Lippen bewegten sich. Sie sagte mit lieblicher, etwas träger Stimme:

»O Wächter der Nacht, heißt du so die Frau willkommen, der du die Kraft gabst, noch einmal unter dem Mond zu erscheinen? Komm zu mir und sage mir, ob du keinen Kuß für mich hast, von der du dich einst mit einem Kuß trenntest?«

Ich hörte es. Es war ohne jeden Zweifel Mameenas Stimme (Nombé war gründlich unterwiesen worden). Dennoch beschloß ich, ihr nicht zu gehorchen, denn ich wollte mich nicht ein zweites Mal in meinem Leben in aller Öffentlichkeit zum Gespött machen lassen. Auch muß ich gestehen, daß mich dieser Schabernack mit den Toten wie ein Frevel anmutete, an dem ich mich um keinen Preis beteiligen wollte.

Alle Versammelten wandten sich um und starrten mich an, sogar Goza hob den Kopf und starrte mich an, aber ich blieb ganz still sitzen und betrachtete die Schönheiten der Nacht.

»Wenn es Mameenas Geist ist, wird er ihm gehorchen«, flüsterte Cetewayo dem Umnyamana zu.

»Gewiß, gewiß«, antwortete der Premierminister, »denn das Seil der Liebe wird ihn zu ihr ziehen. Wer Mameena einmal geküßt hat, *muß* sie wieder küssen, wenn sie es verlangt.«

Diese Worte empörten mich zutiefst, und ich öffnete schon den Mund, um einen ganzen Schwall von Erklärungen abzugeben, als ich zu meinem Entsetzen feststellte, daß ich im Begriff war, von meinem Schemel aufzustehen. Erst wollte ich mich noch daran festklammern, aber da er sich nur mit mir erhob, ließ ich ihn los.

»Halt mich fest, Goza«, murmelte ich, und der brave Bursche packte mich am Knöchel, worauf ich — oder vielmehr mein Fuß, denn ich wollte es nicht — ihn prompt ins Gesicht trat. Nun ging ich wie ein Schlafwandler auf diese Erscheinung, diese Schattenfrau zu, und sie breitete die Arme aus und lächelte, oh, so süß wie ein Engel, obwohl ich ganz genau wußte, daß sie alles andere war als das.

Dann stand ich vor ihr neben dem Feuer, der Rauch duftete wie Rosen am Morgen, und sie schien sich zu mir zu neigen. Zu meiner tiefen Beschämung erkannte ich, daß ihre Arme mich im nächsten Augenblick umschlingen würden. Aber irgendwie berührten sie mich nicht, ich verlor sie in dem rosenduftenden Rauch aus den Augen, und nur die liebliche, träge Stimme, von der ich geschworen hätte, daß es Mameenas Stimme war, raunte mir — nun, Worte ins Ohr, die nur sie und ich kannten, und die ich niemals einem lebenden Wesen verraten hatte, obwohl mir heute natürlich klar ist, daß sie auch noch andere erfahren haben mußten.

»Zweifelst du noch immer an mir?« raunte es weiter. »Sag, bin ich Nombé? Oder — oder bin ich wahrhaftig jene Mameena, deren Kuß deine Lippen und deine Seele erglühen läßt? Hör mich an, Macumazahn, denn die Zeit ist knapp. Wenn in der großen Schlacht, die bald kommen wird, alles in wilder Flucht davonrennt, sollst du nicht mit den weißen Männern gehen, sondern dich gen Ulundi wenden. Eine, die einst deine Freundin war, wird über dich wachen, und wieviele auch sterben müssen, wenn das Feuer in meinem Herzen ganz Zululand in Brand steckt, dir wird kein Leid geschehen. Und höre noch weiter. Hans, der kleine, gelbe Mann, der Licht-im-Dunkel genannt wurde und bei den Kendah den Tod fand, schickt dir seine Grüße und rühmt dich sehr. Er läßt dir durch mich sagen, daß er mir, Mameena, aus freiem Willen den königlichen Gruß entbietet, weil mir königliche Ehren allzeit gebühren, und weil er und ich, so viel uns auch voneinander trennt, doch vereint sind in jener Liebe, die unser Leben ausmacht.«

Der Rauch schlug mir ins Gesicht, und ich taumelte zurück. Cetewayo ergriff meinen Arm und fragte:

»Sprich, sind die Lippen der toten Hexe warm oder kalt?«

»Ich weiß es nicht«, stöhnte ich, »denn ich habe sie nicht berührt.«

»Wie er lügt! Oh, wie er selbst in Dingen lügt, die wir doch mit eigenen Augen gesehen haben«, bemerkte Cetewayo nachdenklich, als ich an ihm vorbei an meinen

Platz zurückstolperte und mich halb ohnmächtig auf den Schemel sinken ließ. Als ich wieder zu mir kam, hörte ich die Gestalt sprechen, die sich als Mameena ausgab, vermutlich beantwortete sie eine Frage von Zikali, die ich nicht mitbekommen hatte. Sie sagte:

»O Herr der Geister, du hast mich aus dem Land der Geister gerufen, auf daß ich dir Auskunft gebe über zwei Dinge, die sich auf Erden erst noch ereignen müssen. Diese beiden Fragen will ich dir beantworten, aber keine weiteren, da die irdische Kraft, die mir nur geliehen wurde, bereits dahin zurückfließt, woher sie kam. Die erste Frage lautet: Was wird geschehen, falls es Krieg gibt zwischen Weißen und Schwarzen? Ich sehe eine Ebene, von Bergen umringt, und darauf eine merkwürdig geformte Kuppe. Ich sehe eine große Schlacht; ich sehe weiße Männer zu Boden gehen wie Getreide vor einem Sturm; ich sehe die Speere der *Impi* sich röten; ich sehe weiße Soldaten daliegen wie dürres Laub nach dem Frost. Sie sind tot, alle sind sie tot, nur eine Handvoll konnte fliehen. Ich höre, wie hier in Ulundi das Ingoma des Sieges gesungen wird. Es ist zu Ende.

Die zweite Frage lautet — was wird dem König widerfahren? Ich sehe ihn schlingernd das Schwarze Wasser überqueren; ich sehe ihn in einem Land voller Häuser mit einer königlichen Frau und ihren Ratgebern sprechen. Auch dort trägt er den Sieg davon, denn man überhäuft ihn mit Anerkennung und vielen Geschenken. Dann sehe ich ihn wieder hier in Zululand und höre, wie man ihm den königlichen Gruß entbietet. Und ganz zuletzt sehe ich ihn tot, denn alle Menschen müssen einmal sterben, und ich höre Zikalis Stimme und die Trauerklage der Frauen seines Hauses. Es ist zu Ende. Leb wohl, König Cetewayo, ich werde deinem Vater Panda berichten, wie es dir ergeht. Habe ich dir nicht prophezeit, als wir das letzte Mal voneinander Abschied nahmen, daß wir uns am Grunde eines Schlundes wiedersehen würden? War es dieser Schlund oder ein anderer, was glaubst du? Eines

Tages wirst du es erfahren. Lebe wohl oder auch nicht, die Zukunft wird es weisen!«

Noch einmal breitete sich der Rauch aus wie ein Fächer. Als er dünner wurde und sich wieder zusammenzog, war die Gestalt verschwunden.

Nun dachte ich, die Zulu wären von diesem absonderlichen Auftritt so beeindruckt, daß sie auf weitere, übernatürliche Ratschläge verzichten und sich sofort zum Krieg entschließen würden. Genau das Gegenteil trat jedoch ein. Wie es der Zufall wollte, befand sich unter den versammelten Häuptlingen einer, der selbst einen großen Ruf als Medizinmann genoß und sich vor Eifersucht auf Zikali verzehrte, weil dieser offenbar Dinge vermochte, an die er selbst sich nie herangewagt hatte. Dieser Mann sprang nun auf und erklärte, alles, was man zu sehen und zu hören geglaubt habe, sei nichts als eine raffinierte, von Zikali und seinen Helfershelfern von langer Hand vorbereitete Täuschung gewesen. Die Stimmen, so sagte er, stammten von verschiedenen, an bestimmten Stellen postierten Personen, manche seien auch von Zikali selbst erzeugt worden. Bei der Vision habe es sich nicht um einen Geist, sondern um eine echte Frau gehandelt, was er mit dem Hinweis auf gewisse anatomische Besonderheiten der Gestalt zu belegen suchte. Aus alledem zog er die durchaus vernünftige Schlußfolgerung, der Hohe Rat wäre verrückt, würde er auf dieser Grundlage eine Entscheidung treffen oder Prophezeiungen Glauben schenken, deren Wahrheit sich erst in der Zukunft erweisen könne.

Nun brach ein heftiger Streit aus. Die Kriegspartei vertrat den Standpunkt, die Manifestationen seien echt gewesen, die Friedenspartei bezeichnete sie als Schwindel. Da keine Seite nachgeben wollte und Zikali auf Befragen stumm blieb wie ein Stein und jede Erklärung verweigerte, ergriff endlich der König das Wort:

»Müssen wir hier sitzen und reden und reden bis der Tag anbricht? Es gibt nur einen Menschen, der die Wahrheit kennt, und das ist Macumazahn. Er mag leugnen, soviel er will, er war der Geliebte dieser Mameena, als sie noch lebte, denn ich sah mit eigenen Augen, wie sie ihn küßte, ehe sie sich selbst den Tod gab. Folglich muß er uns auch sagen können, ob die Frau, die wir zu sehen glaubten, Mameena war oder eine andere, denn es gibt Dinge, die ein Mann niemals vergißt. Ich schlage deshalb vor, ihn zu befragen, und uns nach seiner Antwort ein Urteil zu bilden.«

Dieser Rat schien einen Weg aus der Sackgasse zu weisen und fand sofort Anklang.

»So soll es sein«, schrien alle wie mit einer Stimme, gleich darauf holte man mich abermals hinter meinem Baum hervor, und ich mußte mich vor dem Rat auf den Schemel setzen, mit dem Rücken zum Feuer und zu Zikali, »auf daß seine Augen mich nicht verhexen könnten.«

»Nun, Wächter der Nacht«, begann Cetewayo, »du magst uns in einer gewissen Angelegenheit belogen haben, aber das nehmen wir nicht so ernst, denn in solchen Dingen pflegen Männer wie Frauen stets zu lügen, wie jeder Richter weiß. Deshalb halten wir dich weiterhin für aufrichtig, wie du es ja auch durch dein Verhalten seit vielen Jahren bewiesen hast, und bitten dich als aufrichtigen Mann, uns eine ehrliche Antwort auf eine schlichte Frage zu geben. War die Gestalt, die wir eben noch vor uns sahen, eine Frau oder ein Gespenst, und wenn sie ein Gespenst war, war es der Geist Mameenas, jener schönen Hexe, die unweit von hier vor fast einem Vierteljahrhundert starb, und die du einst liebtest oder die dich liebte, was ein und dasselbe ist, da ein Mann immer die Frau liebt oder zu lieben glaubt, die ihn liebt?«

Nach einigem Nachdenken antwortete ich so gewissenhaft ich konnte mit folgenden Worten:

»König und Hoher Rat, ich weiß nicht, ob das, was wir alle sahen, ein Gespenst war, oder ein Mensch aus Fleisch und Blut, aber da ich nicht an Gespenster glaube, jedenfalls nicht daran, daß sie mit solchen Aufträgen auf die Erde zurückkehren, bin ich zu dem Schluß gelangt, daß es sich um einen Menschen handelte. Freilich ist es auch möglich, daß diese Gestalt keines von beiden war, sondern nur ein Bild, das Zikali uns vorgaukelte. Soviel zu eurer ersten Frage. Die zweite lautet — war die Erscheinung der Geist oder der Schatten jener Frau, die ich vor so vielen Jahren in Zululand kennenlernte? König und Hoher Rat, dazu kann ich nur sagen, die Ähnlichkeit war sehr groß. Allerdings sehen schöne junge Frauen gleichen Alters und gleicher Hautfarbe einander oft verblüffend ähnlich. Außerdem ist das Licht des Mondes trügerisch, insbesondere, wenn es vom Rauch eines Feuers vernebelt wird. Und zuletzt spielt uns allen das Gedächtnis gern seltsame Streiche, wie ihr selbst erkennen werdet, wenn ihr versucht, euch jemanden vorzustellen, der seit mehr als zwanzig Jahren tot ist. Im übrigen meinte ich die Stimme zu erkennen, der Perlenschmuck schien mir vertraut, und die Gestalt wiederholte mir gewisse Worte, von denen ich glaubte, ich allein hätte sie einst von den Lippen jener Toten gehört. Auch brachte sie mir eine merkwürdige Botschaft von einem anderen, der ebenfalls tot ist, und erwähnte eine Begebenheit, von der ich dachte, sie sei nur mir und ihm bekannt. Freilich ist Zikali sehr findig, er könnte diese Dinge in Erfahrung gebracht haben, ohne daß ich es ahnte, und was er weiß, könnten auch andere wissen. König und Hoher Rat, ich glaube nicht, daß es sich bei der Erscheinung um Mameenas Geist handelte. Ich glaube vielmehr, es war eine Frau, die ihr nicht unähnlich war, und die man gründlich unterwiesen hatte. Mehr habe ich nicht zu sagen, und deshalb bitte ich euch, mir keine weiteren Fragen nach Mameena zu stellen, denn ich bin ihres Namen allmählich überdrüssig.«

In diesem Moment schien Zikali aus seiner Gleichgültigkeit oder seiner Starre aufzuschrecken, denn er blickte auf und sagte finster:

»Es ist doch seltsam, daß die Klügsten immer als erste

in die Falle tappen. Sie schlendern dahin, blicken des Nachts in die Sterne und vergessen die Grube, die sie selbst am gleichen Morgen gegraben haben. *Oh-ho-ho! Oh-ho-ho!*«

Nun ging das Gezänk von neuem los. Die Friedenspartei wies triumphierend darauf hin, daß ich, der weiße Mann, der es eigentlich wissen müßte, nicht an diese Erscheinung glaube, und daß sie deshalb ohne jeden Zweifel ein Schwindel sei. Dagegen erklärte die Kriegspartei, ich hätte gewiß meine Gründe, sie zu täuschen, unter anderem wolle ich wohl verhindern, daß die Zulu mein Volk auffräßen. Die Debatte wurde so hitzig, daß ich fürchtete, sie würde in eine Schlägerei und vielleicht in einen Angriff auf mich oder auf Zikali ausarten, der übrigens die ganze Zeit gelassen und unbekümmert vor seinem Feuer saß und in den Mond starrte. Endlich verlangte Cetewayo Ruhe und spie aus, wie immer, wenn er zornig war.

»Macht ein Ende, oder ich lasse einige von euch für immer zum Schweigen bringen«, schrie er, worauf die gegenseitigen Beschuldigungen verstummten. »Eröffner der Wege«, fuhr er fort, »wie Macumazahn halten dich auch viele der hier Anwesenden nur für einen alten Schwindler, doch ob ich zu ihnen gehöre oder nicht, werde ich nicht verraten. Sie fordern ein Zeichen von dir, das niemand anzweifeln kann, und ich schließe mich dieser Forderung an, vorher werde ich das Wort für Frieden oder für Krieg nicht sprechen. So gib uns denn dieses Zeichen, oder verschwinde dahin, wo du hergekommen bist, und laß dich nie wieder in Ulundi blicken.«

»Was für ein Zeichen verlangt der Rat, Sohn des Panda?« fragte Zikali ruhig. »Man möge sich einigen und mir auf der Stelle mitteilen, was man fordert, denn ich bin alt, ich werde allmählich müde und möchte schlafen. Wenn es ein Zeichen ist, das ich euch geben kann, so werde ich es tun, und wenn ich es nicht kann, werde ich in mein eigenes Haus zurückkehren und mich nie wieder in Ulundi blicken lassen, aber ich habe kein Verlangen, mir noch einmal das Geschwätz dieser Toren anzuhören, die wie zwei Wasser um einen Stein streiten und ihn doch nicht bewegen können, weil sie in entgegengesetzte Richtungen drängen.«

Die Ratsmitglieder warfen sich verlegene Blicke zu, denn keiner wußte, was für ein Zeichen sie fordern sollten. Nach einer Weile sagte der alte Sigananda:

»O König, wie jedermann weiß, besaß der Schwarze, der vor dir ging, einen kleinen, mit einem Schaft aus kostbarem Rotholz versehenen Assegai, der das Blut vieler Menschen trank. Mit diesem Assegai ließ einst Mopo, sein Diener, der nach Dingaans Tod nicht mehr im Lande gesehen ward, im Kral Duguza das Leben aus dem Schwarzen herausrinnen, doch was danach mit der Waffe geschah, weiß niemand mit Sicherheit zu sagen. Einige behaupten, sie sei mit dem Schwarzen begraben worden, andere sagen, Mopo habe sie gestohlen. Wieder andere meinen, Dingaan und Umhlagana hätten sie verbrannt. Doch geht ein Spruch wie ein Wind durch das Land: Wenn dieser Speer vom Himmel fällt und vor den Füßen des Königs zu liegen kommt, der auf dem Thron des Schwarzen sitzt, dann werden die Zulu ihren letzten großen Krieg führen und einen Sieg erringen, von dem alle Welt hören wird. Diesen Speer des Schwarzen möge der Eröffner der Wege herabfallen lassen, um uns ein Zeichen zu geben, dann bin ich zufrieden.«

»Würdest du den Speer erkennen, wenn er vom Himmel fiele?« fragte Cetewayo.

»Ich würde ihn erkennen, o König, denn ich habe ihn oft in meiner Hand gehalten. Das Ende des Hefts ist angenagt, denn wenn der Schwarze in Zorn geriet, pflegte er hineinzubeißen. Außerdem befindet sich eine Daumenlänge von der Klinge entfernt ein schwarzes Mal von einem heißen Eisen. Einst schloß der Schwarze eine Wette mit einem seiner Hauptleute ab, daß er auf eine Entfernung von zehn Schritt diesen Speer tiefer in den Leib eines Häuptlings treiben könne, den er töten wollte, als jener Hauptmann. Der Hauptmann hatte den ersten Wurf, ich sah es mit eigenen Augen, und der Speer drang bis zu der Stelle im Schaft ein, wo sich das Mal befindet, das der Schwarze eigenhändig hineinbrannte. Dann warf er selbst, und der Speer durchfuhr den Leib des Häuptlings, worauf dieser ihm sterbend zurief, auch sein Herz würde diese Klinge noch zu spüren bekommen, wie es ja auch geschah.«

Ich glaube, Cetewayo war schon im Begriff, diesem Vorschlag zuzustimmen, da er, der den Frieden wünschte, es für unmöglich hielt, daß Zikali plötzlich genau diesen Speer vom Himmel fallen lassen konnte. Aber Umnyamana, der oberste *Induna,* fuhr hastig dazwischen:

»Das ist nicht genug, o König. Zikali könnte den Speer gestohlen haben, denn er lebte zu dieser Zeit im Kral Duguza. Auch die Prophezeiung könnte er verbreitet haben, von der Sigananda spricht, wenigstens würden die Leute das behaupten. Er mag uns ein größeres Zeichen geben als dieses, auf daß alle zufrieden seien und wir mit einer Stimme entscheiden können, ob wir Krieg führen oder Frieden halten wollen. Nun ist bekannt, daß wir Zulu einen Schutzgeist haben, der im Himmel über uns wacht, Nomkubulwana oder manchmal auch die *Inkosazana-y-Zulu,* die Himmelsprinzessin genannt. Zudem weiß man, daß diese Prinzessin, eine Frau mit weißer Haut und rötlichem Haar, immer dann erscheint, wenn unserem Land große Ereignisse bevorstehen. So erschien sie Mopo, ehe der Schwarze starb. Auch einer Reihe von Kindern erschien sie vor der Schlacht am Tugela, und es heißt, erst vor kurzem sei sie nahe der Küste einer Frau erschienen und habe sie davor gewarnt, den Tugela zu überqueren, weil es Krieg geben würde. Leider ist diese Frau nicht mehr aufzufinden. Der Eröffner der Wege möge also Nomkubulwana vor unseren Augen vom Himmel herabbeschwören, und wir alle, bis auf den letzten Mann, werden dies als untrügliches Zeichen anerkennen.«

»Und wenn er das tut, wozu ich keinen Medizinmann

der Welt für fähig halte, was soll es bedeuten?« rief Cetewayo.

»O König«, antwortete Umnyamana, »wenn es ihm gelingt, so soll es Krieg und Sieg bedeuten. Gelingt es ihm nicht, so soll es Frieden bedeuten, und wir werden unser Haupt vor den *Amalungwana basi bodwe** beugen.«

»Stimmen alle zu?« fragte Cetewayo.

»Wir stimmen zu«, antworteten die Männer und hoben die Hand.

»Dann, Eröffner der Wege, steht die Sache so: Kannst du Nomkubulwana, falls es einen solchen Geist überhaupt gibt, dazu bewegen, sich uns zu zeigen, so wird der Rat dies als einen Wink des Himmels ansehen, gegen die Engländer zu kämpfen.«

So sprach Cetewayo, und ich bemerkte einen triumphierenden Unterton in seiner Stimme, denn sein Herz schrak vor diesem Krieg zurück, und er war überzeugt, daß Zikali die Probe nicht bestehen würde. Andererseits war in der Nation oder vielmehr im Heer die Stimmung zugunsten des Krieges so stark, daß er fürchtete, eine Weigerung würde seine Absetzung, wenn nicht gar seinen Tod nach sich ziehen. Das vom Premierminister vorgeschlagene und vom Rat, der Vertretung der verschiedenen Volksstämme, gebilligte Gottesurteil verhieß einen Ausweg aus diesem Dilemma. So schätzte ich die Situation ein, und ich glaube nicht, daß ich mich irrte.

Als Zikali diese Worte hörte, schien er zum ersten Mal in dieser Nacht unruhig zu werden.

»Was haben meine Ohren da vernommen?« rief er erregt. »Bin ich der *Umkulukulu,* der Große-Große (d. h. Gott) selbst, daß man von mir verlangt, die Himmelsprinzessin von jenseits der Sterne herbeizurufen, sie, die kommt und geht wie der Wind, sich aber wie der Wind von niemandem befehlen läßt? Haben sie wirklich vernommen, daß das große Volk der Zulu sich ein Joch auf

* ›die kleinen Engländer‹, wird als Spottname verwendet

die Schultern legen und ein Sklavendasein führen muß, wenn sie meinem Ruf nicht folgt? Der König hat gewiß den Ermahnungen jener englischen Lehrer gelauscht, die ein weißes Band um den Hals tragen und uns von einem Gott erzählen, der sich lieber an ein hölzernes Kreuz nageln ließ, als Krieg gegen seine Feinde zu führen, und den sie Fürst des Friedens nennen. Wie haben sich die Zeiten doch geändert seit den Tagen des Schwarzen. Ja, Feldherrn sind zu Weibern geworden, und die Hauptleute der *Impi* schickt man, die Kühe zu melken. Doch was habe ich mit alledem zu tun? Was kümmert es mich, der ich so alt bin, daß nur noch mein Kopf über der Erde weilt, der Rest aber bereits im Grabe ruht, der ich zudem nicht einmal ein Zulu bin, sondern nur ein Dwandwe, einer jener verachteten Dwandwe, die einst von den Zulu verspottet und besiegt wurden?

Hört mich an, ihr Geister des Hauses Senzangakona« — hier führte er ein gutes Dutzend von Cetewayos Vorfahren aus weit zurückliegenden Generationen namentlich auf. »Höre mich an, o Himmelsprinzessin, die du vom Großen-Großen zur Beschützerin der Zulu-Rasse bestimmt wurdest. Man fordert dein Erscheinen, wenn es dein Wille ist, daß diese deine Kinder aufstehen und sich gegen die weißen Männer zur Wehr setzen, die sich bereits an ihren Grenzen versammeln. Und wenn es dein Wille ist, daß sie ihre Speere niederlegen, nach Hause gehen, mit ihren Weibern schlafen und den Garten umgraben, während die weißen Männer das Vieh zählen und jeden zur Arbeit an den Straßen zwingen, so sollst du fernbleiben. Macht, was ihr wollt, ihr Geister des Hauses Senzangakona, mach, was du willst, o Himmelsprinzessin. Was kümmert es das Ding-das-nicht-hätte-geboren-werden-sollen, und das bald sein wird, als sei es nie geboren, ob das Haus Senzangakona und das Volk der Zulu steht oder fällt?

Ich, der alte Medizinmann, wurde hierher gerufen, um einen Rat zu geben. Ich gab einen Rat, aber er ging über die Köpfe dieser weisen Männer hinweg wie ein Schatten, und niemand beachtete ihn. Man bat mich zu weissagen, was geschehen würde, wenn es zum Krieg käme. Ich rief die Toten aus ihren Gräbern, sie ließen ihre Stimmen erschallen, und eine von ihnen wurde gar wieder zu Fleisch und redete mit dem Mund einer Lebenden. Der weiße Mann, mit dem sie sprach, verleugnete sie, die doch einst seine Geliebte gewesen war, und die weisen Männer sagten, sie sei ein Schwindel, jawohl, eine Puppe, die ich zurechtgemacht hätte, um sie zu täuschen. Dieser Geist wurde zu Fleisch, er verkündete, was geschehen würde, sollte es zum Krieg kommen, und was dem König widerfahren würde, aber sie spotten nur über die Weissagung, und nun verlangen sie ein Zeichen. So komm denn, o Nomkubulwana, gib ihnen das Zeichen, und laß Krieg sein. Oder bleib fern, gib ihnen kein Zeichen, und laß Frieden sein. Mir, dem Ding-das-nicht-hätte-geboren-werden-sollen, ist es einerlei.«

So faselte er immer weiter, und in mir, der ich Augen und Ohren offenhielt, entstand der Verdacht, er wolle Zeit gewinnen. Während er sprach, sah ich nämlich eine Wolke über das Antlitz des Mondes ziehen, und als er endlich verstummte, war die helle Scheibe von dieser Wolke ganz verhüllt, und das Tal der Knochen lag in tiefem Schatten, ja, fast im Dunkeln. Außerdem machte er sich mit hektischen Bewegungen abermals an seinem seltsamen Feuer zu schaffen, bis es einen neuen Rauchfächer ausstieß, der ihn und den Hinrichtungsfelsen in seinem Rücken verbarg.

Die Wolke schwebte vorüber, und wie nach einer Verfinsterung trat der Mond wieder hervor. Auch der Rauch wurde allmählich dünner. Als er sich ganz auflöste und die Helligkeit sich verstärkte, bemerkte ich, daß auf der Felsspitze über uns etwas materialisierte, vielleicht aber auch nur zum Vorschein gekommen war. Ein paar Sekunden später erkannte ich dieses Etwas zu meiner Verblüffung als die geisterhafte Gestalt einer weißen Frau, die reglos an der äußersten Kante stand. Sie trug ein leuchtend weißes Gewand mit tiefem Ausschnitt, möglicherweise aus Leinen, aber so, wie es schillerte, hätte es aus glänzenden Federn, zum Beispiel aus Reiherfedern zusammengesetzt sein können. Ihr rötliches Haar hing offen herab und glitzerte ebenfalls, als sei es mit Glimmersplittern oder Edelsteinen durchsetzt. Ihre Füße und die milchweißen Arme waren nackt, und in der rechten Hand hielt sie einen kleinen Speer.

Ich war nicht der einzige, der die Erscheinung erblickte, denn die Ratsmitglieder ließen ein ängstliches, ehrfürchtiges Stöhnen hören. Dann verstummten sie und starrten wie gebannt nach oben.

Plötzlich hob Zikali den Kopf und betrachtete die Versammelten durch die dünne Flammenwand, die seine Augen wie die eines Tigers oder eines in die Enge getriebenen Pavians funkeln ließ.

»Was ist es, das eure Blicke so fesselt, König und Hoher Rat?« fragte er. »Ich kann nichts sehen. Was also fesselt euch so?«

»Auf dem Felsen über dir steht prächtig angetan ein weißes Gespenst. Es ist die Inkosazana selbst«, murmelte Cetewayo.

»So ist sie gekommen?« spottete der alte Zauberer. »Nein, es ist gewiß nur ein Traum oder eine von meinen Gaukeleien; eine schwarze Frau, weiß angemalt, die ich in meinem Medizinbeutel oder in der Decke auf meinem Rücken hierher geschmuggelt habe. Wie kann ich euch denn beweisen, daß dies nicht ein neuer Schwindel ist, wie der Geist Mameenas, die der weiße Mann, ihr Geliebter, nicht wiedererkannte? Ihr dürft ihr nicht zu nahe kommen, selbst wenn das möglich wäre, denn sollte sie zufällig *kein* Schwindel sein, dann müßtet ihr sterben, jeder einzelne von euch, denn wehe dem, der von Nomkubulwana berührt wird. Wie dann? Ha, ich hab's. Macumazahn dort hat gewiß ein kleines Gewehr in seiner Tasche stecken, und man weiß im ganzen Lande, daß Macumazahn mit einem solchen Gewehr auf dreißig Schritt ein Schilfrohr zu spalten oder einem Mann das Haar vom Kinn zu rasieren vermag. Er soll sein kleines Gewehr nehmen und auf das schießen, was da auf dem Felsen steht, wie ihr sagt. Ist es eine weiß angemalte, schwarze Frau, so wird sie zweifellos tot herabstürzen, wie schon so viele von diesem Felsen gestürzt sind. Ist es jedoch die Himmelsprinzessin, so wird die Kugel durch sie hindurchgehen oder abgelenkt werden, und sie wird keinen Schaden nehmen. Ob freilich Macumazahn Schaden nehmen wird, das ist mehr, als ich zu sagen vermag.«

Als der Rat dies hörte, blieben viele stumm, doch einige aus der Friedenspartei verlangten mit lautem Geschrei, man solle mir befehlen, auf die Erscheinung zu schießen. Schließlich schien Cetewayo dem Druck nachzugeben. Ich sage, es schien so, weil ich glaube, daß er ganz gerne nachgab. Ob er ein Gespenst vor sich hatte oder nicht, wußte er ebenso wenig wie die anderen, aber wenn die Vision nicht als sterblicher Mensch entlarvt werden konnte, würde er gezwungen sein, gegen die Engländer in den Krieg zu ziehen. So ergriff er die einzige Chance, die ihm noch blieb.

»Macumazahn«, sagte er, »ich weiß, daß du deinen Revolver bei dir hast, denn erst neulich trugst du ihn in meiner Anwesenheit, und du hütest ihn Tag und Nacht wie eine Mutter ihr Erstgeborenes. Da der Wegbereiter es so wünscht, befehle ich dir nun, auf das zu schießen, was da über uns zu stehen scheint. Ist es eine sterbliche Frau, so ist sie eine Betrügerin und hat den Tod verdient. Ist es ein Geist vom Himmel, so kann ihm nichts geschehen. Und auch dir kann nichts geschehen, denn du tust nur, was du tun mußt.«

»Ob Frau oder Geist, ich werde nicht schießen, König«, antwortete ich.

»Du wirst nicht schießen? Was! Willst du mir Trotz bieten, Weißer Mann? Nur zu, wenn du meinst, aber bedenke, daß dann deine Gebeine hier im Tal der Knochen bleichen werden. Ja, du sollst der erste Engländer sein, der ›untergeht‹.« Damit drehte er sich um und flüsterte zweien der Ratsmitglieder etwas zu.

Ich erkannte, daß es gehorchen oder sterben hieß. Einen Moment lang stürzte mich diese schreckliche Alternative in Verwirrung. Ich glaubte nicht daran, daß ich ein Gespenst sah. Ich glaubte vielmehr, daß da über mir Nombé stand, raffiniert geschminkt mit irgendwelchen landesüblichen Farbstoffen, die sie aus der Ferne und bei der herrschenden Beleuchtung wie eine Weiße aussehen ließen. Seltsamerweise kam ich damals nicht auf die Wahrheit, vielleicht, weil ich zu überrascht war. Nun, wenn es Nombé war, so verdiente sie, für diesen Schwindel erschossen zu werden, zudem würde durch ihren Tod Zikalis Betrug aufgedeckt und vielleicht ein großer Krieg abgewendet. Aber warum hatte Zikali überhaupt den Vorschlag gemacht, daß ich auf diese Gestalt schießen sollte? Langsam zog ich meinen Revolver heraus und spannte den Hahn, denn geladen war er bereits.

»Ich werde gehorchen, König«, sagte ich, »weil mir mein Leben lieb ist. Doch alles, was aus dieser Tat entstehen mag, komme über dein Haupt.«

In diesem Augenblick kam mir die Erleuchtung, so grell wie ein Blitz, der geradewegs von Zikalis Gehirn in das meine zuckte. *Ich konnte schießen, aber ich brauchte nicht zu treffen.* Von da an war alles ganz einfach.

»König«, sagte ich, »wenn da oben eine Sterbliche steht, so wird sie jetzt sterben. Nur ein Geist bleibt unversehrt, wenn ich ihn aufs Korn nehme. Achte nun auf die Mitte ihrer Stirn, denn dort wird die Kugel einschlagen!«

Ich hob den Revolver und tat so, als ziele ich sorgfältig auf die Gestalt. Dabei glaubte ich selbst aus dieser Entfernung zu erkennen, wie ein Ausdruck des Entsetzens in ihre Augen trat. Dann feuerte ich und schickte mit einem kleinen Ruck meines Handgelenks die Kugel einen guten Yard über ihren Kopf hinweg.

»Sie ist unversehrt«, schrie eine Stimme. »Macumazahn hat sie verfehlt.«

»Macumazahn fehlt nicht«, erwiderte ich hochmütig. »Wenn das, worauf er zielte, unversehrt ist, so deshalb, weil es nicht getroffen werden kann.«

»O-ho-o!« lachte Zikali. »Der Weiße Mann, der nicht einmal weiß, wie die Lippen seiner Geliebten schmecken, behauptet, auf etwas geschossen zu haben, was nicht getroffen werden kann. Er mag es noch einmal versuchen. Nein, er soll sich ein anderes Ziel wählen. Ein Geist ist ein Geist, aber der ihn rief, kann dennoch ein Schwindler sein. In deinem kleinen Gewehr steckt noch eine Kugel, Weißer Mann, sieh zu, ob sie Zikalis Herz durchbohren kann, auf daß König und Rat erfahren, ob er ein wahrer Prophet ist, der größte Prophet aller Zeiten, oder nur ein gewöhnlicher Schwindler.«

Da stieg ein jäher Zorn gegen diesen alten Schurken in mir auf. Ich dachte daran, wie er Mameena in den Tod getrieben hatte, als er glaubte, das könne ihm dienlich sein, und wie er seither das Land mit Geschichten über sie und mich überschwemmte, die mich auf Schritt und Tritt verfolgten. Ich dachte daran, daß er seit Jahren seine Fäden spann, um die Zulu ins Verderben zu stürzen, und jetzt, um dieses grausige Ziel zu erreichen, im Begriff stand, einen schrecklichen Krieg anzuzetteln, der Tausende das Leben kosten würde. Ich dachte daran, daß er mich nach Zululand gelockt hatte, um mich dann Cetewayo auszuliefern, wodurch er mich von meinen Freunden trennte, für die ich doch verantwortlich war, und sie vielleicht sogar dem Tod überantwortete. Die Welt konnte gewiß gut auf ihn verzichten.

»Du sollst deinen Willen haben«, schrie ich und richtete die Revolver auf ihn.

Doch da kam mir ein Spruch in den Sinn — ›Richtet nicht, auf daß ihr nicht gerichtet werdet‹. Wer oder was war ich denn, daß ich es wagte, diesen Mann anzuklagen und zu verurteilen, dem immerhin viel Unrecht geschehen war? Gerade als ich schießen wollte, sah ich einen blitzenden Gegenstand von oben auf den König zufliegen, zielte prompt darauf und drückte ab. Das Ding, was immer es sein mochte, wurde entzweigerissen. Ein Teil fiel auf Zikali nieder, der andere sauste weiter und verwundete Cetewayo am Knie.

Nun entstand große Verwirrung, und jemand schrie: »Der König ist getroffen!« Ich rannte zu ihm und sah die Klinge eines kleinen Assegai auf dem Boden liegen. Cetewayos Knie hatte eine kleine Schramme, aus der Blut tropfte.

»Es ist weiter nichts«, sagte ich, »nur ein Kratzer, doch wäre der Speer nicht im Fluge aufgehalten worden, so hätte es auch anders ausgehen können.«

»Ja«, schrie Zikali, »aber was hat die Wunde geschlagen? Nimm das, Sigananda, und sage mir, was es sein könnte.« Damit warf er dem Alten ein Stück Rotholz zu.

Sigananda sah es sich an. »Das ist der Speerschaft des Schwarzen«, rief er, »und Macumazahns Kugel hat ihn von der Klinge getrennt.«

»Ja«, sagte Zikali, »und die Klinge hat das Kind des Schwarzen verletzt. Deute mir dieses Omen, Sigananda, oder bitte sie darum, die über dir steht.«

Nun blickten alle zu dem Felsen auf, aber der war leer. Die Gestalt war verschwunden.

»Dein Wort, König«, verlangte Zikali. »Lautet es Frieden oder Krieg?«

Cetewayo sah auf den Assegai nieder, betrachtete das Blut, das über sein Knie rann, und schaute in die Gesichter der Ratsmitglieder.

»Blut schreit nach Blut«, seufzte er. »Mein Wort lautet — *Krieg!*«

XVII

Kaatje bringt eine Nachricht

Zikali brach erneut in sein schallendes Gelächter aus, und es klang so grauenhaft, daß es mich eiskalt überlief.

»Des Königs Wort lautet *Krieg*«, schrie er. »Nomkubulwana mag dieses Wort im Himmel verkünden. Macumazahn mag es zu den Weißen Männern bringen. Die Hauptleute mögen es ihren Regimentern zuschreien, auf daß die Welt sich rot färbe. Der König hat entschieden, und vielleicht hätte ich anders entschieden, wäre ich an seiner Stelle gewesen: doch bin ich mehr als ein hohles Schilfrohr im Boden, durch das die Geister zu den Menschen reden? Es ist zu Ende, und auch ich bin vorerst am Ende. Leb wohl, o König! Wo werden wir uns wohl wiedersehen? Auf Erden oder in der Unterwelt? Leb wohl, Macumazahn, wo wir uns wiedersehen, weiß ich, du freilich nicht. O König, ich kehre nun dahin zurück, wo ich zu Hause bin, und bitte dich, den Befehl zu geben, daß niemand in meine Nähe kommt oder mich mit Botschaften belästigt, denn ich bin völlig erschöpft.«

»So sei es befohlen«, sagte Cetewayo.

Während er noch sprach, erlosch auf rätselhafte Weise das Feuer, und der Zauberer erhob sich und humpelte erstaunlich flink um die Ecke des vorspringenden Felsens.

»Warte!« rief ich ihm nach, »ich will mit dir sprechen.« Doch obwohl er mich gehört haben mußte, blieb er nicht stehen und sah sich auch nicht um.

Hastig sprang ich auf und wollte ihm folgen, aber auf einen Wink von Cetewayo verstellten mir zwei *Induna* den Weg.

»Hast du den Befehl des Königs nicht vernommen, Weißer Mann?« fragte einer kalt, und sein Ton verriet mir, daß man mich nun, da der Krieg erklärt war, als Feind betrachtete. Ich wollte schon eine heftige Antwort geben, als Cetewayo selbst sich an mich wandte.

»Macumazahn«, sagte er, »von nun an bist du wie alle Angehörigen deines Volkes mein Widersacher, morgen früh bei Sonnenaufgang endet dein freies Geleit, und findet man dich zwei Stunden später noch in Ulundi, so hat jedermann das Recht, dich zu töten. Doch da du auch immer noch mein Gast bist, werde ich dich von einer Eskorte bis an die Grenze bringen lassen. Außerdem sollst du den Offizieren und Hauptleuten der Königin eine Botschaft von mir übermitteln. Sage ihnen, ich werde ihre Forderungen mit der Spitze eines Assegai beantworten. Doch füge noch hinzu, daß nicht ich diesen Krieg suchte, sondern die Engländer, denen ich stets freundlich gesonnen war. Hätte Sompseu damals zugelassen, daß ich gegen die Buren kämpfte, es wäre nie dazu gekommen. Aber er warf die Decke der Königin über das Transvaal und stellte sich darauf, und nun verkündet er, daß Ländereien, die stets im Besitz der Zulu waren, den Buren gehören. Deshalb nehme ich alles zurück, was ich ihm versprach, als er hierherkam, um mich im Namen der Königin zum König auszurufen, und ich nenne ihn auch nicht mehr Vater. Was die Auflösung meiner *Impi* angeht, so mögen die Engländer sie zerstreuen, wenn sie dazu in der Lage sind. Ich habe gesprochen.«

»Und ich habe gehört«, entgegnete ich, »und werde deine Worte getreulich weitergeben, König, obwohl sie nach meinem Dafürhalten von den Lippen eines Menschen kommen, den der Himmel mit Wahnsinn geschlagen hat.«

Auf diese kühne Rede hin sprangen einige der Ratsmitglieder auf und nahmen eine drohende Haltung ein. Cetewayo hielt sie mit einer Handbewegung zurück und erwiderte ganz ruhig: »Vielleicht hat mich die Königin des Himmels dort auf jenem Felsen mit Wahnsinn geschlagen. Vielleicht hat sie mich aber auch weise gemacht, wie es doch gewiß ihre Pflicht als Schutzgeist unseres Volkes wäre. Darüber wird die Zukunft entscheiden, und sollten wir uns jemals begegnen, nachdem die Entscheidung gefallen ist, so werden wir darüber sprechen. Doch nun, *hamba gachle!*«*

»Ich habe den König gehört und werde gehen, aber vorher möchte ich mit Zikali sprechen.«

»Dann, Weißer Mann, mußt du so lange warten, bis dieser Krieg zu Ende ist oder bis du ihn im Land der Geister triffst. Goza, führe Macumazahn zu seiner Hütte zurück und stelle eine Wache davor. Ein Trupp Soldaten wird ihn im Morgengrauen abholen, um ihn zur Grenze zu bringen. Du wirst mit ihm gehen und mit deinem Leben für seine Sicherheit bürgen. Er ist mein Bote und soll unterwegs gut behandelt werden.«

Damit erhob sich Cetewayo und blieb stehen, während ihm alle Anwesenden den königlichen Gruß entboten, danach schritt er das Kloof hinunter. Ich zögerte noch ein wenig unter dem Vorwand, die Klinge des kleinen Assegai zu untersuchen, den die Gestalt auf dem Felsen geschleudert und den ich vom Boden aufgelesen hatte. Dieses geschichtsträchtige Stück Eisen, von dem ich überzeugt bin, daß es dassselbe ist, das Chaka stets bei sich trug, und mit dem er angeblich auch seine Mutter Nandie tötete, besitze ich übrigens immer noch, denn ich steckte es in die Tasche, und niemand machte Anstalten, es mir wieder wegzunehmen.

In Wirklichkeit überlegte ich jedoch, ob ich wohl irgendwie an Zikali herankommen könnte, ein Problem, mit dem ich mich nicht weiter zu befassen brauchte, da ich in scharfem Ton, der keinen Widerspruch zuließ, zum Weitergehen aufgefordert wurde.

Also stapfte ich zu meiner Hütte zurück, begleitet von Goza, der von all den Wundern, die er geschaut hatte, so überwältigt war, daß er kaum ein Wort herausbrachte. Ja, als ich ihn fragte, was er denn von der Gestalt auf dem

* Geh in Frieden!

Felsen halte, fauchte er gereizt, er sei mit Gespenstern nicht vertraut und könne daher nicht sagen, woher sie kämen oder aus welchem Stoff sie gemacht seien, was mir immerhin verriet, daß er daran glaubte, eine überirdische Erscheinung gesehen zu haben, die die Zulu zum Krieg aufrief. Mehr wollte ich nicht wissen, und so sagte ich nichts mehr, sondern beschäftigte mich lieber mit meiner eigenen Situation und meinen Schwierigkeiten.

Da hatte man mir nun bei Todesstrafe befohlen, Ulundi im Morgengrauen zu verlassen. Doch wie konnte ich gehorchen, ohne vorher mit Zikali zu sprechen, um von ihm zu erfahren, was aus Anscombe und Heda geworden war, ohne wenigstens auf irgendeine Weise mit ihm in Verbindung zu treten? Ich brach noch einmal das Schweigen und bot Goza ein Gewehr an, wenn er dem großen Zauberer eine Botschaft von mir übermittle. Aber er schüttelte nur seinen dicken Kopf und entgegnete, das wäre sein Tod, und was finge ein Toter mit einem Gewehr an, das schließlich, wie ich in dieser Nacht selbst bewiesen habe, gegen Gespenster nichts auszurichten vermöge?

Damit war die Sache für ihn erledigt, und ich hätte mir die Mühe ohnehin sparen können, denn die Antwort auf alle meine Fragen wartete bereits.

Wir erreichten die Hütte, wo Goza mich meinen Bewachern übergab und ihrem Offizier einschärfte, niemand außer mir dürfe sie betreten, und ich dürfe sie erst verlassen, wenn er, Goza, kurz vor dem Morgengrauen komme, um mich abzuholen.

Der Offizier erkundigte sich, ob sonst auch niemand herauskommen dürfe, was mir merkwürdig vorkam, aber nicht so recht zu mir durchdrang, da ich andere Dinge im Kopf hatte. Dann verabschiedete sich Goza und wünschte mir noch, ich möge besser schlafen als er, der ›die Geister in seinen Knochen spüre und anders als ich kein Verlangen danach habe, sie zu küssen‹. Ich scherzte, auf die Brandyflasche anspielend, ich gedenke sie alsbald in meinem Bauch zu spüren, worauf er abermals den Kopf schüttelte, als könne ihn an mir nichts mehr überraschen, und verschwand.

Ich kroch in die Hütte und schob von innen das Brett über den bienenstockähnlichen Eingang. Dann kramte ich in meinen Taschen nach den Streichhölzern und ritzte mir dabei den Finger an der Spitze von Chakas geschichtsträchtigem Assegai. Während ich an der Wunde saugte, vernahm ich zu meinem Erstaunen Atemzüge an der Rückseite der Hütte. Ich wollte schon die Wache rufen, fand aber die Streichhölzer doch noch und zündete die Kerze neben dem Deckenstapel an, der mir als Bett diente. Sobald die Flamme aufleuchtete, spähte ich in die Richtung, aus der das Geräusch kam, und entdeckte zu meiner Bestürzung die Gestalt einer schlafenden Frau, was mich so erschreckte, daß ich fast die Kerze fallen ließ.

Zikali und seine Geister spukten mir, offen gestanden, so sehr im Kopf herum, daß ich einen Moment lang glaubte, die Erscheinung, mit der ich vor einer oder zwei Stunden gesprochen hatte, jene Frau also, die der längst verstorbenen Mameena so ähnlich sah oder vielmehr wie sie zurechtgemacht war, sei gekommen, um unsere Unterhaltung fortzusetzen. Auf jeden Fall war ich sicher, und das zu Recht, daß Zikali auch hier wieder die Hand im Spiel hatte und mich aus mir unbekannten Gründen in eine höchst peinliche Lage bringen wollte.

Ich nahm mich zusammen und trat auf die Dame zu, was mich aber nicht klüger machte, da sie völlig von einem Karos bedeckt war. Nun war guter Rat teuer. Fliehen, woran ich natürlich als erstes gedacht hatte, war unmöglich, ich hätte sehr schnell einen Assegai zwischen den Rippen gehabt. Die Wache zu Hilfe zu rufen, erschien mir indiskret, wer wußte schon, was diese Dummköpfe alles ausplaudern würden? Der Frau einen Tritt zu versetzen oder sie zu schütteln, schickte sich nicht, und falls es sich wirklich um die Person handelte, die sich als Mameena ausgegeben hatte, würde ich mir mit Sicherheit Vorwürfe einhandeln, denen ich mich nicht aussetzen wollte. Also blieb wohl nur eines, ich mußte mich hinsetzen und mich gedulden, bis sie erwachte.

Ich wartete ziemlich lange, doch endlich wurden die Ironie der Situation und, ich will es gestehen, meine eigene Neugier übermächtig, außerdem war ich sehr müde und hätte gerne noch ein wenig geschlafen. Ich näherte mich auf Zehenspitzen der Schlafenden und zog in gespannter Erwartung, was wohl darunter zum Vorschein kommen würde, den Karos über ihrem Kopf beiseite. Ist eine verschleierte Frau nicht etwas, das jeden Mann reizt? Ja, besteht der Reiz der Frauen nicht zur Hälfte darin, daß ihr wahres Wesen für den Mann wie von einem Schleier verhüllt ist, kurzum, daß sie ein Rätsel darstellen, das er auf eigene Gefahr immer wieder zu ergründen sucht, ohne daß ihm dies, wie ich hinzufügen möchte, jemals gelänge?

Nun, ich zog also diesen Karos beiseite, und gleich darauf trat ich verblüfft und, ehrlich gesagt, auch etwas enttäuscht zurück, denn vor mir lag, den Mund halb geöffnet, keine wunderschöne, geisterhafte Mameena, sondern die dralle, irdische und ganz und gar prosaische — Kaatje!

Zum Teufel mit dem Weib! dachte ich bei mir. Was hat sie hier zu suchen?

Heute sehe ich ein, wie unrecht es war, in einem solchen Moment enttäuscht zu sein, nur weil meine romantischen Erwartungen sich nicht erfüllt hatten, selbst wenn man in Zeiten der Gefahr oder großer Nervenbelastung stets am anfälligsten ist für die heimtückischen Verlokkungen der Romantik. Auch gab es im Diesseits wie im Jenseits keinen Menschen, dessen Anblick mich mehr hätte erfreuen sollen. Ich hatte Kaatje bei Anscombe und Heda zurückgelassen, folglich konnte Kaatje mir sagen, was aus ihnen geworden war. Aber — und bei diesem Gedanken sank mir der Mut — was hatte sie an diesem unpassenden Ort zu suchen, noch dazu allein? Ich fand, daß diese Fragen unverzüglich eine Antwort verlangten, und so stieß ich Kaatje so lange mit der großen Zehe in die Rippen, bis sie endlich erwachte, sich aufsetzte und gähnte, wobei sie ganz ungeniert ihre riesige Mundhöhle mit den makellosen Zähnen zur Schau stellte. Als sie bemerkte, daß sie einen Mann vor sich hatte, riß sie den Mund noch weiter auf, um vermutlich um Hilfe zu schreien. Aber ich kam ihr zuvor, denn ehe sie einen Laut von sich geben konnte, hatte ich ihr schon eine Ecke des Karos in den Mund gestopft und schrie sie auf Holländisch an:

»Schwachkopf von einem Weib, kennst du etwa den Heer Quatermain nicht mehr?«

»Oh! Baas!« antwortete sie, »ich dachte, du bist ein böser Zulu, der mir etwas antun will.« Dann brach sie in Tränen aus und schluchzte mindestens drei Minuten lang, ohne daß ich sie beruhigen konnte.

»Sei doch still, du dummes Ding!« rief ich schließlich verzweifelt, »und sag mir, wo deine Herrin und der Heer Anscombe sind?«

»Ich weiß es nicht, Baas, aber hoffentlich im Himmel«, stammelte sie schluchzend. (Kaatje war nämlich so etwas wie eine Christin.)

»Im Himmel! Was soll das heißen?« fragte ich entsetzt.

»Ich meine, Baas, ich kann nur hoffen, daß sie im Himmel sind, denn als ich sie zum letzten Mal sah, waren sie beide tot, und Tote kommen entweder in den Himmel oder in die Hölle, und im Himmel soll es angeblich besser sein.«

»*Tot!* Wo hast du sie tot gesehen?«

»In diesem Schwarzen Kloof, Baas, ein paar Tage, nachdem du uns verlassen hast und fortgegangen bist. Der alte Pavianmann, der sich Zikali nennt, hat uns durch das Hexenmädchen Nombé sagen lassen, wir dürften auch gehen. Also hat sich der Baas Anscombe darangemacht, die Pferde einzuspannen, die Missie Heda hat ihm geholfen, und ich habe die Sachen zusammengepackt.

Als ich fast fertig war, kam diese Nombé, sie lächelte wie eine Katze, die eben zwei Mäuse gefangen hat, und winkte mir, ich solle ihr folgen. Ich ging mit ihr, und da stand die Kutsche mit den vier davorgespannten Pferden, und sie ließen die Köpfe hängen, als schliefen sie. Nombé starrte mich lange an, dann führte sie mich an den Pferden vorbei in den Schatten des überhängenden Felsens. Dort sah ich meine Herrin und den Baas Anscombe nebeneinander liegen, und sie waren ganz und gar tot.«

»Woher weißt du, daß sie tot waren?« keuchte ich. »Woran sind sie gestorben?«

»Ich weiß, daß sie tot waren, weil sie eben tot waren, Baas. Ihr Mund und ihre Augen standen weit offen, und sie lagen auf dem Rücken und hatten die Arme ausgebreitet. Das Hexenmädchen Nombé sagte, ein paar Kaffern seien gekommen, hätten sie erdrosselt und seien wieder fortgegangen, so habe ich sie jedenfalls verstanden, ich spreche Zulu nicht so gut. Wer die Kaffern waren oder warum sie kamen, hat sie nicht gesagt.«

»Was hast du dann getan?« fragte ich.

»Ich bin zur Hütte zurückgelaufen, Baas, weil ich Angst hatte, daß ich auch erdrosselt würde, und dort habe ich so lange geweint, bis ich hungrig wurde. Als ich wieder herauskam, waren sie nicht mehr da. Nombé hat mir einen Platz unter einem Baum gezeigt, wo die Erde aufgewühlt war. Sie sagte, dort hätte man sie auf Befehl ihres Meisters Zikali begraben. Was aus der Kutsche und den Pferden geworden ist, weiß ich nicht.«

»Und was hat man mir dir gemacht?«

»Baas, man hat mich mehrere Tage gefangengehalten, wie viele, weiß ich nicht mehr, und ich durfte nur innerhalb des Zauns zwischen den Hütten herumgehen. Einmal ist Nombé gekommen und hat mir das gebracht.« Sie zog ein Päckchen hervor, das in eine Tierhaut eingenäht war. »Sie sagte, das solle ich dir geben, und ich solle dir ausrichten, jene, die du liebtest, seien in Sicherheit bei einem, der größer sei als alle im Land, und deshalb dürftest du nicht um sie trauern, denn ihre Leiden seien vorüber. Ich glaube, es war zwei Nächte später, als vier Zulu kamen, zwei Männer und zwei Frauen, und mich mitnahmen. Ich dachte, sie wollten mich töten. Aber sie haben mich nicht getötet, sie waren sogar sehr freundlich zu mir, auch wenn sie so taten, als verstünden sie mich nicht, wenn ich mit ihnen sprach. Wir waren lange unterwegs, meist wanderten wir bei Nacht und schliefen bei Tag. Heute abend, als die Sonne unterging, führten sie mich, ohne mit jemandem zu sprechen, durch eine Kaffernstadt und stießen mich in diese Hütte, wo ich jetzt bin. Hier schlief ich ein, da ich sehr müde war, und das ist alles.«

Und es genügt auch, dachte ich bei mir. Dann nahm ich sie ins Kreuzverhör, aber Kaatje war eine dumme Frau, wenn auch eine gute und treue Dienerin, und die schrecklichen Erlebnisse hatten ihren Verstand nicht schärfer gemacht. Ja, als ich sie bedrängte, geriet sie völlig durcheinander, flüchtete sich in die letzte, uneinnehmbare Festung der Frauen, indem sie zu weinen begann, und erklärte schniefend, sie könne es nicht mehr ertragen, von ihrer lieben Herrin zu sprechen. Also gab ich auf, und keine zwei Minuten später schnarchte das arme Ding auch schon, denn sie war wirklich sehr müde.

Nun versuchte ich, alles zu durchdenken, soweit das bei diesem Lärm möglich war, denn nichts stört die Gedanken so sehr wie lautes Schnarchen. Aber was hatte es auch für einen Sinn? Ob ich ihr nun glaubte oder nicht, Kaatje war eine ehrliche Haut und offenbar überzeugt von ihrer Geschichte. Mehr noch, war überhaupt ein Irrtum möglich? Sie schwor immerhin, sie habe Anscombe und Heda tot gesehen und sei hinterher an ihrem Grab gestanden.

Eine weitere Bestätigung stellte Nombés Botschaft dar, die sich Kaatje wohl kaum ausgedacht haben konnte, und darin hieß es, die beiden befänden sich in der Obhut eines ›Großen‹, ein Ausdruck, mit dem die Zulu Gott bezeichnen, und alle ihre Leiden seien vorüber. Warum und wie sie gestorben waren, wurde nicht erwähnt. Vielleicht hatte Zikali sie aus irgendwelchen Gründen ermordet, oder die Zulu hatten sie getötet, weil der König befohlen hatte, kein Weißer im Lande dürfe am Leben bleiben. Vielleicht waren uns auch Sekukunis Basuto gefolgt, mit denen die Zulu irgendwie im Bunde waren, und hatten sie umgebracht. Die Methode des Erdrosselns klang tatsächlich mehr nach den Basuto als nach den Zulu — falls sie wirklich erdrosselt worden waren.

Obwohl mich meine Gefühle fast übermannten, entsann ich mich des Päckchens und öffnete es, nur um allem Anschein nach einen neuen Beweis für den Tod meiner Freunde zu finden, denn es enthielt den Beutel mit Hedas Schmuck, den ich aus Marnhams Tresor geholt hatte, sowie eine goldene Uhr mit eingraviertem Familienwappen, die Anscombe gehörte. Seine zweite, die er stets bei sich trug, war aus Silber und ruhte gewiß mit ihm im Grabe, denn die abergläubischen Eingeborenen hätten nach seinem Tod nichts mehr berührt, was sich an seinem Körper befand. Nun, da man mir zum Zeichen, daß nicht Raubgier der Grund für den Mord gewesen war, die wertvollsten Dinge schickte, die meine Freunde besessen hatten, ohne sie am Leibe zu tragen, schienen mir auch die letzten Zweifel ausgeräumt.

Dies war also das Ende all meiner Bemühungen, diesem wahrhaft vom Unglück verfolgten Paar zu einem Leben in Sicherheit und Geborgenheit zu verhelfen. Als ich in der dunklen Hütte — die Kerze war nämlich niedergebrannt — daran dachte, mußte ich weinen, und dann fiel ich auf die Knie, sprach ein inbrünstiges Gebet für das Heil ihrer Seelen und flehte zu Gott, er möge mir verzeihen, daß ich sie in meiner Torheit in eine solche Gefahr gebracht hatte. Dabei hatte ich nur in bester Absicht gehandelt und mich ehrlich bemüht, aufgrund meiner Lebenserfahrung richtig zu entscheiden.

Heute jedoch, da ich alt bin, komme ich zu der Erkenntnis, daß man gerade dann, wenn man in bester Absicht handelt, im allgemeinen das Falsche tut, weil fast immer ein boshaftes Schicksal — in diesem Fall trug es den Namen Zikali — darauf lauert, alles zu verderben. Der Mensch glaubt zwar, in seinen Entscheidungen frei zu sein, aber ich vermute, er muß sich damit abfinden, daß dies kaum den Tatsachen entspricht, jedenfalls insofern nicht, als es die unmittelbaren Ergebnisse seines Handelns betrifft. Das ist freilich eine gefährliche Behauptung, die ich nicht weiter ausführen will, denn möglicherweise webt auch jeder von uns an einem großen Teppich des Lebens, von dem er nur ein kleinwinziges Stück zu sehen bekommt.

Ein Umstand tröstete mich ein wenig. Wenn die beiden tot waren, konnte ich Zululand ohne Skrupel verlassen. Mir blieb natürlich gar nichts anderes übrig, wenn ich nicht getötet werden wollte, aber es hätte doch mein Gewissen belastet. Ich glaube sogar, wenn ich hätte annehmen können, sie seien noch am Leben, hätte ich, wiederum in bester Absicht, irgendwie versucht, im Land zu bleiben, um ihnen zu helfen, und mich dabei nach menschlichem Ermessen in den sicheren Tod gestürzt, ohne ihnen auch nur im mindesten nützen zu können. Nun, es war anders gekommen, die Sache hatte sich erledigt. Ich konnte nur hoffen, daß sie sich an einem Ort befanden, wo alle ihre Schwierigkeiten ein Ende hatten, selbst wenn es schlimmstenfalls eine Ruhestätte war, an der es nicht einmal mehr Träume gab.

Während ich so vor mich hinsann, nickte ich endlich ein, denn ich war so müde, daß ich wohl auch hätte schlafen können, wenn mich bei Tagesanbruch meine Hinrichtung erwartet hätte und nicht nur eine neue Reise. Allerdings schlief ich schlecht, denn die schnarchende Frau auf der anderen Seite der Hütte verletzte mein Gefühl für Schicklichkeit, und in meinen Träumen hörte ich bereits die klatschsüchtigen Zulu über ihre Anwesenheit lästern. Ja, davon handelten meine Träume, und nicht etwa von den großen Gefahren, die mir drohten, oder von meinen Freunden, die ich auf so schreckliche Weise verloren hatte. Vielleicht ist einfach für viele Menschen, zu denen wohl auch ich mich zählen muß, die Furcht vor einem Skandal oder vor öffentlichem Aufsehen schlimmer als die Angst vor einer Gefahr oder der schmerzlichste Kummer.

Auch diese Nacht ging einmal zu Ende, und endlich drang der erste, schwache Schein des Morgens durch das Rauchloch und erhellte Kaatjes reglos daliegende Gestalt, für mich ein keineswegs erfreulicher Anblick. Irgendwann wurde leise ans Türbrett der Hütte geklopft, und ich zog es sofort beiseite und zwängte mich durch das Loch, ohne mich in meinem Elend darum zu sorgen, ob mich jenseits davon vielleicht ein Assegai erwartete. Draußen stand ein Trupp von acht Soldaten, auch Goza war dabei, und er fragte mich, ob ich zum Aufbruch bereit sei.

»O ja«, antwortete ich, »sobald ich mein Pferd gesattelt habe.«

Man hatte das Tier bereits vor die Hütte geführt, und das Satteln war bald erledigt, denn ich hatte die meisten meiner wenigen Habseligkeiten mitgebracht, und der Beutel mit dem Schmuck steckte in meiner Tasche. Doch nun wandte sich der Offizier des Trupps, ein dürrer Mensch mit schwermütigem Blick, an Goza und sagte mit Grabesstimme:

»Wir haben Befehl, auch das Weib des Weißen Mannes mitzunehmen. Wo ist es?«

»Wo das Weib eines Mannes hingehört, vermutlich in seiner Hütte«, antwortete Goza verschlafen.

Die Worte erfüllten mich mit Zorn. Selten in meinem ganzen Leben war ich so wütend gewesen.

»Ja«, sagte ich, »wenn du das Halbblut meinst, das mir jemand untergeschoben hat, sie ist da drin. Vielleicht bist du so freundlich und holst sie heraus, wenn sie schon mitkommen soll.«

Daraufhin kroch der Hauptmann mit dem schwermütigen Blick — er wurde übrigens Indudu genannt, vielleicht weil er oder sein Vater dem Dudu-Regiment angehört hatten — auch brav in die Hütte, aus der nach einer Weile gedämpft die Geräusche eines verzweifelten Kampfes drangen, ähnlich wie ich sie einmal gehört hatte, als eine *Ringhals*-Kobra einen von mir angeschossenen Hasen in ein Loch verfolgte. Dann wurde es still, und plötzlich schoß die fette, zerzauste Kaatje aus dem Loch, und Indudu schlängelte sich geschmeidig hinterher.

Als das dumme Frauenzimmer mich vor einer Schar bewaffneter Zulu stehen sah, fiel sie mir prompt um den Hals und winselte um Hilfe, denn sie glaubte, die Soldaten wollten sie töten. Nachdem sie mich so fest im Griff hatte wie ein Tintenfisch seine Beute, fiel sie in Ohnmacht und zwang mich mit ihren kompakten hundertundvierzig Pfund Gewicht in die Knie.

»Ah!« bemerkte einer der Zulu nicht unfreundlich, »sie liebt ihren Gatten sehr und hat große Angst um ihn.«

Nun, es gelang mir mit Mühe, mich zu befreien. Dann griff ich nach einer Gurde mit Wasser, wie ich im dämmrigen Licht glaubte, und goß sie ihr über den Kopf, um verspätet festzustellen, daß es sich nicht um Wasser, sondern um geronnene Milch handelte. Der Erfolg war jedoch der gleiche, denn sie richtete sich — schrecklich entstellt nach dem Bad in Quark und Molke — alsbald auf, und ich erklärte ihr, so gut ich es vermochte, wie die Dinge standen. Indudu und Goza säuberten sie notdürftig mit Strohbüscheln, die sie vom Dach der Hütte abrissen, ich suchte ihre und den Rest meiner Habseligkeiten zusammen, und zu guter Letzt setzten wir sie rittlings auf mein Pferd und machten uns auf den Weg, begleitet von der lebhaften Anteilnahme aller Zulu, die bereits auf den Beinen waren.

Am Stadttor gab es eine Verzögerung, was mich nervös machte, da eine Verzögerung in einem solchen Fall immer gleichbedeutend sein kann mit einem Todesurteil. Es war durchaus möglich, daß Cetewayo von sich aus oder auf Druck von außen seine Meinung geändert und Befehl gegeben hatte, mich, der ich zu viel wußte, zu töten. Tatsächlich sollte mich diese Angst auf der langen Reise zur Tugela-Furt ständig begleiten, so daß ich jeden, der uns entgegenkam oder uns überholte, mit argwöhnischen Blicken daraufhin musterte, ob er sich nicht als mein Todesengel entpuppen würde.

Auch waren meine Zweifel nicht unbegründet, denn wie ich später erfuhr, hatten Premierminister Umnyamana und andere Cetewayo sehr bedrängt, mich töten zu lassen, und was wir am Tor abwarten mußten, war seine endgültige Entscheidung in dieser Frage. In diesem Fall wie auch in vielen anderen, die ich anführen könnte, spielte der König jedoch die Rolle des Ehrenmannes, und obwohl er aus politischen Gründen so tat, als zögere er, hatte es nie in seiner Absicht gelegen, mir auch nur ein Haar krümmen zu lassen. Im Gegenteil, der Befehl, der schließlich eintraf, lautete, wer Macumazahn, dem Gast und Boten des Königs, Schaden zufüge, müsse mit seinem ganzen Haus dafür sterben.

Während dieses Aufenthalts versammelten sich etliche Frauen um uns, deren Gespräche ich zwangsläufig mit anhörte. Eine sagte zu einer anderen:

»Sieh nur, dort steht der weiße Mann, der Wächter der Nacht, der mit einer Kugel von einem Ochsenhorn eine Fliege schießen kann, die so weit weg ist, daß wir sie gar nicht sehen können. Er liebte die Hexe Mameena, deren Schönheit noch immer im ganzen Land berühmt ist, und wurde von ihr geliebt. Es heißt, sie habe sich seinetwegen getötet, denn sie erklärte, sie wolle nicht so lange leben, bis sie alt und häßlich sei und er sich von ihr abwende. Meine Mutter hat mir die ganze Geschichte erst gestern abend erzählt.«

Dann ist deine Mutter eine Lügnerin, dachte ich bei mir, denn es wäre unter meiner Würde gewesen, so jemandem offen zu widersprechen.

»Ist das wahr?« fragte eine ihrer Freundinnen höchst interessiert. »Dann muß diese Mameena einen merkwürdigen Geschmack gehabt haben, denn dieser weiße Mann ist doch nur ein häßlicher Zwerg, sein Haar ist grau wie ein verbranntes Stoppelfeld und sein Gesicht runzlig und braun wie eine abgebalgte Haut, die ungespannt in der Sonne gelegen hat. Ich habe allerdings gehört, daß Hexen sich immer in Männer von abartigem Aussehen verlieben.«

»Ja«, stimmte Nummer eins zu, »aber jetzt ist er alt geworden und muß sich, wie man sieht, mit einer anderen Sorte Weiber zufriedengeben. Eine Schönheit ist sie nicht, auch wenn sie ihren Kopf in Milch getaucht hat, um wie eine Weiße auszusehen.«

So ging es weiter, bis endlich ein Läufer auftauchte und Indudu etwas zuflüsterte. Der salutierte, was mir verriet, daß es sich um eine königliche Botschaft handelte, und gab den Befehl zum Abmarsch. Darüber war ich sehr froh, denn wenn ich noch länger dort gestanden hätte, wäre ich diesen schwachsinnigen Lästermäulern wohl gnadenlos an die Kehle gegangen.

Von unserer Reise durch Zululand gibt es nichts Besonderes zu berichten. Wir sahen nur wenige Menschen, denn die meisten Männer waren zum Heer einberufen worden, und viele der Krale schienen auch von Frauen und Kindern verlassen, die sich vielleicht zusammen mit dem Vieh versteckt hielten. Einmal begegneten wir jedoch einem an die fünftausend Mann starken *Impi*, das einen ganzen Berghang zu bedecken schien wie ein Rudel Wild. Es bestand aus den Regimentern der Nodwengu und der Nokenke, die beide später bei Isandhlwana kämpfen sollten. Einige Hauptleute, kräftige Männer von kriegerischem Aussehen, kamen mit einer kleinen Wache heran, um sich zu erkundigen, wer wir seien. Sie betrachteten mich neugierig, und mit einem von ihnen, den ich kannte, wechselte ich ein paar Worte. Er sagte, ich sei der letzte weiße Mann in Zululand und könne mich glücklich schätzen, noch am Leben zu sein, denn bald würden diese Kriegerhorden, damit deutete er auf die an uns vorüberströmenden Soldaten, alle Engländer auffressen ›bis auf den letzten Knochen‹. Ich antwortete, das bleibe abzuwarten, denn auch die Engländer seien große Fresser, worauf er lachte und entgegnete, die weißen Männer hätten tatsächlich bereits den ersten Bissen genommen, freilich nur einen sehr kleinen, was ich so verstand, daß es zu einem unbedeutenden Zusammenstoß gekommen war.

»Leb wohl, Macumazahn«, sagte der Mann schließlich und wandte sich zum Gehen, »ich hoffe, wir begegnen uns in der Schlacht, denn ich möchte sehen, ob du ebenso gut laufen wie schießen kannst.«

Das brachte mich in Rage, und ich gab zurück:

»Ich hoffe um deinetwillen, daß wir uns nicht begegnen, denn bevor ich weglaufe, würde ich dir sonst etwas zeigen, was du noch nie gesehen hast, nämlich das Tor zur Geisterwelt, das verspreche ich dir.«

Ich erwähne dieses Gespräch nur deshalb, weil ein merkwürdiger Zufall es so wollte, daß ich diesen Mann, der Simpofu hieß, bei Isandhlwana tötete.

In diesen Tagen, da wir abwechselnd in glühender Hitze und unter heftigen Gewittern dahintrotteten — die Stute hatte ich Kaatje überlassen müssen, die zum Laufen angeblich zu fett war —, quälte mich unablässig die Erinnerung an meine ermordeten Freunde. Der Himmel weiß, welch bittere Vorwürfe ich mir machte, weil ich sie nach Zululand gebracht hatte. Ich fand es entsetzlich traurig, daß die beiden jungen Leute, die sich liebten und eine so glänzende Zukunft vor sich hatten, ihrer tragischen Vergangenheit nur entkommen sein sollten, um von einem solchen Schicksal ereilt zu werden. Immer wieder befragte ich diesen Trampel von Kaatje nach den genauen Umständen ihres Todes und nach allem, was vor und nach dem Mord geschehen war. Aber es war vergeblich, und überdies wurden ihre Aussagen im Laufe der Zeit zunehmend verworrener, als verblasse das Bild in ihrem Gedächtnis. Nur in einem Punkt ließ sie sich nicht erschüttern. Sie habe die beiden tot gesehen und an ihrem frischen Grab gestanden, das schwor sie ›bei Gott im Himmel‹ und ließ dem Eid einen Tränenausbruch folgen, der jedes Schwurgericht ebenso überzeugt hätte wie mich.

War dies nach Lage der Dinge nicht auch das wahrscheinlichste? Zikali hatte die beiden getötet oder töten lassen, vielleicht waren sie auch gegen seinen Willen getötet worden, auf ausdrücklichen oder allgemeinen Befehl des Königs, immer vorausgesetzt, die Tat war nicht von den Basuto begangen worden. Dennoch verfolgte mich ein Gedanke. Was war mit der Frau auf dem Felsen, von der die Zulu glaubten, es sei ihre Himmelsprinzessin gewesen? Das war natürlich Unsinn, eine solche Gottheit konnte es nicht geben, und deshalb mußte die fragliche Person entweder eine weiße Frau gewesen sein, oder man hatte sie so geschminkt, daß sie wenigstens von ferne und im Mondlicht aussah wie eine weiße Frau. Nun, wenn es eine weiße Frau war, hätte es nach Gestalt, Größe und Haarfarbe Heda sein können. Andererseits konnte ich mir nicht vorstellen, daß Heda, deren Leiche Kaatje einige Tage zuvor gesehen hatte, an einer solchen Maskerade teilnahm, ohne mir wenigstens in dem Moment, als ich mit dem Revolver auf sie zielte, ein Zeichen des Erkennens zu geben, während Nombé so etwas durchaus zuzutrauen war.

In diesem Fall hätte Nombé freilich eine richtige Verwandlungskünstlerin sein müssen, denn ohne Zweifel war sie noch kurz zuvor als Mameena aufgetreten. Wenn dem nicht so war, mußte ich unter Halluzinationen gelitten haben, denn ich hatte in der Tat jemanden gesehen, der Mameena aufs Haar glich, und nur Zikali und durch ihn Nombé verfügten über das Wissen, das es ihr ermöglichte, die Rolle so überzeugend zu spielen. Vielleicht war wirklich alles nur Illusion gewesen, doch dann mußte Zikali ganz erstaunliche Fähigkeiten besitzen. Und was war mit dem Assegai, den Nomkubulwana oder vielmehr ihr Abbild in der Hand gehalten und geworfen hatte und dessen Klinge sich derzeit in meiner Satteltasche befand? Die war auf jeden Fall Realität, auch wenn natürlich durch nichts bewiesen war, daß es sich tatsächlich um Chakas berühmte Waffe handelte.

Weiterhin ließ mir keine Ruhe, daß es mir nicht gelungen war, zu Zikali vorzudringen. Ich kam mir vor wie ein Verbrecher, weil ich im Begriff war, Zululand zu verlassen, ohne mit ihm gesprochen und aus seinem eigenen Munde gehört zu haben — nun, was er mir eben verraten wollte. Ich weiß nicht, ob ich erwähnt habe, daß ich damals am Tor, wo diese albernen Frauen so viel Unsinn über Mameena und Kaatje schwatzten, einen weiteren Versuch gemacht hatte, über Goza an den Zauberer heranzukommen, freilich ohne Erfolg. Goza antwortete wie beim ersten Mal, falls ich auf der Stelle sterben wolle, brauche ich nur zehn Schritte in Richtung auf das Tal der Knochen zu tun, und fügte beiläufig hinzu, der Wegbereiter sei ohnehin bereits aufgebrochen und befinde sich auf der Heimreise. Das mochte zutreffen oder nicht, ich fand jedenfalls keine Möglichkeit, persönlich mit ihm zu sprechen oder ihm auch nur eine Botschaft übermitteln zu lassen. Nein, ich hatte mir nichts vorzuwerfen, ich hatte getan, was ich konnte, und doch fühlte ich mich in meinem Herzen schuldig. Aber wer versagt, ist immer schuldig, wie ein Zyniker sagen würde.

Endlich erreichten wir die Tugela-Furt, und da das Wasser zum Glück seicht genug war, verabschiedeten wir uns von unserer Eskorte, um nach Natal hinüberzuwaten. Goza und mir fiel die Trennung schwer, denn wir ahnten, übrigens zu Recht, daß wir uns in diesem Leben nicht wiedersehen würden. Ich gab meiner Hoffnung Ausdruck, er und die anderen würden einen leichten Tod finden und ihren Schuß- oder Bajonettverletzungen sofort erliegen, ohne sich lange herumquälen zu müssen. Sie erkannten in diesem Wunsch meine aufrichtige Sorge um ihr Wohlergehen und dankten mir dafür, allerdings ohne große Begeisterung. Nur Indudu konnte sich einen Gegenschlag oder vielmehr ein *tu quoque* nicht verkneifen und versprach mir in seiner schwermütigen Art, sollten wir beide uns in der Schlacht gegenüberstehen, so würde er meiner Worte gedenken und mich nach allen Regeln der Kunst zerstückeln, denn die Vorstellung, ich müsse ohne die aufopfernde Pflege meines Weibes Kaatje (sie wußten alle, daß ich in bezug auf Kaatje empfindlich war) auf dem Krankenlager dahinsiechen, sei ihm unerträglich. Dann schüttelten wir uns die Hand und schieden voneinander. Kaatje trotzte, mit Krimskrams behängt wie der Weiße Ritter in ›Alice hinter den Spiegeln‹, an einen Kochtopf geklammert und Tränen der Angst vergießend, den schäumenden Fluten auf dem Rücken meiner Stute, während ich mich am Schweif festhielt.

Als das Wasser mir bis an die Achselhöhlen reichte und ich uns außer Reichweite der Assegai glaubte, drehte ich mich um und schrie noch ein paar Worte zum Abschied:

»Sagt eurem König«, rief ich, »es ist die größte Torheit der Welt, gegen die Engländer zu kämpfen, er wird sein Land ins Verderben reißen und sich selbst einen schmachvollen Tod bereiten, denn zuletzt wird, wie euer Sprichwort sagt, ›der Schwimmer mit der Strömung fortgetragen‹.«

Hier rutschte ich von dem Stein, auf dem ich stand, und wäre beinahe selbst mit der Strömung fortgetragen worden.

Den Mund voll Schlammwasser, tauchte ich wieder auf, wartete, bis sie mit Lachen fertig waren, und fuhr fort:

»Und sagt diesem alten Halunken Zikali, ich weiß, daß er meine Freunde ermordet hat, und er und alle, die mit ihm im Komplott waren, werden dafür mit ihrem Leben bezahlen, wenn wir uns wiedersehen.«

Nun schleuderte ein gereizter Zulu seinen Assegai, und da die Entfernung geringer war, als ich geschätzt hatte — die Waffe fuhr nämlich durch Kaatjes Kleid und ließ sie entsetzt aufkreischen — verzichtete ich auf weitere wohlgesetzte Worte, und wir kämpften uns auf das andere Ufer zu, das wir schließlich auch sicher erreichten.

So endete meine unselige Reise nach Zululand.

XVIII
Isandhlwana

Wir hatten den Tugela an der Stelle überquert, die man die Mittlere Furt nennt. Jenseits davon wurde ich nach etwa einer Meile von einem jungen Burschen angerufen, der einen Trupp berittener Eingeborener befehligte, und stellte fest, daß ich auf die sogenannte Kolonne No. 2 gestoßen war, die sich aus einer Raketenbatterie, drei Bataillonen der Eingeborenentruppe und einigen Abteilungen berittener Eingeborener zusammensetzte, alles unter dem Kommando von Colonel Durnford, R.E.*

Nachdem ich einige Erklärungen abgegeben hatte, führte man mich ins Zelt dieses Offiziers. Er war ein hochgewachsener, nervös wirkender Mann mit feingeschnittenen, angenehmen Zügen und langen Koteletten. Soweit ich mich erinnere, trug er einen Arm in der Schlinge, ich glaube, er war bei einem Zusammenstoß mit den Kaffern verwundet worden. Er war sehr beschäftigt, als man mich ihm vorstellte, denn wie ich von einem Angehörigen seines Stabs erfuhr, hatte er eben Befehl erhalten, ›gegen Matshana vorzugehen‹.

Kaum erfuhr er, daß ich aus Zululand gekommen war und mich mit den Zulu auskannte, da fragte er mich sofort über Matshana aus, einen Häuptling, von dem er in der Tat kaum etwas zu wissen schien. Ich berichtete ihm das wenige, was mir bekannt war, und ehe ich noch zu den wirklich wichtigen Informationen kommen konnte, wurde ich schon wieder hinausgeführt und zum Lunch eingeladen, was ich dankbar annahm. Einer der Offiziere borgte mir die nötigen Kleider, damit meine eigenen inzwischen in der Sonne trocknen konnten. Der erste Whisky mit Soda, den ich seit meinem Aufenthalt im

---

* Royal Engineers, das brit. Pionierkorps — *Anm. d. Übers.*

›Tempel‹ trank, ist mir, ebenso wie das gute englische Essen, das ihn begleitete, noch heute in bester Erinnerung.

Nach einer Weile fiel mir Kaatje wieder ein, die ich bei einigen Eingeborenenfrauen zurückgelassen hatte, und ich machte mich auf die Suche nach ihr. Als ich sie fand, vertilgte sie gerade die letzten Bissen einer kräftigen Mahlzeit und war in ein Gespräch mit einem jungen Gentleman vertieft, der eifrig in ein Notizbuch schrieb. Erst hinterher erfuhr ich, daß es sich um einen Zeitungskorrespondenten handelte. Was sie ihm erzählte und was er sich aus den Fingern sog, weiß ich nicht, aber was dabei herauskam, kann ich auch gleich berichten. Binnen weniger Tage war in einer der Zeitungen von Natal und, was weiß ich, vielleicht überall auf der Welt, die Nachricht zu lesen, Mr. Allan Quatermain, ein bekannter Jäger, sei nach vielen Abenteuern ›zusammen mit seiner schwarzen Lieblingsfrau, der einzigen Überlebenden seiner umfangreichen Sippe‹ aus Zululand entkommen. Dann folgte eine frei erfundene Schilderung der Ermordung meiner anderen Frauen durch einen Zulu-Zauberer namens ›Straßenbauer oder Ziegenarsch‹ (für Eröffner der Wege oder Zikali), und so weiter.

Ich war außer mir vor Wut und nahm mir den Herausgeber vor, einen sanften Mann, der sich vielmals entschuldigte und mir versicherte, die Depesche sei genau so abgedruckt worden, wie sie eingegangen sei, als ob das die Sache verbessert hätte. Danach strengte ich ein Gerichtsverfahren wegen Verleumdung an, aber da ich auf Grund von Umständen, auf die ich keinen Einfluß hatte, bei der Verhandlung nicht anwesend sein konnte, wurde die Klage abgewiesen. Vermutlich hatte man mich mit einem gewissen, wohlbekannten Weißen in Zululand verwechselt, der in der Tat einer ›umfangreichen Sippe‹ vorstand, doch wie auch immer, es dauerte sehr lange, bis die Geschichte von meiner ›schwarzen Lieblingsfrau‹ endlich in Vergessenheit geriet.

Noch am selben Tag verließ ich mit Kaatje, die wie ein Mühlstein an mir hing, das Camp.

Der letzte Teil unserer Reise verlief ruhig, abgesehen von weiteren Mißverständnissen wegen Kaatje, darunter einem peinlichen Zwischenfall mit einem Geistlichen, auf den ich nicht eingehen möchte. Endlich erreichten wir Maritzburg, und dort brachte ich Kaatje in einer von einem Halbblut geführten Pension unter, und begab mich mit einem Seufzer der Erleichterung ins Plough Hotel, wo ich weit von ihr entfernt war.

Bald darauf fand sie eine Stellung als Köchin in Howick, und ich bekam sie eine ganze Weile nicht mehr zu Gesicht.

In Maritzburg machte ich pflichtschuldigst verschiedenen hochgestellten Persönlichkeiten meine Aufwartung und übermittelte Cetewayos Botschaft, wobei ich kein Wort von Zikalis Hexenkünsten erwähnte, um mich nicht der Lächerlichkeit preiszugeben. Großen Eindruck machten die Worte des Königs nicht, und obendrein war die Zeit darüber hinweggegangen, denn die Feindseligkeiten hatten bereits begonnen. Auch war niemand geneigt, auf das Wort eines Mannes zu hören, der weder Beamter noch Offizier war, sondern bloß ein kleiner Jäger, der sich angeblich aus Zululand eine schwarze Frau mitgebracht hatte.

Ich meldete auch den Mord an Anscombe und Heda, was freilich in diesen unruhigen Zeiten nicht weiter für Aufregung sorgte, besonders da die beiden den zuständigen Beamten nicht bekannt waren. Der Vorfall gelangte nicht einmal in die Zeitungen, ebensowenig wie der Tod von Rodd und Marnham an der Grenze zu Sekukunis Gebiet. Wenn die Menschen damit rechnen müssen, selbst massakriert zu werden, pflegen sie sich um weit zurückliegende Bluttaten in fernen Gegenden wenig zu scheren. Zuletzt schickte ich Marnhams Testament mit der Anweisung, es tunlichst sicher zu verwahren, bis jemand seine Ansprüche geltend machte, an die Bank von

Pretoria, und hinterlegte Hedas Schmuck und die übrigen Wertsachen nebst einer versiegelten Erklärung, wie sie in meinen Besitz gelangt waren, in einer Zweigstelle derselben Bank in Maritzburg.

Nachdem dies alles erledigt war, stand ich wieder einmal vor dem alten Problem, mich um meinen Lebensunterhalt zu kümmern. Heute, da ich hier in Yorkshire sitze und meine Erinnerungen niederschreibe, bin ich ein sehr reicher Mann — die Minen des Königs Salomo haben mich dazu gemacht —, doch ehe ich mit meinen Freunden Curtis und Good nach Kukuana-Land reiste, gingen zwar immer wieder einmal große Summen durch meine Hände, aber es blieb kaum je etwas davon hängen. Ich verlor das Geld auf die eine oder andere Weise, oder es zerrann mir einfach zwischen den Fingern, und ich war auch nicht dazu veranlagt, jede Chance zu nützen, um zu Wohlstand zu gelangen. Vielleicht war das ganz gut so, denn wäre ich früher zu Wohlstand gelangt, so hätte ich viele Erfahrungen nicht gemacht, und in den wenigen, kurzen Jahren, die uns beschieden sind, zählen Erfahrungen letztlich mehr als Reichtum. Sie können uns auf das vorbereiten, was uns im Jenseits erwartet, während der Besitz eines Bankkontos kein geeignetes Rüstzeug darstellt für eine Welt, in der das Gold nicht mehr vergöttert wird. Und doch ist der Reichtum unser Gott, nicht etwa die Bildung oder die Weisheit, was wieder einmal beweist, daß das Wesen des Christentums noch nicht in die Moralvorstellungen der Menschen eingedrungen ist. Es übertüncht sie nur, und für jedes Auge, das sich Gottes Angesicht zuwendet, gibt es Tausende, die Tag und Nacht auf Mammons glitzerndes Götzenbild gerichtet sind.

Nun besaß ich etliche Wagen und Ochsengespanne, und Fuhrwerke waren gerade zu dieser Zeit sehr gefragt. Also vermietete ich sie zum Kriegseinsatz an die Militärbehörden und mich selbst gleich mit dazu. Ich fand, ich hätte mit einem Offizier, der so viele Buchstaben hinter seinem Namen stehen hatte wie ein Generalgouverneur, in Wirklichkeit aber eine recht untergeordnete Stellung bekleidete, ein ausgezeichnetes Geschäft gemacht, bis ich vor seinem Zelt einem mir bekannten Treckführer begegnete, den ich immer für strohdumm gehalten hatte, und der mir erzählte, er habe keine halbe Stunde zuvor für nicht eingefahrene Ochsen und klapprige Wagen zwanzig Prozent mehr herausgeholt. Letzten Endes kam es freilich nicht weiter darauf an, da bei Isandhlwana alles verlorenging und ich nicht mehr als ein Zehntel des Wertes erstattet bekam, weil ich irgendeine Formalität übersah, ich glaube, ich versäumte es, meinen Anspruch innerhalb einer festgesetzten Zeitspanne anzumelden.

Meine Wagen wurden alsbald mit Munition und anderen Regierungsgütern beladen, und ich treckte über entsetzlich schlechte Straßen nach Helpmakaar, einen Ort im Hochland, nicht weit von Rorke's Drift entfernt, wo die Kolonne No. 3 stationiert war. Hier wurden wir eine Weile aufgehalten, und ich fuhr meine Wagen zusammen mit vielen anderen zu einer Furt des Buffalo. In dieser Zeit unternahm ich es, gewissen hochgestellten Offizieren, deren Namen ich nicht nennen will, eindringlich die Notwendigkeit des ›Laagering‹, das heißt, der Errichtung befestigter Camps ans Herz zu legen, sobald man die Grenze nach Zululand überschreite, denn auf Grund meiner langjährigen Erfahrungen war ich sicher, daß die Eingeborenen in großer Zahl angreifen würden. Man hörte sich meine Warnungen mit ausgesuchter Höflichkeit an und bewirtete mich mit Gin, den angeblich alle Treckführer liebten, in Wirklichkeit glaubte man jedoch, sie ungestraft mißachten zu können. Ich will auf dieses leidige Thema nicht weiter eingehen. Warum sollte ich mich auch beklagen, ist mir doch bekannt, daß Hinweisen so bedeutender Persönlichkeiten wie Sir Melmoth Osborn oder J. J. Uys, der immerhin einer der alten, holländischen Offiziersfamilien angehörte, das gleiche Schicksal zuteil wurde.

Übrigens lief mir, während ich an den Ufern des Flusses wartete, ein alter Freund über den Weg, ein Zulu namens Magepa, mit dem ich in der Schlacht am Tugela gekämpft hatte. Ein paar Tage später vollbrachte dieser Mann eine außergewöhnliche Heldentat, indem er durch seine große Schnelligkeit im Laufen sein Enkelkind vor dem Tod rettete. Irgendwo bewahre ich eine Notiz über diesen Vorfall auf.

Am 11. Januar erhielten wir endlich unseren Marschbefehl und überquerten den Fluß. Die Strategie des Feldzugs bestand darin, die verschiedenen Kolonnen sternförmig auf Ulundi vorrücken zu lassen. Die Straßen, wenn man sie so nennen kann, waren in so miserablem Zustand, daß wir zehn Tage brauchten, um ebenso viele Meilen zurückzulegen. Schließlich treckten wir über ein felsiges, etwa fünfhundert Yard breites Nek. Rechts von uns befand sich ein mit Steinen übersäter Höhenzug, und zu unserer Linken tauchte mit glatten, braunen Wänden, die senkrecht in die Höhe ragten wie die Mauern einer Zyklopenfestung, jäh der bizarre Isandhlwana auf, der wie ein riesiger Löwe über einer dahinterliegenden, von Bergen eingefaßten Ebene kauerte. Am Fuß dieses einsamen Berges, dessen Anblick mich ganz unerklärlich erschreckte, lagerten wir in der Nacht des 21. Januar, ohne uns, etwa durch Errichtung einer Wagenburg, vor einem Angriff zu schützen. Offenbar waren ernstzunehmende Kämpfe das letzte, womit die Befehlshaber rechneten. Die Männer marschierten in den Tod, als gingen sie auf einen Jagdausflug oder zu einem Picknick. Ich sah sogar, daß der knappe Stauraum in den Wagen auf die Schläger und Tore der Cricketspieler verschwendet wurde.

Ich habe nicht vor, auf alle militärischen Details im Vorfeld des Massakers von Isandhlwana einzugehen, sie sind in den Geschichtsbüchern nachzulesen. Genug damit, daß in dieser Nacht des 21. Januar Major Dartnell, Kommandeur der Berittenen Polizei von Natal, der sich auf Kundschaft im Gelände jenseits des Isandhlwana befand, vor uns eine starke Zulustreitmacht meldete. Daraufhin rückte Lord Chelmsford, der ranghöchste General, im Morgengrauen mit sechs Kompanien des 24. Regiments sowie vier Geschützen und der aufgesessenen Infanterie aus, um ihm zu Hilfe zu kommen. Im Camp blieben zwei Geschütze und etwa achthundert weiße und neunhundert eingeborene Soldaten zurück, außerdem einige Treckführer wie ich, sowie etliche Zivilisten. Ich hatte auf einem Stapel Gepäck in einem meiner Wagen übernachtet und sah dem General durch einen Spalt in der Plane nach. Zu dieser Zeit war ich sogar schon angekleidet, ich hatte nämlich in dieser Nacht sehr schlecht geschlafen, da mir bewußt war, in welcher Gefahr wir schwebten, und die Angst mir das Herz schwer machte.

Gegen zehn Uhr morgens traf der bereits erwähnte Colonel Durnford ein, mit fünfhundert Natal-Zulu, etwa die Hälfte davon beritten, und mit zwei Geschützen, die natürlich von Weißen bedient wurden. Zuvor hatte eine Patrouille gemeldet, sie habe am linken Frontabschnitt Feindberührung mit einigen Zulu gehabt, die jedoch zurückgewichen seien. In Wirklichkeit hatten die Zulu in den Maisfeldern geplündert, da infolge der Dürre Nahrungsmittel in Zululand in diesem Jahr sehr knapp waren und die Regimenter hungerten. Zufällig wurde ich Zeuge der Begegnung zwischen Colonel Pulleine, einem kleinen, untersetzten Mann, der das Kommando über das Camp hatte, und Colonel Durnford, der es als sein Vorgesetzter von ihm übernahm, und hörte Colonel Pulleine sagen, sein Befehl laute, ›das Camp zu verteidigen‹, was sonst noch gesprochen wurde, weiß ich allerdings nicht.

Dann fiel Colonel Durnfords Blick auf mich.

»Glauben Sie, die Zulu werden uns angreifen, Mr. Quatermain?« fragte er.

»Ich glaube nicht, Sir«, entgegnete ich, »da heute der Tag des neuen Mondes ist, den sie für einen Unglückstag halten. Morgen sieht es vielleicht anders aus.«

Nun erteilte der Colonel einige Befehle, schickte Captain George Shepstone mit einem Trupp berittener Eingeborener zu dem Höhenzug zu unserer Linken, wo sie nach etwa drei Meilen auf die Zulu stießen, und traf noch andere Verfügungen. Etwas später rückte er mit einer starken Eskorte an die Front aus, gefolgt von der Artillerie, die zum letzten Mal gesehen wurde, als sie einem kleinen, kegelförmigen Hügel im linken Frontabschnitt zustrebte und um ihn herum marschierte.

Kurz bevor Colonel Durnford aufbrach, fiel ihm auf, daß ich immer noch dastand, er fragte mich, ob ich ihn begleiten wolle, und fügte hinzu, ich könne mich eventuell nützlich machen, da ich mit den Gewohnheiten der Zulu so vertraut sei. Ich antwortete, gewiß, und rief meinem ersten Fahrer, einem Mann namens Jan zu, er solle mir meine Stute bringen, dasselbe Tier, auf dem ich Zululand verlassen hatte, während ich in den Wagen schlüpfte und neben meinem Patronengurt alle verfügbaren Taschen mit Patronen für mein doppelläufiges Express-Gewehr füllte.

Als ich aufsaß, gab ich Jan gewisse Anweisungen wegen des Wagens und der Ochsen, er hörte mir zu, streckte mir dann zu meinem Erstaunen die Hand entgegen und sagte:

»Leb wohl, Baas, du warst mir ein guter Herr, und ich danke dir.«

»Was soll das heißen?« fragte ich.

»Alle Kaffern erklären, Baas, daß das große Zulu-*Impi* in einer oder zwei Stunden über uns herfallen und uns bis auf den letzten Mann auffressen wird. Woher sie das wissen, kann ich dir nicht sagen, aber sie schwören es.«

»Unsinn«, wehrte ich ab. »Heute ist der Tag des neuen Mondes, und da kämpfen die Zulu nicht. Sollte es dennoch dazu kommen, so schleichst du dich besser mit den anderen Dienern davon und fliehst nach Natal, denn für die Wagen und die Ochsen muß die Regierung bezahlen.«

Das sagte ich halb im Scherz, doch dieser Scherz sollte Jan und den anderen Dienern das Leben retten, sie nahmen ihn nämlich ernst und konnten mit Ausnahme von einem einzigen, der zurückging, um sich eine Waffe zu holen, alle entkommen und ungefährdet den Fluß überqueren, ehe das Horn der Zulu das Camp einschloß.

Im nächsten Augenblick galoppierte ich bereits hinter Colonel Durnford her und holte ihn etwa eine Viertelmeile vom Camp entfernt ein.

Natürlich sah ich nicht alles von der grausigen Schlacht, die nun folgte, und so kann ich nur von den Vorgängen berichten, an denen ich teilhatte. Colonel Durnford ritt etwa dreieinhalb Meilen weit auf den linken Frontabschnitt zu, warum er das tat, weiß ich nicht so recht, denn wir hörten bereits Schüsse von den Nqutu-Bergen fast genau hinter uns, wo vermutlich Captain Shepstone die Zulu in einen Kampf verwickelt hatte. Plötzlich kam uns ein Kavallerist der Natal-Karabiniere namens Whitelaw entgegen, der auf Kundschaft gewesen war, und meldete, direkt vor uns säße ein gewaltiges *Impi* in einem *Umkumbi* oder Halbkreis, wie es die Zulu zu tun pflegten, bevor sie stürmten. Zumindest einige von ihnen säßen noch da, sagte er, andere rückten bereits vor.

Alsbald tauchten an die zehntausend Mann über der Hügelkuppe auf, und ich erkannte die Schilde der Nodwengu-, der Dududu-, der Nokenke- und der Ingobamakosi-Regimenter. Nun blieb uns nichts anderes mehr übrig, als den Rückzug anzutreten, denn das *Impi* machte ernst und griff an. Der General Untshingwayo war mit Cetewayos Bruder Undabuko und dem Häuptling Usibebu, der die Kundschafter befehligte, übereingekommen, an diesem Tag nicht zu kämpfen, weil nämlich, wie bereits erwähnt, Neumond war, aber die Umstände hatten ihnen keine Wahl gelassen, und die Regimenter waren nicht mehr zu bändigen. So fielen an die zwanzigtausend Mann oder noch mehr, etwa ein Drittel der gesamten Zulu-Armee also, über die kleine, englische Streitmacht her, die mangels kundiger Führung auf breiter Front in kleinen Grüppchen verstreut war und nicht einmal einen befestigten Stützpunkt hatte, auf den sie sich hätte zurückziehen können.

Wir verschanzten uns in einem Donga, das wir eine Weile halten konnten, und als wir einsehen mußten, daß uns der Gegner mit der Zeit doch überrennen würde, wichen wir langsam um weitere zwei Meilen zurück und wehrten die Zulu mit unserem Feuer ab. Unterwegs stießen wir nahe am Fuß des besagten kegelförmigen Hügels auf die Überreste der Artillerie. Sie war von einem Regiment niedergemacht worden, das hinter uns vorüberzog, um das Lager zu erstürmen. Alle Soldaten lagen tot, von Assegais durchbohrt, auf dem Boden, mir fiel besonders ein junger Bursche mit einem Kopfschuß auf, der noch eine Granate in den Händen hielt.

Etwas hinter diesem Hügel, vielleicht eine halbe Meile weiter rechts, zieht sich ein langgestrecktes, flaches Donga quer über die Ebene von Isandhlwana. Dahin schlugen wir uns durch und konnten die Stellung mit Unterstützung von etwa fünfzig Natal-Karabinieren unter Captain Bradstreet auch ziemlich lange verteidigen, indem wir die Zulu mit unserem verheerenden Feuer zu Dutzenden niedermähten, wann immer sie einen Vorstoß versuchten. An dieser Stelle tötete ich allein zwölf bis fünfzehn von ihnen, denn kein Mann, der von einer der großen Kugeln aus meinem Express-Gewehr getroffen wurde, blieb am Leben. Man schickte Boten ins Camp zurück, um mehr Munition anzufordern, aber kein Nachschub traf ein, der Himmel weiß, warum. Ich persönlich vermute, daß die Reservepatronen in Kisten verpackt waren, an die man nicht herankommen konnte. Schließlich neigte sich der mitgebrachte Vorrat dem Ende zu, und so blieb uns nichts anderes übrig, als uns zum Camp zurückzuziehen, das vielleicht eine halbe Meile hinter uns lag.

Als der Vormarsch der Zulu stockte und sie sich hinlegten, um auf Verstärkung zu warten, nützte Colonel Durnford die Atempause und befahl ein Absetzmanöver, das auch sehr gut gelang. Bis dahin hatten wir noch nicht allzu viele Männer verloren, denn die Zulu feuerten wild in die Luft und zielten zu hoch, und mit den Assegai hatten sie uns nicht erreichen können. Als wir auf den Isandhlwana zuritten, waren von allen Seiten Schüsse zu hören, besonders von dem Nek her, das ihn mit den Nqutu-Bergen verband. Dort wurden Captain Shepstone und seine berittenen Basuto bei dem Versuch aufgerieben, das rechte Horn der Zulu zurückzuhalten. Auch die Geschütze feuerten unablässig und richteten großen Schaden an.

Danach geriet alles in Verwirrung. Colonel Durnford wurde von einigen Offizieren, darunter Captain Essex und Lieutenant Cochrane, angesprochen und erteilte ihnen seine Befehle. Dann strebte unser Trupp auf die Wagen zu, um neue Munition zu fassen. Ich hielt mich dicht beim Colonel, und fand mich bald darauf mit ihm und einer ziemlich großen, bunt zusammengewürfelten Schar von Männern etwas rechts von dem Nek wieder, das wir bei unserem Vormarsch vom Fluß her überquert hatten. Nicht lange danach ertönte ein Schrei: »Die Zulu kesseln uns ein!« Als ich nach links schaute, sah ich sie zu Hunderten über die Anhöhe strömen, die den Isandhlwana mit den Nqutu-Bergen verbindet. Auch auf das Camp rückten sie vor.

Alles rannte kopflos durcheinander. Die aus Eingeborenen bestehenden Hilfstruppen schlichen sich schon seit längerem davon, und nun folgten auch die anderen ihrem Beispiel. Natürlich war dies keine große Schlacht, aber ich glaube, daß es zumindest in jüngerer Zeit nur wenige gegeben hat, die grausamer waren. Beim Anblick der heranstürmenden, Schlachtrufe ausstoßenden und Speere schwenkenden Zulu mit ihren Federbüschen und Schilden konnte einem angst und bange werden. Obwohl sie zu Hunderten vom Feuer der Martini-Gewehre niedergemäht wurden, drängten immer neue Scharen nach, und mir war klar, daß die Schlacht verloren war. Eine Horde von verstörten Flüchtlingen, hauptsächlich Eingeborene, strömte an uns vorbei über das Nek auf die neun Meilen entfernte ›Flüchtlingsfurt‹ zu, wie sie später genannt werden sollte, und mit ihnen suchten weiße Soldaten, teils beritten, teils zu Fuß das Weite. Zwischen diese Menschen rannten von hinten und von beiden Seiten, mit ihren Speeren wild um sich stechend, die Zulu hinein. Einige Soldatengruppen formierten sich zu quadratischen Blöcken, an denen sich die verbissen kämpfenden Krieger wie Wasser an Felsen brachen. Nach und nach ging die Munition zu Ende, nun blieb nur noch das Bajonett. Trotzdem konnten die Zulu diese Blöcke nicht aufbrechen. Also änderten sie ihre Taktik. Sie zogen sich ein paar Schritte zurück, um außer Reichweite der Bajonette zu sein, schleuderten ihre Assegai auf die Soldaten, bis die sich nicht mehr zu helfen wußten, um sie dann zu überrennen und niederzumetzeln.

Uns anderen, auch den Männern der 24. Natal-Karabiniere und der Berittenen Polizei, die sich bei uns befanden, erging es nicht besser. Einige waren abgesessen, aber ich blieb im Sattel, mein Pferd stand, vermutlich aus Angst, ganz still, und ich feuerte, solange ich noch Munition hatte. Mit meiner allerletzten Patrone tötete ich den Hauptmann Indudu, den Anführer der Eskorte, die mich zum Tugela geleitet hatte. Als er mich erblickte, hatte er mir zugerufen:

»Nun, Macumazahn, werde ich dich wie versprochen in kleine Stücke hauen.«

Weiter kam er nicht, denn in diesem Augenblick jagte ich ihm mit meinem Express eine Kugel in den Leib, und der hochgewachsene Mann mit dem schwermütigen Blick knickte ein und brach zusammen.

Die ganze Zeit über hatte Colonel Durnford sich so verhalten, wie es sich für einen britischen Offizier geziemt. Ein Fluchtversuch wäre unter seiner Würde gewesen, jedesmal, wenn ich mich umschaute, erblickte ich seine hünenhafte Gestalt, leicht erkennbar an dem langen, blonden Schnurrbart und dem Arm in der Schlinge. Unermüdlich schritt er unsere Reihen ab und ermunterte uns, standzuhalten und mannhaft in den Tod zu gehen. Dann sah ich plötzlich einen Kaffern mit einer alten Flinte aus einer Entfernung von etwa zwanzig Yard auf ihn zielen und abdrücken. Der Colonel stürzte, wahrscheinlich tot, zu Boden, und das war das Ende eines tapferen Offiziers und Gentleman, dessen militärisches Ansehen in meinen Augen im Nachhinein völlig zu Unrecht verunglimpft wurde. Die Schuld für diese Katastrophe kann in Wahrheit weder Colonel Durnford noch Colonel Pulleine angelastet werden.

Nun brach alles zusammen. Einige flüchteten, aber die meisten harrten aus bis in den Tod. Seltsam war, daß ich nicht einen einzigen Kratzer abbekam. Rings um mich fielen die Männer, Kugeln und Assegai umschwirrten mich, doch ich blieb völlig unverletzt. Ich kanne es mir nur so erklären, daß irgendeine höhere Macht die Hand über mich hielt.

Als schließlich fast niemand mehr aufrecht stand und ich nur noch meinen Revolver hatte, um mich zu verteidigen, hielt ich die Zeit für gekommen, mich zu entfernen. Zuerst wollte ich auf den neun Meilen entfernten Fluß zureiten, doch ein Blick nach hinten zeigte mir, daß die holprige Straße voller Zulu war, die alle Fliehenden abschlachteten. Ich wollte das Wagnis dennoch eingehen, doch dann schossen mir jäh die Worte jener rätselhaften Gestalt durch den Kopf, die im Tal der Knochen als Mameena aufgetreten war. Ich solle mich nach der großen Schlacht, wenn alles in wilder Flucht davonrenne, nicht den anderen anschließen, hatte sie gesagt, sondern mich gen Uiundi wenden, dann würde jemand über mich wachen, und mir würde kein Leid geschehen. Natürlich wußte ich, daß diese ganze Prophezeiung nur ein Wunschtraum war, eine Ausgeburt meiner Phantasie, auch wenn die verheißene Schlacht wie auch die wilde Flucht eingetroffen waren. Und doch handelte ich danach, der Himmel allein weiß, warum.

Ich gab meinem Pferd die Sporen, galoppierte am

Isandhlwana vorbei, an dessen Südhängen ein Teil des 24. Regiments immer noch einen aussichtslosen Kampf führte, und strebte den Nqutu-Bergen zu. Auf der Ebene wimmelte es von Zulu, denn nun kamen die Reservetruppen herbeigeeilt, und zu meiner Rechten strömten auch die Divisionen von Ulundi und Gikasi vorwärts. Sie bildeten das linke Horn des *Impi*, doch da die Zulu nicht mit der Schlacht gerechnet hatten, man darf nicht vergessen, daß sie an diesem Tag ursprünglich gar nicht hatten kämpfen wollen, hatte sich ihr Vormarsch so lange verzögert, bis es zu spät war, um das Lager noch ganz zu umzingeln. Daher blieb die Straße, falls man sie so nennen kann, zur Flüchtlingsfurt noch eine Weile offen, und einige von uns konnten auf diesem Wege entkommen. Ein Teil des Horns zog hinterher weiter, griff Rorke's Drift an und mußte eine vernichtende Niederlage einstecken. .

Mehrere hundert Yard weit ritt ich verwegen dahin, denn Verwegenheit schien mir das einzige zu sein, was mich retten konnte. Dreimal traf ich auf Zulu-Verbände, aber jedesmal stoben sie vor mir auseinander und schrien unverständliche Worte. Fast schien es, als habe ich etwas an mir, was sie erschreckte. Möglicherweise dachten sie, nur ein Wahnsinniger könne so einfach zwischen sie hineinreiten, und ich muß auch wirklich wie ein Wahnsinniger ausgesehen habe, aber vielleicht gab es auch eine andere Erklärung. Jedenfalls glaubte ich schon, ich würde es schaffen, als doch noch ein Unfall geschah.

Meine Stute wurde irgendwo im Rücken von einer Kugel getroffen. Woher sie kam, weiß ich nicht, aber da ich keinen Zulu schießen sah, muß sie wohl von einem der Soldaten abgefeuert worden sein, die immer noch an den Hängen des Berges verzweifelt Widerstand leisteten. Jedenfalls geriet das arme Tier außer Rand und Band. Es wirbelte auf der Hinterhand herum und raste in gestrecktem Galopp, über Tote und Sterbende hinwegsetzend, die Lebenden einfach zur Seite stoßend, zum Berg zurück. Zwei Minuten später stürmten wir die Nordflanke hinauf, die völlig leer war, denn das Kampfgeschehen spielte sich auf der anderen Seite ab, und auf das braune Kliff zu, das senkrecht darüber aufragte. Am Fuß dieses Kliffs blieb die Stute unvermittelt stehen, ein Zittern durchlief ihren Leib, und dann sank sie, wohl infolge von inneren Blutungen, tot zu Boden.

Ich blickte mich verzweifelt um. Die Ebene zu Fuß überqueren zu wollen, bedeutete den sicheren Tod. Was also sollte ich tun? Ich wandte mich der Felswand zu und bemerkte eine Rinne, in Jahrtausenden vom Regen ausgewaschen, in der ein paar kümmerliche Sträucher wuchsen. In diesen Spalt drückte ich mich hinein, und als ich feststellte, daß er, wenn auch mühsam, zu besteigen war, kletterte ich, unbemerkt von den Zulu, die alle auf der anderen Seite beschäftigt waren, darin nach oben. Schließlich kam ich auf dem Kamm wieder heraus, einer nackten, braunen Felsplatte mit einer kleinen Mulde am südlichen Rand, in der sich Erde gesammelt hatte und jetzt zur Regenzeit Kräuter und Farne und ein paar verkrüppelte, den Aloen ähnliche Pflanzen wuchsen.

In diese Mulde kroch ich, nachdem ich mit Regenwasser aus einer tassenförmigen Vertiefung im Felsen, das köstlicher schmeckte als jeder Nektar und mir neue Kraft einzuflößen schien, meinen Durst gestillt hatte. Dann deckte ich mich mit Gras und getrockneten Aloe-Blättern zu, so gut ich konnte, und blieb reglos liegen.

Ich befand mich dicht am Rand des Kliffs und hatte die beste Aussicht auf die Ebene von Isandhlwana und das umliegende Gebiet, die man sich nur vorstellen kann. Aus diesem Nest in luftiger Höhe konnte ich alles beobachten, was unten vorging. So wurde ich Zeuge, wie die letzten Soldaten auf den Hängen unter mir aufgerieben wurden. Sie starben einen so heldenhaften Tod, daß ich stolz war, vom gleichen Blut zu sein. Ein prächtiger junger Bursche flüchtete den Berg hinauf und erreichte etwa fünfzig Fuß unter mir ein Plateau. Etliche Zulu verfolgten ihn, aber er verschanzte sich in einer kleinen Höhle und erschoß drei oder vier von ihnen. Dann hatte er keine Patronen mehr, und ich hörte, wie die Wilden seinen Mut priesen — den Mut eines Toten. Ich glaube, er war der letzte, der auf dem Schlachtfeld von Isandhlwana fiel.

Das Camp wurde geplündert, eine schreckliche Szene. Die Ochsen und alle Pferde, die sich einfangen ließen, wurden fortgetrieben, bis auf einige Tiere, die vor die Geschütze und einige Wagen gespannt waren und, wie ich später erfuhr, als Siegeszeichen nach Ulundi gebracht wurden. Den Leichen der Gefallenen zog man die Kleider aus, und alsbald stolzierten die Kaffern in den roten Jakken der Soldaten und mit ihren Gewehren umher. Die Vorratskisten wurden aufgebrochen und aller Alkohol getrunken. Die Dummköpfe schluckten sogar die Medikamente, mit dem Ergebnis, daß einige von ihnen sich in gräßlichen Schmerzen wanden und andere einfach umfielen und einschliefen.

Vielleicht zwei Stunden später kam ein Offizier aus der Richtung, in die der General davonmarschiert war, geradewegs auf das Camp zugesprengt, wo die Zelte noch standen und sogar die Flagge wehte. Wie gerne hätte ich ihn gewarnt, aber das war unmöglich. Ich sah ihn vor das Hauptquartier reiten, als plötzlich ein Zulu aus dem Zelt trat und einen mächtigen Speer schwenkte. Der Offizier parierte sein Pferd, verharrte einen Moment lang wie unschlüssig, wendete dann und galoppierte wie ein Rasender davon. Obwohl ihm ein oder zwei Assegai und zahlreiche Kugeln hinterhergeschickt wurden, blieb er unverletzt. Danach herrschte beträchtliche Aufregung unter den Zulu, die schließlich darin gipfelte, daß sie das Camp räumten.

Nun hoffte ich, mich davonschleichen zu können, aber es sollte nicht sein, denn von allen Seiten krochen feindliche Krieger den Isandhlwana herauf und versteckten sich hinter Felsen oder im hohen Gras, offenbar um das Gelände zu überwachen. Einige Hauptleute gelangten sogar bis auf das kleine Plateau mit der Höhle, wo jener Soldat getötet worden war, und schlugen dort ein Lager auf oder entrollten jedenfalls bei Sonnenuntergang ihre Matten und aßen, ohne freilich ein Feuer anzuzünden.

Die Dunkelheit brach herein und machte es mir vollends unmöglich, von diesem schwer bewachten Ort zu fliehen, denn ich konnte nicht sehen, wohin ich meine Füße setzte, und ein falscher Tritt hätte auf dem steilen Fels den sicheren Tod bedeutet. Aus der Richtung von Rorke's Drift war Dauerfeuer zu hören. Offenbar tobten dort heftige Kämpfe, überlegte ich flüchtig — wie würden sie wohl ausgehen? Etwas später drangen aus der Ferne Hufschläge und das Rumpeln von Geschützrädern an mein Ohr. Auch die Hauptleute horchten auf, und einer sagte, nun kämen wohl die englischen Soldaten zurück, die das Camp im Morgengrauen verlassen hätten. Dann erörterten sie die Möglichkeit, eine Streitmacht zu sammeln und sie zu überfallen, gaben dieses Vorhaben aber bald wieder auf, weil die Regimenter, die an diesem Tag gekämpft hatten, nun weit entfernt und zu müde seien, wie sie sagten, und die anderen sich ohne Befehl in Marsch gesetzt hätten, um die Weißen auf dem Fluß und jenseits davon anzugreifen.

Also verhielten sie sich still und lauschten, und auch ich verhielt mich still und lauschte, denn sehen konnte ich nichts in dieser wolkenverhangenen, mondlosen Nacht. Ich hörte gedämpfte Kommandos, und dann machten die Soldaten halt, weil sie im Dunkeln nicht weitermarschieren konnten. Die Lebenden legten sich zwischen den Toten nieder und fragten sich gewiß, ob sie nicht auch selbst bald tot sein würden. Sie wären in der Tat nicht lange am Leben geblieben, hätten die Zulu nur eine bessere Führung gehabt, denn hätten im Morgengrauen nur fünftausend Mann für einen Angriff zur Verfügung gestanden, kein einziger Mann wäre entkommen. Doch die Vorsehung hatte es anders bestimmt. Einige wurden gefangengenommen, und die anderen machten sich aus dem Staub.

Etwa eine Stunde vor Tagesanbruch drangen abermals Geräusche aus dem Camp zu mir, und als der erste Lichtschein den Himmel erhellte, war der Trupp bereits hinter dem Nek verschwunden, wo das große Massaker stattgefunden hatte. Welche Gedanken bewegten sie wohl, fragte ich mich, und welches Schicksal stand ihnen bevor? Auch die Hauptleute auf dem Plateau unter mir waren abgezogen, desgleichen der Kreis von Wachen auf den Berghängen, denn ich sah durch den grauen Morgennebel, wie sie sich entfernten. Als es heller wurde, konnte ich jedoch beobachten, wie sich an einem oder vielmehr an beiden Neks einzelne Verbände sammelten, und das machte meinen Plan zunichte, rasch loszulaufen und die englischen Truppen zu überholen. Von ihnen war ich völlig abgeschnitten. Ich konnte auch nicht länger ohne Nahrung auf meiner Felsspitze bleiben, zudem war ich sicher, daß bald einige Zulu hier heraufklettern würden, um den Kamm als Beobachtungsposten zu nützen. So stieg ich also, solange mir der Nebel und das morgendliche Halbdunkel noch einigermaßen Deckung boten, auf demselben Wege ab, auf dem ich heraufgekommen war, und erreichte so die Ebene. Weit und breit war kein lebender Mensch, weder weiß noch schwarz, zu sehen, nur Tote, nichts als Tote. Ich sollte auf Wochen oder gar Monate hinaus der letzte Engländer sein, der auf der Ebene von Isandhlwana stand.

Dies war, glaube ich, das Unheimlichste, was ich je erlebt hatte. Nach dieser höllischen Nacht befand ich mich mutterseelenallein auf diesem Feld des Todes, und von allen Seiten starrten mich verzerrte Gesichter an, die einen Tag zuvor noch voller Leben gewesen waren. Doch mein Körper machte seine Rechte geltend. Ich hatte vierundzwanzig Stunden nichts gegessen und war hungrig, ganz schwach vor Hunger. Da stand ein Proviantwagen, den die Zulu geplündert hatten. Büchsen mit gepökeltem Rindschfleisch lagen herum, und zwischen Haufen von Glasscherben fanden sich auch ein paar Flaschen Bass's

Bier, die ihrer Aufmerksamkeit entgangen waren. Ich hob einen Assegai auf, reinigte ihn mit Erde, was er dringend nötig hatte, legte mich auf ein Grasbüschel zwischen einen toten Soldaten und einige Zulu, die er getötet hatte, öffnete eine der Büchsen und machte mich über den Inhalt her. Dann schlug ich zwei Bierflaschen den Hals ab und trank sie aus. Während ich damit beschäftigt war, kam ein großer Hund — ich glaube, man nennt die Rasse Airedale-Terrier — mit struppigem Fell und einem silberbeschlagenem Halsband winselnd auf mich zu. Zuerst hielt ich ihn für eine Hyäne, doch dann bemerkte ich meinen Irrtum und warf ihm ein paar Fleischbrocken zu, die er gierig hinunterschlang. Er hatte sicher einem der gefallenen Offiziere gehört, auch wenn auf seinem Halsband kein Name stand. Von da an wich mir das arme Tier, dem ich den Namen Lost [Verloren] gab, nicht mehr von der Seite, und ich will gleich sagen, daß ich es behielt, bis es, nicht lange vor meiner Reise zu den Minen des Königs Salomo, in Durban an Gelbsucht starb. Einen treueren Freund und Gefährten hat es nie gegeben.

Nachdem ich gegessen und getrunken hatte, sah ich mich um und überlegte, was ich tun sollte. Fünfzig Yard entfernt stand ein kräftiges Basuto-Pony mit verschobenem Sattel, aber komplett aufgezäumt, und rupfte, so gut das mit der Trense im Maul gehen wollte, das Gras vom Boden ab. Ich näherte mich ihm vorsichtig, fing es ohne Mühe ein und führte es zu dem ausgeplünderten Wagen zurück. Dem Stempel auf dem Zaumzeug nach hatte es zu Captain Shepstones berittener Eingeborenentruppe gehört.

Ich füllte die großen Satteltaschen aus Wildleder mit weiteren Rindfleischbüchsen und Bierflaschen sowie einem Paket Tandstickor-Streichhölzern, einem besonders glücklichen Fund. Auch nahm ich einem toten Soldaten sein Martini-Gewehr und die zwanzig Patronen ab, die noch in seinem Gürtel steckten, da er offenbar gleich zu Beginn der Schlacht gefallen war.

So ausgerüstet, bestieg ich das Pony und faßte abermals den Plan, nach Natal zu fliehen. Ein Blick zum Nek, und ich schlug mir dieses Vorhaben aus dem Sinn, denn dort tauchten die mit Federbüschen geschmückten Köpfe einer ganzen Kriegerhorde auf. Sie kamen sicher von dem gescheiterten Angriff auf Rorke's Drift zurück, von dem mir zu dieser Zeit freilich noch nichts bekannt war. Also pfiff ich dem Hund, ritt so schnell, wie es das unwegsame Gelände gestattete, nach links auf die Nqutu-Berge zu und hatte eine halbe Stunde später die verfluchte Ebene hinter mir gelassen.

Noch etwas sollte ich berichten. Am Rand der Ebene stieß ich auf eine Gruppe toter Zulu, die offenbar von einer Granate getroffen worden waren. Ich sprang aus dem Sattel, nahm einem der Gefallenen seinen Kopfputz ab und setzte ihn mir auf, denn ich hatte, ich vergaß es zu sagen, meinen Hut verloren. Der Kopfputz bestand aus einem Streifen Otterfell mit großen Büscheln aus schwarzen Federn daran, die von einer gewissen, bei den Eingeborenen als Sakabula bezeichneten Finkenart stammten. Auch einen Kilt aus weißen Ochsenschwänzen band ich mir um den Leib, Vorsichtsmaßnahmen, denen ich ohne Zweifel mein Leben verdanke, da ich nun aus einiger Entfernung aussah wie ein Kaffer auf einem erbeuteten Pony.

Dann machte ich mich erneut auf den Weg, ohne zu wissen, wohin.

XIX

Allan erwacht

Ich habe nicht die Absicht, jene schreckliche Reise durch Zululand in allen Einzelheiten zu beschreiben, aus dem einfachen Grunde, weil mir kaum etwas davon in Erinnerung geblieben ist. Ich weiß noch, daß ich anfangs den abwegigen Plan verfolgte, mich nach Ulundi zu begeben und Cetewayo unter dem Vorwand, ich bringe ihm eine Botschaft aus Natal, um Gnade zu bitten. Noch ehe zwei Stunden vergangen waren, erspähte ich jedoch von einer Hügelkuppe aus vor mir ein *Impi* mit erbeuteten Wagen, das offensichtlich dem königlichen Kral zustrebte. Da ich mir lebhaft vorstellen konnte, welchen Empfang die Krieger mir bereiten würden, schlug ich eine andere Richtung ein, in der Hoffnung, auf Umwegen die Grenze erreichen zu können. Doch auch hier war mir das Glück nicht hold, denn alsbald entdeckte ich auf den Felsen einige Vorposten, die zweifellos zu einem anderen *Impi* oder Regiment gehörten. Ein Soldat, der mich wegen meiner Aufmachung wohl für einen Zulu hielt, rief mich sogar mit jenen eigentümlich weittragenden Lauten, wie sie die Kaffern bei Bedarf hervorzubringen vermögen, aus einer halben Meile Entfernung an, was es Neues gebe. Ich schrie etwas über einen Sieg, und daß die weißen Männer ausgelöscht seien, dann machte ich dem Gespräch schnell ein Ende, indem ich mich in ein dichtes Gestrüpp verzog.

An die nun folgenden Ereignisse habe ich tatsächlich nur eine ganz schwache Erinnerung. Ich weiß, daß ich mehrmals im Dunkeln absattelte. Ich weiß, daß ich großen Hunger hatte, weil mein ganzer Proviant aufgezehrt war, und daß Lost, der Hund, ein Springbockkitz erlegte, von dem ich einige Stücke über einem Holzfeuer briet und gierig hinunterschlang. Dann weiß ich nur noch, daß ich — vermutlich ein bis zwei Tage später — bei Nacht

... daß ich bei Nacht durch ein Gewitter ritt, und daß ein besonders greller Blitz eine Landschaft erhellte, die mir bekannt vorkam.

durch ein Gewitter ritt, und daß ein besonders greller Blitz eine Landschaft erhellte, die mir bekannt vorkam. Gleich darauf spürte ich einen heftigen Schlag und verlor das Bewußtsein.

Irgendwann kam ich wieder zu mir. Langsam und unter schrecklichen Qualen befreite sich mein Verstand aus dem Schoß des Todes und des Entsetzens. Ich sah mich von Strömen von Blut umgeben, hörte Schreie des Triumphes und des Schmerzes. Ich sah mich als einziger Überlebender auf einem grauen Totenacker stehen, ein Gefühl grenzenloser Einsamkeit fraß sich in meine Seele und erweckte in ihr das tiefe Verlangen, dieser Ernte anzugehören. Aber sie war stark, diese Seele, sie konnte oder wollte nicht sterben, vermochte sich nicht von meinem Körper zu lösen. So stark war sie, daß ich damals wohl zum ersten Mal verstand, was es hieß, sie als unsterblich zu bezeichnen, und daß sie *niemals* ausgelöscht werden konnte. Auch wenn sie, ein Element der Ewigkeit, eine Weile an den Leib gefesselt blieb, der sie doch nur demütigte, an diese Masse aus Lehm, Nerven und Begierden, die sie mit Leben erfüllen mußte, war sie sich doch ihrer Eigenständigkeit, ihrer unauslöschlichen Individualität bewußt. So gern sie auch die Ketten der zutiefst verhaßten Erde abgestreift hätte, sie mußte doch weiter auf ihr wandeln wie ein Geist oder ein Schatten, wie ein schöner Schmetterling, den die Natur dazu bestimmt hat, seine Energie aus verwestem Fleisch zu beziehen, und dem es nicht gestattet ist, in die reinen Weiten des Himmels zu entschweben.

Etwas berührte meine Hand, und ich überlegte verträumt, als Lebender — ich glaubte nämlich fest, ich sei tot — hätte ich es wohl für die Zunge eines Hundes gehalten. Ich nahm alle Kraft zusammen, hob meinen Arm, schlug die Augen auf, betrachtete meine Hand und konnte das Licht — es war nämlich hell — zwischen den Knochen hindurchscheinen sehen, so sehr war sie abgemagert. Dann ließ ich sie wieder fallen, und siehe da, sie kam auf den Kopf eines Hundes liegen, der nicht aufhörte, sie zu lecken.

Ein Hund! Was für ein Hund? Nun fiel es mir wieder ein. Ich hatte ihn auf dem Schlachtfeld von Isandhlwana gefunden. Dann mußte ich also noch am Leben sein. Der Gedanke brachte mich zum Weinen, ich spürte Tränen auf meinen Wangen, aber es waren Tränen des Schmerzes, nicht der Freude. Ich wollte nicht weiterleben. Im Leben gab es zu viel Kampf und Blutvergießen, zu viel Trauer und Angst und andere schreckliche Dinge. Ich war bereit, meinen Anteil daran gegen Ruhe einzutauschen, gegen einen tiefen, gesegneten, niemals endenden Schlaf, in dem mich keine Träume mehr heimsuchten, wo keine Freudenbecher mehr an meine dürstenden Lippen gehalten wurden, nur um gleich wieder weggerissen zu werden.

Ich vernahm schlurfende Schritte, worauf der Hund knurrte und dann offenbar davonschlich, als habe er Angst. Abermals schlug ich die Augen auf, kniff sie aber sofort wieder zu, denn was ich sah, legte den Schluß nahe, daß ich doch tot und in jener Hölle gelandet war, die eine gewisse Sorte frommer Christen uns als Strafe für die Schwächen verheißt, zu denen uns die Natur und unsere Erzeuger von Geburt an verdammt haben. Es war ein unheimliches, abstoßendes, graues Haupt — gewiß ein Teufel, der gekommen war, um mich in den Gewölben des Hades zu foltern. Aber hatte ich nicht ein solches Wesen gekannt, als ich noch lebte? Wie hatte es sich noch genannt? Ach ja, das ›Ding-das-nicht-hätte-geboren-werden-sollen‹. Da! Es sprach, mit jener vollen, tiefen Stimme, die mit keiner anderen zu verwechseln war.

»Sei mir gegrüßt, Macumazahn«, sagte die Stimme. »Wie ich sehe, bist du zurückgekkehrt von den Toten, nachdem du mehr als einen Mond bei ihnen zugebracht hast. Weise ist das nicht von dir, Macumazahn, und dennoch freut es mich, daß ich mich mit dem Tod gemessen und ihn besiegt habe, denn nun kannst du mir gewiß viel erzählen über sein Reich.«

Es war also Zikali — Zikali, der meine Freunde hingeschlachtet hatte.

»Hinweg mit dir, du Mörder!« flüsterte ich, »und laß mich sterben, oder töte mich wie die anderen.«

Er lachte, aber sehr leise, nicht so schrecklich wie sonst, und wiederholte das Wort ›Mörder‹ drei oder vier Mal. Dann hob er mit seiner großen Hand meinen Kopf so sanft an wie sonst nur eine Frau, und befahl:

»Schau nach vorne, Macumazahn.«

Ich gehorchte und stellte dabei fest, daß ich mich in einer Höhle befand. Draußen ging die Sonne unter, und ihre schrägen Strahlen fielen auf zwei Gestalten, einen weißen Mann und eine weiße Frau, die sich an den Händen hielten und sich dabei tief in die Augen blickten. Es waren Anscombe und Heda, die da am Höhleneingang vorübergingen.

»Sieh dir die Ermordeten genau an, o Macumazahn, der du so harte Worte gebrauchst.«

»Das ist nur ein Trick«, murmelte ich. »Kaatje sah sie tot und begraben.«

»Ach ja, ich vergaß. Dieses fette, dumme Weib sah sie tot und begraben. Nun, manchmal erwachen die Toten wieder zum Leben und tun Gutes, wie du eigentlich wissen solltest, Macumazahn, der du dem Rat einer gewissen Mameena folgtest und hierher kamst, anstatt dich in die Speere der Zulu zu stürzen.«

Ich versuchte, über seine Worte nachzudenken, aber es gelang mir nicht, und so fragte ich nur:

»Wie bin ich denn hierhergekommen? Was ist mit mir geschehen?«

»Zuerst traf dich wohl die Sonne, da du deinen Kopf nicht bedeckt hattest, und danach traf dich der Blitz. Doch während du nicht bei Verstand warst und auch, nachdem die Himmel vergeblich versucht hatten, dich zu töten, vielleicht, weil meine Magie zu stark für sie war, lenkte Eine dein Pferd. Diese Eine sandte auch jenes Tier aus, das du gefunden hattest, jawohl, sandte es zu uns, damit es uns zu dir führe. Man fand dich und brachte dich hierher. Nun schlafe, auf daß du dich nicht weiter entfernen mögest, als selbst ich dich zurückholen kann.«

Er hielt die Hände über meinen Kopf und schien zu wachsen, bis sein weißes Haar das Dach der Höhle berührte. Gleich darauf glaubte ich zu stürzen, tief, tief hinab in einen Abgrund des Nichts.

Nun begann ich wieder zu träumen, und im Traum erschienen mir die verschiedensten Menschen, Tote wie Lebende. Vor allem sah ich Lady Ragnall, eine alte Freundin, mit der ich beim Volk der Kendah ein höchst merkwürdiges Abenteuer erlebt hatte* und, obwohl ich davon natürlich noch nichts wußte, in späterer Zeit ein noch seltsameres erleben sollte, ein spirituelles Abenteuer, könnte man sagen, das ich vielleicht niederschreiben werde, vielleicht aber auch nicht.** Mit dieser Frau schien ich ständig zu dinieren, wobei sie mir zwischen den einzelnen Gängen die sonderbarsten Dinge erzählte. Solche Illusionen stellten sich zweifellos immer dann ein, wenn man mich fütterte.

Als ich das nächste Mal erwachte, fühlte ich mich viel munterer. Lost, der Hund, betrachtete mich mit seinen großen, seelenvollen Augen — Oh! man preist die Augen einer Frau, aber können sie jemals so schön sein wie die eines liebenden Hundes? Das Tier lag neben meinem niedrigen Bettgestell, einer primitiven, mit *Rimpi* oder Rohlederstreifen bespannten Stangenkonstruktion, und neben ihm saß die Medizinfrau Nombé und streichelte ihm den Kopf. Ich erinnere mich noch heute an diesen erfreulichen Anblick, denn mit ihrer anmutigen Gestalt und ihrem stets gleichbleibenden, rätselhaften Lächeln, das so

---

* Siehe *Das Elfenbeinkind*, HEYNE-BUCH Nr. 06/4369

** Er hat es niedergeschrieben: siehe *Der Allan der Antike*, HEYNE-BUCH Nr. 06/4874

viel mehr versprach, als jede sterbliche Frau zu geben hat, erschien sie mir wie der Inbegriff des ewig Weiblichen.

»Guten Tag, Macumazahn«, sagte sie mit ihrer sanften Stimme, »du hast viel durchgemacht, seit wir uns das letzte Mal begegneten, in jener Nacht, ehe Goza dich nach Ulundi mitnahm.«

Nun fiel mir alles wieder ein, und die Erinnerung an ihre kleine Gaunerei erfüllte mich mit Empörung.

»Als wir uns das letzte Mal begegneten, Nombé«, sagte ich, »da spieltest du im Tal der Knochen nahe dem königlichen Kral die Rolle einer Frau, die seit langem tot ist.«

Sie sah mich mitleidig an und antwortete kopfschüttelnd:

»Du bist sehr krank, Macumazahn, und kannst deinem Verstand nicht trauen. Ich habe nie die Rolle irgendeiner Frau in irgendeinem Tal nahe dem königlichen Kral gespielt, und weder dort noch anderswo durften sich meine Augen an deinem Anblick weiden, ehe man dich hierherbrachte, übrigens so verändert, daß ich dich fast nicht wiedererkannte.«

»Du kleine Lügnerin!« sagte ich tadelnd.

»Ist es bei den Weißen Brauch, andere als Lügner zu beschimpfen, nur weil sie ihnen Wahrheiten sagen, die sie nicht verstehen?« erkundigte sie sich gespielt einfältig. Dann tätschelte sie mir, ohne eine Antwort abzuwarten, wie einem quengeligen Kind die Hand, reichte mir eine Gurde mit Suppe und sagte: »Trink, sie schmeckt gut. Die Lady Heddana hat sie selbst nach Art der Weißen zubereitet.«

Ich trank die Suppe, und sie mundete mir tatsächlich. Als ich ihr die Gurde zurückgab, bemerkte ich:

»Kaatje erzählte mir, die Lady Heddana sei tot. Kann eine Tote Suppe kochen?«

Sie überlegte eine Weile, und warf unterdessen dem Hund Lost ein paar Fleischbröckchen vom Grund der Gurde zu, dann entgegnete sie:

»Ich weiß es nicht, Macumazahn, weiß ich doch nicht einmal, ob die Toten essen wie wir. Wenn mein Geist mich das nächste Mal besucht, werde ich ihn danach fragen und dir seine Antwort mitteilen. Aber es ist doch eigenartig, daß du, der du der Wahrheit stets den Rücken kehrst, jede Unwahrheit bereitwillig hinnimmst. Warum glaubst du, die Lady Heddana sei tot, nur weil Kaatje dir das erzählte, obwohl ich, die ich noch lebe, dir doch geschworen hatte, sie mit meinem Leben zu beschützen? Nein, sprich jetzt nicht mehr. Falls du morgen kräftig genug bist, magst du dir selbst ein Urteil bilden.«

Sie zog den Karos über mich, tätschelte mir noch einmal mütterlich die Hand und verließ die Höhle. Ich schlummerte abermals ein, und diesmal schlief ich tief und traumlos. Die Suppe hatte wohl irgendein einheimisches Betäubungsmittel enthalten.

Tags darauf kamen zwei von Zikalis Dienern, die in meinem Krankenzimmer sozusagen die gröberen Arbeiten verrichteten, und boten mir an, mich für ein Weilchen aus der Höhle zu tragen, wenn mir das recht sei. Ich sehnte mich danach, wieder einmal frische Luft zu atmen, und entgegnete deshalb, nichts sei mir lieber, worauf sie das primitive Bettgestell an beiden Enden aufhoben, ganz vorsichtig durch die Höhle und den schmalen Ausgang nach draußen trugen und dort im Schatten eines überhängenden Felsens absetzten. Als ich mich ein wenig ausgeruht hatte, denn selbst dieser kurze Weg hatte mich ermüdet, sah ich mich um und stellte fest, daß ich mich, wie bereits vermutet, im Schwarzen Kloof befand, denn vor mir standen dieselben Hütten, die wir nach unserer Ankunft aus Swasiland bewohnt hatten.

Eine Weile lag ich einfach da, sog die milde Luft ein wie Nektar und fragte mich, ob ich nicht immer noch träumte. Hatte ich zum Beispiel an jenem Tag, als ich zum ersten Mal erwachte, wirklich Anscombes und Hedas Gestalten vor dem Höhleneingang gesehen, oder hatte Zikali wieder einmal mit seiner Willenskraft meinem geschwächten Geist eines seiner Trugbilder aufgeprägt? Von dem, was er und Nombé mir erzählt hatten, glaubte ich nämlich kein Wort. Über solchen Gedanken nickte ich ein, und im Halbschlaf vernahm ich ein Flüstern. Ich schlug die Augen auf, und siehe da! vor mir standen meine beiden Freunde. Heda redete mich an, denn ich war stumm vor Staunen und brachte den Mund nicht auf.

»Lieber Mr. Quatermain, lieber Mr. Quatermain«, murmelte sie mit ihrer lieblichen Stimme, dann hielt sie inne.

Nun endlich löste sich meine Zunge. »Ich hielt Sie beide für tot«, sagte ich. »Sind Sie wirklich und wahrhaftig am Leben?«

Sie beugte sich nieder und küßte mich auf die Stirn, während Anscombe nach meiner Hand faßte.

»Nun wissen Sie es«, antwortete sie. »Wir sind beide am Leben und wohlauf.«

»Gott sei gedankt!« rief ich. »Kaatje hat geschworen, sie hätte Sie tot und begraben gesehen.«

»Im Schwarzen Kloof sieht man die merkwürdigsten Dinge«, entgegnete Anscombe, der bisher geschwiegen hatte. »Seit wir von Ihnen getrennt wurden, haben wir viel erlebt, aber Sie sind noch nicht kräftig genug, um sich das alles anzuhören. Sobald es Ihnen besser geht, werden wir Ihnen die ganze Geschichte erzählen. Also werden Sie möglichst schnell gesund.«

Danach muß ich wohl das Bewußtsein verloren haben, denn als ich zu mir kam, lag ich wieder in der Höhle.

Es dauerte noch etwa zehn Tage, bis ich auch nur in der Lage war, mein Bett zu verlassen, denn mit meiner Genesung ging es sehr langsam voran. Wochenlang konnte ich mich kaum auf den Beinen halten, und volle sechs Monate mußten vergehen, bis ich wirklich wieder der alte war. Heda und Anscombe besuchten mich oft in dieser Zeit, aber nie länger als für ein paar Minuten. Gelegentlich kam auch Zikali, redete ein wenig, meist über geschichtliche Dinge und dergleichen, aber niemals vom Krieg, und ging wieder. Eines Tages sagte er:

»Macumazahn, nun bin ich sicher, daß du am Leben bleiben wirst, während ich darüber auch noch im Zweifel war, als du dich bereits zu erholen schienst. Denn, Macumazahn, du hast drei schwere Schocks erlitten, und erst heute wage ich, mit dir darüber zu sprechen. Zum ersten war da die Schlacht am Isandhlwana, wo du als letzter, lebender Weißer zurückgeblieben warst.«

»Woher weißt du das, Zikali?« fragte ich.

»Das ist nicht von Belang. Ich weiß es. Bist du nicht zwischen den Zulu hindurchgeritten, deren Scharen sich vor dir teilten und Dinge schrien, die du nicht verstehen konntest? Vielleicht erinnerst du dich, daß dir einer von ihnen sogar mit seinem Speer salutierte.«

»Ich erinnere mich, Zikali. Sag mir, warum haben sie sich so verhalten, und was haben sie gerufen?«

»Das werde ich dir nicht verraten, Macumazahn. Du magst den Rest deines Lebens darüber nachdenken und Schlüsse ziehen, soviel es dir beliebt, sie werden nicht so erstaunlich sein wie die Wahrheit. Jedenfalls geschah es so, wie eine gewisse Puppe, die ich im Tal der Knochen auftreten ließ, dir geweissagt hatte, sie, auf deren Rat hin du nach Ulundi rittest anstatt zurück zum Fluß, wo du wie so viele andere Weiße auch den Tod gefunden hättest.«

»Wer war diese Puppe, Zikali?«

»Nein, frage nicht. Vielleicht war es Nombé, vielleicht auch eine andere. Ich habe es vergessen. Ich bin sehr alt, und allmählich spielt mein Gedächtnis mir die merkwürdigsten Streiche. Ich weiß jedoch noch, daß es eine gute Puppe war, einer toten Frau namens Mameena so ähnlich, daß selbst ich die beiden kaum auseinanderzuhalten vermochte. Ah! Ich habe ein großes Spiel gespielt, dort im Tal der Knochen, nicht wahr, Macumazahn?«

»Ja, Zikali, doch ich begreife bis heute nicht, warum es gespielt wurde.«

»Hast du die Ungeduld der Jugend immer noch nicht abgelegt, obwohl dein Haar bereits weiß wird, Macumazahn? Warte noch ein Weilchen, dann wirst du alles verstehen. Nun, in jener Nacht lagst du auf dem obersten Felsen des Isandhlwana und hast dort seltsame Dinge gesehen und gehört. Du hörtest den Rest der weißen Soldaten kommen, sich zwischen ihren toten Brüdern zur Ruhe legen und unversehrt wieder abziehen. Was sind die Zulu-Generäle heutigentags nur für Dummköpfe! Sie schikken ein *Impi* aus, um mit Speeren Männer hinter Mauern anzugreifen, die Gewehre haben, und werden besiegt. Hätten sie dieses *Impi* zurückgehalten, um über die restlichen Engländer herzufallen, als diese in die Falle tappten, kein einziger von deinem Volk wäre am Leben geblieben. Hätte so etwas zu Chakas Zeiten geschehen können?«

»Ich glaube nicht, Zikali. Dennoch bin ich froh, daß es geschah.«

»Ich glaube es auch nicht, Macumazahn, aber kleine Männer, kleine Geister. Doch wie du bin ich froh, daß es geschah, denn die Zulu sind es, die ich hasse, nicht die Engländer, die nun ihre Lektion gelernt haben und sich nicht mehr so leicht erwischen lassen werden. Oh! So mancher Hauptmann in Zululand ist heute flach wie eine angestochene Tierblase, und selbst ihr Sieg, wie sie es nennen, kam sie teuer zu stehen. Denn bedenke, Macumazahn, für jeden weißen Mann, den sie töteten, mußten zwei von ihren eigenen Leuten sterben. Nun weiter. Am Morgen stiegst du vom Berg herab — sieh mich nicht so erstaunt an, Macumazahn. Vielleicht hatten die Hauptleute auf dem Felsen unter dir ihre Gründe, dich laufen zu lassen, vielleicht hatten sie auch den Befehl dazu — denn, Macumazahn, so schwach ich auch bin, den einen oder anderen Stein vermag ich doch immer noch zu schleudern — und erzählten mir hinterher davon. Dann standest du allein zwischen den Toten, wie der letzte Mensch auf der Welt, Macumazahn, und dieser Hund an deiner Seite sowie ein Pferd liefen dir zu. Vielleicht hatte ich sie geschickt, vielleicht war es Zufall. Wer weiß? Nicht einmal ich selbst, denn wie ich schon sagte, läßt mein Gedächtnis immer mehr nach. Das war der erste Schock, Macumazahn, denn es war ein Schock für dich, alleine zwischen den Toten zu stehen wie der letzte Mensch auf der Welt. Du hat es gespürt, nicht wahr?«

»Wie ich hoffentlich nie wieder etwas spüren muß. Es hätte mich fast um den Verstand gebracht«, gab ich zu.

»Viel fehlte in der Tat nicht, obwohl ich schon Schlimmeres erlebt und nur darüber gelacht habe. Hätte ich die Zeit, ich würde dir davon erzählen. Nun, dann traf dich die Sonne, denn zu dieser Jahreszeit brennt sie sehr heiß auf diese Täler nieder, jedenfalls für einen weißen Mann mit unbedecktem Haupt, und sie brachte dich tatsächlich um den Verstand. Zum Glück blieben der Hund und das Pferd so, wie der Himmel sie geschaffen hatte. Das war der zweite Schock. Dann brach das Gewitter los, ein Blitz zuckte herab und raste an dem Gewehr entlang, das du immer noch bei dir trugst, Macumazahn. Ich werde es dir zeigen, und du wirst sehen, daß der Kolben zerschmettert ist. Vielleicht habe ich den Blitz abgelenkt, denn ich bin ein großer Donnervogel, vielleicht war es auch Einer, der mächtiger ist als ich. Das war der dritte Schock, Macumazahn. Doch du lebtest noch, und man fand dich — wie das zuging, mag dir dein Freund, der weiße Mann erzählen. Aber diesen Hund solltest du in Ehren halten, Macumazahn, denn so mancher Mensch hätte nicht so treu zu dir gestanden. Und da du zwar klein, aber stark bist, vielleicht auch, weil du noch Arbeit zu verrichten hast in der Welt, ehe du sie für eine Weile verlassen darfst, hast du dies alles überlebt und wirst im Laufe der Zeit, wenn auch noch nicht gleich, völlig genesen.«

»Ich hoffe es, Zikali, obwohl ich eigentlich gar nicht sicher bin, ob ich genesen will.«

»O doch, Macumazahn, du willst es, weil eure Religion euch Weiße den Tod und alles, was danach kommt, fürchten läßt. Ihr denkt an eure sogenannten Sünden und bangt davor, daß man euch ihretwegen foltern könnte, und dabei begreift ihr nicht, daß der Geist nicht nach dem beurteilt werden darf, was das Fleisch getan hat, sondern nach dem, was der Geist tun wollte, nach dem *Willen* also, nicht nach der Tat, Macumazahn. Böse ist ein Mensch, der das Böse will, nicht einer, der das Gute will und hin und wieder ins Böse verfällt. Oh! Ich habe euren weißen Lehrern gelauscht, und ich weiß es, ich weiß.«

»Dann bist du nach deinen eigenen Maßstäben böse, Zikali, denn du wolltest den Krieg heraufbeschwören, und es ist dir gelungen.«

»Oho! Macumazahn, so denkst du also, und begreifst nicht, daß oft gut ist, was böse erscheint. Ich wollte den Krieg entfesseln, und ich habe ihn entfesselt, mag sein, daß mein Wunsch aus alledem entstand, was ich in der Vergangenheit erleiden mußte. Aber sag du mir, der du erlebt hast, was die Macht der Zulu bedeutet, der du erlebt hast, wie Männer, Frauen und Kinder zu Tausenden getötet wurden, um diese Macht zu nähren, und der du auch weißt, was die Macht Englands bedeutet, ist es böse, wenn ich den Wunsch habe, das Geschlecht der Zulu-Könige zu vernichten, auf daß das Geschlecht der Engländer an ihre Stelle trete und in künftigen Zeiten das Schwarze Volk frei sein möge?«

»Du bist sehr gerissen, Zikali, aber in Wirklichkeit denkst du doch nur an das Unrecht, das dir selbst widerfahren ist. Was ist mit jenem Schädel, den du im Tal der Knochen küßtest?«

»Mag sein, Macumazahn, doch was mir an Unrecht widerfahren ist, widerfuhr einer ganzen Nation, deshalb denke ich an die Nation, und zumindest fürchte ich im Gegensatz zu euch Weißen den Tod nicht. Nun höre. Demnächst werden deine Freunde dir eine Geschichte erzählen. Die Lady Heddana wird dir berichten, wie ich sie für einen bestimmten Zweck einsetzte, für einen Zweck übrigens, um dessentwillen ich euch alle drei nach Zululand lockte, denn ohne sie hätte ich diesen Krieg, vor dem Cetewayo zurückschreckte, nicht herbeiführen können. Urteile nicht zu hart über mich, wenn du die Geschichte hörst, Macumazahn, denn ich hatte ein hohes Ziel.«

»Wie immer die Geschichte lauten mag, Zikali, ich urteile schon jetzt hart über dich, denn du hast mich mit einer Lüge gequält, indem du — ich weiß nicht, wie — das Weib Kaatje dazu angestiftet hast, mich zu belügen und mir zu schwören, sie habe diese beiden tot vor sich liegen sehen.«

»Sie hat dich nicht belogen, Macumazahn. Hat einer wie ich nicht die Macht, ein dummes Weib glauben zu machen, es sehe, was es nicht sieht? Und was das Wie angeht, wie brachte ich dich dort drüben in meiner Hütte dazu, zu sehen, was du — vielleicht — gar nicht sahst?«

»Aber warum hast du auf diese Weise deinen Spott mit mir getrieben, Zikali?«

»Macumazahn, du bist so blind wie eine Fledermaus im Sonnenlicht. Wenn deine Freunde dir die ganze Geschichte erzählt haben, wirst du begreifen, warum. Doch will ich dir gestehen, daß manches nicht nach meinem Willen lief. Du solltest diese Geschichte hören, *ehe* Cetewayo dich ins Tal der Knochen bringen ließ. Aber das dumme Weib zauderte und zögerte, und als sie Ulundi endlich erreichte, hielt man sie anfangs für eine Spionin und verschloß die Tore vor ihr. Als man sie einließ, war es bereits zu spät, deshalb fandest du sie erst, als du von der Ratsversammlung zurückkehrtest. Ich wußte das, und deshalb wagte ich es, dich auf die Gestalt schießen zu heißen, die auf dem Felsen stand. Hättest du Kaatjes Geschichte bereits gekannt, du hättest richtig gezielt, und du hättest gewiß auch auf mich geschossen, um Rache zu nehmen für den Tod derer, die du liebtest, Macumazahn, ob du mich hättest töten können, ehe das Spiel ganz zu Ende ist, das ist freilich eine andere Frage. Jedenfalls war ich sicher, daß du nicht das Herz einer Frau durchbohren würdest, die *möglicherweise* eine gewisse Weiße war, und ich war nicht weniger sicher, daß du auch mein Herz nicht durchbohren würdest, denn *möglicherweise* hätte ja mein Tod den ihren und den eines dritten nach sich gezogen.«

»Du bist sehr spitzfindig, Zikali«, staunte ich.

»Das behauptest du, weil ich ein schlichtes Gemüt bin und mich nur auf den Geist des Menschen — und noch ein paar andere Dinge verstehe. Im übrigen hättest du Zululand niemals verlassen, wenn du nicht überzeugt gewesen wärst, die beiden seien tot. Du hättest versucht zu fliehen, um zu ihnen zu gelangen, und dabei hätte man dich getötet. Ist es nicht so?«

»Ja, ich glaube, ich hätte es versucht, Zikali. Aber warum hast du sie gefangengehalten?«

»Aus dem gleichen Grund, warum ich sie — und dich — immer noch bei mir behalte, damit sie der Welt der Geister noch eine Weile fernbleiben. Hätte ich sie in jener Nacht nach der Kriegserklärung fortgeschickt, sie wären getötet worden, ehe sie noch eine Stunde Wegs zurückgelegt hätten. Oh! Ich bin nicht so schlecht, wie du denkst, Macumazahn, und ich breche nie mein Wort. Mehr habe ich nicht zu sagen.«

»Wie steht es mit dem Krieg?« fragte ich, als er sich aufrappeln wollte.

»Wie es stehen muß, schlecht für die Zulu. Sie haben die weißen Männer zurückgetrieben, die nun von jenseits des Schwarzen Wassers Verstärkung holen, alsbald wiederkommen und sie auslöschen werden. Umnyamana wollte Cetewayo dazu bewegen, in Natal einzufallen und mit den Weißen aufzuräumen, und das hätte er natürlich auch tun sollen. Aber ich schickte ihm eine Nachricht, Nomkubulwana, jawohl, sie und keine andere, habe mir erklärt, wenn er dies tue, würden sich alle Geister gegen ihn wenden. Er hat auf mich gehört. Wenn du mich das nächste Mal für böse hältst, Macumazahn, so denke daran. Nun ist es nur noch eine Frage der Zeit, und du mußt das Ende hier abwarten. Für dich ist das gut, da du Ruhe brauchst, auch wenn den beiden anderen die Zeit lang werden mag. Doch auch für sie ist es gut, die Frucht am

Baum ihrer Liebe langsam reifen zu lassen. Wenn sie schließlich davon essen dürfen, wird sie um so süßer sein, Macumazahn, und die Wartezeit wird sie lehren, miteinander zu leben. *Oh! Oho-ho!«* Damit schlurfte er davon.

XX

Hedas Geschichte

An jenem Abend lag ich vor der Höhle auf meinem Bett und hörte mir Anscombes und Hedas Geschichte an, die bis zu einem bestimmten Punkt von ihm erzählt und dann von ihr weitergeführt wurde.

»Am Morgen nach unserer Ankunft erwachte ich, Allan«, begann Anscombe, »und merkte, daß Sie nicht in der Hütte waren. Als Sie nicht zurückkamen, nahm ich an, Sie seien bei Zikali, und schlenderte ein wenig herum, um nach Ihnen zu suchen. Dann brachte man Heda und mir das Frühstück, wir aßen, und danach gingen wir dem Wiehern der Pferde nach und stellten fest, daß das Ihre fehlte. Darüber waren wir sehr erschrocken, doch auf dem Rückweg trafen wir Nombé, sie gab mir Ihre Botschaft, die alles erklärte, und wir fragten sie, warum dies geschehen sei und was nun aus uns werden solle. Sie lächelte nur und antwortete, die erste Frage sollten wir besser dem König stellen und die zweite ihrem Meister Zikali, aber wir brauchten uns keine Sorgen zu machen, wir seien in Sicherheit.

Ich wollte sofort mit Zikali sprechen, aber das war nicht möglich. Dann wollte ich die Pferde anschirren, um Ihnen zu folgen, aber sie waren verschwunden. Ich habe sie übrigens bis auf den heutigen Tag nicht wiedergesehen. Daraufhin überlegten wir in unserer Verzweiflung, ob wir uns zu Fuß auf den Weg machen sollten, aber Nombé mischte sich in unser Gespräch und erklärte, sobald wir uns aus dem Schwarzen Kloof wagten, würde man uns töten. Kurzum, wir waren Gefangene.

So ging es ein paar Tage lang, wir wurden gut behandelt, aber Zikali bekamen wir nicht zu Gesicht. Eines Morgens ließ er uns schließlich rufen, und man führte uns zusammen mit Kaatje, die für uns dolmetschen sollte, in den umfriedeten Bereich vor seiner Hütte. Eine Weile saß er ganz still da und sah uns mit finsterer Miene an. Dann sagte er:

›Weißer Häuptling und Weiße Lady, ihr denkt schlecht von mir, weil Macumazahn fortgegangen ist und man euch hier gefangenhält, und ihr werdet in nächster Zeit noch schlechter von mir denken. Dennoch rate ich euch, mir zu vertrauen, denn alles, was geschieht, ist zu eurem Besten.‹

Wie Sie ja wissen, konnte Heda sich schon damals auf Zulu verständigen, wenn auch noch nicht so gut wie jetzt, und an dieser Stelle unterbrach sie ihn und machte ihm heftige Vorwürfe.«

»Ja«, fiel Heda ein. »Ich nannte ihn einen Lügner und beschuldigte ihn, Sie ermordet zu haben und auch uns töten zu wollen.«

»Er hörte mit versteinertem Gesicht zu«, fuhr Anscombe fort, »und antwortete: ›Wie ich sehe, Lady Heddana, verstehst du so unsere Sprache so weit, daß ich direkt mit dir reden kann. Deshalb werde ich dieses Halbblut wegschicken, denn was ich euch nun zu sagen habe, ist vertraulich.‹

Er klatschte in die Hände, um seine Diener herbeizurufen, und befahl ihnen, Kaatje fortzubringen, was sie auch taten.

›Nun, Lady Heddana‹, sagte er dann, er sprach übrigens sehr langsam, damit Heda Zeit fand, mir zu übersetzen, und wiederholte auch seine Worte, wenn sie ihn nicht verstanden hatte. ›Ich habe dir einen Vorschlag zu machen. Um mein Ziel zu erreichen, ist es nötig, daß du dich verkleidest und vor dem König und dem Hohen Rat als jene Göttin dieses Landes auftrittst, die man die Herrin des Himmels nennt, eine Göttin, die stets als weiße Frau dargestellt wird. Dazu mußt du mit mir nach Ulundi reisen und dort alles tun, was ich dir sagen werde.‹

›Und wenn ich mich weigere, diesen Schwindel mitzumachen‹, sagte Heda, ›was dann?‹

›Dann, Lady Heddana, wird dieser weiße Lord, den du liebst und der dein Gemahl werden soll — sterben — und wenn er tot ist, mußt du dennoch tun, was ich von dir will, oder — du stirbst ebenfalls.‹

›Würde er mit mir nach Ulundi kommen?‹ fragte Heda.

›O nein, Lady. Er wird hierbleiben, streng bewacht, aber in Sicherheit, und man wird dich heil und gesund zu ihm zurückbringen. Du kannst jetzt wählen zwischen dem Tod auf der einen und der Sicherheit auf der anderen Seite. Ich möchte ein wenig schlafen. Beredet mein Angebot in eurer eigenen Sprache, und wenn ihr euch geeinigt habt, so weckt mich auf.‹ Damit schloß er die Augen und schien tatsächlich einzuschlafen.

Wir erörterten also die Situation, wenn man von Erörtern sprechen kann, denn schließlich waren wir beide halb wahnsinnig vor Angst. Heda wollte mit Zikali gehen. Ich flehte sie an, lieber meinen Tod in Kauf zu nehmen, als sich in die Hand dieses alten Schurken zu begeben. Sie gab zu bedenken, daß sie auch nach meinem Tod noch in seiner Hand wäre, wobei sie einräumte, daß es dazu vielleicht gar nicht käme, und daß sie erst selbst sterben müsse, um ihm zu entrinnen. Ginge sie dagegen mit ihm, so hätten wir wenigstens eine Chance, beide am Leben zu bleiben, und schlimmstenfalls könnten wir ja immer noch in den Tod gehen. Schließlich gab ich nach, wir weckten Zikali und teilten ihm unsere Entscheidung mit.

Er schien darüber recht erfreut, und seine Stimme wurde ganz sanft: ›Ich wußte doch, daß hinter deinen strahlenden Augen Weisheit wohnt, Lady‹, sagte er, ›und ich verspreche dir noch einmal, daß weder dir, noch dem Lord, deinem Geliebten, ein Leid geschehen wird. Ich und mein Kind Nombé werden es dir lohnen, indem wir euch sogar mit unserem Leben beschützen, und weiterhin werde ich euren Freund Macumazahn zurückbringen, allerdings noch nicht gleich. Nun geht und seid glücklich miteinander. Nombé wird der Lady Heddana sagen, wann sie aufbrechen muß. Ich warne euch eindringlich, dem Weib Kaatje von alledem kein Wort zu verraten, tut ihr es doch, so wird man sie zum Schweigen bringen müssen. Damit sie nichts erfährt, werde ich sie morgen nach Ulundi vorausschicken, wo sie auf euch warten kann, also seid nicht überrascht, wenn ihr sie fortgehen seht, und wenn sie etwas sagen sollte, so achtet nicht darauf. Mein Kind Nombé wird an ihrer Stelle die Lady Heddana bedienen und des Nachts bei ihr schlafen, auf daß sie nicht einsam sei und sich fürchte.‹

Er klatschte abermals in die Hände, und die Diener kamen und führten uns zu den Hütten zurück. Und jetzt, Allan, wird Heda weitererzählen.«

»Nun, Mr. Quatermain«, sagte sie, »weiter geschah nichts mehr an diesem Tag, auch wenn uns das Herz noch so sehr klopfte. Kaatje wollte gar nicht wissen, was der Medizinmann noch gesagt hatte, nachdem sie weggeschickt worden war. Mir fiel auf, daß sie immer abgestumpfter und träger wurde, vermutlich hatte man ihr ein Betäubungsmittel gegeben, sie murmelte etwas davon, daß wir am nächsten Tag lostrecken würden, und ließ es sich nicht nehmen, in völlig chaotischer Manier unsere Sachen zusammenzupacken. Die Nacht verging wie gewöhnlich, Kaatje schlief tief und fest neben mir und schnarchte so laut« (hier stöhnte ich teilnahmsvoll), »daß ich kaum ein Auge zutat. Am nächsten Morgen nach dem Frühstück war es in unseren Hütten so heiß, daß Nombé vorschlug, wir sollten uns genau an diese Stelle in den Schatten des überhängenden Felsen setzen. Wir waren einverstanden, und da ich von all den Sorgen und der unruhigen Nacht erschöpft war, nickte ich ein, und Maurice erging es wahrscheinlich ebenso. Nombé saß nicht weit entfernt und sang die ganze Zeit eine merkwürdige Melodie.

Alsbald sah ich, sozusagen im Halbschlaf, Kaatje herankommen. Ohne mit dem Singen aufzuhören, ging Nombé ihr entgegen, nahm sie bei der Hand und trat mit ihr zur Kutsche, wo die beiden mit den Pferden zu reden schienen, die gar nicht da waren, was mir sehr eigenartig vorkam. Dann führte Nombé sie um die Kutsche herum und zeigte, immer noch singend, auf uns. Plötzlich brach Kaatje in Tränen aus und rang die Hände, während Nombé ihr tröstend auf die Schulter klopfte. Ich wollte sie ansprechen, aber ich konnte nicht. Meine Zunge war wie gelähmt, ich weiß nicht warum, vermutlich aber deshalb, weil ich wirklich schlief, und auch Maurice schlief und wachte gar nicht auf.«

»Ja«, bestätigte Anscombe, »ich kann mich an diesen Vorfall überhaupt nicht erinnern.«

»Nach einer Weile ging Kaatje weinend fort, und dann schlief ich richtig ein und erwachte erst wieder, als die Sonne unterging. Ich weckte Maurice, und wir kehrten zur Hütte zurück, wo Nombé inzwischen das Abendessen fertig hatte. Ich suchte nach Kaatje, konnte sie aber nicht finden. Als ich meine Sachen durchsah, vermißte ich auch den Beutel mit dem Schmuck. Ich rief Nombé und fragte sie, wo Kaatje sei, worauf sie lächelnd antwortete, sie sei fortgegangen und habe den Beutel mitgenommen. Das schmerzte mich, denn ich hatte Kaatje immer für ehrlich gehalten ...«

»Was sie auch ist«, warf ich ein, »denn der Schmuck liegt jetzt auf einer Bank in Maritzburg.«

Heda nickte und fuhr fort: »Das freut mich zu hören. Sobald mir wieder einfiel, was Zikali gesagt hatte, hielt ich sie übrigens schon damals nicht mehr für eine Diebin, sondern nahm an, auch dies gehöre zu seinem Plan. Von da an war alles wieder wie zuvor, mit dem einzigen Unterschied, daß Nombé Kaatjes Stelle einnahm und Tag und Nacht bei mir war. Von Kaatjes Verschwinden wollte sie nicht sprechen. Zikali bekamen wir nicht zu Gesicht.

Am dritten Abend, nachdem Kaatje fort war, kam Nombé zu mir und erklärte, ich müsse nun eine Reise antreten, und während sie noch sprach, trugen mehrere Männer eine Sänfte herbei, die ringsum mit Grasmatten verhängt war. Nombé brachte meinen langen Umhang aus der Hütte und warf ihn mir über, außerdem verhüllte sie mir den Kopf mit einer Art weißem Schleier, als wolle sie mein Gesicht verbergen. Ich glaube, sie hatte ihn aus einem unserer Moskitonetze gemacht. Dann sagte sie, ich müsse mich nun für eine Weile von Maurice verabschieden. Es gab natürlich eine Szene, wie Sie sich vorstellen können. Er geriet in Zorn und rief, er wolle mitkommen, worauf bewaffnete Männer erschienen, sechs an der Zahl, und ihn mit den Griffen ihrer Speere zurückstießen. Im nächsten Augenblick hatte man mich bereits in die Sänfte gehoben, Nombé stieg zu mir ein, und so wurden wir getrennt und wußten nicht, ob wir uns jemals wiedersehen würden. Am Eingang zum Kloof bemerkte ich, umgeben von etlichen Zulu, eine zweite Sänfte, und Nombé sagte, darin befinde sich Zikali.

Wir waren die ganze Nacht und die zwei folgenden Nächte unterwegs. Bei Tag rasteten wir in verlassenen Kralen, die offenbar für unser Kommen vorbereitet worden waren. Es war eine seltsame Reise, denn obwohl ständig bewaffnete Männer um uns herumhuschten, sprachen sie wie auch die Träger nie ein Wort, und ich bekam weder Zikali noch sonst jemanden zu sehen. Nur Nombé tröstete mich von Zeit zu Zeit und versicherte mir, ich hätte nichts zu befürchten. In der dritten Nacht überquerten wir kurz vor dem Morgengrauen einige Berge, dann führte man mich in eine neue Hütte und sagte mir, die Reise sei zu Ende, wir hätten einen Ort in der Nähe von Ulundi erreicht.

Ich verschlief fast den ganzen nächsten Tag, und gegen Abend, nachdem ich gegessen hatte, kam Zikali wie eine große Kröte in meine Hütte gekrochen und hockte sich vor mir nieder.

›Lady‹, sagte er, ›hör mir zu! Heute abend, vielleicht eine Stunde nach Sonnenuntergang, vielleicht auch zwei oder drei, wird Nombé dich auf eine bestimmte Art verkleiden und dich aus dieser Hütte führen. Gib acht, dort draußen befindet sich eine Felszunge, die du auf dem kleinen Pfad zwischen jenen großen Felsen unbemerkt besteigen kannst. Schau!‹ Er zeigte mir die Stelle durch das Türloch. ›Der Pfad endet auf einem flachen Stein am Ende des Felsens. Dort wirst du dich aufstellen, und in der rechten Hand wirst du einen kleinen Assegai halten, den man dir noch geben wird. Nombé wird dich nicht auf den Felsen begleiten, aber sie wird sich zwischen die Findlinge am Anfang des Pfades kauern und dir vielleicht hin und wieder zuflüstern, was du zu tun hast. Zum Beispiel mußt du, wenn sie es dir sagt, den kleinen Speer so in die Luft werfen, daß er zwischen eine Gruppe von streitenden Männern fällt, die etwa zwanzig Schritt vom Felsen entfernt sitzen werden. Ansonsten sollst du nur ganz still dastehen, nichts sagen und keine Furcht zeigen, was immer du auch sehen oder hören magst. Unter den Männern vor dir könnte sich auch dein Freund Macumazahn befinden, aber du darfst dir nicht anmerken lassen, daß du ihn erkennst, und wenn er zu dir spricht, darfst du ihm nicht antworten. Hab keine Angst, selbst wenn es so aussieht, als würde er auf dich schießen. Hast du mich verstanden? Wenn ja, dann wiederhole, was ich dir gesagt habe.‹

Ich gehorchte und fragte, was geschehen würde, wenn ich einige oder auch alle diese Anweisungen nicht befolgte.

Er antwortete: ›In diesem Fall wirst du getötet, Nombé wird getötet, dein Geliebter, der Lord Mauriti, wird getötet, und dein Freund Macumazahn wird getötet. Vielleicht werde auch ich getötet, und dann können wir uns im Reich der Geister weiter darüber unterhalten.‹

Als ich das hörte, versprach ich ihm, so genau wie möglich zu tun, was er mir gesagt hatte, dann mußte ich alles noch einmal wiederholen und schließlich ging er fort. Später machte Nombé mich so zurecht, wie Sie mich gesehen haben, Mr. Quatermain, sie streute mir glitzerndes Pulver ins Haar und legte mir unter den Augen dunkle Schminke auf. Sie gab mir auch den kleinen Speer, ich mußte üben, unbeweglich dazustehen und ihn mit der rechten Hand in die Höhe zu halten, und sie sagte mir, wenn ich sie das Wort ›Wirf!‹ sprechen höre, müsse ich ihn in die Luft schleudern. Dann ging der Mond auf, und wir hörten Männerstimmen in der Ferne. Endlich kam jemand zur Hütte und flüsterte Nombé etwas zu, worauf sie mich auf den kleinen Pfad zwischen den Felsblöcken hinausführte.

Seit ich die Männerstimmen zum ersten Mal gehört hatte, waren wohl an die zwei Stunden vergangen ...«

»Entschuldigen Sie«, unterbrach ich, »aber wo war Nombé während dieser zwei Stunden?«

»Bei mir. Sie wich nicht von meiner Seite, Mr. Quatermain, und während ich auf dem Felsen stand, kauerte sie drei Schritte von mir entfernt zwischen den beiden großen Felsen am Anfang des Pfades.«

»Das ist wirklich hochinteressant«, bemerkte ich kleinlaut. »Bitte, erzählen Sie weiter — nein, eine Frage noch, wie war Nombé gekleidet? Trug sie vielleicht eine Halskette aus blauen Perlen?«

»Genau wie immer, eher spärlicher als sonst, sie trug nämlich nur ihr *Moocha,* und ganz gewiß keine blauen Perlen. Aber warum fragen Sie?«

»Aus reiner Neugier, das heißt, ich werde es Ihnen hinterher erklären. Fahren Sie bitte fort.«

»Nun, ich trat auf den Felsen hinaus, und zu Anfang sah ich gar nichts, weil der Mond in diesem Augenblick von einer Wolke verdeckt wurde. Nombé hatte sogar gewartet, bis diese Wolke sich vor sein Antlitz legte, ehe sie mich nach vorne schob. Auch stieg direkt vor mir Rauch von einem Feuer auf. Die Wolke zog alsbald vorüber, der Rauch wurde dünner, und ich erblickte unter mir den Kreis von Wilden und in ihrer Mitte einen großen Häuptling mit einem Umhang aus Leopardenfell, den ich für den König hielt. Sie konnte ich nicht sehen, Mr. Quatermain, weil Sie sich hinter einem Baum befanden, doch ich spürte, daß Sie da waren, ein Freund unter so vielen Feinden. Ich stand ganz still, wie man es mir eingeschärft hatte, hörte das erstaunte Gemurmel und sah die weißen Federn auf meinem Kleid im Mondlicht funkeln.

Dann drang von unten auch Zikalis Stimme zu mir. Er forderte Sie auf, herauszukommen und auf mich zu schießen, und der Mann, den ich für den König hielt, befahl Ihnen zu gehorchen. Sie traten hinter Ihrem Baum hervor, und als ich Ihr Gesicht sah, wurde mir klar, daß Sie mich auf diese Entfernung in meiner fremden, glitzernden Pracht nicht erkannten. Sie hoben den Revolver, und ich bekam entsetzliche Angst, denn ich hatte Sie auf der Veranda des Tempels damit schießen sehen und wußte, daß Sie niemals fehlten. Fast hätte ich geschrien, doch dann fiel mir Zikalis Befehl wieder ein, und ich schwieg und dachte mir, außer vielleicht Maurice würde mich niemand besonders vermissen. Zudem hatte ich inzwischen durchschaut, daß man mich benützte, um diese Männer vor mir zu einer schrecklichen Tat zu treiben, und wenn ich starb, dann würden ihnen wenigstens die Augen geöffnet.

Zwischen dem Moment, in dem Sie den Revolver hoben und dem Blitz, auf den ich wartete, schien eine Ewigkeit zu vergehen.«

»Sie hätten nicht zu warten brauchen, Heda«, warf ich ein, »denn wenn ich wirklich auf Sie gezielt hätte, so hätten Sie den Blitz nicht mehr sehen können, das wird jedenfalls behauptet. Ich hatte das Spiel ebenfalls so weit durchschaut, daß ich über Sie hinwegschoß, auch wenn ich damals nicht wußte, daß Sie es waren, die da oben auf dem Felsen stand, ich dachte vielmehr, es sei Nombé, die sich so verkleidet habe.«

»Ja, ich hörte die Kugel über mir durch die Luft pfeifen. Dann ertönte abermals Zikalis Stimme, nun provozierte er Sie, auf ihn zu schießen, und wenn ich ehrlich sein soll, ich hoffte, Sie würden es tun. Kurz bevor Sie zum zweiten Mal abdrückten, flüsterte Nombé: ›Wirf!‹ und ich schleuderte den kleinen Speer mit dem roten Griff in die Luft. Als der Revolver losging, flüsterte Nombé: ›Komm!‹ Ich huschte den Pfad hinab und schlüpfte mit ihr in die Hütte zurück. Dort küßte sie mich und sagte, ich hätte mich sehr gut gehalten, dann nahm sie mir das seltsame Gewand ab und half mir, mein eigenes Kleid wieder anzulegen.

Mehr weiß ich nicht. Stunden später riß man mich aus dem Schlaf und setzte mich in die Sänfte, wo ich gleich wieder einschlief, denn die Erlebnisse jener Nacht hatten mich erschöpft. Mit dem Rest brauche ich Sie nicht zu langweilen, wir legten den Weg hierher genauso zurück wie den nach Ulundi — bei Nacht. Zikali sah ich nicht, aber Nombé antwortete auf meine Frage, die Zulu hätten den Engländern den Krieg erklärt. Welche Rolle ich dabei gespielt hatte, wollte sie mir nicht verraten, und ich weiß es bis zu dieser Stunde nicht, aber ich bin sicher, daß sie recht bedeutend war.

So kamen wir ins Schwarze Kloof zurück, Maurice ging es recht gut, doch jetzt sollte besser er weitererzählen, denn wenn ich anfange, Ihnen von unserem Wiedersehen zu berichten, kommt sicher nur dummes Zeug heraus.«

»Es gibt nicht mehr viel zu erzählen«, fuhr Anscombe fort, »außer über Sie. In Hedas Abwesenheit hielt man mich wie einen Gefangenen, Zikalis Leute ließen mich Tag und Nacht nicht aus den Augen, und ich durfte mich keinen Yard weit entfernen, doch sonst wurde ich gut behandelt. Dann tauchte Heda eines Tages kurz nach Sonnenaufgang wieder auf, und ich erfuhr die ganze Geschichte und dankte Gott für den guten Ausgang, wie Sie sich gewiß vorstellen können.

Nun lebten wir einfach in den Tag hinein und waren glücklich, weil wir zusammen sein konnten, bis Nombé uns irgendwann erzählte, es habe eine große Schlacht stattgefunden, in der die Engländer vernichtend geschlagen worden seien, die Zulu hätten sie zu Hunderten und

Aberhunderten niedergemacht, allerdings hätten sie für jeden getöteten englischen Soldaten zwei Mann verloren. Das stimmte uns natürlich sehr traurig, besonders, da wir fürchteten, Sie hätten sich unseren Truppen angeschlossen. Wir fragten Nombé, ob Sie mit in der Schlacht gewesen seien, und sie antwortete, sie wolle ihren Geist befragen, und vollführte ein höchst sonderbares Ritual mit Asche und kleinen Knöchelchen. Dann verkündete sie, Sie seien zwar in der Schlacht gewesen, hätten jedoch überlebt und befänden sich nun mit einem Hund, der Silber an sich habe, auf dem Weg hierher. Wir lachten sie aus und spotteten, das könne sie unmöglich wissen, außerdem trügen Hunde in der Regel kein Silber, doch sie lächelte nur und sagte: ›Wartet ab.‹

Ich glaube, es war drei Tage später, als ich eines Nachts gegen Morgen geweckt wurde, weil ich vor meiner Hütte einen Hund bellen hörte, als wolle er auf sich aufmerksam machen. Er bellte so hartnäckig und so anders als ein Kaffernhund, daß ich schließlich bei Tagesanbruch aus der Hütte trat, um nachzusehen. Ein Stück entfernt, umringt von Zikalis Leuten, erblickte ich Lost und wußte sofort, daß es ein englischer Airedale war, denn ich hatte früher selbst mehrere Hunde dieser Rasse besessen. Er wirkte todmüde und sehr verängstigt, und während ich mich noch fragte, woher in aller Welt er gekommen sein könnte, bemerkte ich, daß er ein silberbeschlagenes Halsband trug und erinnerte mich an Nombé und ihr Gerede über Sie und einen Hund, der Silber an sich habe. Von diesem Augenblick an, Allan, war ich sicher, daß Sie sich irgendwo in der Nähe befanden, und schon gar, als das Tier auf mich zulief — von den Kaffern nahm es keinerlei Notiz — und immer wieder zum Eingang des Kloof schaute, als wolle es mich auffordern, ihm zu folgen. In diesem Augenblick erschien Nombé, und als sie den Hund sah, warf sie mir einen merkwürdigen Blick zu.

›Ich habe eine Botschaft für dich von meinem Herrn, Mauriti‹, ließ sie mir durch Heda sagen, die inzwischen ebenfalls dazugekommen war, nachdem Losts Gebell sie geweckt hatte. ›Wenn du mit diesem fremden Hund einen Spaziergang unternehmen willst, so magst du das tun und alles mitbringen, was du dabei findest.‹

Also ging ich, nachdem wir Lost ein wenig Milch und Fleisch gegeben hatten, mit sechs von Zikalis Männern das Kloof hinunter. Lost lief voran, kam hin und wieder zurückgerannt und winselte. Am Eingang des Kloof führte er uns über einen Hügel und hinab in ein buschbestandenes Tal mit vielen Akazien. Diesem Tal folgten wir etwa zwei Meilen weit, dann entdeckte einer der Kaffern ein gesatteltes Basuto-Pony und fing es ein. Der Hund lief weiter bis zu einem Baum, in den ein Blitz gefahren war, und da, wenige Yard davon entfernt, lagen Sie ohnmächtig, Allan, oder tot, wie ich zuerst dachte, neben sich ein Martini-Gewehr, dessen Schaft ebenfalls von einem Blitz gespalten zu sein schien.

Wir legten Sie auf einen Schild und trugen Sie hierher, ohne jemandem zu begegnen, und das ist die ganze Geschichte, Allan.«

Er verstummte, und wir sahen uns ergriffen an. Dann rief ich Lost und streichelte ihm den Kopf, und das gute Tier leckte mir die Hand, als habe es verstanden, daß ich ihm danken wollte.

»Eine seltsame Geschichte«, sagte ich. »Aber Gott der Allmächtige hat Seinen Geschöpfen viel Weisheit verliehen, von der wir nichts ahnen. Wir wollen Ihm Dank sagen.« Und das taten wir denn auch, mit einem stummen Gebet.

So wurde ich durch die Intelligenz und die Treue eines vierbeinigen Geschöpfs vor dem Tod gerettet. Zweifellos war ich, durch den erlittenen Schock, die Erschöpfung und den Sonnenstich nur halb bei Sinnen, unbewußt und ohne ein bestimmtes Ziel die ganze Zeit über auf das Schwarze Kloof zugeritten. Wenige Meilen davon entfernt hatte mich der Blitz betäubt, der an meinem Gewehr entlang in den Boden gefahren war, ohne mich direkt zu treffen. Der Hund war dem Blitzschlag entronnen und hatte seine Aufgabe erfüllt, indem er so lange durch die Gegend irrte, bis er Hilfe für mich fand. So wurde ich gerettet.

Über die langen Monate, die nun folgten, gibt es nicht viel zu berichten. Sie waren auf ihre Weise nicht unglücklich, denn ich spürte, wie ich mich von Woche zu Woche langsam erholte. Es gab einen Pfad, steil, beschwerlich und gut versteckt, der durch eine der Höhlen in der Schlucht zu erreichen war, freilich nicht durch jene, in der ich schlief. Er zog sich durch ein vom Wasser ausgehöhltes Kloof und durch ein Dornengestrüpp nach oben auf eine Tafelebene, die zur Festung Ceza gehörte. Sobald ich wieder einigermaßen bei Kräften war, stiegen wir manchmal zu dritt auf dieses Plateau hinauf, um uns dort ein wenig Bewegung zu verschaffen, eine angenehme Abwechslung nach der schwülen Atmosphäre im Schwarzen Kloof. Ein Tag verlief wie der andere, denn wir waren so fernab von der Welt, als seien wir auf einer unbewohnten Insel gestrandet. Nur durch Nombé erfuhren wir von Zeit zu Zeit, wie es um den Krieg stand, denn Zikali bekam ich kaum zu sehen.

Sie erzählte von schweren Schlägen für die Engländer, vom Tod eines berühmten jungen Häuptlings, der, von seinen Gefährten im Stich gelassen, bis zum letzten Atemzug gekämpft hatte — hinterher fand ich heraus, daß es sich dabei um den Kronprinzen von Frankreich handelte —, vom Vormarsch unserer Armeen, von den Niederlagen, die sie Cetewayos *Impi* beibrachten, und endlich vom Untergang der Zulu auf dem Schlachtfeld von Ulundi, wo sie sich zu Tausenden gegen die blockförmigen Stellungen der Briten warfen, nur um von einem Hagel von Schrapnells und Gewehrkugeln niedergemacht zu werden. Diese Schlacht heißt bei den Zulu übrigens nicht die Schlacht von Ulundi oder Nodwengu, obwohl sie vor Pandas gleichnamigem altem Kral stattfand, sondern Ocwecweni, was ›der Kampf um die Eiserne Festung‹ bedeutet. Diese Bezeichnung geht vermutlich auf die im Sonnenlicht blitzenden Bajonette zurück, die den Eingeborenen wie eine Wand aus Eisen vorkamen und sich vielleicht auch als ebenso undurchdringlich erwiesen. Jedenfalls rannten sie mit nackten Leibern in den Geschoßregen hinein und fielen zu Tausenden, während von unseren Männern nur etwa ein Dutzend getötet wurden, wovon der kleine Friedhof inmitten der quadratischen Schanzwerke, wo immer noch leere Patronenhülsen herumliegen, bis heute kündet.

Auf dieser Ebene ging also das Zulu-Reich zugrunde, das Chaka einst aufgebaut hatte.

Ich nahm dieses Ereignis zum Anlaß, Zikali aufzusuchen und ihn zu bitten, er möge uns gehen lassen. Er triumphierte, erschien mir aber gleichzeitig seltsam verwirrt und ängstlicher, als ich ihn jemals erlebt hatte.

»Nun, Zikali«, sagte ich, »wenn das, was ich höre, der Wahrheit entspricht, so hast du deinen Willen durchgesetzt und das Volk der Zulu vernichtet. Du müßtest glücklich sein.«

»Ist der Mensch jemals glücklich, Macumazahn, wenn er endlich erreicht, wonach er jahrelang gestrebt hat? Die beiden da draußen seufzen und trauern, weil sie nicht nach Art der Weißen vermählt werden können, obwohl ich nicht begreifen kann, was sie eigentlich voneinander fernhält. Nun, irgendwann werden sie verheiratet sein, um dann festzustellen, daß sie nicht so glücklich sind, wie sie erwartet hatten. Oh! Es wird ein Tag kommen, da werden sie zueinander sagen: ›Die Monde des Wartens, die wir gemeinsam im Schwarzen Kloof verbrachten, das waren die wahren Monde des Glücks, denn damals hatten wir noch etwas zu gewinnen. Nun haben wir alles erreicht — und was ist es wert?‹

So geht es auch mir, Macumazahn. Seit die Zulu unter Chaka mein Volk, die Ndwandwe, ausrotteten, habe ich Jahr um Jahr Pläne geschmiedet und darauf gewartet, sie mit dem Assegai vermählt zu sehen. Nun ist mein Wunsch in Erfüllung gegangen. Ihr Weißen habt sie auf der Ebene von Ulundi zertreten, sie sind keine Nation mehr. Und doch bin ich nicht glücklich, denn schließlich war es das Haus Senzangakona und nicht das Volk der Zulu insgesamt, das mir und den Meinen Schaden zufügte, und Cetewayo weilt immer noch unter den Lebenden. Solange die Bienenkönigin im Stock ist, kann sich ein neues Volk entwickeln. Solange ein Funken unter der Asche glüht, kann der Wald in Brand gesteckt werden. Vielleicht werde ich glücklich sein, wenn Cetewayo tot ist. Andererseits hat es das Schicksal gefügt, daß sein und mein Tod so dicht beieinanderliegen wie zwei Maiskörner auf einem Kolben.«

Ich wechselte das Thema und bat ihn noch einmal, uns nach Natal aufbrechen oder zum englischen Heer stoßen zu lassen.

»Ihr könnt noch nicht gehen«, antwortete er streng, »also belästige mich nicht länger damit. Überall im Land streifen Horden von Zulu umher, die euch töten würden, und dann käme euer Blut über mein Haupt. Würden sie sich nicht außerdem so einiges zusammenreimen, wenn sie eine weiße Frau sähen, die bei mir Zuflucht gefunden hat? Eine verkleidete Puppe als Inkosazana-y-Zulu auftreten zu lassen, ist das größte Verbrechen, das man sich nur denken kann, Macumazahn, und was würde mit dem Eröffner der Wege und seinem ganzen Haus geschehen, wenn auch nur der leiseste Verdacht entstünde, diese Puppe sei sein Werk, und er habe mit ihr den Krieg ausgelöst, der die Zulu ins Verderben stürzte? Wenn Cetewayo tot ist, wenn die Leichen begraben sind und Friede, der Friede des Todes, sich über das Land senkt, dann könnt ihr gehen, Macumazahn, aber nicht vorher.«

»Dann schicke wenigstens eine Botschaft an die Hauptleute des englischen Heeres, Zikali, damit sie erfahren, daß wir hier sind.«

»Ich soll eine Botschaft an die Hyänen schicken, damit

sie erfahren, wo das Aas liegt; ich soll eine Botschaft an die Jäger schicken, damit sie erfahren, wo der Bock Zikali sich versteckt hält! Hör zu, Macumazahn, wenn du dies tust oder mich nur noch ein einziges Mal dazu drängst, werden du und deine Freunde das Schwarze Kloof niemals verlassen. Ich habe gesprochen.«

Da begriff ich, daß jedes weitere Wort vergebens sein würde, und verließ ihn, und er blickte mir finster nach, denn die Angst hatte ihn grausam gemacht. Er hatte das große Spiel gewonnen, und nun schmeckte der Erfolg plötzlich schal. Oder vielmehr, er hatte — noch — nicht gewonnen, denn sein Haß richtete sich gegen das Haus Senzangakona, das ihm und seinem Stamm grausames Unrecht zugefügt hatte. Um es zugrunde zu richten, hatte er die Nation der Zulu zerstören müssen; es war, als brenne man eine Stadt nieder, um einen kompromittierenden Brief zu vernichten. Und nun war die Stadt niedergebrannt, aber der Brief war noch vorhanden und konnte jederzeit gegen ihn verwendet werden. Mit anderen Worten, Cetewayo war noch am Leben. Deshalb blieb Zikalis Rachedurst ungestillt, und er schwebte in ebenso großer, wenn nicht noch größerer Gefahr als je zuvor, war er doch der Prophet, der die Himmelsprinzessin, die traditionelle Gottheit der Zulu, vor den Augen des Königs und des Hohen Rates heraufbeschworen und sie damit bewogen hatte, für den Krieg zu stimmen. Angenommen, auch nur der leiseste Verdacht entstünde, daß dieser Geist, den sie alle zu sehen geglaubt hatten, nur ein Schwindel, ein Betrug gewesen war, was dann? Man würde Zikali zu Tode foltern, wenn die Betrogenen die Zeit dazu hatten, oder seinen Leichnam in Stücke reißen, wenn nicht, immer vorausgesetzt, er war sterblich wie andere Menschen — woran ich persönlich übrigens nicht zweifelte.

Bald nachdem ich den alten Zauberer verlassen hatte, nahmen Heda und ich gemeinsam das Abendessen ein. Anscombe war auf dem geheimen Pfad zu dem bereits erwähnten Tafelland hinaufgestiegen, wo er, da wir natürlich keine Waffen abfeuern durften, mit Hilfe eines raffinierten, von ihm selbst ausgetüftelten Systems aus Grasnetzen zu seinem Vergnügen Rebhühner fing. Auf diesem Tafelland sprudelten mehrere Quellen und bildeten kleine Teiche, an denen sich die Rebhühner, gelegentlich auch Perlhühner und Buschfasanen, bei Sonnenaufgang und Sonnenuntergang zum Trinken einfanden. Dort legte er seine Netze aus und zog sich dann zurück, um sie zu diesen Zeiten aus einem Versteck heraus gegebenenfalls mit Schnüren zuzuziehen. Heda und ich waren also allein.

Ich erzählte ihr von meinem vergeblichen Vorstoß bei Zikali, worüber sie sehr enttäuscht war. Im Nachhinein fiel mir ein, sie könne vielleicht mit Hilfe der Medizinfrau Nombé versuchen, heimlich eine Botschaft zum Camp der Engländer in Ulundi oder anderswohin zu schmuggeln, und ich fügte hinzu, ich würde gerne selbst mit Nombé sprechen, hätte ich in letzter Zeit nicht den Eindruck, bei ihr in Ungnade gefallen zu sein. Heda schüttelte den Kopf und antwortete, sie halte einen solchen Versuch für aussichtslos und auch für zu gefährlich. Ich dachte an Zikalis Drohung und stimmte ihr nach einiger Überlegung zu.

»Sagen Sie mir, Mr. Quatermain«, fragte sie plötzlich, »ist es möglich, daß eine Frau sich in eine andere Frau verliebt?«

Ich starrte sie verdutzt an und entgegnete, ich verstehe nicht, was sie meine, denn meiner Erfahrung nach seien Frauen im allgemeinen entweder in einen Mann oder in sich selbst verliebt, letzteres vielleicht noch häufiger. Ein recht banaler Scherz, zugegeben, der gerade so viel Wahrheit enthielt, um — jedenfalls im Schwarzen Kloof — noch tragbar zu sein.

»Das dachte ich auch«, antwortete sie, »aber Nombé benimmt sich wirklich sehr eigenartig. Sie wissen ja, daß sie mir von Anfang an sehr zugetan war, vielleicht, weil sie nie mit anderen Frauen Umgang hatte, sondern, soweit ich mitbekommen habe, hier unter lauter Männern aufgewachsen ist. Sie behauptet, sie sei die jüngere von zwei Zwillingsschwestern, und deshalb habe man sie, wie es der Aberglaube der Zulu verlange, in der Wildnis ausgesetzt, um sie verhungern zu lassen. Sie wurde jedoch von Zikali oder einem seiner Diener, der von ihrem Geschick Kenntnis hatte, gerettet und aufgezogen, so daß ich praktisch die einzige Frau bin, mit der sie jemals Freundschaft geschlossen hat. Jedenfalls ist ihre Zuneigung zu mir immer mehr gewachsen, und inzwischen ist sie mir richtiggehend lästig, so undankbar das auch klingen mag. Immer wieder versichert sie mir, daß sie ihr Leben hingeben würde, um mich zu beschützen, und daß sie sich töten und mir ins Jenseits folgen würde, sollte mir irgend etwas zustoßen. Ständig befragt sie irgendwelche Orakel, an die sie felsenfest glaubt, nach meiner Zukunft, und wenn dabei jedesmal wieder herauskommt, daß sie nicht an meiner Seite sein wird, ist sie sehr bestürzt und bricht gelegentlich sogar in Tränen aus.«

»Hysterie! Viele Zulu-Frauen leiden daran, und ganz besonders solche, die sich mit Magie beschäftigen«, antwortete ich.

»Mag sein, aber da die Hysterie sich bei Nombé in maßloser Eifersucht äußert, ist sie doch sehr unangenehm. Auf Maurice ist sie zum Beispiel ganz schrecklich eifersüchtig.«

»Sie entwickelt eben schon sehr früh die Beschützerinstinkte einer Anstandsdame«, versuchte ich erneut zu beschwichtigen.

»Das überzeugt mich nicht ganz, Mr. Quatermain«, lachte Heda, »denn auf Sie ist sie sogar noch eifersüchtiger. Was Maurice angeht, so erklärt sie ganz offen, falls wir heirateten, könne sie weiterhin ›vor der Hütte sitzen‹, Sie dagegen lebten ›in meinem Kopf‹, wo sie sich nicht zwischen Sie und mich drängen könne.«

»Verrückt«, bemerkte ich, »vollkommen verrückt. Doch

mit Verrücktheit muß man sich in dieser Welt abfinden wie mit anderen Dingen auch, und da Nombé kein gewöhnlicher Mensch ist, kommt sie eben auch auf absonderliche Ideen. Im Grunde genommen hat sie nur eine leidenschaftliche Zuneigung zu Ihnen gefaßt, was übrigens weder für mich noch für Maurice verwunderlich ist.«

»Mit solchen Komplimenten hat man wohl in Ihrer Jugend um sich geworfen, Mr. Quatermain? Und jetzt im Alter können Sie nicht mehr damit aufhören. Nun, ich danke Ihnen trotzdem, vielleicht meinen Sie es ja sogar ehrlich. Aber was soll nun mit Nombé geschehen? Still! Da kommt sie. Ich lasse Sie allein, reden Sie mit ihr, falls sich eine Gelegenheit ergibt.« Damit entfernte sie sich hastig.

Nombé trat näher, und ihr Gesicht verriet mir, daß sich besagte Gelegenheit tatsächlich bieten würde. Das immerwährende Lächeln war fast verschwunden, und ihre schönen, dunklen Augen funkelten drohend. Dennoch erkundigte sie sich als erstes ganz sanft, ob die Lady Heddana auch mit Appetit gegessen habe. Wohlgemerkt, für *meinen* Appetit interessierte sie sich nicht, und sie fragte auch nicht danach, ob noch genug für Anscombe übrig sei, wenn er zurückkehrte. Ich entgegnete, meines Wissens habe Heda unter anderem ein halbes Rebhuhn verzehrt.

»Das freut mich«, sagte Nombé, »vor allem, weil ich nicht hier sein konnte, um sie zu bedienen, ich wurde nämlich zu meinem Herrn gerufen.«

Sie setzte sich und schaute mich an wie Blitz und Ungewitter.

»Ich habe dich gepflegt, als du so krank warst, Macumazahn«, begann sie, »doch nun muß ich erfahren, daß du mir, die ich dir süße Milch gab, bitteres Wasser einflößen willst, das mich vergiften wird.«

Ich erwiderte, ich sei mir durchaus bewußt, daß ich ohne ihre Pflege wohl längst tot wäre, weshalb ich sie auch liebe wie meine eigene Tochter. Ob sie mir nicht erklären könne, was sie meine? Dazu war sie sofort bereit.

»Du hast Pläne geschmiedet, um mir die Lady Heddana wegzunehmen, die mir so viel bedeutet wie Mutter, Schwester und Kind zugleich. Versuche nicht, mich zu belügen, der Meister hat mir alles erzählt. Außerdem wußte ich es bereits selbst, von meinem Geist und weil ich dich beobachtet habe.«

»Ich habe nicht die Absicht, dich zu belügen, Nombé, weder in dieser, noch in irgendeiner anderen Sache, auch wenn ich glaube, daß du mich in der Vergangenheit manchmal belogen hast. Sage mir, erwartest du wirklich vom *Inkosi* Mauriti, von der Lady Heddana und von mir, daß wir unser ganzes Leben im Schwarzen Kloof verbringen, wenn die beiden doch heiraten und über das Schwarze Wasser in ihre künftige Heimat fahren wollen, und ich mich um meine eigenen Angelegenheiten kümmern möchte?«

»Ich weiß nicht, was ich erwarte, Macumazahn, ich weiß nur, daß ich mich nicht von der Lady Heddana trennen lassen werde, solange ich lebe. Endlich habe ich einen Menschen gefunden, den ich liebe, und du und der andere, ihr wollt ihn mir rauben.«

Ich sah sie eine Weile nachdenklich an, dann fragte ich:

»Warum heiratest du nicht, Nombé? Dann könntest du deinen Mann und deine Kinder lieben.«

»Heiraten?« fragte sie zurück. »Ich bin mit meinem Geist verheiratet, der nicht unter der Sonne wohnt, und meine Kinder sind nicht von dieser Erde. Außerdem sind mir alle Männer verhaßt.« Und ihre Augen fügten hinzu: *Besonders du.*

»Das ist ein Kalb mit einem Hundekopf«, erwiderte ich mit einem einheimischen Sprichwort, das besagte, so etwas sei unnatürlich. »Nombé, wenn du die Lady Heddana so gern hast, solltest du sie und den *Inkosi* Mauriti darum bitten, daß sie dich mitnehmen.«

»Du weißt genau, daß ich nicht fortgehen kann, Macumazahn. Ich bin mit Stricken an den Meister gebunden, die stärker sind als Eisen, und wenn ich versuchte, sie zu zerreißen, würde mein Geist dahinsiechen und ich mit ihm.«

»Du meine Güte! Was für ein entsetzliches Dilemma. Das kommt davon, wenn man sich der Magie zuwendet. Nun, Nombé, ich fürchte, ich kann dir keinen Rat geben, und um ehrlich zu sein, ich begreife auch nicht, was ich mit der ganzen Sache zu tun habe.«

Da sprang sie wütend auf und rief:

»Ich verstehe. Du willst mir nicht nur nicht helfen, Macumazahn, du machst dich auch noch lustig über mich, genau wie Mauriti, der vorgibt, meine Herrin so sehr zu lieben, obwohl ich sie mit meinem kleinen Finger mehr liebe als er mit seinem ganzen Körper und mit dem, was er seine Seele nennt. Ja, auch er macht sich lustig über mich. Wenn ihr nun beide tot wäret«, fügte sie mit jäh aufflammender Gehässigkeit hinzu, »dann würde meine Herrin nicht mehr von hier fortgehen wollen. Nimm dich in acht, auf daß dich nicht ein Fluch treffe, Macumazahn.« Und ohne ein weiteres Wort drehte sie sich um und ging weg.

Zuerst erschien mir die ganze Geschichte so absurd, daß ich am liebsten laut herausgelacht hätte, doch als ich darüber nachdachte, wurde mir klar, daß sie für jemanden in unserer Lage in Wirklichkeit keineswegs harmlos war. Diese Frau war eine Wilde, eine mystisch begabte Wilde mit ungewöhnlichen geistigen Kräften — eine gefährliche Kombination. Außerdem kannte sie keine Hemmungen, die öffentliche Meinung hatte im Schwarzen Kloof nicht mehr Gewicht als ein Erlaß der englischen Königin, und schließlich war es schon vorgekommen, daß Frauen, die derart heftige Gefühle entwickelten und keine Erfüllung fanden, in eine Art Wahnsinn verfielen. Aus meiner Jugend war mir noch eine entsetzliche Begebenheit in Erinnerung, die zum Tode eines mir sehr teueren Menschen geführt hatte. Ich will nicht näher darauf eingehen, aber auch damals war eine von ihren Leidenschaften besessene Frau oder besser eine Kreatur am Werk gewesen, die glaubte, man wolle ihr das Liebste rauben, was sie hatte.

Der Vorfall verdarb mir schließlich den Genuß an meiner abendlichen Pfeife, obwohl Anscombe nach erfolgreicher Netzjagd zurückkehrte und zum Glück so viel zu erzählen hatte, daß ich kaum etwas zu sagen brauchte. Also verschob ich die Erörterung des Problems auf den nächsten Tag.

XXI

Der König sucht Zikali auf

Nach langem Überlegen ging ich am nächsten Tag zu Zikali. Es kostete mich viel Zeit und Mühe, bis ich endlich vorgelassen wurde, denn obwohl sein Gefolge nicht sehr groß war und mit Ausnahme von Nombé ausschließlich aus Männern bestand, hielt sich der alte Prophet fast so etwas wie einen Hofstaat, und man kam kaum leichter an ihn heran als an einen europäischen Monarchen. Als ich seine Hütte betrat, kauerte er über einem Feuer, denn zu dieser Jahreszeit war es selbst in dieser heißen Gegend bis Mittag recht kühl.

»Was willst du, Macumazahn?« fragte er. »Wenn es um deine Abreise geht, so fasse dich in Geduld. Wie ich erfahre, befindet er, der einst König der Zulu war, sich auf der Flucht, und die Weißen verfolgen ihn wie einen angeschossenen Bock. Wenn sie den Bock gefangen und getötet haben, dann magst du gehen.«

»Ich komme wegen Nombé«, antwortete ich und erzählte ihm die ganze Geschichte, die ihn nicht im mindesten zu überraschen schien.

»Da siehst du nun, Macumazahn«, sagte er und nahm eine Prise Schnupftabak, »wie schwer es ist, den Strom der Natur einzudämmen. Dieses Kind Nombé ist von meinem Blut, und ich habe sie unter seltsamen Umständen vor dem Tod errettet, nicht, weil sie von meinem Blut war, sondern weil ich mit ihr ein Experiment durchführen wollte. Frauen sind den Männern in Wahrheit überlegen, wie du, der du weise bist und viel erlebt hast, gewiß erkennst, doch weil sie körperlich schwächer sind, befinden sich die Männer im Vorteil und halten sich für ihre Herren, ein Zustand, mit dem sie sich gezwungenermaßen abfinden, weil sie schließlich leben müssen und sich nicht wehren können. Doch ist ihr Verstand schärfer, so wie ein

Assegai schärfer ist als eine Hacke; sie stehen in engerem Kontakt mit den verborgenen Kräften, die das Schicksal der Menschen und der Nationen gestalten; sie sind treuer und geduldiger, und dank ihres Instinkts, wenn auch nicht dank ihrer Vernunft, blicken sie weiter voraus. Dies gilt jedenfalls für die Besten unter ihnen, und genau wie die Männer sollte man sie nur nach jenen beurteilen. Doch ein Loch gibt es in ihrem Schild. Wenn sie lieben, werden sie zu Sklaven der Liebe, um der Liebe willen wird alles andere zunichte, und aus diesem Grund kann man ihnen nicht vertrauen. Bei Männern ist das anders, wie du weißt. Auch sie müssen lieben, das ist ein Naturgesetz, aber dahinter steht immer etwas, das größer ist als die Liebe, obwohl sie oft nicht begreifen, was das sein könnte. Folglich darf eine Frau nicht allzu sehr lieben, wenn sie mächtig sein will. Wenn sie überhaupt nicht lieben kann, wird sie gehaßt und hat keine Macht, aber sie darf der Liebe nicht zu sehr verfallen.

Einmal glaubte ich, eine solche Frau gefunden zu haben. Sie hieß Mameena, alle Männer verehrten sie, und sie spielte mit ihnen, wie ich mit ihr spielte. Doch was kam letztlich dabei heraus? Gerade als alles zum Besten stand, da lernte sie einen Mann zu sehr lieben, einen Mann mit seltsamen Ansichten, der mir in die Quere gekommen wäre und alle meine Pläne zunichte gemacht hätte, und deshalb mußte ich sie töten, auch wenn ich es bedauerte.«

Er hielt inne, nahm noch eine Prise Schnupftabak, und beobachtete mich über den Löffel hinweg, während er das Pulver in seine großen Nasenlöcher hinaufzog, doch als ich schwieg, fuhr er fort:

»Nach Mameenas Tod gedachte ich mir eine Frau heranzuziehen, die zwar fähig war zur Liebe, aber niemals um eines Mannes willen den Kopf verlieren sollte, denn ich glaubte, nur ein Mann sei imstande, einer Frau nicht nur das Herz, sondern auch den Verstand zu rauben. Ich stieß auf das Kind Nombé und tat, was ich mir vorgenommen hatte. Wie ich dabei zu Werke ging, ob ich mit Medizin arbeitete oder Magie anwandte, ob ich ihren Stolz fleißig begoß, um ihn üppig wuchern zu lassen, oder ob ich mich aller dieser Mittel zugleich bediente, ist nicht von Belang. Jedenfalls hatte ich Erfolg, und über eines bin ich mir bei Nombé sicher: niemals wird ein Mann ihr etwas bedeuten, nie wird sie mehr in ihm sehen als einen Bruder.

Doch sieh, was nun geschehen ist. Sie, die Weise, die Gelehrte, die Männerverächterin, begegnet einer Frau, die einer anderen Rasse angehört, die schön ist und gütig, und sie lernt sie zu lieben, nicht so, wie Töchter und Mütter einander lieben, sondern wie sie den Geist liebt, den sie verehrt. Jawohl, für sie ist diese weiße Frau eine Göttin, die es anzubeten gilt, es drängt sie, ihr von ganzem Herzen und mit allen Kräften zu dienen, sich vor ihr zu verneigen, ihr Opfer darzubringen und ihr schließlich in den Tod zu folgen. So kommt es, daß diese Nombé, deren Geist ich formen wollte wie die Schwingen eines Vogels, der auf der Suche nach Beute durch die Lüfte schwebt, noch verrückter geworden ist als andere Frauen. Es ist eine Enttäuschung für mich, Macumazahn.«

»Für dich mag es eine Enttäuschung sein, Zikali, und alles, was du mir da erzählst, ist sehr interessant. Doch für uns ist es eine Gefahr. Sag mir, wirst du Nombé befehlen, von ihrem Wahnsinn abzulassen?«

»Kann ich dem Nebel verbieten, vom Boden aufzusteigen, dem Wind zu wehen, oder dem Blitz, vom Himmel zu fahren? Sie ist, wie sie ist. Wie die Gurde eines Schlächters voll ist mit Blut, so ist ihr Herz erfüllt von schwarzer Eifersucht auf Mauriti und auf dich, denn sie will nicht, daß ihre Göttin neben ihr noch andere Verehrer hat. Sie möchte sie ganz für sich allein behalten.«

»Dann muß die Gurde auf die eine oder andere Weise geleert werden, Zikali, auf daß wir nicht gezwungen seien, daraus zu trinken und uns von dem schwarzen Blut vergiften zu lassen.«

»Wie soll das geschehen, ohne sie zu zerbrechen, Macumazahn? Wenn Heddana fortgeht und Nombé verläßt, wird diese den Verstand verlieren, und begleiten kann sie sie nicht, denn ihr Geist lebt hier«, damit klopfte er auf seine Brust. »Er würde sie wieder zurückholen, und dann wäre sie ein großes Problem für mich, denn jener Geist würde mir fortan den Schlaf rauben, er würde sich immer aufmachen, um zu suchen, was er verloren hat, und mit leeren Händen zurückkehren. Doch keine Sorge, Macumazahn, wenn es zum Schlimmsten kommt, läßt sich die Schale zerbrechen und das Blut auf die Erde gießen, ich habe schon schönere Schalen zerbrochen als diese, und hätte ich die Scherben alle noch, sie würden einen so hohen Haufen ergeben!« Er hob die Hand in Höhe seines Kopfes, eine Bewegung, die mir einen kalten Schauer über den Rücken jagte. »Dies werde ich ihr sagen, und danach wird sie sich vielleicht eine Weile ruhig verhalten. Gift brauchst du nicht zu fürchten, denn anders als der meine verabscheut ihr Geist dieses Mittel. Gift ist keine seiner Waffen. Aber vor Zaubersprüchen hüte dich, denn ihr Geist kennt einige von großer Wirkung.«

Nun sprang ich auf und rief empört:

»Ich glaube nicht an Nombés Zaubersprüche, und selbst wenn, wie könnte ich mich davor schützen?«

»Wenn du nicht daran glaubst, brauchst du auch keinen Schutz, und wenn du daran glaubst, so ist es an dir, herauszufinden, wie du dich schützen kannst, Macumazahn. Oh! Ich könnte dir von einem weißen Lehrer erzählen, der nicht glaubte und sich nicht schützen wollte — aber lassen wir das, lassen wir das. Leb wohl, Macumazahn, ich werde mit Nombé reden. Bitte sie um eine Lokke ihres Haares, die sie besprochen hat, und trage sie über deinem Herzen. Das ist ein gutes Mittel gegen Zaubersprüche. *O-ho-Oho-o!* Was sind wir doch alle für Toren, ob weiß oder schwarz! Auch Cetewayo hat das heute erkannt.«

Von da an wurde Nombé sehr viel umgänglicher. Das

heißt, sie war ausnehmend höflich, ihr Lächeln wurde noch starrer, und ihre Augen waren unergründlicher denn je. Offenbar *hatte* Zikali mit ihr gesprochen, und sie hatte auf ihn gehört. Doch mein Mißtrauen gegen diese hübsche, junge Frau wuchs offen gestanden von Tag zu Tag. Ich erkannte, daß eine tiefe Kluft sie von den gewöhnlichen Menschen trennte. Sie war ein Geschöpf Zikalis, und er hatte sie zurechtgestutzt wie ein Gärtner einen Baum, nein, er hatte noch mehr getan, er hatte ihrem primitven Wesen das fremde Reis eines exotischen und unnatürlichen Spiritualismus aufgepfropft. Das Wesen blieb unverändert, aber das Pfropfreis trug seltsame Blüten und Früchte, verpestete Blüten und vergiftete Früchte. Sie selbst hatte also keine Schuld — manchmal frage ich mich, ob es in dieser merkwürdigen Welt überhaupt noch möglich wäre, von Schuld zu sprechen, wenn man in die Vergangenheit und in die Zukunft jedes einzelnen sehen könnte — aber das machte sie nicht weniger gefährlich.

Einige Gespräche, die ich mit ihr führte, verstärkten meine Befürchtungen noch, denn dabei stellte ich fest, daß sie kein Gewissen im herkömmlichen Sinne besaß. Das Leben, so erklärte sie mir, sei nur ein Traum, und alle von Menschen entwickelten Gesetze seien nichts als Illusionen. Das wirkliche Leben spiele sich anderswo ab, auf einem fernen See, auf dem die Blüte unserer wahren Existenz schwimme. Ohne diesen unsichtbaren See mit seinem übernatürlichen Wasser könne die Blüte nicht schwimmen, ja, es gäbe gar keine Blüte. Zudem sei diese Blüte gar nicht von Bedeutung, manchmal habe sie die eine Form oder Farbe, manchmal eine andere. Sie sei nichts als ein Ding, dessen Bestimmung darin bestehe, zu wachsen, zu blühen und zu verfaulen, und im Laufe seines Daseins häßlich oder schön zu sein, gut oder schlecht zu riechen, wie es der Zufall eben wollte, um zuletzt wieder vom großen Wasser des Lebens aufgesogen zu werden.

Ich gab zu bedenken, daß alle Blüten auch Wurzeln

hätten, die sie in der Erde festhielten. Sie blickte auf ein orchideenähnliches Gewächs, das sich um den Ast eines Baumes rankte, und antwortete, das sei nicht wahr, manche lebten auch von der Luft. Doch wie auch immer, die Erde oder die Feuchtigkeit der Luft seien nur ein Extrakt aus Tausenden von anderen Blütenleben, die während ihres Daseins geblüht hätten und dann vergessen worden seien. Wann sie stürben, oder wie viele andere Blüten sie erdrückten, um selbst leben zu können, sei nicht von Belang. Dennoch habe jede Blüte ihren eigenen Geist, der immer gewesen sei und immer sein würde.

Ich fragte sie, welche Ziele dieser Geist verfolge, und erhielt die mysteriöse Antwort, das wisse sie nicht, und wenn sie es wüßte, würde sie es mir nicht sagen, aber sie seien furchtbar.

Dies waren einige ihrer verschwommenen und bildhaften Vorstellungen, die ich nur festgehalten habe, um den beklemmenden, ja fast menschenverachtenden Charakter dieser Denkweise sichtbar zu machen. Ich vergaß zu erwähnen, daß sie behauptete, jede Blüte, beziehungsweise jedes Leben habe einen Zwilling, den es in jeder seiner Daseinsperioden aufs neue finden und neben dem es blühen oder bis zur Wurzel verdorren müsse, um dann wieder von neuem zu keimen. Zu guter Letzt würden beide eins werden und von da an in alle Ewigkeit in Blüte stehen. Von alledem verstand und verstehe ich bis heute wenig mehr, als daß sie Grundbegriffe irgendeiner Wahrheit erfaßt hatte, sie aber nicht in einer klaren, deutlichen Sprache auszudrücken vermochte.

Eines Tages saß ich in Zikalis Hütte, wo ich ihn mit seiner Erlaubnis aufgesucht hatte, um mich nach den letzten Neuigkeiten zu erkundigen, als plötzlich Nombé erschien und sich vor ihm auf den Boden kauerte.

»Wer hat dir gestattet, hier einzutreten, und was ist dein Begehr?« fragte er zornig.

»O Heimat der Geister«, antwortete sie demütig, »zürne deiner Dienerin nicht. Die Notwendigkeit hat es mir gestattet, und mein Begehr ist es, dir mitzuteilen, daß Fremde sich nähern.«

»Wer sind sie, daß sie es wagen, unangemeldet in das Schwarze Kloof einzudringen?«

»Cetewayo der König ist unter ihnen, die anderen kenne ich nicht, aber es sind ihrer viele, und sie sind alle bewaffnet. Sie nähern sich deinem Tor. Ehe ein Mann bis zweihundert zählen kann, werden sie hier sein.«

»Wo sind der weiße Häuptling und die Lady Heddana?« fragte Zikali.

»Zum Glück sind sie auf dem geheimen Pfad zum Tafelland hinaufgestiegen und werden erst bei Sonnenuntergang zurückkehren. Sie wollten allein sein, deshalb habe ich sie nicht begleitet, und Macumazahn sagte, er sei dafür zu müde.« (Das stimmte, aber auch ich hatte wie Nombé gedacht, die beiden wollten lieber unter sich bleiben.)

»Gut. Geh und sag dem König, ich hätte von seinem Kommen gewußt und erwartete ihn. Meine Diener sollen den Ochsen schlachten, der im Kral steht, den fetten Ochsen, von dem sie glaubten, er sei krank, und der deshalb der passende Festschmaus ist für einen kranken König«, fügte er verbittert hinzu.

Sie glitt davon wie eine aufgescheuchte Schlange. Dann wandte Zikali sich an mich und sagte hastig:

»Macumazahn, du schwebst in großer Gefahr. Wenn man dich hier findet, wird man dich töten, und die anderen ebenfalls. Ich werde jemanden zu ihnen schicken und ihnen sagen lassen, sie sollen erst zurückkehren, wenn dieser König wieder fortgegangen ist. Du mußt ihnen sofort nachgehen. Nein, es ist zu spät, ich höre die Zulu kommen. Nimm diesen Karos, bedecke dich damit und lege dich zwischen die Körbe und Bierkrüge hier nahe am Eingang der Hütte im tiefsten Schatten, dann bleibst du vielleicht unentdeckt, wenn jemand eintritt. Auch ich bin in Gefahr, denn man wird mich für alles verantwortlich machen, was geschehen ist. Falls ich getötet werden kann, wird man mich vielleicht sogar töten. Sollte es dazu kommen, so flieh mit den anderen, so schnell du kannst. Nombé wird dir sagen, wo eure Pferde versteckt sind. In diesem Fall soll Heddana Nombé mitnehmen, denn wenn ich tot bin, wird sie dazu bereit sein, und sie in Natal abschütteln, wenn sie ihr lästig ist. Was immer auch geschieht, Macumazahn, bedenke, daß ich mein Bestes getan habe, um mein Wort zu halten und dich und deine Freunde zu beschützen. Nun will ich mir diese angestochene Tierblase ansehen, die einst ein König war.«

Er kroch langsam wie eine Kröte aus der Hütte, während ich keineswegs langsam nach dem grauen Katzenfell-Karos griff und mich so zwischen den Bierkrügen und den Matten verschanzte, daß mein Kopf, über den ich den dreibeinigen, von Zikali selbst geschnitzten Schemel stellte, sich nur wenige Zoll zur Linken des Türlochs und daher im tiefsten Schatten befand. Wenn ich den Hals ein wenig reckte, konnte ich durch das Loch schauen, außerdem konnte ich alles hören, was draußen vor sich ging. Solange die Hütte nicht gezielt durchsucht wurde, war ich einigermaßen vor Blicken geschützt, selbst wenn Fremde eintreten sollten. Meine einzige Befürchtung war, daß der Hund Lost in die Nähe kommen und mich wittern könnte. Ich hatte ihn in meiner Hütte am Mittelpfosten angebunden, weil er Zikali haßte und ihn jedesmal anknurrte. Doch wenn er nun den Strick durchnagte oder jemand ihn losband!

Zikali hatte sich kaum auf seinem gewohnten Platz vor der Hütte niedergelassen, als auch schon das Tor des äußeren Zaunes aufgestoßen wurde und ich vierzig oder fünfzig grimmig dreinschauende, reisemüde Männer hereinströmen sah. An ihrer Spitze ritt Cetewayo persönlich auf einem erschöpften Pferd, das von einem Diener geführt wurde. Man half ihm beim Absitzen oder fing ihn vielmehr auf, denn er ließ seinen massigen Leib einfach herabplumpsen.

Dann wechselte er ein paar Worte mit seinen Begleitern und mit einem von Zikalis Leuten und betrat, gefolgt von drei oder vier *Induna,* gestützt auf den Arm Umnyamanas, des Premierminsters, die innere Umfriedung. Die übrigen blieben draußen. Zikali saß da, als schliefe er, doch plötzlich schien er zu erwachen und seinen Besucher wahrzunehmen. Er rappelte sich mühsam auf, hob den rechten Arm, entbot den königlichen Gruß *Bayéte,* und bedachte Cetewayo mit Ehrentiteln wie ›Schwarzer!‹, ›Elefant!‹, ›Erderschütterer!‹ ›Sieger!‹ ›Vertilger der Weißen Männer!‹, ›Kind des Wilden Tieres (Chaka), dessen Zähne schärfer sind als die des Wilden Tieres es jemals waren!‹ und so weiter, bis Cetewayo die Geduld verlor und rief:

»Schweig, Zauberer! Ist dies die rechte Zeit für schöne Worte? Weißt du nicht, wie es um mich steht, daß du meine Ohren damit beleidigst? Gib uns zu essen, so du etwas hast, danach will ich mit dir allein sprechen. Und mach schnell, ich kann nicht lange bleiben, denn die weißen Hunde sind mir auf den Fersen.«

»Ich wußte, daß du kommen würdest, o König, um mein bescheidenes Haus mit einem Besuch zu beehren«, sagte Zikali langsam, »und deshalb ist der Ochse bereits geschlachtet, und das Fleisch wird alsbald über dem Feuer braten. Trink derweilen einen Schluck Bier und ruhe dich aus.«

Er klatschte in die Hände, worauf Nombé und einige Diener erschienen und Schalen mit Bier brachten. Zikali kostete davon, um zu zeigen, daß es nicht vergiftet war, und dann tranken der König und seine Leute in durstigen Zügen. Der Rest wurde zu den draußen Wartenden gebracht.

»Was hören meine Ohren?« fragte Zikali, als Nombé und die anderen gegangen waren. »Die Weißen Hunde sind dem Schwarzen Bullen auf der Fährte?«

Cetewayo nickte ernst und erwiderte:

»Meine *Impi* wurden auf der Ebene von Ulundi in

Stücke gehauen. Die Feiglinge rannten vor den Kugeln davon wie Kinder vor einem Bienenschwarm. Meine Krale sind niedergebrannt, und ich, der König, laufe mit einem Rest von Getreuen um mein Leben. Die Prophezeiung des Schwarzen hat sich erfüllt. Das Volk der Zulu wurde zertreten unter den Füßen des Großen Weißen Volkes.«

»Ich entsinne mich dieser Prophezeiung, o König. Mopo überbrachte sie mir eine Stunde nach dem Tod des Schwarzen, als er mir auch den kleinen Assegai mit dem roten Griff gab, den er dem Schwarzen entrissen hatte, um die Tat zu vollbringen. Der Gedanke daran bringt mir fast meine Jugend zurück, obgleich ich schon damals alt war«, entgegnete Zikali so verträumt, als spräche er mit sich selbst.

Ich hörte unter meinem Karos jedes Wort und dachte, nun sei er wirklich alt geworden, da er im Moment offenbar vergessen hatte, welche Rolle gerade dieser Assegai wenige Monate zuvor im Tal der Knochen gespielt hatte. Nun, selbst den größten Meistern entschlüpft manchmal ein unüberlegtes Wort, wenn sie den Kopf voll haben mit anderen Dingen. Im Gegensatz zu Zikali hatten Cetewayo und seine Ratgeber den Vorfall freilich im Gedächtnis bewahrt, denn wie ich an ihren Gesichtern sah, ging ihnen allen fast gleichzeitig ein Licht auf.

»Aha! Mopo der Mörder, der nach dem Tod meines Onkels Dingaan spurlos verschwand, gab dir also den kleinen roten Assegai, o Eröffner der Wege! Und vor wenigen Monaten wurde dieser Assegai, den der alte Sigananda wiedererkannte, durch die Hand der Inkosazana-y-Zulu geschleudert und ritzte mir die Haut, nachdem der weiße Mann, Macumazahn, mit seiner Kugel den Schaft von der Klinge getrennt hatte. Nun erkläre mir, o Eröffner der Wege, wie gelangte er aus deiner Obhut in die Hand des Geistes Nomkubulwana?«

Ich sah deutlich, wie Zikali bei dieser Frage von Kopf bis Fuß erzitterte, denn nun erkannte er, wenn auch zu spät, seinen schrecklichen Fehler. Doch wie es nur die ganz Großen vermögen, rettete er die Situation und ging sogar noch als Sieger daraus hervor.

»Oho-ho!« erwiderte er lachend, »wer bin ich, daß ich dir erklären könnte, wie solche Dinge geschehen? Weißt du denn nicht, o König, daß die Geister zurücklassen, was sie wollen, und sich nehmen, was sie wollen, sei es nur ein Grashalm, das Leben eines Menschen« — hier blickte er Cetewayo an — »oder gar ein ganzes Volk? Manchmal nehmen sie den Schatten, manchmal das Wesen selbst, denn ob Geist oder Materie, ihnen steht alles zu. Was den kleinen Assegai angeht, so habe ich ihn schon vor Jahren verloren. Ich erinnere mich, daß ich ihn zum letzten Mal in den Händen einer Frau namens Mameena erblickte, der ich ihn als ein absonderliches, blutiges Erinnerungsstück zeigte. Nach ihrem Tod war er verschwunden, also nahm sie ihn zweifellos mit sich in die Unterwelt und gab ihn dort der Königin Nomkubulwana, mit welcher diese Mameena, wie du dich vielleicht erinnerst, damals im Tal der Knochen aus der Unterwelt zurückkehrte.«

»Das mag sein«, räumte Cetewayo mürrisch ein, »freilich hat mir kein Geister-Eisen den Schenkel verletzt, doch was verstehe ich schon von den Gewohnheiten der Geister? Zauberer, ich möchte alleine mit dir in deiner Hütte sprechen, wo kein Ohr uns belauschen kann.«

»Meine Hütte gehört dem König«, antwortete Zikali, »doch der König möge bedenken, daß jene Geister, von deren Gewohnheiten er nichts versteht, alles hören können, ja, sie belauschen sogar die Gedanken der Menschen und fällen danach ihr Urteil.«

»Keine Sorge«, sagte Cetewayo, »neben vielen anderen Dingen werde ich auch das bedenken.«

Daraufhin drehte Zikali sich um, kroch in die Hütte, und flüsterte, als er an mir vorbeikam:

»Lieg still, wenn dir dein Leben lieb ist.« Und nachdem Cetewayo sein Gefolge angewiesen hatte, außerhalb der Umfriedung auf ihn zu warten, folgte er ihm.

Sie hockten sich in der dämmrigen Hütte zu beiden Seiten des glimmenden Feuers auf den Boden und starrten sich durch den Rauch an. Wenn ich meinen Kopf, den der Fuß des Königs im Vorübergehen gestreift hatte, ein wenig drehte, konnte ich sie beide beobachten. Cetewayo ergriff als erster das Wort und sagte langsam, mit heiserer Stimme:

»Zauberer, mein Leben ist in Gefahr, und ich bin zu dir gekommen, der du alle Geheimnisse dieses Landes kennst, auf daß du mir ein Versteck nennst, wo die weißen Männer mich nicht finden können. Nur in mein Ohr darfst du den Namen dieses Ortes flüstern, denn keiner der anderen soll ihn früher erfahren als unbedingt nötig. Verräter sind sie allesamt, ja, auch jene, die sich als die Treuesten gebärden. Ein Gestürzter hat keine Freunde, schon gar nicht, wenn er König ist. Nur die Toten stehen zu ihm. Nun beschreibe mir, wohin ich mich flüchten kann.«

»Dingaan, der vor dir herrschte, richtete einst die gleiche Bitte an mich, o König, als er vor Panda, deinem Vater, und vor den Buren floh. Ich gab ihm einen Rat, aber er befolgte ihn nicht, sondern suchte auf eigene Faust auf einem gewissen Geisterberg Zuflucht. Was dort mit ihm geschah, kann dir jener Mopo erzählen, von dem du eben gesprochen hast, falls er noch lebt.«*

»Was bist du doch für ein Unglücksvogel, daß du mir ständig von toten Königen vorkrächzt«, unterbrach ihn Cetewayo in mühsam unterdrücktem Zorn. Sich zur Ruhe zwingend, fügte er hinzu: »Nun sage mir, wo soll ich mich verbergen?«

»Möchtest du es wissen, König? Dann merke auf. Am Südhang der Ingome-Berge, im Westen des Flusses Ibululwana, am Rande des großen Waldes gibt es ein Kloof, dessen Eingang immer nur ein Mann auf einmal passie-

---

* Siehe den Roman *Nada die Lilie*, HEYNE-BUCH Nr. 06/4467; auch als 06/3733

ren kann. Ein Dornengestrüpp verbirgt ihn, und er ist gekennzeichnet durch einen schwarzen Findling, der geformt ist wie eine große Kröte mit offenem Maul, manche sagen auch, wie ich, das ›Ding-das-nicht-hätte-geboren-werden-sollen‹. In der Nähe dieses Felsens haust eine alte Frau, sie ist auf einem Auge blind, und ihr fehlt eine Hand. Der Schwarze hackte sie ihr kurz vor seinem Tode ab, denn als er ihren Vater tötete, schaute sie, obgleich damals noch ein Kind, die Zukunft und prophezeite ihm einen ähnlichen Tod. Diese Frau ist eine von uns, eine Medizinfrau. Ich werde einen Geist zu ihr schicken, wenn du es so willst, und ihr sagen lassen, sie möge Ausschau halten nach dir und deinen Begleitern, o König, und euch den Eingang zu diesem Kloof zeigen, in dem sich ein paar alte Hütten und auch Wasser befinden. Dort wird man dich niemals entdecken, es sei denn, du würdest verraten.«

»Wer soll mich verraten, wenn niemand weiß, wohin ich gehe?« fragte Cetewayo. »Schicke den Geist aus, und schicke ihn sofort, auf daß diese einarmige Hexe sich auf unser Kommen vorbereite.«

»Wozu die Eile, König, ist der Wald doch weit weg von hier? Doch es geschehe, wie du willst. Schweig jetzt still, damit dir kein Unheil widerfahre.«

Zikali schien unvermittelt in einen seiner Trancezustände zu verfallen. Sein ganzer Körper versteifte sich, seine Lider sanken herab, sein Gesicht erstarrte wie eine Totenmaske, und Schaum trat ihm auf die Lippen. Im Zwielicht der Hütte bot er einen gräßlichen Anblick.

Cetewayo betrachtete ihn schaudernd. Dann löste er seine Decke, und die Klinge eines breiten Assegai wurde sichtbar, dessen Schaft auf etwa sechs Zoll gekürzt worden war. Sie war mittels einer Rohlederschlinge so an seinem Leib befestigt hatte, daß er sie in Sekundenschnelle herausziehen konnte. Er umklammerte den Stummel mit einer Hand, und ich begriff, daß er kurz davor stand, Zikali zu ermorden. Doch dann schien er seinen Entschluß zu ändern, und ich glaubte zu sehen, wie seine Lippen die Worte ›Noch nicht‹ formten, ob er sie wirklich aussprach, weiß ich freilich nicht. Jedenfalls nahm er die Hand von der Waffe und zog die Decke wieder zusammen.

Zikali öffnete langsam die Augen und starrte hinauf zum Dach seiner Hütte, aus dem seltsame Laute wie von quiekenden Fledermäusen drangen. Er sah aus wie ein Toter, der wieder ins Leben zurückkehrte. Einen Moment lang wandte er das Ohr nach oben, als lausche er dem Quieken, dann sagte er:

»Es ist in Ordnung. Der Geist, den ich rief, hat sie aufgesucht, die eine von uns ist und sich Einhand nennt, und ist mit einer Antwort zurückgekehrt. Hast du nicht gehört, wie er aus dem Dachstroh zu mir sprach, o König?«

»Ich habe etwas gehört, Zauberer«, antwortete Cetewayo ehrfürchtig. »Aber ich hielt es für eine Fledermaus.«

»Es ist auch eine Fledermaus, o König, ein sehr schnelles Tier mit breiten Schwingen. Diese Fledermaus sagt, daß sich meine Schwester Einhand heute in drei Tagen zu dieser Stunde auf der anderen Seite der Furt des Ibululwana an einem Hügel mit dir treffen will, auf dem drei Milchbäume wachsen. Zwei Stunden, nicht länger, wird sie unter dem mittleren Milchbaum sitzen und auf dich warten, um dir den geheimen Zugang zum Kloof zu zeigen.«

»Ein weiter und beschwerlicher Weg, und obgleich ich bereits erschöpft bin, werde ich eilen müssen«, klagte Cetewayo.

»So ist es, o König. Deshalb rate ich dir, die Reise so bald wie möglich anzutreten, insbesondere, da ich glaube, unweit von hier das Gebell der Weißen Hunde zu vernehmen.«

»Bei Chakas Haupt! Das werde ich nicht tun«, knurrte Cetewayo, »gedachte ich doch, heute nacht in Frieden hier zu schlafen.«

»Wie der König will. Alles, was mein ist, ist auch des Königs. Nur wird Einhand dann nicht mehr warten, und ein anderes Versteck muß gefunden werden, denn dieses ist nur mir und ihr bekannt; auch wird der Geist, den ich ausschickte, sich nicht ein zweites Mal auf die Reise begeben, und ich kann den weiten Weg nicht machen, um dem König das Kloof zu zeigen.«

»Ja, Zauberer, dir und mir ist es bekannt. Mich dünkt, es wäre besser, würde nur ich allein es kennen. Ich habe noch einen Löffel voll Schnupftabak mit dir zu teilen (d. h. ein Hühnchen zu rupfen), Zauberer. Hast du nicht meine Füße und die des Zulu-Volkes auf einen falschen Weg gesetzt, damals im Tal der Knochen, als du mich dazu triebst, der weißen Königin den Krieg zu erklären, und uns damit alle ins Verderben führtest?«

»Vielleicht läßt mein Gedächtnis nach, o König, denn ich kann mich nicht erinnern, dergleichen getan zu haben. Ich weiß nur noch, daß der Geist einer gewissen Mameena, den ich aus dem Reich der Toten heraufbeschwor, dem König einen Sieg prophezeite, den er ja auch errang. Auch prophezeite dieser Geist dem König weitere Siege in einem fernen Land jenseits des Wassers, und auch diese Siege wird er gewiß erringen, wenn die Zeit dafür reif ist. Ich selbst gab weder dem König, noch seinen *Induna* und Generälen einen Rat.«

»Du lügst, Zauberer«, rief Cetewayo heiser. »Hast du nicht als Omen für den Krieg die Gestalt der Himmelsprinzessin gerufen, und hielt sie nicht in ihrer Hand jenen Assegai des Schwarzen, von dem du mir eben erzähltest, er sei in deiner Obhut gewesen? Wie gelangte er aus deiner Hand in die Hand eines Geistes?«

»Dazu habe ich mich bereits geäußert, o König. Und was das andere angeht — ist Nomkubulwana meine Dienerin, daß sie auf mein Geheiß erscheint und verschwindet?«

»Ich glaube schon«, sagte Cetewayo frostig. »Und weiterhin glaube ich, daß du, der du den Platz kennst, wo ich mich zu verbergen gedenke, gut daran tust, ihn schnell zu vergessen. Du hast schon zu lange gelebt, o Eröffner der Wege, und du hast dem Hause Senzangakona, das du stets haßtest, genug Schaden zugefügt.«

So sprach er, und wieder sah ich seine Hand verstohlen nach der verborgenen Speerspitze unter seiner Decke tasten.

Auch Zikali sah es und lachte. »*Oho!*« lachte er, »der König hat alle meine Warnungen vergessen, er bedenkt nicht mehr, daß der Tag meines Todes auch sein eigener sein wird, er glaubt, er könne mich töten, weil ich alt und schwach bin, allein und unbewaffnet. Töten will er mich, wie der Schwarze es wollte, wie Dingaan es wollte und auch Panda, und doch lebe ich bis auf den heutigen Tag. Nun, ich trage es dem König nicht nach, denn es ist ganz natürlich, daß er den gerne töten würde, der weiß, wohin er zu flüchten gedenkt, um sein Leben zu retten. Der Speer, den der König umfaßt hält, ist scharf, so scharf, daß meine nackte Brust seiner Schneide nicht widerstehen kann. Ich brauche einen Schild! Ich brauche einen Schild! Feuer, noch bist du nicht tot. Wach auf und erzeuge Rauch, auf daß er mein Schild sei!« Er schwenkte seine langen Affenarme über der Glut, und sofort stieg ein dünner, weißer Rauchfaden auf und ordnete sich zu einer verschwommenen Gestalt, die entfernt an den Schatten eines Mannes erinnerte, ich jedenfalls sah nur einen nebelhaften, zuckenden Schatten.

»Worauf starrst du so gebannt, o König?« kreischte Zikali schrill. »Wer ist es, den du siehst? Wen hat mir das Feuer gesandt, auf daß er mein Schild sei? Ich weiß es nicht, denn hier wimmelt es von Geistern, und ich vermag den einen nicht vom anderen zu unterscheiden. Wer ist es? Wer, wer von allen, die du getötet hast und die deshalb deine Feinde sind?«

»Umbelazi, mein Bruder«, stöhnte Cetewayo. »Mein Bruder Umbelazi steht vor mir mit erhobenem Speer, er, den ich in der Schlacht am Tugela in den Tod trieb. Flammen lodern aus seinen Augen, sein Speer ist zum Stoß gezückt. Er spricht Worte, die ich nicht verstehen kann. Beschütze mich, o Zauberer! Herr der Geister, beschütze mich vor Umbelazis Geist.«

Mit wildem Gelächter schwenkte Zikali weiter die Arme über dem Feuer, und der Rauch verdichtete sich immer mehr, bis er die ganze Hütte erfüllte.

Als er sich wieder verzogen hatte, war Cetewayo verschwunden!

»Hast du dergleichen je erlebt?« wandte sich Zikali an den Karos, unter dem ich schmachtete. »Sprich, Macumazahn!«

»Ja«, antwortete ich und streckte nach Art einer Schildkröte den Kopf hervor, »damals, als du in dieser Hütte, ebenfalls aus Rauch, glaube ich, die Gestalt einer Frau erstehen ließest, die ich einst kannte. Sag mir, wie machst du das, Zikali?«

»Machen. Wer weiß? Vielleicht mache ich gar nichts. Vielleicht denke ich nur, und ihr Narren seht etwas. Vielleicht kommen auch die Geister der Toten, die uns so nahe sind, auf meinen Wink hin herbei und nehmen aus dem Zauberrauch meines Feuers Gestalt an. Beantworte dir deine Frage selbst, Macumazahn, ihr weißen Männer seid doch so klug. Wenigstens hat der Rauch oder Geist, was immer es war, mich vor dem Speerstoß ins Herz gerettet, mit dem Cetewayo mir das Versteck zu bezahlen gedachte, das ich ihm verriet, und das nur ihm allein bekannt sein sollte. Nun, ich bin im Bezahlen nicht schlechter als Cetewayo, und meine Rechnung reicht weiter zurück. Nun lieg still, Macumazahn, denn ich will hinausgehen und mich umsehen. Er wird nicht lange an diesem Ort bleiben, der ihm von Geistern bevölkert und nicht geheuer erscheint. Noch vor Sonnenuntergang, das heißt, binnen einer Stunde, wird er abziehen, um anderswo zu nächtigen.«

Damit kroch er aus der Hütte, und alsbald hörte ich aufgebrachte Stimmen, konnte allerdings nichts sehen, da das Tor der Umfriedung nun geschlossen war. Endlich rief Cetewayo zornig:

»Schluß damit. Ich will es so. Ihr könnt außerhalb dieses verhexten Kloofs weiteressen, das Mädchen soll uns die Hütten zeigen, von denen der Zauberer spricht.«

Ein paar Minuten später kam Zikali, leise vor sich hinlachend, in die Hütte zurückgekrochen.

»Die Gefahr ist vorüber«, sagte er, »und du kannst aus deinem Loch kommen, alter Schakal. Er, der sich König nennt, ist fort und hat jene mitgenommen, die er für treu hält, obgleich die meisten von ihnen nur auf eine Gelegenheit warten, ihn zu verraten. Was sagte ich, König? Nein, in ganz Afrika gibt es keinen Sklaven, der so elend und unglücklich wäre wie dieser gebrochene Mann. Oh! Feder um Feder habe ich das Huhn gerupft, und irgendwann werde ich ihm die Kehle durchschneiden. Du wirst dabeisein, Macumazahn, du wirst dabeisein.«

»Hoffentlich nicht«, antwortete ich und wischte mir die Stirn. »Wir waren heute nachmittag einer durchschnittenen Kehle so nahe, daß ich für lange Zeit genug davon habe. Wohin ist der König gegangen?«

»Nicht weit, Macumazahn. Ich habe ihm Nombé mitgegeben, sie wird ihn zu den Hütten in der kleinen Senke fünf Speerwürfe zur Rechten des Kloof-Eingangs führen, wo der alte Hirte mit seinen Leuten wohnt, der mein Vieh bewacht. Er und die anderen haben sich mit den Tieren im Wald von Ceza versteckt, wo sie außer Reichweite der Weißen sind, deshalb stehen die Hütten leer. Oh! Ich lese deine Gedanken. Ich habe nicht vor, ihn dort ergreifen zu lassen. Das wäre zu nahe an meiner Behausung, und noch hat der König Freunde.«

»Warum hast du Nombé mitgeschickt?« fragte ich.

»Weil er meinen Männern nicht traut und keinen anderen Führer haben wollte. Er wird sie für ein paar Tage bei sich behalten, um sie dann gehen zu lassen, und auf diese Weise ist sie aus dem Wege. Inzwischen kannst du mit deinen Freunden abreisen, ohne durch ihre Launen belästigt zu werden, und dich den weißen Männern anschließen, die sich unweit von hier befinden. Ihr werdet morgen aufbrechen.«

»Das ist gut«, seufzte ich erleichtert. Doch dann kamen mir Bedenken, und ich fügte hinzu: »Ich hoffe, Nombé wird nichts geschehen, man könnte immerhin der Ansicht sein, sie wisse zu viel?«

»Ich hoffe es auch nicht«, antwortete er gleichgültig, »doch darüber muß ihr Geist entscheiden. Nun laß mich allein, Macumazahn, denn ich bin müde.«

Auch ich war nach dem langen Liegen unter der stickigen Felldecke erschöpft. Man darf nicht vergessen, daß ich noch nicht wieder ganz bei Kräften war, und obgleich ich nicht unbedingt deshalb zurückgeblieben war, als die anderen zum Plateau hinaufstiegen, ermüdete ich immer noch schnell. Mein eigentlicher Grund war der gleiche gewesen wie bei Nombé — ich glaubte, die beiden wollten lieber für sich sein. Nun sah ich mich um und stellte beruhigt fest, daß Cetewayo und sein ganzes Gefolge wirklich fort waren. Sie hatten sich nicht einmal die Zeit genommen, den Ochsen aufzuessen, den man für sie geschlachtet hatte, sondern das Fleisch und anderen Proviant zu ihrem Schlafplatz außerhalb des Kloof mitgenommen. Nachdem ich mich davon überzeugt hatte, ging ich zu meiner Hütte und befreite Lost, dem es zum Glück noch nicht gelungen war, den dicken Büffelhautriemen durchzunagen, mit dem ich ihn an den Pfosten gebunden hatte.

Er begrüßte mich so begeistert, als seien wir jahrelang getrennt gewesen. Hätte er Odysseus gehört, seine Freude hätte nicht größer sein können. Wie dankbar ist man doch für die aufrichtige Zuneigung eines Hundes, wenn man niedergeschlagen und einsam ist, und manchmal scheint ein solches Tier das einzige Geschöpf auf der Welt zu sein, das wirklich an einem hängt. Jedes andere Lebewesen hat noch eigene Interessen, aber für einen Hund stellt sein Herr den Mittelpunkt seines Daseins dar, obgleich natürlich auch er manchmal sehnsüchtig von zarten Kaninchen träumt.

Ich setzte mich mit Lost zu meinen Füßen vor die Hütte, rauchte meine Pfeife und wartete auf die Rückkehr von Anscombe und Heda. Alsbald erblickte ich sie in der Abenddämmerung. Sie gingen eng umschlungen und hatten, ohne daran zu denken, daß der Himmel hinter ihnen noch hell war, die Köpfe so dicht zusammengesteckt, so daß man sie kaum auseinanderhalten konnte. Es war gut, dachte ich, während ich von einem heftigen Niesreiz befallen wurde, daß wir dieses verwünschte Kloof und dieses Unglücksland nun endlich verließen und anderswohin zogen, wo sie endlich heiraten konnten.

Heda fragte, wo Nombé sei und warum es noch nichts zu essen gebe, denn Nombé war Köchin und Hausmädchen in einem. Ich berichtete in groben Zügen, was vorgefallen war, worauf Heda, ohne die Tragweite des Geschehens zu erfassen, bemerkte, Nombé hätte ruhig den Topf noch aufstellen können, ehe sie ging, und noch einiges andere beanstandete, was ich vergessen habe. Letztlich kam doch noch eine Mahlzeit zustande, und dann legten wir uns schlafen. Heda murrte ein wenig, weil sie die Nacht allein verbringen mußte, denn sie hatte sich an die Gesellschaft der stets wachsamen Nombé gewöhnt, die ihr Lager vor dem Türloch der Hütte aufzuschlagen pflegte.

Anscombe verlor sich bald in seinen Träumen, falls er überhaupt träumte, ich dagegen schlief in dieser Nacht sehr unruhig. Eine unbestimmte Angst quälte mich, und Lost erging es wohl ähnlich, denn er zappelte herum und stupste mich immer wieder mit der Schnauze an. Schließlich, es muß gegen zwei Uhr morgens gewesen sein, begann er zu knurren. Ich hörte nichts, obwohl ich feine Ohren habe, aber da er nicht aufhörte, kroch ich zum Türloch und zog das Brett zur Seite. Lost schlüpfte hinaus und verschwand, während ich wartete und lauschte. Bald glaubte ich leise Schritte und Stimmen zu vernehmen und im Sternenschein undeutlich die Gestalt einer Frau zu erkennen, die mich an Nombé erinnerte. Sie verschwand gleich wieder, und Lost kehrte schwanzwedelnd zurück, genau so, als sei er Nombé begegnet, die dem Hund sehr zugetan war. Weiter geschah nichts, und so nahm ich an, ich hätte mich getäuscht, und legte mich wieder hin, denn schließlich hatte Zikali Nombé für mehrere Tage fortgeschickt, und sie hätte es kaum gewagt, so schnell wieder zurückzukehren, selbst wenn man sie hätte gehen lassen.

Kurz vor Tagesanbruch begann Lost wieder gedämpft und drohend zu knurren. Diesmal stand ich auf und schlüpfte in meine Kleider. Dann ging ich hinaus. Es wurde gerade hell, und im ersten schwachen Licht bot sich mir ein seltsamer Anblick. Etwa fünfzig Yard entfernt, in dem schmalen Nek, das zwischen einigen Findlingen zu unseren Hütten führte, schien wie damals auf der Felsspitze im Tal der Knochen die Göttin Nomkubulwana zu stehen. Sie trug dasselbe, funkelnde Kleid und wirkte im Halbdunkel ganz und gar wie eine weiße Frau. Ich stand wie erstarrt und glaubte zu träumen, als etliche Zulu mit erhobenen Speeren verstohlen um die Biegung gekrochen kamen.

Sie erblickten das überirdische Wesen, das ihnen den Weg versperrte, hielten inne und tuschelten miteinander. Dann wandten sie sich zur Flucht, doch zuvor schleuderte einer von ihnen, aus blankem Entsetzen, wie mir schien, seinen Assegai auf die Gestalt, die reglos stehenblieb.

Dreißig Sekunden, und sie waren verschwunden; sechzig Sekunden, und ihre Schritte waren verklungen. Nun drehte sich die Gestalt langsam um, und im zunehmenden Licht sah ich, daß ein Speer in ihrer Brust steckte.

Als sie zu Boden sank, lief ich zu ihr. Es war Nombé, sie hatte sich Gesicht und Arme weiß geschminkt, und ihr Herzblut rann über das glitzernde Federgewand.

XXII

Nombés Wahnsinn

Der Hund erreichte Nombé noch vor mir und begann, ihr das Gesicht zu lecken. Unter seiner Zunge blätterte in großen Flecken die weiße Farbe ab, die nicht genügend Zeit zum Trocknen gehabt hatte. Nombé lehnte mit dem Rücken an einen der Findlinge. Mit der linken Hand streichelte sie kraftlos den Kopf des Hundes, und mit der rechten zog sie sich den Assegai aus der Brust und ließ ihn zu Boden fallen. Als sie mich erkannte, setzte sie ihr gewohnt rätselhaftes Lächeln auf und sagte:

»Alles ist gut, Macumazahn, nun ist alles gut. Ich habe den Tod verdient, und ich sterbe nicht vergebens.«

»Sprich nicht, laß mich deine Wunde ansehen«, rief ich.

Sie öffnete ihr Gewand und zeigte darauf. Es war ein ziemlich kleiner Riß unterhalb der Brust, aus dem langsam das Blut quoll.

»Bemühe dich nicht, Macumazahn«, sagte sie. »Ich blute nach innen, und die Wunde ist tödlich. Aber noch sterbe ich nicht. Hör mir zu, solange ich noch bei Verstand bin! Gestern, als Mauriti und Heddana zur Ebene hinaufstiegen, wollte ich mit ihnen gehen, weil ich erfahren hatte, daß sich überall die Zulu herumtrieben, und glaubte, meine Herrin vor Gefahr bewahren zu können. Mauriti erklärte mir sehr schroff, ich sei nicht erwünscht. Ich dachte mir nicht viel dabei, denn solche Worte bin ich von ihm gewöhnt, außerdem sollte man sie einem verliebten Mann nachsehen. Aber damit war es noch nicht genug, auch meine Herrin Heddana ließ mich ihre Zunge spüren, und das schmerzte mehr als dieser Speer, Macumazahn, denn ich sah, daß sie ihre Rede seit langem vorbereitet hatte und diese Gelegenheit nützte, sie mir entgegenzuschleudern. Sie sagte, ich kennte meinen Platz nicht, ich sei wie ein Dorn unter ihrem Fingernagel, und jedesmal, wenn sie mit Mauriti sprechen wolle, oder mit dir, Macumazahn, sei ich dabei und sperre meine Ohren so weit auf wie die Öffnung einer Gurde. Sie befahl mir, in Zukunft nur zu kommen, wenn man mich riefe. All dies hatte ihr gewiß Mauriti eingegeben, denn sie selbst ist zu gütig, um solche Dinge auch nur zu denken — es sei denn, *du* wärst es gewesen, Macumazahn.«

Ich schüttelte den Kopf, und sie fuhr fort:

»Nein, du warst es nicht, denn auch du bist dafür zu gütig und kannst mitempfinden, wenn ein Mensch leidet, weil du selbst Leid erfahren hast, während Mauriti, der nie gelitten hat, dazu nicht fähig ist. Dennoch war ich auch dir lästig und habe dir im Fleisch gesteckt wie ein Dorn mit Widerhaken oder eine Zecke aus dem Gras, die sich nicht lösen läßt. Du hast dich deshalb an den Meister gewandt, und er hat mit mir gesprochen.«

Diesmal nickte ich zustimmend.

»Ich nehme es dir nicht übel, Macumazahn, ich sehe jetzt sogar ein, daß du weise warst, denn mit welchem Recht sehnt sich eine arme, schwarze Medizinfrau nach der Liebe oder auch nur nach dem Anblick einer großen weißen Lady, der es das Schicksal auferlegt hat, ein kleines Stück des Weges mit ihr zu gehen? Doch gestern vergaß ich das, Macumazahn, denn wir alle sind nicht ein Ich, sondern viele, und jedes Ich übernimmt einmal die Herrschaft. Die lebende, gesunde Nombé war eine Frau, die sterbende Nombé ist eine andere, und die tote Nombé wird gewiß eine dritte sein, es sei denn, ihr Gebet wird erhört und sie darf für immer schlafen.

Macumazahn, jene Worte Heddanas wirkten auf mich, als schütte man Galle in süße Milch. Mein Blut gerann, und mein Herz wurde bitter. Nicht gegen sie richtete sich mein Zorn, denn das kann nie geschehen, aber gegen Mauriti und gegen dich. Mein Geist raunte mir ins Ohr: ›Wenn Mauriti und Macumazahn tot wären, bliebe die Lady Heddana allein in einem fremden Land zurück.

Dann würde sie lernen, sich auf dich zu stützen wie auf einen Stock, und sie würde den Stock lieben lernen, der ihre Stütze wäre, so unscheinbar und derb er auch sein mag.‹ ›Aber wie kann ich sie töten‹, fragte ich meinen Geist, ›ohne mit ihnen sterben zu müssen?‹

›Der Pakt, den wir geschlossen haben, verbietet es dir, zu Gift zu greifen‹, antwortete mein Geist, ›doch ich werde dir einen anderen Weg zeigen, denn ich muß dir stets zu Diensten sein, im Guten wie im Bösen.‹

Dann nickten wir einander zu in meiner Brust, Macumazahn, und von da an wartete ich, was geschehen würde, denn ich wußte, daß mein Geist mich niemals belog. Ja, ich wartete auf eine Gelegenheit, euch beide zu töten, doch bedachte ich nach Art schlechter Menschen, wenn sie der Wahnsinn überfällt, dabei nicht, daß Heddana früher oder später die Wahrheit erraten würde, selbst wenn man mich nicht überführen konnte, und daß sie mich dann hassen würde, wie eine Mutter die Schlange haßt, die ihr Kind getötet hat, und wäre ihre Liebe auch tausend Mal größer, als sie es jemals sein kann. Mehr noch, auch wenn sie es zu Lebzeiten nicht erführe oder erriete, nach dem Tode würde sie es doch wissen und mich als Verräterin und Mörderin von Welt zu Welt hetzen und mich bespeien als eine Sünderin, der niemals vergeben werden kann.«

Hier schienen ihre Kräfte sie zu verlassen, und ich wandte mich ab, um Hilfe zu holen. Doch sie faßte mich an der Jacke und drohte:

»Hör mich bis zu Ende an, Macumazahn, oder ich laufe dir nach, bis ich tot umfalle.«

Da entschied ich mich, bei ihr zu bleiben, und sie fuhr fort:

»Mein Geist, es muß ein böser Geist sein, denn Zikali übergab ihn mir, als ich Medizinfrau wurde, hielt Wort, denn alsbald traf der König mit seinem Gefolge ein. Weiterhin sorgte mein Geist dafür, daß der König keinen anderen Führer haben wollte als mich, um ihn zu dem Kral zu geleiten, in dem er letzte Nacht schlief, und ich stellte mich unwillig, ging aber mit ihm. Im Kral angekommen, rief mich der König zu sich in die dunkle Hütte, um mich ins Verhör zu nehmen, und tat so, als sei er allein, aber als Medizinfrau wußte ich, daß sich zwei weitere Männer in dieser Hütte verbargen und jedes meiner Worte belauschten. Er fragte mich nach der Inkosazana-y-Zulu, die im Tal der Knochen erschienen war, und nach dem kleinen Assegai in ihrer Hand, nach den Zauberkünsten des Wegbereiters und nach vielen anderen Dingen. Ich sagte, von der Inkosazana wisse ich nichts, aber mein Meister sei ohne Zweifel ein mächtiger Zauberer. Der König glaubte mir nicht, drohte mir mit gräßlichen Folterqualen und war schon im Begriff, seine Diener zu rufen und mich so lange peinigen zu lassen, bis ich die Wahrheit sagte. Da sprach mein Geist in meinem Herzen zu mir: ›Nun ist die Tür offen, wie ich es dir versprach. Erzähle dem König von den beiden weißen Männern, die der Meister versteckt hält, und er wird Leute ausschicken, um sie töten zu lassen. Dann bleibt die Lady Heddana allein mit dir zurück.‹ Also gebärdete ich mich, als hätte er mir Angst gemacht, und verriet euch, worauf er lachend antwortete:

›Um deinetwillen bin ich froh, mein Kind, daß du die Wahrheit gesprochen hast, es wäre auch sinnlos gewesen, eine Hexe zu foltern, denn der Geist in ihr hätte doch nichts als Lügen ausgespien.‹

Dann rief er laut, und ein Mann kam, den ich im Dunkeln nicht erkennen konnte. Der König befahl ihm, mich zu einer der anderen Hütten zu bringen und mich dort an den Dachpfosten zu fesseln. Der Mann gehorchte, aber er fesselte mich nicht, sondern verschloß nur die Hütte mit dem Türbrett und blieb mit mir allein im Dunkeln sitzen.

Nun nahm ich all meine List zusammen und legte ein Netz aus schönen Reden für ihn aus, wie ein Vogelfänger ein Netz für Kraniche auslegt, um ihnen die Federkronen auszureißen. Bald hatte ich ihm entlockt, daß der König und seine Leute mehr wußten, als ich vermutet hatte. Sie hatten nämlich die Kutsche gesehen, Macumazahn, die immer noch unter dem überhängenden Felsen am Eingang der Höhle steht. Ich fragte ihn, ob das alles sei, und behauptete, die Kutsche gehöre meinem Meister, man habe sie vom Schlachtfeld von Isandhlwana zu ihm gebracht, damit er sich darin ziehen lassen könne, da er zum Gehen zu schwach sei.

Der Mann verlangte, ich solle ihn küssen, dann würde er mir noch mehr verraten, und ich versprach ihm einen Kuß, nachdem er mir alles erzählt habe. Ja, Macumazahn, so tief bin ich gesunken, die ich niemals die Lippen eines Mannes gespürt habe. Ich machte ihn so närrisch, daß er endlich zu reden begann. Sie hätten am Zaun vor der Hütte auch ein *Kappje* bemerkt, wie es die weißen Frauen tragen, sagte er, und ich erinnerte mich, daß ich den Kopfputz meiner Herrin nach dem Waschen dort aufgehängt hatte, damit er in der Sonne trocknete. Weiter erzählte er, der König hege den Verdacht, die Frau, der das *Kappje* gehöre, habe im Tal der Knochen die Rolle der Inkosazana gespielt. Ich fragte ihn, was der König nun zu unternehmen gedenke, wobei ich gleichzeitig leugnete, daß sich im Schwarzen Kloof eine weiße Frau aufhielte. Er sagte, der König wolle im Morgengrauen seine Männer ausschicken, um die fremden Ratten töten zu lassen, die sich der Eröffner der Wege im Dachstroh seiner Hütte halte. Dann rückte er mir auf den Leib und verlangte seinen Lohn. Er bekam ihn auch — mit der Spitze eines Messers, Macumazahn. Oh! Der Stich saß gut. Er wird nicht ein Wort mehr sprechen. Dann schlich ich mich davon, denn alle anderen schliefen, und war kurz nach Mitternacht hier.«

»Ich glaubte, ich hätte dich gesehen, Nombé«, sagte ich, »aber ich war mir nicht sicher, und deshalb tat ich nichts.«

Sie antwortete lächelnd:

»Ach ja! Ich befürchtete schon, daß der Wächter der

Nacht bei Nacht wachen würde. Auch kam der Hund auf mich zugelaufen, aber er erkannte mich, und ich schickte ihn wieder zurück. Auf dem Weg nach Hause stahlen sich andere Gedanken in mein Herz. Ich sah wie im grellen Licht eines Blitzes, was ich getan hatte. Der König und seine Leute waren nicht sicher gewesen, daß der Meister hier Weiße versteckte, und sie hätten niemals auf einen bloßen Verdacht hin Männer ausgeschickt, um sie zu töten. Von mir hatten sie Gewißheit erhalten, und genau das hatte ich gewollt, wahnsinnig, wie ich war. Zudem hatte ich, indem ich mit Speeren auf die Falken warf, meine eigene Taube getötet, denn nicht an einem oder zwei umherstreifenden weißen Männern wollten sie Rache üben, sondern vor allem an der falschen Inkosazana, die sie dazu angestiftet hatte, den Krieg zu erklären und das Land ins Verderben zu stürzen, und vielleicht auch an dem, der sie in diese Rolle gedrängt hatte. Ich sah ein, daß Cetewayos Leute — und es warteten ihrer noch viele draußen, ich glaube, es waren mehrere Hundert — wenn sie kamen, den ganzen Kopf scheren und den ganzen Baum niederbrennen würden. Sie würden niemanden im Kloof am Leben lassen.

Wie sollte ich den Knoten wieder lösen, den ich geknüpft, wie das Feuer austreten, das ich entfacht hatte? Das war die Frage. Ich erwog, mich an dich zu wenden, aber was konntest du ohne Waffen ausrichten? Dann erwog ich, den Meister aufzusuchen, aber ich schämte mich. Was sollte er nur mit einer Handvoll Diener auch tun, sind doch die meisten seiner Leute mit dem Vieh unterwegs. Er ist zu schwach, um über den steilen Pfad auf die Ebene hinaufzusteigen, und es war auch keine Zeit mehr, Leute zu holen, die ihn tragen konnten. Und selbst wenn die Zeit dazu gereicht hätte, was nicht der Fall war, so hätte man unsere Spuren gefunden und uns dennoch getötet. Mir ging es nicht um die anderen und auch nicht um mich, aber daß die Lady Heddana, die mir mehr bedeutete als hundert Leben, durch meinen Verrat hingeschlachtet werden sollte — ach! das schmerzte mich tief.

Ich rief meinen Geist zu Hilfe, aber er wollte nicht kommen. Ich hatte ihn abgetötet in mir, weil ich nun Gutes tun wollte und nicht Böses. Doch dafür kam ein anderer Geist, der Geist jener Mameena nämlich, die du einst kanntest. Sie kam wütend herangebraust wie ein Sturm, und ich schrak vor ihr zurück. ›Du niederträchtige Hexe hast Mordpläne gegen Macumazahn geschmiedet‹, schrie sie mich an, ›und dafür wirst du dich vor mir verantworten, ehe diese Sonne über deiner Erde untergeht. Jetzt suchst du einen Ausweg aus deiner eigenen Bosheit. Nun, du kannst ihn haben, aber nicht umsonst.‹

›Was ist der Preis dafür, o Herrin des Todes?‹ fragte ich.

›Der Preis ist dein eigenes Leben, du Hexe.‹

Da lachte ich ihr in ihr Geistergesicht und sagte:

›Ist das alles? Mach schnell und zeig mir den Weg, o Herrin des Todes, danach werden wir unsere Rechnung begleichen.‹

Sie flüsterte mir den Plan ins Ohr meines Herzens und verließ mich. Ich rannte weiter, denn der Morgen war nahe. Ich bestrich meine Haut mit weißem Kalk, legte das Glitzergewand an und puderte mein Haar mit der funkelnden Erde. In die Hand nahm ich einen kleinen Stock, denn einen Speer konnte ich nicht finden, und ich hatte auch nicht die Muße, lange zu suchen. Sobald der Tag anbrach, kroch ich heraus und stellte mich an die Wegbiegung. Die Mörder kamen, zwölf an der Zahl, doch dahinter folgten noch weit mehr. Als sie sahen, wie ihnen die Inkosazana-y-Zulu den Weg versperrte, wurden sie von Furcht ergriffen und flüchteten, doch einer schleuderte in seiner Angst einen Speer und traf, wie ich es vorausgesehen hatte. Er wartete noch, um zu sehen, ob ich fallen würde, aber ich fiel nicht. Dann rannte er noch schneller als die anderen, denn er glaubte sich verflucht, hatte er doch die Waffe gegen die Himmelskönigin erhoben. Oh! Ich bin froh, was bin ich froh!«

Sie verstummte erschöpft, doch in ihren schönen Augen stand großer Jubel, ja, in diesem Moment wirkte sie, als habe sie einen gewaltigen Sieg errungen. Tief ergriffen starrte ich sie an. Kein Zweifel, sie hatte Böses getan, doch welch ein glanzvolles Ende. Dem Himmel sei Dank, sie kannte keine Angst vor irgendwelchen Strafen, die ihr nach diesem Ende drohen mochten, auch wenn sie sicher an ein nächstes Leben glaubte, in dem sie sich Mameena stellen mußte.

Ich wußte nicht, was ich tun sollte. Allein lassen wollte ich sie nicht, schon gar nicht jetzt, da sie langsam aber sicher an einer inneren Wunde verblutete und keine irdische Macht sie mehr retten konnte. Inzwischen war die Sonne aufgegangen, und Zikalis Leute kamen aus ihren Hütten. Einer von ihnen tauchte plötzlich auf, sah uns und wollte mit einem Aufschrei des Entsetzens davonrennen.

»Warte, du Narr!« rief ich ihm nach. »Hol die Lady Heddana und den *Inkosi* Mauriti! Sie müssen sich beeilen, wenn sie die Medizinfrau Nombé vor ihrem Tod noch einmal sehen wollen.«

Der Mann entfernte sich mit langen Sätzen wie ein Springbock, und wenige Minuten später sah ich Heda und Anscombe halb angekleidet auf uns zulaufen und ging ihnen entgegen.

»Was ist geschehen?« keuchte Heda.

»Ich habe nicht viel Zeit«, antwortete ich. »Nombé liegt im Sterben. Sie gab ihr Leben hin, um Sie zu retten, wie, das werde ich Ihnen später erklären. Der Assegai, der ihr Herz durchbohrte, war für Sie bestimmt. Gehen Sie zu ihr, danken Sie ihr, und nehmen Sie Abschied. Anscombe, Sie bleiben hier bei mir.«

Wir beobachteten die Szene aus einiger Entfernung. Heda kniete nieder und legte die Arme um Nombé. Die beiden flüsterten sich gegenseitig ins Ohr. Dann küßten sie sich.

In diesem Augenblick erschien Zikali, auf zwei seiner

Diener gestützt. Dank seiner Zauberkünste oder seines Instinkts schien er genau zu wissen, was vorgefallen war, und oh! er bot einen schrecklichen Anblick. Er kauerte sich vor der Sterbenden nieder und spie ihr wie eine Kröte sein Gift ins Gesicht.

»Dein Geist hat dich verlassen, nicht wahr?« zischte er. »Nun, er kam zurück, beladen mit dem schwarzen Honig deines Verrats, zu mir kam er, wo er zu Hause ist, wie eine Biene zu ihrem Stock. Er hat mir alles erzählt, und du kannst froh sein, daß du stirbst, du elende Hexe. Aber glaube ja nicht, daß du mir in der Unterwelt entkommen wirst, denn ich werde dir auch dorthin folgen. Meinen Fluch über dich, Verräterin, die du mich ausliefern und alle meine Pläne zunichte machen wolltest. O weh! Der Tag wird kommen, an dem ich dir diese Saat der Schmach mit einer vollen Ernte vergelten kann.«

Sie öffnete die Augen, sah ihn an und antwortete dann ganz leise:

»Ich glaube, deine Kette ist entzwei, o Zikali, denn du bist nicht länger mein Herr. Ich glaube, die Liebe hat sie zerrissen, denn ich fürchte dich nicht mehr. Behalte den Geist, den du mir geliehen hast, er ist dein, doch der Rest meines Wesens ist mein, und im Hause meines Herzens wird nun eine andere wohnen.«

Dann streckte sie noch einmal die Arme nach Heda aus, murmelte: »Schwester, vergiß mich nicht, Schwester, denn ich werde tausend Jahre auf dich warten«, und verschied.

So hatte doch alles noch ein gutes Ende genommen, und ich muß gestehen, ich war froh, als es vorüber war. Erst hinterher bedauerte ich sehr, daß ich keine Gelegenheit mehr gefunden hatte, Nombé zu fragen, ob sie sich nun im Tal der Knochen als Mameena verkleidet hatte oder nicht. Jetzt ist es dafür zu spät.

Die arme Nombé bekam von uns ein würdiges Begräbnis in ihrer eigenen kleinen Hütte, wo sie einst ihre magischen Rituale praktiziert hatte. Zikali und seine Leute hätten sie offenbar aus irgend einem geheimnisvollen Grund, der mit ihrem Aberglauben zusammenhing, am liebsten den Geiern vorgeworfen. Aber Heda, die für die tote Nombé eine starke Zuneigung entwickelte, die freilich nicht ganz frei von Reue war, obwohl dafür nun wirklich kein Anlaß bestand, widersetzte sich diesem Ansinnen rundheraus und bestand auf einer anständigen Bestattung. So wurde die Medizinfrau, noch immer mit der weißen Schminke bekleistert und in das blutbefleckte Federgewand gehüllt, in die Erde gelegt. Ich sollte noch hinzufügen, daß mir einer von Zikalis Dienern am Morgen danach feierlich mitteilte, man habe sie infolgedessen nach Art der Zulu-*Umtakati* in der Nacht auf einem Pavian über die Felsen reiten sehen. Mit ziemlicher Sicherheit grub man sie, sobald wir fort waren, wieder aus und warf ihren Leichnam, wie ursprünglich beabsichtigt, den Geiern und den Schakalen vor.

An diesem Tag entkamen wir endlich dem Schwarzen Kloof, und zwar in unserer Kutsche, denn während der Nacht waren unsere Pferde auf rätselhafte Weise wieder aufgetaucht, in guter Verfassung, aber recht verwildert. Ich ging zu Zikali, um mich von ihm zu verabschieden, und er sagte wenig, außer, daß wir uns in vielen Monden noch einmal begegnen würden. Anscombe und Heda wollte er gar nicht sehen, er ließ ihnen lediglich ausrichten, er hoffe, sie würden in den langen Jahren ihres künftigen Lebens nicht schlecht von ihm denken, denn er habe sein Versprechen gehalten und sie vor vielen Gefahren bewahrt. Darauf hätte ich erwidern können, immerhin habe er sie ja erst in diese Gefahren gebracht, aber ich hielt es für klüger, mich zu beherrschen. Ich nehme jedoch an, daß er meine Gedanken erriet, wenn man in Verbindung mit Zikali überhaupt von Raten sprechen kann, denn er fügte hinzu, sie hätten keinen Anlaß, ihm zu danken, wenn er ihnen geholfen habe, so hätten auch sie ihm geholfen. Zum Schluß bemerkte er noch:

»In späteren Zeiten wird es der Lady Heddana merkwürdig vorkommen, wenn sie sich daran erinnert, daß sie und keine andere die Zulu zerdrückte wie ein vom Frost verdorrtes Winterschilfrohr, denn wäre sie nicht auf dem Felsen im Tal der Knochen erschienen, so hätte es keinen Krieg gegeben.«

»Nicht sie hat das getan, Zikali, sondern du«, widersprach ich. »Durch Liebe und Furcht hast du sie zu deinem Werkzeug gemacht.«

»Nein, Macumazahn, nicht ich habe es getan. Es wurde getan, von dem, was du Gott nennst und ich Schicksal, und in dessen Hand ich nur ein Werkzeug bin. Du kannst der Lady Heddana sagen, als Gegenleistung werde ich Nombés Geist daran hindern, sie heimzusuchen, falls ich es vermag. Sag ihr auch, daß sie und ihr Geliebter dem Tode nicht entronnen wären, hätte ich sie nicht nach Zululand geholt.«

So verließen wir das verhaßte Kloof, das ich seither nicht wiedergesehen habe und hoffentlich auch niemals wiedersehen werde. Zwei von Zikalis Männern gaben uns so lange das Geleit, bis wir Verbindung mit den Weißen aufnehmen konnten. Ihnen erzählten wir so wenig wie möglich. Ich glaube, sie hielten uns nur für verfrühte Touristen, die einen kurzen Abstecher nach Zululand gemacht hatten, um sich die Schlachtfelder anzusehen. Auch später sprach keiner von uns jemals über unsere seltsamen Abenteuer, und nach meinen Erfahrungen mit Kaatje achteten wir besonders darauf, kein Wort verlauten zu lassen, solange irgendwelche Gentlemen von der Presse in Hörweite waren. Allerdings herrschte ein ständiges Kommen und Gehen, und so viele Soldaten zogen mit ihren Habseligkeiten durch das Land, daß wir, nachdem es uns gelungen war, uns in der kleinen Stadt Newcastle mit anständiger Kleidung zu versehen, von niemand mehr beachtet wurden.

Auf dem Weg nach Maritzburg kam es zu einem amüsanten Zwischenfall. Wir begegneten Kaatje! Etwa gegen Sonnenuntergang fuhren wir unweit von Howick einen steilen Hügel hinauf. Ich saß auf dem Bock, und Heda und Anscombe gingen etwa hundert Yard vor der Kutsche her, als Kaatje, die sich wohl auf einem Abendspaziergang oder, wie ich mir hinterher zusammenreimte, auf einer kleinen Reise befand, hinter einer Anhöhe auftauchte und plötzlich vor ihnen stand. Sie sah die beiden, sie starrte sie an, sie stieß einen wilden Schrei aus und schoß dann wie der Blitz die Böschung hinab. Nie hätte ich einer so korpulenten Frau so viel Behendigkeit zugetraut. Eine Minute später war sie unten angekommen und verschwand in einem dicht bewachsenen Kloof, wohin wir ihr, da es bereits dunkelte und wir sehr müde waren, nicht folgen konnten. Auch als wir uns in Howick nach ihr erkundigten, fanden wir nicht heraus, wo sie lebte oder woher sie kam, denn die Stellung als Köchin hatte sie ein paar Monate zuvor aufgegeben.

Damit war Kaatje erledigt, soweit es uns betraf. Falls sie noch lebt, wird sie bis zu ihrer letzten Stunde ganz sicher fest an Gespenster glauben.

Sobald die erforderlichen Formalitäten erledigt waren, wurden Anscombe und Heda in Maritzburg getraut. Ich konnte zu meiner und hoffentlich auch ihrer Enttäuschung an der Feier nicht teilnehmen, denn ich hatte leider einen Rückfall erlitten und mußte eine Woche lang das Bett hüten. Vielleicht hatte mir eines Nachmittags, als wir den Town Hill herunterfuhren und ich mich hinten an die Kutsche hängen mußte, weil die Bremsen versagten, die Sonne zu heiß auf den Nacken gebrannt. Wenigstens konnte ich Heda zur Hochzeit ihren bereits verloren geglaubten Schmuck schicken, den ich von der Bank holte, und dafür sorgen, daß sie in den Besitz ihres Erbes gelangte.

Die beiden fuhren nach Durban in die Flitterwochen, und als sich eine günstige Gelegenheit ergab, segelten sie von dort aus nach England. In einem sehr herzlichen

Brief, den ich immer noch in Ehren halte, dankten sie mir noch einmal für alles, was ich für sie getan hatte, so wenig das auch war. Anscombe legte noch dazu einen Blankoscheck bei und bat mich, ihn auf die Summe auszustellen, die er mir meiner Schätzung nach schuldete. Ich fand das sehr freundlich von ihm, und sein Vertrauen ehrte mich, aber der Scheck blieb blanko.

Keinen von beiden sah ich jemals wieder, und obwohl ich glaube, daß sie noch am Leben sind und sich meist im Ausland aufhalten — in Ungarn, soviel ich weiß —, wird es dabei wohl auch bleiben. Als ich ein paar Jahre später, nachdem die Minen des Königs Salomo mich reich gemacht hatten, nach England kam, schrieb ich Anscombe einen Brief. Eine Antwort erhielt ich nicht, und damals kränkte mich das. Hinterher überlegte ich mir jedoch, daß es in ihrer Stellung durchaus begreiflich war, wenn sie nicht den Wunsch hatten, die Bekanntschaft mit einem Individuum zu erneuern, das so eingehend über gewisse unerquickliche Vorfälle wie den Tod Marnhams und Dr. Rodds und alle Begleitumstände Bescheid wußte. Falls dies der Grund für ihr Schweigen war, so zeugt das wohl von Weisheit, es könnte natürlich auch einfach Gedankenlosigkeit gewesen sein. Vielbeschäftigten, vornehmen Leuten fällt es nicht schwer, einen eher unangenehmen Brief nicht zu beantworten oder zu vergessen, die Antwort zur Post zu bringen. Vielleicht hatte mein Schreiben sie auch gar nicht erreicht, Briefe gehen oft verloren, besonders, wenn der Empfänger im Ausland lebt. Jedenfalls stehen wir, vielleicht durch meine Schuld, nicht mehr in Verbindung. Sie halten mich vermutlich für tot oder glauben, ich treibe mich irgendwo in Afrika herum. Ich dagegen denke immer noch in Freundschaft an die beiden, denn Anscombe war einer der besten Reisegefährten, die ich jemals hatte, und seine Frau war ein reizendes Mädchen, und ich wußte gerne, ob Zikalis Prophezeiung bezüglich ihrer Kinder sich erfüllte. Das Glück möge sie begleiten!

Wie es der Zufall wollte, kam ich irgendwann noch einmal in die Nähe der Stelle, wo einst der Tempel stand. Meine Neugier bewog mich, trotz mancher Unannehmlichkeiten einen kleinen Umweg zu machen und mir den Ort anzusehen. Heda hatte den Besitz vermutlich verkauft, denn ein Bure aus dem hintersten Veld, der zu jener Zeit abwesend war, hatte Rodds einstiges Spital zu seinem Wohnhaus gemacht. Dicht daneben ragten kahl und abweisend die ausgebrannten Marmormauern des Tempels auf. Die überdachte Veranda war noch vorhanden, und als ich mich dahin stellte, wo ich Rodd die Pistole aus der Hand geschossen hatte, brachen viele Erinnerungen über mich herein.

Ich hatte den Plan des Gebäudes noch im Kopf und suchte den Bereich der Ruine auf, der einst Marnhams Zimmer gewesen war. Der eiserne Tresor in der Ecke war weggeschafft worden, aber die Beine des Bettgestells standen noch da. Nicht weit davon, von Kletterpflanzen überwuchert, entdeckte ich ein kleines Häufchen, vermutlich die Asche des Schreibtischs, denn ich fand noch einige verbrannte Holzteile. Als ich weiter mit dem Fuß und mit meiner Reitgerte darin herumwühlte, stieß ich schließlich auf die Überreste eines verkohlten, menschlichen Schädels und hatte es auf einmal sehr eilig, wieder wegzukommen.

Der Weg führte mich durch den Gelbholzwald, vorbei am Gehörn des blauen Weißschwanzgnus, das immer noch dalag, und auch vorbei an jenem Schlammloch, in das Rodd gestürzt war. Ich hatte jedoch genug Knochen gesehen und suchte nicht weiter. Deshalb weiß ich bis auf den heutigen Tag nicht, ob er noch immer unter dem zähen Schlamm liegt, oder ob er herausgeholt und begraben wurde.

Ich fand auch die Stelle wieder, wo unsere Wagen gestanden und die Basuto uns angegriffen hatten. Aber genug von diesen Reminiszenzen, sie machen nur melancholisch, obwohl es dafür wahrhaftig keinen Grund gibt.

Tout lasse, tout casse, tout passe — alles erschöpft sich, alles zerfällt, alles verschwindet —, um es mit einem französischen Sprichwort auszudrücken, das mein Freund Sir Henry Curtis so gerne zitiert und das ich letztens in mein Notizbuch schrieb, nur um mich hinterher zu erinnern, daß ich es schon als Junge von den Lippen eines verlotterten alten Franzosen mit Namen Leblanc gehört hatte, der einst mich und noch jemanden in der gallischen Zunge unterrichtete. Von ihm habe ich jedoch bereits in *Marie* erzählt, dem ersten Kapitel der Geschichte vom Untergang der Zulu. Das Buch mit dem Titel *Kind des Sturms* ist das zweite. Diese Seiten stellen das dritte und letzte dar.

Ach ja, es ist wahr: *Tout lasse, tout casse, tout passe!*

XXIII

Der Kral Jazi

Ich werde nur kurz streifen, was sich im Laufe der nächsten vier Jahre in Zululand abspielte, da diese Dinge schließlich nichts mit meiner Erzählung zu tun haben und ich mich keineswegs als Geschichtsschreiber aufspielen will.

Sir Garnet Wolseley, vielleicht auch die englische Regierung, das weiß ich nicht, errichtete ein Schreckensregiment in Zululand. Anstelle eines Königs wurden dreizehn Häuptlinge eingesetzt, die sofort darangingen, sich gegenseitig sowie ihren Untertanen die Kehle durchzuschneiden.

Wie nicht anders zu erwarten, verriet Zikali den Militärbehörden das geheime Versteck im Wald von Ingome, das er Cetewayo als Zufluchtsort empfohlen hatte. Alsbald wurde der Exkönig dort gefangengenommen und zuerst zum Kap und dann nach England gebracht, wo man, nachdem der arme Sir Bartle Frere in Ungnade gefallen war, seinetwegen einen Propagandafeldzug auf die Beine gestellt hatte. Er wurde von der Königin und ihren Ministern empfangen und stand erneut als Sieger da, genau wie es ihm die Gestalt, die bei jenem denkwürdigen Auftritt im Tal der Knochen die Mameena spielte, in meiner Gegenwart prophezeit hatte. Ich stelle mir oft vor, wie er im schwarzen Gehrock in einer Villa in der Melbury Road saß, in einem meines Wissens hauptsächlich von Künstlern bewohnten Vorort von London. Zwischen diesem Mann und dem wilden Prinzen, dem man nach der Schlacht am Tugela, die ihm die Königswürde einbrachte, als Sieger zujubelte, oder auch dem Monarchen, der mich nach Ulundi hatte holen lassen, liegen wahrhaftig Welten. Nach einiger Zeit wurde er jedoch auf einem britischen Kriegsschiff nach Zululand zurückbefördert, von

Sir Theophilus Shepstone abermals zum Häuptling über ein begrenztes Gebiet eingesetzt und damit aus dem Würgegriff des schwarzen Gehrocks befreit.

Natürlich kam es erneut zu Kämpfen, was außer dem Britischen Kolonialministerium auch jeder vorausgesehen hatte. Ganz Zululand schwamm in Blut. In England hatte sich nämlich die Parteipolitik Cetewayos und seiner Rechte — oder Verfehlungen — ebenso bemächtigt wie der Buren und ihrer Rechte — oder Verfehlungen — und dahinter mußte alles andere zurückstehen. Ich frage mich oft, ob nicht letztlich die Parteipolitik den Untergang des britischen Weltreichs herbeiführen wird. Nun, dem Himmel sei Dank, ich werde es nicht mehr erleben.

Cetewayo kam also zurück, kämpfte und wurde von seinen einstigen Untertanen besiegt. Und nun kommen wir zur letzten Szene, denn nur sie ist hier von Bedeutung.

Anfang Februar des Jahres 1884 reiste ich in Geschäften durch Zululand, ich betätigte mich damals als Händler in Decken und Vieh. Und wen traf ich auf dem Weg zum Tugela, wenn nicht meinen Freund Goza, der mich vor Ausbruch des Krieges vom Schwarzen Kloof nach Ulundi geleitet und hinterher mich und Kaatje, diese schreckliche Nervensäge, außer Landes gebracht hatte? Zuerst glaubte ich, der Zufall habe uns zusammengeführt, vielleicht habe er auch eine kleine Reise gemacht, um mir für die Decken zu danken, die ich ihm, meines alten Versprechens eingedenk, hatte schicken lassen, doch ich sollte eines Besseren belehrt werden.

Nun, wir plauderten über vieles, den Krieg, die Katastrophen, die Zululand getroffen hatten und so weiter. Insbesondere beschäftigten uns jene Nacht im Tal der Knochen und was wir Seite an Seite dort erlebt hatten. Ich fragte ihn, ob das Volk immer noch an die Inkosazana-y-Zulu glaube, die damals im Mondschein auf dem Felsen erschienen war. Er antwortete, einige ja und andere nicht. Er selbst, fügte er hinzu und sah mich dabei fest an, glaube nicht daran, denn man munkle, Zikali habe eine als Geist verkleidete weiße Frau auftreten lassen. Ganz sicher sei er jedoch nicht, denn es würde auch erzählt, als einige von Cetewayos Leuten ins Schwarze Kloof eingedrungen seien, um diese weiße Frau zu töten, habe sich Nomkubulwana, die Himmelsprinzessin, leibhaftig vor sie hingestellt und sie verjagt.

Ich bemerkte, das sei doch sehr merkwürdig, und dann fragte ich ihn ganz beiläufig, wen Zikali eigentlich bei jenem Anlaß die Rolle der Mameena habe spielen lassen, denn über diesen Punkt hätte ich mir immer noch gerne Klarheit verschafft. Er starrte mich verwundert an und entgegnete, das müsse ich wohl selber am besten wissen, immerhin sei ich jener Frau, die wie Mameena aussah, am nächsten gewesen, so nahe, daß alle Anwesenden deutlich gesehen hätten, wie sie mich küßte, und es sei bekannt, daß sie das auch als Lebende gerne getan habe. Ich widersprach empört, man sei einer Täuschung erlegen, und wiederholte meine Frage, worauf er rundheraus erklärte:

»O Macumazahn, wir Zulu glauben, daß wir in jener Nacht weder Nombé noch sonst eine verkleidete Frau erblickten, sondern in der Tat den Geist der Hexe Mameena. Wir glauben daran, weil wir, nicht immer zwar, aber doch hin und wieder, durch sie hindurch den Schein von Zikalis Feuer sehen konnten; außerdem ist bisher alles eingetroffen, was sie vorhersagte, auch wenn noch einiges offensteht.«

Mehr brachte ich zu diesem Thema nicht aus ihm heraus, denn als ich noch einmal darauf zu sprechen kommen wollte, lenkte er ab und erzählte mir, wie oft er in diesem Krieg um Haaresbreite dem Tod entronnen sei. Bald darauf erhob er sich und sagte wie nebenbei:

»Ich scheine in diesen unruhigen Zeiten schneller zu altern, Macumazahn, denn die Gedanken rinnen mir durch den Kopf wie Wasser durch die Finger. Nun hätte ich doch fast vergessen, was ich dir ausrichten sollte. Dieser Tage traf ich Zikali, den Eröffner der Wege. Er erzählte mir, du seist in Zululand, und ich würde dich treffen — er sagte nicht wo, nur wenn ich dich träfe, solle ich dir eine Botschaft übermitteln. Die Botschaft lautet so: Wenn du auf dem Weg nach Natal zum Kral Jazi kämest, würdest du ihn dort finden und mit ihm einen anderen, den du einst kanntest. Du dürftest keinesfalls weiterziehen, ohne ihn aufzusuchen, denn zu dieser Zeit würde etwas geschehen, woran du teilhaben müßtest.«

»Zikali!« rief ich aus. »Ich habe seit dem Krieg nichts mehr von ihm gehört und dachte, inzwischen sei er gewiß tot.«

»O nein, Macumazahn, er ist gewiß nicht tot, sondern ganz der alte. Man glaubt sogar, kein anderer als er habe die Suppe der Unruhen am Kochen gehalten, manche sagen, um Cetewayos willen, andere wieder, weil er Cetewayo vernichten wolle. Aber was weiß ich von solchen Dingen? Ich will nur in Frieden leben und bin mit jedem Häuptling zufrieden, den uns die Englische Königin schickt, denn dies ist ihr gutes Recht, nachdem sie uns im Krieg besiegt hat. Wenn du den Wegbereiter im Kral Jazi triffst, so frage ihn danach, Macumazahn.«

»Wo, zum Teufel, liegt der Kral Jazi?« erkundigte ich mich gereizt. »Ich habe den Namen noch nie gehört.«

»Ich auch nicht, und deshalb kann ich es dir auch nicht sagen, Macumazahn. Wer weiß, vielleicht liegt er gar tief unten, wo alle Toten hingehen. Aber wo immer er auch sein mag, du wirst dort gewiß den Wegbereiter antreffen. Nun leb wohl, Macumazahn. Sollte das Schicksal es so fügen, daß wir uns nie wieder in die Augen sehen, so wirst du doch sicher manchmal an mich denken, ebenso wie ich an dich, und an alles, was wir zusammen erlebt haben, besonders an jene Nacht im Tal der Knochen, als der Geist der Hexe Mameena uns wahrsagte und dich vor unser aller Augen küßte. Sie muß sehr schön gewesen sein, Macumazahn, das habe ich auch von jenen gehört, die sich noch an sie erinnern, und es wundert mich nicht, daß du sie so sehr geliebt hast. Wenn du mich fragst, so würde ich freilich lieber von einer lebenden Frau geküßt als von einer, die tot ist, am besten ist es aber doch, sich gar nicht erst auf das Küssen einzulassen. Noch einmal, leb wohl, und vergiß nicht, dem Eröffner der Wege zu sagen, daß ich dir seine Botschaft ausgerichtet habe, sonst belegt er mich vielleicht noch mit einem bösen Fluch, und mir ist in letzter Zeit genug Böses widerfahren.«

Mit diesen Worten verließ mich Goza. Ich sah ihn nicht wieder und weiß nicht, ob er tot ist oder noch lebt. Nun, er war ein sympathischer, alter Bursche, wenn auch nicht gerade ein Held.

Ich hatte diese Begegnung schon fast vergessen, als ich einige Zeit später in die Nähe eines schön gelegenen, aber recht feuchtheißen Ortes namens Eshowe gelangte, der inzwischen die offizielle Residenz des Britischen Vertreters in Zululand geworden ist. Sir Melmoth Osborn hatte dort bereits einen Amtssitz, obwohl das Regierungsgebäude noch nicht fertig, vielleicht auch noch gar nicht begonnen worden war. Ich wollte ihn sprechen, um ihm einige wichtige Mitteilungen zu machen, doch als ich fünfhundert Yard von der heutigen Residenz entfernt einen etwa fünfzig Hütten umfassenden Kral erreichte, blieb mein Wagen im sumpfigen Boden stecken. Während ich mich noch abmühte, um ihn wieder freizubekommen, erklärte mir ein Zulu mit sanftem Gesicht, ich weiß noch, daß sein Name Umnikwa war, Mali-mati, wie Sir Melmoth Osborn von den Eingeborenen genannt wurde, halte sich nicht in Eshowe auf, sondern irgendwo im Umkreis, und ich könne ihn an diesem Abend nicht mehr erreichen. Ich erwiderte, nun gut, dann würde eben hier übernachten, und fragte ihn, wie der Kral denn heiße.

Er antwortete, Jazi, und ich zuckte zusammen, sagte aber nur, das sei ein seltsamer Name, wenn man bedenke, daß er ›Ende‹ oder ›Ende in Jubel‹ bedeute. Umnika gab mir recht, fügte aber hinzu, man habe den Kral so genannt, weil der Häuptling Umfokaki oder Der Fremde, der eine Schwester des Königs geheiratet habe, von seinem Bruder Gundane oder Die Fledermaus in diesem Kral getötet worden sei. Ich bemerkte, dann sei dieser Name aber mit Unheil behaftet, worauf der Mann mir zustimmte und meinte, das Unheil würde sich wahrscheinlich noch vergrößern, da der König Cetewayo, der dort seit einigen Monaten ›unter der Achselhöhle‹ Mali-matis, des weißen Herrschers, Unterschlupf gefunden habe, im Sterben liege. Ich fragte ihn, woran er denn leide, und er antwortete, das wisse er nicht, aber der Vater aller Medizinmänner, Zikali, der Eröffner der Wege, könne mir darüber gewiß Aufschluß geben, da er Cetewayo betreue.

»Man hat ihm berichtet, daß du bald hier eintreffen würdest, o Macumazahn«, fügte er beiläufig hinzu, »und deshalb schickt er mich zu dir und läßt dir sagen, du sollst sofort zu ihm kommen.«

Der Himmel weiß, wie überrascht ich war, doch ohne mir etwas anmerken zu lassen, erklärte ich mich dazu bereit, überließ es meinen Dienern, den Wagen aus dem Schlamm zu ziehen und begab mich mit dem Boten in den Kral. Er führte mich zu einer großen Hütte innerhalb eines Zauns, an dessen Tor sich etliche Frauen versammelt hatten, die einen sehr ängstlichen und verstörten Eindruck machten. Unter ihnen entdeckte ich auch Dabuko, den Bruder des Königs, den ich flüchtig kannte. Er begrüßte mich, teilte mir mit, Cetewayo ringe in der Hütte mit dem Tod, behauptete aber wie Umnikwa, keine Ahnung zu haben, woran er erkrankt sei.

Lange Zeit, länger als eine Stunde, würde ich schätzen, saß ich vor der Hütte oder ging auf und ab. Solange es noch hell war, konnte ich die hügelige Landschaft bewundern, die mit ihren geschwungenen Linien und ihren kräftigen Farben zu den schönsten in ganz Zululand gehört. Doch als es dunkel wurde, blieben mir nur noch meine Gedanken, und die fand ich bedrückend.

Endlich entschloß ich mich, einfach wegzugehen, denn

was kümmerte mich schließlich Cetewayos Tod, immer vorausgesetzt, er lag tatsächlich im Sterben? Ich wollte nichts mehr zu schaffen haben mit Cetewayo, an den ich nur grauenvolle oder traurige Erinnerungen hatte. Doch als ich aufstand, um mich zu entfernen, trat plötzlich eine Frau aus der Hütte. Ich konnte nicht erkennen, wer sie war, ja nicht einmal, wie sie aussah, es war ja dunkel, und außerdem hatte sie sich ihre Decke über das Gesicht gezogen, wie um es zu verbergen. Sie blieb kurz vor mir stehen und sagte:

»Der König ist krank und wünscht dich zu sehen, Macumazahn.« Dann deutete sie auf das Türloch der Hütte, verschwand nach draußen und zog das Zauntor hinter sich zu. Neugierig geworden, stieß ich das Türbrett beiseite, kroch hinein und legte das Brett von innen wieder vor.

Der große, düstere Raum wurde von einer einzigen, in einem Flaschenhals steckenden Kerze schwach erhellt. In ihrem trüben Schein zeichnete sich links vom Eingang ein niedriges Bettgestell ab, auf dem, halb zugedeckt, ein Mann lag, in dem ich Cetewayo erkannte. Sein Gesicht war eingefallen und vor Schmerz verzerrt, und er schien einiges von seiner Leibesfülle verloren zu haben, dennoch war es ohne Zweifel der einstige König.

»Sei mir gegrüßt, Macumazahn«, sagte er leise, »du siehst mich in elender Verfassung, doch als ich hörte, daß du hier bist, da wollte ich vor meinem Tod gerne noch mit dir sprechen, denn ich kenne dich als ehrlichen Mann und weiß, daß du meine Worte getreulich weitergeben wirst. Sage den weißen Männern, daß ich in meinem Herzen niemals wirklich ihr Feind war. Sie waren mir stets lieb und teuer, doch andere haben mich auf einen Weg gezwungen, den ich nicht einschlagen wollte, und nun bin ich an seinem Ende angelangt.«

»Was fehlt dir, König?« fragte ich.

»Ich weiß es nicht, Macumazahn, aber seit einigen Tagen bin ich krank. Der Wegbereiter kam, um mich zu behandeln, weil meine Frauen glaubten, die weißen Medizinmänner wünschten nur meinen Tod, und er sagt, ich sei vergiftet worden und müsse sterben. Wärst du gleich zu Anfang hier gewesen, so hättest du mir vielleicht eine Medizin geben können. Doch nun ist es zu spät«, fügte er stöhnend hinzu.

»Und wer hat dich vergiftet, König?«

»Das kann ich dir nicht sagen, Macumazahn. Vielleicht meine Feinde, vielleicht meine Brüder, vielleicht auch meine Frauen. Alle wollen mich loswerden, der Große ist entbehrlich geworden, und bald wird er tot sein. Sei froh, Macumazahn, daß du niemals König warst, denn Könige haben ein trauriges Los.«

»Und wo ist der Eröffner der Wege?« fragte ich.

»Er war eben noch hier. Vielleicht ist er hinausgegangen, um Mali-mati und den weißen Männern das Haupt des Königs zu bringen«, (d. h. seinen Tod zu verkünden) antwortete er mit kraftloser Stimme.

Im gleichen Augenblick hörte ich aus jenem Teil der Hütte, wo der Schatten am tiefsten war, ein Schlurfen, und sah einen mageren Arm im Lichtkreis erscheinen. Ein zweiter Arm folgte, dann ein riesiger Kopf mit langem, weißem Haar, das über den Boden schleifte, und schließlich ein verwachsener, völlig ausgezehrter Körper, der aussah wie ein mit runzliger, schwarzer Haut überzogenes Skelett. Langsam wie ein Chamäleon, das einen Ast erklettert, kroch das Wesen näher, und endlich wurde mir klar, daß es Zikali war. Als er das Bett erreichte, kauerte er sich auf den Boden wie eine Kröte, dann richtete er, wieder wie ein Chamäleon, ohne den Kopf zu bewegen, seine verschlagenen, glühenden Augen auf mich.

»Heil dir, o Macumazahn«, ertönte seine tiefe Stimme. »Habe ich dir nicht vor langer Zeit verheißen, daß du am Ende bei mir sein würdest, und bist du nun nicht bei mir und noch einem anderen?«

»So scheint es, Zikali«, antwortete ich. »Aber warum läßt du nicht die weißen Ärzte kommen, damit sie den König heilen?«

»Kein Arzt auf der Welt, ob weiß oder schwarz, kann ihn noch heilen, Macumazahn. Die Geister rufen ihn, und er muß sterben. Ich kam auf schnellstem Wege von weit her, als er nach mir verlangte, aber auch ich kann ihn nicht heilen, obwohl ich seinetwegen selbst sterben muß.«

»Warum?« fragte ich.

»Sieh mich an, Macumazahn, und sag mir, ob jemand wie ich eine Reise unternehmen sollte. Nun, einmal gelangt jeder an sein Ende, sogar das ›Ding-das-nicht-hätte-geboren-werden-sollen‹.«

Cetewayo hob den Kopf, blickte ihn an und sagte streng:

»Vielleicht wäre es besser gewesen für unser Haus, wenn dieses Ende früher gekommen wäre. Nun, da ich im Sterben liege, gehen mir viele Sprüche durch den Sinn, die dich betreffen und die ich vergessen hatte. Außerdem, Eröffner der Wege, habe nicht ich nach dir verlangt, wer immer es sonst getan haben mag, und auch die großen Schmerzen überfielen mich erst nach deinem Eintreffen. Wie kam es«, fuhr er fort, und seine Kraft schien zu wachsen, »daß die weißen Männer mich an dem geheimen Ort fangen konnten, wo ich mich auf dein Geheiß versteckte? Wer wies dem weißen Mann den Weg zu diesem verborgenen Loch? Aber was zählt das jetzt noch?«

»Gar nichts, o Sohn des Panda«, antwortete Zikali, »weniger noch als die Frage, wie ich damals in meiner Hütte im Schwarzen Kloof der Speerspitze entging, die du unter deinem Gewand verborgen hattest. Hätte sich da nicht ein gewisser Geist zwischen dich und mich gestellt, du hättest mich ermordet. Sag mir, Sohn des Panda, hast du in den letzten drei Tagen einmal an deinen Bruder Umbelazi gedacht und an gewisse andere deiner Brüder, die bei der Schlacht am Tugela von dir getötet wurden, als dieser weiße Mann hier die Amawombé gegen deine Regimenter führte und drei davon vertilgte?«

Cetewayo stöhnte nur. Wahrscheinlich reichte seine Kraft nicht mehr zum Sprechen.

»Hör mich an, Sohn des Panda«, zischte Zikali mit haßerfüllter Stimme. »Vor vielen, vielen Jahren, noch ehe dein Vorfahr Senzangakona das Licht erblickte — wer weiß, wie lange vorher —, wurde im Stamm der Dwandwe ein Mann von edlem Blut geboren, und dieser Mann war ein Zwerg. Chaka der Schwarze besiegte die Dwandwe, doch dieser Mann aus edlem Geblüt wurde verschont, weil er ein Zwerg war, eine Mißgestalt. Chaka gab ihm den Namen ›Ding-das-nicht-hätte-geboren-werden-sollen‹ und behielt ihn bei sich, als Zielscheibe seines Spotts in Zeiten des Friedens und der Sicherheit, und als Ratgeber in unruhigen Zeiten, denn er war weise und in der Magie bewandert. Außerdem machte Chaka sich einen Spaß daraus, die Frauen und die Kinder dieses Mannes zu töten, bis auf eine Tochter, die er zu seiner ›Schwester‹ machte.

Um seines Volkes, seiner hingemordeten Frauen und seiner Kinder willen schwor dieser Zauberer, Rache zu üben an Chaka und seinem ganze Haus. Er wühlte unter der Erde wie eine Ratte, erschütterte Chakas Thron und führte mittels der Speere seiner Brüder und seines Diener Mopo, dem von Chaka Unrecht geschehen war, seinen Tod herbei. Dann wühlte er weiter wie eine Ratte in der Dunkelheit, stiftete Dingaan, der Chaka erstach, dazu an, den Buren Retief und seine Leute zu ermorden, beschwor damit die Rache der Weißen auf sein Haupt herab und führte auf diese Weise auch Dingaans Tod herbei. Als nächster bestieg dein Vater Panda den Thron, und sein Leben verschonte dieses ›Ding-das-nicht-hätte-geboren-werden-sollen‹, weil Panda ihm einst einen Freundesdienst erwiesen hatte. Nur durch die Hexe Mameena brachte er Leid über ihn und zettelte Krieg an zwischen seinen Kindern, von denen eines Cetewayo hieß.

Nun herrschte dieser Cetewayo, anfangs zusammen mit seinem Vater Panda, und danach an dessen Stelle, und ein Streit brach aus zwischen ihm und den Engländern. Sohn des Panda, du wirst dich erinnern, daß besagter Cetewayo unschlüssig war, ob er gegen die Engländer kämpfen sollte, und von dem Ding-das-nicht-hätte-geboren-werden-sollen ein Zeichen verlangte. Der Zwerg gab ihm das Zeichen, er ließ die Inkosazana-y-Zulu, die Himmelsprinzessin, vor ihm erscheinen und sorgte so dafür, daß der Assegai des Kriegs gezückt wurde. Sohn des Panda, du weißt, wie dieser Krieg ausging, wie dieser Cetewayo besiegt wurde, wie er einer gehetzten Hyäne gleich zu dem Ding-das-nicht-hätte-geboren-werden-sollen kam und sich von ihm ein Loch zeigen ließ, in dem er sich verstecken konnte. Du weißt auch, wie er Anstalten machte, den armen, alten Medizinmann zu ermorden, der ihm ein solches Loch wies, wie er gefangengenommen und über das große Wasser geschickt wurde, wie man ihm danach wieder Macht gab in dem Land, das ihn hassen gelernt hatte, auf daß er seine Kinder zu Tausenden in den Tod treiben könne. Und du weißt, wie er sich zuletzt unter die Fittiche des weißen Häuptlings flüchtete, hierher in den Kral Jazi, wo er, bespien und verachtet, weiterlebte, bis er schließlich erkrankte, wie es solchen Menschen leicht widerfährt, und wie man nach dem Ding-das-nicht-hätte-geboren-werden-sollen schickte, damit es ihn behandle. Und du weißt auch, wie er nun daliegt, dem Tode nahe, von Schmerzen gepeinigt, als habe er einen rotglühenden Speer verschluckt, und wie sich vor ihm eine große Schwärze auftut, bevölkert mit den Geistern derer, die er getötet, und mit seinen Ahnen, deren Haus er eingerissen und niedergebrannt hat.«

Zikali verstummte, schob seinen gräßlichen Kopf ganz dicht an das Gesicht des Sterbenden heran und funkelte ihn mit seinen wilden, feurigen Augen an. Dann begann er dem König ins Ohr zu flüstern, und der begann unter seinen Worten zu erzittern wie ein armer Sünder unter den Blicken seines Peinigers.

In diesem Augenblick fiel der Kerzenstummel in die

Flasche aus durchsichtigem, weißem Glas und flackerte noch eine Weile matt vor sich hin, bis er schließlich erlosch. Nie werde ich die Szene im Schein dieses geisterhaft bläulichen Lichts vergessen. Der Sterbende auf dem niedrigen Lager, der unruhig den Kopf hin- und herwarf; der Zauberer, der sich über ihn beugte wie eine graue Vampirfledermaus, die ihrem wehrlosen Opfer das Blut aus der Halsader saugt. Das Entsetzen in den Augen des einen, der unstillbare Haß in den Augen des anderen. Oh! Es war schrecklich!

»Macumazahn«, flüsterte Cetewayo, und sein Atem ging rasselnd. »Hilf mir, Macumazahn! Ich sage dir, ich werde von diesem Zikali vergiftet, der mich haßt. Oh! Vertreibe die Geister! Jage sie doch fort!«

Mein Blick wanderte von ihm zu seinem Peiniger, der wie ein boshafter Dämon neben ihm hockte, und während ich noch hinsah, erlosch die Kerze.

Da verlor ich die Nerven, der kalte Schweiß brach mir aus, und ich stürzte aus der Hütte, als hätte ich in die Hölle geschaut. Zikalis leises, spöttisches Gelächter verfolgte mich.

Draußen in der Dunkelheit drängten sich die Frauen und auch einige Männer. Ich rief ihnen zu, sie sollten zum König gehen, denn er werde bald sterben, dann stolperte ich auf der Suche nach irgendeinem Weißen den Hang hinauf. Es war keiner zu finden, aber am Amtssitz sagte mir ein Kaffernbote, Mali-mati sei noch immer nicht zurückgekommen, und man habe nach ihm geschickt. So kehrte ich denn zu meinem Wagen zurück und legte mich erschöpft zur Ruhe, was hätte ich sonst auch tun sollen?

Es war eine stürmische Nacht. Der Donner grollte, und Windböen peitschten den Regen über das Land. Ich nickte ein, um alsbald von lautem Geheul geweckt zu werden. Da wußte ich, daß der König tot war, denn dies war das *Isililo*, die Totenklage. Ich fragte mich, ob auch die

Mörder — denn ich war völlig sicher, daß man ihn vergiftet hatte — mit den anderen wimmerten.

Gegen Morgen zog das Gewitter ab, und die Nacht wurde heiter und klar, denn der abnehmende Mond stand am Himmel. Die Hitze in dem engen Raum bedrückte mich, mein Blut schien zu kochen. Man hatte mich darauf hingewiesen, daß es eine halbe Meile entfernt eine Schlucht mit einem Bach gab. Ich sehnte mich nach einem Bad in den kühlen Fluten, denn ich hatte, um ehrlich zu sein, seit Tagen kein Wasser mehr gesehen, und so beschloß ich, in diesem Bach schwimmen zu gehen, ehe ich von diesem Ort forttreckte, der mir inzwischen verhaßt war.

Ich rief meinen Fahrer, der bereits wach war und mit den *Voorloopers* sprach — alle hatten nämlich mitbekommen, was im Kral vorging und waren sehr besorgt — und befahl ihnen, die Ochsen zum Aufbruch fertig zu machen, da ich bald zurückkehren würde. Dann machte ich mich auf den Weg zu besagtem Bach, und nach einem längeren Fußmarsch kletterte ich auf einem Pfad, den die Kaffernfrauen beim Wasserholen ausgetreten hatten, eine steile Böschung hinab zu seinem Ufer. Dort angelangt, stellte ich dem Geräusch nach fest, daß der Bach Hochwasser führte und schnell anstieg, denn um etwas zu sehen, war es in dieser tiefen Schlucht mit den überhängenden Ästen noch zu dunkel. Ich setzte mich also, um die Dämmerung abzuwarten, aber die Moskitos plagten mich so, daß ich wünschte, gar nicht erst gekommen zu sein.

Endlich wurde es heller, die Nebel lichteten sich, und nun sah ich erst, daß ich ein wahrhaft idyllisches Fleckchen entdeckt hatte. Vor mir befand sich eine zwanzig bis dreißig Fuß hohe Felsstufe, über die das Wasser in die Tiefe stürzte und sich in einem schwarzen Teich sammelte. Ringsum wuchsen hohe Farne, und dahinter schlanke Bäume, an deren Blättern die Regentropfen funkelten. In der Mitte des Baches, an der Stufenkante, keine zwölf

Fuß von mir entfernt, ragte ein Felsen auf, an dem sich das Wasser schäumend brach. Auf diesem Felsen hockte etwas — was es war, konnte ich wegen des Nebels nicht gleich erkennen, aber es sah fast aus wie ein grauköpfiger Pavian oder ein anderes Tier, und ich bedauerte schon, kein Gewehr mitgenommen zu haben. Irgendwann begriff ich, daß es sich um einen Menschen handeln mußte, denn er begann in eintönigem Singsang auf Zulu zu sprechen oder zu beten, und ich, der ich hinter einem blühenden Busch versteckt war, konnte die Worte hören. Sie lauteten etwa so:

»O mein Geist, an diesem Ort, wo du mich vor Jahrhunderten fandest, als ich noch jung war« (er sagte Jahrhunderte, meinte aber wohl Jahrzehnte), »kehre ich nun zu dir zurück. In diesem Teich tauchte ich unter, und unter den Fluten fand ich dich, meine Schlange, und du wandest dich um meinen Leib und um mein Herz« (mir wurde klar, daß der Sprecher auf seine Initiation als Medizinmann anspielte, ein Ritual, bei dem der Neophyt im allgemeinen auch eine Schlange in einem Fluß finden muß oder mußte, die sich dann um seinen Leib windet). »An meinem Körper und in meinem Herzen hast du von jenem Sonnenaufgang bis zu diesem gewohnt, du hast mir Weisheit gegeben und guten und bösen Rat, und was du mir geraten hast, das habe ich getan. Nun bringe ich dich zurück, woher du kamst, auf daß du auf mich warten mögest, bis ich wiedergeboren werde.

O ihr Geister meiner Väter, nach jahrelangen Mühen habe ich euch nun am Hause des Senzangakona gerächt, und niemals wieder wird es einen König der Zulu geben, denn ich habe den letzten mit eigener Hand getötet. O ihr meine ermordeten Frauen und meine Kinder, ein gewaltiges Opfer bringe ich euch dar, Tausende und Abertausende, die um euretwillen ihr Leben lassen mußten.

O Umkulu-kulu, du Großer der Himmel, der du mich zur Erde gesandt hast, ich habe dein Werk an ihr verrichtet und bringe dir die Ernte aus der Saat, die du einst sätest, eine blutigrote Ernte, o Umkulu-kulu. Still, meine Schlange, halt still, die Sonne geht auf, und bald, bald sollst du wieder Ruhe finden im Wasser, das dein Element war von Anbeginn der Welt!«

Stille trat ein, und alsbald durchstach ein Lichtspeer die Nebel und traf den Sprecher. Es war Zikali, und um seinen Leib wand sich eine dicke, gelbbäuchige Schlange, deren schwarzer Kopf schwankend sein Haupt überragte und ihm von Zeit zu Zeit mit der hin- und herschnellenden Zunge die Stirn zu lecken schien. (Vermutlich war das Tier aus dem Wasser zu ihm gekommen, denn seine Haut glänzte, als sei sie naß.) Schwankend richtete er sich auf und starrte in das rote Auge der aufgehenden Sonne, dann schrie er: *»Das Ende, das Ende in Jubel!«* und stürzte sich mit lautem, schaurigem Gelächter in den schäumenden Teich hinab.

Dies war das Ende des Zauberers Zikali, des Eröffners der Wege, des ›Dings-das-nicht-hätte-geboren-werden-sollen‹, und auch das Ende seiner Rache an dem großen Haus des Senzangakona, das er zusammen mit der ganzen Zulu-Nation vernichtete.

HEYNE BÜCHER

HEYNE FANTASY

Romane und Erzählungen internationaler Fantasy-Autoren im Heyne-Taschenbuch.

06/4745

06/4781

06/4816

06/4564

06/4655

06/4514

06/4750

06/4530

HEYNE BÜCHER

TERRY PRATCHETT

im Heyne-Taschenbuch

Ein Senkrechtstarter in der Fantasy-Literatur

»Der unmöglichste Fantasy-Zyklus aller möglichen Galaxien.«
PUBLISHERS WEEKLY

»Ein boshafter Spaß und ein Quell bizarren Vergnügens – wie alle Romane von der Scheibenwelt.«
THE GUARDIAN

06/4583

06/4584

06/4706

06/4715

06/4764

06/4805

WILHELM HEYNE VERLAG MÜNCHEN